侠观

游侠的历史身影与文化底蕴

张琼霙 ■ 著

暨南大学出版社

中国·广州

广东省版权局著作权合同登记号　图字：19 - 2024 - 275 号

图书在版编目（CIP）数据

侠观：游侠的历史身影与文化底蕴／张琼霙著. —广州：暨南大学出版社，2024.9
ISBN 978 - 7 - 5668 - 3945 - 9

Ⅰ.①侠…　Ⅱ.①张…　Ⅲ.①中国文学—古典文学研究　Ⅳ.①I206.2

中国国家版本馆 CIP 数据核字（2024）第 107382 号

侠观：游侠的历史身影与文化底蕴
XIA GUAN：YOUXIA DE LISHI SHENYING YU WENHUA DIYUN
著　者：张琼霙

出 版 人：阳　翼
责任编辑：武艳飞　林玉翠
责任校对：刘舜怡　王雪琳　潘舒凡　黄晓佳
责任印制：周一丹　郑玉婷

出版发行：暨南大学出版社（511434）
电　　话：总编室（8620）31105261
　　　　　营销部（8620）37331682　37331689
传　　真：（8620）31105289（办公室）　37331684（营销部）
网　　址：http：//www. jnupress. com
排　　版：广州尚文数码科技有限公司
印　　刷：广东信源文化科技有限公司
开　　本：787mm×1092mm　1/16
印　　张：20. 375
字　　数：375 千
版　　次：2024 年 9 月第 1 版
印　　次：2024 年 9 月第 1 次
定　　价：79. 80 元

侠

他，酒喝一口
他，腰叉两手
从此，
江湖一起霍霍

短文：张琼霙
书法：胡啟智
楷字：以辰、以岳

序

    张琼霙女史的大作《侠观》付梓在即，嘱我撰序，拜读一过，颇有感触。琼霙告诉我，她曾看过金庸所有的武侠小说，读过古龙大半的武侠小说，港台的武侠电视剧以及 20 世纪 90 年代新武侠电影亦皆大抵涉猎。这种对侠的作为及精神人格的不可遏止的激情，着实让人惊叹。回想自己成长的岁月，同样经历以金庸小说为主的新武侠文学日趋风靡的全过程，因而感同身受。改革开放初期，尚是高中生、大学生的我们，私下已经开始悄悄传阅金庸的大部头名著。1988 年，我的导师章培恒先生在《书林》第 11 期发表《金庸武侠小说与姚雪垠的〈李自成〉》一文，以人性的复杂及其真实表现为标准，给予金庸小说相当高的评价，在那个年代可谓振聋发聩，金庸研究自此得登学术殿堂。1998 年，"金庸热"及相伴而生的"侠文化热"趋盛，这一年甚至被称为"金庸年"。2007 年 11 月，在金庸先生与章培恒先生的倡议、推动下，复旦大学古籍整理研究所与浙江大学人文学院联合举办"中国武侠小说学术研讨会"，海峡两岸暨香港研究武侠小说的著名学者共襄盛举，就古今武侠小说的观念、特质及其意义展开征实的研讨，一些重要问题在通变的视阈下有所深入。2018 年 10 月 30 日，金庸先生不幸辞世，许多报道都用了诸如"一个时代的终结""一个时代落幕"这样的表述，而事实上，流风余韵所及，至少我们还能在网络空间看到延续金庸武侠世界的同人小说。四十年来，我们见证了以金庸为代表的新武侠小说及侠文化的趋盛趋热，侠的精神感召，影响着一代又一代人。

    台湾的"新武侠小说热"及"侠文化热"比大陆来得更早，生长在那样的环境及氛围中，琼霙将对侠的盎然兴趣、激越情感化为持久不懈的研究动力。她自撰写硕士论文时已产生要拓展侠的文学文化研究专题的念头，并开始搜集大量相关资料，无论是历代以侠为传主的史传文献、描述侠形象的文学作品，抑或是现代人文学术有关侠研究的专著论文，皆予甄辨检讨、精心研读。长年的积累，伴随着深入表象的思考，不仅使得她对论侠的学术史有了相当全面的掌握，而且获得了对历史上的侠一种动态而系统的认知，《侠观：游侠的历史身影与文化底蕴》便是在此基础上产生的一项成果。

这部论著的立足点在中国古代对侠的认识，试图依据传存的相关历史文本和文学文本，客观展现历代所观照的侠的形象及侠的人格精神。所谓"侠观"，以我的理解，既是各时代史家、诗人、小说家个体，据其闻见知识，对于侠的描述、解释、评判、创作、想象；也是本书作者试图通过一个又一个学术史环节的链接，在古今演变的前提下给出的相对统一的总体认知。这是颇为独特的视角，也因而形成了她自己的研究格局。

作者在早期中国社会侠的出现及其认定上花费了一定的工夫。一方面从字源学的角度，展开侠的定义分析；另一方面依据司马迁所论，标举侠德为侠与非侠的标准，指出它既是建立在私义基础上的道德，也是"以义正我"的道德自律，司马迁因此被认作是"肯认"游侠的第一人。至于对游侠、义士、刺客的判别，亦皆从司马迁对侠的解释权出发。随着西汉社会豪强化的日益加剧，东汉士族与豪杰合流，所谓的侠观与时俱变，到了班固、荀悦的视点，对于侠的认识开始向负面倾斜。这里除了显示观察主体之变，所在立场之变，时代、社会情势之变，亦还能在诸如班固之论中觅得前代司马迁肇端的承变轨迹，因而认为班固的侠观确实耐人寻味。凡此种种，我们可以看到严谨的思理和较为丰富的推阐层次，在名实之间稽考求证，作者的识见自现。

作为一部史论著作，本书力求对中国古代历史语境中的侠作出完整的勾勒，依照侠在上古、中世、近世的实际演变情况，分阶段进行全景式透视。作者采用灵活多样的撰作方式，分别抓住侠的身份辨识、价值观念、侠身处的世界及其独特的心理气质等线索贯穿而下，条分缕析，故而我们看到三国以降，侠在身份上的复杂分流，展现出对非法正义的追求与实践；侠的世界从朝廷转为江湖，宋代之后又呈现仕途化、市井化之新的转型；而隋唐侠义紧密结合，宋代则出现忠义观。就运用的材料而言，自魏晋南北朝开始，尤其唐宋以降，作者越来越多地依赖于文学作品中的描述与想象，希望通过多种文类文体中表现的侠形象及侠心理，揭示作者所赋予的侠的个性塑造及集体心理投射，展现经文人美化所产生的新侠观，着眼点在个人与群体所体认的侠的生命情调，借此尝试在人性探索上赋予新的内涵。

2011 年 9 月，应毛文芳教授的邀请，我赴台湾嘉义，在中正大学为硕博士生班作为期一个月的集中讲义，讲授的内容是有关中国文学史之成立。琼霙是我的授业学生，学习态度认真，也不时流露出对侠及侠文化浓厚的兴味并与我分享她的心得。2017 年，琼霙第一次来大陆交流，因对大陆的高校有较好的观感而有志于在此间发展。2018 年，遂在大陆高等院校任教至今。2023 年 4 月，我与琼霙在浙江省文成县承办的刘基文化学术研讨会上不期而遇，得知在繁重的教学、科研任务之余，侠的历史研究以及与之相关的文学社会学研究始终是她最为关注的一个专题。为此，她博览群书，孜孜以求，抓紧点滴时间，循序渐进地开展对侠的文学文化颇为精细的梳理与研究。她有较为独到的对于侠的观感，如认为侠是融合在九流十家中的一种不立言的人群及思想，不只在民间因其救人厄困、打破现实局限而成为催人血热且一呼百应的援据，也是士人争相追逐、贯通学域壁垒的价值观念所在。由于中国人的生活方式好"群"，而群聚容易生是非，故侠义、侠德有其生成原因，历朝历代亦会不断上演属于它的侠义故事。这样的观感，终于敷演成文，成就学术专著《侠观：游侠的历史身影与文化底蕴》。在其背后，我们能够感受到的是琼霙对一种绝弃庸常、超越功利、无所羁绊、有所担当、坚忍勇毅的精神生活的执念。这部著作应该也可看作是向金庸等新武侠小说作家致敬之作，我在此郑重地向她表示祝贺，并期待她不断有后续的成果面世。

陈广宏

2024 年 6 月 11 日

（陈广宏，复旦大学教授）

自序

　　侠观，是对侠的观点，透过观点可以看到人对侠的期许。我在著述本书的同时，遍览史籍，也深深地着迷于一些侠义故事，比如"远交近攻"专家范雎，他与魏相魏齐有旧隙，后来范雎相秦立下很多功劳。范雎得势，魏齐自知危险跑到赵胜（平原君）家里求庇护，范雎知道后写信邀赵胜到秦做客，赵胜不敢得罪秦国只好忐忑赴约，被秦昭襄王嬴稷借故扣留，以此威胁赵王交出魏齐。赵王惧秦只好出兵包围赵胜宅邸，魏齐连夜逃亡并求助赵相虞卿，虞卿游说赵王无果后，卸相印，带魏齐奔小路求助信陵君，想透过信陵君投奔楚国。信陵君未予接见，魏齐愤而自刭，赵王便将魏齐的头颅送至秦国换回平原君。魏齐死后虞卿专心著述，世传《虞氏春秋》。

　　这是个冷门的故事，但情义脉动相当感人，到底是怎样的友情，可为之抛万户侯，卸相印？愿以诗一首为记：

侠客行·其一·咏虞卿

> 卿相万家何足夸？为君离散走天涯。
> 世人问我怨非怨？只怨烽烟不怨他。

　　我所忻慕的历史人物大抵是虞卿这种具有侠义精神的人，又如荆轲，他明知燕太子丹的施恩带有目的，但他需要一个证明自己的机会，故受而不辞，可惜本来是报答知遇之恩的佳话，却因太子丹的不信任而全盘皆输：

侠客行·其二·咏荆轲

> 凭谁问易水寒吗？既信吾何必急催？
> 手执徐夫人匕首，写完秦霸业终回。

　　荆轲明知此行凶险、胜算不大，但依然慷慨赴险，只为坚守一份摇摇欲坠的信诺。汉代有两大豪侠，一是朱家，一是郭解。朱家收容朝廷通缉犯季布，不惜赌上全族性命，等季布获赦并当将军后要回报他，朱家却避不见面，将施恩不受报贯彻到底。至于郭解，曾在长安呼风唤雨，放到现代便是个角头老大，但受他帮助的也是大有人在，房获一批人心，不料最后却因门客杀人而被牵连诛族，他的生命情调就像灿烂而易逝的晚霞。

侠客行·其三·咏朱家

藏匿救生轻律法，关东豪侠是朱家。
收容季布搭全族，及布尊荣不见他。

侠客行·其四·咏郭解

攻剽椎埋睚眦杀，长安豪侠日无遮。
飘风骤雨听吾意，难得今生似晚霞。

到了三国，出现了曹操这一僄狡锋侠。三国各有立场，功过难断，然若赤壁之战由曹魏胜出，就没有司马家族乱政、刘裕开国和五胡占领北方的事了。

侠客行·其五·咏曹操

官渡遥望赤壁船，长江南北怨阿瞒。
自从四十万军后，坐等杨坚四百年。

曹魏还有一个游侠叫杨阿若，貌美而好斗，为了帮助酒泉太守，变卖家中的粮食黄金，招募一千党徒对抗地方豪强，杨阿若是少数站队官方的游侠。

侠客行·其六·咏杨阿若

满城相斫杨阿若，单骑搬兵救酒泉。
百战西凉红琥珀，天于美貌与遐年。

到了唐朝，有李白、刘禹锡、李颀等文人崇侠尚气，各有各的浪漫与坎坷。

侠客行·其七·咏李白

天上黄河何足醺？江湖饮尽始微醺。
我今携月又扶影，阅遍千帆忘记君。

侠客行·其八·咏刘禹锡

道观桃花开有道，活该两度笑桃夭。
满园舒醉春风意，齐贺诗豪攀寂寥。

侠客行·其九·咏李颀

我生尊贵向赢麻，逛罢朝廷逛酒家。
未料天恩非永久，长安纨绔逐轻车。

　　文人侠性，有其锐利的书生意气，却又敏感而多情，故往往承受的比常人更多，比如唐伯虎在其父、母、妻、妹、子相继故世之后，放纵自我，流连烟花柳巷，沉寂四年，后在朋友的劝慰之下拾回初心，参加科考高中解元，之后远赴京师参加会考，未料被卷入科举弊案，身陷囹圄，被判终生不可再参加科考，但朝廷也给他一个小官职，欲模糊处置这事。唐伯虎这个人还是有几分傲气，他拒不赴任，选择回苏州老家清贫度日，然而故乡也没有亲人了……我看唐伯虎的影视精彩欢快，阅其史传却不忍卒读，命运给他的打击太多太痛，他在逆境中犹孤蓬自振，想光大门楣，却身陷弊案一落千丈，也许，只有涵育他才华的家乡，堪可抚慰他的心灵。

侠客行·其十·咏唐伯虎

一身多怨亦多情，问剑何因夜半鸣。
恐是京华频入梦，江南山水更怜卿。

　　京华的梦是噩梦，还不如江南山水有情。谈到有情的诗人侠，总要想起清代的龚自珍。

侠客行·其十一·咏龚自珍

我因思念忱成你，你为护花化作泥。
心系天涯人不远，扬鞭为你驾鲸鲵。

旧花之落是为了护新花，体现了侠客的牺牲品格，但对钟情于旧花的人来说，何其残忍？心心念念，日夜呵护必难割舍，却只能眼睁睁看你化作春泥，无法改变，只好把自己活成你，凡你所欲所盼、所思所忧皆能在我身上延续。

这是我人生中的第一本书，投入很多心力，但也甘之如饴。不料付梓在即，我妈乍然离世，想她还是活色生气、肤白如玉，不料却走得那么急。从前共历的美好风景再也无人一起追忆，日后很多风景也没有妈妈一起看，人生大恸莫过于此。何谓侠？在你穷困时给你一碗饭，在你落难时拉你一把，在你受尽人间冷暖、孤立无援时站在你身边，在你人生高光时比你还欢喜……但凡符合其一都要终生铭记，但我妈妈给我的不只这些，她是我的侠客。孟子云："大孝终身慕父母。"我以此书为记，愿天下人，都有机会回报自己的侠客。

張诔霙

2024 年 6 月 13 日

目 录
CONTENTS

上编　先秦到隋的侠观

　　"武侠"在成为一种文学类型之前，已在历史的场域上活跃已久，本书就历时性的角度来探讨侠观。首先，《说文解字》："侠，俜也。从人夹声。""俜，侠也。从人粤声。"[1]377 而夹的解释为："夹，持也，从大，夹二人。"清代段玉裁注："按侠之言夹也，夹者，持也。"[1]497 由上可知"侠"与"夹"同音互训，据段玉裁注可知，"侠"与"夹"是音义全通的[2]，而"夹"是"持"之意，作扶持解，故"侠"也可作扶持解。再就《礼记·檀弓上》的"殷人殡于两楹之间，则与宾主夹之也"，东汉郑玄注为："夹，本又作侠，古洽反。"[3] 将"夹"直训为"侠"。再看《集韵》，侠，"说文俜也，一曰傍也，亦姓，或省"[4]384，而夹："夹，持也，古洽切。"[4]387 说明"侠"与"夹"的同音互训关系，再看：

　　钟带谓之篆，篆间谓之枚，枚谓之景。注："玄谓今时钟乳，侠鼓与舞。"[5]

　　妇人侠床东面。疏："言侠床者，男子床东，妇人床西，以近而言也。"[6]

　　以上的"侠"均作"夹"解，符合"经传多假侠为夹。凡夹皆用侠"[1]497 之说。再看"挟"，依《说文解字》的解释："挟，俜持也。从手夹声。"[1]603 跟"夹"同义，再查《广韵》，"侠"与"挟"均为"胡颊切"[7]，符合同声相训之理。以《汉书》中"传言'趋'。殿下郎中侠陛，陛数百人"[8]02-583 为例，"侠"作"挟"解释，可见在古代"侠""挟""夹"三字相训。后来侠逐渐定为侠客的特定身份解，但在释义上仍有"夹""挟"的意义引申，大致可分"以力夹辅人"与"挟持武力自立"两种，前者如《列子》的"子华使其侠客，以智鄙相攻，强弱相凌"[9]，以及《汉书》的"季布楚人也，为任侠有名"，唐代颜师古注曰："任谓任使其气力。侠之言挟也，以权力侠辅人也。"[8]02-530 这两处的侠都是以力夹辅人之义，学者徐岱、汪涌豪与陈广宏都认为这是侠的原义[10]。而《六韬·上贤》中有："二曰：民有不事农桑、任气游侠、犯历法禁、不从吏教者，伤王之化。"[11]6《汉纪》有：

"立气势，作威福，结私交，以立强于世者，谓之游侠。"[12]156-92 这两处的游侠并不受人役使，而是指挟持武力自立的人。另外，古人对"侠"字的书写运用极广，如《汉书·外戚传》："乱曰：佳侠函光，陨朱荣兮，嫉妒阘茸，将安程兮！"[8]02-1216 这里的"佳侠"指佳人，即佳丽李夫人；而《吕氏春秋·音律篇》中的"蕤宾之月，阳气在上，安壮养侠"[13]325，这里的"侠"是指少年，两处皆是"侠"的引申义。

当侠作为一特定身份理解时，须从先秦中的"侠"溯源。在西周的奴隶社会下没有产生侠的社会条件[14]，通行的说法，侠起于春秋，盛于战国，只是春秋战国的侠观都是片段的、零碎的。首先在《韩非子·五蠹》中，侠是"以武犯禁""犯禁者诛，而群侠以私剑养""而养游侠私剑之属"[15]43-44 的一群人，他们跟暴徒并无二致，是韩非眼中挑战君权的一类人，故须除之。而《庄子·盗跖篇》"侠人之勇力而不为威强"[16] 中的"侠"是挟持，即挟持别人的武力来树立自己的威势。以上《韩非子》和《庄子》所讲的"侠"基本上都跟游侠、侠义无关，更无述及侠德层面。此外，书中虽提到"侠"和近似侠的身份，比如"带剑者"和"剑客"[17] 等，但并无人物可做对照，只能从《韩非子》中得到"侠"有带剑、犯禁、被私养等几个意思而已。两书的成书时间皆在战国晚期，可以判断在战国之前的侠和游侠、剑客、刺客的名称是混用的，概指被豢养的刺客，是挑战君权的人。跟世人对侠"锄强扶弱、行侠仗义"的概念差距甚远，可见后世的侠观经过一个美化的过程。第一个美化侠观的是司马迁，以社会学来看，司马迁是"肯认"[18] 游侠的第一人，在《史记·游侠列传》中司马迁以侠德建构游侠群相，侠德成为判断侠与非侠的标准。

第一章 《史记》的侠观

乱世为游侠提供了舞台。在春秋战国时期，由于礼崩乐坏，分封制受到影响，使很多贵族及其所属的门客也随之散落民间，形成新士阶层。与旧士阶层不同，新士阶层不再是统治阶层[19]，没有食田或俸禄，也无须为王或诸侯打仗，但是他们旧有的本领——不管是学识还是武功都还在，他们在社会各阶层中游走，寻找一席之地，其中有一部分人凭借武力做自己想做却有违法之虞的事，这些人便是早期的游侠。[20]8此外，由于各国竞争激烈，国君需要优秀人才，这一社会形势也为平民提供了一个晋升渠道，如任登向赵襄子荐举了胆胥己，之后，赵襄子将其任为中大夫，造成"中牟之民弃田而随文学者，邑之半"[15]473的盛况，可见战国时期用人唯才，从而也促进旧士阶层的没落与新势阶层的崛起，很多不甘平庸的人纷纷去国离乡寻找出路，其中游侠便是新士阶层中最突出、影响力最大的一支。

到了秦汉，游侠逐渐形成集团，并出现了"豪"的概念，在《鹖冠子》中有："故德万人者谓之隽，德千人者谓之豪，德百人者谓之英。"[21]2陆佃引《毛诗》批注，但《毛诗》中的"豪"并没有这个意思，可见将"豪"定义为统领千人的领袖是从秦汉才开始的。《淮南子》也说："故知过万人者谓之英，千人者谓之俊，百人者谓之豪，十人者谓之杰。"[22]620并进一步注明"豪"是"行足以为仪表，知足以决嫌疑，廉可以分财，信可使守约，作事可法，出言可道者，人之豪也"。这段文字与司马迁所说的侠德相仿，故"豪"的人格魅力和分财养人自能吸引许多游民依附，为豪侠集团提供现实基础。有学者也从云梦秦简中所发现的《游士律》推论："秦汉以后，文士和武士同时发展了社会基础；前者变成了'士族'，后者则是所谓'豪杰'了。"[23]26在西汉时，"豪杰"提供了游侠豪强化的基础，到了号称无侠的东汉，侠的士族化与豪杰化合流，成为东汉之侠的面貌。

以上就社会的角度来分析游侠出现和存在的基础，但要更全面地了解游侠的面貌则有赖于《史记》。《史记》是第一部为侠立传的史书，对侠的看法有一部分延续《韩非子·五蠹》中"儒以文乱法，侠以武犯禁"[15]43-44的观点，认为侠是凭恃武力犯上作乱的人，但司马迁也把折节下士的信陵君，重视名节的田光，砥志修洁的季次、原宪等纳入侠的范畴，只是以比例来看，违法犯纪的人仍占了多数。盖侠本就崇尚自由，将个人意志置于法律之上，非法律所能限制，如张良曾窝藏杀人犯项伯[24]683；季布被刘邦通缉[24]970；郭解以私恨杀人[24]1157……尽管这些人不轨于法度，但他们在当时或后代的评价并不低，主要是受到司马迁的影响，从韩非子到司马迁，社会对侠的评价有显著的提升。

第一节 行侠动机

在《史记》一书发现司马迁对侠的褒贬不一，为了宏观理解司马迁的侠观全貌，笔者将《史记》中的侠进行归纳，再以其行侠动机分类如下：

一、为了生活

种、代，石北也，地边胡，数被寇。人民矜懻忮，好气，任侠为奸，不事农商。……自全晋之时固已患其僄悍，而武灵王益厉之，其谣俗犹有赵之风也。……中山地薄人众，犹有沙丘纣淫地余民，民俗懁急，仰机利而食。丈夫相聚游戏，悲歌慷慨，起则相随椎剽，休则掘冢作巧奸冶……[24]1190-1191

侠非顺民，他们不甘平庸，特立独行，总想干出一番大事，即使在比较艰难的环境里，他们亦不肯经营生计，反而为了生活铤而走险"任侠为奸"，然在西汉还没有"奸侠"这一词汇，"奸侠"一词直到《北齐书》的"招致奸侠，以为徒侣"[25]174才出现，文中的李愍就是靠吸收奸侠而建立军队的，易言之，奸侠其实就是游民，他们身无财产也不事生产，以投靠豪族、作乱乡里、掠夺财物维生，这也就是《韩非子·八奸》所说的"为人臣者，聚带剑之客，养必死之士，以彰其威"[15]187的现象，可见从战国到南北朝的漫漫历史中，游民任侠为奸的现象始终存在，承平时是治安隐忧，乱世时更是天下乱源。而司马迁从现实面分析游民任侠为奸的现象——因为某些地方屡遭胡人劫掠、地理条件差、粮食压力大，本来就谋生不易，加上民风剽悍好斗，以致有些人就靠抢劫、盗墓、铸币、杀人等非法行为获利维生，这些人固然道德低下，却是一地的群众现象。司马迁其实是以《孟子·滕文公上》中"民之为道也，有恒产者有恒心，无恒产者无恒心；苟无恒心，放辟邪侈，无不为已"[26]之角度来看此现象的，不同于韩非子主张严刑峻法，司马迁认为要解决游民聚众作乱的问题，必先设法提升他们的生存条件，只要他们能容易地以合法方式谋生，就不会铤而走险任侠为奸了。最后，虽然在《史记·货殖列传》中有提出"任侠为奸"一词，但《史记·游侠列传》中并没有奸侠的分类和代表人物，可见"任侠为奸"只是地方民性的形容，奸侠既不是侠的类别，更不在司马迁的游侠范畴之内。

二、拓展势力

侠可能是独立个体，比如游侠；亦可能是一方集团之首，其势大者甚至能与统治者分庭抗礼，比如豪侠。以游侠来说，季次、原宪虽是读书人，但死了四百多年依然有追随者[24]1154，其影响力固非寻常书生可比；又如节侠田光，一生怀才不遇，但最后用死来激荆轲，这些游侠都是在某一历史点上具有影响力的人物。但侠若为一方首领，其行侠就不只为了发挥影响力，而是为了拓展势力，如孟尝君"招致天下任侠，奸人入薛中盖六万余家矣"[24]814。孟尝君本身是卿相之侠，他又在薛地广招游侠依附，势将形成一方势力以威慑齐王。其他的例子还有吴王刘濞"所诱皆无赖子弟，亡命铸钱奸人，故相率以反"[24]1011，可见刘濞因为养了大批无赖子弟，才有造反的势力。再看季心，"气盖关中，遇人恭谨，为任侠，方数千里，士皆争为之死"[24]971。季心如此得人望，势力之大不言而喻。而宁成"贳贷买陂田千余顷，假贫民，役使数千家。数年，会赦。致产数千金，为任侠，持吏长短，出从数十骑。其使民威重于郡守"，他家道殷富，役使千家佃农，更掌握官吏阴私，不但百姓受其荼毒，而且官府也忌惮他，是典型的地方恶霸，而宁成这个人，也有任侠之名。[24]1133

这些任侠者以殷厚家业结交天下豪杰，形成地方势力集团，连官府也不敢过问。这正是《韩非子·五蠹》中"养士游侠私剑之属"的现象，但侠的身份却有了转换。在《韩非子》中侠是被私养的人，但在《史记》中豪侠者是养人的人。从这个现象来看，显示从战国到西汉侠发生了两种变化：其一，侠的社会身份提高；其二，侠本身的内涵提高，造成慕侠之名的人很多。总之，这些任侠者拥有雄厚资本和地方势力，有的甚至行走于政治舞台，如：孟尝君身为齐相，刘濞被封为吴王，季心官拜中尉司马，窦婴则"任侠自喜，将兵，以军功为魏其侯"[24]657等，这些任侠之士热衷于庙堂之路，很多还位居高官，和一般官员不同的是，他们属于侠的习气仍在，尽管入朝为官却不受官职局限，维持个人本色，善于结党营私，甚至名震朝野。说反可反，如刘濞；说弃官可弃官，如宁成。然而这些豪侠，在西汉中央集权下虽然能烜赫一时，但往往没有好下场，很多还恶名在外。

三、执行正义

这里的正义是指侠所认定的私义，它虽合于侠德却未必合法，如朱家协助窝藏朝廷通缉犯季布，"汝阴侯滕公心知朱家大侠，意季布匿其所，乃许曰：'诺。'"[24]970又《史记·汲郑列传》中有："郑庄以任侠自喜，脱张羽于厄，声闻梁楚之间。"[24]1124 他们冒着风险救人急难，执行"不爱其躯，赴士之厄困"的正义，却不求回报，这是侠的道德实践，是利他主义，显现侠的人格的高尚，但不可讳言藏匿犯人是违法的。此外，有时这类正义还相当主观，比如郭解以私恨杀人，这对侠而言是执行正义，但也成遂其私心的借口，当然他的侠名仍备受当时社会肯定，所以有籍少公愿为他牺牲。此外，游侠最极端的执行正义的方式是借躯报仇，若人民有私恨无法从法律上得到弭平，自己又无复仇实力，则可委托侠来帮他报仇，这个委托有时用金钱交易，有时则是侠路见不平出手相助，如郭解靠抢钱、铸币、掘墓等方式营生[24]1155，反观《史记·货殖列传》中的闾巷少年，"攻剽椎埋，劫人作奸，掘冢铸币，任侠并兼，借交报仇，篡逐幽隐，不避法禁，走死地如骛，其实皆为财用耳"[24]1193，则是明目张胆地以借躯报仇来赚钱了。虽然借躯报仇违法，但相较于抢劫、杀人、铸币等恶行，借躯报仇隐含了较多的正义性，尽管是主观的正义，但满足了游侠所追求的理想人格。

四、彰显名声

"名誉"是侠与豪暴之徒的显著差异，游侠重名，名声让他广孚人望、使人趋附，而养士是建立名声的方式，著名的"养士四公子"便以养士建立声名，《史记》说他们"招天下贤者，显名诸侯，不可谓不贤者矣"[24]1154，形成一股不可小觑的政治实力，肯定了他们的"贤名"；而平民中资财丰厚的侠养士也有，如朱家通过养士[24]1155，不但蓄养势力，同时也彰显侠名。更甚的是养士的多寡往往也是衡量名声的指标，彰显侠名是拓展势力的务实化，名望代表侠的影响力，故极为重要。

司马迁虽赞誉游侠"不矜其能，羞伐其德"的美德，但也说他们"显名诸侯""声施于天下"的实力，可见侠的谦虚有时是做作的，是种以退为进的权谋。比如朱家自己"家无余财，衣不完采，食不重味，乘不过軥牛"却能"所藏活豪士以百数"，他这种豪迈做派是违反常理的，但他也因此得到"自关以东，莫不延颈愿交焉"的美誉。再看，郭解对待箕踞瞪他的人，表面上说不怪罪，却又暗中嘱托尉史："是人，吾所急也，至践更时脱之。"这是郭解在对瞪他的人暗示自己有操控他升贬之权，后来箕踞肉袒谢罪，则表示了对郭解的屈服。而这正是郭解以退为进收服人心的方式，果然"少年闻之，愈益慕解之行"，可见杀一不敬之人虽可解恨，但也败坏名声，郭解不杀人反厚待之，不但收服箕踞者，更博得广大侠名。当然，闾巷之侠的湮没不闻使司马迁引以为憾，但说闾里之侠不重名声却也未必，如季次、原宪[24]1155，他们虽不求名，却刻苦自励，维护名声的高洁，所以死后四百余年仍有追随者；

乃至田光自杀也是在维护节侠的名誉。卿相之侠重名以增加政治实力,豪侠重名以威赫天下,节侠、闾里之侠则重名以维护高洁人格,足见名之于侠是非常重要的。

第二节　侠德的坚守

综观司马迁笔下的游侠都性格刚烈,不是柔顺之辈,能以性命相交,却不可受人轻视,这种崇尚自我的风格,无疑给了当时和后人许多美好的想象,但违法犯纪又崇尚自我的侠与一般的暴徒差别在哪? 在于侠德。

侠德是侠行准则,也是侠的自律道德。侠的生命气质强烈,他可能是一方之霸或集团之首,也可能是独来独往的个体,他们虽不轨于正义,然司马迁也肯定他们:"虽时捍当世之文罔,然其私义廉洁退让,有足称者……今游侠,其行虽不轨于正义,然其言必信,其行必果,已诺必诚,不爱其躯,赴士之厄困,既已存亡死生矣,而不矜其能,羞伐其德,盖亦有足多者焉。"[24]1154文中的私义廉洁退让,言必信、行必果,已诺必诚……即是侠德。《史记·游侠列传》中的游侠虽多,个性各异,但其公约数是侠德。这里的侠德不是一般意义的道德,而是专属于侠的道德,是建立在私义的基础上的道德,徐斯年说司马迁确立"以'私义'为中心的'侠德'规范理论"[27],确然。戴俊进一步认为司马迁把"侠"作为一种理想人格来肯定[28],就"救人于厄,振人不赡,仁者有乎;不既信,不倍言,义者有取焉。作游侠列传第六十四"[24]1212,可见司马迁为游侠立传的初衷是肯定侠德。总之,私义是侠德的基础,侠德是成侠的前提,侠无侠德则与暴徒无异。

司马迁对侠的分类大致有二:一是以卿相之侠为主的贵族之侠,二是以布衣、闾巷、乡曲为主的平民之侠,在《史记·游侠列传》中司马迁对卿相之侠冠以"贤"名,其道德内涵为何? 司马迁的答案如下:

> 季布弟季心,气盖关中,遇人恭谨,为任侠,方数千里,士皆争为之死……当是时,季心以勇,布以诺,著闻关中。[24]971

> 夫不喜文学,好任侠,已然诺。诸所与交通,无非豪桀大猾。[24]1018

在朝为官的季心,与人相处时态度恭谨,而其侠气更弥漫关中,使士争为之死,可见他折服别人的是道德而不是威势;而窦婴虽不和平民打交道,但他信守承诺的品质也素为人敬重。可见,不管在朝为官或赋闲在野,不管是一方豪杰或个体游侠，其违法犯纪必须止于有道，否则不配侠名，不能称侠。

　　但进一步来看，"违法犯纪"和"侠德"这两个命题有根本的扞格，即犯法的人何须执守侠德？而坚守侠德者又何以犯法？前者可能是为了侠名，《史记》中的豪侠都以名声吸引四方游侠归附的，而且坚守侠德可使游侠淡化犯法的罪恶感、彰显崇高人格和增进自我肯定。至于后者，可能跟游侠高度的个人意识有关，故侠德在侠的心中自然高于法律。总之，侠与暴徒之别在于侠德之有无，况侠名需通过侠德而美化，所以上至卿相之侠，下至布衣之侠，他们都需要侠德。就算闾里之侠，如季次、原宪虽不好名不求名，但也重视名声的高洁，退一步说，他们死后四百余年还有弟子志之不倦，能说名声不彰吗？

　　游侠重名，而侠德美化侠名，《史记》中不乏以死护名之例，如田光是燕太子丹的老师，太子丹将刺秦之计告诉田光之后，叮嘱他说："所言国之大事也，愿先生勿泄也！"之后田光对荆轲说：

　　　　"吾闻之长者为行不使人疑之，今太子告光曰'所言者国之大事也，愿先生勿泄'是太子疑光也。夫为行而使人疑之，非节侠也。"欲自杀以激荆卿，曰："愿足下急过太子，言光已死，明不言也。"因遂自刭而死。[24]885

　　从这段文字来看，田光自杀，一方面固是以己命来激励荆轲，使他了解刺秦之路不可退，这或许跟荆轲有在强者面前临阵逃脱的记录[29]有关。但另一方面，太子丹告诫他"勿泄"已伤及田光节侠的自尊，逼得他以死来证明"不言"，足见田光对节侠标准的严格遵守。又如籍少公，为了保密郭解的行踪，终以自杀来断绝线索，而籍少公也是一名大侠[24]1155。由此可知，侠有侠德，其侠德虽不等同于儒家道德或世俗道德，但若扣除儒家与世俗道德中"忠心守法"的部分，却又几乎相合，断言之，游侠的自我取向甚高。司马迁于《史记》中所举的游侠群相，其共通点是他们有极严苛的道德标准，不服从权威。

　　《史记》中的侠大抵有三种表述形态：①游侠：这类侠是《史记》的主旋律，不但具备侠德，且多用于正面义。②表语＋侠：如节侠、大侠、卿相之侠、布衣之侠等，大抵是正面义。③任侠：可好可坏，要检视前后行文，如孟尝君"招致天下任侠，奸人入薛中盖六万余家矣"[24]814；又"人民矜懻忮，好气，任侠为奸，不事农商"[24]1191的侠是指奸人，无侠德可言；但如季心"为任侠，方数千里，士皆争为之死"[24]971的侠又是正面义。故《史记》所称的侠也未必尽是好的、经过美化的。

再谈侠德的内涵，西汉的董仲舒曾提出"以义正我"的概念，他说："义之法在正我，不在正人。我不自正，虽能正人，弗予为义。"[30]138-140 这是一种道德自律的概念，他还说"义造我"，因为"义"字的结构从"我"从"羊"，"义"字既是由"我"字创造的，故要由我履义。他在《春秋繁露·竹林》更以逢丑父为例，逢丑父为救齐顷公，以李代桃僵之计，假冒齐顷公而被晋国将军韩厥抓走，也顺利帮助齐顷公逃命。但董仲舒却批评逢丑父"欺而不中权，忠而不中义"[30]29，因为逢丑父欺骗三军，且陷齐顷公于不义，为世人所不齿。董仲舒认为逢丑父要劝谏齐顷公视死如归，就算死也不可临阵脱逃，方不辱于义，他直言："夫冒大辱以生，其情无乐，故贤人不为也，而众人疑焉。《春秋》以为人之不知义而疑也，故示之以义。"故义的极致是要用生命来践履的，这也是侠"不爱其躯，赴士之厄困"的侠德实践，且不管卿相之侠或乡曲之侠，在生活上都需维持极低的物欲，这是侠德，也是"以义正我"的道德自律。西汉初期出现了几个能使民心归附的大侠，再经过司马迁以侠德美化后，游侠提升了社会地位，整个西汉社会的游侠众多，像朱家、剧孟、郭解等大侠依附的人既多，在社会上也很有分量，他们的存在僭越了政府的某些功能，故当游侠集团过分膨胀，甚至百姓也习惯向他们求助时，他们就容易与统治阶层发生矛盾了。

第三节　侠与义士的判别

从战国到西汉出现了三个容易混淆的名词：游侠、义士、刺客，由于这三种身份颇有模糊空间，使得学者每每在研究游侠时，就把这些脸谱联袂重现，比如王齐在《中国古代的游侠》一书中写道：

春秋时期，侠风始倡，当时如晋国赵盾、赵朔的门客公孙杵臼、程婴，舍生忘死救助赵氏遗孤；吴国公子光门下的专诸不吝其躯刺杀吴王僚，都称得上侠义之人。迨至战国时代，侠风大盛，游侠已从士人中脱颖而出，结党联群，形成一定的势力和影响。并常常能够左右政局，甚至能消除令生灵涂炭的战争危害。其中轻死重义、已诺必诚、不爱其躯、仗义任侠的人物如墨子、孟胜、蔺相如、鲁仲连、王烛、虞卿、唐雎、信陵君、平原君、朱亥、毛遂、豫让、要离、聂政、荆轲、高渐离、田光、缩高等，或单人独剑行刺暴君，或意气相投引为知己，共同成其壮举。他们的侠义精神给那个昂扬奋发的时代谱出更加慷慨悲壮的乐音。[20]11-12

文中的游侠群相其实就是把游侠、刺客和义士合在一起说的，但这三种身份性质不同，甚至有区分之必要。先论义士。在《战国策》中叙述鲁仲连不帝秦之义，文末新垣衍对鲁仲连说："始以先生为庸人，吾乃今日而知先生为天下之士也。"[31]591 又，鲁仲连也说："所贵于天下之士者，为人排患、释难、解纷乱而无所取也。"这里的"天下之士"系指"义士"。庸人和天下之士对称，表示天下之士是能干一番大事之人，且必须具有帮人排患释难等利他美德。观乎《战国策》关于鲁仲连的部分，并无"侠"字，而"义"字凡二见；又《史记·鲁仲连列传》通篇并无"侠"字，而"义"字凡八见，可见在《战国策》作者和司马迁的心中，鲁仲连是义士却不是侠，况且在先秦时期，侠与义并无必然关系，游侠和义士是两种身份。相关证据还见于《吕氏春秋》：

> 吾于阳城君也，非师则友也，非友则臣也。不死，自今以来，求严师必不于墨者矣，求贤友必不于墨者矣，求良臣必不于墨者矣。死之所以行墨者之义而继其业者也。[13]1257

可见孟胜决心赴阳城君死难是为了践履墨子之义，故孟胜是个义士却无侠名。而《史记》中的侯嬴是个修身洁行数十年的隐士，但他却知道"晋鄙之兵符常在王卧内，而如姬最幸，出入王卧内，力能窃之"[24]822，甚至知道魏公子有恩于如姬，所以"如姬之欲为公子死，无所辞，顾未有路耳"。这些宫闱内幕非寻常人可知，可见侯嬴神通广大。侯嬴在受到信陵君知遇之后，为信陵君出窃符救赵之计，却在信陵君行至晋鄙军之日"北乡自刭，以送公子"，侯嬴的自杀固是为了激信陵君不可退缩，因为一旦退缩便对不起侯嬴之死，但也是用死来抵晋鄙之命，毕竟施计太毒，晋鄙无辜，侯嬴自知对晋鄙有亏，故不惜命，所以后世称侯嬴为义士而不称侠。此外，还有"田横之高节，宾客慕义而从横死，岂非至贤，余因而列焉"[24]937；"横之志节，宾客慕义，犹不能自立，岂非天虏！"[8]02-489 田横、慕义，后世均以义士称之；而死守汉节，终不投降匈奴的苏武，被李陵称为义士[8]02-697；周嘉以死向盗贼赎汝阳太守何敞的命，被众贼尊为义士[32]9；温序被苟宇劫持，苟宇劝他与自己合作共谋天下大业，温序不从，苟宇的部将要杀他，苟宇制止，尊温序为义士并赐剑令他自尽[32]9……可发现义士与侠之别。

首先，义士首重节、义，而游侠虽标榜信义节勇、廉洁退让等品德，但又以信、义为重。其次，义士重名，不肯以劣行污迹染其洁名，甚至重名胜于性命，而他们的人格就算是敌人也是会敬重的；游侠亦好名，但看重的是名的功用，以名声美誉来吸引众人归附，除了节侠，外少有侠为护名而死的。再次，义士倾向防卫型的人格，他们的义举多在捍卫人主公道与自身尊严，但很少标榜他们施惠于民；而游侠是属于攻击型人格，为了私义，不惜与朝廷、官府、地方强梁等勾结或相抗，也常标榜他们的侠行事迹惠于百姓。最后，义士之道是标榜以死追随人主或以死自证，此亦是节侠之道；至于游侠、豪侠、奸侠、闾里之侠、卿相之侠等则少闻此行，就古籍上义士等于节侠，如田光、田横等，像《蔡中郎集》的"壮田横之奉首兮，义二士之侠坟"[33]666所推崇的就是田横及其宾客不肯受辱苟生的义烈高节，他们既为义士又是节侠。

第四节　侠与刺客的判别

要谈侠与刺客之别，则有必要回到司马迁《史记》中的《游侠列传》和《刺客列传》中找寻答案。后世常将侠与刺客混为一谈，恐有违司马迁将两者分别立传的初衷。在此笔者仅以《史记》的观点判别侠与刺客，在《游侠列传》中的游侠有：季次、原宪、孟尝、春申、平原、信陵、朱家、田仲、王公、剧孟、郭解等；在《刺客列传》中的刺客有：曹沫、专诸、豫让、聂政、荆轲等人。比较两方人物群相，可归纳出以下几点：

一、名、义的取向

司马迁用侠德来界定侠与非侠，但这道德不是普遍意义下的道德，故司马迁说："然其私义廉洁退让，有足称者。"句中的私义就是侠的自我道德取向，而且私义也只施于某些特定对象，而不是一视同仁。朱家协助窝藏季布、郭解借躯报仇等行为虽然违法，但不违背他们的自我道德取向，当他们执守这套标准而受到普遍肯认后，侠名也就彰显了。而侠名彰显之后就会产生附加效果，如朱家对季布有恩，但等到季布尊贵时却终生不见，造成"自关以东，莫不延颈愿交焉"的盛况；又如郭解秉持公道放过凶手不肯为侄儿报仇，使得"诸公闻之，皆多解之义，益附焉"；至于"招天下贤者，显名诸侯"的卿相之侠，其名声更是得到彰显，名声远扬方能延揽人才依附，所以游侠重名其来有自。

相比之下，刺客重义而轻名，如赵襄子说豫让"彼义人也，吾谨避之耳，且智伯亡无后，而其臣欲为报仇，此天下之贤人也"[24]880，豫让为了复仇不惜毁身吞炭，弄得面目全非，刻意隐藏自己的身份，足见其不求名之志；严仲子说聂政"窃闻足下义甚高"[24]882，且聂政为严仲子杀侠累后自知无法脱身，为免亲人遭到牵连，他"因自皮面决眼，自屠出肠"，让人无法辨别他的身份。观诸司马迁的《刺客列传》，刺客行刺的理由并非为行侠仗义或主持公道，大都是为了报答人主的知遇之恩，因为人主的知遇使他们有尊严，而尊严对刺客来说是极为重要的，所以他们报恩的方式就是为人主杀人，而游侠杀人的理由很少是报恩。游侠重侠德，刺客重报恩，虽有值得赞许的一面，但毕竟皆属于私义，且游侠"不轨于正义"，刺客所杀的人也未必是奸恶之徒。他们的是非观念都是自由心证、相当主观的。但游侠的道德裁决于己，而刺客的道德则系于人主，就此而论，侠的人格独立性、自主性远高于刺客。

二、对武的态度

《韩非子·五蠹》中有"侠以武犯禁""而养游侠私剑之属"之说，故侠本身精通剑术，再看《韩非子·八奸》的"为人臣者，聚带剑之客，养必死之士，以彰其威"，这里的"带剑之客"显然就是"游侠私剑"，可见在韩非的定义中游侠就是刺客。但到了司马迁时，游侠与刺客二分，司马迁所列举的游侠群像，也并非个个是懂武、好武之人，如"养士四公子"身为卿相之侠，他们的武备来自养士；至于闾巷之侠如季次、原宪等，他们是一介书生，史书上并无他们动武或习武的记载；而朱家、剧孟的侠名虽大，但史传上并未记录他们的武功，只有对田仲"喜剑"、郭解"所杀甚众"的描写跟武力、武功扯得上边。足见游侠未必懂武，武力之于游侠，可能是本身具有（如田仲、郭解）、养士所得（如"养士四公子"、朱家、剧孟），或他们根本与武无关（如季次、原宪）。

在《游侠列传》中，司马迁提出两个游侠元素，就是武与义，但两者之于侠的必要性不同，徒义可称侠，但徒武不可称侠，谙武者必合于义才能称侠。这种合于义的武就是武德。在《左传》中也有类似的思想，当晋楚的邲之战，晋师败绩，楚师大获全胜后，潘党向楚庄王建议"筑武军而收晋尸"来炫耀武力，但楚庄王回答："非尔所知也。夫文，止戈为武……夫武，禁暴、戢兵、保大、定功、安民、和众、丰财者也。"[34]楚庄王把武力当作完成禁暴、戢兵等七件事的手段，武是为了达成这七件事而存在的，之后就有所谓的"武有七德"之说。就侠的本质而言，尽管很多游侠用武力来营生或处理问题，也有卿相之侠用养士来拓展势力，但他们都需合于义才配得上侠名，实际上司马迁所说的侠很多并无动武的记录。但刺客就不同了，《刺客列传》中的刺客不管他们本身是否深谙武功，行刺本身就是一种武力，且行刺是他们唯一的任务，在执行任务中往往得冒极大风险，甚至以生命为代价，鲁句践感叹荆轲："嗟乎，惜哉其不讲于刺剑之术也。"[24]885正说明刺客需深谙剑术，易言之，刺客必须兼具剑术、武功才行。

三、人格的自主性

侠有多种面目，他们可以是身家富厚的卿相之侠，亦可以是褐衣蔬食的闾巷之侠。不管身家厚薄，他们的侠行有高度的自主性，他们的行侠动机虽多，却没有报恩这项，甚至他们多半还是个施恩者，用自己的资源养活众豪士，使豪士为己所用，形成一股势力，这势力甚至可以影响整个社会国家。不单是"养士四公子"如此，其他如藏活豪士的朱家，使人趋附的季心、郭解等皆为一地方集团领袖。由于侠的个性强烈，急公好义，对于天下事的参与度强，受到其恩惠的人必多，所以侠行的利他对象是广泛而不特定的。此外，侠有一种不甘寂寞、弃绝庸常也不肯受委屈的特质，所以行侠除了有利他的性质之外，也有利己的部分，他们不工不农不商不事生产，以任侠来取财，遇事为与不为皆裁决于己，人格是相当自由、独立的。相比之下，刺客则受到恩义的牵绊，有其不得不为的理由，比如荆轲刺秦王，一方面是报答燕丹，另一方面也是田光以命相激，使他的刺秦之路必须一路走到底。所以刺客的行为是利他的，而这个"他"是特定的人主；游侠的行为除了利他外还可利己，且所利之人是不特定的对象。再从目的性来看，比起刺客的"不成功不罢休"，游侠则多了几分权衡的空间。

四、定名的精确度

《刺客列传》中的刺客是以行刺为手段以报人主之恩者，但后世所称的刺客略去以恩义交结的部分，而改以受金杀人。至于侠，则内涵复杂。一方面，侠有多种形貌，如闾巷之侠、布衣之侠、卿相之侠、节侠、游侠、大侠等，《史记》中有明确地指出这些侠在是哪些人。至若《货殖列传》中"任侠为奸，不事农商"[24]1190 "丈夫相聚游戏，悲歌慷慨，起则相随椎剽，休则掘冢作巧奸冶"[24]1191 的奸侠是地方性的侠群合称，这些奸侠处于社会底层，既没有代表人物也不标举侠德，《游侠列传》中未有提及。另一方面，"徙郡国豪桀任侠及有耐罪以上"[24]1115 的豪侠是统治阶层亟欲打击的对象，汉初先后推出了几次迁徙令，就是为了杜绝豪侠与地方的地缘关系，不过在《史记》中并无奸侠、豪侠之名，司马迁只是就这奸侠、豪侠题个头，至于内涵则有待后世补足。在《游侠列传》中，司马迁以信、义、廉、让等描绘出游侠形象，又以"君子之风"和"盗跖"来判别侠与非侠，将奸侠排除在侠的范围之外。至于豪侠，既有像朱家那种助人活命的大侠，也有像宁成那种役民逼官的流氓，两者的侠德差异何啻天壤？总之，侠所指涉的对象范围很大，内涵复杂，故相较于"刺客"而言，"侠"不是一个精确的定名。

第二章　《汉书》的侠观

上章分析了《史记》中游侠与义士、刺客之别，也厘清了侠的定义和指涉范围，然而随着时代递嬗，汉武帝以后对侠的解释权则从司马迁交棒给班固。在《史记》中侠虽然不轨于正义，但不失其品格，为司马迁所称道，到了《汉书》，班固虽承认侠的廉让谦退、重诺守信、扶弱赈急、重义轻生等品格，但对侠的批判也颇为犀利：

　　古之正法：五伯，三王之罪人也；而六国，五伯之罪人也。夫四豪者，又六国之罪人也。况于郭解之伦，以匹夫之细，窃杀生之权，其罪已不容于诛矣。观其温良泛爱，振穷周急，谦退不伐，亦皆有绝异之姿。惜乎不入于道德，苟放纵于末流，杀身亡宗，非不幸也。[8]02-1120

以班固的说法，新政权是靠推翻旧政权而建立的，所以五伯、六国、四豪皆是前代政权的罪人，班固对新政权的批评，主要是因为它破坏了旧秩序，使社会动荡不安，而这种与旧秩序冲突的调性，侠也有。站在统治者的立场，游侠虽有"温良泛爱，振穷周急，谦退不伐"等"绝异之姿"，但终究"不入于道德"，依行文判断这里的道德是指王法。因为侠以武犯禁，故纵有温良泛爱等侠德也是罪不容诛的，是以站在统治者的立场，侠是国家社会的乱源。但就行文来看，班固把四豪与五伯、六国并列，肯定豪侠的绝异之姿，可谓对侠做出高度肯定，他可惜侠"不入于道德"，这岂不是"卿本佳人，奈何做贼"的心理？从这可看出班固对侠有一定程度的欣赏，他只对窃杀生之权和放纵于末流的豪侠，贬得比较狠。有学者认为，班固以统治者的立场挞伐游侠，但细品其言外之意，可以发现在犀利的行文下，含藏着他对侠的欣赏与惋惜，这是明贬暗褒的笔法。何况豪侠就像五伯、六国一样具有颠覆朝廷、改写朝代的实力，这是寓褒于贬中了，总之班固的侠观为何实耐人寻味。同于司马迁于《史记》中立《游侠列传》，班固也在《汉书》中立《游侠传》代表其侠观，其他还有很多关于侠的评价散见在《汉书》的人物传中，纾论如下：

第一节　豪侠崛起

侠依其行事作风，概可分成个体游侠与结党豪侠。在春秋时代，由于新士阶层的崛起，许多"士"游艺四方以争一席之地，所以个体游侠很多。到了战国养士之风盛行，这股风气从国君（如魏文侯、齐宣王、燕昭王）到诸侯皆然，著名的"养士四公子"都是司马迁笔下的卿相之侠，他们食客数千，形成一股庞大的势力，甚至造成"诸侯徒闻魏公子，不闻魏王"[24]824之情况。综观战国的卿相之侠，其养士动机首在培植个人势力，增加威望与令名，其次才是为了救国。在战国时养士之风盛行，此风还迢递到秦汉两代，如《史记·吕不韦列传》中记载："吕不韦以秦之强，羞不如，亦招致士，厚遇之，至食客三千人。"[24]877吕不韦以秦国之强盛，但养士之风却不如"养士四公子"而觉羞，故大招天下之士，形成食客三千的盛况，可见到了秦朝养士之风依续。

汉初时养士之风更胜前朝，诸王养士的就有淮南王刘安、梁孝王刘武、河间献王刘德、吴王刘濞、衡山王刘赐等人，外戚大臣养士的有窦婴、田蚡、灌夫、陈豨等，而地方商贾豪杰养士的则有朱家、郭解、季心、剧孟等，这些人不乏好侠、喜侠者，甚至本身就是侠者，他们在朝廷或地方结党聚众，形成一股势力，甚至能撼动朝廷政局或社会秩序，以灌夫为例：

> 夫不好文学，喜任侠，已然诺。诸所与交通，无非豪桀大猾。家累数千万，食客日数十百人。陂池田园，宗族宾客为权利，横颍川。颍川儿歌之曰："颍水清，灌氏宁；颍水浊，灌氏族。"[8]02-669

这段文字和《史记·魏齐武安侯列传》大抵一致，灌夫官至汉朝的燕国宰相，却交通"豪桀大猾"，且"家累数千万"，食客"日数十百人"，乃至颍川儿歌蔚为嘲讽，可见灌夫为祸乡里之甚。而《汉书·季布传》中："布弟季心，气盖关中，遇人恭谨，为任侠，方数千里，士争为死"[8]02-531一段，显是引自《史记·季布列传》，季心社会声望之崇高可见一斑。当然，一个能让数千里之士争先效命的游侠，绝非朝廷可轻松撼动的对象。季心后来杀人亡命到吴地，受到爰盎的掩护，他拜爰盎为兄，认灌夫、籍福为弟，这些人都是地方豪杰。季心逃亡反而结交豪杰扩张势力，地方官府谁敢办他？果然不久后季心不但脱罪还当上中尉司马，连酷吏郅都也要对他礼遇三分。再看剧孟，《汉书·游侠传》中载："天下骚动，大将军得之若一敌国云。剧孟行大类朱家，而好博，多少年之戏。然孟母死，自远方送丧盖千乘。"[8]02-1120 这段也是引自《史记·游侠列传》，文中展现剧孟庞大的地方势力。大抵这些豪侠聚众结党，厚植势力，权倾朝野，是社会的不定时炸弹，班固在《汉书·游侠传·序》中写道：

> 及至汉兴，禁网疏阔，未之匡改也，是故代相陈豨从车千乘，而吴濞、淮南皆招宾客以千数。外戚大臣魏其武安之属，竞逐于京师。布衣游侠剧孟、郭解之徒驰骛于闾阎，权行州域，力折公侯。众庶荣其名迹，觊而慕之。

文中的陈豨、吴濞、淮南王、魏其、武安等在《史记》也有记载，但并非记载在《游侠列传》中。观乎这些人，官位很高，且养了数以千计的宾客，其势大则竞逐于京师，小则驰骛于闾阎，权行州域，并非一般行侠仗义的游侠可比拟，班固将其称为豪侠。在《汉书·游侠传》中这类豪侠变多了，而且没有像季次、原宪这种闾里之侠，班固所列的游侠大都是指豪侠。根据陈山的说法：

> 两汉的武侠后来进一步豪强化，许多怀有政治野心的贵族、权臣、宦官、外戚、地方军阀，如汉初吴王刘濞，淮南王刘长、刘安以及后来的宦官中书令石显，外戚王氏五侯，未篡位前的王莽，都曾竞相与豪侠集团勾结，倚为外援，增强自己的政治实力。[35]65

诸侯王与外戚大臣透过养士和交结朋党培植势力，同党则互相标榜，异己则互相倾轧，在水滴效应下，个体游侠减少了，豪侠的势力则越来越大，甚至形成政治集团干谒朝政，诚如爰盎所言："天下所望者，独季心、剧孟。今公阳从数骑，一旦有缓急，宁足恃乎！"[8]02-633 可以看出权臣与豪侠结合的趋势，而这种结合建立在互相需要的基础上，权臣得豪侠可以救济缓急，而豪侠得权臣则可以掩护非法，所以尽管汉朝政府对豪侠的追杀不遗余力，但豪侠集团仍屡屡兴起，同时，社会形势也促使两汉游侠豪强化。

除了权臣与豪侠的结合之外，在社会上还有富商与豪侠结合的现象，比如《汉书·货殖传》载王孙卿"以财养士，与雄杰交"[8]02-1119，透过这种结合可以垄断利益并获取暴利。诚如邹纪万于《两汉土地问题研究》中所言：

> 豪富阶层与豪强阶层经常结合，进一步垄断了冶铁、煮盐、铸剑的三大利源，他们挟其巨资显势，招纳流亡人民，使用奴婢乃至于佣工，专断盐铁

币的权利，成为富倾天下的豪民。[36] 然后收纳一些"权行州域，力折公侯"的游侠者流为其卖命，作为武断奸伪邪僻财力的雄厚助力。[37]

富商与豪侠的结合垄断了经济，造成社会上贫富悬殊的现象。至于侠与侠的结交的情况也很普遍，如《汉书·朱博传》中的朱博"好客少年，捕搏敢行。稍迁为功曹，伉侠好交"[8]02-1019，"前将军望之子萧育、御史大夫万年子陈咸以公卿子著材知名，博皆友之矣"，这是为了培植势力；即使是"不能容人之过"[8]02-647 的汲黯，也"常慕傅伯、爰盎之为人。善灌夫、郑当时及宗正刘弃疾"，这是因为慕侠。这种任侠者好结交，通声气，就容易形成朋党，拓展势力，势力大者甚至威胁到汉朝政权。再看《汉书》中新出的"侠"的词汇，有"伉侠好交"的伉侠[8]02-1019、"通轻侠"的轻侠[8]02-971 以及"豪侠"[8]02-947 等，这些侠在《汉书》中贬多褒少，且不约而同地"好结交"，互相标榜、党同伐异，这些现象恐非统治者所乐见的，所以朱博以自杀告终、汲黯"不得久居位"亦是其来有自。

第二节　慕侠风气

任侠有时是为了个人兴趣，如《史记》中的窦婴、郑庄[24]657，《汉书》也这么写："吴楚反时，太后从昆弟子窦婴侠，喜士，为大将军，破吴楚，封魏其侯。窦氏侯者凡三人。"[8]02-1213 窦婴在当官之余"任侠自喜"，可见任侠是为了满足其心里对侠的渴望。又在《汉书·郑当时传》中说郑当时"以任侠自喜，脱张羽于厄，声闻梁楚间"[8]02-649，可见任侠不但能满足个人兴趣，还能建立名声，所以任侠对于不甘平庸的人来说不啻于一种诱惑。综观《汉书》中的豪族，远比《史记》里的多，如楼护、陈遵、原涉等，他们之所以任侠显非受迫于生活，而是展现派头，过足当豪侠的瘾，如楼护"结士大夫，无所不倾，其交长者，尤见亲而敬，众以是服"，陈遵"耆酒，每大饮，宾客满堂"，这种广交豪杰的做派跟他们本身慕侠的性格有关。而这股慕侠之风甚至吹到帝王之家，如汉宣帝刘询年少时"受诗于东海澓中翁，高材好学，然亦喜游侠，斗鸡走马，具知闾里奸邪，吏治得失"[8]02-78。文中"喜游侠"的内容包括"斗鸡走马"，这是少年人的爱玩心性，跟眭弘"少时好侠，斗鸡走马"[8]02-931 没什么两样。但除此之外，刘询也因喜游侠而在游历民间的同时观察吏治、体察民情，这使得他之后能治国得当，成为明君。

《汉书》把砥志砺节的闾里之侠季次、原宪改为轻侠原涉，把折节下士的卿相之侠换成四豪，至于《汉书·地理志》虽与《史记·货殖列传》多有雷同，但比较"种、代，石北也，地边胡，数被寇。人民矜懻忮，好气，任侠为奸，不事农商。……自全晋之时固已患其僄悍，而武灵王益厉之"[24]1190与"钟、代、石、北，迫近胡寇，民俗懻忮，好气为奸，不事农商，自全晋时，已患其剽悍，而武灵王又益厉之。故冀州之部，盗贼常为它州剧"[8]02-429两句，可发现班固把"任侠为奸"易成"好气为奸"，并直接点明这些奸人就是盗贼，后面的行文出现"野王好气任侠"句，这是"侠"和"盗贼"的首次联系，班固的侠观也影响了后世的侠观。但从行文中亦可判断班固不把那些穷地盗贼当作侠，否则就无须把"任侠"改成"好气"，他说的"侠"是冯野王，是汉元帝时权势熏天的外戚。综观《汉书》中的侠，多指豪侠，其原因除了豪族好结交之外，当时弥漫的慕侠风气也起到推波助澜的作用，但豪侠是一条不归路，一旦作为豪侠就难以退出，那种慷慨放纵的生活习惯，那些盘根错节的利益共同体和被认定的刻板印象，都使得走上豪侠之路就要一路走到底，比如原涉：

> 或讥涉曰："子本吏二千石之世，结发自修，以行丧推财礼让为名，正复仇取仇，犹不失仁义，何故遂自放纵，为轻侠之徒乎？"涉应曰："子独不见家人寡妇邪？始自约敕之时，意乃慕宋伯姬及陈孝妇，不幸一为盗贼所污，遂行淫失，知其非礼，然不能自还。吾犹此矣！"[8]02-1126

这里将轻侠比喻为失节之妇，原涉自喻失节后难复清白，索性就自甘堕落了。这段文将"行丧推财礼让为名，正复仇取仇，犹不失仁义"与"轻侠"对举，可见轻侠是指违仁义礼让之徒，而这也是"轻侠"一词首见于书中。根据王齐的说法："轻侠是对游侠中行为放荡、好勇斗狠而又年轻气盛的少年人的称谓，即主要指一些少年游侠。"[20]64可发现西汉已有不良少年的社会问题。[38]班固洞彻了行侠本质和侠的处境，突显侠名对人的诱惑和必须付出的代价，就像原涉，就算他闭门不见客，仍无法阻止许多想倚仗他的势力的人，也无法躲过仇家，原涉最后被申屠建所杀，似应了他自己的预言，一旦行侠就无法回头。

第三节　不轨于法

比较《史记》的笔法，《汉书》中的季布形象为："季布，楚人也，为任侠有名。项籍使将兵，数窘汉王。项籍灭，高祖购求布千金，敢有舍匿，罪三族。"[8]02-530对照于《史记》："季布者，楚人也。为气任侠，有名于楚。项籍使将兵，数窘汉王。及项羽灭，高祖购求布千金，敢有舍匿，罪及三族。"[24]970两者行文相仿，差异主要在于司马迁写季布"为气任侠，有名于楚"，班固改为"为任侠有名"。司马迁的"为气任侠"带有以侠气自许之意，使季布的意气跃于纸上，而班固的笔调较平，行文中季布对任侠没有热情。再看张良，《汉书》写道，"居下邳，为任侠。项伯尝杀人，从良匿"[8]02-547，和《史记》的行文一致，只是文末少了作者对张良的评价，是以司马迁对张良有较高的评价。季布、张良虽然违法，但他们是与统治者对抗，并未作奸犯科、鱼肉百姓，易言之，他们是人格独立的政治犯，所以司马迁对他们推崇备至。

其他如京师大侠朱安世，人称阳陵大侠，他不知身犯何罪被汉武帝通缉，但被通缉后仍逍遥法外，当朝丞相公孙贺欲缉捕他到案以赎儿子的死罪，汉武帝也同意了。一个大侠能发皇帝之怒、动用到当朝丞相的追捕，可见他绝非寻常之辈。之后朱安世果被公孙贺缉捕入狱，还被判死刑，于是朱安世归怨公孙贺，他向汉武帝告发公孙敬声（公孙贺之子）与阳石公主私通，与在驰道上埋木偶行诅咒皇帝等事，不料这一上书竟祸及公孙全族，更成了巫蛊之祸的肇端[8]02-833。查朱安世和司马迁，同属汉武帝时代之人，但司马迁的《史记》中，《游侠列传》乃至全书关于"侠"的部分竟无提及朱安世，只在《卫将军骠骑列传》中写公孙贺"坐子敬声与阳石公主奸，为巫蛊，族灭，无后"有些联系，但亦未提到朱安世，可见这个阳陵大侠不是司马迁认可的大侠。

朱安世本一介布衣，却令寻常官府不敢缉捕、当朝丞相全族诛夷，甚至在狱中还能上书给汉武帝，足见其嚣张跋扈和庞大势力。虽然像朱安世这种能动荡朝廷的布衣之侠并不多见，但反社会倾向的侠却一直存在，他们为民是逆民，为臣则是佞臣，结交朋党、不轨于法，再看以下二例：

> 建素豪侠，宾客为奸利，广汉闻之，先风告。不改，于是收案致法……令数吏将建弃市，莫敢近者。京师称之。[8]02-947

> 侍中王林卿通轻侠，倾京师。后坐法免，宾客愈盛，归长陵上冢，因留饮连日……故侍中王林卿坐杀人埋冢，舍使奴剥寺门鼓。吏民惊骇。林卿因亡命，众庶欢哗，以为实死。[8]02-971

杜建纵容宾客赚取不当利益，赵广汉曾劝告过他，但他仍不知悔改，终于惹恼了赵广汉（当时杜建为京兆掾，赵广汉为京兆尹），杜建被逮捕下狱，处死。杜建一死"京师称之"，可见京师民众已经厌弃杜建很久了，这种豪侠横行乡里，跟司马迁笔下的游侠显然不同。再看王林卿，他交通轻侠，犯法被免官之后宾客反而更多，他回长陵祭冢时，聚众在墓园连饮数日，长陵县令何并怕他出了乱子，劝他早日回去以免惹人猜疑，王林卿答应，但仍不能免祸。因为在此之前，王林卿曾杀害婢婿并将他埋在守墓人的屋内，还指派家奴去剥掉寺庙的鼓皮，种种恶劣行径教人发指，乃至他死亡的消息传来后百姓欢呼。

综观《史记》和《汉书》之中的侠，人物若是重出，则《汉书》多摘录《史记》，甚至全篇搬用，如《汉书·汲郑传》摘录《史记·汲郑列传》。但除此之外，班固也写了《史记》所没有的豪侠，这些豪侠扰民逼官，为祸乡里，成为社会的毒瘤。可见班固所列举的豪侠只保留《史记》中"不轨于正义"之特质，对于游侠所重视的侠德一概欠奉，而这些人在《史记》根本不配列入游侠之林，最多只得"任侠"之名，而且这个任侠也还是有门槛的，像地方恶霸的灌夫"好任侠，已然诺"[24]1018，好歹还是个信守承诺之人。但班固这番操作一下子把侠的标准降得很低，就像人品卑劣的朱安世，却被《汉书》列入侠林，足见司马迁的侠显然比班固的侠多了份道德校正。当然班固《汉书》也有《游侠传》，但该篇列入许多不轨于正义且毫无侠德的豪侠。在《汉书》的其他篇章还散见豪侠、轻侠、忼侠等新侠类，这些地方恶霸、少年流氓不但不轨于法，且朋比为奸，欺压良善，从杜建被正法之后百姓叫好就知道他平时为祸乡里了，这跟《史记》的游侠形象大不相同。所以《汉书》以后的侠观开始向负面形象倾斜，魏晋之后更有将绿林强盗称为侠的，推其源虽然可从《史记》的任侠者找到肇端，但更多的是《汉书》豪侠的推波助澜。

第四节　结党聚众

在《汉书》中几不可见《史记》"救人于厄，振人不赡，仁者有乎；不既信，不倍言，义者有取焉"[24]1212的游侠，取而代之的是结党聚众的豪侠，在《汉书·叙传下》中班固亦陈写作《游侠传》的初衷：

> 开国承家，有法有制，家不藏甲，国不专杀。翘乃齐民，作威作惠，如台不匡，礼法是谓！述游侠传第六十二。[8]02-1327

可见班固作《游侠传》是站在统治者的角度，是基于维护礼法的立场，班固对破坏秩序的游侠评价始终不高，认为他们作威作福，以遂私人之利。司马迁说游侠"其行虽不轨于正义"，班固说游侠"惜乎不入于道德"，这里的正义、道德都是指法律或王法，就句式来判断，《史记》：侠虽不轨于正义＋肯定侠德；《汉书》：肯定侠德＋惜乎不入于道德。作者的真正态度表现在转折词后，易言之，司马迁肯定游侠，班固批判游侠，两者的差异主要在于司马迁把侠德看得比王法重要，而班固把王法看得比侠德重要，是以比起司马迁对朱家、郭解等的赞许，班固显然是站在朝廷这边。

朱家、郭解的绝异之姿犹可非议，何况有些豪侠跟侠德扯不上关系，比如酷吏宁成好任侠，但他行侠不是为了仗义，而是为置产和立威，《汉书·酷吏传》中的他："乃贳贷买陂田千余顷，假贫民，役使数千家。数年，会赦，致产数千万，为任侠，持吏长短，出从数十骑。其使民威重于郡守。"[8]02-1104这种民不敢抗、官不敢办、欺民逼官的豪侠简直是社会败类。宁成如此，其他"权行州域，力折公侯"[8]02-1120的豪侠劣迹亦不在话下。归根到底，豪侠敢力折公侯是有所凭恃的，朋党的力量使他们有底气，最彰著的例子莫过于当汉武帝要办郭解时，大将卫青为之言："郭解家贫，不中徙。"汉武帝故而发出"解布衣，权至使将军，此其家不贫"[8]02-1122之语，卫青的求情更坚定汉武帝重办郭解之决心。当王莽要追捕漕中叔时，将军孙建帮忙藏匿，而王莽知道后竟然隐忍不究，漕中叔的朋党势力可见一斑。[8]02-1128因豪侠结党聚众、作威作福，是挑战王权的反动力量，所以班固用豪侠数量的多寡来评论政治的清平与否，他在《汉书·刑法志》中说：

> 自建武、永平，民亦新免兵革之祸，人有乐生之虑，与高、惠之间同，而政在抑强扶弱，朝无威福之臣，邑无豪桀之侠。以口率计，断狱少于成、哀之间什八，可谓清矣。然而未能称比隆于古者，以其疾未尽除，而刑本不正。[8]02-252

可见政治要清平必须"邑无豪桀之侠"，又《汉书·地理志下》记载："是故五方杂厝，风俗不纯，其世家则好礼文，富人则商贾为利，豪桀则游侠通奸。"[8]02-424这些豪杰游侠通奸，浮食四方又不事生产，势必成为社会的乱源。同样是不轨于王法，《史记》称许游侠的侠德，但《汉书》只论游侠对社会国家所造成的危害，故《史记》的游侠近于英雄，《汉书》的游侠近于流氓。撇开与司马迁《史记·游侠列传》重叠的部分，班固在《汉书·游侠传》中列出的游侠都是出身豪族、生活放纵且恃强凌弱的，故当这些豪侠被正法之后，百姓也欢呼叫好，换言之，豪侠不但与统治者对立，而且不受百姓欢迎。

第五节　气节立名

班固对侠虽颇持负面看法，但侠除了不轨于法、结党聚众之外，还有一个较清新的面向——重视名节、气节，这亦可在《汉书·游侠传》中窥见：

> （楼护）结士大夫，无所不倾，其交长者，尤见亲而敬，众以是服。为人短小精辩，论议常依名节，听之者皆竦。[8]02-1123

> （原涉）郡国诸豪及长安、五陵诸为气节者皆归慕之。涉遂倾身与相待，人无贤不肖阗门，在所闾里尽满客。[8]02-1126

从这两例可以看出身为豪侠的楼护和原涉，有着"论议常依名节"的口才和"为气节者皆归慕之"的人格魅力，毕竟豪侠也是重视名声并且想要彰显名声的，有学者据此二例说：

> 我们可以清楚地看到"名节"或"气节"正是侠的超越根据。楼护"论议常依名节"使听者为之竦然，更说明他已将侠的"名节"意识提炼到理论的高度。原涉则是在"气节"实践上得到各地豪侠的归慕，所以贯注在侠的世界中有一套超越的精神，决不仅仅是现实的利害。[23]46-47

确然，某些豪侠具有一套超越的精神，成为其豪侠的立身基础，比如"名节"，楼护"论议常依名节"，以口才折服众人，使侠行有存在的理性依据。如此，不但增益了侠自身的人格魅力，还增益了豪侠集团的向心力，这是超越物质欲望与现实利害的收服人心的利器。但反过来说，"名节""气节"等超越性的精神依据也并非每个豪侠都有的，而且含有某种操作痕迹和功利色彩，如楼护虽能"论议常依名节"，但他先在汉朝从仕，后又在新莽王朝任官，还出卖逃亡的友人吕宽，故被封息乡侯，这种卖友得官的人有何名节可言？而原涉二十余岁就名动京师，在他当谷口县令期间，他的叔父被茂陵秦氏所杀，为了报仇，原涉"自劾去官"[8]02-1127，后有豪杰替他杀了秦氏，他也逃亡一年多，之后遇到大赦。原涉这种弃官→报仇→亡命的操作是很能打动人的，果然在他遇赦之后，"郡国诸豪及长安、五陵诸为气节者皆归慕之"。原涉在二十多岁时就是谷口的一号人物，地方吃他的名号，治安良好，但茂陵秦氏也是地方豪侠，秦氏杀人杀到原涉的地盘，原涉若不表态名气恐怕就蔫了，所以他考虑了半年后决定辞官报仇，整件事本是地方豪侠势力的博弈，但原涉的辞官报仇之举却被上升到"气节"的高度，这恐怕是个意外收获。《汉书·游侠传》中形容原涉，"性略似郭解，外温仁谦逊，而内隐好杀。睚眦于尘中，独死者甚多"，可见其人睚眦必报，心机深沉。气节之誉本是个意外，原涉也乐得搭上顺风帆来树立形象，广交豪杰，但实则与他的人格无关，虚有其名罢了。班固虽写下豪侠的名节气节，承认他们的人格魅力，但也仅此而已。

往后名节成为东汉的时代精神，从汉光武帝以来，士人无不以名节互相标榜，从而也影响着豪侠，名节成为豪侠建立人格魅力的利器。在豪侠与士人都重名节的风气下，这两种身份就有了结合的契机，比如张邈、何颙既是豪侠，也是党锢领袖。《武侠小说论（上）》说："不仅张邈是'侠'，而且何颙也是'侠'。党锢领袖兼具'名士'和'豪侠'双重身份，这一重要事实更足以证明东汉名节是儒、侠合流的结果了。"[23]38透过豪侠与名士的结合，使豪侠重视气节有其内在的基础。其实两者的结合，也有当时的社会条件，王齐说：

　　而在当时，行侠仗义不仅能够帮助一个人树立起声望，还能得到官府在一定程度上的认可，或被举荐为官，或显名一时。这又助长了任侠的风气，促使一些人以任侠相标榜，甚至为了成名，睚眦必报，做出一些极端的行为。故而清代赵翼评论当时史事时说："其时轻生尚气已成习俗，故志节之士，好为苟难，务欲绝出流辈，以成卓特之行。"（《廿二史札记·卷五·东汉尚名节》）[20]30

因为在东汉时，名声可作为荐举征辟的条件，所以名声给人的不仅是虚荣，还能开辟仕途，所以从士人互相标榜到任侠互相标榜，他们或有比较现实的目的——进仕。从这也可看出，在班固所列举的游侠群相中，他们或多或少都有当官的背景，不管其人品如何，行为卑劣与否，他们的侠名总是叫得响亮。此外，东汉末年史书上也首见"气侠"[39]492一词，侠的人格受到重视与严格要求，影响所及，开辟六朝的气侠繁盛之先声。

第六节　结语

西汉是由个体游侠转变到集团豪侠的节点，在《史记》中尚无"豪侠"一词，豪杰和游侠是壁垒分明的，但从"徙郡国豪桀任侠及有耐罪以上……"[24]1115句，可见豪杰和游侠结合成豪侠的契机。豪侠之名起于《汉书》，凡四见："建素豪侠，宾客为奸利"[8]02-947，"长安炽盛，街间各有豪侠……河平中，王尊为京兆尹，捕击豪侠，……王莽居摄，诛锄豪侠"[8]02-1123，从行文可知班固笔下的豪侠是据地称雄者，而且豪侠所据之地又以城市居多，这是城市发展的结果，也就是在此城市条件下产生了大量的豪侠，陈山认为：

> 刘氏家族虽然一统江山，南面称帝，但其头几代天子，尚未来得及构筑整个帝制的政治这一文化体系的大厦。这是秦汉两大帝国更替转换间的政治缝隙，也是专制王朝政治—思想高压到来之前的暂时喘息。两汉的豪侠便是这样一种特殊的社会—文化条件的产物。"禁网疏阔，未之匡改"的政治气候与"师异道，人异论，百家殊方，指意不同"的文化氛围，竟然奇迹般地呼唤出成百上千个豪侠群体，其来势之猛、风头之盛，令人咋舌。据《汉书·游侠传》记载，当此之时，"侠者极众，而无足数者"，群侠蜂起，比比皆是。在西汉王朝统治中心，"长安炽盛，街间各有豪侠"，堂堂京师之地，居然被瓜分为四个势力圈，有"北道姚氏、西道诸杜、南道仇景、东道赵他羽（公子）"之称。至于"郡国豪杰，处处各有"，北起代燕，南连江淮，三晋两都，不一而足。正如班固在《西都赋》所描绘的："乡曲豪举，游侠之雄，节慕原、尝，名亚春、陵。连交合众，骋骛乎其中。"豪侠势盛，可见一斑。[35]53-54

由此可见，汉初豪侠极盛是当时的政治气候和城市条件成熟所产生的结果，但西汉的司马迁并无使用"豪侠"一词，而将朱家、郭解、剧孟等人归为游侠，实际上西汉游侠跟战国游侠显有不同，其最大的差别在于对地域的依附性，易言之，西汉游侠有显著的地域势力，甚至还跟王公大臣结交以巩固地域势力[35]65，这种游侠在班固的评价中自是不高的。司马迁感叹，"世俗不察其意，而猥以朱家、郭解等令与暴豪之徒同类而共笑之也"[24]1155，殊不知在班固眼中，朱家、郭解正是暴豪之徒这类人物，且司马迁笔下的"卿相之侠"被班固易以"四豪"之名。综观班固的《汉书·游侠传》，虽多处引用司马迁的《史记·游侠列传》，但他对侠的抨击立场是鲜明的，而他首创的"豪侠"一词也以贬义居多。

首先，班固的立场比较倾向统治者，以郭解为例，司马迁写道："虽时捍当世之文罔，然其私义廉洁退让，有足称者。名不虚立，士不虚附。"[24]1155班固写道："观其温良泛爱，振穷周急，谦退不伐，亦皆有绝异之姿。惜乎不入于道德，苟放纵于末流，杀身亡宗，非不幸也。"[8]02-1120两人对游侠虽皆有褒贬，但结论在于句尾，可见司马迁对游侠的评价褒大于贬，班固反之。再看剧孟，班固写道："布衣游侠剧孟、郭解之徒驰骛于闾阎，权行州域，力折公侯。……非明王在上，视之以好恶，齐之以礼法，民曷繇知禁而反正乎！"[8]02-1120而司马贞《史记索隐》述赞剧孟："游侠豪倨，籍籍有声。权行州里，力折公卿。朱家脱季，剧孟定倾。急人之难，免仇于更。伟哉翁伯，人貌荣名。"[24]1157班固希望有明主能齐礼正刑，使百姓知王法的威严，但司马贞认为剧孟才是"定倾"的百姓救星。又如《史记》的"养士四公子"落在《汉书》中变成"四豪"[40]，人物相同而名称不同，折节下士的味道淡了，而豪族役民扰民的色彩强烈了起来，司马迁说他们"显名诸侯，不可谓不贤者矣"[24]1154，但班固的评价是"扼腕而游谈者，以四豪为称首。于是背公死党之议成，守职奉上之义废矣"[8]02-1120。班固认为"四豪"带头朋党为奸，于是安分守职、尊君奉上的臣道就被废弃了，可见司马迁是站在游侠的立场，而班固是站在君王的立场。

再看司马迁津津乐道的义气，在班固看来"义"需先公而后私，以郦寄为例，郦寄是郦商之子，跟吕禄素有交情，太尉周勃想铲除吕氏一族，劫持郦商，威胁他设计吕禄出游，等吕禄出门，周勃趁机兴兵剿吕氏，吕氏因此灭亡。这件事本身就很复杂，牵涉到孝、义的两难，司马迁写道"天下称郦况卖交也"[24]942，虽未正面责备郦寄（字况）但也隐有贬谪，但班固则认为郦寄做得对：

当孝文时，天下以郦寄为卖友。夫卖友者，谓见利而忘义也。若寄父为功臣，而又执劫，虽摧吕禄，以安社稷，谊存君亲，可也。[8]02-571

班固认为郦寄卖友只是违反私义，但能顾全父子之义、君臣之义，是可以的。这不是以是非论义，而是以关系的亲疏远近论义。再比较《论语·子路篇》中，孔子主张的"直"是"父为子隐，子为父隐"[41]，除了合乎人伦道德外，也不违反人与人的信赖感，且孔子的仁虽有等级之差，但也以不违反人与人的信赖感为前提，所以司马迁引言说郦寄卖友；但班固将义分成公私亲疏，认为牺牲吕禄一族以救父、安定社稷，全君臣之道是划算的，这种标准不只违背人与人的信赖感，且违背《论语》《史记》的精神。退一步说，郦寄此举可能是政治谋算，牺牲式微的吕氏，以作为周勃的献礼，可谓卖友求荣。从西汉到东汉，随着豪侠式微与君主集权，"忠"渗入义的内涵，唐代李德裕说的"义非侠不立，侠非义不成"[42]，文中的"义"就涵括了忠，违忠不能称义，违义不能称侠，这个论调大致扣合班固对义的理解。

最后，司马迁为游侠立传，是为了阐发朱家、郭解等的侠义；班固批评司马迁"序游侠则退处士而进奸雄"[8]02-786，但他也写《游侠传》，只是他将《史记》的侠群做了更动。《史记》的《游侠列传》中提到闾里之侠季次、原宪，但《汉书》的《游侠传》不列"读书怀独行君子之德，义不苟合当世"的季次、原宪，反而举原涉为闾里之侠，到底谁才"退处士而进奸雄"？其他例证还有司马迁在文中发出"古布衣之侠，靡得而闻已""匹夫之侠，湮灭不见，余甚恨之"[24]1154的感慨，所以他想为布衣游侠正名的动机是明显的，而他笔下的游侠除了"养士四公子"外也都来自布衣，司马迁列出游侠群相并美化他们的侠德；到班固笔下的游侠群相，除了司马迁所列的朱家、剧孟、郭解、田仲等人之外，还加上了萭章、楼护、陈遵、原涉等人。这些人里萭章担任门下督之职备受礼遇，楼护出身医学世家且本身也进入仕途，陈遵在朝为官名显长安，原涉当官每天宾客满门……可见班固所选的游侠都出身豪族，他们横行乡里、广结宾客，比之"养士四公子"，他们多了份暴力与放纵，而这特质反而较接近"奸雄"。尤有甚者，班固在写这四个人时，除了"吕公以故旧穷老托身于我（楼护），义所当奉"[8]02-1124"（原涉）专以振施贫穷赴人之急为务"[8]02-1126寥寥数言之外，再无道德肯定，相较司马迁对朱家、剧孟、郭解、田仲的道德校正差异甚大，从这一点可见他抨击司马迁"序游侠则退处士而进奸雄"，但事实上司马迁不以奸雄为游侠，反倒是班固多以奸雄为游侠。

同理，司马迁和班固使用"豪杰"一词，豪杰（豪桀）在《史记》多指乱世争天下的群雄或汉兴时的谋反者，如："夫秦失其政，陈涉首难，豪杰蜂起，相与并争，不可胜数。"[24]123"具以闻上下公卿治所连引与淮南王谋反，列侯二千石，豪杰数千人，皆以罪轻重受诛。"[24]1115但到《汉书》成书的年代，天下已定，争天下的群雄和谋反者皆少了很多，如《文帝纪》："夫秦失其政，豪桀并起，人人自以为得之者以万数，然卒践天子位者，刘氏也，天下绝望。"[8]02-42文中的"天下绝望"是指想争天下的群雄断绝希望了，这时"豪杰"不是指争天下或谋反的群雄，而是"豪侠"的同义词。从"徙郡国豪杰及訾三百万以上于茂陵"[8]02-61可见豪杰即指豪侠，因汉武帝将豪侠强迁到茂陵，以断绝其地缘关系。其他例子还有："今豪杰多远交，依东方群盗。其谨察出入者"[8]02-70"朝无威福之臣，邑无豪杰之侠"[8]02-252"富人则商贾为利，豪杰则游侠通奸"[8]02-424……可见在《汉书》中"豪杰"意即"豪侠"。班固的《汉书·游侠传》扣除与《史记》重复部分，所增列的游侠实为豪侠，他们在个人品格和义行上被淡化处理，反而增加其豪族色彩和地方豪强形象，易言之，班固转化了司马迁的游侠内涵，并有较多贬义。

关于两汉游侠的不同，还有一个因素必须考虑，那就是游侠的生活形态。在春秋战国，因为新士阶级的产生而导致贵族和平民阶级上下流动，游侠为了生活或为了实现理想而周游列国，而各国国君也多标举用人唯才，是以游侠对土地的依附性较低。但到了汉代天下统一，周游列国的游侠减少而据地称雄的豪侠变多，观"京师大侠"[8]02-833"霸陵杜穉季"[8]02-968"布弟季心气闻关中"[8]02-531"关中长安樊中子，槐里赵王孙，长陵高公子，西河郭翁中，太原鲁翁孺，临淮兒长卿，东阳陈君孺……城西萬章子夏……霸陵杜君敖、池阳韩幼孺、马领绣君宾、西河漕中叔"[8]02-1120，豪侠名号结合地域，对地域的依附性可想而知，且，在郭解之后司马迁只提到东阳陈君孺，班固则增加城西萬章子夏、霸陵杜君敖……是为游侠豪侠化趋势的延续。这些豪侠对土地的依附性很高，他们的活动区域以大城市为主，甚至很多在朝为官，正所谓"争名者于朝，争利者于市"[31]83，基本上这些豪侠各据地盘、互不相犯，有时还会相互标榜，如"王莽时诸公之间陈遵为雄，间里之侠原涉为魁"[8]02-1120等，逐渐形成豪侠集团，雄峙一方，给汉朝的大一统置入了不安定的因素，所以汉初就有很多肃清豪侠的政策，如汉景帝、汉武帝、汉成帝等都曾大规模打击豪侠，其中尤以汉武帝实施了迁徙豪强、告缗令、以侠治侠等三项措施对豪侠的打击最大[43]22。汉室与豪侠的立场是敌对的，战国养士之余风在诸王间复燃，甚至外戚权臣、商贾豪杰养士者亦所在多有，只是到最后鲜有善终，这就是触犯中央集权逆鳞的结果。

必须说的是，班固认为游侠是乱源，必须铲除，反之若能悔悟、洗心革面，则不失为一个好人：

朱云字游，鲁人也，徙平陵。少时通轻侠，借客报仇。长八尺余，容貌甚壮，以勇力闻。年四十，乃变节从博士白子友受《易》，又事前将军萧望之受《论语》，皆能传其业。好倜傥大节，当世以是高之。[8]02-845

眭弘字孟，鲁国蕃人也。少时好侠，斗鸡走马，长乃变节，从嬴公受《春秋》。以明经为议郎，至符节令。[8]02-931

朱云和眭弘虽曾有过一段放荡不羁的游侠生活，但最终幡然省悟，改节读书，他们一改游侠形象，入朝为官，人生的结局都不差。游侠"变节"之说起于班固，在《汉书》里侠变节为儒，是取得仕途的路径。《汉书》之后的史书中变节的侠也所在多有，如段颖[39]974、袁术[39]1110、王涣[39]1226等，以往"变节"一词常作贬义，但侠变节读书、归化朝廷则一变为褒义，只是此后侠的自由心灵难免受限，他们不再是侠而是官宦了。迨至唐代侠与义结合，宋代水浒故事中的归化思想，清代的侠义公案小说，等等，这侠变节为儒的思维持续发展，可见受到儒家影响之大，溯其源则始于班固。诚然，侠受儒的影响甚巨，反之，儒受侠的影响亦不容忽略，比如汉安帝时的崔瑗、汉灵帝时的魏朗，都是典型的儒生，但崔瑗为复兄仇"手刃报仇，因亡命"[39]780，魏朗"兄为乡人所杀，朗白日操刃报仇于县中，遂亡命到陈国。从博士郤仲信学春秋图纬，又诣太学受五经，京师长者李膺之徒争从之"[39]1101。这种为兄刃仇之举显是游侠作风，足见儒生受侠风影响之深，这也说明汉代士林受到侠的影响甚巨，且在乱世中更加显著，迄至汉末，袁绍从世族官宦转为豪侠最为显例。观乎班固逢侠必反，不推崇侠德，固有其巩固君权的用心，然反侠的前提应是国家礼法完善"国不专杀"[8]02-1327，可这个前提在很多朝代并无达成。

第三章 乱世侠影

崇尚自我一向是侠的人格特质，先秦的游侠，行侠是因为不甘寂寞、弃绝庸常，所以漂泊四方以求晋用，他们在以武犯禁之余多少怀着理想主义。到了两汉豪侠，无论在人脉还是在地缘上都有其势力，叶大根深，雄踞一方，其势头强者官不敢犯，民供其役使。故若两汉豪侠与先秦游侠度长絜大，其拥有之资财、人脉等高出不止一个档次，甚至很多豪侠都有仕宦的背景，并与朝廷王公大臣结为朋党、交通往来，故当豪侠盛时其势之强，可谓炙手可热。如此一来豪侠自亦不甘平庸，殚思一番作为，观乎淮南王刘安、吴王刘濞、衡山王刘赐等诸侯王都因养大批游侠，被控犯谋反之罪而身死；外戚大臣养侠的如窦婴、田蚡、灌夫、陈豨等，本身都是弄权跋扈者，除了田蚡外，皆不得善终；而朱家、郭解、季心、剧孟等虽豪杰一世，但除剧孟外，皆因案逃亡，躲藏行迹。所以豪侠固有风光之时，但也不乏悲凉的一面，相较于先秦的游侠，两汉豪侠的理想性减少了，功利性却增强了，根据《武侠小说论（上）》的意见：

> "游侠"进入汉代以后，其社会性格也发生了类似的变化。所不同者，"游士"经过"士族化"和"恒产化"之后，成为汉代政治社会秩序的主要支柱，而"游侠"的新发展则反而对此秩序构成更严重的威胁，因此终西汉之世，"游侠"都是皇权打击的一个主要对象。[23]14

观乎历朝各代，游侠都是社会的不安定分子，尤其两汉豪侠对弄权干政、敛财据地比较感兴趣，故两汉再难听到像田光、北郭骚这类节侠了。再论豪杰，"豪杰"一词司马迁多用于争天下的群雄或汉兴时的谋反者，但到班固笔下，"豪杰"义同"豪侠"，是"权行州域，力折公侯"的地方势力集团，汉世的豪侠集团虽历经三次大规模的扫荡，却始终没有根除，直到汉末仍死灰复燃。从东汉到魏晋六朝，主流的侠观延续班固的"豪侠"内涵，甚至加以强化。大汉王朝的衰亡给了群雄争帝的契机，天下重新洗牌，这时豪侠蜂起，将时局带往乱世与开国之路，不管其本身是否意欲争王，"豪侠"或"豪杰"皆重新掌握了角逐天下的关键力量，这时他们的实力远非雄踞地方的汉代豪侠可比拟。易言之，魏晋"豪侠"的内涵结合了司马迁的争天下群雄与班固的地域性豪侠集团之意。

第一节　从朴素之德到德之贼

荀悦的《汉纪》为汉末到三国这段历史做出见证，同时也提出他的侠观：

荀悦曰：世有三游，德之贼也。一曰游侠，二曰游说，三曰游行。立气势，作威福，结私交以立强于世者，谓之游侠。饰辨辞，设诈谋，驰逐于天下，以要时势者，谓之游说。色取仁以合时，好连党类，立虚誉，以为权利者，谓之游行。此三游者，乱之所由生也。[12]156-92

由上例发现，荀悦的侠观近于班固而远于司马迁，盖荀悦奉汉献帝之命删改《汉书》以成《汉纪》，故《汉纪》和《汉书》多有重出，其侠观也是，他认为世之三游皆德之贼、乱之源，观乎"立气势，作威福，结私交以立强于世者，谓之游侠"的定义正是班固笔下的豪侠，如同班固对《史记》的批评，《汉纪·孝武皇帝纪五》亦说《史记》有"序游侠则退处士而进奸雄"[12]156-143之弊。纵使班固说侠"不入于道德"，荀悦亦说侠"德之贼"，但两人同样也肯定侠的某些品格：

（1）《汉书》：观其温良泛爱，振穷周急，谦退不伐，亦皆有绝异之姿。惜乎不入于道德，苟放纵于末流，杀身亡宗，非不幸也。[8]02-1120

《汉纪》：游侠之本。生于武毅不挠，久要不忘平生之言，见危授命，以救时难，而济同类。以正行之者，谓之武毅，其失之甚者，至于为盗贼也。[12]156-93

（2）《汉书》：布弟季心气闻关中，遇人恭谨，为任侠，方数千里，士争为死……当是时，季心以勇，布以诺，闻关中。[8]02-531

《汉纪》：是时季布弟季心，亦任侠，立然诺，作气，盖关中方数千里，士争为之死。[12]156-88

（3）《汉书》：长安号曰："谷子云笔札，楼君卿唇舌。"言其见信用也。母死，送葬者致车二三千两，闾里歌之曰："五侯治丧楼君卿。"[8]02-1123

《汉纪》：时人为之语曰："谷子云之笔札，楼君卿之唇舌。"言其甚见信用也。及护母死，送葬引车至二三千乘，闾里为之语曰："五侯治丧楼君卿。"[12]156-233

（4）《汉书》：博为人廉俭，不好酒色游宴。自微贱至富贵，食不重味，案上不过三杯。……然好乐士大夫，为郡守九卿，宾客满门，欲仕宦者荐举之，欲报仇怨者解剑以带之。其趋事待士如是，博以此自立，然终用败。[8]02-1019

《汉纪》：博初起为亭长。为人廉洁，不好酒色，食不重味，案上不过三杯。夜寝早起，妻稀见面。然好游侠，欲仕宦者荐举之，欲报仇怨者解剑带之。其趣事待士如流，而无大正，卒以此败。[12]156-267

　　游侠最可贵之处在于温良泛爱，振穷周急；在于见危授命，以救时难，而济同类的利他性。而侠的末流就是盗贼，换言之，游侠助人，须竭己财利以助人，不能劫人财利以助人。至于季心的例子也见于《史记·季布列传》。和司马迁、班固不同的是，荀况笔下的季心从尚勇变成重诺，而"作气"也从气节转为气势，相较之下气势比气节更富豪侠做派；在史书中楼护不但重信、重孝，也有重情，他不仅言出必行、为母亲办隆重的丧礼，还帮故交吕公养老，他说："吕公以故旧穷老托身于我，义所当奉。"[24]1154只是楼护对吕公的施德显得刻意，有沽名之嫌，且其道德能称扬闾里，想必有些手段。再看朱博，他不但自身品格修洁，且施惠于众，比如朱博伪装成大夫进入狱中探望陈咸，最后还助他免罪，自己也跟着侠名远播，不让救季布的朱家专美于前……可见豪侠很懂得兜揽人心，故得众望。以现实角度来看，"利"是维系豪侠集团运作的根本，但豪侠若缺乏人格魅力，其所带领的豪侠集团必少了份英雄气和理想性，一旦无利可图时集团就面临解散的危机，所以豪侠的人格魅力很重要，而侠德又为其人格魅力的重要内涵，上述的豪侠都有几个让人津津乐道的侠德。

　　既然荀悦也肯定了侠德，那是为什么又认为游侠是"德之贼"呢？因为侠德从来都是可操作的，如郭解的侄儿固然行为蛮横，但错不至死，他放过杀侄儿的凶手，说："公杀之固当，吾儿不直。"[12]156-92这显然违背常情，似有沽名之嫌，之后果然"诸公闻之，皆多贤"。再看原涉，他像郭解"外温仁谦逊，内隐忍，睚眦于埃尘，触死者甚众"[12]156-267。这样的人，王莽还封他为镇戎太尹，足见侠德可"伪"，正如《淮南子·泛论篇》所记的任侠者[22]407之所以济民施德，是希望在缓急之际得到回报。豪侠施德是有条件的，只针对特定之人或出自某个意图才施惠于人，因为施惠对象不同造成党同伐异的现象，然这也是维持集团向心力的手段。汉室识破豪侠集团的本质，西汉出现许多对付豪侠的出名官吏，如尹赏凿虎穴，埋"长安中轻侠少年恶子弟"[12]156-252，尹赏杀轻侠过甚，还因残贼罪名被免官，获酷吏之名。尹翁归以扫除"奸邪游侠"而得威名，"京师畏之"。到了东汉，朝廷继续扫荡豪侠集团，如东汉初年的王遵"为京兆尹，诛豪桀，乃杀章"[12]156-221，以杀萬章而得名；还有苏章"勤恤百姓，摧破豪侠"[44]225，对老朋友犯罪也不肯放过，赢得公私分明之誉。至于"出入贵戚，结交豪杰，以任侠为名"[44]72的窦融，因功勋在朝，前后出一公、两侯、三公主、四二千石，但窦氏子孙多放纵不法，对朝廷形成威胁，于是东汉明帝诏令窦融归第养病，不久窦融病死，窦氏家族势力也跟着瓦解。此后天下底定，豪侠集团少了形成因素，加之朝廷的大力清荡，东汉初期豪侠集团已所剩无几。

第二节　豪侠与士族的互渗

正史中的豪侠到《汉纪》已臻尾声，这标志着豪侠的黄金时代结束，从东汉末年到三国，政治与社会都面临巨大变动，是旧侠走到末路，新侠未成气候的时代，东汉号称"无侠"[45]84其来有自。这时不管是战国游侠或两汉豪侠都已消寂，豪侠与士族互渗形成新的侠风，整个东汉到汉末的侠史，大致是豪侠与士族互渗的侠史，可分侠的士化[46]以及士族的豪侠化两类。侠的士化代表侠向士族倾斜，其中最具代表性的当推马援写给侄子的书信《诫兄子严敦书》：

龙伯高敦厚周慎，口无择言，谦约节俭，廉公有威，吾爱之重之，愿汝曹效之。杜季良豪侠好义，忧人之忧，乐人之乐，清浊无所失，父丧致客，数郡毕至，吾爱之重之，不愿汝曹效也。效伯高不得，犹为谨敕之士，所谓刻鹄不成尚类鹜者也。效季良不得，陷为天下轻薄子，所谓画虎不成反类狗者也。讫今季良尚未可知，郡将下车辄切齿，州郡以为言，吾常为寒心，是以不愿子孙效也。[39]377

龙伯高和杜季良可分别为士与侠的代表，马援对两人同样推崇，但若讲学习，学士不成仍是个谨敕之士，但若学侠不成则将成为轻薄子（流氓）了，显示了在东汉风气中为侠之难及侠之难为。马援的看法反映文人的侠观，严格地说他们对侠没有恶感，但侠与轻薄子的差异在方寸之间，在东汉重气节的社会风气下，侠需与轻薄子划清界限，甚至进行程度不一的士化，以争取更多的认同，故侠的士化可说是东汉特有的侠风。

士化的方式有很多，结交名士就是其一，比如刘秀之兄刘演就好侠养士[39]18，但这条路子也不一定走得通，比如游侠孙礼想要亲善名士郎颛，却遭到冷落，孙礼恼羞之余便将郎颛杀了[39]479。所以侠与其结交名士而沾其光，不如自己转型为名士，比如张堪、廉范，张堪曾在长安受业，志美行厉，诸儒生称他为圣童，且颇受光武帝刘秀的嘉许[39]489；而廉范曾拜博士薛汉为师，后薛汉因楚王一案被处死，薛汉的故人门生都不敢探视，只有廉范敢为他收尸[39]491。查张堪与廉范的身世背景，一个是世家大姓，一个是豪宗，他们皆以"气侠"立名[39]492，士化甚深，可说是从豪族转型为名士的例子。再看东汉洛阳令王涣，《后汉书》中写道："初，涣游侠尚气，晚节好儒术……吏辄兼书佐，小史无事，皆令读《孝经》。病卒官，百姓无老幼，皆叩心泣涕，相赋敛为祭者数千人。"[44]414可见王涣也从游侠转为士人，特别是王涣还要求下属读《孝经》，死时还有洛阳数千百姓为他凑钱，沿途摆设祭桌祭奠，可见王涣转型为名士是相当成功的。此外，透过隗嚣的例子可看出豪侠与名士在社会地位上的消长，根据学者对《后汉书·隗嚣列传》[39]219的分析：

这个实例最能说明豪族"士"化的具体情况。隗氏出了一个隗嚣，由仕州郡进而为国师之"士"，已使隗氏从一般豪族上升为士族。但隗嚣的叔父隗崔在乡里仍以"豪侠"著称，即依旧保持其豪族的本来面目。在起兵时，隗嚣因"有名，好经书"，竟被叔父辈推举为领袖。这一点更值得注意，因为这一举动充分证明：当时"名士"已比"豪侠"具有更大的社会号召力了。[23]31

豪族透过家族中的名士，使"豪族"晋升为"士族"，这无疑能提升其家族形象和社会地位，再加上他们仍保留豪族的武力，故对政局能发挥实际影响；且从行文中可看出"名士"比"豪侠"更具社会号召力，意即社会对名士的认同甚过豪侠，这类例子很多，如刘秀家族、郭伋家族[39]485。根据学者的说法，豪族士化最成功的当推袁绍家族：

豪族"士化"最成功的，达到了"累世经学""累世公卿"的地位，如汉末袁绍一族，那便成为全国知名的士族。[23]30

不过对于袁绍家族豪族士化的说法，笔者不尽果同。考察袁绍家族，袁绍出身于世家大族汝南袁氏，汝南袁氏是一门累世专攻一经的家族，世传《孟氏易》，而袁氏一门四世三公[47]，可说是成分精纯的士族，所以之后"袁绍初以豪侠得众"[39]1106当视为士族的豪侠化，不能说是豪族的士化。类似情况也发生在名士中，东汉发生了两次党锢之祸，那些党人皆为士人，但有很多兼具侠的身份，其行事也颇具有侠风[48]，其亦可视为士族的豪侠化。袁绍士族的豪侠化，敲响了东汉的丧钟，除袁绍外，董卓、袁术、曹操、刘备、孙坚等人都以世家大族转为豪侠，他们与士族的关系或疏离，或对立，从此士族对政局的影响力江河日下，直到两晋时士族才又崛起。在时局紊乱、群雄逐鹿的东汉末年，蛰伏已久的侠风云再起。《后汉书·袁绍列传》中写道："绍勃然曰：'天下健者，岂惟董公！'横刀长揖径出。悬节于上东门，而奔冀州。"[39]1080如此风神实近于侠而远于士了。

第三节　豪侠的新取向

号称"无侠"的东汉，看似没有侠的踪迹，实则侠是以另一风貌生存下去，韩云波说：

> 东汉虽号称无侠，但（侠）作为一种悠久的积淀形式，又不会遽尔消亡。表层的侠退隐后，产生了侠的边缘形式和转化形式，并以这些方式使侠作为一种文化因素继续在社会上发生作用。这时，出现了较以往更为浓烈的复仇、刺客和豪强风气，就是侠的另一种表现。[45]84

侠的生存空间得不到朝廷的容许，于是往江湖发展，这里的江湖化是相对于朝廷而言的。侠在江湖中是否交结权贵已非其生存要件，于是侠的特质从朝廷转为江湖，包含文化的削弱和"以武犯禁"草莽精神的重现。又在"名节"风气的影响下，他们展现出一种对非法正义的追求与实践，以得到民间的认同及自我存在价值的肯定，于是出现侠的复仇、行刺等，这种风气延续到三国。

一、复仇的道德认同

"复仇"这个命题或许不新，如西汉时郭解就为人借躯报仇，可是东汉之侠的复仇却带着"正义"内涵，不仅作为侠犯禁的合理化，还影响着社会风气，甚至得到法律容许，如章帝时官修《白虎通德论》云："子得为父报仇者，臣子于君父，其义一也。忠臣孝子所以不能已，以恩义不可夺也。"[49] 又桓谭曾上书说："今人相杀伤，虽已伏法，而私结怨仇，子孙相报，后忿深前，至于灭户殄业，而俗称豪健，故虽有怯弱，犹勉而行之，此为听人自理，而无复法禁者也。"[39]427 可见复仇风气有被肯定的趋向。

在复仇中，借躯报仇是侠行的特有形式，但不同于西汉侠的"职业化"或为私义，东汉的借躯报仇强调"正义"。以郅恽和何颙为例，他们都是儒生，却不约而同地为友借躯报仇，这是背离儒家的义而发挥侠的义。郅恽为友人子张报父仇，恽"即起，将客遮仇人，取其头以示子张。子张见而气绝。恽因而诣县，以状自首"[39]458。郅恽杀人取头是为友尽义，他的自首可视同《水浒传》中武松为兄复仇，杀西门庆后自首，他们多少存有"各令自首，不问往罪"[33]3168 的预期心理，因为他们的心中价值及社会风气皆肯定这复仇之举。而何颙亦以一士人为友借躯复仇，《后汉书·党锢列传》云："友人虞伟高有父仇未报，而笃病将终，颙往候之，伟高泣而诉。颙感其义，为复仇，以头醵其墓。"[39]1009 何颙之举亦不符合儒家的礼法，但观其所往来的人如袁绍、董卓等皆是一代豪侠，所以他受到侠风浸染之深亦不在话下。在东汉尚名节的时代，儒生行借躯报仇的侠行，无疑为复仇带入正义的内涵，虽然违法但东汉有很多赦免之例，有的人反而还因此声名大噪，形成一种变相的鼓励。

据《后汉书·刘盆子列传》记载，琅琊海曲县吕母之子吕育被县宰所杀，吕母怨恨县宰，"密聚客，规以报仇。母家素丰，赀产数百万，乃益酿醇酒，买刀剑衣服。少年来酤者皆赊与之，视其乏者则假衣裳，不问多少。数年，财用稍尽，少年欲相与偿之……遂相聚得数十百人"[39]201，最后借少年之力杀县宰，以其首祭子。一个妇女能聚众复仇，足见当时借躯复仇的社会风气，而《后汉书》的叙事笔法，不但把吕母教唆杀县宰的违法行为淡化处理，还把她塑造成一个为子复仇的侠义母亲。再看《三国志·张绣传》，张绣为族长刘隽报仇，"郡内义之，遂招合少年，为邑中豪杰"[50]262，其中郡内"义"之，侠义风气不问可知。盖从两汉到三国复仇的例子之多，间接显示社会对复仇的认同，影响所及到北齐颜之推的《颜氏家训》中有："至如郭解之代人报仇，灌夫之横怒求地，游侠之徒，非君子之所为也。"[51] 是为士大夫对游侠借躯复仇的省思，当然复仇未必便是侠行，还需视其合义与否，吕母和张绣虽无侠名，但其复仇既属侠行又合于侠德，这种"非法正义"与荀悦说的"立气势，作威福，结私交，以立强于世者"[12]156-92 是截然不同的价值取向。

二、侠刺的会任之家

在司马迁笔下，刺客和游侠是两种不同的身份与概念，西汉是游侠消寂而豪侠兴起、刺客隐退的时代，这可从司马迁所举的五名刺客都属先秦时代的特点中察其端倪。班固的《汉书》没有为刺客立传，只能从相关语脉中拼凑他对"刺客"的概念，和《史记》相差不远，皆指刺客为贵族、豪侠所蓄养，或受其重金相托，以武力为其刺杀敌人或对手，这种替人行刺之人就是刺客。如《汉书·游侠传》，"酒市赵君都、贾子光，皆长安名豪，报仇怨养刺客者也"[8]02-1127，"涉刺客如云，杀人皆不知主名，可为寒心"[8]02-1127。这里的刺客没有个人思维，不讲是非，唯人主是命。但也有例外，如梁王派刺客杀爰盎，刺客行刺前"问盎，称之皆不容口"，刺客既知爰盎受人推崇，于是他改行刺为警告，他对爰盎说："臣受梁王金刺君，君长者，不忍刺君。然后刺者十余曹，备之！"[8]02-634 可见这名刺客有判断是非之能力，不肯错杀好人，但这种例子不多。整体来说侠和刺客依然是两种概念，豪侠命令人，刺客听命于人，两种角色差距甚大。至若游侠则讲侠德，此是刺客所无，而奸侠虽衣食人主，然其所回报人主之道未必是为人主杀人，此是侠与刺客的基本差异。

到了东汉，刺客出现了歧义，一方面是承袭《史记》《汉书》受人主命令而行刺的原意，另一方面是刺杀也成为消除政敌与敌军的重要手段，如"十二月汉阳太守赵博遣客刺杀杜琦"[39]102，"九月护羌校尉任尚使客刺杀叛羌零昌"[39]106。其中杜琦为起义军，汉阳太守赵博本可光明正大地兴兵杀起义军，然而他却行刺客之道；零昌为反叛东汉的羌族首领，而羌患可说是东汉最大的边患，护羌校尉马贤未兴兵解决羌患，而是派人刺杀零昌。可见派刺客进行刺杀任务，也是一正规的选项。再看《史记·公孙述列传》中记载，"中郎将来歙急攻王元、环安，安使刺客杀歙"，述复令刺杀岑彭[24]1124；《后汉书·窦融传》中有"宪惧见幸，分宫省之权，遣客刺杀畅于屯卫之中"[39]362，《后汉书·梁统传》中有"冀恐尊沮败宣意，乃结刺客于偃城，刺杀尊，而又欲杀宣"[39]531。统计《后汉书》中有关"刺杀"的句子，共29条，"刺客"亦有16条，远多于《汉书》中的"刺杀"15条、"刺客"5条，这之间的差异反映出东汉时代刺客风气的兴起和刺杀手段的盛行，可视为先秦刺客之风的复苏，也反映出东汉养刺客之风甚于西汉。

另外，"刺客"和"侠"有了概念上的模糊地带。这模糊地带早在西汉就存在，《汉书·酷吏传》中记载："长安中奸猾浸多，闾里少年群辈杀吏，受赇报仇，相与探丸为弹，得赤丸者斫武吏，得黑丸者斫文吏，白者主治丧。"[8]02-1112尹赏杀轻侠一事也书写在荀况的《汉纪》中[12]156-252，这群恶少轻侠就是现今说的不良少年，同时他们也具备"受赇报仇"的"刺客"身份，这是侠与刺客的身份联结，只是《汉书》中这类例子极少。在东汉还出现了"会任之家"一词，根据王符《潜夫论》的记载：

　　洛阳至有主谐合杀人者，谓之会任之家，受人十万，谢客数千。又重馈部吏，吏与通奸，利入深重，幡党盘牙，请至贵戚宠臣，说听于上，谒行于下。是故虽严令、尹，终不能破攘断绝。[52]183

从文中可见"会任之家"类似一种刺客组织，清代彭铎指出："主其事者，受人厚赂，遣客为之刺杀仇家。"[52]183可其行刺与游侠的借躯报仇相似，其差别在于"受赇"与否，会任之家必受财货才肯出手，而游侠的借躯报仇则未必有金钱收受。又王符在《潜夫论·浮侈》中说："或以谋奸合任为业，或以游敖博弈为事。"其中的"合任"便是"相任为侠"，但这与义气无关，而是甲接受财货后为乙执行刺杀任务，相当于一种交易。清代汪继培笺："本传注：'合任，谓相合为任侠也。'"[52]124彭铎按："'合任'即'会任'，谓并兼任侠也。"文中的"相合"与"并兼"皆有利益相谋之意，类同"受赇报仇"的模式，这跟先秦时的刺客受人主知遇之恩的情况大有不同。又，会任之人既是刺客也是任侠者，此处的"刺客"与"侠"是一个概念，唯这个"受任之侠"跟"豪侠"自是有别，在东汉的侠史中他们只是一群小人物，整体而言，他们的人数虽多但面目相当模糊。

三、勇侠的绝异之姿：《魏略·勇侠传》

从汉末到三国侠的文献不多，可贵的是出现了鱼豢的《魏略·勇侠传》这本咏侠专著，足与司马迁的《史记·游侠列传》、班固的《汉书·游侠传》相媲美，为研究汉末到三国的侠风提供了珍贵史料。《魏略》的作者鱼豢是曹魏京兆人，魏明帝时官至郎中，其他的资料就不多了。至于《魏略》这本书也泰半亡佚，今日所看的《魏略》主要是东晋裴松之注《三国志》时引用的部分，《勇侠传》也是，所以现今流传的《勇侠传》已非鱼豢所写的原貌。《魏略·勇侠传》是鱼豢为孙宾硕、祝公道、杨阿若、鲍出四名勇侠立传的，鱼豢在文末说道："今故远收孙、祝，而近录杨、鲍，既不欲其泯灭，且敦薄俗。"[53]76观此四人都是汉末乱世时的争雄人物，他们的前半生是侠，后半生则脱离了侠的身份，鱼豢可能不想他们的侠行事迹湮灭不闻，所以为他们立传。

孙宾硕本名孙嵩[39]962，北海人，他的义行主要是救赵岐，赵岐因侄儿赵息得罪大宦官唐衡之弟，被唐衡一族报复，不但赵息全家遭到捕杀还连累到叔叔赵岐，于是赵岐逃亡到北海，乔装成卖胡饼的商贩。可见东汉末年政治黑暗，宦官乱政，殃及无辜。虽然孙宾硕与赵岐素不相识，但初见之后即愿帮他逃亡，他对赵岐说："视处士状貌，既非贩饼者，如今面色变动，即不有重怨，则当亡命。我北海孙宾硕也，阖门百口，又有百岁老母在堂，势能相度者也，终不相负，必语我以实。"[53]74虽说孙宾硕"家素贫"，但能有"阖门百口"的家族势力也不是简单人物，他对相识不久的赵岐推心置腹，豪迈过人，而"百岁老母在堂"除表现孙宾硕能养之外，也显示他为了赵岐甘冒连累老母的风险，这完全是义气相挺了。之后他载赵岐回家，向母亲报告："今日出得死友在外，当来入拜。"[53]74以"死友"介绍赵岐，可见他对赵岐的看重。后来唐衡一族失势，赵岐恢复原官职，孙宾硕也因藏匿赵岐一事而扬名。

再看杨阿若，传载："杨阿若后名丰，字伯阳，酒泉人。少游侠，常以为报仇解怨为事，时人为之号曰：'东市相斫杨阿若，西市相斫杨阿若。'"[53]75可见杨阿若年少时武勇好斗。东汉末西凉地区的豪族坐大，聚众称王，酒泉郡太守徐揖为遏阻豪侠势力扩张，诛杀黄氏一族，黄昂逃走，后黄昂招募千人回过头来围困酒泉郡为家族复仇。杨阿若支持太守徐揖，见酒泉被围单骑到张掖郡搬救兵，岂料张掖太守随着黄昂造反，不久徐揖被黄昂所杀，酒泉沦陷。黄昂伙同张掖太守追杀杨阿若，杨阿若转向武威郡，向太守张猛求助。张猛口头同意但未给兵马，杨阿若深入南羌募兵，凭个人声望募得骑兵千余，率兵进逼酒泉诛杀黄昂。黄昂死后，西凉分成四股势力继续叛乱，酒泉郡仍被黄氏族人黄华占领，杨阿若见叛军势大远走敦煌，联合敦煌长史张恭起兵平乱，之后曹魏建国，黄华投降，乱事平定。观乎杨阿若事迹，通常游侠站在朝廷的对立面，但杨阿若打一开始就力挺太守徐揖，这样的选择很少见，世谓杨阿若深富国家观念。后曹魏建国，杨阿若也支持曹魏，协力扫平西凉叛军，传载"郡举孝廉，州表其义勇，诏即拜驸马都尉"，连曹丕也肯定其义行，文中的"义"不是朋友之义，而是家国之义，杨阿若帮助政府扫平叛乱，官拜驸马都尉，诚然开了游侠入编正规军的先例。

至于鲍出，史载：

> 鲍出，字文才，京兆新丰人也，少游侠。兴平中，三辅乱，出与老母兄弟五人家居本县，以饥饿，留其母守舍……而啖人贼数十人已略其母，以绳贯其手掌，驱去。初等怖恐，不敢追逐。须臾，出从后到，知母为贼所略，欲追贼。兄弟皆云："贼众，当如何？"出怒曰："有母而使贼贯其手，将去煮啖之，用活何为？"……出遂复奋击贼。贼问出曰："卿欲何得？"出责数贼，指其母以示之，贼乃解还出母。[53]75

引文既反映了国东汉末年三辅大旱造成"谷一斛五十万，豆麦一斛二十万，人相食啖，白骨委积"[39]156的人间惨剧，也发生子见母被盗匪劫走却不敢出手相救的可怜心理。鲍出的兄弟懦弱，见母被劫不救，独鲍出追匪救母，沿途追杀盗贼十余人，逼使盗贼放出其母，整件事彰显了鲍出超人的胆识与孝心，也拓宽了侠义的内涵，使侠与孝有了联结。但即使英勇如鲍出者，也无法救助被盗贼掳走的可怜百姓，阻止不了人相啖食的悲剧，史传在彰显鲍出的孝心之余，也透露天灾对人性的毁坏以及游侠的无能为力。

最后谈祝公道。建安六年（201 年），袁绍新死，袁尚、袁谭等命郭援侵扰河东，并立郭援为河东太守。当时贾逵为绛邑首长，属曹魏名臣，他只承认汉朝立的河东太守王邑，不承认郭援。后来郭援打下河东，俘虏贾逵，逼贾逵投降，贾逵不从，郭援便将他囚禁于土窖中，打算杀了他。贾逵自知难免，喟叹道："此间无健儿耶，而当使义士死于此中乎？"[50]480守卫祝公道听到后，虽与贾逵素昧平生，但仍冒险入窨救人，救人后"不语其姓名"而去，显现侠士风范。但不同于前三人，祝公道并没有因这义举获得声名或政治利益。郭援死后，贾逵查出救自己的人是祝公道，但当时祝公道"后作他事，当伏法，逵救之，力不能解，为之改服焉"[50]480。不同于前三人的善终，祝公道犯法罪当死，贾逵欲救而力所不能及，最后以为他改服回报，使这段侠行事迹平添缺憾。但祝公道如孙宾硕对陌生人伸出援手，也如杨阿若一样见义勇为，故这四人同列于《魏略·勇侠传》中，文末鱼豢赞道：

> 昔孔子叹颜回，以为三月不违仁者，盖观其心耳。孰如孙、祝菜色于市里，颠倒于牢狱，据有实事哉？且夫濮阳周氏不敢匿迹，鲁之朱家不问情实，是何也？惧祸之及，且心不安也。而太史公犹贵其竟脱季布，岂若二贤，厥义多乎？今故远收孙、祝，而近录杨、鲍，既不欲其泯灭，且敦薄俗。至于鲍出，不染礼教，心痛意发，起于自然，迹虽在编户，与笃烈君子何以异乎？若夫杨阿若，少称任侠，长遂蹈义，自西徂东，摧讨逆节，可谓勇力而有仁者也。

鱼豢对四勇侠赞誉有加，尤其赞鲍出的侠道发自内心，非受礼教影响所致；杨阿若的义烈有勇且仁，《魏略·勇侠传》是司马迁以后对侠的最高礼赞。和《史记》不同的是，《魏略·勇侠传》将"侠"与"武"做了联结，并扩充"侠"的内涵，观乎孙宾硕藏匿赵岐之举颇类朱家藏季布、爰盎藏季心，有西汉豪侠余风，这是有前例可循的。但杨阿若的侠义为国家大义，这和之前游侠针对个人的义气大相径庭；而鲍出以尽孝而得列勇侠之林，祝公道因陌生人一叹而改变立场，此皆前所未见，更能彰显侠的自我意识，并影响后世的侠观。

另，裴松之引《魏略·勇侠传》是"论其行节，皆庞阎之流"，庞指庞淯，阎指阎温。庞淯本是破羌县县长，当时武威太守张猛叛乱，杀雍州刺史邯郸商，更扬言不可为邯郸商吊丧，否则杀无赦，庞淯因此弃官出走。他不仅为邯郸商吊丧还行刺张猛，张猛欣赏其义放他离开，此后庞淯以"忠烈"闻名。后来酒泉太守徐揖请他当主簿，适逢豪族黄昂叛乱，酒泉被围，庞淯单枪匹马出城向张掖、敦煌两郡借兵，两郡太守起初拒绝，庞淯绝望到想自杀，两郡太守深受感动这才肯出兵助他救酒泉。但在此之前酒泉已被攻陷，太守徐揖被杀，后庞淯将徐揖的棺柩送回故乡，为他守丧三年。曹操听闻后表彰其义，任庞淯为掾属，这是庞淯的主要事迹。而文中叛乱酒泉的豪族黄昂便是被杨阿若所杀，观乎《三国志·庞淯传》[50] 547 和《魏略·勇侠传》所记载的张掖郡，态度大不相同，前者说张掖太守受庞淯感动答应出兵相助，后者记载张掖太守随黄昂叛乱，不知何者正确？或者张掖太守态度反复亦有可能，盖西北偏远，局势复杂，史家难以尽知。至于阎温，乃东汉末年天水人，曾任凉州别驾、上邽令等职，在敌军马超夺上邽后，阎温弃城逃亡冀城，马超率兵围困冀城，阎温潜逃未果，被押见马超，马超逼他开城投降，阎温假装答应却向城内军民大喊："大军不过三日至，勉之。"马超多次招降阎温未果，最后仍将他杀了，阎温因此得忠烈之名。庞淯、阎温二人气节与《魏略·勇侠传》相似，学者李文仁据此推论鱼豢所创立的勇侠类型，似被后辈史家所接受。[54]

迨至三国，许多雄踞一方的豪侠参与乱世割据，他们不仅拥有强大的资财与人脉，甚至还掌握兵力，此时"豪侠"一词有了《史记》中"豪杰"的内涵，概指争天下或谋反的地方强梁。乱世中各路豪杰乘势而起，竞争版图，攻伐征战，自立称王。但这个时代其实还有另一个词需要注意——"英雄"，如同"豪侠""豪杰"等词汇，英雄亦正是卷动时代风云的人物。

第四节　豪侠与英雄的辩证

英雄一词首见战国时的兵家著作《六韬》，该书曰："武王问太公曰：'王者举兵，简练英雄，知士之高下，为之奈何？'"[11]14 文中的"英雄"，指的是"士"，为辅翼武王举事的人才。周武王问姜太公要如何简练英雄，姜太公讲了十五种情貌不一的士，以示辨士之难，亦是指识英雄之难。西汉《韩诗外传》中有："夫鸟兽鱼犹相假，而况万乘之主而独不知假此天下英雄俊士，与之为伍，则岂不病哉！"[55] 文中的士是辅佐国君的人才，言国君应和英雄在一起，天下才会大治。故知，英雄的原意是匡助国君的人，且不限于文臣武将，他们都是建国治国的骨干，但其本身面目模糊。及至东汉，班固《汉书》中的英雄仍指辅佐国君者，如：

> 汉兴，高祖躬神武之材，行宽仁之厚，总揽英雄，以诛秦、项。任萧、曹之文，用良、平之谋，骋陆、郦之辩，明叔孙通之仪，文武相配，大略举焉。[8]02-245

> 举韩信于行陈，收陈平于亡命，英雄陈力，群策毕举：此高祖之大略，所以成帝业也。[8]02-1310

　　诚然《汉书》的英雄已具明显的面貌，如萧何、曹参、张良、陈平、郦食其、陆贾、叔孙通、韩信等，不管是文臣武将还是谋士辩士，皆可列入英雄之林。另，刘邦之起事不同于周武王的举兵，他是秦末天下大乱时乘势而起的群雄之一，他靠英雄打出天下。可见，得英雄者不再限于封建贵族或诸侯，平民起义的首领亦可集结英雄，荀悦的《汉纪》亦可佐证："王莽既败，天下云扰。大者建州郡，小者据县邑。公孙述称帝于蜀，隗嚣据陇拥众，收集英雄。"[12]156-293 新莽将灭，群雄首领便招募英雄厚植势力，这时英雄成为争天下或据地称王的底气。待天下底定，英雄便成为统兵或辅政的政治精英，徐干的《中论》言："仁则万国怀之，智则英雄归之，御万国，总英雄，以临四海，其谁与争？"[56]文中的"英雄"之意甚明，简言之，英雄是助人开创帝业或治理天下的人才。但到了范晔的《后汉书》，"英雄"有不同的诠释：

　　膺子瓒，位至东平相。初，曹操微时，瓒异其才，将没，谓子宣等曰："时将乱矣，天下英雄无过曹操。张孟卓与吾善，袁本初汝外亲，虽尔勿依，必归曹氏。"诸子从之，并免于乱世。[39]999

　　曹操微时，常卑辞厚礼，求为己目。劭鄙其人而不肯对，操乃伺隙胁劭，劭不得已，曰："君清平之奸贼，乱世之英雄。"操大悦而去。[39]1015

　　汉室陵迟，为日久矣，今欲兴之，不亦难乎？且英雄并起，各据州郡，连徒聚众，动有万计，所谓秦失其鹿，先得者王。[39]1085

　　前两例的"英雄"皆指曹操，曹操当然不是佐人开创帝业之人，因为他本身就有争天下之志。同样地，在汉末怀抱野心的不只曹操，从"且英雄并起，各据州郡"便可知这些英雄们内心的盘算——当然是"秦失其鹿，先得者王"。后世《三国演义》第二十一回"曹操煮酒论英雄　关公赚城斩车胄"中，曹操反驳刘备说的袁术、袁绍、刘景升、孙策、刘季玉、张绣、张鲁、韩遂等人是英雄的说法，他对刘备说：

　　操曰："夫英雄者，胸怀大志，腹有良谋；有包藏宇宙之机，吞吐天地之志者也。"
　　玄德曰："谁能当之？"
　　操以手指玄德，后自指曰："今天下英雄，惟使君与操耳。"[57]

　　《三国演义》将曹操的气质样貌写得传神，同时也对"英雄"作出不同的诠释。在此，英雄有独立的人格与意志，不再是辅佐之才，而是雄峙一方争天下的霸主。关于这点，《鹖冠子》《淮南子》和刘劭的《人物志·英雄篇》有更精辟的阐释：

　　故德万人者谓之隽，德千人者谓之豪，德百人者谓之英……《人物志》曰：兽之特者为雄，草之秀者为英，韩信是雄，张良是英，此言近之。[21]2（《鹖冠子》）

　　故知过万人者谓之英，千人者谓之俊，百人者谓之豪，十人者谓之杰。明于天道，察于地理，通于人情，大足以容众，德足以怀远，信足以一异，知足以知变者，人之英也……英俊豪杰各以小大之材处其位，得其宜，由本流末，以重制轻，上唱而民和，上动而下随，四海之内，一心同归。[22]620（《淮南子》）

　　夫草之精秀者为英，兽之特群者为雄。故人之文武茂异，取名于此。是故聪明秀出谓之英，胆力过人谓之雄，此其大体之别名也……夫聪明者，英之分也，不得雄之胆，则说不行；胆力者，雄之分也，不得英之智，则事不立……然皆偏至之材，人臣之任也。故英可以为相，雄可以为将，若一人之身兼有英雄，则能长世……故一人之身兼有英雄，乃能役英与雄。能役英与雄，故能成大业也。[58]（《人物志》）

　　根据《鹖冠子·博选》的说法，"英"与"雄"都是人之杰，文臣杰出者是英，武将杰出者是雄。而《淮南子·泰族训》也将"英俊豪杰"释义为领导人，且其领导力跟其德性有关，德性大的英能化万民，若依其德处其位则四海大治。《淮南子》的说法将德性与领导力看作正相关。刘劭则不然，他认为英是聪明的人，雄是有胆力的人，英可为相、雄可为将，而英雄兼具的人可役英与雄，成天下大业，可见刘劭将英雄与德分开来看，他对英雄的看法是比较接近《后汉书》的。影响所及，后代史书也承继《后汉书》对"英雄"的释义，如《晋书》就记载王谧曾对刘裕说："卿当为一代英雄。"[59]05-471这里英雄也是成天下大业的王者之意。回溯前段，汉末豪侠在乱世之际，重拾了《史记》中争天下与谋反的"豪杰"内涵，所以几乎在汉末，"豪侠"和"英雄"有了内涵上的公约数。当然，这并非代表豪侠等同于英雄，基本上在这风云开阖之世，群雄并起，"豪侠""英雄""豪杰"等词汇颇有互渗之情况，加以中国文字多义的性质，史家在书写上未必有局限。在《后汉书》中同样可以找到英雄是辅佐的人才之例，如："于今之计，莫如延揽英雄，务悦民心，立高祖之业，救万民之命。"[39]259 "横大河之北，合四州之地，收英雄之士，拥百万之众，迎大驾于长安。"[39]1083 综合而论，《后汉书》扩充了"英雄"之义，使得"英雄"和"豪侠"在诠释上有了历史性的交汇点。

第五节　从豪侠到帝王

从汉末到魏晋南北朝，战火燃烧了两百多年，而这混乱的时局，正为豪侠提供发挥的舞台。诚如王齐所言：

> 这一时期，由于不断改朝换代，还出现一类较为特殊的游侠。这些人大多在青少年时期好急人之难、放荡不羁，广交朋友，并有着远大的政治抱负。他们以行侠扬名和聚集宾客，扩展势力，借以实现其政治抱负。这类的游侠大多成为各国的开国名将、王侯甚至君主。[20]34

在汉末入场的领导者有董卓、袁绍、曹操、刘备、孙权等，他们好结交豪侠，或本身就是豪侠，相对于侠再度活跃于历史舞台，关于侠的形象也有所增益，比如气侠[39]492、健侠[39]1055、党侠[39]664等，这些"侠"的词汇表现出强烈的个性，尤以健侠和西汉出现过的豪侠更富领导魅力，亦唯有如此才能得众称王。

> 后归耕于野，诸豪帅有来从之者，卓为杀耕牛与共宴乐，豪帅感其意，归相敛得杂畜千余头以遗之，由是以健侠知名。[39]1055

> 袁绍初以豪侠得众，遂怀雄霸之图，天下胜兵举旗者，莫不假以为名。[39]1106

> 太祖少机警，有权数；而任侠放荡，不治行业，故世人未知奇也。[50]2

> 少语言，善下人，喜怒不形于色。好交结豪侠，年少争附之。[50]872

> 裴松之注，《江表传》曰：及坚亡，策起事江东，权常随从。性度弘朗，仁而多断，好侠养士，始有知名，侔于父兄矣。[50]1115

由上可知，两汉王朝虽对消灭豪侠集团不遗余力，可是最后豪侠集团并没有完全消除，甚至少数的豪侠集团从雄踞州镇一变而成为争夺天下的劲旅。以董卓为例，他年轻时就以健侠闻名，为人慷慨好交且身手矫健，《后汉书·董卓列传》中说他"膂力过人，双带两鞬，左右驰射，为羌胡所畏"[39]1055，是继《魏略·勇侠传》后再一个将"侠"与"武"联结之例，加上董卓屡立奇功，很快成为汉室的依傍，此等人才性情具备了侠魁的特质。之后汉灵帝驾崩，宦官和外戚互斗，董卓见汉室衰微，于是他废少帝、立献帝、鸩杀何太后，一跃成为汉朝的实际统治者，其中的投机性格，不待尽言。

因为豪侠始终崇尚自我，纵使重然诺、讲气节，奉守侠德也有维系集团向心力的作用；在面对外在势力他们则审度情势，当对方强大时附翼之，甘为驱策，但一旦对方势弱，他们便生取代之心。所以不只董卓干政，同期的袁绍也是个野心家，他家势煊赫，四世三公，权倾朝野。在汉室衰微时，他以"豪侠得众，遂怀雄霸之图"，他讨伐董卓看似吊民伐罪，实欲自立为王，也是个乘势而起的投机军阀。在《后汉书·袁绍列传》中，范晔对他俩有段精彩的刻画。

> 卓案剑叱绍曰："竖子敢然，天下之事，岂不在我？我欲为之，谁敢不从！"绍诡对曰："此国之大事，请出与太傅议之。"
>
> 卓复言："刘氏种不足复遗。"
>
> 绍勃然曰："天下健者，岂惟董公！"横刀长揖径出。悬节于上东门，而奔冀州。[39]1080

当时董卓势大，天下无人敢掠其锋，而袁绍是唯一一个敢和他当面叫板的人，这种豪侠在治世时或可为能臣，但若在乱世就必是枭雄了。不过这两位豪侠的时代很快过去了，三国的主场还是属于曹操、刘备、孙权。这三个人，曹操是豪侠，刘备善结交豪侠，孙权养侠，他们都带领群侠一起打天下，故汉末的侠不同于两汉时的与朝廷对立，而是像秦末一样豪侠与豪侠竞合争打天下。

首先，由曹操揭开侠德的外衣。这个做法不仅迥异于自司马迁以来强调的侠德，而且即便班固说侠"不惜乎入于道德"，却也肯定他们"温良泛爱，振穷周急，谦退不伐"的侠德，但曹操直接将才能与道德脱钩，其《举贤勿拘品行令》[33]884可引以为证。因曹操领导务实，他的命令一下，很多豪杰不管道德优劣皆得入曹魏集团。初期曹魏集团的兵力结构大都是由豪侠组成的：①在张邈[50]221和卫兹的帮助下，他散尽家财、纠集义兵，亲族曹氏和夏侯氏率先响应，成为曹操兵力的基础。②透过招兵、合作或归顺的军队，以及重新编制降兵等，其中很多军队是地方豪族集团组成的，比如许褚[50]542、李通[50]534、李典[50]533、吕虔[50]540等，这些人或具豪侠身份，或是由豪侠帮派和豪族宗派的首领转化的坞堡主[35]111，本身都具地方武装势力，却先后加入曹魏阵营。除了豪侠集团外，地方强梁也很多，如刘节本身就是豪侠，他和他那群宾客"出为盗贼，入乱吏治"[50]386，而这样的人物竟也能当郡主簿；其他的个别豪侠更是不可胜数，如许攸[50]4、典韦[50]543等，据曹丕《典论·自叙》中所言："初平之元，董卓弑主鸩后，荡覆王室。是时，四海既困，中平之政兼恶卓之凶逆，家家思乱，人人自危。……名豪大侠，富室强族，飘扬云会，万里相赴。兖、豫之师，战于荥阳，河内之甲，军于孟津。卓遂迁大驾，西都长安，而山东大者连郡国……"[33]999可见曹魏军旅之盛，这使人不得不思考他们之间的结合点是什么？

由于曹操不以德取才，他本身品德也不彰，《后汉书》中写道："操奸阉遗丑，本无令德，僄狡锋侠，好乱乐祸。"[39]1091但如此公然表现不重德、举贤不拘品行的领导风格，他是第一人。也因如此，豪侠或坞堡主进入曹魏集团后，无须改变形象，更不受名教观念所拘，而能自在地展露野心，这无疑对某些豪侠来说很有吸引力。此外，作为董卓的对立集团，相对于董卓的"弑主鸩后"，曹操至少在大方向的选择是对的，他"挟天子以令诸侯"，给曹魏集团提供了奉天子令之名义。当然，豪侠之间的结合还有现实考虑，荀悦说："游侠之本生于武毅不挠，久要不忘平生之言，见危授命，以救时难，而济同类。"[12]156-92这正可说明他们结合的本质，即不问是非黑白、不管道德，但彼此要信守然诺、相互救济。就像互助会的本质，在其他集团有难时提供助力，以换取在自己需要时能得到帮助，这对集团来说是有利的，这便是曹魏集团得以生存、壮大的原因。

再观刘备，史书说他"好交结豪侠，年少争附之"，而他少年时所结交的朋友以关羽、张飞、简雍较具代表性。关羽本来是个亡命之徒[50]939，张飞和刘备同乡，简雍不拘于礼法、行为恣纵，这三人性格强烈，具有豪侠的特质，而能"少与羽俱事先主"[50]943"少与先主有旧，随从周旋"[50]971，可见刘备的领导魅力。建安元年（196年），刘备被吕布打败，去投奔曹操，程昱建议曹操："观刘备有雄才而甚得众心，终不为人下，不如早图之。"但曹操回答："方今收英雄时也，杀一人而失天下之心，不可。"[50]14可见曹操对刘备能得众心这一点是肯定的。为什么刘备能得众心呢？迥异于曹操对道德的轻视，刘备格外注重道德，是少见的仁德之君。他的道德不但表现在为人处世上，如他和关、张，名为君臣，实为兄弟，史书有记载，"先主与二人寝则同床，恩若兄弟"[50]939，如此推诚，使关羽降魏受曹操礼遇之余，仍一心归汉；而且表现在他有所不为的道义上，当他不接受诸葛亮的建议，攻打刘琮占取荆州，说"吾不忍也"；并且他宁可冒着遭遇曹军的风险，也不肯丢弃追随他的十万余众，说："夫济大事必以人为本，今人归吾，吾何忍弃去！"[50]892 如此作为，使刘备塑造出仁君的形象，也使他带来更多的人望。若说曹魏集团是一个功利的组合体，那么蜀汉集团则是一个仁义的组合体，像徐庶、姜维等原先虽具有豪侠的身份，但他们的豪侠气质显跟许褚、臧霸等人不同。《三国志》评刘备说：

> 先主之弘毅宽厚，知人待士，盖有高祖之风，英雄之器焉。及其举国托孤于诸葛亮，而心神无贰，诚君臣之至公，古今之盛轨也。机权干略，不逮魏武，是以基宇亦狭。然折而不挠，终不为下者，抑揆彼之量必不容己，非唯竞利，且以避害云尔。[50]892

刘备具有英雄之器，这英雄之器除了能知人善任之外，更重要的是"终不为下者"，从结交豪侠到建立蜀汉，刘备呈现司马迁笔下侠的"贤"的一面，开辟了从豪侠到帝王之路的另一种可能。

至于孙权，其祖上在江东经营已久，势如战国卿相之侠的延续，然与卿相之侠不同，他是从好侠养士至践履帝王之路。

> 孙权字仲谋。兄策既定诸郡，时权年十五，以为阳羡长。裴松之注，《江表传》曰：坚为下邳丞时，权生，方颐大口，目有精光，坚异之，以为有贵象。及坚亡，策起事江东，权常随从。性度弘朗，仁而多断，好侠养士，始有知名，侔于父兄……[50]1115

因为好侠养士，故孙权的部属也有一干侠客，如甘宁[50]1292、凌统[50]1295、鲁肃[50]1267等。在这些人中，甘宁是轻侠，凌统家族由豪侠转成介士，而鲁肃则是地方豪侠，可见江东多侠，而孙权能网罗善用之，故能凭恃豪侠坐势江东。且由鲁肃背叛袁术、投靠周瑜一事来看，可知三国豪侠要的不只是权行州域，更要"立事"。在关系上，侠脱离了两汉豪侠与主政者的敌对关系，他们的身份得到肯认，并对这层关系的亲疏好坏自有评估。在群雄割据的乱世里，他们选择人主依附，不合亦率众而去，自主性很高，当然，他们与人主的结合除了互利共生外，还有共同愿景。

综观三国的领导者，他们本身具有豪侠的精神气质，也以不同程度、不同方式吸纳侠的依附，如曹操用人唯才、刘备以仁义结交，而孙权养侠如养士等，透过豪侠与侠的结合成为君臣，并取得了"立事"的契机，这是其他时代所没有的。所以，侠之于三国不但身份被肯认，且一洗自两汉以降的污名，从"流氓"向"战士"靠拢。此外，除了领导者的侠气外，从功能上看，三国的侠已转为介士，将两汉时期以广植恩泽、声名远播而得众的豪侠，代之以征伐肃杀的暴戾之气，在三国特殊的时空环境里，他们与国君的关系可随时势变化来决定敌我立场，豪侠集团间相互竞合，其志不仅在雄踞一方，更在问鼎天下。

第四章 侠的分流

侠到了晋朝开始进入了分化时期，迨至南北朝侠的形象更为复杂多变，侠与多种身份可互相涵融、变化与转换，这些身份包括：介士、强盗、绿林、士族、豪族、文人等，论述如下。

第一节 侠与介士

自三国群侠时代结束以后，历史上的舵轮交到祖逖、冯跋等晋国诸侠手中，《晋书·祖逖传》言：

> （逖）轻财好侠，慷慨有节尚。……逖以社稷倾覆，常怀振复之志。宾客义徒皆暴杰勇士，逖遇之如子弟。时扬土大饥，此辈多为盗窃，攻剽富室，逖抚慰问之曰："比复南塘一出不？"或为吏所绳，逖辄拥护救解之。[59]04-453

可见祖逖虽轻财好侠，实为将领，并拥有自己的军队，其势力之盛甚至可从官吏手中救人。而冯跋虽为西燕将军冯安之后，但家人多任侠不羁。《晋书·冯跋传》有言："三弟皆任侠，不修行业，惟跋恭慎，勤于家产，父母器之。"[59]05-873可见他家侠与介士不分，后来冯跋起事擒杀后燕帝慕容熙成为北燕君主，其中也仰仗了侠的力量。往后，侠转为介士之风也一直延续下来，如李愍、李显甫、李元忠、刘仁、卢叔彪、薛循义、韦祐等人皆可如是观，此类开国之多之繁、侠转介士之盛，是魏晋南北朝之侠特有的情况。查其原因，据陈山《中国武侠史》中说：

> 魏晋六朝上层社会人物的习武任侠，大都怀有政治野心。频繁的战事与混乱的政局使得习武论交较之饱学通经更易出人头地，因此他们的任侠，不过是实现自己政治目的（的）一种手段和途径。这一批人大量涌入武侠阶层，进一步改变了武侠的结构与成份。由于他们较之豪侠带有更鲜明的政治倾向，因此这一类人物的出现，加速着以后侠的分流。[35]107-108

可见侠的介士化含有鲜明的政治倾向，在乱世的局势里，这不啻一条出头之路。但是这些人的侠行富有争议，像戴若思[59]05-496 "少好游侠"，本是个江洋巨盗，后受陆机教诲而幡然改正，官至征西将军；石崇本来也是个盗匪，靠劫财致富，后来当征虏将军[59]05-259。司马宗虽贵为皇族，受封为左卫将军，坐拥重兵，却也结交轻侠[59]05-425，后以谋反罪被杀；张琚割据陇东，手握重兵，和豪族杜洪争强互斗[59]05-286。王谌在少年时代也是个轻侠，他劝堂哥王谧起兵作乱[59]05-471；王廞为建安将军，当王恭起兵时，王廞在吴兴、义兴聚兵响应，有上万轻侠参与[59]05-472；李庠在少年时以烈气闻名，文武兼备，却志不在当官，他"性在任侠，好济人之难，州党争附之"[59]05-485；冯素弗是冯跋的大弟，也是个任侠放荡的人，"当世侠士莫不归之"[59]05-875。

　　以上这些人不管出身为何，他们都兼具侠与介士的身份，也保有侠那份豪迈的野性，但相对而言是侠德的失落。《晋书》中讲他们的信、义、助人、谦让等侠德事件减少了，反之他们结交轻侠，或立功或造反，基本上除了利己之外，无其他高尚目的。像上述的王谌鼓动王谧作乱，本是个乱世中的钻营者；而王廞觉得有利可图时便响应王恭，骑虎难下时就反过头倒戈王恭，毫无信义。所以"侠"到了晋朝不但少了先秦两汉的侠德操守，比之于曹操、刘备、孙权等三国豪侠亦少了份英雄气；可堪并提的是他们吸纳轻侠的特质，如祖逖、冯跋、冯素弗、司马宗、王廞、李庠等皆然，促成了侠的集团化，可视为三国豪侠集团的延伸。

　　另外，南朝历经宋、齐、梁、陈四朝计一百六十多年的更迭，加以庶族出身的北府将领兴起，甚至受禅称帝，阶级的僵固性在武将这方面有了缺口。比如宋武帝刘裕，本来只是一个普通老百姓，但乱世给英雄提供了舞台，王谧称他"卿当为一代英雄"[59]05-471，刘裕本身既具豪杰之气，更在建国初期广纳侠客，像臧质[60]1093、萧思话[60]1151、孟龙符[60]813、薛广、薛安都[60]1275等都归其麾下担任军事要职。而像身为平西将军、荆州刺史的司马休之，因为"宗室之重，又得江汉人心"[60]28，使刘裕"疑其有异志"，又司马休之长子司马文思"招集轻侠"，使刘裕"执文思送还休之，令自为其所"。刘裕此举是暗示司马休之处决司马文思，但司马休之只将司马文思贬为庶民，以致引起刘裕的猜忌，即命江州刺史孟怀玉防备。可见豪侠集团纵使结合起来编制成军，但仍不能改变其因利益结合的属性，故隐有相互竞争与提防的机心。再观宁朔将军何迈，也是一代豪侠，他善于聚敛财富，出入游，从者塞路，他的身份也是游侠与介士兼具[61]2172，最后却因谋反被诛杀[60]88。从以上事迹可看出统治者和豪侠之间的紧张关系，一方面要借用其才，增拓武力；另一方面也要防范其广得人心、心怀异志。所以统治者对豪侠的态度可谓是又爱又疑，很多侠转为介士之后，不管曾立下多大功劳，最后也会因遭到统治阶层的猜忌或本身叛变而被处决。但是统治者和豪族间的相互关系依然水乳交融、未曾断绝，比如南齐的刘怀珍[62]268是个豪宗，能"启上门生千人充宿卫"及"召取青、冀豪家私附得数千人"，其势煊赫可见一斑。此外，梁朝的邓元起[63]113-114、周敷[64]687、裴之横[63]239等人；陈朝的熊昙朗[65]09-273、陈羽[65]09-279、周续[65]02-279等虽身为介士，但兼具侠的身份或性豪侠、重气侠，呈现出彰明的生命情调，其中虽有赴国难之例，但大部分从军或任侠者仍以个人利益为优先。

南朝的介士兼具豪侠身份的比例更胜前朝，固然在讲究战力的乱世里，豪侠集团向有组织的军队靠拢再自然不过，但主要还是基于野心。豪侠为了扩张势力，有的在未入朝前就聚集乡里群豪，有的虽出身将领却也私结轻侠，伺机而作。两晋开始，任侠形成一种风气，是很多人热衷的事[66]，上层贵族习武任侠以遂其政治意图，而轻侠也需要生存庇护与可发挥的舞台，所以彼此可视为一种利益结合，像季心那种"气盖关中，遇人恭谨，为任侠，方数千里，士皆争为之"[24]971的侠义人格，或朱家、郭解等救人急难之举就比较少了。

第二节　侠与强盗、绿林

在魏晋六朝中很多豪侠不讲侠德，甚至还有一票豪侠跑去当强盗或绿林好汉，其中戴若思和石崇就是显例：

> 若思有风仪，性闲爽，少好游侠，不拘操行。遇陆机赴洛，船装甚盛，遂与其徒掠之。[59]05-496

> 崇颖悟有才气，而任侠无行检。在荆州，劫远使商客，致富不赀。[59]05-259

戴若思少年时常聚盗劫财，可说是个强盗头子，同样"任侠无行检"的石崇也是，他们以盗任侠，将豪侠带往负面形象。尽管如此，有时盗侠也可转为保家卫国的介士，如戴若思遇陆机后幡然醒悟，弃盗从军，官拜征西将军；祖逖则集结暴桀少年成为北伐的主力[59]04-453，究其原因，侠之为盗有时是乱世中的一种生存之道，这种情况自古已有，如《史记·货殖列传》中"好气，任侠为奸，不事农商"[24]1190的游侠即是以盗为侠，但那些游侠并未留下名字。直到三国盗侠才台面化，如刘节及其门下宾客"出为盗贼，入乱吏治"[50]386，但这并不妨碍刘节的豪侠之名[50]386。盖从三国以降，"盗"成为侠中鲜明的一支，此前以盗称侠者多无盗名，而称之为豪强、豪侠、奸侠等，到了两晋，豪侠为盗者一一浮出台面，其中不乏鼎鼎有名的戴若思、石崇等。北魏人杨衒之所著的《洛阳伽蓝记》中写道：

> 市西有退酤、治觞二里。里内之人多酝酒为业。河东人刘白堕善能酿酒……饮之香美而醉，经月不醒。……永熙年中，南青州刺史毛鸿宾，赍酒之蕃，逢路贼，盗饮之即醉，皆被擒获。因复命"擒奸酒"，游侠语曰："不畏张弓拔刀，唯畏白堕春醪。"[67]

可见"盗贼"和"游侠"的身份混用甚为明显，其他如《北齐书》的毕义云"少粗侠，家在兖州北境，常劫掠行旅，州里患之"[25]350；高昂"自昂初以豪侠立名，……少粗犷无赖，结轻险之徒共为贼盗，乡里患之"[25]158；元景遗"元忠叔景遗，少雄武有胆力，好结聚亡命，共为劫盗，乡里每患之……州军追讨，竟不能制。由是以侠闻"[25]174。《北史》的毕众敬"少好弓马射猎，交结轻果，常于疆境盗掠为业"[68]575……这些人亦侠亦盗，为患邻里，而元景遗之得侠名竟是因聚众为盗，官军不能制。大约从三国到南北朝由于时局纷乱，"侠"字使用泛滥，除了以盗为侠、以绿林为侠的情况外，很多"侠"的词语也都偏向于负面义。

至于侠向绿林流动，依据陈山的说法是从三国时期就存在了[35]115，但绿林的存在还可前推到西汉末年，《后汉书·王常传》载："王常字颜卿，颍川舞阳人也。王莽末，为弟报仇，亡命江夏。久之，与王凤、王匡等起兵，云杜绿林中聚众数万人，以常为偏裨，攻傍县。"[39]249这里的"绿林"已具有啸聚山头、对抗朝廷的势力，跟在城市中结伙劫掠的盗匪自不相同，甚至绿林所反抗的对象是朝廷或官府，在某种意义上比强盗劫财更具侠德。以吴国名将甘宁为例，他"少有气力，好游侠，招合轻薄少年，为之渠帅；群聚相随，挟持弓弩，负毦带铃，民闻铃声，即知是宁"[50]1292。这里的"响马"其意在警告百姓避开，也开创以响马借代绿林的先河。然而，甘宁对官府就不那么客气了，他"人与相逢，及属城长吏，接待隆厚者乃与交欢；不尔，即放所将夺其资货，于长吏界中有所贼害，作其发负，至二十余年"[50]1292。可说在巴郡（今重庆市北部）一带远近闻名，作威作福了二十多年，陈山对此情况分析如下：

> 魏晋六朝的武侠向绿林的流动，预示了武侠以后的一个十分重要的走向。战国的游侠是从民间社会中萌生的民间武士，他们的人格精神与行为方式是独立上层社会之外的。由于两汉武侠的豪强化，更由于魏晋六朝一部分武

侠蜕变为上层社会成员，侠的民间色彩一度黯然消褪了。侠向绿林的流动固然有其复杂的因素，但作为侠的一种流向，确实起到了削弱和遏制上述势头的作用。武侠从根本上来说，是民间社会的产物，离开了它所植根的土壤，便要枯萎和变异。魏晋六朝的武侠流向绿林，使侠又重新回归民间。这一现象蕴含着深刻的未来的因素，它从一个侧面演示着武侠的历史性转换。[35]116

　　陈山的推论确然反映了侠的某一历史面向，但不同于士子，侠在魏晋六朝的阶层流动相当快速。以最早的"绿林"首领王常为例，他率领绿林军对抗王莽，后来他和刘秀之兄刘縯的势力结合，成为东汉的开国功臣，也开启了绿林流向朝廷的先河；到了三国，巴郡绿林首领甘宁成了吴国名将，同时也将他的绿林军流向了朝廷，这些都是绿林转化为名将的显例。还有一类是由乡党宗族的首领转化成为坞堡主，如许褚纠集轻侠占地为王，其形态像是绿林，也像是进可入朝、退可自守的地方势力。这种坞堡主的势力在晋朝有很多，比如《晋书》中所记的坞堡主就有刘畴[59]05-440、张平[59]05-785、陈川[59]05-453、李矩[59]04-456、魏浚[59]05-458、杜尹[59]05-459、郭默[59]05-459、刘遐[59]05-574、周坚、周默[59]05-574等，这些坞堡的组成分子中有部分是侠，其势力虽呈现魏晋六朝的武侠流向绿林的趋向，但这些侠魁们往往也伺机而动，随时准备流向朝廷，其中有不少坞堡主当过将军。显然此类"侠"与"武"的结合，不再具有"士"的内涵，当朝廷充斥着来自绿林或坞堡的豪侠，其文教礼治自是不彰，再加上魏晋六朝的国祚都相当短暂，并无足够时间来厚积文化底蕴，所以绿林豪侠转化成将军的后遗症就是朝廷反而被绿林化了。再者，绿林或坞堡所集结的势力固非游侠所能比拟，其武装军队也比西汉豪侠强大；而这些侠客的首领，更不同于战国的卿相之侠和汉朝养士的诸侯王，他们少了贵族气息而具有草根性，是属于"民间社会的产物"无疑，但绿林或坞堡将侠集团化、组织化的结果，也使个体游侠丧失了独立人格。

第三节　侠与士族、豪族

　　关于侠的分化，魏晋六朝最显著的除了侠流向介士、强盗、绿林等之外，还有一支是向士族靠拢的。前者的侠多崛起于民间，深富草莽气息，就算流向朝廷，成为开国的帝王将相，这股草莽的侠气依然存在。而流向士族的侠，根据《武侠小说论（上）》，追自西汉以来侠便有士族化倾向[23]29，这应该和统治者对侠的打击不遗余力有关。魏晋六朝时尽管动刀舞剑的侠重新崛起，但士族的豪侠化与豪侠的士族化现象依然频仍，从而缔造了乱世中侠的多样面貌。根据学者意见：

到了南北朝时期，北方在胡人统治之下，士族豪姓为了适应世变，往往发展武装力量，而获"侠"名。[23]48

魏晋南北朝时期的战乱环境和游乐世风也为武侠的成长提供了条件，此时的武侠在乱世中再度担当起了政治重任，但他们已经不复战国时期的那种不羁的风范，而是具有了更多的为个人私利、个人政治前途甚至野心而斗争的功利色彩。[43]138

自东汉以来，豪侠与士族集团便有互渗现象，到了六朝时期国家环境巨变，只有足够的武装力量才能取得生存，进而壮大，这些外在因素催化了士族豪侠化的方程式。以南朝宋的垣护之为例，其祖父垣敞曾在前秦苻坚朝廷当郎中令，其父垣苗、伯父垣遵皆在南燕、晋朝、南朝宋担任官职，故垣家可说是下邳的望族，而垣护之更是族姓豪强，其子垣憎伯，史书说他："少负气豪侠，妙解射雉，尤为武帝所重，以为直阁将军。"[64]292可见他的官职与他的侠性甚有关联，我们从垣护之的家族可看出士族豪侠化的痕迹。再看裴庆孙，其远祖裴徽为曹魏时的冀州刺史，祖上裴延俊官至北魏吏部尚书，从祖弟裴良也在朝当官，裴氏一家可谓河东闻喜的世家大族。至于裴庆孙：

庆孙任侠有气，乡曲壮士及好事者，多相依附，抚养咸有恩纪。在郡之日，值岁饥凶，四方游客常有百余，庆孙自以家粮赡之。性虽粗武，爱好交流，与诸才学之士咸相交结，轻财重义，座客常满，是以为时所称。[69]974

从史料来看，裴庆孙家族也是从士族演变到豪族，这类例子在当时应该不少。值得注意的是，士族演变成豪族除了受外在环境巨变的影响之外，最直接有力的影响还是个人特质，像垣憎伯、裴庆孙皆素有豪侠风范，被皇帝推重或得众都是个人魅力所致。综观六朝的豪族与士族之兴都有其地缘关系，在朝代更迭频繁下，尽管其存在威胁到王权，但统治者往往也须倚恃其力巩固政权，所以皇帝和士族、豪族的关系常充满矛盾。比如后燕惠愍帝慕容宝，透过笼络士族以安定社稷，"定士族旧籍，明其官仪"[59]05-863，其子慕容盛亦"结豪桀于冀州"，透过种种结合形式各有妥协也各取所需，只是慕容父子两代终不免死于非命。而慕容宝的养子慕容云，虽在冯跋支持下当了大燕皇帝，却因为"自以无功德而为豪桀所推，常内怀惧，故宠养壮士以为腹心"[59]05-868。之后反遭禁卫队侍卫离班、桃仁杀害，从这些史实中不难想见皇帝对士族、豪族又爱又惧的心理。

其实六朝士族中的豪侠，除了部分具有野心之外，也有人是为了追求游侠的生活方式。比如刘勔为南朝宋将军，其子刘绘为南朝齐官吏，是个典型士人，但史书说他："绘聪警有文义，善隶书，数被赏召……绘虽豪侠，常恶武事，雅善博射，未尝跨马。"[62]443可见刘绘当豪侠纯属个人兴趣。就林保淳的看法：

> 魏、晋以来士族门第逐渐形成，造就了一批高门华胄的富贵子弟，他们凭借财势，轻裘肥马，斗鸡走狗，将游侠的行径表现得淋漓尽致；再加上整个魏晋南北朝战争频仍，边功可冀，这些贵游子弟，以为功名唾手可得，故豪气万千，视战功为囊中之物。这就产生了"新一代"的游侠——少侠。新兴的游侠，与汉代的游侠最大的不同，在于出身豪贵的少年侠客特多，假如说，汉代的游侠近于地痞流氓的话，新一代的游侠就近于无赖恶少，属于"小霸王"一流。从游侠的分布层面的拓展上看，我们可以说此时的游侠风气，的确是称得上"盛行"的了。但是，除了盲目效法的豪贵少年一味倾倒之外，似乎并未能扭转整个社会对游侠的观感。[70]

这类贵游子弟基本上属于轻侠一类，凭仗家族势力而横行霸道，侠德欠缺、欺压良民的事迹倒是不少，所以社会观感不佳。尽管如此，豪侠依然有聚拢效应，甚至凭着豪族背景或个人魅力而成豪侠首领，其中尤以"好结交"而成豪侠的居多，如裴宪"少而颖悟，好交轻侠"[59]05-272、卫操"少通侠，有才略"[68]292、金祚"性骁雄，尚气任侠"[25]209、高干"轻财重义，多所交结"[25]158、敬显俊"少英侠有节操，交结豪杰"[25]205、周敷"性豪侠，轻财重士"[64]687，这些侠多豪爽重义且兼具领袖魅力。不过这些"少通侠"者不乏长而幡然改节的，如裴宪"少而颖悟，交轻侠，及弱冠，更折节严重，修尚儒学，足不逾阃者数年……宪历官无干绩之称，然在朝玄默，未尝以物务经怀。但以德重名高，动见尊礼"[59]05-272。裴宪由结交轻侠改节为修尚儒学，生命气质由"侠"向"儒"发展，儒学重德，裴宪也成为德高的儒者。此外，鲁悉达"幼以孝闻……悉达虽仗气任侠，不以富贵骄人，雅好词赋，招礼才贤与之赏"[65]09-116；毕义云"少粗侠，家在兖州北境，常劫掠行旅，州里患之。晚方折节从官，累迁尚书都官郎中"[25]350，皆从侠改节为儒生，这类例子虽少，然出现在史上战争最多的时代里[71]，似乎意味着"侠德"重新受到重视。

再看李彧的例子，他娶丰亭公主，被封骠骑大将军、开府仪同三司等，一时权势熏天，《魏书》记载："任侠交游，轻薄无行……孝静初，以罪弃市。"[69]1095但《北史》却说："彧性豪侠……孝静初，陷法见害。寻诏复本爵。"[68]1363两书对李彧从评价到结局皆有不同，反映两书作者对任侠的观念大相径庭，更显示豪侠和任侠无行只是一线之差。豪侠除了"好结交"所产生的聚拢效应外，其实豪侠能得众的最根本原因还是其"救急"之举，综观南北朝时期战事频仍，百姓无法安居乐业形成部分流民，郡姓豪族以其雄厚财力"以救时难，而济同类"，自然能吸引很多流民依附，从而壮大势力。虽然这种现象在乱世常见，但魏晋南北朝割据势力之多、国朝迭代之繁，其郡姓豪族形成豪侠集团者亦是史上最多，更有豪侠集团的经营非止一代。举例来说，李庠世居略阳，其兄李特讨平赵廞、结恩流民，使流民纷纷来归，而李庠本身"少以烈气闻"，他才兼文武，却无意仕宦，史书说他"性在任侠，好济人之难，州党争附之"[59]05-845，可见李庠家族由略阳的郡姓豪族[72]形成豪侠集团。

到了南北朝，这种郡姓豪族聚拢成豪侠集团的情况愈加明显，如"轻财重气，招召豪猾，时有急难相奔投者，多能容匿之"的薛循义[25]151、"少任侠尚武艺，及壮有大度，好施爱士"的宇文洛生[73]81、"遂蓄聚货财，交通宾客，招募轻侠，折节下之。其勇敢者多归附，左右遂至数千人"的萧詧[73]411、"轻侠，颇敏惠……家本丰财，又多聚敛，动极豪华，宾客往来，将迎至厚"[25]138的任胄嗣……从史书记载来看，不难发现郡姓豪族聚拢群侠的能力，影响所及甚至勾结僧徒一同作恶。北魏孝文帝延兴二年（472年）夏四月的诏书"比丘不在寺舍，游涉村落，交通奸猾，经历年岁"[69]1720，即说明了僧侠勾结为恶的现象。[74]这些豪侠结交轻侠、江湖救急的行为下亦有盘算，以《北齐书》中的李愍为例，他"少有大志，年四十，犹不仕州郡，唯招致奸侠，以为徒侣"[25]174，而李愍招致奸侠的用意是因孝昌末年"天下兵起，愍潜居林虑山，观候时变"。李愍的心态足以反映多数郡姓豪族聚拢奸侠、轻侠的心态，都是为了拥有私人武力，以便在乱世争强。

第四节　侠与文人

在汉朝就有不少侠变节读书，转为儒生成为班固认可的文士，到了六朝还有一类侠士，他们能文善武，亦侠亦士，比如北魏科学家李业兴，据《魏书》记载：

业兴爱好坟籍，鸠集不已。手自补治，躬加题帖，其家所有，垂将万卷。

览读不息，多有异闻，诸儒服其深博。性豪侠，重意气，人有急难，委之归命[75]，便能容匿。与其好合，倾身无吝；若有相乖忤，便即疵毁，乃至声色，加以谤骂。性又躁隘，至于论难之际，高声攘振，无儒者之风。[69]1112

李业兴是个性豪侠的儒生，史书说他"无儒者之风"，气质近于侠而远于儒。此外，嵇康"文辞壮丽，好言老、庄，而尚奇任侠"。裴松之注曰："喜为康传曰：'家世儒学，少有俊才，旷迈不群，高亮任性，不修名誉，宽简有大量。'"[50]605嵇康的侠气与李业兴的江湖救急不同，表现为一种生活态度。其他如北齐王晋明，史书说他："豪侈有气侠，留心经史，招引宾客。尝为尚书右仆射，百余日便谢病而退。告人云：'废人饮酒，安能作刀笔吏，披故纸乎？'"[61]1012则显然是以豪侈任性为侠了。除了侠士之外还有"爱好文流"的儒侠[15]44，如庆孙，史载："任侠有气，乡曲壮士及好事者多相依附，抚养咸有恩纪。在郡日，逢岁饥凶，四方游客恒有百余，庆孙自以家粮赡之。性虽粗武，爱好文流，与诸才学之士咸相交结。轻财重义，坐客恒满，是以为时所称。"[68]556通过儒与侠的汇流，使侠的生命气质更多元，且从这些例子可看出，侠的分类较前代细腻，并显现六朝时普遍存在的慕侠心理。

其实儒、侠合并的现象从东汉的党锢之祸后滥觞，但六朝时合并情况更为繁复，据陈山的说法："六朝还有一类侠士，他们本身同时又是文人，这也是一个较为特殊的现象……因为六朝武侠处于一种过渡型形态，新旧交替，杂然并存，故较之战国两汉侠的形态更为繁复，这是尤需仔细辨认的。"[35]108可见儒、侠结合是时代下的产物，但尽管历史上出现过不少儒侠身份兼具的人，但更多时候是文人透过写侠来达成一种想象的结合，侠在文人笔下获得美化，并侧显出文人的慕侠心理。

侠成为文人笔下素材的首推曹植，他是"僄狡锋侠"的曹操之子，可说是豪侠的第二代。他在《白马篇》[33]1137一诗中写出了"幽并游侠儿"的英勇豪迈，这些幽并游侠非盗非匪，而是"捐躯赴国难，视死忽如归"的介士。诗中充满了奋勇杀敌的爱国热情，这固然有一部分是文学的幻想，但也侧面突显了统治阶层对侠的策略渐由打击转向将之转化为介士。诚然，侠向介士流动自汉已有，光武帝刘秀之兄刘縯便是显例，但等到刘秀登基之后，对侠的打击不遗余力，是以东汉号称"无侠"。无侠并非侠的消失，但确有一部分的游侠向士族靠拢，如段颎[39]974、王涣[39]1126等，其原因固然有统治者的引导，但东汉环境不利于侠的生存也是事实。到了三国，曹操的军队有一部分是来自游侠，而曹植更作诗颂扬，开辟了侠转介士之路，从某种程度上来说，把侠的违法乱纪那部分弱化了，使侠的武力转换成正当性，进而肯定了侠的身份。自曹植的《白马篇》之后，似乎开启了文人对侠的热情幻想，从此关于侠的创作如雨后春笋，但他们所赞颂的再也不是济人缓急、为人牺牲的原侠精神，也弱化了对侠德的提倡，而是致力于展现侠对从军建功的追求和对奢华生活的向往。

一、从军建功

身处在乱世中正是侠少报国出头之机，很多诗人开始把侠少从军建功作为一种诗情主题，南朝宋袁淑写出游侠"嗟此务远图，心为四海悬"[76]卷63-5的豪情壮志。南朝梁吴均《雉子斑》"幽并游侠子，直心亦如箭。死节报君恩，谁能孤恩盻"[76]卷18-1则反映出游侠如雉子般忠直，他们不畏牺牲，只是如此孤心又有何回报？隐然渴望着"恩盻"。同于前朝，魏晋六朝的游侠也不甘平凡，渴望干一番事业，落在文人笔下他们一洗绿林匪气，而注入军人的爱国精神，如孔稚珪的"少年斗猛气，怒发为君征……当今丈夫志，独为上古英"[76]卷63-5，从绿林到征人，游侠的身份可谓摆正了，而这也符合多数文人心中的理想。进而借征人身份展现对名利的追求，如南朝梁戴暠"且决雄雌眼前利，谁道功名身后事"[76]卷27-2 "由来称侠窟，争利复争名"[76]卷39-10。而南朝梁王筠《侠客篇》"侠客趋名利，剑气坐相矜"[76]卷67，更直接点出侠客追求名利的企图。总合来看，这些诗大都充满少年的意气与自信，的确，游侠从军是当时的一种流行，但透过文人笔触，也反映出文人对投笔从戎的想象。

文人的游侠诗还是有一部分延续两汉结客少年场的题材，像鲍照的"失意杯酒阌，白刃起相仇"[76]卷66-1，以及张华的"雄儿任气侠，声盖少年场。借友行报怨，杀人租市旁"[76]卷67-5。只是前者那位少年游侠在逃亡三十年后，回来只见整座皇城成为达官显贵的名利竞逐场，他们结党连群打击寒门，让真正有才华抱负的人不得施展，不由得发起"今我独何为，坎壈怀百忧"之叹，这是游侠悲不平之叹，更是诗人怀才不遇之叹；后者那位少年游侠借躯报仇，虽然全诗用了不少华丽辞藻写出少侠的凌厉身手，但他的内心很明白这是一条不归路，终点是死亡，这虽不及侠客从军的政治正确，却保留了侠的独立人格，"生从命子游，死闻侠骨香"表现出游侠生命的豪气与凄美，只是这类题材的诗不多。此外，别于两汉少年结客滋事、与官为敌的情形，六朝游侠的结客有相当成数是为了从军，如王褒《从军行》"羽书劳警急，边鞍倦苦辛"[76]卷32，写出结客少年辛苦的边塞生活，并勉励其再辛苦也要干出一番大事。再看庾信《结客少年场行》"今年喜夫婿，新拜羽林郎。定知刘碧玉，偷嫁汝南王"[76]卷66，则少了杀戮之气，反而呈现儿女情长、结婚封官的双喜，当然这位结客少年也是位军官，这样的大团圆更加深了结客从军政治正确的内在意涵。

二、奢华生活

歌颂游侠的奢华生活也是魏晋南北朝游侠诗的一大特色。侠客好酒，魏国曹植《名都篇》写出侠客游猎后"归来宴平乐，美酒斗十千"[76]卷63-3的奢华排场；西晋张华《游猎篇》表现游侠酣饮的场面，"野飨会众宾，玄酒甘且旨"[76]卷67；南朝梁昭明太子萧统也写出了游侠"洛阳轻薄子，长安游侠儿。宜城溢渠碗，中山浮羽卮"[76]卷17-4之豪迈与饮酒品位，这些侠客虽已佚失姓名，但他们的任性好酒逐渐汇聚成"刘生"的形象。南朝梁元帝的《刘生》诗上有段话："《乐府解题》曰：'刘生不知何代人，齐梁已来为《刘生》辞者，皆称其任侠豪放，周游五陵三秦之地。或云抱剑专征，为符节官所未详也。'按《古今乐录》曰：'梁鼓角横吹曲，有《东平刘生歌》，疑即此《刘生》也。'"[76]卷24-7文中的刘生不只任性豪放，还是个"抱剑专征"的侠少，只是梁元帝笔下的刘生则享受"榴花聊夜饮，竹叶解朝醒。结交李都尉，遨游佳丽城"[76]卷24-7的奢华生活，隐含帝王家对游侠的投射。再看陈后主的《刘生》，写出长安游侠的奢华生活。新丰自古是产酒圣地，游侠"置驿过新丰"[76]卷24显示一种游乐人间的生活态度，加上"击钟蒲璧磬，鸣弦杨叶弓"的高级配备品位，也是帝王家对游侠的想象。

但同期文人笔下，游侠的排场也不遑多让。南朝梁张正见的《刘生》："刘生绝名价，豪侠恣游陪。金门四姓聚，绣毂五侯来。尘飞马脑勒，酒映碑碟杯。别有追游夜，秋窗向月开。"[76]卷24-7这样的豪侠绝少济人缓急的豪情，也谈不上是个为了生活打家劫舍的盗匪绿林，活脱脱是个纨绔子弟。再看柳庄的《刘生》："座惊称字孟，豪雄道姓刘。广陌通朱邸，大路起青楼。要贤驿已置，留宾辖且投。光斜日下雾，庭阴月上钩。"[76]卷24还有江总的《刘生》："刘生负意气，长啸且徘徊。高论明秋水，命赏陟春台。干戈倜傥用，笔砚纵横才。置驿无年限，游侠四方来。"[76]卷24以上诗人均出身显贵，他们不但会写诗，且有当参军或随军讨伐等经历，他们笔下的刘生是天生骄子，生来是群豪之首，但诗中内容除了写豪侠的豪奢品位和冶游之乐外，并未在武艺上着墨，复无行侠仗义的义行，绮丽的修辞恰是反映侠客的炫富生活，与徐陵的《刘生》"高才被摈压，自古共怜嗟"[76]卷24-8的境况大不相同。

除了好酒外，豪侠当然还要配备刀剑、宝马，但这些刀剑、宝马到文人笔下却成为游侠的珍藏，作为一种艺术品，也可作炫富用，其为武器的功能则相对逊色。其中最典型的是南北朝民歌《琅琊王歌辞》中的"新买五尺刀，悬著中梁柱。一日三摩挲，剧于十五女"[76]卷25-2，这种"一日三摩挲"写出了主人对刀爱惜之甚。其他如曹植笔下的长安少年"宝剑直千金，被服光且鲜"[76]卷63-3，"宝剑长三尺，金樽满百花"[76]卷24-8，"黄金涂鞘尾，白玉饰钩鹰"[76]卷67，"自言家在赵邯郸，翩翩舌杪复剑端。青骊白驳的卢马，金羁绿控紫丝鞶"[76]卷70-4，都极尽所能地雕琢刀剑、宝马的外表，少了英雄气概，却多了几许名士风格。这类游侠出身显贵，年轻而多金，可用"侠少"作精确的命名，他们在城市中成群结党，相竞的不是武艺，而是比奢华、比人脉、比帅气。像庾信写的"侠客重连镳，金鞍被桂条。细尘郛路起，惊花乱眼飘。酒醺人半醉，汗湿马全骄。归鞍畏日晚，争路上河桥"[33]4903，着重在彰显这些侠少的车服之美、交游之盛。再如王褒的"京洛出名讴，豪侠竞交游。河南朝四姓，关西谒五侯"[76]卷67-3，"博徒称剧孟，游侠号王孙。势倾魏侯府，交尽翟公门"[76]卷35-3，都隐有侠客所交非俗之意，乃至侠客寻芳更是被津津乐道，"游侠幽并客，当垆京兆妆"[76]卷23-5将游侠与美人对偶，一改其阳刚之气，更添几许柔情；王褒也说"青楼临大道，游侠尽淹留"[76]卷77-8，直接点出寻芳作乐是游侠的生活内容，类似的诗还有"长安游侠无数伴，白马骊珂路中满"[76]卷48-3，"新丰妖冶地，游侠竞娇奢"[76]卷41，"游侠少年游上路，倾心颠倒相恋慕"[76]卷70-4……这些诗词藻华丽，缺乏刀剑之利、义气血性，却多了花鸟美人，游侠犹如纨绔子弟，行侠除了和伙伴一起游街寻芳、竞奢比帅外，亦无其他生活内容和义气结交，这便是侠少的真相。侠少跟游侠、豪侠大不相同，其富生富养亦自非轻侠、奸侠之流，但这类诗千篇一律、内容贫乏也是事实，故王褒言"少年任侠轻年月，珠丸出弹遂难追"[76]卷28-11，暗示游侠虚掷光阴，年少岁月一去不复回之况味。

本编参考文献及注释

[1] 段玉裁. 说文解字注 [M]. 台北：艺文印书馆，1992.

[2] 林尹. 训诂学概要 [M]. 台北：正中书局，2007：195 – 196.

[3] 郑玄，孔颖达. 礼记注疏 [M] //十三经注疏 V5. 台北：艺文印书馆，1997：130.

[4] 丁度. 集韵 [M] //辞书集成 V23. 北京：新华书店，1993.

[5] 郑玄，贾公彦. 周礼注疏 [M] //十三经注疏 V3. 台北：艺文印书馆，1997：617.

[6] 郑玄，贾公彦. 仪礼注疏 [M] //十三经注疏 V4. 台北：艺文印书馆，1997：410.

[7] 陈彭年，林尹. 新校正切宋本广韵 [M]. 台北：黎明文化事业公司，2008：541.

[8] 班固，颜师古. 汉书 [M]. 台北：台湾商务印书馆，2010.

[9] 杨伯峻. 列子集释 [M]. 台北：华正书局，1987：54.

[10] 徐岱. 侠士道：金庸小说与中国精神 [M]. 北京：北京大学出版社，2009：31.

[11] 孙星衍. 六韬 [M] //丛书集成初编. 北京：中华书局，1991.

[12] 荀悦. 前汉纪 [M] //钦定四库全书荟要：卷6926. 台北：世界书局，1988.

[13] 陈奇猷. 吕氏春秋校释 [M]. 台北：华正书局，1988.

[14] 许倬云. 任侠：国家权威与民间秩序的激荡 [M] //刘绍铭，陈永明. 武侠小说论（上）. 香港：明河出版有限公司，1998：178.

[15] 陈启天. 增订韩非子校释 [M]. 台北：台湾商务印书馆，1992.

[16] 王叔岷. 庄子校诠 [M]. 台北："中央"研究院历史语言所，1988：1205.

[17] 按："带剑者"见《韩非子·五蠹》，"剑客"请见《庄子·说剑》。另，由两书中的行文判断，韩非子所说的带剑者义同其笔下的侠客；而庄子所说的剑客未必是侠，因为书中对侠没有明确论述，很多书将《庄子》中的剑客代换成侠，是由后世观点看待前书的结果。

[18] LASH S, FEATHERSTONE M. 肯认与差异：政治、认同与多元文化 [M]. 张珍立，译. 台中：韦伯文化国际出版有限公司，2009：1.

[19] 西周社会下的统治阶层为：天子—诸侯—卿大夫—士，士为统治阶层中的最底层，受文武合一的教育，以打仗为主要任务，食田或俸禄不能世袭。

[20] 王齐. 中国古代的游侠 [M]. 北京：商务印书馆国际有限公司，1997.

[21] 陆佃，杨家骆. 鹖冠子等廿三种 [M]. 台北：世界书局，1979.

[22] 高诱. 淮南子 [M]. 台北：艺文印书馆，1974.

［23］刘绍铭，陈永明. 武侠小说论（上）［M］. 香港：明河出版有限公司，1998.

［24］司马迁. 史记［M］. 台北：台湾商务印书馆，1981.

［25］李百药. 北齐书［M］. 台北：台湾商务印书馆，1988.

［26］赵岐，孙奭. 孟子［M］//十三经注疏 V8. 台北：艺文印书馆，1997：90.

［27］徐斯年. 侠的踪迹［M］. 北京：人民文学出版社，1995：24.

［28］戴俊. 千古世人侠客梦［M］. 台北：台湾商务印书馆，1994：3.

［29］按《史记》记载："荆轲尝游过榆次，与盖聂论剑，盖聂怒而目之。荆轲出……盖聂曰：'固去也，吾曩者目摄之！'"又，"鲁句践与荆轲博，争道，鲁句践怒而叱之，荆轲嘿而逃去，遂不复会"。故知，荆轲有临阵脱逃的记录，见《史记·卷86·刺客列传》。

［30］董仲舒，凌曙. 春秋繁露［M］//丛书集成初编 V520 – 522. 北京：中华书局，1985.

［31］刘向，温洪隆. 战国策［M］. 台北：三民书局，2016.

［32］刘珍，延笃. 东观汉记［M］//四书备要：卷 290. 台北：台湾中华书局，1981.

［33］张溥. 汉魏六朝百三名家集［M］. 台北：文津出版社，1979.

［34］杜预，孔颖达. 左传注疏［M］. 台北：艺文印书馆，1997：397.

［35］陈山. 中国武侠史［M］. 上海：上海三联书店，1992.

［36］按：如当时临邛卓氏、成都罗裒、南阳孔氏、鲁人丙氏、齐人刁闲等都是独专山海巨利的典型。其余尚有很多活跃郡国"大者倾郡、中者倾县、小者倾乡里"的豪富存在。

［37］邹纪万. 两汉土地问题研究［M］. 台北：台湾大学出版委员会，1981：20.

［38］按：其实早在战国时轻侠便已存在，从《史记·卷75·孟尝君列传》中的孟尝君，"招致天下任侠，奸人入薛中盖六万余家矣"即可见端倪。另，《淮南子·人间训》记载一则"鸢堕腐鼠，而虞氏以亡"的故事，文中"游侠相随而行楼下……游侠相与言曰……"可见虞氏亡于群居终日无所事事的游侠，这是战国时的故事，故事中的"游侠"即是"轻侠"，轻侠的本意可能是来投效虞氏的。

［39］范晔. 后汉书［M］. 台北：台湾商务印书馆，1981.

［40］按：据学者所言："汉代统一安定之后，文士和武士分途发展，都通过血缘和地缘关系建立了新的社会基础。在这一发展过程中武士变成了'豪杰'，'游侠'也蜕化为'豪侠'。"参考注23，第28 – 29 页。笔者认为豪侠是由郡姓豪族或游侠之雄蜕变的，因为要形成地方势力的先决条件是财力雄厚，这是游食四方的游侠难以达成的。以班固所列的豪侠群相来看，长安樊中子、槐里赵王孙、长陵高公子都是关中人，关中是首善之区，为贵戚王侯所在，从这些人的名号推测其来头不小，显非一般游侠。又《汉书·地理志》记载，西河郡为汉武帝所置，今陕北、晋西等地所出汉画像石墓中有西河地名的有 10 余件，其中郭姓占 4 件，推测郭姓可能是当地望族。虽然人物随着时光流逝被湮没，难以一一考据，但仍可大致判断豪侠起于郡姓豪族。

［41］何晏，刑昺. 论语［M］//十三经注疏 V8. 台北：艺文印书馆，1997：118.

［42］董诰，等. 全唐文［M］. 上海：上海古籍出版社，1990：3224.

［43］易剑东. 武侠文化［M］. 台北：扬智文化事业股份有限公司，2000.

［44］袁宏，周天游. 后汉纪校注［M］. 天津：天津古籍出版社，1987.

［45］韩云波. 论东汉和三国时期的游侠［J］. 西南师范大学学报，1995（2）.

［46］按：本文所用"士族"一词是取其一般的社会含义，并非指魏晋九品中正制度下的特权门第，关于后一种"士族"的含义见：唐长孺. 魏晋南北朝史论拾遗［M］. 北京：中华书局，1983：53–78。

［47］按：袁家自其高祖袁安官至司空、司徒，袁安的儿子袁京为司空，袁京的儿子袁汤为司空、司徒太尉，袁汤的儿子袁逢亦至司空，袁逢的弟弟袁隗亦至司徒、太傅。四世中居三公之位者多达五人，故号称"四世三公"。

［48］牟发松. 侠儒论：党锢名士的渊源与流变［J］. 文史哲，2011（4）：64–85.

［49］班固. 白虎通义［M］//纪昀. 景印文渊阁四库全书 V850. 台北：台湾商务印书馆，1986：850–28.

［50］陈寿，裴松之. 新校三国志注［M］. 台北：世界书局，1985.

［51］王利器，颜之推. 颜氏家训集解［M］. 台北：汉京文化事业有限公司，1983：311.

［52］王符，汪继培，彭铎. 潜夫论笺［M］. 台北：大立出版社，1984.

［53］鱼豢，张鹏一. 魏略辑本［M］//三国志附编. 台北：鼎文书局，1986.

［54］李文仁. 鱼豢《魏略·勇侠传》研究札记［J］. 早期中国史研究，2010（1）：162.

［55］赵善诒. 韩诗外传补正［M］//林庆章. 民国时期经学丛书（1）：卷37. 台北：文听阁图书有限公司，2008：142.

［56］萧登福，徐干. 新编中论［M］. 台北：台湾古籍出版社，2000：533.

［57］罗贯中. 三国演义［M］. 台北：华正书局，1987：1110.

［58］刘君祖，刘劭. 人物志［M］. 台北：金枫出版社，1999：91–93.

［59］房乔. 晋书［M］. 台北：台湾商务印书馆，2010.

［60］沈约. 宋书［M］. 台北：台湾商务印书馆，1988.

［61］李昉，等. 太平御览［M］. 台北：国泰文化事业有限公司，1980.

［62］萧子显. 南齐书［M］. 台北：台湾商务印书馆，1988.

［63］姚思廉. 梁书［M］. 台北：台湾商务印书馆，1988.

［64］李延寿. 南史［M］. 台北：台湾商务印书馆，1988.

［65］姚思廉. 陈书［M］. 台北：台湾商务印书馆，2010.

［66］汪涌豪，陈广宏. 侠的人格与世界［M］. 上海：复旦大学出版社，2005：36.

［67］杨衒之，范祥雍. 洛阳伽蓝记校注［M］. 上海：上海古籍出版社，2011：203.

［68］李延寿. 北史［M］. 台北：台湾商务印书馆，1988.

［69］魏收. 魏书［M］. 台北：台湾商务印书馆，1988.

［70］林保淳. 从游侠、少侠、剑侠到义侠：中国古代侠义观念的演变［M］//淡江大学中文系. 侠与中国文化. 台北：台湾学生书局，1993：108－109.

［71］按：参见《明两京十三司战例分布表》统计京师、南直、山东、山西、河南、陕西、四川、湖广、江西、浙江、福建、广东、广西、云南、贵州诸地区的战争次数总和，结果为先秦（661次）、秦汉（682次）、魏晋南北朝（1 677次）、隋唐五代（1 411次）、宋辽（620次）、金元明（1 141次）。

［72］按：李庠是李特的弟弟，李家本是巴西宕渠人，后迁于略阳，据《晋书》记载："值天下大乱，自巴西之宕渠迁于汉中杨车坂，抄掠行旅，百姓患之，号为杨车巴。魏武帝克汉中，特祖将五百余家归之，魏武帝拜为将军，迁于略阳北土，复号之为巴氐特。"见《晋书·卷120·李特李流载记》。

［73］令狐德棻. 周书［M］. 台北：台湾商务印书馆，1988.

［74］按：唐代为了避税和逃兵等，不乏假慕沙门者，此诏书的背景可能针对不居寺内的游化僧施行秩序管制。见陈登武，高明士. 从人间世到幽冥界：唐代的法制、社会与国家［M］. 台北：五南图书出版有限公司，2006：316。

［75］按："委之归命"疑为"委命归之"之误。

［76］郭茂倩. 乐府诗集［M］. 北京：中华书局，1979. 据汲古阁本校刊，这个版本只标卷数未标页数。

中编　唐宋侠观

　　隋唐时期承续魏晋南北朝的余絮，深化侠的分流，游侠与介士、强盗、绿林、士族、豪族、文人等不同身份之间的转化也同样持续着，且分流类型更加多样化。能容许这种情况存在，除了立国初期的乱世温床外，还有帝王对游侠较高的接受度。故从历史来看，游侠在唐朝发展到了顶峰，此后就只能落入文人的文学想象中了。此外，隋唐两代侠影幢幢，除了应世而生的时代大势外，"侠"本身的内涵也有质的提升，也就是"侠""义"的紧密结合，形成侠义不分说的新侠观。

第五章　侠观的历史与哲学辩证

在隋唐时期，游侠仍活跃于实际的历史进程中，却深化自魏晋以来的分流，主要有豪侠、轻侠、侠少、儒侠、盗侠、侠刺等。豪侠是汉朝旧称，但汉朝的豪侠是指"权行州域，力折公侯"[1]02-1120的地方豪强，魏晋的豪侠是指争天下的群雄，隋唐继之，当"豪侠"这词用得太泛滥后，宋代以后的争天下者就不再称豪侠。轻侠和侠少都属于少年，其主要的差别在于出身，轻侠指地痞流氓为豪侠所吸收，并效命于豪侠者；而侠少是权贵少年，通常指炫富竞奢的纨绔子弟。在唐朝诗人的咏侠诗中，轻侠的诗以《结客少年场》为代表，而侠少的诗则以《少年行》为代表。儒侠是隋唐特有的。虽自魏晋以来开始有咏侠的风气，但咏侠都止于对某特定对象的投射，主要以刘生居多。而隋唐以后武将转为文臣的例子不少，文人地位提升，也有许多文人任侠自喜。盗侠的存在虽由来许久，在汉代就把掘冢盗墓看作侠的勾当，名之为奸侠，但直到魏晋南北朝才开始出现大量以盗为侠的例子，自《酉阳杂俎》开始列出"盗侠"这一名词才正式将盗作为侠的类型之一。最后是侠刺，司马迁作《史记》时游侠与刺客截然二分，但自唐朝以后有些刺客被称为侠，侠与刺客的界限变得模糊。

第一节　隋唐时期侠的分流

隋唐时期的侠继续深化自魏晋以来的分流，分成很多类型，主要有豪侠、轻侠、侠少、儒侠、盗侠、侠刺等，这些侠的组成、面貌和行事作风各有不同，纾论如下：

一、豪侠

隋文帝杨坚本是北周人，他亲历南北朝的动荡，对于豪侠以私武卷动天下风云，必有深会，故以汴州之繁荣，反兹豪侠事业的疑虑或是有的。综观隋代虽结束自西晋永嘉之乱到南北朝共270多年的南北分裂，呈现大一统的格局，但因年祚短促（581—618年），故有隋一代以布衣得众而称豪侠者亦所在多有，比如沈光，"家甚贫窭，父兄并以佣书为事，光独跅弛，交通轻侠，为京师恶少年之所朋附。人多赡遗，得以养亲，每致甘食美服，未尝困匮"[2]13-684。沈光出身贫贱，胸怀大志，以交通轻侠而得少年朋附，能以甘食美服养亲。再看余杭刘元进，他本是一介布衣，"少好任侠，为州里所宗"[2]13-735，后隋炀帝东征高句丽时滥征徭役，导致很多百姓流亡，于是刘元进乘势而起吸纳流民，当起了江南民变的领袖，之后他响应杨玄感叛变，连带的"三吴苦役者莫不响至，旬月众至数万"，其聚众能耐可见一斑。即使后来杨玄感失败，刘元进仍在朱燮、管崇等人的推举下称帝，初时声势浩大，并得到毗陵、东阳、会稽、建安等地豪杰的响应，但旋即失败，计刘元进崛起时间虽不到一年，但想必也给统治者造成相当大的压力。乱世豪侠有以称雄争霸为志者，亦有志在行侠仗义者，比如卢祖尚"家饶财，好施，以侠闻，隋大业末，募壮士捕盗"[3]939，宇文化及造乱时，他"据州称刺史，歃血誓众，士皆感泣"。这就不是一般的豪侠了，其人格魅力简直像是季心一类的人。只是后来卢祖尚归顺唐军之后，唐太宗安排他安抚交州，但他态度反复，太宗说："我使人不从，何以为天下！"就将他杀了。一个凛然大节的侠，最后变成皇帝手中的一颗棋，这也算是豪侠的悲歌了。

除了民变领袖以豪侠为称外，很多将军也是豪侠出身，如周罗睺，他本是将军之后，史书说："罗睺年十五，善骑射，好鹰狗，任侠放荡，收聚亡命，阴习兵书。"[2]13-689据其从祖景彦说："吾世恭谨，汝独放纵，难以保家。若不丧身，必将灭吾族。"文学领域中的"预言"通常都会应验，但周罗睺是个特例，他为陈朝立下很多军功，颇得陈宣帝的赏识而晋爵封侯，并未丧身灭族。柴绍也是"幼矫捷有勇力，任侠闻于关中"[4]634，他在隋朝当过太子伴读，之后随李渊起兵反隋，屡建奇功[5]，是个乱世乘起的豪侠。柴绍死后位列凌烟阁二十四功臣之一，可见受唐太宗倚重之深。此外还有公孙武达。史载他"少有膂力，称为豪侠"，在隋朝担任过骁果军，后来投奔李世民，为李世民平定了很多其他义军势力。当然，除了李家父子外，各地豪侠领袖也纷纷组成义军反隋，如王世充"阴结豪俊，多收群心，有系狱抵罪皆枉法，出之以树私恩"[4]607；薛举"交结豪猾，雄于边朔，骁武绝伦，家产巨万"[4]613；梁师都"阴结徒党数千人，杀郡丞唐宗，据郡反，自称大丞相"[4]624；刘武周"骁勇善骑射，交通豪侠"[6]9537，这些人皆为一时豪俊，他们既有聚众实力，也有席卷天下的野心，在隋末起兵，与李家分庭抗礼。故知豪侠是乱世的产物，他们乘势而起，或在金戈铁马中据地称王，或遇到心服对象甘为人下，可为枭雄、可为猛将。他们建功立业，史书扬名，可以说隋唐之际的历史舞台是属于豪侠的。

此外，"豪侠"一词也有新的内涵。据《隋书》记载："（宇文弼）于是募三辅豪侠少年数百人以为别队，从帝攻拔晋州。身被三疮，苦战不息，帝奇而壮之。"[2]13-627宇文弼是南北朝末到隋初的人，他非豪侠，竟能"募三辅豪侠少年数百人以为别队”，这样固可显现宇文弼的人望，但同时也显现侠只是时代的产物，当有其他选项时侠随时能转为介士。值得注意的是，在此之前豪侠是指各地方的侠魁，但此处的豪侠显然是《汉书》中的“轻侠”，估计自隋代开始豪侠的内涵就有所改变，而这改变到中晚唐尤为显著，乃至在唐传奇中的“豪侠类”，几乎只要有“武功”或“行侠仗义”其一就可称为豪侠了。

到了中晚唐以后豪侠仍相当活跃，但豪侠的内涵已和初唐明显不同，差别最大的因素便是藩镇割据，根据《新唐书》记载：“自天宝以后，政治少懈，文致未优，武克不刚，孽臣奸隶，蠹居棋处，摇毒自防，外顺内悖，父死子代，以祖以孙，如古诸侯，自擅其地，不朝不贡，六七十年。”[3]1357藩镇本来是安定唐朝边疆的政府军，但自天宝以后唐朝衰弱，唐政府已无力约束他们，于是藩镇“如古诸侯，自擅其地，不朝不贡”，形成拥兵自重的地方军事势力。这情形在韦贯之的《南平郡王高崇文神道碑》载之甚明，“自至德已还，天下多垒，拥旄守土者，至五十余镇，每主帅就世，将吏有得，其柄者，多假众怙力，以求代袭。朝廷每不得已，因而命之”[7]2387。而这些藩镇就有豪侠出身的，如魏博节度使田承嗣，“世事卢龙军，以豪侠闻”[3]1532；祖璥，“父守义，以豪侠闻于辽、碣”[4]1097，可见田承嗣、祖璥皆出于豪侠世家。再看于頔，其骄蹇天下皆知，有“襄样节度”之名，这是唐人对暴虐不法的节度使的戏谑称呼，据《新唐书》记载，“长庆时以勋家子通豪侠，欲事河朔，以策干宰相元稹”[3]1338。可见于頔借结交豪侠以壮势，其所结交的“豪侠”其实就是“轻侠”，这种现象在中晚唐以后并不少见。《新唐书》载：“德宗多猜贰，仕进之涂塞……故两河诸侯竞引豪英，士之喜利者多趋之，用为谋主，故藩镇日横，天子为旰食。”[3]1140又《南部新书》有云：“贞元中，仕进道塞，奏请难行……由是两河竞辟才俊，抱器之士，往往归之。用为谋主，日以恣横。”[8]史书认为皇帝失德，加上仕进堵塞，造成许多“豪英”“才俊”入幕为藩镇效力，而这些人不乏豪侠之士，他们或加入藩镇，或替藩镇执行刺杀任务，或和藩镇以义结交，俨然重现先秦刺客之风，与初唐的任侠自由大异其趣。

二、轻侠与侠少

轻侠语自《汉书》，其《游侠传》中人讥原涉：“何故遂自放纵，为轻侠之徒乎？”[1]02-1126从此“轻侠”一词来到中国史书，其意原为不行仁义、放纵恣睢之侠，后来多指不良少年，史书也出现很多“交通轻侠”的行文。这些轻侠没有姓名，他们多出身中下阶级，又游手好闲、不事产业，好以剽劫乡里维生，成为社会上的毒瘤，比如京师的闲子[3]1416。这些人不但是朝廷亟欲铲除的对象，也素为人民所厌恶，所以史家为窦滔以关门屠杀之法关杀数千闲子之事所下的批注是："自是闾里乃安。"足见轻侠为祸之甚。但若能利用这股年少的刚猛血性，转成战场上的生力军，则是许多将领想要达到的理想，李渊便是一个佼佼者。他在太原起义时征召"侠少良家之子弟，从吾投刺"[7]1，这批轻侠之后成为唐军主力，缔造出与统治者双赢的局面，然这里的"轻侠"已转换成"侠少"了。"轻侠"和"侠少"这两个词在唐朝常出现混用现象，但两者还是有区别的，龚鹏程在《侠的精神文化史论》中写道："从隋到唐末，京城恶少游侠的声势，一直很盛。但从文献上分析，这些京师无赖侠少，基本上有两类，一是地痞流氓，一是豪贵少年。"[9]92笔者以为前者是轻侠、后者是侠少，轻侠多剽窃乡里，侠少多纨绔子弟，轻侠放荡闹事，侠少风花雪月，但同样好武好结党，这是大致。此外，还有一个现象，史书对轻侠多不记其姓名，但有列名字者则定大有来头，比如甘宁、王谌、高干等，他们曾为豪侠少年，史书亦以轻侠称之。

自魏晋士族的门阀制度形成之后出现了一批侠少，他们是贵戚、权臣的子弟，他们出身高贵，养尊处优，过着声色犬马、摴蒲饮酒的炫富生活。隋唐侠少同样也是门阀之后，比如韦应物，"尚侠，初以三卫郎侍玄宗"，"三卫郎"是指唐代的禁卫军，"三卫"即亲卫、勋卫、翊卫的合称，此系由门阀子弟担任，所谓"三卫非权势子弟辄退番"，自非普通人家子弟所能问津的。而这些门阀之子的行侠日常为何？韦应物自述其侠行："少事武皇帝，无赖恃恩私。身作里中横，家藏亡命儿。朝持樗蒲局，暮窃东邻姬。司隶不敢捕，立在白玉墀。骊山风雪夜，长杨羽猎时。一字都不识，饮酒肆顽痴……"《逢杨开府》这首诗中，描写了三卫军仗着身份威压官府、横行乡里的种种恶行，倒是相当坦白。根据《开元天宝遗事》记载，《看花马》中，"长安侠少，每至春时结朋联党，各置矮马，饰以锦鞯金络，并辔于花树下往来，使仆从执酒皿而随之，遇好圃时驻马而饮"[10]24。又《风流薮泽》记载："长安有平康坊，妓女所居之地。京都侠少萃集于此，兼每年新进士，以红笺名纸游谒其中。时人谓此坊为风流薮泽。"[10]25可见侠少以拉帮结党、炫奢猎艳为事。另外，像刘逸、李闲、卫旷等富家子好结众聚会，互相拉抬，以行侠为晋身之阶。《结棚避暑》云：

长安富家子刘逸、李闲、卫旷，家世巨豪，而好接待四方之士，疏财重义，有难必救，真慷慨之士，人皆归仰焉。每至暑伏中，各于林亭内植画柱，以锦绮结为凉棚，设坐具召长安名妓间坐，递相延请，为避暑之会。时人无不爱羡也。[10]42

这些侠少以结党炫富、附庸风雅为本，以纵情声色犬马为日常，所谓"疏财重义，有难必救"也是为了博取声名、结交权贵、抬高身份罢了。前述的豪侠于顿，其子于方也是侠少，史载于方"家富于财，方交结游侠，务于速进"，于方可说是个侠二代，此时于家有财有势就缺一个尊贵门第，于方以声色犬马结交贵胄子弟，就是为了"速进"上流社会的圈子。

再看出身为将军子弟的轻侠，他们的侠行就比较粗豪重武。比如周罗睺，其父周法尚为南朝梁冠武将军，史载"罗睺年十五，善骑射，好鹰狗，任侠放荡，收聚亡命，阴习兵书"[2]13-689；再看柴绍，其父柴慎为隋太子右内率，这是一个统领太子侍卫军的要职，史载"绍幼矫捷有勇力，任侠闻于关中"[4]634。可见周罗睺和柴绍皆将门之后，但他们叛逆勇武，聚众任侠，藐视王法，是典型的轻侠行径。还有刘居士，"聚徒任侠，不遵法度"，甚至"取公卿子弟膂力雄健者，辄将至家，以车轮括其颈而棒之，殆死能不屈者，称为壮士，释而与交。党与三百人，其矫捷者号为饿鹘队，武力者号为蓬转队"[2]13-822。刘居士敢任性杀人取命，就是仗恃其家族势力，其父刘昶与隋文帝私交甚笃，被封左武卫大将军。起初刘居士的种种恶行，隋文帝都看刘昶的面子"每辄原之"，直到后来刘居士惹怒了隋文帝才被斩首，连带其父刘昶也被牵连获死罪。像刘居士这种没有远志的轻侠，行侠只是生命的放肆，倚势时无所不为，一旦失了势则毫无能耐，可谓侠之下品。再看元谐，"家代贵盛，谐性豪侠，有气调，少与高祖同受业于国子，甚相友爱"[2]13-524，年纪轻轻就站上人生巅峰，但由于刚愎自用、好诋毁他人，又谤议隋文帝，最终伏诛，一个曾经风光无限的轻侠最后以悲剧落幕。

同样的世道下，有的轻侠以悲剧落幕，也有的轻侠很懂得生存之道，比如刘弘基、唐宪、丘和、李神通、李客师等。刘弘基"少落拓，交通轻侠，不事家产，以父荫为右勋侍"[4]633，本是个游手好闲的不良少年，隋末其家道中落，隋炀帝征辽时刘弘基名在入伍之列，自料奉召误期依法当斩，为逃死罪，他与同伙故意屠牛犯罪，被捕下狱。被赎之后投唐反隋，更在玄武门之变时拥立李世民有功，足见是个懂得钻营的投机分子。尽管其因多次贪污被弹劾，但以小罪污人品反而不遭上忌。再看唐宪，"不治细行，好驰猎，藏亡命，所交皆博徒轻侠"[3]917。本是个品格不高的轻侠，但因为和李渊同乡，也讲义气善结交，所以深获李渊赏识，对他委以重任，跟随李渊起兵创业，成为唐朝的开国元老。同一个唐宪，在隋是亡命轻侠，在唐却是云麾将军，可见得时与不得时有天壤之别。而"少重气侠，闲弓马"[3]922的丘和本是轻侠，但不久敛下轻侠习气"折节自将"。他工于心计，能在汉王杨谅造反时全身而退；又懂得交际，"炀帝北巡，和馈献精"，"善抚吏士，得其心"，"抚接尽情"；

隋亡后唐高祖李渊也对他很是礼遇，享年八十六岁而善终，堪为轻侠的最佳模板。至于李神通则是唐高祖的从弟，他也是"少轻侠"[3]851的一员。自李渊起义后李神通举兵响应，虽有多次失败与望风而逃的记录，但有血缘护体不伤其本，在玄武门之变中他也是站李世民的队，事后证明他站对了。最特别的是李靖之弟李客师，"少任侠，善骑射，尝以驰射为事"[6]9963，是个放荡的轻侠，虽曾官拜将军晋位公爵，但他急流勇退，与山林为伍，他生性爱打猎，还被山野人呼为"鸟贼"，颇有几分戏谑与传奇色彩。综上，不管是轻侠或侠少，皆是少年侠客的特称，他们年少轻狂、潇洒恣肆，成群结党，重视竞争的快感与感官的追求，只是能称轻侠或侠少的时间很短，有远见的或折节从儒，或转为开疆辟土的将军，也有急流勇退隐逸人生的，只要懂得审时度势，通常下场不差。

三、儒侠

隋唐两代是朝气蓬勃的盛世，各阶层都有力争上游者，以侠来说，儒侠可谓侠中精品，在唐朝儒侠的比例奇高，形成隋唐侠文化的特色。前文提到的沈光就是一儒侠，史书说他"略综书记，微有词藻，常慕立功名，不拘小节"[2]683，既富才华又有理想，他以侠行脱离贫窭，先后受到隋太子杨勇和隋炀帝杨广重用。在隋炀帝被宇文化及杀害之后，宇文化及以沈光骁勇欲加重用，大夫麦孟才等也想推翻宇文化及，欲延揽沈光，对他说："公义士也，肯从我乎？"沈光回答："是所望于将军也。"足见沈光忠于前朝，这是他所坚持的"义"，后来沈光在袭击宇文化及一事中，因事泄被反杀，年仅28岁，可谓忠勇兼备、文武双全。除沈光外，宇文弼曾奉诏修订《五礼》[2]13-627、卢祖尚"才备文武"[3]939、丘和"长乃折节自将"[3]922……这些人都具儒侠之风，此外还有陇西李巨仁"才华任侠"[7]594、鲜于向"弱冠以任侠自喜……乃慷慨发愤……养蒙学文"[7]1512、鲜于晋"少以任侠闻……好读书而不为章句"[7]1540、甄济"宗属以伉侠相矜。济少孤，独好学，以文雅称"[3]1440、王绍宗"少贫侠，嗜学，工草隶"[3]1467，等等，这些人都才兼文武，可知唐朝时侠之为儒蔚为风尚。

儒侠最大的特色是重视侠德，比如鲜于晋为侠"敦厚温敏……事公以悌称，与朋以信著"，在德性上卓然挺立；而王绍宗以帮人抄书谋生，"庸足给一月即止，不取赢，人虽厚偿，辄拒不受"，显现其廉洁自足；甄济更是"居青岩山十余年，远近伏其仁，环山不敢畋渔"，以德服人。故儒侠赋予"侠"一个正面向度，儒侠是入世的，他们以侠的正义清新引领着社会风气，并导正侠的社会观感。此外，唐代文人兼具侠名者也是历朝最高的，如陈子昂

"始以豪家子驰侠使气……数年之间，经史百家，罔不该览"[7]1065；李白好写侠诗，魏颢在《李翰林集序》中写道，"少任侠，手刃数人"[7]1680；而刘义"少放肆为侠行，因酒杀人亡命，会赦出……更折节读书，能为歌诗"[3]1359；韦应物"少游太学……颇任侠负气。泊渔阳兵乱后流落失职。乃更折节读书"[11]。这些人虽以诗文成名，但富侠性，确有侠行事迹，非徒写侠诗舞文弄墨而已。当然他们的侠诗进一步推广了唐朝的慕侠风气，至于一般文人的咏侠、慕侠诗就更不胜枚举。此外还有一部分是豪侠变节为儒者，除了上述的沈光等人之外，其他还有王颎、刘权、梁士彦、杨素等。

王颎"少好游侠，年二十，尚不知书"，但在兄长王顗影响下，丕然一变，抗颜为儒生，他说："'书无不可读者！'勤学累载，遂遍通五经，究其旨趣，大为儒者所称。解缀文，善谈论。"[2]13-785一个二十岁尚不知书的侠，竟有朝成为五经通儒，这转变着实充满戏剧性。王颎也因此得到周武帝、隋文帝的赏识，只是后来因劝杨谅造反，兵败自杀。检点王颎一生，亟思作为，从游侠变节儒者再以将相自许等皆然，他死前叹道："吾之计数，不减杨素，但坐言不见从，遂至于此。"可见自视之高，这番感叹亦可看成一个乱世求达者的心声。有乱世求达者也有乱世求全者，比如刘权，他本是"少有侠气，重然诺，藏亡匿死，吏不敢过门"[2]13-680的少年豪侠，但之后"折节好学，动循法度"，似乎重现东汉重气节之风。观乎刘权本是北齐官家之后，在北周也当过官，北周灭亡后他又在隋朝当官，隋末炀帝气运已弱，盗贼群起，"豪帅多愿推权为首"，可见他不只能取信于皇帝，对盗贼、豪侠也颇具影响力。刘权一生顺风顺水，可说是儒侠的典范。但梁士彦就不然，史载梁士彦"少任侠，不仕州郡。性刚果，喜正人之是非。好读兵书，颇涉经史"[2]13-521，他本来官运亨通，一路做官到上柱国，但后来因谋反被杀，推其死因是"自恃元功，甚怀怨望"，看来其个性不甘屈人之下，故好侠、任侠或具侠名并非其升贬荣辱的原因，命运是由当事人的性格决定的。儒侠或许不是侠在历史舞台中最闪耀的类型，但他们却最富理想性且常跻身政治核心，其中最著名的莫过于杨素，史书说："杨素少而轻侠，俶傥不羁，兼文武之资，包英奇之略，志怀远大，以功名自许……览其奇策高文，足为一时之杰。"[2]13-583溢美之情甚于言表，而他年少时确实也颇有一番作为，只是等到位高权重之后人也跟着腐化了。总之，儒侠的特质是侠德的呈现，这是自司马迁以降侠号屡出"轻侠""奸侠""闲子"，甚至侠、盗不分的一个可贵面相。此外，儒侠的理想性比其他类型的侠还高了些，很多儒侠曾有淑世理想或亟思作为，但随着人事际遇浮沉，能否施展抱负、坚持初衷就在个人了。

四、盗侠

观乎隋唐两代，侠和统治者的关系亲密而矛盾，统治者对侠的态度很多是能用则倚重、不能用则杀之，这显现了将领出身的隋唐开国帝王对侠的需求和猜忌。皇帝大量地任用豪侠、轻侠以充实兵力，有时对侠相当包容，比如隋文帝早先容忍刘居士、李世民对刘弘基的贪污不予计较等，显现帝王对豪侠的不良习气或做派的某种妥协，但这是建立在他们"能用"的前提下的。《大唐创业起居注·卷一》写道："鬻僧博徒，监门厮养，一技可称，一艺可取，与之抗礼，未尝云倦。"便清楚地反映了统治者的态度。又《旧唐书》云："时隋祚已终，太宗潜图义举，每折节下士，推财养客，群盗大侠莫不愿效死力。"[4]29可见盗与侠是李世民的义军主力，他的折节下士和对群盗大侠的纵容，均有其盘算。相传唐高祖李渊也善任盗侠[6]186，由于太原李家不讲究私德，故李渊礼遇粗豪奸猾并不足奇，他曾说过："隋炀帝时，遣左右观察得失，朝臣战惧，咸不自安，君臣一体岂当如是？"这种兼容盗侠的襟怀是李渊引以为豪并自认为胜过隋炀帝之处，而他也终靠盗侠之力一举推翻隋朝，开创大唐盛世。

不只太原李家涵煦盗侠，当时还有很多支反隋的义军也兼容盗侠，比如李密这支义军就有很多"贼帅"[2]13-739，梁士彦造反时也"劫调布以为牟甲，募盗贼以为战士"[2]13-521。纵观中国的盗侠史，西汉有"任侠为奸，不事农商"[12]1190的奸侠，到东汉时盗是游侠的堕落，故有"其失之甚者，至于为盗贼也"[13]之说；到了三国，盗和豪侠有了联结，如刘节那群人"出为盗贼，入乱吏治"[14]，这简直是盗贼行径，偏又冠上侠名。到了两晋，豪侠与盗更是晦涩难辨，如戴若思、石崇等亦侠亦盗，借侠之名公然行盗，虽风光一时，但从戴若思投剑接受陆机匡正，石崇被孙秀陷害获罪之后，也喻示着盗侠逐渐从两晋的舞台退场。

比较两晋的盗侠和唐朝的盗侠，最根本的差异在于他们对权力的追求以及对自身的认同。两晋时虽然盗侠肆虐，但基本上盗侠自知其非，只是陷溺而无法自返，所以侠之为盗会避人耳目，甚至他们有的会幡然悔悟，弃盗侠而从良；但唐朝的盗侠在自身认同感上无疑更高了些，许多反王需要兵力也为盗侠转正创造了良好的条件，一旦成功，就可以卸去盗的外衣而位列朝臣，不以曾经为盗而自卑。其实自魏晋六朝以来绿林与侠的关系非常密切，根据陈山的说法："从魏晋六朝开始的侠向绿林流动的趋势，至唐代越演越烈。唐代民间社会的武侠，有相当一部分在绿林中。"[15]134但这些绿林中的侠是流动的，唐朝绿林中的侠有的换个身份流到朝廷，李世民麾下便有很多绿林豪杰，但中唐以后王朝衰落，民间之侠流向绿林，形成威胁朝廷的势力。

以唐初建国为例，就有大量盗贼晋升为将军的。比如，刘弘基在逃亡过程中"盗马以供衣食"[4]633，结果一到太原受到李世民器重便跟随他四处征战，"出则连骑，入同卧起"，平定不少乱事，摇身一变成为战功彪炳的将军；牛进达本是个"穿窬为盗，而藏亡匿死，号为轻侠"[6]9876的盗贼，他参加过瓦岗军、投靠过王世充，最后加入唐军，参与过不少对外战争，军功赫赫；开国功臣李世绩也曾自诩："我年十二三为无赖贼，逢人则杀；十四五为难当贼，有所不快者，无不杀之；十七八为好贼，上阵乃杀人；年二十，便为天下大将，用兵以救人死。"[16]上述这些人都有过一段盗贼生涯，但在时运交会上都得遇李世民，受到重用成为唐朝开国名将，创造人生的高光时刻，可见成盗、成侠或成将军都是时势使然。再如武则天时期的郭元振，少年"任侠使气，不以细务介意，前后掠卖所部千余人，以遗宾客，百姓苦之"[4]855，根本是个人口贩子，品格低下，但他又是学霸，十八岁"举进士，授通泉尉"，进而因一篇《宝剑篇》被武则天召见，"乃授元振右武卫铠曹，充使聘于吐蕃"，从此洗白前非，跻登为一代将相。可见侠德不是皇家的考虑重点，皇家看重的是才能，是以，盗侠也能凭着战功进入隋唐两代的政治核心。据汪涌豪、陈广宏的说法：

（侠）本来不过是易代之际避乱的小民，乃或是为躲避兵役丛聚苟活的盗贼，不死于兵燹，必亡于饥寒……能跟定一位有雄才大略的明主、依乘风云，勒功帝籍，岂不是一种存在价值的提升？[17]

所以，唐代游侠心态饱满而奋发，表征了与魏晋南北朝动乱时世中的侠者相较，似有更上一层楼的追求。[18]42金庸也说："隋唐之际的所谓'大侠'，多数先做盗匪，再做起义军的领袖或骨干分子。"[19]

这些言论都相当中肯。每当改朝换代时大批绿林盗侠便会流向各路义军，一旦成功就可成为开国的班底。同理，当王权衰弱时，大批人民无以为生便会流向绿林而为盗，聚众自立、占山为王，唐代宗时苏州豪士方清"因岁凶，诱流殍为盗，积数万，依黟、歙间，阻山自防，东南厌苦"[3]1201即是显例。

最后，盗侠与豪侠皆起于民间，也都有机会转为将军，两者有相当高的同质性，但大致可从以下两个原则分判：其一是动机，盗侠常常从奸侠、轻侠出身，行盗动机是为求生存；豪侠往往出身富贵，志在争天下，而豪侠为盗者亦有，如戴若思、石崇之流，以侠之名行杀人越货之实，但也有聚众抢夺财物以活众人的盗侠。总之，盗侠是为盗又冠以侠名，以侠抬高身份，踩上时运也有机会转为将相。其二，盗侠的存在凸显侠德的堕落，他们窃盗、贩卖人口，殃及百姓，甚至对政权造成威胁，如藩镇李师道"素养刺客奸人数十人，厚资给之"[20]1644，他为阻止朝廷的削藩，派游侠暗杀主战的宰相武元衡和御史中丞裴度，并"募东都恶少年数百，劫都市，焚宫阙"来威胁朝廷，从此"所在盗贼窃发"，为祸甚烈，最终也惹来朝廷出兵削藩。而成都的坊正大侠张和"幽房闺稚，无不知之"[21]，豪侠大貌"知崔有容色，乃逾垣而窃之"[22]1036-26，皆属采花贼之流，道德更加卑下；再参照前文的卢祖尚募壮士补盗，以及李周十六岁时"为内丘捕贼将，以任侠自负"[23]605，可见侠既可为盗，亦可捕盗，盗侠虽以侠名美化其盗行，但终究不具侠德，贻祸世间。

五、侠刺

先秦时代，刺客和游侠分说，司马迁也将之分别立传。之后因为侠的集团化，造成汉代社会个体游侠和刺客的式微，史书上出现好大一片空白。这期间没有成名的刺客，也没有惊天动地的刺杀事迹，而本属于刺客的复仇事业，也被游侠的"借躯报仇"或合任的"受赇报仇"给接了过去，那种纯粹基于恩义所展开的行刺事业，如"燕太子丹—荆轲""智伯—豫让"，几不可闻。但到唐朝，史书上再度跃出刺客的身影，所不同的是刺客和剑侠已难以分判，很多刺客都被称为侠。到了北宋王钦若、杨亿等所编的《册府元龟》，将《史记》《汉书》所列举的刺客如曹沫、聂政、侯嬴、荆轲、朱家、季布、剧孟等列在《总录部·任侠》中，刺客被纳入侠林，再不能划清刺客与侠之界限了。

其实就唐朝历史来看，唐朝政权几乎和刺客牵扯不清，宋人王谠曾说："天宝以前，多刺客报恩。"[24]许多官员蓄养刺客就是为了得其报恩，据传李林甫"自以多结怨，常虞刺客，出则步骑百余人为左右翼"[20]1466。李林甫身为宰相尚忧虑被人刺杀，出入带着百来个保镖，深刻反映了唐朝刺客之猖獗，而这氛围自安史之乱后更加强烈。安史之乱后，藩镇割据浮出台面，朝廷束手无策，造成"郡国有倔强之臣，朝廷行姑息之令"[7]3426的情况。藩镇为了拓展势力与中央分庭抗礼，他们广揽豪杰、豢养刺客，以唐代著名的刺杀行动来看：唐代宗时，魏博节度使田承嗣叛唐，他还诱使卫州刺史薛雄归附于己，薛雄不从，田承嗣竟"使盗杀之，屠其家"。田承嗣这种派刺客铲除政敌的手段，为中晚唐朝廷埋下了不安的种子。尔后唐朝爆发最令人震撼的行刺事件：唐宪宗元和十年（815年），宰相武元衡和御史中丞裴度遭刺，武元衡死，裴度遭重创。史书说："有贼自暗中突出射之，从者皆散走，贼执元衡马行十余步而杀之，取其颅骨而去。又入通化坊击裴度，伤其首，坠沟中，度毡毛帽厚，得不死……"[20]1644这两名刺客是李师道派来的，这些刺客在史书上同样未留名，《资治通鉴》仅以"贼""盗"称之。

之后，唐文宗时的宰相李石也遇刺[20]1690，这是宦官仇士良"潜遣盗杀之"所致，这个刺客同样没留下名字，史书仍以"盗"称之。唐敬宗时，泽潞节度使刘从谏和定州戍将有嫌隙，于是派门客甄戈行刺，甄戈性任侠，刘从谏对他"厚给恤，坐上座"[3]1560，而甄戈也明白其意"自称荆卿"，效法荆轲报太子丹之意，之后果为刘从谏刺杀定州戍将。在本例中甄戈本是侠客，却以荆轲自许，侠与刺客已混为一谈；而刘从谏和李师道一样，平时养奸人无非为一朝所需。再看唐宪宗时术士吕用之对高骈潜郑畋："适得上仙书，宰执之间，阴有图令公者，使一侠士来，夜当至……"[25]即指宰相郑畋将派侠士刺杀高骈，高骈一听大惊失色。因为侠士不只能使刀剑，更深谙法术，非人力可敌，故即便是名将高骈也深感恐惧，可见晚唐不仅侠刺之风盛行，侠士也带着几分奇行诡谲之异象，晚唐政局的黑暗与恐怖可见一斑。更有甚者，连天子也采刺客之道，刺杀的对象还是当朝中书令李辅国，据《新唐书》记载，唐代宗"既嗣位，不欲显戮，遣侠者夜刺杀之"[3]1520，连皇帝也需密行侠刺来掩饰其杀人意图，可见皇权之衰。总结以上，晚唐"侠"被刺客所涵括，与"贼""盗"同为刺客的别名之一，降低其在先秦时舍命报恩之悲壮，而增益其轻功术法之异能，史家对其评价普遍不高。

第二节 义的侠观

中国的"刺客文化"到中唐再度兴起，这是由侠到刺客的转向，其中"义"对侠的渗透发挥很大影响。"义"在唐朝是一个重要的道德指标，也是侠的指标，如《隋书》上说："杨素少而轻侠，俶傥不羁，兼文武之资，包英奇之略，志怀远大，以功名自许。"[2]13-583这里对轻侠的评价不差，但文后紧接着批判他"专以智诈自立，不由仁义之道，阿谀时主，高下其心"。而《隋书》是由魏徵等一群饱学之士所作，他们以仁义求侠，反映了当时的侠观。再看《旧唐书》对王智兴的评价："于燕公以儒家子，逢时扰攘，不持士范，非义非侠，健者不为……谓之功臣，恐多惭色。"[4]1187文中亦将"侠""义"并举，可知侠之重义不只是个别史家的向往，也是一普遍性的侠观。大抵隋唐之际，有很多侠以仁义结合，从而形成地方势力，《隋书·地理志》记载：

准之星次，本皆冀州之域，帝居所在，故其界尤大。至夏废，幽并入焉，得唐之旧矣。信都、清河、河间、博陵、恒山、赵郡、武安、襄国，其俗颇同。人性多敦厚，务在农桑，好尚儒学，而伤于迟重。前代称冀、幽之士钝如椎，盖取此焉。俗重气侠，好结朋党，其相赴死生，亦出于仁义。故《班志》述其土风，悲歌慷慨，椎剽掘冢，亦自古之所患焉。[2]13-412

这些侠一如西汉社会中"关中长安樊中子，槐里赵王孙，长陵高公子，西河郭翁中"[1]02-1120等豪侠，不同的是这些侠除了地缘关系外，他们并不是"权行州域，力折公侯"的地方豪强，而是好结朋党，相赴死生，以仁义结合而非以合任为业的气侠。唐朝可说是豪侠从地方豪强转为义侠的关键朝代。学者龚鹏程曾说："以侠来说，唐以前之侠及侠义精神，与唐以后的侠及侠义精神，其不同，实即类似清末民国之前与之后。"[9]62其意在此。

李德裕在《豪侠论》中说"义非侠不立，侠非义不成"[7]3224，从此确立"侠义的侠观"。于是奸侠、轻侠等词汇从此销声了，代之兴起的是"义侠""气侠""剑侠"，至于"豪侠"的内涵也在转化。以李冗的《独异志》为例，书中记载"好尚心义"的豪侠侯彝[26]1549窝藏国贼被御史捉到，侯彝在狱中被严刑拷问受尽煎熬，至死不肯供出藏贼之所，因为"已然诺于人，终死不可得"。侯彝一诺竟用生命信守，李冗将之用于对"义"的诠释，故唐代豪侠的内涵已从"豪强"转为"义侠"，但这是对国贼信诺的私义，而非维护法纪的公义，有违李德裕说的"义"的内涵。李德裕的义是不许"感匹夫之交，校君父之命"及"所利者邪，所害者正"，他并以鉏麑宁可自杀也不肯杀忠臣赵盾、纥干承基宁可空手复命也不忍杀害于志宁来说明侠义的原则。他认为义既不可违抗君父之命亦不可违背自我的道义判断，一旦君父之命不合道义，侠客就不可执行命令，但他却必须以生命承担违令的后果。很明显，李德裕的义和李冗的义不同，前者重视是非判断，后者重信诺，但不可负义已成为唐朝侠客的价值观。而侠客作为义的实践体，侠、义不可分，故徐岱认为义的取向决定侠的形象，他说："正是义之内涵的不同和成色的差异，决定了侠的形象有正与邪之分、大与小之别。"[27]实为确论。

必须注意的是，侯彝本为万年县尉，然他将私义置于法纪之上，透露出豪侠对国家权力的逾越。这非孤证，如唐德宗时泾原兵马将军兼御史中丞刘海宾也是闻名遐迩的义侠[3]1236。这种义有时甚至可以交换，是为"市义"[28]，如姚合《送张宗原》"谁能买仁义，令子无寒饥"[29]5674、张昌宗《少年行》"直言身可沉，谁论名与利。依倚孟尝君，自知能市义"[29]867，都是希望得遇知己，获得晋用，而自己亦将以生命回报，这显然是私义。费冠卿《酬范中丞见》言："花宫柳陌正从行，紫袂金鞍问姓名。战国方须礼干木，康时何必重侯嬴。捧将束帛山僮喜，传示银钩邑客惊。直为云泥相去远，一言知己杀身轻。"[29]5659写出满腔节义的干木、侯嬴只有在乱世才能受到重视的政治现实，也强调倘得知己必当不顾性命，"一言知己杀身轻"正是标榜士为知己死的侠义精神，据龚鹏程所言："而这种精神，在唐代游士干谒时，正是被不断强调的。侠与士，逐渐混合而成'侠士'一词，其求知己、重私义、轻公理，大抵相同。士之好标榜，亦犹侠之结客。"[9]122可见侠与士的互渗。换言之，侠以士而得以进入朝廷，其中"重私义"不但可为个人进入朝廷赢得入场券，而且可得到朋侪的奥援，而这些义侠的存在从初唐到中晚唐越见其盛，可见义侠崛起跟唐代的党争史不可分割。根据易剑东的说法：

　　唐代开国以后的很长一段时间内，唐代多数君主都崇尚武艺、倡导积极的生活方式，为武侠的生存提供了较好的社会环境。唐朝中期以后，政治日趋腐败，国家经济实力也大受影响，社会动荡因素增多，侠客的活动更加频繁，甚至出现了官员为侠的情况。[30]26

　　"侠客的活动更加频繁"确实是中晚唐的一个现象，但也不宜过分强调。因受到义所约束的侠已转型，影响所及，中唐以后再无朱家、郭解那种有广大基层影响力的侠魁，亦无袁绍、曹操那种在乱世争雄的豪侠。所谓"频繁"是指个别侠客和小型豪侠集团，但整体来说，大型集团与豪强领袖在历史舞台上实是沉寂了。就学者的观点来看：

　　唐以下的"侠"大体上已失去了宗族、乡党、宾客之类的社会基础，因此"侠"的集体活动在史籍上也相应减少。地方豪强或城市无赖集体横行或剽掠之士虽未完全绝迹，但史家已不再把他们看作"侠"了。[31]51-52

　　其结论则为："中唐以后，独来独往的剑侠则几已成为'以武犯禁'的唯一典型，这可以说是侠史上的一大分野。"[31]53因为社会形态的改变影响侠的生存，使集团豪侠向个体剑侠华丽蜕变。然亦有学者持不同意见，根据许倬云的研究：

　　唐代屡次厘订氏族等级，即是强调现实的国家权力，应当凌驾奕世[32]门第之上。安史之乱以后，地方军阀逐渐分割了国家权力，有唐一代遂重现国家与民间秩序（例如血缘与地缘集团）之间的斗争。[33]

许倬云认为自中唐以后，侠的势力不衰反盛，甚至和朝廷分庭抗礼。这两种意见看似分歧，但关键在于地方军阀是否为豪侠集团。因为不同的时代会有不同的侠观，比如三国时的地方军阀可视为豪侠集团的发展，这句话直到盛唐仍是成立的，但安史之乱后却不成立了。因为自李德裕的《豪侠论》以后，不行仁义的地方豪强再不是侠的代言人，"史家已不再把他们看作'侠'了"并不是个人的意见，在史书上除了寥寥数例外，与从魏晋到盛唐的地方豪杰纷有侠名之盛况不可同日而语。其实统治者在治侠的态度上也变化莫测，汪涌豪和陈广宏合著的《侠的人格与世界》一书中提道：

（李氏父子、王世充、薛举、梁师都）他们对于侠的作用十分了解，深知其天性坚忍，行动果敢，临事有不成功便死之心，而无家室亲情拖累，只要给予信任，施以恩义，便可期待其百分之百的付出，所以大多乐见其涌起，乐观其成就。[18]43

又：

（刘弘基、柴绍、丘和、李神通）这些人的纷纷被重用，轰轰烈烈地干出了一番事业，对社会上怀才使气、任强有力之人的吸引无疑是巨大的，他们当中的有些人因以奋起而为侠。侠在唐代风生水起，既进入中央朝廷，退而又得驰才于边关藩府，肇成中国古代历史上这一人群最后的辉煌，与此实在大有关系。[18]25

这是事实，在乱世中各系义军正是急需用人之际，为侠提供了舞台，而在唐朝初期也确有不少侠应时而转作儒生或将军，故以"需求"来看，侠在唐朝确实风生水起，盛世辉煌。像周罗睺私德不谨，唐宪不治细行，刘弘基多次贪腐被弹劾，刘权与群盗往来，郭元振劫人买卖……但他们都得到皇帝的礼遇和重用，这显示出隋唐两代皇帝对侠的优遇，然侠也为皇家效命沙场，可见统治者与侠的关系可说是相互利用、各取所需，隋唐之际很多豪侠从豪强转为介士就是最好的证明。但统治者要笼络侠，除了加官晋爵和赏赐的实际利益外，还需要结合更高层次的荣誉——仁义。比如唐高祖"倜傥不羁、豁达大度、率性刚直、无所矫饰，志略宏远，宽仁容众，凡所与游集无贵贱皆得其欢心，及义兵起群盗大侠争来归附焉"[6]186；还有唐太宗"折节下士，推财养客，群盗大侠莫不愿效死力"[4]29，这就是以仁义相结合的范例。他们扛着反隋的义旗，管反隋的军队叫义师[4]642，故他们带给群盗大侠的不只是财富和官爵，更有令名与尊严以及行义的底气，所以群侠愿效死力。

但退而言之，也有不少侠客死在刑场。倚势横行的刘居士固不足提，像梁士彦与隋文帝杨坚本有旧交，因密谋作乱被告发，被杨坚杀了[2]13-521；元谐本是杨坚的好同学，也因有叛心[2]13-525被杨坚杀了。此外，沈光、虞庆则、王颁、刘元进等个个下场都是伏诛，其中最冤的莫过于卢祖尚，他不听派任岭南，唐太宗怒而以"我使人不从，何以为天下"[3]939的理由杀之。检点这些侠客，其中不乏股肱之才，却何以不能容于上位呢？推其原因是令统治者"不安"。据易剑东的说法："在隋朝的多数开国武将中，出身武侠者很多。隋朝统治者对任侠者中的反叛者进行了严厉镇压，许多武侠因谋反而被杀。"[30]25这里反映的就是统治者对侠的不安，最明显的例子是隋文帝祭祀泰山回京的途中，临时在汴州停留，对汴州这块富饶之地"恶其殷盛，多有奸侠"，于是派令狐熙为刺史整治汴州，令狐熙上任后"禁游食，抑工商，民有向街开门者杜之，船客停于郭外，星居者勒为聚落，侨人逐令归本"[2]13-625，为了整治奸侠竟以牺牲汴州的经济发展为代价，最后还得到"称为良政""上闻而嘉之"的好评，足见统治者对侠忌惮之深。其中商店不得向街道开门的规定，从隋唐一直延续到宋朝才解禁，影响中国的商业发展至巨。

再就唐朝的政治形态来看，唐朝历史是一连串的国家权力和士族势力的消长过程，这是一种集团斗争形式，不管是"士族对士族"还是"士族对国家"皆然。故集团内部最重要的是团结，其向心力除了靠血缘、地缘关系维持外，最重要的是"义"的凝聚，尤其在"唐以下的'侠'大体上已失去了宗族、乡党、宾客之类的社会基础"[31]51的情况下，"义"的凝聚更显重要。唐代崔融的《谏税关市疏》就指出："若乃富商大贾，豪宗恶少，轻死重义，结党连群，暗鸣则弯弓，睚眦则挺剑。"这种社会现象也是从两汉游侠被豪侠取代之后，消沉已久的"义"的重现。崔融是初唐文学家，他说豪宗恶少轻死重义，就字面来看豪侠、轻侠也标榜着义。然自中唐以降，侠的内涵被文人美化，唐初那种群盗大侠的盗侠连称，以及豪宗恶少影射的豪侠、轻侠等用语大幅减少，于是侠有了更高尚的内涵和用语：侠客。学者龚鹏程言"古代说侠客，多为贬辞，中唐以降，始渐称扬侠义"[9]183可为参考。但这只是凸显侠在中唐以后社会认同度的提高，同时体现经过士人标榜和文人美化所产生的新侠观，而从共时性来看，唐代小说仍有不少盗侠连称的，比如《太平广记》。可见就算在同一时代环境下，不同文学载体所呈现的侠观亦有不同，但大体上侠、义结合，以及侠盗转成侠客的趋势是一致的，小说中的步调虽然慢了点但也会跟上这趋势。总之，唐代重义的现象使侠观发生转变，流风所及，像刘逸、李闲、卫旷那帮轻侠也不乏"好接待四方之士，疏财重义，有难必救"[10]42的义举。往后唐代政权崩解，豪强由中央流向地方，逐渐集结地方势力，三国那种游侠以义气结交的形态也再度应时重现。

第三节　两宋时期侠的转型

时势造英雄，侠无论人数或类型在唐朝都可谓达到顶峰，迨至宋朝，侠面临转型危机并逐渐淡出历史舞台。宋太祖赵匡胤本是后周禁军最高统帅，他以相对和平的方式取得政权，据学者黄仁宇的说法：

> 陈桥兵变基本上是一次和平兵变：没有喋血宫门，伏尸遍野，更没有烽烟四起，兵连祸结，几乎是"兵不血刃，市不易肆"，就取得了改朝换代的成功，创造了"不流血而建立一个大王朝的奇迹"。[34]

然而在这"兵不血刃，市不易肆"[35]的和平下，侠也失去了现实中的舞台，以往每次改朝换代之际总免不了群豪拥兵自重，互相征伐，其中脱颖而出的就是下一个王朝的皇帝，但这次赵匡胤在后周末期的军阀争雄中一枝独秀，他平和又快速地建立大宋，弭平残唐五代的乱局。

回顾五代十国史，虽有豪侠身影，如钱镠[23]882、郭威[36]皆以豪侠自立，但在藩镇拥兵自重据地称王的乱世中，豪侠其实为数不多。此外，还有熠烨历史舞台的侠少，像成汭"少年任侠，乘醉杀人，为仇家所捕，因落发为僧……亡匿久之"[23]125，后来招募流民，训练精兵，建立军功，故"唐僖宗朝，为蔡州军校，领本郡兵戍荆南"，由侠少丕然变成军侠，进入正规军的体制中。此外还有李周，"年十六，为内丘捕贼将，以任侠自负"[23]605，也是政府军的一员，成汭和李周一洗侠少的纨绔形象，但除两人之外几乎找不到其他侠少的身影了。总结以上，那些曾经桀骜不驯的豪侠和侠少终究臣服于国家体制，成为定国安邦的一员。另，自魏晋以来文人慕侠风气盛行，至唐大盛，于是侠单独存在于文学想象而与现实分离，加上两宋重文轻武的政策和社会经济的安定繁荣，侠日益失去现实中的舞台。在这种情况下，隋唐的豪侠、轻侠、盗侠到了两宋几不复闻，取而代之的是儒侠、义侠、侠客以及属于文学想象的剑侠，整体上，将侠带入了体制内的文化层面。就学者龚鹏程的意见，"唐代的侠，其实就是魏晋南北朝的侠"[9]82，但在宋代侠有了新的转型，而现今的主流侠观也多半承袭自宋代。

一、侠的仕途化

首先，宋朝滋长了个人化的侠客。一方面，由于政治安定，地方豪侠失去乱世的温床，再者由于两宋城市的高度发展，促进市民经济繁荣，游侠、盗侠也逐渐失去其社会基础；另一方面，由于文人慕侠风气的盛行，许多在体制内、不以武犯禁的儒侠反而逆势兴起，他们或在闲暇之余任侠自许，或干脆抛下一切归隐山林。其共同点是，他们不再呼朋引伴、浮华斗富，也不再想方设法进入政治核心、把持朝政，他们多半薄有家私，意不在盗民侵官、结党营私。总之，他们的侠行不是对生命的放纵或对权力的贪婪，相反地，他们进入了更内敛、更高贵的精神层次，这是宋朝侠客和唐朝侠客的大致分野，其关键在于"心态"，这也是"侠"在长期受到"义"的浸染下所产生的质变。

从北宋初期来看，自从"豪率尚气，尤好术数"[37]又"家富，状貌奇伟，喜任侠骄傲，部内官吏，常奴仆视之"的王延范因图谋不轨而伏法后，就宣告了豪侠时代的结束，豪侠集团在两宋朝廷一直没有形成气候。再看"有膂力，倜傥任气，结豪侠，嗜酒蒲博。其家少年患之，欲图杀进"[38]3463的郭进，他守卫北疆，以善于用兵、治军严谨而成为北宋的名将，从豪侠成为介士，这模式跟唐初很多豪侠相仿，本应是个励志的故事，但他最后却以自杀谢幕。一代名将竟因受到监军田钦祚的欺凌而自杀，足见重文轻武政策对武将的恶性影响。于是在宋代并无唐朝那种藩镇割据的景象，有名的杨家将、呼家将、岳家军等劲旅都扛着只反奸臣、不反皇帝的忠义大旗，但他们的表忠却难以获得朝廷的信任。在两宋杜绝豪侠和不信任将军的氛围下，有些豪侠转为儒侠，另寻生命出口。

比如陈恺，他少时"使酒好剑"，是个"闾里之侠皆宗之"[39]403的侠魁。本是个谈论天下大局的豪士，不遇之后成为"折节读书"的儒侠，其志向是"欲以此驰骋当世"，显现出其"为人"的心态，只是他不获当局的重用，一直处于"有待"的状态。直到时机已过，奇志消减，陈恺才戴上古方山冠独来穷山之间，过着隐士生活。相形之下唐代豪侠就没有遇与不遇的问题，比起他们广结朋党、竞奢作势，陈恺多了些文人的品性与理想。再看柳开，史书称他"有胆勇"[38]5274，"尚气自任，不顾小节，所交皆一时豪隽"，"性倜傥重义"，他十三岁时就有提剑逐盗"挥刃断二足指"的英勇事迹。同时柳开也是宋代古文复兴的先驱，自诩"师孔子而友孟轲，齐扬雄而肩韩愈"[40]304，自视甚高。柳开在文学史上固有其不可磨灭的贡献，然他也处于"有待"的状态，冀为世用，只是以当时古文复兴运动未臻气候的情况来看，他只能做一个孤独的儒侠。[41]根据《武侠小说论（上）》的说法："陈、柳两人的事迹更进一步为儒、侠合流在后世的发展提供了具体的例证。"[31]55当侠与儒结合之后，侠的原始野性受到儒化而变得文明，相较于侠的其他类型，儒侠也是比较有理念、有抱负的。

至于曹偕，"少读书知义，以节侠自喜……尝从梅尧臣学诗，尧臣称之，为序其诗"[38]5522，也是一名读书人，史书并无关于他习武使剑的记载，但从他历数幕客史沆十罪的事迹来看，足见其执法严峻、胆识过人，是个"知义"的儒侠。而臧丙，原来"家财巨万，悉以散朋友亲戚，视之粪土如也"，是个充满侠气的豪士，亦曾"落魄于杯酒间"，"嬉游任侠者十五余年"[40]159。然史书记载，臧丙"弱冠好学。太平兴国初，举进士……丙素刚果，有吏干"[38]3493，侠气与学问结合，也是个不折不扣的儒侠。从北宋初期侠的群相——郭进、陈愭、柳开、曹偕、臧丙来看，除了郭进是纯粹的武夫外，其他人都是儒侠，他们具有文人"学而优则仕"[42]172的"有待"心理，遇则仕、不遇则隐，也不会兴风作浪，成为社会上的不安分子，而这种儒侠可说是两宋之侠的基调。

这基调从两宋之侠身上不难看出。如焦继勋，"少读书有大志，尝谓人曰：'大丈夫当立功异域，取万户侯，岂能孜孜事笔砚哉？'"[38]3322于是遂以赌博和饮酒为乐，轻侠放纵，游于三晋之间。可当河东节度使石敬瑭来镇守太原时，"继勋以儒服谒见"，可见他骨子里还是个儒生。他先后在后晋、后汉、后周及北宋担任将军，平定叛军，抵御外族，战功彪炳，实现年轻时的志向。又如李谷，少年时也任侠放诞，"勇力善射，以任侠为事"[38]3327，之后"发愤从学"，二十七岁举进士。而"刚直任侠，善弓马"[38]4036的刘平，"读书强记"，以进士及第出身，他更厉害的事迹是"遇贼十数人，平发矢毙三贼"，可见是个神射手。以上诸人都文武兼备，他们读书习武的最终目标在于仕进，像李谷、刘平等皆以进士及第自不待言，而焦继勋以"立功异域，取万户侯"为目标，其意在仕宦谋取功名甚明。当这些儒侠如愿仕进朝廷后，有的佐理文政，有的发展武事才能，效力边疆。可见，两宋之侠热衷功名，富有强烈的臣属性格，是体制内的侠。即使任侠狂放如柳开也曾说：

夫国家以科第爵位取士者，要欲安民治国，扶树教化。自千百人中，使得一人登礼部。自礼部由吏部为州县吏，复于千百人中，始得一人登朝籍，立之于朝廷，居之以显位，出入受寄，承天子宰相指画，理平大小。[40]322

可见跻登朝官之难，也显现柳开重朝官、轻县吏的差别心，豪侠如此，其余可知。当然宋代侠客是相当个人化的，既无两汉地方豪侠的结党连群、横行乡里，也无隋唐豪侠的蓄养奸人、藩镇割据，他们多半想在体制内求取功名，任侠只是一种个人兴趣，倒不具备权倾朝野的实力与野心。

宋代之侠的特质还可从《宋史》中的《儒林》《文苑》中看出，里面出现过的儒侠如宋白、刘和仲、贺铸、陈亮等，皆未绝仕进之念。宋白"多游鄂、杜间……白豪俊，尚气节，重交友"[38]5262，带有浓厚的游侠色彩，但这样的"豪俊"人物也要赴京赶考，谋求朝廷官职，这情况在前朝是看不到的。刘和仲"有超轶材，作诗清奥……有侠气"[38]5317，这里的侠气是指文气，意欲在文坛上自成一家。贺铸"人以为近侠"[38]5309，有正义感，勇于批判权贵，当其盛时，曾以"气侠雄爽"和米芾"魁岸奇谲"一争高下，但当他不得美官时竟以"悒悒不得志"告终，显现出拘谨浅见的小儒情怀。再看陈亮，他虽"自以豪侠屡遭大狱"[38]5234，但这豪侠是指豪气而非号令群侠的侠魁，是个以豪侠自诩的人。本以为陈亮是李白一类人，视功名如浮云，但实际上却是个"厉志读书，所学益博"的书生，年轻时屡试不第，写了大量爱国词作亟思报国，直到五十岁时还去考科举，以迟来的功名换取报国机会。

出仕之于儒侠极其重要，连素有"诗侠"[43]之名的刘过也"恒以功名自期"[44]。刘过曾因"任侠能辨"[45]而得到宰相韩侂胄的看重，想委他出使金国求和但其事最后无成[46]，朝廷另派他人出使金国，刘过落了个"宾客尽落，郁郁以终"的下场。看来刘过只是汲汲于功名，而世谓诗侠是指他具有侠气，这和刘和仲、贺铸、陈亮等的侠名异曲同工，皆指具有侠的气概，并非以武行侠仗义。此外，《四朝闻见录》中"颇任侠"的周南、"喜任侠"的陆游、"轻财好侠"的华岳等皆为儒侠，他们热衷功名无非想从体制内建立一番个人的事业，而非破坏体制成就个人的不世之功。

然而儒侠的盛行不代表游侠或豪侠的绝迹，虽然游侠或豪侠在两宋并不活跃也是事实。产生这现象有诸多因素影响，比如中央集权不容豪侠肆虐；募兵制的推行使得许多底层百姓得以从军，不致流荡盗窃成为奸侠或轻侠；地方吏治严峻，在每一州县设有总管、钤辖、巡检和捉贼使等职，负责维护治安，缉捕盗贼。此外，还扩大官员的名额，敞开仕进之门，连带使许多侠客经由正途取得社会认同，而且在社会经济繁荣、人心思治的环境下，游侠、豪侠的锐减自是必然，但并没销声匿迹，只是藏得更隐晦、更低调而已。据《宋史》记载："论曰：宋初诸将，率奋自草野，出身戎行，虽盗贼无赖，亦厕其间，与屠狗贩缯者何以异哉？及见于用，皆能卓卓自树，由御之得其道也。"[38]3486可见在史学家眼里，侠客沦为盗贼、无赖，皆只是求生存的权宜之计，一旦见用即敦品励节、卓然自树，成为体制下的佼佼忠臣，因此，整体上两宋的侠走着尚道德、守法律的路线。

《宋史》所列的侠，如李彦仙、邹沨、孙益、华岳、欧阳澈[38]5433等都是忠义之侠，其中李彦仙"有大志，所交皆豪侠士"[38]5360，邹沨"少慷慨有大志，以豪侠鸣"[38]5420，皆为一时豪杰，却投身军旅，成为王师，反映出当时循正轨的行侠风气。孙益"少豪侠"，也是个能得人死力的将士，其临终之语更为经典："王令君募我来，将以守护城邑也。今贼至城下，我辈不为一死，复何面目见令君乎？"[38]5405表现出侠不但不与皇权对立，甚至具有鞠躬尽瘁的侠观。而华岳以一介武夫上书朝廷弹劾韩侂胄，更见其忠悃之心；欧阳澈"善谈世事，尚气大言，慷慨不屈，而忧国悯时出于天性"[38]5426，诚为一代爱国英雄。故相较前朝，"忠义"二字更深植在宋侠之中，他们认同朝廷，效力朝廷，热衷于立业建功。这情形和唐朝节度使蓄养奸侠、拥兵自重、割据地方截然不同，若以政治的角度分析，这可能是军队制度的改变[47]和文人系统进入军队[48]的结果。

二、侠的市井化

两宋时期儒侠盛行，不仅将侠理想化的人格带入朝廷中、沙场上，还影响着社会各行各业各阶层的人。这些人虽未必任侠但侠气弥漫，也就是说侠气深入市井之中。其实这股市井侠风早在晚唐就已经滥觞了，据康骈所撰《剧谈录》中记载一事：

（唐武宗）会昌中，左军壮士管万敌富有膂力，扛鼎挟辀，众所推伏。一日，与侪辈会于东市酒肆，忽有麻衣张盖者直入其座，引觥而饮，傍若无人。万敌振腕瞋目，略无所惮。同席恃勇之辈共为推挽，竟不微动，而观者渐众。乃言曰："某与管供奉较力以定强弱，先请供奉拳某三拳后，乞搭供奉一搭。"遂袒膊抱楼柱而立。万敌怒其轻己，欲令殒于手下，尽力拳之，如扣木石，观者咸见楼柱与屋宇俱震，其人略不微动。既而笑曰："到某搭供奉矣！"于是奋臂而起，掌大如箕，高及丈余，屹屹而下。前后有力之辈方甚恐栗，知非常人。众拥万敌谢而去之。俄失所在。万敌寝瘵月余，力遂消减。[49]

学者陈山引上文说：

那位"麻衣张盖"，大概是藏身隐迹的民间侠士。这样一类武侠，与两汉乃至六朝比较，已世俗化，近代色彩浓烈，盖后世武侠小说所本。这一事例说明，唐代民间武侠已有相当的发展，而且已逐步蜕变为新形态的侠，富有世俗气息，其习气秉性、所作所为，与宋以后的侠已相仿佛了。[15]134

大概侠的市井化自晚唐滥觞，至宋流行。陈山又言："从文献资料中看，即使是宋代的正史和名家著述，其中所记载的一些具有武侠气息的人士也大都出自民间世俗社会。"[15]165 从南宋末随文天祥抗元的十九位忠义之士来看，这些忠义之士以布衣出身居多，不少还身负侠名，可作为侠的市井化之见证。

苏轼在《李承之知青州》一文中写道："敕。朕东望齐鲁之国，河岱之间，沃野千里，生齿亿万，商农阜通，儒侠杂居。"[39]603 这段话诚为北宋市民生活的写照，其中"儒侠杂居"足见侠融入基层社会之深，这种杂居是一种互不相犯的散居状态，既不同于两汉时千里颂义的聚侠盛况，也有别于唐代藩镇割据任侠养奸的情况。大抵上，宋代的侠是自由的，具有独立人格。苏轼引汉朝盖公的话"治道贵清净而民自定"嘉美李承之让河岱自治，河岱之侠之多可见一斑。根据近人赵文林、谢淑君合著的《中国人口史》[50]，可看出宋朝统治的三百多年间，由于农业和手工业的发达，促进了城市经济的兴起，人口数量和密度皆远超唐代。据文献记载，北宋真宗（998—1022 年）时，汴京已"十二市之环城，嚣然朝夕"[51]，"都门之外，居民颇多"[52]，而南宋临安城郊也有"城之南西北三处，各数十里。人烟生聚，市井坊陌，数日经行不尽。各可比外路一个小州郡，足见行都繁盛"[53] 的盛况，这些大都市不但汇集人口，而且在经济繁华的背景下各种行业也得到长足发展，据《东京梦华录》记载："南通一巷，谓之界身，并是金银彩帛交易之所，屋宇雄壮，门面广阔，望之森然。每一交易，动即千万，骇人闻见。"[54] 可见当时金融业的发达，这是商业经济发展的结果，据研究：

> 有一些州县城里，也因人口拥挤向城外发展。如福建汀州府在英宗治平年间（1064—1067）城内仅有三个坊，但在城外却有二十余坊，这种情形主要是人口急遽增长所导致。宋代城郊进一步得到发展，且多为市镇所环绕，这是宋代城市经济发展的一个重要特点。[55]

城市发展和商业繁荣，自能提供安居乐业、聚集生财的环境，但同时也提供了游侠生存的条件，所以伴随着城市发展也生出许多侠影。他们多半是平民游侠，在朝廷重文轻武和科举取士的政策下无法晋身官宦，于是隐于市井中成为寻常百姓，时而行侠仗义为人排忧解难，甚至发挥舍己为人的高尚情操。在市民的口耳相传与侠义传奇、话本的流行下，他们日益被塑造成英雄，成为人民投射的对象，并渐渐成为中国人的精神与文化象征。

比如被朱熹赞为"禅家之侠"的释宗杲[56]3037，人称杲老，其与张九成素有往来。张九成得罪秦桧被贬后，杲老受到牵连，不但被叱令还俗，还受杖刑遭流放，但"妙喜色未尝动"，如此不正是"不爱其躯，赴士之厄困"[12]1162的古游侠气魄？再看王克明，他是一名神医，"好侠尚义，常数千里赴人之急"[38]5502，因千里行医救人故获侠名。他曾随军行医救活万人，事了上级要替他述功，"克明力辞之"。而名医庞安常也以侠肠行医，黄庭坚的《庞安常伤寒论后序》中写道：

> 为人治病，处其生死，多验，名倾江淮诸医。然为气任侠，斗鸡走狗，蹴鞠击球，少年豪纵事，无所不为……其来也，病家如市；其疾已也，君脱然不受谢而去之。[40]151

像王克明、庞安常行医救人而辞谢礼的侠肠，不正是"既已存亡死生矣，而不矜其能，羞伐其德"的古游侠风范？是以两宋游侠重新标榜谦退的价值，这和儒侠求仕进是截然不同的方向，在宋代却能并存而无违和。在宋人徐铉的《稽神录》、吴淑的《江淮异人录》、张师正的《括异志》、洪迈的《夷坚志》以及刘斧的《青琐高议》中便载录许多市井之侠，多以城市生活为背景，他们和平常百姓杂处在闾里之中，隐敛了豪侠好结党羽、拓展地方势力的嚣张行径，而表现出相当生活化的气质风貌。

当然，现实中的侠未必如小说中美化的那般。伴随经济发展下新兴商业城市的崛起，同时广大的农田被土豪兼并，造成农业的废弛，那些无田可耕的佃农形成大批的游民，他们大量涌入城市寻找生机，造成"复有匿里舍而称逃亡，弃耕农而事游惰，赋额岁减，国用不充"[38]1967的现象。此外，宋朝的募兵制将游民阶级纳入体制，一定程度上安定了社会，但一旦冗兵过多国库难支，大批被汰换掉的士兵依旧四窜流落变成游民，游民问题仍无法根除。总之，两宋在经济发展和募兵制下产生另一幕黑暗，就是游民数量惊人。据宋人陈世崇记载，光杭州就有"游手数万，以骗局为业"[57]，仅这一数字就教人咋舌。学者阮军鹏研究得出，宋代游民主要分布在城市雇工、破落无赖、闲人、兵痞、江湖艺人、私妓、乞丐及流浪人员等群体之中[58]，这些社会底层人物有的从事贱役，有的做起违法勾当，形成治安上的隐患，更甚的是这些人聚结为盗[38]4228。南宋词人陆游曾对流民群居地做过观察，他说："京师沟渠极深广，亡命多匿其中，自名为无忧洞。甚者盗匿妇人，又谓之鬼樊楼。国初至兵兴，常有之，虽才尹不能绝也。"[59]所谓的无忧洞、鬼樊楼就是贼窟，多藏于市井隐秘之处，必须懂门道的人才进得去，等同于治安上的死角。

此外还有大量的逃兵。他们因贫穷而服兵役复因贫穷而逃兵役，在宋仁宗时代就发生过"遣军卒入山，伐薪烧炭，以故贫不胜役，亡命为盗"[60]的事。针对这现象，范仲淹认为应宽松刑罚，"体量得逐处贼盗多是逃军"[61]，只要逃兵于期限内自首就不问罪；苏东坡也说，"京东恶盗，多出逃军，逃军为盗，民则望风而畏之"[39]341，等等。可见宋代贫而群聚为盗之例甚多，他们"大则谋欲杀官吏，劫仓库；小则谋欲杀民户，入山林"[62]，和两汉时代闾里少年杀群吏的行径如出一辙[2]02-1112。还有北方盗匪张惠和几名盗匪首领率众"出没岛峈，宝货山委而不得食，相率食人"[38]5642，因为饥贫而相率食人，简直骇人听闻，但带头的张惠绰号"赛张飞"，人称"燕侠士"，这种食人侠士与宋朝为数颇多的儒侠、忠义之侠、隐逸之侠相比，差别何啻千里？他们却又处在同一个时空下。

再看元达，史载他"身长八尺余，负膂力，善射"[38]3481，这么魁梧的人竟然以不堪农作辛苦为由，整天游手好闲，"事任侠，纵酒"。一天酒后他拔剑砍槐树，槐树立断，他说："吾闻李将军射石虎饮羽，今树为我断，岂神助欤。"后来结交数百少年，计划为盗，被里中的父老劝退。元达和历朝各代中低下阶层的强人一样，他们出身低微、不务正业，却又想干一番事业，这类人若不能见用于军旅必也聚结为盗，才能释放他们好斗的血性。元达终究找到其用武之地，但也不是每个有志者都能如此幸运，尤其在两宋重文轻武的氛围下，武将尚且处处受制，何况一般武夫？许多找不到出口的侠客，最后往往"亡命山林之间，为乡里患"。可说和《大宋宣和遗事》中的梁山英雄聚义之事如出一辙，这些被生活所迫、被官府所逼的侠客最后往往铤而走险沦为盗贼，他们极言盗之义，乃至自命盗侠，保留着对行侠仗义的向往，这就不难解释宋代盗贼被美化的现象。

值得注意的是，第一，侠即使沦为盗贼还需保有他的理想性，甚至具有伟大的人格，严格说来，一般破落无赖、闲人、兵痞、流民是不能称侠的。第二，侠富有"义"的内涵，就算为盗贼也不会丢掉义气，如元达放走被调遣服役的民兵，梁山兄弟间以义气交结更不在话下，兄弟义气成为后世武侠小说所推崇的价值。第三，任侠未必跟武力有关，"侠"有时是生命气质的形容，像诗侠刘过、喜任侠的陆游等。甚至有些脱离社会基础的人也有侠名，比如刘和仲的"侠"是指其作诗风格[38]5317、曹偕的"节侠"是指其读书知义[38]5522。第四，两宋时期，"侠"被泛用指涉具有忠孝节义或慷慨豪情之人，如"诗侠""禅宗之侠"等皆是。但以上四点都是比较理想化的定义，毕竟好沽侠名者总是层出不穷，比如有些侠客暂时隐于市井之间，借以沽名钓誉、以退为进者所在多有。

比如郭京"少任侠，不事家产，平居好言兵"[38]5460，这种信口开河的骗子竟还诓得皇帝深信不疑，成为靖康之难中开封城破的罪魁祸首；有的侠根本就是流氓强盗，在荒年时趁火打劫为祸乡里，如苏轼在《黄州上文潞公书》

一文中说："轼在徐州时，见诸郡盗贼为患，而察其人多凶侠不逊。"[39]365文中的凶侠跟行侠仗义根本沾不到边。但也有沛然可敬的侠，比如王伦，史书虽对他评价不高，"侠邪无赖，年四十余尚与市井恶少群游汴中"[63]。四十多岁还在街上鬼混，足见是个市井无赖，可当朝廷正需用人出使金国时，群臣静默，独王伦排众而出，侃言："臣能弹压之。"王伦此举或有博取功名的盘算，但不可讳言，"其胆勇已绝出流辈"[64]。大抵各行各业皆良莠不齐，侠客也是，尤其宋代对"侠"的释义更广，造成侠名泛滥，这些侠五方杂处于市井中，善恶掺杂。整体上，两宋对市井之侠的评价多为正评，并将他们塑造成行侠仗义的英雄，如宋人吴淑所著的《江淮异人录》和刘斧撰辑的《青琐高议》都记载很多为民除害、镇恶抗暴的侠义故事。通常，"侠"字除非在其前加"奸""凶""邪"等字方转为负面义，使用上大都还是以正面义居多。

第四节　忠的侠观

宋代侠的市井化跟城市发展有密切关系，然而为什么宋代的侠并没有发展成两汉时的地方豪侠，进而与统治者对立？再看唐朝，唐朝离宋较近，其对侠的政策大致宽厚，但对心怀异志或令统治者感到不安的豪杰，却也不留情面地杀之，那为什么在宋朝却少杀侠？其答案主要是两宋的侠的性质不同于以往。相对来说，两宋豪侠较热衷仕途，期盼入世建立功勋，这是心态上的差异。另外，宋侠在朝廷并未结党连群，震动皇权，即使散布在民间，也只是一部部个人传奇，并未形成垄断地方的集团势力。究其原因，以环境来说，宋侠既丧失从两汉到魏晋的"宗族、乡党、宾客之类的社会基础"[31]51，也无隋唐时士族门阀掌权和藩镇割据给朝廷的隐忧，因此宋侠难以聚众为豪侠集团，故复散为市井游侠。这种游侠以个体居多，并不足以撼动政治，为两宋朝廷所惧，所以宋朝并没有积极的扶侠、除侠等对侠政策。

再看两宋社会，由于城市经济兴起，多数居民都能够安居乐业，所以社会上游手好闲的无赖、轻侠减少了，地方也很难集结成豪侠集团，至此，侠多数以个人游侠的状态存在。此外，在政治组织上，宋朝政府也由唐代的士族门阀垄断走向君主集权，因为皇权的集中，加上对军人的疑虑，也造成文人掌兵权甚至当将帅的局面。此外，宋代在兵役上实施更戍法，阻断将军与士兵的情感联结，因此不会出现唐代藩镇割据的现象。简而言之，豪侠集团在两宋缺乏有利的形成条件，于是侠还原成先秦时期的游侠，存在于朝廷、市井和山林中，多数的游侠力量甚微，不足为患，两宋政府也就无须加以打击和镇压了。更有甚者，由于两宋儒侠盛兴，加上外患不断，促进了民间爱国主义的发展，将侠导向忠孝节义，尤以"忠"为内核。这对统治者来说不啻是一份大礼，所以别于历朝各代对侠采取种种迁移、铲除、镇压等手段，两宋对侠相对宽宥，甚至将侠涵化在朝廷官员体系里，成为士兵或将领，这些例子在史书上屡屡可见，如彭孙、耿傅、杨允恭、郑戬、王伦等。

《临汀志·武将》开头写道："山西出将，岂择地哉，习俗成之也。汀民勇悍好斗，有善兵器者，众辄自为大师，委身愿学，故保伍纠集，足以御非常。"[65]像彭孙年少勇敢自负，宋仁宗时江南有盗寇，他"率里侠应募剿荡"。在以往历史中虽曾有过不少豪侠聚众之例，但这种纯粹为国荡寇而率侠投军的情况很少，尤其彭孙只是一介平民，可见两宋民间的爱国主义相当浓炽。同时代的耿傅"少喜侠尚气"[38]4043，以父荫当官，在西夏侵宋时参加任福的军队，宋军大败，他是个文官本有机会逃命，但他仍向前迎敌，乃至手足被断，不屈而死。再看杨允恭，他家室豪富，少年时倜傥任侠，当盗贼在蜀中作乱时，他率领乡里子弟设寨御寇，之后荡寇立功，成为朝廷命官，做官后更多次歼灭海盗，恢复长江沿岸平静。而郑戬决事果敢，不怕得罪人，对许多犯罪的高官和富豪毫不宽待，史载"遇事果敢必行，然凭气近侠，用刑峻深，士民多怨之"[38]3678，适显出其不阿附权贵的侠性。再看前文提过的王伦，他年少时虽侠邪无赖，但临大节时他坚不降金，死前曰："臣敢爱一死以辱命！"侠性凛冽。以上诸人既非仕宦子弟出身，也非高级官员，但对国家、民族的忠心却极强烈，大抵而言，两宋行侠心态已从"为己"过渡到"为国"。从南宋末随文天祥抗元的十九位忠义之士来看，他们在国家有难时不惜牺牲生命，为国尽忠，其中的邹沨[38]5420、杜浒[38]5422便素负侠名，可见宋代把忠义与侠做联结，尤其指向"忠"的内涵，侠观与前代大异其趣。

两宋史书对于忠义之士每以侠名称之，侠也日益被塑造成忠义人格的代言人，是以道德伦理、忠孝节义诸德日浸侠心，如"倜傥任侠"的杨业曾言："我他日为将用兵，亦犹用鹰犬逐雉兔尔。"[38]3488他锻炼一身本领志在报国卫民，以往历朝各代对于像杨业这种忠义之士并不称侠，但在宋朝称侠者屡屡可见，可见两宋是侠的形象的转型期。加上宋朝的印刷、造纸技术日益成熟进步，以及城坊经济发达，市民娱乐兴起，其中有不少人以说书为业，通过印书、说书等行业的传播，许多忠臣名将的故事也随之流传在市民阶层中，不断地被阅读与传颂，渐渐地"侠"与"忠孝节义"合流，被塑造成一个个救国救民的英雄人物。相比以往以武犯禁的侠而言，这种忠君爱国、保家卫民的侠更受到朝廷的容许和百姓的认同，于是侠名与英雄事业互相加乘溢美，侠名成为许多文臣武将的荣誉功业，英雄人物也成为武侠小说的侠客原型。

然而，侠对"忠"的发挥，除了忠君外还有对其团体的忠，如陈山的

《中国武侠史》引用《大宋宣和遗事》的话本评道：

> 其中道及杨志、李进义、林冲等十二人"结义为兄弟，誓有灾厄，各相救援"。绿林中武侠互相拜盟结义，为的是在非常态的生活方式和充满敌意的社会环境中遇到"灾厄"，"各相救援"，是一种维护自身安全的防卫机制。他们表面上似乎十分虔敬超自然的神祇，实际上在民间社会的绿林武侠心目中，神祇只是以"忠（忠的是义侠的道德伦理，而非帝王清官）义"为核心的近代侠义观念的具象化的象征物。[15]201

陈山将"忠"释为"义侠的道德伦理，而非帝王清官"是合乎实际的，因为忠是内在的、无形的约束力，当侠效忠于团体时也得到团体的保护，这种对向关系形成一种微妙的互利平衡，进而使其团体得以生存运作，所以有许多民间的组织或团体都要求其成员效忠。此外还有一个现象值得注意，那就是宋代"社"的发展。早在残唐五代时就有许多士兵、乡兵、土团等大量涌进农村，在兵连祸结的时代，这些散兵很快发展成社的地方组织，成为地方抗暴御盗的自卫队。到了两宋，这种乡社武装力量更遍布农村，他们团队练武，自成势力，比如亡命社是北宋末扬州一带的民间组织，其组成分子主要是侠[38]4293。类似的结社还有很多，如没命社[38]3765、霸王社[38]3981、万马社[38]4887、弓箭社[38]2210等，光名字就很有草莽气息，这是属于民间的封闭团体，经常在地方上发挥守隘缉盗等作用，某种程度上也能加强巩固两宋的封建统治，然亦有为祸乡里、打劫杀人的，不一而足。基本上这些组织的结成运作是建立在个体成员效忠的基础上，有的则干脆以"忠"为名，比如忠义巡社，于是随着社的兴盛加速了忠义理念的发扬。这个忠义本来只对组织和兄弟讲忠心与义气，但慢慢地上升到君王、国家的层次，这从《大宋宣和遗事》到《水浒传》的结局转型便可看出。

第六章　唐诗宋词中的侠观

　　咏侠诗起于魏晋六朝，兴于唐代，唐代诗人好咏侠，从《全唐诗》中统计，至少有120人写过咏侠诗，著名的诗人如卢照邻、杨炯、骆宾王、王维、崔颢、李颀、王昌龄、孟浩然、李白、韦应物、高适、杜甫、顾况、李益、刘禹锡、李贺、元稹、贾岛、司空图、陆龟蒙等。整体上咏侠诗不但贯穿了唐代的初、盛、中、晚四期，而且其数量更多达400多首，是唐代诗人除其主流作品外最常见的副作。田园诗人王维、浪漫诗人李白、边塞诗人李益、社会诗人杜甫等皆选有佳作，创作侠诗蔚为风气。清人邓绎在《藻川堂谭艺·三代篇》说：

　　唐人之学博而杂，豪侠有气之士，多出于其间，磊落奇伟，犹有西汉之遗风，而见诸言辞者，有陈子昂、李白、杜甫、韩愈、柳宗元之属，堪与谊、迁、相如、扬雄辈相驰骋以上下。[66]

足见侠气之盛以及创作之成熟。学者汪聚应认为：

　　从诗歌发展史来看，咏侠诗是中国文学史上特定历史条件下侠义传统和时代精神相结合的产物，产生于魏晋六朝，极盛于开元、天宝年间，流响不绝于中晚唐及其以后各个朝代。[67]80

亦可见唐朝这股咏侠风气，影响所及不止一朝一代，以下分段详述之。

第一节　诗词所呈显的侠形象

　　从唐朝的初、盛、中、晚四期来看，初盛唐的诗人，一方面，将其现实生活与理想投射在侠上，概括地说，"侠"成为诗人所向往追求的目标，而侠的气质和形象也成了诗人的理想范式。初唐的侠纵情享乐，咏侠诗以歌咏侠少为主，这是继承了曹植《名都篇》的创作风格，"名都多妖女，京洛出少年。宝剑直千金，被服丽且鲜。斗鸡东郊道，走马长楸间"。对侠少这种纨绔子弟成群结党的猎游玩乐形象，唐代诗人或颇有微词，但对他们的纵逸享乐也同样津津乐道。另一方面，由于盛世繁华加上诗人对国家和君主的认同，也出现了很多报效国家的游侠边塞诗，不同于一般边塞诗描写的军旅之苦，它用积极奋发的精神，意欲斩将搴旗，立功扬名。到了盛唐，还出现剑侠，他们独来独往，展现剑侠的杀人暴力美学，将武与侠做完美的结合。中唐以后，诗人开始强调侠的公义性，于是侠少的浮华和剑侠的任性都受到相当的抑制，影响所及，晚唐的剑侠亦维护忠孝道德，这和盛唐的剑侠观念已有相当的落差。还有一种侠隐，在唐诗中也相当常见，侠隐不受社会制度规范，又和尘俗保持一定距离，除了拥有高度的身体和精神自由外，还多了一份神秘和崇高，相当符合浪漫诗人的脾性。综观唐代，任侠是唐代诗人追求的一种英雄人格和浪漫生活，根据汪聚应的说法：

> 唐代任侠被视作一种英雄的气质或浪漫的生活情趣，成为唐人身上的重要习性和当时社会普遍的价值观念。侠的现实存在、形象寄托和精神张扬，成为提升文人人格品位的重要因素。因此，借侠以养成儒、释、道互补的健全人格，就成为唐代文人的自觉追求。[67]80

其言确然。到了宋代，文人仍加入咏侠诗创作，据霍志军统计，宋代咏侠诗近一千首[68]78-83，是唐代的两倍以上，仅此一点便有其研究价值。继承唐代咏侠诗的发展，宋代的咏侠诗进一步将侠抽象化，对侠义、侠气、侠情、侠节等方面有更深度的表现，同时对侠行的合义与否也相当有原则，即使面临不义，也鲜少写出暴力杀人的场面，故比之于唐代咏侠诗所贯彻的英雄理想主义，宋代咏侠诗相对较为理性内敛。此外，宋代的咏侠诗除了合义和理性内敛外，也常流露一股浓厚的爱国心，其中边塞游侠诗尤为显著，典型的如陆游的《金错刀行》、赵汝镵的《古剑歌》等，皆反映出忧国忧民情怀，这是唐代边塞游侠诗中少见的。

加上宋代市集的发达，出现了很多歌咏贵族侠少浮华游乐的咏侠诗，诗人一方面津津乐道着侠少们铺张奢华的生活，一方面也企慕着他们那恣放、无拘束的生命形态，这类诗跟唐朝写侠少的诗大同小异，向来权贵、年少、任性是一般人难以企望的，所以这些侠少被诗人以人生胜利组的方式赞咏。但相反地，宋代的武林、绿林、江湖、市井、帮会等比唐代发达且复杂很多，这些外围环境促进了宋代的任侠风气，进而影响到宋代的咏侠诗，其诗中的侠不再出身尊贵或行踪飘忽，他们多像常人一样生活，反映出侠从"英雄"到"人"的历程。所以宋代咏侠诗中诸侠备具，相当全面、多元，也反映出不同诗人对侠的不同期待，但就社会风气来看，宋代咏侠诗的高度发展，跟文化普及和印刷条件的改善也有密切的关系。

一、浪荡浮华炫富——侠少

隋唐因为国盛民殷，阶层流动顺畅，出现了很多新贵阶级，其中不乏纨绔子弟以行侠为乐。在唐朝的咏侠诗中，歌咏侠少浮华浪荡生活的诗不在少数，其中李益的《汉宫少年行》可为咏侠少之诗的代表，诗中将侠少的形象刻画得淋漓尽致：

> 君不见上宫警夜营八屯，冬冬街鼓朝朱轩。玉阶霜仗拥未合，少年排入铜龙门。暗闻弦管九天上，宫漏沉沉清吹繁。才明走马绝驰道，呼鹰挟弹通缭垣。玉笯金锁养黄口，探雏取卵伴王孙。分曹六博快一掷，迎欢先意笑语喧。巧为柔媚学优孟，儒衣嬉戏冠沐猿。晚来香街经柳市，行过倡市宿桃根。相逢杯酒一言失，回朱点白闻至尊。金张许史伺颜色，王侯将相莫敢论。岂知人事无定势，朝欢暮戚如掌翻。椒房宠移子爱夺，一夕秋风生庤园。徒用黄金将买赋，宁知白玉暗成痕。持杯收水水已覆，徙薪避火火更燔。欲求四老张丞相，南山如天不可上。[29]3208

李益将侠少出身权贵、丰富精彩的游戏人生——演戏、游猎、养鸟、赌博、猎艳、饮酒等都写入诗中，当其势炽时，随便讲错一句话都会传到皇帝的耳边，连权门贵族都要避其风头。然而这些奢华和权势，却是他们不劳而获、与生俱来的，他们并没有过人的才能和可利用的价值，翻云覆雨全系皇帝的一念之间，一旦失宠他们下场都会很凄惨，就算千金买司马相如的赋，或请出"商山四皓"都来不及了。李益这首诗道出侠少在骄奢淫逸下的外强中干，明褒暗贬。王维的《寓言二首》[29]1254更加直接地抨击这些无功无德的新贵："问尔何功德？多承明主恩。"但这些不满又有何用？他们照样"斗鸡平乐馆，射雉上林园。曲陌车骑盛，高堂珠翠繁"，招摇过市，"不与布衣言"更凸显了两个社会阶级的悬殊。大抵歌咏侠少的诗多对他们的各种排场与玩乐津津乐道，最后也表达诗人的愤怒与不满，几有汉赋劝百讽一的意味。

在身份上，侠少大都是公卿贵胄之后，就像王维笔下的"王孙公子五侯家"[29]1261，因为出身尊贵所以他们生来便居高位，一般读书人要经历十年寒窗才能考上科举，但侠少当官"帝畿平若水，官路直如弦"[29]615。他们不啻享有种种特权，平常出入的地方也是常人难以窥探的高级场所——"暮拟经过石渠署，朝将出入铜龙楼"[29]1348，就算要面见皇帝也是容易得很——"列鼎会中贵，鸣珂朝至尊"[29]1254，侠少矜夸自得之形象跃然纸上。侠少如此尊贵，自然会有很多人想与之攀交，李颀的《缓歌行》"小来托身攀贵游，倾财破产无所忧"^{[29]1348}便写出自身慕侠攀侠的心理。总括来说，唐朝的侠少就是一群家世不凡的纨绔子弟，他们固很少违法犯纪，但离行侠仗义也很远，他们是唐朝制度下的既得利益者，与其彰显侠义，诗人更喜欢拿他们的特权和享乐生活来入诗。

侠少的玩乐不外乎骑马、斗鸡、羽猎、撸蒲饮酒等，这些在唐朝都是属于上流社会的花样，如"游侠骋轻肥"^{[29]501}，"京华游侠盛轻肥"^{[29]834}，"五霸争驰千里马"^{[29]835}，这种"骋轻肥""争驰千里马"不就是时下的"富二代"开"超跑"竞速兼炫富的行为？可见古往今来少年的炫富方式千篇一律，只是从骑马改成飙车而已。当然骑马除了炫富之外还能炫姿，试看冯燕以"嘶风跃马来翩翩"^{[29]7335}之姿驾临，难怪张妻为之倾心；而"绿眼胡鹰踏锦鞴，五花骢马白貂裘。往来三市无人识，倒把金鞭上酒楼"^{[29]6388}的贵公子形象更是风度翩翩，所以宝马可说是侠少的标配。《开元天宝遗事·看花马》中记载："长安侠少，每至春时结朋联党，各置矮马，饰以锦鞯金络，并辔于花树下往来，使仆从执酒皿而随之，遇好围时驻马而饮。"正所谓锦衣不夜行，侠少们呼朋引伴、驻马饮酒，无异于进行一场华丽的走秀。除了骑马外，侠少也玩斗鸡和羽猎，如"东郊斗鸡罢，南皮射雉归"^{[29]501}，"走马斗鸡犹未返"^{[29]1236}，"珠弹繁华子"^{[29]1670}，等等，皆写出侠少爱玩、能玩以及耽于玩乐的人生。此外，还有贵族式的撸蒲饮酒，如上述的"斗鸡"就有赌的意味；又如"千场纵博家仍富"^{[29]2217}，"呼卢百万终不惜"^{[29]1714}，亦侧显出他们的口袋之深，对输赢毫不在意。至于杯中物也是侠少之所爱，然侠少喝酒与寻常人不同，诗中不吝强调他们有千金买酒的气魄——"十千五千旋沽酒"，或展现过人的酒量——"新丰美酒斗十千"^{[29]1305}，等等。总之，唐朝的侠少是一群享乐生活、游戏人间的贵公子。

此外，侠少所使用的器物都是高贵精致的，甚至有身份的象征。"夜玉妆车轴，秋金铸马鞭"^{[29]615}极言车杖之隆盛，"翡翠屠苏鹦鹉杯"^{[29]522}尽显酒具之稀珍，而"业就功成见明主，击钟鼎食坐华堂"^{[29]1348}更写出侠少的能耐和接近最高权力中心。以上关于器物的描写或写实或夸饰，意在显示侠少生活用度的豪奢。当然侠少最重要的配备是剑，剑既能对敌也能衬出其非凡身价。不过咏侠诗中少有侠少拔剑杀人的场面，剑的装饰意义大于实用意义，如"俱邀侠客芙蓉剑"^{[29]522}，"吴钩霜雪明"^{[29]1690}，"传看辘轳剑，醉脱骕骦裘"^{[29]2728}，"龙泉颜色如霜雪，良工咨嗟叹奇绝"^{[29]753}。以上所述的芙蓉剑、吴钩、辘轳剑、龙泉都是历史名剑，借用名剑来做侠少的配件，一方面极言剑如霜雪之利，一方面也能衬出侠少之尊。

侠少的享乐生活还包括猎艳，这部分在唐代的咏侠诗中有很多，以欣赏美女来表现侠少风流、多情的一面，而他们也每以风流、多情自矜。如"香车宝马共喧阗，个里多情侠少年"[29]1261，"逢君游侠英雄日，值妾年华桃李春"[29]8853，"侠客要罗袖"[29]1471，"酡颜侠少停歌听"[29]4102……这种侠少美女互诱的咏侠诗在唐以前并不多见，可见唐朝社会风气的开放，猎艳在侠少圈几乎是一种时尚。在《开元天宝遗事·风流薮泽》中记载："长安有平康坊，妓女所居之地。京都侠少萃集于此，兼每年新进士，以红笺名纸游谒其中。时人谓此坊为风流薮泽。"[10]25平康坊显然是个高级声色场所，往来尽是京都侠少和新进士，而由"时人谓此坊为风流薮泽"句，将妓院美化为"风流薮泽"，权门世胄和新贵进士都毫不避讳地出入其中，可见猎艳的风气为当时社会所接受。侠少多金亦多情，他们猎艳的对象不外乎美妓，如"共宿娼家桃李蹊"[29]522，"灞水欢娱地，秦京游侠窟"[29]770，"侠客珠弹垂杨道，倡妇银钩采桑路"[29]833，"侠客妖容递来往"[29]838，"结思笙竽里，摇情游侠窟"[29]926……所谓"游侠窟"便是妓院，从这些诗中可以看到唐朝妓院的发达。当然能获美女青睐也侧显出侠的魅力，如"身为平原客，家有邯郸娼"[29]1252，"蕙兰相随喧妓女"[29]1714，"不似京华侠少年，清歌妙舞落花前"[29]3065，都侧显出侠的自豪之态。然而这是一场钱与美和性的互相追逐，谁先认真谁就输。咏侠诗固不乏表现侠少的多情，但也写出他们的薄幸，如"三时出望无消息，一去那知行近远"[29]1326，"无事久离别，不知今生死"[29]1900，"年年结束青丝骑，出门一去何时至"[29]3676……这都是因游侠远游不归所欠下的风流债，可见多情者未必深情，令诗人兴味盎然的是侠少的风流而非他们对爱的忠贞。

追逐富贵是人之常情，但有些人终其一生劳而无获，也有些人的富贵不求而得、与生俱来，例如侠少。诗人对于侠少的态度亦有不同，像王维就直接问："问尔何功德？"[29]1254戴叔伦的《边城曲》一边是士兵的辛苦——"原头猎火夜相向，马蹄蹴蹋层冰上"；但另一边是侠少的笙歌燕舞——"不似京华侠少年，清歌妙舞落花前"[29]3065，"不似"两字下得极酸，通过对比将一个朝廷两个世界表现得极为生动。至如"上鸣间关鸟，下醉游侠儿。炀帝国已破，此中都不知"[29]6490更将这群不事生产、只知寻芳的侠少醉生梦死的生活写得极其逼真。但无可否认，对于侠少的浮华炫富，多数咏侠诗还是带着欣赏趣味的，表达诗人对侠少生活的憧憬，如"看取富贵眼前者，何用悠悠身后名？"[29]1714李白的侠客总是充满理想性，既要建功立业，更要及时行乐，但取眼前富贵，何须身后虚名？"唯待数般幽事了，不妨还入少年场"[29]7222，"还似今朝歌酒席，白头翁入少年场"[29]5105，既表达对侠少群聚游乐的向往，亦写出对侠少青春生命的羡慕。只是光阴荏苒，青春短暂，侠少也会老去，会有"年貌不暂留，欢愉及玄发"[29]926"意气风云倏如昨，岁月春秋屡回薄"[29]835之悲。而富贵更像走在云端上的钢索，极易失坠，"岂知人事无定势，朝欢暮戚如掌翻"[29]3208道尽侠少的恐惧，等到他们年老时也难免会空虚后悔，李颀的"早知今日读书是，悔作从前任侠非"[29]1348可说是其自身的写照。相较于前代，唐朝的侠治理宽容许多，龚鹏程在《侠的精神文化史论》说道：

> 到了唐代，街肆恶少的势力，日趋膨胀，当然更是理所必致的了。《剧谈录》尝谓："京师多任侠之徒。"（《广记》卷一九六引）骆宾王诗"倡家桃李自芳菲，京华游侠任轻肥"，卢照邻诗"长安重游侠，洛阳富材雄"，皆指此而说。[9]101

这段话侧写出唐代社会中的任侠风气相当炽盛，然这些侠少、游侠能在京师、长安、洛阳等大城市呼朋引伴，甚至骑肥马逛娼家，必有其丰厚的家底。虽无直接证据证明他们是"街肆恶少"，但至少他们一定是颇具势力的地方豪侠或家世富厚的侠少，他们的存在是被官府乃至朝廷容忍的。

到了宋朝，侠少的多金与风流仍在，但除了享受物质之乐外，更多了点文人气质。如柴望的"邯郸谁家侠少年，上马意气挥金鞭，下马扫笔大如椽。兴来一石未能醉"[69]39914，上马挥鞭，下马挥毫，才情倚马可待，于是侠少的空虚心灵被文化灌注，多了一股为国报国的儒侠气质。光看"少年看花日千遭，黄金买笑侠气豪"[69]36103句，极似唐朝游侠诗，但其后"春树红颜能几何，万里封侯成蹉跎"便道尽诗人之志，非以享乐为务。又，华岳虽言"紫褪红销到海棠，几多游侠为渠忙"，但也自陈"羝乳虽能屈苏武，牛衣终不卧王章。男儿多少英雄气，只对东风醉几场"[69]34379，可见沉醉酒色不是其人生目标，而是不得志后的自我放逐。也有侠痛改前非，幡然改为儒生的，如"当年游侠成都路，黄犬苍鹰伐狐兔。二十始肯为儒生，行寻丈人奉巾屦"[69]11445，借由文人谦恭内敛映衬游侠纵情打猎。其他还有"千篇诗好精灵哭，百轴文雄侠少夸"[69]459，直把侠少当成识得文章深浅之人；"恃侠争誉已，拈卷索分韵"[69]34221矜夸侠少有分韵成诗的文采；以及"神仙窟宅垂扬里，图画溪山落照中。甚是繁华输侠少，也须幽胜属衰翁"[69]28201，"宴豆雕文夸瀹卵，侠场星影斗飞球"[69]2602，把书画艺术和侠少做对照，显示宋代侠少比之于唐，除了追求物质享乐之外，犹多了几分书卷气，整体来说心灵层次是有提升的。

好玩乐是侠少的共通现象，唐宋皆然。唐、宋年间盛行击鞠，如"处士傲貂绅，侠徒竞鸡鞠"[69]41904，鸡鞠即是击鞠，是古代一种骑马打球的运动，但唐代却有侠少相邀打球的诗篇。又如："邻僧营藏字，侠士戏球场。角武焉能往，摛文或可当。"[69]41539 诗中明言侠客不能摔角，只能打打球写写文章，这和一般人的侠观差距颇大，也反映两宋重文轻武的现象遍及侠客阶层。再如"侠士夸骑鹤"[69]42008，犹言骑鹤下扬州[70]，本指对成仙的向往，而"夸"字又带出风流自赏之态，和唐代的骑白马形象相比，同样矜富却多了份文化。此外，还有"侠少喜酒贱，歌呼间笙竽"[69]41505，"彩舟日晚绮罗醉，油幕风晴丝管焦"[69]12558，同样好酒，但不是强调豪饮，而是讲究饮酒时的音乐，于是饮酒成为一种生活品位。虽然也有"一饮但计日，斗斛何足论"[69]24620"五陵游侠儿，挟弹驰长路"[69]12408 的唐代侠少诗的调调，但宋代侠少诗毕竟在纨绔子弟之外，另辟出一种懂生活、有品位、有文化层次的侠少形象，整体上少了物质炫耀，多了份雅气。

猎艳是唐代侠少的习性，也是宋代侠少诗常见的主题。"肯同侠窟暖金帐，不说庄生姑射肌"[69]21584，"朝花贵侠珊瑚席，夜烛娇娥玳瑁筵"[69]481，华丽的文字适能反映诗人对侠少猎艳的祈慕。"倡女稍多艺，市酒且供啜。侠气复何聊，心朋幸相悦"[69]4299，这里的侠少猎艳，不着墨于娼妓之美，而是描述其才艺，这种猎艳与其说是性，不如说是对知性美的追求。再看"红楼思侠少，宝髻奉王孙"[69]3176，借由美人对侠少的思慕，衬出侠少的身价不凡，他们爱玩，也玩得起，过着"藉交游侠窟，猎艳少年场"[69]11556 的生活，也让诗人产生"流连花柳输豪侠"[69]26753 的喟叹，毕竟对普通人来说，侠少生来便高蹈云端。整体上，宋代的侠少猎艳诗比唐代少了很多，而且唐诗歌咏侠少的物质享乐，宋诗则歌咏侠少的豪气干云，试看"男儿多少英雄气，只对东风醉几场"[69]34379，不着墨于闺情缱绻，只有对英雄志短的意犹未尽。此外，"侠窟"既是娼院，也是游侠集结报仇之地，如"王藩故社经除国，侠窟余风解报仇"[69]2499，这样的诗自为温香软玉的侠窟带来一番刚健的气息。

同样地，在侠少猎艳的主题上，侠词亦大放异彩，比如"且饶他，桃李趁，少年场"[71]1894，桃李趁春，侠趁年少，江湖场子是属于侠少的；"少年多行乐，方豪健、何处不嬉游。记情逐艳波，暖香斜径，醉摇鞭影，扑絮青楼"[71]1634，侠少的爱是奔放的，他们无所顾忌地挥洒青春，并充满自信。再看"弹簧吹叶，懒傍少年场，遗楚佩，觅秦箫，踏破青鞋底"[71]845，"当日赏风光。红灯九街，买移花市，画楼十里，特地梅妆"[71]1307，"狂歌闲嬉笑，平康客，五陵侠，闲相待，沙河路，灞陵桥"[71]3528，"侠少朋游，正喜九陌消尘土。鞭穗袅、紫骝花步。过朱户。认得宫妆，为谁重扫新眉妩"[71]542……这些词多着墨在侠少的青春无敌上。此外，还有"行乐知无禁，五侯半隐少年场"[71]810，"平生豪举少年场。十千沽酒青楼上，百万呼卢锦瑟傍"[71]1583，皆强调了侠少的年轻多金和虚掷光阴的无聊人生。他们不知人间疾苦，亦乏悲天悯人的侠义心肠，"游侠窟，少年场。输他群谢与诸王"[71]2642，只顾装腔作势的睥睨姿态，为温婉哀伤的宋词注入一股活力。而美人的精心化妆，更衬出侠少的金贵，这种侠少形象一如唐朝的纨绔侠少，高调、多金、帅气、风流。

至于器物方面，一改唐代侠少对名剑的追求，宋代侠少更重于宝马金鞍，如"奚奴扶宝带，杂逻沓骖骓骝"[69]14154，"试问彼侠少，何处跨金鞍"[69]3299，"安知侠少年，玉食金羁拥"[69]3210，"莫学并州游侠儿，徒费黄金饰鞦勒"[69]16742，等等。诗中或艳羡其宝马金鞍，或暗讽其无才无功，但诗的数量或艺术价值都显不如唐，属于侠少的那页历史毕竟已经被掀过去了。在宋词中也可看到"少年豪纵。袍锦团花凤。曾是京城游子，驰宝马、飞金鞯"[71]1622这类歌咏侠少奢华的词，但毕竟不多。反之诗词开始歌咏侠少的多才多艺，如"何处最难忘。方豪健，放乐五云乡。彩笔赋诗"[71]522表现侠少高妙的才情；"卢郎任老也多才，不数五陵狂侠少"[71]509，卢郎以多才胜侠少而自得，可见侠少之才情亦高；而"结客少年场。携高李、闻笛赋游梁"[71]3229，《笛赋》是宋玉之作，"闻笛赋游梁"表现侠少的潇洒不羁和文化气息，只是侠少之才多是对风花雪月的吟咏，与现实社会终隔了一层，尽管游山玩水也是自处于优境之中，并不涉入民生疾苦。

宋代诗人对侠少的反思多在贫富不均上，并每以对比表现出来，如"月下叱黄犊，原边过废冢。安知侠少年，玉食金羁拥"[69]3210，"侠少喜酒贱，歌呼间笙竽……物价渐踊贵，饥殍多流俘"[69]41505。虽说批判侠少奢华炫富的游侠诗自唐就有，但很少是站在平民的视角上来批判的，连社会诗人白居易都曾歌咏少年场的骄奢宴乐。可贵的是，宋朝侠少之诗关照平民，显现出诗人对人权的觉醒。此外，侠少的锦衣玉食不知能维持多久，青春也很短暂，有些侠词已从美人美酒的外在喧哗进入较深透的内在反思，猎艳不再为了寻欢，甚至连"猎艳"也谈不上，侠少到娼家也是另有所意。如"安复繁华事轻裘。寄言侠少谁为俦，烂醉玉楼歌始休"[69]5950，因为不肯折腰服事权贵，所以到玉楼烂醉，侠少到娼家明显是为了逃避笼牢，而非为寻花问柳。也许只有青楼能让他们"任管弦闹处，诗豪得志，绮罗香里，侠少当权"[71]2380，尽情地做自己。在那醉生梦死的温柔乡里，有美人迟暮之悲，也有侠少对年华的伤逝，"惯被好花留住。蝶飞莺语。少年场上醉乡中，容易放、春归去"[71]851，侠少的张狂是被美人宠出来的，只是这种纸醉金迷的轻狂岁月又能维持多久？一旦人老后也只剩回忆，"犹忆少年豪逸。如今对，山城皓月，但余叹息"[71]1340。再看"凭阑干醉袖，依依晚日，飘动寒香。自叹平生豪纵，歌笑几千场"[71]2138，"五陵侠少今谁健，似我亲逢建武年"[71]843，"何处最难忘。方豪健，放乐五云乡"[71]522，侠少虽游戏情场，放浪形骸，但最终仍有年华老去、曲终人散的一天。只是在国家日益衰弱的时局，诗人仍乐此不疲地歌咏侠少的放浪，似末日狂欢。情场如此，义气亦然，昔日称兄道弟的好朋友，也不敌岁月摧残，从少侠变成老者。"安复繁华事轻裘。寄言侠少谁为俦"[69]5950，"少年场，金兰契，尽白头"[71]784，"散尽高阳，零落少年场"[71]1012，少年时固然风流倜傥、嘉友如云，但年老时交情是否还在？"嗟管鲍、当日贫交，半成翻手难信"[71]570道尽了侠少的老来寂寥和失友之悲，也显出世情的反复无常。

二、隐逸游仙僧道——侠隐

游仙诗早在魏晋就相当发达，在乱世里诗人对生死的感受特别深，所以他们塑造了神仙世界来超脱现实的苦痛，也寄予长生不死的心愿，代表作如曹操的《气出唱》《精列》，曹植的《游仙》《升天行》《仙人篇》，此外还有张华、何劭、郭璞等的《游仙诗》，这些作品构成了一套游仙诗的系谱，成为魏晋重要的文学类型。观读郭璞的《游仙诗》首句"京华游侠窟，山林隐遁栖"[72]，把游侠窟和山林并列，显现繁华和冷清的两个境况，续言"朱门何足荣？未若托蓬莱"就有抑侠崇仙的况味了，这是魏晋的游仙诗加入侠元素之例。到了唐朝这类例子更多，侠的入世和仙的出世结合成一条侠隐之路，也显现少年重侠、老来游仙的情怀。根据《武侠小说论（上）》：

"髡而侠"也是唐以来的新现象，《太平广记》卷194收有"僧侠"一条可证。僧人习武，南北朝已然，唐代尤甚。顾炎武《日知录》"少林僧兵"条和赵翼《陔余丛考》卷41"少林寺僧兵"条都列举了唐至明各代的事例，所以"僧侠"的传说起于唐代也是有历史背景的。[31]53

在唐代既有僧侠，故侠隐的诗不只是诗人的幻想，也间接反映出唐代的社会风气。李峤的《桂》中写道："侠客条为马，仙人叶作舟。愿君期道术，攀折可淹留。"[29]715侠客以桂条为马，仙人以桂叶作舟，为后代神魔小说、武侠小说中的宝物斗法、御剑飞行和轻功等按了想象之钮。在此，桂树代表仙家之物，当凡人的道术精进时，折桂可留在仙乡。再看韩偓的"燕侠冰霜难狎近，楚狂锋刃触凡愚"[29]7880，所吟咏的是一个侠隐，其中"难狎近""触凡愚"侧显其姿态之高非凡人所及，成为后世武侠小说中世外高手的原型，两者所不同的是武侠小说的高手来自想象，而诗中的处士则是实写，从这两诗中不难发现仙侠的形象充满了时代与文化的遇合与激荡。

仙与侠向来充满各种结合的可能，有的是由侠入仙但仍保留侠的身份，如骆宾王《畴昔篇》[29]835，首句"少年重英侠，弱岁贱衣冠"充满了侠少傲气，但时不我与，功名难建，只能辞京远游；"仙镝流音鸣鹤岭，宝剑分辉落蛟濑"，托白鹤为人取箭，且提剑入海杀蛟，充满神话色彩；诗末"谁能局迹依三辅，会就商山访四翁"，"四翁"即西汉时的"商山四皓"，在此借指出世高人，表达诗人对隐逸生活的向往，也为侠的功成身退下了一个定调。此外，兼具"诗仙"和"诗侠"之名的李白，更屡在诗中建构出魔幻的神仙图腾，如"天上白玉京，十二楼五城。仙人抚我顶，结发受长生"[29]1755写出自己与仙人的相遇之景，充满浪漫奇想。他自诩为"我昔钓白龙，放龙溪水傍。道成本欲去，挥手凌苍苍"[29]1785的神仙人物，但身在凡尘时不我与，也只能当个"闭剑琉璃匣，炼丹紫翠房"的落拓侠客；他幻想自己"空谒苍梧帝，徒寻溟海仙"[29]1849，却终究一无所获，"倚剑增浩叹，扪襟还自怜"。可见李白的神仙世界，是一处避世的精神桃源，诗中虽充满神奇幻想，但求仙终非首选。

也有些是去侠求仙的，如王维的《济上四贤咏三首·崔录事》写道："少年曾任侠，晚节更为儒。"[29]1252但隐逸之儒亦近于仙道，诗末曰："遁迹东山下，因家沧海隅。已闻能狎鸟，余欲共乘桴。"狎鸟引《列子·黄帝》[73]67之例，能与鸥鸟同游戏，以示无机心，这是道家哲学了。此外，王维的"自尔厌游侠，闭户方垂帷"[29]1243发出今是昨非之叹，于是幡然改节为儒，但儒生功名难期，就算欣逢圣主贤臣，也未必有可用之地，最后还是以归隐作结："杳冥沧洲上，荡潒无人知。纬萧或卖药，出处安能期？"再看杜甫的"惆怅白头吟，萧条游侠窟"[29]2342，写出游侠年老、侠窟萧条的现象，人会老朽，英雄会气短，诗中"高人炼丹砂"是一种服丹养生、修道成仙之法，一旦"吾子得神仙，本是池中物"，则意味和神仙有了机遇，便可脱胎换骨，也显出仙道的超凡与永恒是凡人的终极追求。其他如"栖迟劳鼓箧，豪侠爱金籝。炼药传丹鼎，尝茶试石瓯"[29]7211，金籝是炼金用的储器，侧显出这个侠其实是个炼金士，亦是个炼药服食的仙道中人。"隐"是中国传统儒生不遇或不见用时的归处，对士人有着神奇的吸引力。以上这些诗结合了仙侠的想象，仙未必是实质意义上的神仙，诗中侠追求仙道反映出诗人对隐逸生活的向往，多少带有抑侠慕仙的色彩。

唐朝的仙侠诗中，仙与侠的结合不管是由侠入仙还是去侠求仙，终究以访仙道为结，仙是侠的终极之路。到了宋朝，唐朝的仙侠诗蓦然转为侠隐诗，将隐当成侠的终极之路，比如晁补之的《复和定国惠竹皮枕谑句》，"老来山水兴弥深，不在长安侠少林"[69]12870，宁在山水间当侠，也不在长安当才雄。再看"黄鹤侠者流，隽放不容束"[69]34541，将苏轼《赤壁赋》中的孤鹤比喻成潇洒不羁的侠者，任情飞翔在山水之间，自身寄寓意味强烈。后者如黄庭坚的"当年游侠成都路，黄犬苍鹰伐狐兔"[69]11445，曾为年少游侠，最后以"何时鲲化北溟波，好在豹隐南山雾"作结，当中引《庄子·逍遥游》之典，表达诗人对隐逸生活的追求。而陆游的《村饮》也从"少年喜任侠，见酒气已吞"转到"功名信已乎，万事付乾坤"[69]24620的心境，对照《言怀》的"向来诸侠避豪雄……倦游心伏作衰翁"[69]24523，可见年纪老大，豪雄之气也跟着锐减，倦游尘世而纵情于山水间，过着亦儒亦隐的山居生活。

大致上，宋代的侠隐诗有去仙化倾向，侠的游仙诗不多，比较唐宋两代写侠客的隐逸游仙僧道的诗作，略有以下几点不同：其一，相对于唐代侠客在游仙诗表现的浪漫想象，宋代侠客向往现实中的隐逸生活。宋侠不再是高高在上的云雾中的仙人，他们走入农村，半读半耕，如陆游的"论交尚喜筇枝在，白鹿泉边溯晚风"[69]24523，筇枝即筇竹杖，常被借为僧道之物[74]，白鹿是指白鹿洞书院，该书院有泉石之胜[75]，显示侠客虽清高不凡，但能甘于平淡地隐居读书。他们没有文人仕进的包袱，退隐本身也是一种生活选择，如梅尧臣的"大梁有公子，洛阳有游侠。昔时意气相凭陵，不问兴亡事栽插"[69]3261便是很好的例证；再看贺铸的"分辞侠少事，喜与农老言……今朝夏鸡鸣，麦熟田头喧"[69]12520，也放弃侠少事业而选择在农村生活，从喧嚣归于平静。而本是"藉交游侠窟，猎艳少年场"[69]11556的侠少，也投身"亭东亭西渺烟水，稻田衲子交行李"的农村中，日子一如"卖薪买酒到耕农"[69]24417的平凡与单纯。故侠隐虽以侠为名，但不享乐、不争名，没有豪杰事业，更不追求炼丹长生之道，他们走入农村耕田种稻，所谓"余兹适无事，泯然离好恶。坐久天西倾，汝鸣余睡去"[69]40904，泯然与尘世和解，随遇而安，讲究的不是外在功业的彪炳，而是内心境界的超然。

其二，宋诗中的侠不仅入道，还能入僧，这是唐诗没有的。向来游仙是道教的想象，但侠隐不是异化的人，他们既不游仙，也不炼仙丹妙药，更不追求轻功、剑道与长生，侠隐就像常人一样，只是他们曾为游侠，后来向往隐居生活而已。比如"少喜洛阳侠，今成衡岳僧"[69]24965，"侠气当年盖五陵，今成粥饭在家僧"[69]24922，"先生本西蜀，侠气见英妙……暮年更折节，学佛得心要"[69]12074，"予昔少年日，气盖里闾侠……一朝发无上，愿老灵山宅"[69]9602，显现诗人与僧侣密切往来，或者诗人本身就是侠僧，他们从名川大山走入山林农村，从侠气纵横变成静心学佛，所表现的也是一种高超的内心境界。

其三，宋诗的侠诗其实蕴涵更多的儒学底蕴，归隐是不遇的一项选择。如陈造文武兼才，本想有一番作为，但因怀才不遇"起我少时豪侠兴，未甘诗客号臞仙"[69]28172，归隐总有些憾恨。黄庭坚的"二十始肯为儒生，行寻丈人奉巾屦"[69]11445，曾经自许侠少后来改节为儒，曾经"侠气信雄夸"[69]23992的豪侠也转向"吾师鲁颜子"的清心寡欲、刻苦自励。"远来醉侠匆匆返，近出诗仙句句奇"[69]10066，用醉侠与诗人对举，表现两者的调性相似，往来频繁，也衬出侠的文化蕴藉；再看"静论儒宗服，狂歌侠少惊……丹诀皆亲写，芝田忽自耕"[69]912，显出宋澥逸人的才情，其自写丹诀，勤学以种芝田，显现出亦儒亦近仙道的生命姿态。而陆游的"白鹿泉边溯晚风"[69]24523却是游侠走入儒家的书院了。另，宋代侠词也是有儒学内涵的，比如韩淲的《江城子》"挥豪闲与细端相。记严扬。陋苏张。兴到一杯，微醉亦成章"[69]2244，表露侠客的才情，直露侠的才华与自信，只是这类词并不多见。

其四，相较于唐代仙侠对武功的奇妙想象，宋代内敛了不少。如"或持剑挂宰上回，亦有酒罢壶中去"[69]11445，虽描绘出一股飘洒的剑侠形象，但并无神妙的轻功或剑技，身手平实。而那些"光怪惊邻里，收身反摧藏"[69]11556的少年游侠虽然行为怪异，但对武功招数也略而不提；即使"剧谈来剑侠，腾啸骇山神"[69]1884极具震撼力，但这只是诗人的气魄，诗人耿耿于怀的仍是"未能忘帝力，犹待补天均"的淑世理想，并没有身怀神功内力。整体而言，唐代对仙侠的神功想象到了宋代戛然而止，诗歌换上了朴素的外衣，诗人更具入世的襟怀，也更贴近市井生活。此外，宋代诗人标榜的侠是个人化的，高标不流俗凡的自我风格，而非结党成群的豪侠或侠少，如陆游自诩"投老未除游侠气，平生不作俗人缘"[69]24465，其中的傲气不言而喻；而黎廷瑞的"向来豪侠场，门外车接毂。将无晚乏具，效彼龟藏伏。山田岁将收，亦可饭脱粟。不厌客来频，所厌客论俗"[69]44503也表现其卓荦不群的见识。

综合以上，诗人寄情于仙侠或隐逸之侠，无非是对游侠、豪侠的浮华逐利之反思，侠少青春美好，但年华易逝，豪侠争权结势，又能守得几时？所以才走入山林、隐居农村，放纵情怀不问世事，甚至舍去侠的身份，半耕半读、自食其力。晁补之于《万年欢》的词中便有深慨，"忆昔论心，尽青云少年，燕赵豪俊"[71]570，少年与侠少论心相交，自以为交游广阔，但人心难知，转眼间那些少年之交"半成翻手难信"，少壮终会衰朽，重要的是要有"肯抽身盛时"的智慧与决心。再看文天祥笔下的士人，"万金结游侠，千金买歌舞"[69]42954，自以为折节下士，但喧噪一时之后只落得"身为他人役，名声落尘土"的下场。与其为游侠做牛马，还不如当个"败垣半风雨"中的隐士，虽然不饱餐，但心安理得夜梦无惊，诗末"此事古来多，难与俗人语"中人穷志不短的傲气浮跃而出。

三、从军建功扬名——游侠儿

倡导游侠从军建功的诗从魏晋以降就很多，像曹植的《白马篇》、北魏王粲的《从军行》、北周王褒的《从军行之二》、吴均的《雉子班》、孔稚珪的《白马篇》等，但要说介士化的咏侠诗则直到唐朝才发展到顶峰。在唐朝的边塞诗中就有一部分是歌咏游侠从军建功之作，据笔者的搜集不下五十首，实际数量肯定更多。边塞诗的内容不外反映征战生活、表达爱国理想、谴责战争、表现征人之苦、抒发思妇之愁、描写边地风光等，游侠从军自也不脱离这些范畴，在诗人笔下，游侠从军是报答明君知遇、建立个人英雄事业、表现游侠在沙场上的雄姿，有的也反映出战争的残酷和各种从军动机。据龚鹏程的说法：

> 游侠本是背公死党、勇于私斗而怠于公战的人物，现在却让他们把意识内容转换为"报国仇"；把结交宾客的行为，转化成在边庭上"横行徇知己，负羽远征戍"（卢照邻《结客少年场》）。于是侠的世界开阔了，侠的精神提升了，虽然和人对此，本身并无自觉，也未在意识上予以开展，却已成为唐人精神上可贵的资粮。我们之所以在前面引了那么多六朝及唐人对这一现象的歌吟，就是要说明这种边城游侠儿的形象和生命情调，确实在后世激起了热烈的反响，引发了新的侠义传统。[9]89

简而言之，以统治者的立场来说，游侠从军既可增加兵源，也可使武勇好斗的少年将一身本领用在对国家有利的地方。就个人来说，从军可使游侠的恶少形象和名声得到漂白[76]37，找到自己的舞台，甚至成为大家瞻仰的爱国英雄，所以在立意上是一种双赢的政策。

游侠从军的出发点，首重报恩，因为受到明君的赏识并被委以重任，所以他们愿为君王保卫国家、击退外寇。如张易之的《出塞》"侠客重恩光，骏马饰金装。暂闻传羽檄，驰突救边荒"[29]866，为报君王知遇之恩，于是侠客驱驰战场援救边荒。李益的《从军有苦乐行》中"讵驰游侠窟，非结少年场。一旦承嘉惠，轻身重恩光"[29]3197，表达出期待被重视的感觉，从军可使游侠证明自己，只要受到恩遇，便能为君王殉命轻生。再看"天子金坛拜飞将"[29]1182，只要受天子登坛拜将的礼遇，游侠就大受鼓舞，争相为国效命——"骑射先鸣推任侠，龙韬决胜仗时英"。而"气高轻赴难，谁顾燕山铭"[29]1421，以燕昭王筑黄金台拜将之事，表明游侠只要受到尊重，就愿慷慨赴国难。其他如"侠客白云中，腰间悬辘轳。出门事嫖姚，为君西击胡"[29]1464，侠客虽然远离红尘，与世无争，但一旦君王需要，随时可加入军队为君王驱逐胡人。最后，王维的《燕支行》构筑了一幅君明将勇、上下齐心的图腾，"汉家天将才且雄，来时谒帝明光宫。万乘亲推双阙下，千官出饯五陵东"[29]1257，因为受到明君礼遇，所以国仇视同家仇，"报仇只是闻尝胆"写出战士愿赴国难、视死如归的心迹。

就动机来说，游侠从军杀敌的主因是受到明君赏识，报国是为了报君，其内在的联结是将待君之忠转成朋友之义。游侠本非介士，君王要用之必得经过一个礼贤下士的仪式，这时君王不再凭恃其至尊的身份，他必须先尊重游侠，才能将这些原本违法乱纪的人才纳为己用，而这正是远绍春秋战国时君臣对等的图腾。如《孟子·滕文公上》中的"君臣有义"正是强调君臣义气的对接；又如《论语·八佾篇》中的"君使臣以礼，臣事君以忠"以及《孟子·离娄下》中的"君之视臣如手足，则臣视君如腹心；君之视臣如犬马，则臣视君如国人；君之视臣如土芥，则臣视君如寇仇"，均主张君臣关系的平等。唯有游侠的人格得到尊重，他们才会将报君之心转为救国之举，投身军旅。如卢照邻《结客少年场行》一诗中，那些游侠、才雄，为了报答知己而投入战场，"横行徇知己，负羽远从戎"[29]516。这里不强调从军能获赏封爵，而是为了得到君王的肯定，"归来谢天子，何如马上翁？"反映了游侠渴望认同的心情，这岂不是唐朝广大失意文人的心迹投射吗？连极具个人主义色彩、傲视公侯的李白都高唱着杀敌建功的爱国之曲——"丈夫赌命报天子，当斩胡头衣锦归"[29]1803，那么，可以想象侠诗的从军主题是当时的一种流行，或者是政治正确。虽然也有些游侠报国是出于纯粹的爱国心，为了拯救黎民、国仇家恨而从军，不带渴望知遇或受封赏的功利色彩，如刘禹锡的"崩腾天宝末，尘暗燕南垂……誓当雪国仇，亲爱从此辞"[29]3990，但整体来说，这样的游侠诗并不多见。

除了报恩外，游侠从军也意在建立个人英雄事业。游侠向来不甘寂寞，他们力图表现，渴望建立一番功业，在承平时期英雄无用武之地，游侠只能将舞台转向沙场杀敌以证明自我价值。陈平原将唐人游侠诗的叙事分成"功成受赏"和"功成不受赏"两种基本模式[76]37，故在"功成"的前提下，游侠有受赏与不受赏的选择权。以王维的《少年行》为例，游侠一旦从军即为正式军人，"天子临轩赐侯印，将军佩出明光宫"[29]1305，也确实鼓舞了一群寻找生命出口的诗人，他们写着游侠从军功成受赏的诗，构筑出一幅幅明主猛将的图腾，同时也寄托自己的抱负。如"行望凤京旋凯捷，重来麟阁画丹青"[29]1182，"会立万里功，视君封侯相"[29]8838，都是以功成封官授爵为理想蓝图的。再看杨炯的《紫骝马》："发迹来南海，长鸣向北州。匈奴今未灭，画地取封侯。"[29]616诗中虽不无讥消，却也彰显出游侠从军之志。而虞世南的《从军行》也透显"方知万里相，侯服见光辉"[29]473的游侠形象；孔绍安的《结客少年场行》更直言"若使三边定，当封万户侯"[29]494，仿佛所有辛苦尽在封侯那一刻值了。至于功成不受赏，可以李白的《白马篇》为例，李白认为从军的游侠依然是游侠，即使凯旋也依旧有"归来使酒气，未肯拜萧曹"[29]1701的傲气，宁当"荒径隐蓬蒿"的隐士，这是结合"从军立功"与"游侠不受报"的浪漫想象，但特地表明功成不受赏的诗并不多见。陈平原在《千古文人侠客梦》一书中举李白《侠客行》、王昌龄《少年行》、王维《不遇咏》等诗为例，但事实上这些诗中所描写的事物跟游侠从军无关。

其实功成是否受赏，都是文人对于游侠从军的想象，而受赏与否可以判别游侠的人格是否独立。受赏的游侠封侯封将，被纳入唐官员的体系中，丧失游侠的个人风采；而立功不受赏，则能标显游侠人格之崇高伟大，更不受官僚体制所规范，其人格是独立的。而后者往往是浪漫主义诗人所塑造的游侠形象。此外，有些游侠从军之诗，意在表现游侠在沙场上的雄姿英发，展现游侠体魄的力与美，而超乎受赏与不受赏的叙事模式。如"戴铃健鹘随声下，撼佩骄骢弄影行"[29]5954展现游侠骑马的顾盼自得；"满月临弓影，连星入剑端"[29]842更将游侠搭弓舞剑的身影十分美丽地刻画出来，他们自信满满，本领高强，诗末"不学燕丹客，空歌易水寒"含有睥睨荆轲之态。再看"麒麟锦带佩吴钩，飒沓青骊跃紫骝。拔剑已断天骄臂，归鞍共饮月支头"[29]1257，这简直不是打仗，而是一种杀人表演，借由肢体动作的一气呵成来呈现一种暴力美学；"陆离横宝剑，出没惊徂旃"[29]8865亦写出游侠横剑挥旗之姿，充满一股阳刚的张力。"龙击驱辽水，鹏飞出带方。将举青丘缴，安访白霓裳"[29]461则结合神话与想象，将游侠的驰骋英姿描写得淋漓尽致。不过游侠从军诗虽多，当推李白为佼佼者，如他的《行行游且猎篇》[29]1685，"弓弯满月不虚发，双鹒迸落连飞髇。海边观者皆辟易，猛气英风振沙碛"，为那"生年不读一字书"的"边侠儿"写出了生命的尊严与辉煌，这不是写这类题材的诗人心中的共同渴望吗？感于自身的怀才不遇，故用游侠从军立功意喻自己也亟思一番作为。

再就现实层面上看，游侠从军也是为了求生存，像刘禹锡《武夫词》中探丸杀吏的游侠，"家产既不事，顾盼自生光"[29]4003，既不事生产又自我感觉良好，处在艰困的环境里，只能过着穷劳的日子；"昔为编户人，秉耒甘哺糠。今来从军乐，跃马饫膏粱"，道尽了从军前后的生活差异。求生存一直是很现实的问题，从军是为了让自己过得更好，这个目的很实际。而刘禹锡的

《酬太原狄尚书见寄》中也盛赞狄尚书"家声烜赫冠前贤，时望穿崇镇北边"[29]4088，所以游侠前仆后继地前来投效，"幽并侠少趋鞭弭"正说明这个现象，而他们的从军动机依然是为求生存。再看陆龟蒙的《杂讽》，"岂无恶年少，纵酒游侠窟。募为敢死军，去以枭叛卒"[29]7176，讽刺统治者"废物"利用，将街头闹事的恶少变为冲锋陷阵的介士。因为侠客从军符合双方利益，若运用得当便能形成"中军一队三千骑，尽是并州游侠儿"[29]3014"控弦尽用阴山儿，登阵常骑大宛马"[29]2219的军容盛况，但是诗人写游侠从军多半赋予浪漫想象，有时候会太偏离现实。

此外，诗人也不是一味地歌咏游侠从军，比如李益的《轻薄篇》就指出"豪不必驰千骑，雄不在垂双鞬"[29]3200，对许多引以为豪的游侠征战诗提出反诘，表明游侠无须靠征战来证明自己。也有的诗人透过少妇的闺怨委曲地表达反战的意图，如"将军占太白，小妇怨流黄"[29]866。游侠从军最好的状态是报国建功、功成受赏，但战争的时程却是难以逆料，"从来幽并客，皆共尘沙老"[29]1420，"去日始束发，今来发成霜"[29]5549，在沙场上磨蚀掉游侠的年轻岁月；"长安少年游侠客，夜上戍楼看太白"[29]1256，侠少渴望建功立业的心，终究会被关西老将的愁与泪掏空；"身经大小百余战，麾下偏裨万户侯"，为国征战又如何？眼看麾下偏裨一个个都身封万户侯，自己却依然是沙场老将，何等悲凉？即使为朝廷立下无数汗马功劳，也是枉然。"不有封侯相，徒负幽并客"[29]2925，无理的原因更衬出游侠的卑微处境。再看"坐看今夜关山月，思杀边城游侠儿"[29]1671，更刻画出游侠从军后的身不由己、有家归不得。在无始无终的边塞戍守生涯中，游侠甚至忘记自己来自何方，"黄龙戍上游侠儿，愁逢汉使不相识"[29]1260，道尽了岁月的无情。至如"山河起目前，睚眦死路傍"[29]3197，直述战场无情，曾经意气风发的侠少转瞬间变成路边的朽骨；"鸟尽良弓藏"[29]5549更是对统治者提出严厉的控诉。以上这些诗都呈现出对游侠从军的反思，不管是为国捐躯或是在沙尘中老去，都是从军所必须面对的风险或代价。虽然诗人对游侠从军投注激情与向往，将惨烈美化成"孰知不向边庭苦，纵死犹闻侠骨香"[29]1305的慷慨雄壮，但仍一定程度地揭露战争与死亡的本质，故游侠从军诗也带出诗人对游侠人格与生命更多的理想或者同理心。

对照宋朝，游侠从军诗也写出了游侠报答明君恩遇、建立个人英雄事业、展现沙场雄姿。其中，司马光《景福东厢诗·观试骑射》这首诗具有相当高的概括性：

闾阖风正清，觚棱日初媚。材雄集便殿，玉座亲临视。三河侠少儿，初识天子贵。天山汗血骦，蹀躞金环辔。扬鞭秋云高，顾盼有余锐。萦回势可观，罄控动如志。毫厘应心目，审固参身臂。鸣弦电霆惊，中的冰瓦碎。龙颜薄笑春，喜色连傍侍。旦为徒步人，暮作飘缨使。扬扬出九门，亲友生意气。须知天地德，慎勿忘所自。黠羌犹旅拒，猃狁方繁炽。求为忠义臣，无负搜罗意。[69]6096

因为受到"材雄集便殿，玉座亲临视。三河侠少儿，初识天子贵"的至高隆典，所以游侠愿赴沙场效命。"扬鞭秋云高，顾盼有余锐"展现游侠的高度自信与风采，他们不同于征夫时刻以杀敌为念，而意在展现身体的力与美。"须知天地德，慎勿忘所自"说出了征战的纯洁性，不为名利，而是为了"求为忠义臣，无负搜罗意"，不负天子的知遇之恩。尽忠不是没条件的，先有一个知遇的仪式，游侠受到明主知遇于是感激，其内心层次从"忠"的上下阶级关系转向"义"的平行关系。

再看陈棣的《古游侠行》，"君不见长安侠少儿，臂鹰走狗争轻肥。一朝遭渠国士知，笑视鼎镬如水渐"[69]22019，表达游侠渴望被重用的心情，若遇知己，则为他赴汤蹈火在所不辞。而傅察的《送朱熙载改官还乡》中写道："谓予倚门亲久待，况复枫宸拜明主。朝廷公卿重荐延，骞腾一鹗生毛羽。"[69]19446将豪士受到重用的心情比喻成鹗鸟生羽，明主若有知遇，游侠亦将涌泉以报，"一片丹心报天子"[69]24337。不过比起唐朝游侠从军诗中常见的明主施恩、登坛拜将等桥段，宋朝以及金朝还强调游侠征战的正义性，如"轻生重大义，一战朔庭空"[69]35015，"男儿贵死难，义重鸿毛轻"[77]，强调为义而战、奋不顾身，没有利害计算为所当为，彰显原侠的朴素精神。此外，还有很多边塞游侠将忠君之念转为爱国心，如陆游的《金错刀行》[69]24337，侠的报国一方面是因为事业未成——"丈夫五十功未立"，另一方面则是要报效天子——"一片丹心报天子"，但诗末"楚虽三户能亡秦，岂有堂堂中国空无人"，意气奔腾，诛心直问，流露出强烈的爱国情操，也意味着凡是中国人皆负有卫国之责。其他如赵汝铤的《古剑歌》"隐忧枕上思请缨，夜半跃鞘床头鸣"[69]34213，借由古剑感应诗人深忧边患，想请缨报国的心情。

就建立个人英雄事业来说，乱世中英雄人物辈出，"时危见豪杰，年少易功名"[69]35241，"眼底山河，胸中事业，一声长啸"[71]2992，"千年史策耻无名"[69]24337，显现出游侠不甘平凡、想闯出一番名号的心情。他们赴沙场是要有收获的，"少年锦带佩吴钩，独骑匹马觅封侯"[78]，表明立功封侯之志；"斩取戎王头，捷奏甘泉宫"[69]35015，"勒功纪燕然，椎鼓归汉阙"[69]35015，亦以建功奏捷为鹄的。也有诗人表达对弃儒从戎、沙场建功的向往，如苏轼的"曹子本儒侠，笔势翻涛澜。往来戎马间，边风裂儒冠。诗成横槊里，楷墨何曾干"[69]9407，气势磅礴，又饱含书生气息，诗中"常恐青霞志，坐随白发阑"道尽诗人唯恐满怀抱负不得施展，徒然蹉跎岁月的担忧。有时英雄事业不振是天意所致，如"使我不得封万户，恨不生当高祖时"[69]22019反映出游侠不是畏战，而是畏在太平之世英雄无用武之地。素有"诗侠"之称的刘过，在《从军乐》中亦写道："生前封侯死庙食，云台突兀秋山高。"[69]31809生遂其志，死得其所，算是人生最好的演出。总括来说，宋代的游侠从军诗对于功名与封侯的渴望表现得比唐代更强烈，那种"事了拂衣去，深藏身与名"[29]1690的浪漫情怀几不复见。

这类诗也有展现边塞游侠雄姿的，如"腰插三尺剑，手开二石弓"[69]35015，"鸣弦电霅惊，中的冰瓦碎"[69]6096，但相较于唐朝"满月临弓影，连星入剑端"[29]842的华丽意象，宋代在修辞上平实了许多。再者，宋代这类诗很少，思忖其原因，主要是宋代诗人把在边境立功的英雄投射在某一特定对象上，而不像唐诗多寄托在不特定的游侠身上。如同唐代诗人，宋代诗人也有以侠自许的，如陆游在《野外剧饮示坐中》里自诩节侠，他一生主张杀金复国，即使在投闲置散时也常念"饮罢别君携剑起，试横云海剺长鲸"[69]24406，文辞充满奇想，这在宋诗中相当罕见。再看宋词，毛开的《水调歌头》写出少年游侠的放荡不羁，但他们结交朋友意在报国，"傥许相从晚岁，慷慨激中情。洗眼功名会，一箭取辽城"[71]1361，表示游侠也在寻找人生的定位与价值，而从军立功就是最好的方式，但这类词也不多。

不管任何时局，求生存都是从军的动机之一，如"耕田衣食苦不足，悠悠送子长河曲"[69]13413，因为田地衣食不足而离乡从军；"毡帐三千里，蜂屯十万夫"[69]35060，描写出塞下屯军之景；"将军金骆袅，轻侠绣蜑弧。十二营田利，知谁上此图"，屯田是为了边防，也为了营生进行持久战，这是宋诗的景象，唐诗很少有这么写实的边塞游侠诗。侠与寇往往是一体两面，若能将侠介士化，则能逆转暴动之源为破敌之力，如刘子翚笔下的粤人就有"家饶喜称侠，世乱甘为寇。岂伊天性然？习俗所成就"[69]21361的现象，这其实就是孟子"无恒产而有恒心者，惟士为能。若民，则无恒产，因无恒心"[79]90的人性理解。虽然求生存是许多游侠从军的本质，但宋代诗人对此体念不深，其主要原因恐怕是宋朝城市发达，社会上少了流动人口，真正意义上的游侠并不多。再者，宋代的兵制使精壮的军人当京师禁军，老弱的军人当州郡厢军，加上以文官为将、文官擅军权等情形普遍，因此游侠想借由沙场征战立功扬名实际上很困难。

大多生命都希望散发风采，游侠尤然，但少年时光太匆匆，"恨未老、渐成尘迹。谩无语，立尽斜阳，怀抱谁识"[71]2489。正当血肉鲜丽，准备来个风光的过场，却蓦然已到晚年，很多抱负就消失在岁月尘埃中，抑郁以终。再看"元龙非复少时豪，耳根洗尽功名话"[71]333，亦说出游侠易老、功业难竟的苦闷。其他的还有"壮士冢累累，骨香千载下"[69]38498，"青铜峡里韦州路，十去从军九不回。白骨似沙沙似雪，将军休上望乡台"[69]9693，皆显现烽火无情的一面，并非每个意气风发的少年都能凯旋，他们必须有最坏的打算——死亡。方回的《筑城谣》中写道："君不见每调一军役百室，一日十人戍六七。草间髑髅饲蝼蚁，主将言逃不言死。"[69]41900把主将懦弱、士卒命贱的现实面揭露无遗，是以军队总是积弱不振，而这正是两宋边塞诗的基调，想要力挽狂澜、出类拔萃，游侠又有多少能耐呢？

两宋重文轻武，与唐人的尚武精神不同，以边塞诗来说，唐人多咏神勇、一夫当关万夫莫敌的当世豪杰，但宋人多咏羽扇纶巾、谈笑用兵的儒将。如"好把文经武略，换取碧幢红旆，谈笑扫胡尘"[71]1713，"运筹折冲衽席上，料敌决胜如蓍龟"[69]22019，这是儒将的打法，贵静不贵动。而"弟子俱羯胡，不闻触屏僵。一变豪侠窟，遂成邹鲁乡"[69]23995更说明两宋文化发达的软实力，能将粗野不文的胡羯移风易俗成文风鼎盛之地。然而相较于唐朝边塞诗的阳刚、威猛，充满塞外风光与强烈的民族自豪感，宋代则擅长分析、说理，多有恨怒之声，基调沉郁，如"何时献戎捷，鞍甲一朝闲"[69]6078，"浊酒一杯家万里，燕然未勒归无计"[71]11，都写出铁甲难卸、有家难归的凄凉与无奈。而"大将罪专辄，举军皆感伤。归来出万死，羸马亦摧藏"[69]2850更直指军队的不公与黑暗。然虽如此，不减诗人爱国之心，诗人或将杀敌立功的企盼寄托于某特定人物身上，甚至也想亲征战场，但笔法拘束，缺乏铺张与想象，即使凯旋，功亦在儒将而不在游侠，故对宋代边塞诗而言，游侠几乎是缺席了。

四、杀人暴力美学——侠客、剑侠

根据龚鹏程的说法，剑侠乃是唐代尤其是唐中叶以后的特殊产物。他也说出了豪侠与剑侠的差异性：

> 大抵豪侠与剑侠最大的不同处，在于豪侠骛声华、立虚誉，修行砥名，声施天下。剑侠则身份隐晦，不为人知，平常则有多种身份作隐匿，如店前的箍桶老人，商人妇的荆十三娘，仆佣的昆仑奴、红线等。他们只在某一时机出现，并迅即[80]隐没在历史的背后，光影寂灭，不知所向……另外，剑侠也多半独来独往，不以交友结纳见长。所以汉魏以来，游侠传统中所最重视的"友道"，剑侠并不太重视。他们的"气义"，别属一类。[9]113

由上可归纳剑侠的若干特点：身份隐晦、独来独往、有独特的气义追求等。除此之外，曹正文还指出剑侠的武功特点：

剑侠出现于小说，唐传奇是其源头。唐传奇中的剑侠既有擅长飞天夜叉之术，能"循壁虚蹑，捷如猿玃"，又有驭剑之术，可以用剑光杀人毁物。这类高深莫测的武功近于巫术。[81]83

剑侠的武功神秘诡谲，从引文至少可推测剑侠会轻功和驭剑之术等，这根本超乎了人的身体结构，故只能存在于文学的想象中，现实世界里根本不会有这种超人。必须说明的是"剑侠"最早见于宋朝白玉蟾的《习剑》[69]37500，但流传广布要等到明代王世贞辑录的《剑侠传》，龚鹏程和曹正文所说的剑侠大都属于《太平广记》的豪侠类，唐宋文人并没有意识到剑侠与豪侠的区别。此外还有一个词在唐宋文学作品中用得相当广泛——侠客，此词在先秦时就有，比如《列子》的"子华使其侠客，以智鄙相攻，强弱相凌"[73]54。这里的意思近于刺客。而司马迁《史记·游侠列传》中的"侠客"则近于游侠，这也是侠客最通用的。到了南朝之后"侠客"又有新内涵，如梁朝王筠《侠客篇》"侠客趋名利，剑气坐相矜"[82]卷67中的侠客，有剑侠的姿态；而庾信"侠客重连镳，金鞍被桂条"[83]中的侠客则是侠少了。是以"侠客"一词指涉范围较大，很多侠类只要是偏正面义的都能以侠客称之，但一些负面义的侠类如奸侠、轻侠、亢侠等就不能称为侠客了，以上是以古人的使用情形来界定的。到了唐宋，"侠客"多指剑侠，比如李白的《侠客行》就是写剑侠：

> 赵客缦胡缨，吴钩霜雪明。银鞍照白马，飒沓如流星。
> 十步杀一人，千里不留行。事了拂衣去，深藏身与名。
> 闲过信陵饮，脱剑膝前横。将炙啖朱亥，持觞劝侯嬴。
> 三杯吐然诺，五岳倒为轻。眼花耳热后，意气素霓生。
> 救赵挥金槌，邯郸先震惊。千秋二壮士，烜赫大梁城。
> 纵死侠骨香，不惭世上英。谁能书阁下，白首太玄经。[29]1690

在这首诗中，李白赋予剑侠几个特质：佩戴名器、武功高强、冷酷无情、行踪隐匿、重诺守信、好酒使气、重名轻生、轻视儒生等，而其中是以"杀人"为中心的。对照侠少，侠少的剑是装饰品，不是用来杀人的；对照仙道僧之流的侠隐，侠隐虽谙武功却少有杀人场面。和剑侠最接近的应属军中之

侠，但游侠从军诗重点不在杀人或展现武功。故相形之下，剑侠之诗的重点
在杀人，甚而展现杀人的暴力美学。在此，从杀人动机、杀人姿态、武器等
几方面来探讨。

首先，在杀人动机上，剑侠杀人可分意气之杀、报恩报仇之杀、正义之
杀等。所谓意气之杀，就是没有理由的杀人，若定要找出理由，也只能说是
为了出一口气。比如"壮士性刚决，火中见石裂"[29]332，纯粹是基于意气而
杀人，这虽可显现剑侠的血气之勇，但在侠德上有亏，所以侠客基于意气而
杀人的诗很少[84]。至于报恩报仇之杀，即把杀人当作报恩报仇的对价，如
"报恩为豪侠，死难在横行"[29]525，"平生贵酬德，刃敌无幽深"[29]5401，皆是
为了报恩而杀人。其行为虽不合理性，但因有"恩"的介入而使杀人变得感
性，这便达到诗的渲染力了。至于"手挥白杨刀，清昼杀仇家"[29]1705，"破琴
孤剑是身仇"[29]7663，则是为了报仇而杀人，这个仇是家仇，而非两汉时的交
借报仇。剑侠为了家仇铤而走险，展开血腥又华丽的杀人之举，同样兼具暴
力美学和道德校正。

至于为正义杀人，即在诗中表明杀人是为伸张正义。如"杀人虽取次，
为事爱公平"[29]9689，表明杀人是为达公平，正是因为现实体制不公，所以剑
客才挺身而出，其行虽非，但诗人是站在认同的角度的。再看司空图的《冯
燕歌》，冯燕虽与张妻偷情，但当张妻怂恿他杀死丈夫时，他想到的是"尔能
负彼必相负，假手他人复在谁"[29]1355，至此剧情急转直下，冯燕将剑端指向
张妻，杀死她后再到官府自首，以唐人来看这是一段"义"的觉醒过程。沈
亚之的《冯燕传》最后说道："淫惑之心，有甚水火，可不畏哉！然而燕杀不
谊，白不辜，真古豪矣！"[85]也给予冯燕相当高的评价。

其次，在杀人姿态方面，剑侠是果决利落的，在动手前从未犹豫过，甚
至以"快"为美。如"百里报仇夜出城，平明还在娼楼醉"[29]4928，夜间百里
报仇杀人，白天则醉卧娼楼，足见其身手之速，并将杀人之事等闲视之。再
看李白的"笑尽一杯酒，杀人都市中"[29]1696，杀人也不过是酒后的随性之举
而已，以一杯酒来映衬杀人，亦具"快"的效果；而他的"脱身白刃里，杀
人红尘中"[29]1733同样显示杀人不过是出刀入刀的事罢了。剑客并不在乎别人
的生命，甚至也不在乎自己的生命，"但令一顾重，不吝百身轻"[29]525。这种
只管达成目的不计代价的做法，正出自侠客冲动的思维。如此一来，剑客的
杀人场面应该是暴戾血腥的，但在诗人笔下却往往带着审美趣味，如"宝剑
黯如水，微红湿余血"[29]6766，这时人命变成一个审美对象，不但不哀悯同情，
反而还细细欣赏那滴血的微红。其实晚唐时出现大量咏剑侠的诗，如慕幽、
齐己、李中等皆有作《剑客》，吕岩亦有作《赠剑客》等。试看慕幽的"去

住知何处，空将一剑行。杀人虽取次，为事爱公平"，以高强武功执行非法正义。而吕岩的"诗吟席上未移刻，剑舞筵前疾似风……不知谁是亏忠孝，携个人头入坐中"[29]9750，除了夸剑侠身手之快也讲求杀人的公义性，而将武侠小说携人头的情节入诗的却很少见；吕岩的《绝句》"粗眉卓竖语如雷，闻说不平便放杯。仗剑当空千里去，一更别我二更回"[29]9797，一样强调剑侠身手之快，而其中流露的率性狂野，深具独特的个性色彩。

再者，剑侠杀人有风险，也有可能死在对方手下。尽管如此他们还是一往直前，李白的"十步杀一人，千里不留行"[29]1690正是最典型之例。而"杀人不回头，轻生如暂别"[29]332，"侠客不怕死，怕在事不成"[29]4619，虽是文人作品，却带几分草根性和壮烈的气息，诗中的剑侠毫不胆怯，不只敢杀，而且敢死，故能以必死之心杀必杀之人。何况文学中的剑侠不只杀人，还要杀得有美感，如李白的《秦女休行》就写道："西门秦氏女，秀色如琼花。手挥白杨刀，清昼杀仇家。罗袖洒赤血，英气凌紫霞。"[29]1705诗中描写一个少见的女侠客，容貌美，杀人姿态也美，诗的修辞与配色都美，演绎出极致的暴力美学，而诗人对这位女侠也持肯定态度——"何惭聂政姊，万古共惊嗟"，默认报仇的正当性。再如上述的《冯燕歌》，冯燕杀张妻的过程是"唯将大义断胸襟，粉颈初回如切玉。凤凰钗碎各分飞，怨魄娇魂何处追"[29]7335，虽然残忍却不血腥，反而显得画面唯美。同样地，对于这种侠客，诗人还给予高度的赞许，大致上侠客是诗人对理想人物的投射，故这类诗也反映着当时的是非观。

最后，在武器方面，顾名思义，剑侠用剑，但侠客则不然。如李白《侠客行》中的"吴钩霜雪明"[29]1690，吴钩形似剑而曲，一说是弯刀，可见侠客也有佩刀的。但不管如何，其所佩之物必是名器，如《古剑篇》中的那把剑，"君不见昆吾铁冶飞炎烟，红光紫气俱赫然。良工锻炼凡几年，铸得宝剑名龙泉"[29]753，龙泉是战国名剑，宝剑以龙泉为名诚非凡品；再看"腰间悬陆离"[29]7347的陆离，"安得倚天剑"[29]1696的倚天，皆以古代名剑来喻侠客佩剑之名贵；至如"秋霜切玉剑"[29]1701，剑名极美也必是珍品。剑在中国是君子的象征，剑侠佩剑自能带出一份雅气。佩刀则不然，佩刀者别有一番粗豪率性，如"日日斗鸡都市里，赢得宝刀重刻字"[29]4298"酒后竞风采，三杯弄宝刀"[29]1701的侠客有市井豪汉的味道。再看"珠袍曳锦带，匕首插吴鸿"[29]1696，吴鸿即吴钩，是春秋时的名刀；而"古刀寒锋青槭槭"[29]2012则是一把青槭的寇季膺古刀，光字面含义就令人不寒而栗，可见侠客也有佩名刀的。亦有侠客使用特殊武器，如"三尺铁蛇延二国"[29]4619的铁鞭，"匕首刺秦人"[29]8818的匕首等，不一而足。总之，侠客与武器是相衬的，什么气质的人使用什么武器。武器是侠客自我的象征，故侠客多存爱惜心理，如南北朝民歌《琅琊王歌辞》中"新买五尺刀，悬著中梁柱。一日三摩挲，剧于十五女"[82]卷25-2的写照，形成中国的武器文化。另，侠客的坐骑也很重要，诗中若无述及则已，若有则必属良驹，如："路傍看骡影，鞍底卷旋毛"[29]6966喻马的脚力极快，而"紫燕黄金瞳，啾啾摇绿鬃"[29]1696的"绿鬃"、"龙马花雪毛"[29]1701的"龙马"皆属花色鲜明的骏马，适以衬托侠客的风采。

相对于其他的侠，侠少与剑侠特别高傲，侠少的高傲来自与生俱来的富贵，而剑侠的高傲则是因自己的一身本领，如"斩得名王献桂宫，封侯起第一日中。不同六郡良家子，百战始取边城功"[29]4298，对于自己的身手极度自信。对此，诗人对剑侠的胆气赋予极大热情，如"少年恃险若平地，独倚长剑凌清秋"[29]2934，"丈夫十八九，胆气欺韩彭"[29]7053。同样，傲气也呈现在他们不肯下人的姿态上，如"归来使酒气，未肯拜萧曹"[29]1701，就算立功也不愿受赏，他们来去自由，非爵位所能圈住。此外，剑侠卓荦不群，纵有朋友，也是独来独往，如"去住知何处，空将一剑行"[29]9689，孤傲与寂寞跃然纸上。虽然多数的剑侠诗都带着理想的投射，杀人不但有其正当性，而且对于剑侠的装备，如名剑、宝刀、良驹等，以及杀人姿态都呈现出力和血与美的暴力美学，但也有所反思。江湖毕竟是属于侠少的，一旦年老便无立足之地了，顾况的《行路难》道尽人事代谢的现实，如"昔少年，今已老。前朝竹帛事皆空，日暮牛羊古城草"[29]2934，写出了荒凉的古城、白发如雪的老人，昔日繁华已成空，只剩黄昏的风景。

别于唐朝，宋朝的剑侠诗少了份挥洒自如的豪气，抑郁多了，且常引经据典，颇为拘泥。这类剑侠诗以歌咏刘生[86]和荆轲[87]的最多，如：文同的《刘生》、姚宽的《刘生》、孔武仲的《刘公诗》、曹勋的《刘生》、白玉蟾的《易水辞》、刘克庄的《杂咏一百首·荆轲》、张耒的《荆轲》、徐钧的《荆轲》、晁说之的《过荆轲冢四绝句》、高斯得的《读荆轲传》，等等。诗人透过歌咏人物来抒发其胸臆，他们避开侠客违法乱纪的一面而盛赞其任侠气概，至于对荆轲则多惜其败，但对其刺秦则无非议，如"生角雨粟怜吾丹，舍生取义我则安"[69]44429表荆轲刺秦是舍生取义，这使得荆轲的刺客本质得到道德校正，且诗人以"阴山侠客"称荆轲，将荆轲刺秦作为侠客之举。诚然，荆轲是为报恩而刺秦的，"后来得荆卿，恩礼尽鞠躬"[69]31819说明了燕太子丹用恩情来缚住荆轲。但也有剑客是为了报仇而杀人的，如"一身独报万国仇"[69]24407。此外，还有剑侠超脱恩仇，为所当为，如"生平脱羁检，少小服义烈"[69]5302，虽未言明剑侠所服的是何种义烈，但从字里行间可以看出诗人对侠客的正面肯定。总而言之，侠在诗人笔下是利他的，常因公忘私，所谓"侠气峥嵘盖九州，一生常耻为身谋"[69]24537，而这也成为后世小说中侠客的形象。

宋诗素来重议论，重理趣，这也反映在侠客杀人的动机上，像唐朝那种为逞一时之快的意气之杀相当稀少，而路见不平的正义之杀亦不多见。侠客的杀人动机多集中在报恩报仇和朋友的义气相挺上，如"平日五陵多任侠，可能推刃报王孙"[69]6739，"举世重任侠，俗呼为气义。为人赴急难，往往陷刑死"[69]10242，等等。此外，公义也很重要，方岳的《义鸡行》就感叹"陈婴杵臼义所激，郭解朱家侠何取"[69]38461，言明侠者若不行义，则无可取。这种心态也反映在宋词上，比如曾布写的《冯燕大曲》，针对冯燕杀张妻之事进行评判，从"闻者皆惊欢，为不平""羲城元靖贤相国，喜慕英雄士，赐金缯"[71]266等句中，可看到冯燕杀人不但不受责，反而被视为英雄，这是因为冯燕杀人符合社会期待。整体上，宋代诗人较观照侠的群我关系，尽管其笔下侠的个性鲜明，但其思想和行为仍受社会控制。不管是豪侠集团或独行侠，皆将恩仇、义气、是非等标准内化为其行为指导方针，而且受到传统文化的浸润较深，这也是宋代诗人所赋予他们的别于唐代的侠的特质。

再看宋人笔下侠客的杀人姿态。自齐梁以来，咏侠者多以刘生为辞，如"提槌击朱亥，引剑刺荆轲"[69]5305，诗中用朱亥、荆轲比喻刘生之勇，有暴力却缺乏美感。而"逸气凌秋鹗，清才莹玉绳。灯前看宝剑，雪里按苍鹰"[69]21080，有美感却缺乏力量，也和刘生的形象不同[88]，只有刘过的"侠骨化为铁，血变海水红。英愤气不磨，今为亘天虹"[69]31819结合暴力与美学，将侠骨与血化作凄艳的彩虹。另外，释善珍的《古离别》"君不见荆轲剑气凌白虹，易水悲吟泪成血"[69]37779亦兼暴力与哀美。但持平而论，宋人在侠诗的暴力美学上的发挥并不如唐，有用力过多的凿痕，如"伟哉奇男子，侠气横八极"[69]23992，"雄心吞宇宙，侠骨耐风霜"[69]39769，气势有余而意境不足；至于"酣歌入都市，当面洗人血"[69]44429虽见豪壮，但比李白的"笑尽一杯酒，杀人都市中"[29]1696则显潇洒不足、血腥太过。再看宋代侠词，比如贺铸的"死生同。一诺千金重。推翘勇，矜豪纵"[71]538、曾布的"直气凌貔虎，须臾叱咤风云"[71]266皆直白太过，美感不足，然这也是宋代剑侠诗的特色。

至于武器方面，宋代剑侠诗中的武器亦很多元，除了刀、剑之外，还有铁丝箭、上镞紫寒翻、黄金镮、若戈戟等，越稀奇古怪的武器越能衬托出侠客形象的特异、武功的专业。除了武器的稀珍性外，也表现出侠客对武器的珍爱，比如"宝刀重如命，命如鸿毛轻"[69]42884的浪漫与夸张。功夫上的描写与想象也出神入化，试观"剑光冲斗牛，长啸苍崖裂"[69]37059，"逸人习剑得其诀，时见岩前青石裂"[69]37500，这是剑气的威力；"我友剑侠非常人，袖中青蛇生细鳞。腾空顷刻已千里，手决风云惊鬼神"[69]24407，这青蛇藏于袖口，一释出便腾空千里，可谓后代神魔小说如《封神榜》《西游记》等的斗宝原型。再看"幽州侠客夜骑去，行过阴山鬼不知"[69]41277，"侧身捷如飞鸟轻，瞋目勇如独鹘举"[69]44236，既表现轻功的飞捷快速，亦别具一番诡谲之氛。别于唐代剑侠诗描写的刀剑直接对决，歌咏花瓣与鲜血的暴力之美，宋代剑侠诗则以轻功、剑气、袖中宝物等带出一股奇幻飘逸的美感。

侠客自有侠客的风华气度，尽管宋诗中侠客的暴力美学没有唐诗精彩，但侠客的自负仍在，所谓"临分脱赠青萍剑，莫荡人间琐碎仇"[69]39057，"酒宁剩欠寻常债，剑不虚施细碎仇"[69]24537，正说明侠客是成大事立大业的人，自非升斗小民可比。至于"事已不受谢，门前车马绝。自谓取功名，焉能由笔舌"[69]44429，则颇有李白"事了拂衣去，深藏身与名"[29]1690之风，但前者依旧心系功名，终不若后者来去自如，以上无疑反映了宋代文人较强的功名意识。其实在宋人笔下，很多剑侠能谈文论武，兼具儒侠气质，如"笔下驱回千铁骑，胸中包得几沧溟"[69]37544，"堂堂吐高论，牙齿若嚼铁"[69]5302，"读书足智虑，万卷力有余"[69]10242，等等，可说是宋朝重文轻武的发展结果。最后，关于侠客杀人，尽管诗人赋予其报仇报恩等道德校正，但终究犯法，范质的《诫儿侄八百字》中写道："举世重任侠，俗呼为气义。为人赴急难，往往陷刑死。"[69]47意境虽不高，却如实呈现杀人者难逃法网，富有教育意义。虽说侠客死于刑场大煞风景，但毕竟写实性强，也是诗人面对侠客违法的反思，而这反思恰是唐代少见的。再看"计拙难敷食与衣，惟将侠气借相知……有时举翮连云起，不比函关一只鸡"[69]31691，写出侠客穷途末路时的窘境，侠客空有一身本领，却不能安身立命，诗人嘲他比鸡还不如。至于宋词，虽有侠词但数量有限，一者，词的性质柔媚，虽有苏旷辛豪的挹注，但究属变调而非正统；二者，"侠"属"十六叶"的入声字，音节短促而响亮，若用来造词则声情特出，若用来押韵则韵僻拗口，故在遣词造句上"侠"常被"豪"取代，都有侠客之意，但考虑到研究的精确性，在此不将侠延伸到豪的范畴。

第二节　侠诗的心理研究

诗人对侠的投射心理大致可分成身份投射和气质投射，而侠诗也承载着某一特定时空背景下人民的集体心理投射。兹述如下：

一、诗人对侠的身份投射

诗人的想象世界里，侠是自由身份，超越现实、不受法律拘束，行事任性自如，所以诗人每把笔下理想人物寄托于侠。根据陈平原的说法："千古文人的侠客梦，实际上可分为两大类：一以侠客许人，一以侠客自许。前者多出现在注重叙事的小说，而后者多出现在着重抒情的诗歌中。"[76]31

在"以侠客许人"上，诗人期待侠客出现以铲除不公、解救世乱。如崔颢的"少年负胆气，好勇复知机。仗剑出门去，孤城逢合围"[29]1321，写出一个有正义感的侠少，解救围城、建立军威，将少年塑造成一个英雄，对军中辛苦只字未提，充满浪漫的想象。郑钶的"兵符劫晋鄙，匕首刺秦人"[29]8818，将侠少比喻成信陵君和荆轲，其实是想象的英雄人物。"明日长桥上，倾城看斩蛟"[29]3976亦是把壮士当作为民除害的寄托。在这种浪漫的幻想下，即如盛产游侠的幽并一带，那些不事生产的少年一样也可变成杀敌护民的英雄，如"幽并少年不敢轻，虎狼窟里空手行"[29]5494的夸张诗句，恰反映出诗人对侠的浪漫情怀。其中写得最完整的当推柳宗元的《韦道安》，这是唐朝唯一一篇歌咏现实人物的侠客叙事诗。韦道安是个见义勇为的侠客，他"一闻激高义，眦裂肝胆横……道安奋衣去，义重利固轻……举头自引刃，顾义谁顾形。烈士不忘死，所死在忠贞"[29]3957，诗中"义"字凡三见，最后还为义而死，诚是儒侠典范。

有些侠在历史与社会长期的共同作用下，通过文人自觉或不自觉的神化与重塑，成为比历史形象更完美的存在，在唐代诗坛兴起一股咏侠客的热潮，至晚唐尤盛。如杜牧的《春申君》，汪遵的《易水》，周昙的《荆轲》《豫让》《公子无忌》《侯嬴朱亥》，胡曾的《易水》《豫让桥》《博浪沙》《田横墓》《秦武阳》《夷门》，等等。这些咏史诗蕴藏着诗人对时代的失落感，于是将理想人物寄予历史上的侠客，他们不以成败论英雄，而端视其某种高尚的人格——也就是侠德，其中尤以"义"的标榜为最。此外，还有另一种侠客，虽是虚构人物，但在民间社会长期流传后，亦成为文人歌咏与寄托的对象，如冯燕、刘生等，不同的文人笔下，歌咏着不同的侠客事迹。试看"刘生气不平，抱剑欲专征"[29]525，刘生就是一个侠客的符码，他天生好打抱不平，这样的侠客无疑更符合百姓心中的期望，故其虽为虚构人物，却依然广为流传。

此外，"以侠客许人"也反映诗人对某类型人物的艳羡，唐朝很多咏侠少的诗就有此特质，如陈子良的《游侠篇》、骆宾王的《帝京篇》《畴昔篇》、李白的《少年行》等。试看韩翃笔下的游侠，"传看辘轳剑，醉脱骕骦裘。翠羽双鬟妾，珠帘百尺楼"[29]2728，家世情场两得意，侠成为一个可炫耀的身份。再看司空图的《冯燕歌》："魏中义士有冯燕，游侠幽并最少年。避仇偶作滑台客，嘶风跃马来翩翩。此时恰遇莺花月，堤上轩车昼不绝。"冯燕是个义士，年少风流，司空图不但以大篇幅的诗来盛赞冯燕的男性魅力，更以杀张妻来证明他不受诱惑、杀人得义、表里皆得，这不是那些情场不顺、小气畏缩的男人所艳羡的对象？宋代曾布亦为冯燕写出与原版本相仿的大曲，胜在遣词造句多了几分华丽，如"直气凌貔虎，须臾叱咤风云"，"假手迎天意，一挥霜刃。窗间粉颈断瑶琼"，等等[71]266，同样是诗人将男性的人间理想投射在冯燕身上。再看孔武仲笔下的刘生，"少时已绝群，卓荦千里驹。读书足智虑，万卷力有余"[69]10242，诗人将刘生塑造成能文能武、才能运气皆佳的少侠，字里行间倾注其对刘生的盛赞，极富想象力，像乐府诗一样充满浪漫色彩。

再看"以侠客自许"这部分，诗人借用侠的身份替天行道，杀敌卫民，如"岂无恶年少，纵酒游侠窟。募为敢死士，去以枭叛卒"[29]7176，少年场中的侠少，成天只知饮酒作乐，于世无益，所以诗人自许为侠，将他们募为枭平叛卒的敢死士。而崔涯的《侠士诗》"太行岭上二尺雪，崔涯袖中三尺铁。一朝若遇有心人，出门便与妻儿别"[29]5782，更自比为侠，不畏厮杀，只愁无用武之地。再看孟浩然的《醉后赠马四》，"四海重然诺，吾尝闻白眉。秦城游侠客，相得半酣时"[29]1668，自许和马四有着游侠意气相投、重然诺的特质。雍陶虽是文人，但"与君同在少年场，知己萧条壮士伤。可惜报恩无处所，却提孤剑过咸阳"[29]5963，俨然以侠自居，将文人寥落不遇比喻成无用武之地的侠，形象独树一帜。而李颀的《缓歌行》虽是站在反侠立场，但也津津乐道着自己为少年侠客时"暮拟经过石渠署，朝将出入铜龙楼。结交杜陵轻薄子，谓言可生复可死"[29]1348，虽言后悔，但也颇为回味。

再观宋朝，廖行之的《和汤无邪》"诗豪气侠负家传，平生重义不重钱。千金万镒随手尽，南来祇有两臂全"[69]29163，将诗豪和气侠等而论之，显示这两种身份间有共通处，都重义轻财，而这也是诗人的自许。正所谓"忧道不忧贫"[42]141，故诗中虽将诗人比拟为侠，但侠在文化层次上也跟着提升了。至于宋词中也有自许为侠的作品，如叶梦得的《八声甘州》"漫云涛吞吐，无处问豪英"[71]766，道出其无处结交英雄，成就一番事业，只能让自己一身本领空老东山的感叹。而赵必璩的《齐天乐》"暮更朝令。扞格了多少，英雄豪俊。身事悠悠，儒冠误矣文章病"[71]3380，说出了其崇侠贬儒的心态。因为儒生讲究典章制度、繁文缛节，成为空有形象而无内涵、只知功名却无抱负的井底之蛙。然词人的满腔抱负就在这腐败的朝廷中被扞格掉了。

最后，不管"以侠客许人"或"以侠客自许"，诗人皆透过侠客的身份幻想做出平素想做而不敢做之事，如杀人，"笑尽一杯酒，杀人都市中"[29]1696，"白日堂堂杀袁盎，九衢草草人面青"[29]4619，"杀人不回头，轻生如暂别"[29]332，"杀人辽水上，走马渔阳归"[29]1321……这些诗篇，是诗人借由"侠"的想象而杀尽天下该死之人。宋朝亦有"君不见夷门客有侯嬴风，杀人白昼红尘中"[69]13873 "假手迎天意，一挥霜刃。窗间粉颈断瑶琼"[71]266 等句，这些侠的杀人动机有的是替天行道打抱不平，有的则是放纵生命追求快感，但他们都是法外之人，故能率性而为。龚鹏程说："为什么把侠看成这样的英雄呢？因为在我们既有的社会体制里，只有侠，才有资格逃离社会常规，不顾社会集体价值，'身在法令外，纵逸常不禁'（《张华·博陵王宫侠曲》）。"[9]51 简言之，幻想江湖必须是法外之地，否则一遇不平事就去告官，侠客杀人就被抓去官府，那么就大煞风景了。尔后为了调和侠客正义与侠客触法的矛盾，就有义侠出现。大凡宋朝的义侠之义，并非对兄弟、对朋友的义气，而是对国家的忠义。

二、诗人对侠的气质投射

虽然李颀在《缓歌行》中表示"早知今日读书是，悔作从前任侠非"[29]1348，但唐代多数的诗人还是相当崇侠的。像李白《行行游且猎篇》的"儒生不及游侠人，白首下帷复何益"[29]1685、《侠客行》的"谁能书阁下，白首太玄经"[29]1690，雍陶《少年行》的"岂知儒者心偏苦，吟向秋风白发生"[29]5954 等皆反映诗人的崇侠心理。儒生自奉甚严、行不逾矩，但终生未曾潇洒过，那种"海边观者皆辟易，猛气英风振沙碛"的风采，才是诗人想追求的自我形象。陈平原说：

> 文学史上脾气奇倔诗风浪漫的文人，一般都会对"游侠人"的生活方式表示某种赞赏乃至羡慕。这也是上文之所以强调"侠"主要是一种个性、气质以及行为方式，而不是固定的社会阶层的原因。[76]34

其实唐朝诗人不只李白写侠诗，以边塞诗见长的岑参、李益自不待言，田园诗派的王维、孟浩然有侠诗亦不足奇，但婉约派的如李商隐、温庭筠也作侠诗就有点意思了。试看温庭筠的《赠少年》："江海相逢客恨多，秋风叶下洞庭波。酒酣夜别淮阴市，月照高楼一曲歌。"清代的徐增认为此诗是温庭筠借由侠客表达"不遇"和"侠气高歌"[89]的心情，这即是诗人对侠的气质投射心理。这正扣合陈山所言：

> 与西方英雄史诗不同，中国的英雄颂诗所注重的不是英雄的行为、事迹，而是其内在的人格精神……武侠现象所体现的大众文化的道德准则——即侠义精神中所包涵的极度的人格独立与自尊，不知不觉地通过"游侠热"与"咏侠诗潮"影响着上层社会的精英文化。[15]141

其实中国的传统文学讲究比兴寄托，先天上就驱使着诗人多方尝试，写出与自身气质形象完全不同的侠诗，况且诗的篇幅通常甚小，只要运用几个基本词汇，侠客的精神气质就挺然而出。以李白的《侠客行》为例，其中有"吴钩""白马""千里""脱剑""持觞""然诺"，这样的侠自有儒生不能及的豪迈洒脱；而虞世南的《结客少年场行》亦有"然诺""纵横""千里""击筑""霜戈""剑虹""天山""交河"等，种种豪情、武功和场域，皆异于文人生活圈。古典诗篇幅有限，一首诗只要加入几个这样的词汇，气势便挺立了，所以文人写侠诗不足为奇，甚至还为数不少。最重要的是，诗人透过侠诗来抒发怀抱，不但能为平时所不敢为之事，并透过想象，塑造侠客的人格与事迹，将心中的理想人物形象投射在侠客身上。以高适的《邯郸少年行》为例，诗中"君不见今人交态薄，黄金用尽还疏索。以兹感叹辞旧游，更于时事无所求"[29]2217表达了对世态势利的感慨，追忆往昔游侠结交之义气，而这正是一种崇侠情怀。

自汉代司马迁赋予游侠"报恩轻生""重义轻财""重诺守信"等可贵特质后，历经人世诡诈的唐代诗人，便在其咏侠诗中塑造这样的侠，如"结友一言重，相思千里至……轻生殉知己，非是为身谋"[29]321，"气高轻赴难，谁顾燕山铭"[29]1421，"结交期一剑，留意赠千金……夜阑须尽饮，莫负百年心"[29]1421，乃至宋代的"诗豪气侠负家传，平生重义不重钱"[69]29163"但感束帛义，不忍负死生"[69]44448等皆然。从这些诗句中可观察到一个现象，就是诗人对侠所赋予的特质，都是从"朋友"出发的，不但游侠如此，侠少、侠隐、侠客、儒侠等皆然，从报知己到报君恩，则成为从军之侠；从与友同行到独来独往（但仍重义），即成为剑侠；从殉知己到结友一起寻欢，即成为侠少；从与人为友到与山林鸟兽为友，即成为侠隐……这些现象虽不能一概而论，但"朋友"在侠诗中占中心地位殆无疑虑，映射着诗人渴慕知己的心理。

三、侠诗的集体心理投射

胡克在论及公众对英雄伟人感兴趣的心理根源时列举了三个主要原因[90]，即心理安全需要、补偿需要和逃避责任。对英雄伟人感兴趣心理如是，诗人投射于侠的心理亦然，从不同时代侠诗的心理投射，可以发现该时代需要什么样的侠。

（一）从英雄到市井之侠

唐诗中的侠客往往和世人保持一定距离，根据陈平原的说法："为了强调侠客的高超武功，唐宋两代小说家开始将侠客神秘化。其中一个重要步骤是建立起一个'世人'与'剑侠'相对立的虚拟的世界。"[76]59 剑侠行事诡谲、武功高强，固非常人所能亲近，不只剑侠，其他类型的侠客也是。如出身于贵胄之后，成天结党逸乐的侠少，又或是立功边疆、杀敌救民的军中游侠，又岂是世人可亲近的？再加上距离产生美感，侠的事迹也成了唐人的英雄想象，如"非直结交游侠子，亦曾亲近英雄人"[29]753，虽言古剑，但未尝不是意喻诗人自己。其他如"报恩为豪侠，死难在横行"[29]525，这种重义轻生的信条，为侠树立高贵人格，令世人崇拜而又无法企及。再像李白《侠客行》《秦女休行》中快意恩仇的侠客，也是许多人心中的英雄，更何况像张柬之《出塞》、虞羽客《结客少年场行》等诗中那种救国救民、冒险犯难的英雄，更是世人仰望的对象。

相对于唐诗中侠与世人的距离，在宋诗中却有很多侠出自市井，和世人杂处在一起，亦有常人的苦乐。宋诗写出了侠客的人味，减少了侠的崇高和诡谲怪异的色彩，点出侠客的武功再高强，也是一具血肉之躯，会像普通人一样衰弱、老去，如"汗板尘靴今半生"[69]12560；会在农作歉收的年代，受到饥饿与通货膨胀之苦，如"无何郁攸作，一夕化为墟"[69]41505。可见宋诗中的侠客是活于现实中的，和世人一样生活在柴米油盐中，因为侠客处于尘世间，故人世的事亦无法自外。虽然大部分的宋代咏侠诗都展露侠执行正义的一面，但市井中的侠却往往与民融合，消弭了锐气，村里只是侠客年老时的居所，他们身为芸芸众生中的一员，与常人无异。有的诗更直指做侠客只是受时势所逼："家饶喜称侠，世乱甘为寇。岂伊天性然？习俗所成就。"[69]21361 这不就反映孟子"若民，则无恒产，因无恒心。苟无恒心，放辟邪侈，无不为已"[79]90 的人性吗？甚至在司马光眼中，侠客是一群违法犯禁之徒，须受官府整治："赵魏高气侠，到今风俗然……明府宜更瑟，罢民庶息肩。"[69]6115 整治之策不在严刑峻法，而是减轻赋税与民休息，只要人人得以安居乐业，那么想当侠客的人就会减少了。

（二）从侠少、剑侠到豪侠

林保淳认为剑侠起于中、晚唐的藩镇割据："剑侠之兴起，一般认为与中、晚唐藩镇割据的情势有关，如聂隐娘、红线故事……"[91]《武侠小说论（上）》也说：

中唐以后，独来独往的剑侠则几已成为"以武犯禁"的唯一典型，这可说是侠史上的一大分野。这一新的"侠"的形象，宋以下无大改变，而且基本上构成了文学想象中"侠"的原型。[31]53

这些说法虽有所本，但与侠诗的历史似乎不能扣合。举例来说，李白的《侠客行》是写剑侠的，但李白是盛唐人，其他如骆宾王《送郑少府入辽共赋侠客远从戎》、崔颢《古游侠呈军中诸将》等诗中的侠客亦属剑侠无疑，若将像《秦女休行》这类女侠也算在内的话，则中唐以前剑侠诗会更多。陈平原说："这些动不动挥剑杀人的侠客形象，宋代以后很少成为诗人歌咏的对象，这或许是社会文明进化的结果。"[76]31 文中所说的侠客便是剑侠，但宋代这种剑侠诗并不多见，因为剑侠这种生命恣放的形态并不合宋代文化的氛围，陈平原认为"这或许是社会文明进化的结果"，但也不能忽略社会内部控制的力量。因为宋代是一个相对理性的社会，凡事都讲究"理"，所以对于杀人、犯禁的侠客接受度并不高，何况宋代重文轻武，剑侠在宋代社会未必会受欢迎。

综看唐代诗人笔下的侠，王昌龄、王维、李白、杜甫、张籍等的《少年行》，陈子良、崔颢的《游侠篇》，李白、元稹、温庭筠等的《侠客行》，钱起的《逢侠者》，孟郊的《游侠行》，崔涯的《侠士诗》，薛逢的《侠少年》等，无不任情放纵，极端自我，展现原侠的生命形态。他们所向往的是"寄名朝士籍，寓兴少年场"[29]5208 "平明挟弹入新丰，日晚挥鞭出长乐"[29]1326 的率性生活，无论是声色犬马、快意恩仇或立功边疆，谋的就是"痛快"二字，而这就成为唐人咏侠时的基调。他们对自己的能力有相当的自信，在侠诗中展现建功立业的热情。诗人笔下的侠客多半是少年，《全唐诗》中就有 102 篇以《少年行》或《少年场》为题的诗，这些诗所吟咏的不外是侠少和游侠，他们年富力强，有丰沛的胆识和生命力；他们努力表现自我，时发怀才不遇之音，同时也对社会体制有一定的冲撞。

迨至宋朝，宋朝首见"剑侠"二字是在白玉蟾《习剑》中的"剑法年来久不传，年来剑侠亦无闻"[69]37500，然笔下功力远不及唐人，诗中亦溢满一股抑郁的怀旧情调，而这亦是宋人咏侠诗的基调。虽然学者认为剑侠起于中晚唐，兴于宋，但在宋代诗坛上咏剑侠的诗其实不多，还是以咏豪侠为主。豪侠喜欢结党，共举大事，这是和剑侠的不同之处。据龚鹏程的说法："大抵豪侠与剑侠最大的不同处，在于豪侠骛声华、立虚誉，修行砥名，声施天下。剑侠则身份隐晦，不为人知，平常则有多种身份作隐匿。"[9]113 豪侠诗固然写出对功业的向往，但与唐侠对立功扬名、证明自己的渴望不同，宋侠更多是怀抱爱国心，意欲收复河山，抵御外侮，爱国文人陆游、刘过就写了很多这方面的诗作。此外，宋代豪侠也向往友情和义气，如"侠气复何聊，心朋幸相悦"[69]4299，"忆昔论心，尽青云少年，燕赵豪俊"[71]570，"大梁有公子，洛阳有游侠……尝忆同朋有七人，每失一人泪缘睫"[69]3261。侠词也有，如"少年侠气，交结五都雄。肝胆洞。毛发耸。立谈中。死生同。一诺千金重"[71]538，"忆年少，游侠窟，戏荆卿。结交投分，驰心千里剧摇旌"[71]1361，但数量不多。再者宋代侠诗蕴涵一股怀旧风，他们时而回望，追忆往事，如"落钗歼荡少年事，弹铗悲歌游侠子"[69]38470，"寂寥功业看孤剑，淡薄清怀寄素琴"[69]5209，"到处犹吟然诺心，平生错负纵横策"[69]37209。故比之于唐代侠诗的豪迈自信，宋代侠诗的基调是感伤的，对人性的刻画也更加细腻，一方面渴求友情和义气，一方面也有"惟恐出己上，杀之如弈棋"[69]11470"雄豪结客欺燕侠，懰憛悲秋笑楚骚"[69]1361这种游侠相忌之忧。

（三）从个性美到人格美

唐侠之美属于个性美，诗人笔下的侠无一不散发自性风采，这从前段便可窥其梗概。相较之下，宋侠之美是属于人格美，而这人格美又包含个性在内，根据霍志军的看法：

就人格精神来看，宋代文人更强调个性，比唐人更多了一些傲气。这不是个体性格之傲，而是基于群体的文化优越感而产生的自信、自立、睥睨外物的气度。这种傲气一般不表现于外在的行为，而是一种内心固持的高傲姿态。侠形象在宋诗中的大量出现，不仅仅是诗学意义上的着意追求，更是作为表现其人格心态的手段被广泛运用的……宋人将侠引向广阔的世俗生活，在世俗生活诸多的不平中塑造侠的坦荡正义的人格美。[68]82

故侠的人格美之实现，即包含侠行的正义性和利他性。因此，基于私人的报恩报仇而挥剑杀人之例变少了，描述暴力杀人的诗变少了，侠的行为尽管违法，但亦要合乎社会公义以及人民期待，如陈宗傅的《军中行》："六龙守沙漠，谁复为报仇。耿耿孤臣衷，长怀麦秀忧。"[69]44654以国难为己忧，结合了时代背景，使侠的现实性和崇高性获得极高张力，而这就是别于立功扬名，纯粹以国家为念的崇高人格之美。

第七章　唐宋小说中的侠观

根据徐斯年《侠的踪迹：中国武侠小说史论》[92]一书，武侠小说有以下诸种发端，见表7-1：

表7-1　武侠小说之发端

朝代	学者及其著作	主张的武侠小说发端
先秦说	刘若愚《中国之侠》	《燕丹子》《庄子·说剑》
两汉说	王海林《中国武侠小说史略》	《史记·游侠列传》《吴越春秋·越女剑》
六朝说	崔奉源《中国古典短篇侠义小说研究》	魏晋志怪
唐代说	叶洪生《中国武侠小说总论》	唐人传奇

此外，曹正文主张始创武侠小说是《燕丹子》或《越女剑》[81]26；而陈墨也认为是《燕丹子》[93]，但对其成书年代存疑。总之，武侠小说究竟起源于何时学界莫衷一是，但不同的主张反映出不同的侠观，故以下就这范围探讨始创武侠小说的侠观内涵。

第一节　始创武侠小说的侠观综论

《燕丹子》以战国时期燕国太子丹不甘受辱于秦为背景，讲述了荆轲刺秦王的故事，并塑造了田光、樊於期、夏扶、秦舞阳等烈士的形象。燕太子丹招揽英雄的目的是"欲收天下之勇士，集海内之英雄，破国空藏，以奉养之，重币甘辞以市于秦。秦贪我赂，而信我辞，则一剑之任，可当百万之师；须臾之间，可解丹万世之耻"。而荆轲是燕太子丹选定的英雄，他也如同先前所言厚待荆轲，《史记》是这样写太子丹待荆轲的："太子日造门下，供太牢具，异物间进，车骑美女恣荆轲所欲，以顺适其意。"而《燕丹子》中的施恩则更进一步，"黄金可作瓦砾、名马可以取肝、美人可以断手"，而荆轲受之不以为意，这之中便是雇主与刺客的授受关系，也是一种施恩—报恩关系。

及至荆轲为了取得秦王的信任，向樊於期说："今愿得将军之首……"乃至有樊於期自刎"头坠背后，两目不瞑"的场面，比之于《史记》的"遂自刭"更加深刻与壮烈。但这种以他人头颅为谋之计，不仅非后代侠客之所为，便在东汉末年[94]也绝少闻。盖刺客为遂行刺杀目的不择手段，并不等同于《史记》游侠的侠义本质；再就荆轲而论，虽表现出《史记·游侠列传》中"其言必信，其行必果，已诺必诚，不爱其躯，赴士之厄困"[12]1154等高贵品格，但其行为动机主要是为了实现"士为知己者死"的报恩目的，而非着重在反抗暴秦上，而燕太子丹的复仇也是因为"秦王遇之无礼，不得意"的私人恩怨。所以，《燕丹子》是以报恩报仇为主线的小说，这跟《史记》施恩不望报的侠观相距甚远（比如朱家对季布有恩，但等到季布尊贵时却终身不见）。《燕丹子》通篇亦无"侠"的论述，可见作者在写《燕丹子》时尚无创作武侠小说的自觉。

但也不宜因此否认其为武侠小说发端的资格，因为自东汉以来侠和刺客的界限日益模糊，到了唐朝侠和刺客已经合流，在唐传奇中有不少豪侠兼具刺客身份，而《燕丹子》具足了"报恩""守信""赴义"等唐代侠客的元素，所以不论唐代侠义传奇或咏侠诗都有《燕丹子》的影子。且单就《燕丹子》而论，它也是一篇武侠小说，跟《史记》《汉书》不同，它具足了人物、语言、主题、情节等小说元素，且荆轲虽为刺客，但其侠义形象跃然纸上，尤其易水送别一段，燕太子丹"素衣冠送之"，荆轲高歌、高渐离击筑，营造出极其悲壮的场景——属于武侠小说的场景。且《燕丹子》虽以史事为背景，具有不可逆的性质，但亦背离"何知仁义，已飨其利者为有德"[12]1157的为胜者发言的立场，反而使一个失败的刺客变成评价极高的悲剧英雄，影响所及，唐人对失败侠客充满同情，同时也带来浓厚的天命观念。此外，小说中更渲染了许多血气的场面，以死亡贯穿全篇，从田光吞舌、樊於期自刎、夏扶刎颈到荆轲慷慨就义，将不爱其躯的游侠精神发挥得尽致淋漓[95]，这些特点亦奠定其堪为武侠小说始祖的地位。

其实早在《庄子·说剑篇》就有剑术的概念，剑术不只是剑的招式，更重要的是心的招式："夫为剑者，示之以虚，开之以利，后之以发，先之以至。"[96]用心来御剑，足见先秦时期对剑术的理解便很深。另一本书《吴越春秋》的《勾践阴谋外传》提到越女剑法，这是最早将气与剑术结合的小说，越女说："凡手战之道，内实精神，外示安仪，见之似好妇，夺之似惧虎，布形候气，与神俱往，杳之若日，偏如滕（注：滕应作腾）兔，追形逐影，光若佛仿……一人当百，百人当万。"[97]气足则剑术变化百端，可见越女的骁勇自信。然学者崔奉源以武力分游侠与刺客之别，他说："游侠行为不必一定带武，刺客需勇，必要武备。"[98]主张光凭剑术仍不足以称侠，而越女亦无侠名。但这跟"侠以武犯禁"的侠观大相径庭，大抵武备还是游侠的要件，除非是侠气、侠节等精神层次上的才不强调武力，一般来说游侠还是有武备的，甚至深谙功夫。

直到六朝，志怪小说开辟了想象的天地，比如《三王墓》的宝剑干将、镆铘，《紫玉》的仙术道法，《刘晨阮肇》的仙丹妙药，以及以《搜神记》为主的鬼怪传闻等，都为武侠小说提供了创作的养料，比如在干宝的《搜神记》中有李寄斩蛇救乡民性命的故事[99]657，吴宏一说：

> 像《吴越春秋》写袁公、越女之论剑，尽管所论剑法通神入化，但所强调的只是"武"，而与"侠"并无关系……能够像干宝《搜神记》中的《李寄》那篇作品，写侠女李寄杀蛇救人的侠义行为，恐怕都是难得一见的了。[100]

吴宏一言下之意就是李寄斩蛇是将"武"与"侠"作完美结合，但其实李寄的剑是临时找的，文中并未提到她的武功，她对受害少女的骷髅说："汝曹怯弱，为蛇所食，甚可哀愍。"可见她能斩蛇求生在于胆识，而非剑术。另一则周处除三害的故事流布更广，周处少年时"凶强侠气，为乡里所患"[101]536，尔后他改过自新，杀虎斩蛟，但是否谙武术亦不甚明，只能得知他孔武有力。等到唐传奇的剑侠出现之后，作者对侠的武术创造才真正地辟出天地。

学者普遍认为在唐以前，小说家多以纪实的态度创作，比如干宝的《搜神记·序》就写道："虽考先志于载籍，收遗逸于当时……若使采访近世之事，苟有虚错，愿与先贤前儒，分其讥谤。及其著述，亦足以发明神道之不诬也。"[99]1故尽管志怪内容玄怪荒诞，仍不妨其纪实的态度。而唐传奇是志怪的扩充，鲁迅说："传奇者流，源盖出于志怪，然施之藻绘，扩其波澜。"[102]58-59表明唐传奇的创作源于志怪，但在文采和情节上有更多发挥，两者最大的不同是唐传奇不再拘泥于纪实的框架，而走入天马行空的想象世界。明胡应麟在《少室山房笔丛》中云："变异之谈，盛于六朝，然多是传录舛讹，未必尽幻设语，至唐人乃作意好奇，假个说以寄笔端。"[103]其中的"假个说以寄笔端"表明作者才是创作主体，故唐传奇是文人有意识的创作。鲁迅在《中国小说史略》中也说：

> 小说亦如诗，至唐代而一变，虽尚不离于搜奇记逸，然叙述宛转，文辞华艳，与六朝之粗陈梗概者较，演进之迹甚明，而尤显者乃在是时则始有意为小说。[102]58

鲁迅的"有意为小说"说明唐文人自觉地创作虚构性的小说，而不是采集奇闻异说的记录者而已。再看唐传奇的定名，别于戏剧中的传奇，依胡应麟的看法，唐传奇是"虚构性的文言短篇小说"[104]，在唐朝可说是文人圈中的流行文体，当时裴铏著有《传奇》一书，但唐人并未以传奇定名其创作。直到南宋，"传奇"才泛指唐代的虚构性小说，成为文类的一种。[105]而今，唐传奇与唐代小说几乎是同义词，这个定名是直到鲁迅才开始的。[106]以内容来看，虽然在唐之前有《燕丹子》这样成熟的武侠小说，但直到唐代，短篇文言武侠小说的创作才蔚为风气，它属豪侠类，和爱情、志怪、游仙、历史诸项[107]并列为唐传奇最主要的表现题材，故有些学者主张唐传奇才是武侠小说的滥觞，如侯健的《武侠小说论》[108]、曹正文的《侠文化》[81]46等就采此说。戴俊的《千古世人侠客梦》有言：

> 始创的时间一般公认为唐或唐至元间。唐代出现了《柳氏传》《谢小娥传》《昆仑奴》《聂隐娘传》《红线传》《虬髯客传》以及稍后的《兰陵老人》等一大批描写侠人侠事或敷陈武艺技击的传奇作品，一反史著列传对人物作客观记录的方式，不仅有故事情节、场面环境，而且极度夸张、神奇化的侠客形象。[109]

而这种有"故事情节"而且"极度夸张、神奇化"就是唐人"有意为小说"的痕迹。曹正文也说：

> 武侠小说发展到唐代，其结构、情节、语言都趋向成熟。杜光庭作《虬髯客传》，写人物出场，已从简单外貌描写转入人物内心的窥视，在语言上，通过对话来揭示其性格特征，整篇故事情节曲折，但首尾呼应。[81]49

也就是直到唐传奇才出现较接近现代意义的武侠小说，名篇诸如《昆仑奴》《红线传》《聂隐娘传》等也陆续面世，而晚唐的《虬髯客传》，人物形象彰明、故事结构完整，可视为唐代武侠小说的典范。此外，宋人李昉等人主编的《太平广记》中有豪侠类25篇，可说是集唐代文言武侠小说之大成。同书的骁勇类、杂传记类、气义类等其旨虽不在武侠，然有佐于侠观，故有侠客事迹者亦在研究范围。至于牛僧孺的《乌将军记》、段成式的《马侍中小奴》、康骈的《张季弘》等短篇小说，虽未收录于《太平广记》，但写出剑侠的种种面貌，故笔者广而纳之，以为唐代武侠小说之侠观作更全面的研究。

迨至宋代，在文言小说没落、讲唱文学兴起的时代背景下，宋代话本开启了一代小说的新形式。别于唐传奇，宋话本是白话创作的通俗文学，唯武侠小说有限，如《京本通俗小说》《清平山堂话本》多写社会世情和佛道鬼神之谈，侠义类的小说较为少见，至多《洛阳三怪记》《杨温拦路虎传》《羊角哀死战荆轲》等有斩妖或武打情节。《清平山堂话本》勉强和武侠小说沾上边，由此可推武侠话本不是宋代的主流文学。至于宋代的长篇话本多以历史类为主，如《新编五代史平话》《大宋宣和遗事》等，然英雄传记和武侠小说究竟有别，故宋代长篇话本不是侠的舞台。此外，明代冯梦龙的"三言"，其中有些故事是从宋代话本演绎而来，亦不乏武侠小说，如《万秀娘仇报山亭儿》《郑节使立功神臂弓》《杨谦之客舫遇侠僧》等。

在传奇的创作领域上，宋人基本是继承唐传奇，虽略有发展但变化不大，这部分资料最多的当推明代王世贞辑录的《剑侠传》三十三篇，记录了宋侠群相，风姿各异。唯《剑侠传》有多篇抄自古书（如"老人化猿"抄自《吴越春秋》、"扶余国王"抄自《虬髯客传》），也有些篇章和《太平广记》重复（如《聂隐娘》《昆仑奴》等），这些可确定非宋代作品，皆不赘录。另，宋代罗烨的《醉翁谈录》也辑录了一些武侠小说，影响《水浒传》甚远，亦加收录，资将唐宋诸侠群相列成表格，详见表 7 - 2。

表 7 - 2　唐宋诸侠群相

编著者	书名	篇名	年代	行侠类型	收录于
张鹜	《朝野金载》	《彭闳高瓒》	约 660—741 年	逞凶斗狠	《太平广记·卷193·豪侠类》
		《柴绍弟》		偷盗犯禁	《太平广记·卷191·骁勇类》
李公佐		《谢小娥传》	约 770—850 年	报恩复仇	《太平广记·卷491·杂传记类》
牛僧孺	《玄怪录》	《乌将军记》	780—848 年	除害救人	《国学治要·古文治要·卷4》
沈亚之	《集异集》	《冯燕传》	781—832 年	偷盗犯禁	《太平广记·卷195·豪侠类》
蒋防	《玄怪录》	《霍小玉传》	792—835 年	解救爱情	《太平广记·卷487·杂传记类》

（续上表）

编著者	书名	篇名	年代	行侠类型	收录于
段成式	《酉阳杂俎》	《京西店老人》	约803—863年	偷盗犯禁	《太平广记·卷194·豪侠类》
		《兰陵老人》		奇行放诞	《太平广记·卷194·豪侠类》
		《僧侠》		行侠仗义 偷盗犯禁	《太平广记·卷194·豪侠类》《酉阳杂俎·卷9·盗侠》
		《马侍中小奴》		偷盗犯禁	《酉阳杂俎·卷9·盗侠》
		《丁永兴》		偷盗犯禁	《太平广记·卷390·冢墓类》《酉阳杂俎·卷9·盗侠》
		《瓦官寺少年》		偷盗犯禁	《酉阳杂俎·卷9·盗侠》
		《李廓》		偷盗犯禁 逞凶斗狠	《酉阳杂俎·卷9·盗侠》
牛肃	《纪闻》	《吴保安》	约804年	报恩复仇	《太平广记·卷166·气义类》
许尧佐		《柳氏传》	约806年	解救爱情	《太平广记·卷485·杂传记类》
卢肇	《逸史》	《严武盗妾》	818—882年	偷盗犯禁	《太平广记·卷130·报应类》
薛用弱	《集异记》	《贾人妻》	约820年	报恩复仇	《太平广记·卷196·豪侠类》
		《朱觐》		除害救人	《太平广记·卷456·蛇类》
		《义激》		报恩复仇	《全唐文·卷718》

（续上表）

编著者	书名	篇名	年代	行侠类型	收录于
柳珵	《异闻集》	《上清传》	约 827 年	偷盗犯禁	《太平广记·卷275·童仆类》
薛调	《续玄怪录》	《无双传》	830—872 年	解救爱情	《太平广记·卷486·杂传记类》
皇甫氏	《原化记》	《车中女子》	约 836—846 年	偷盗犯禁	《太平广记·卷193·豪侠类》
		《义侠》		行侠仗义	《太平广记·卷195·豪侠类》
		《崔慎思》		报恩复仇	《太平广记·卷194·豪侠类》
		《嘉兴绳技》		偷盗犯禁	《太平广记·卷193·豪侠类》
李亢	《独异志》	《侯彝》	约 846 年之后	报恩复仇	《太平广记·卷194·豪侠类》
张读	《宣室志》	《李生》	约 847—860 年	偷盗犯禁	《太平广记·卷125·报应类》
杜光庭	《录异集》	《虬髯客传》	850—933 年	救国救民	《太平广记·卷193·豪侠类》
袁郊	《甘泽谣》	《红线传》	约 853 年	报恩复仇 偷盗犯禁	《太平广记·卷195·豪侠类》
		《懒残》		行侠仗义	《太平广记·卷96·异僧类》
裴铏	《传奇》	《昆仑奴》	约 860 年	解救爱情	《太平广记·卷194·豪侠类》
		《聂隐娘》		报恩复仇	《太平广记·卷194·豪侠类》
		《韦自东》		除害救人	《太平广记·卷356·夜叉类》
		《蒋武》		除害救人	《太平广记·卷441·畜兽类》

（续上表）

编著者	书名	篇名	年代	行侠类型	收录于
王定保	《唐摭言》	《胡证》	约 870—954 年	行侠仗义	《太平广记·卷195·豪侠类》
皇甫枚	《三水小牍》	《李龟寿》	约 880 年	行侠仗义	《太平广记·卷196·豪侠类》
康骈	《剧谈录》	《田膨郎》	约 886 年	偷盗犯禁	《太平广记·卷196·豪侠类》
		《潘将军》		偷盗犯禁	《太平广记·卷196·豪侠类》
		《管万敌遇壮士》		逞凶斗狠	《剧谈录·卷下》
		《张季宏逢恶新妇》		行侠仗义	《剧谈录·卷下》
冯翊子	《桂苑丛谈》	《张祜》	约 889 年	奇行放诞	《太平广记·卷238·诡诈类》
孙光宪	《北梦琐言》	《荆十三娘》	约 900—968 年	解救爱情偷盗犯禁	《太平广记·卷196·豪侠类》
		《许寂》		奇行放诞	《太平广记·卷196·豪侠类》
		《丁秀才》		奇行放诞	《太平广记·卷196·豪侠类》
张齐贤	《洛阳搢绅旧闻记》	《白廷让》	约 942—1014 年	奇行放诞	《剑侠传》附录
无名氏	《灯下闲谈》	《虬髯叟》	成书年不详	解救爱情	《剑侠传·卷3》
吴淑	《江淮异人录》	《李胜》	947—1002 年	奇行放诞	《剑侠传·卷3》
		《张训妻》		报恩复仇	《剑侠传·卷4》
		《洪州书生》		行侠仗义	《剑侠传·卷4》
		《潘扆》		奇行放诞	《剑侠传·卷4》
刘斧	《青琐高议》	《任愿》	1068—1077 年	行侠仗义	《青琐高议·卷4》
		《王实传》		报恩复仇	《青琐高议·卷4》
		《李诞女》		除害救人	《青琐高议·卷3》

（续上表）

编著者	书名	篇名	年代	行侠类型	收录于
何薳	《春渚纪闻》	《乖崖剑术》	1077—1145 年	奇行放诞	《剑侠传·卷3》
马令	《南唐书·卷24》	《潘扆》[110]	约 1105 年	奇行放诞	《剑侠传·卷4》
洪迈	《夷坚支庚·卷4》	《花月新闻》	约 1123—1202 年	除害救人	《剑侠传·卷4》
	《夷坚乙志·卷1》	《侠妇人》		行侠仗义	《剑侠传·卷4》
	《夷坚志补·卷14》	《解洵娶妇》		报恩复仇	《剑侠传·卷4》
	《夷坚志补·卷14》	《郭伦观灯》		行侠仗义	《剑侠传·卷4》
	《夷坚丁志·卷9》	《陕西刘生》		救国救民	《夷坚丁志·卷9》
王铚	《侍儿小名录》	《韦洵美》	约 1134 年	解救爱情	《剑侠传·卷3》
罗大经	《鹤林玉露》	《秀州刺客》	约 1196—1252 年	行侠仗义	《剑侠传·卷4》
佚名	原书不详	《西湖三塔记》	南宋话本，成书年不详	除害救人	《清平山堂话本·卷1》
罗烨	《醉翁谈录》	《石头孙立》	约 1152 年	行侠仗义	注：《石头孙立》等四篇出现在《醉翁谈录·甲集卷1》行文所列举篇目中
		《青面兽》		行侠仗义	
		《花和尚》		行侠仗义	
		《武行者》		行侠仗义	
高文秀	《双献功》		约 1255—1315 年	行侠仗义	注：《双献功》为元杂剧，全名为《黑旋风双献功》
康进之	《李逵负荆》		约 1616 年	行侠仗义	注：《李逵负荆》为元杂剧
徐燉	《榕阴新检·卷12》	《义妇复仇》	1563—1639 年	报恩复仇	《夷坚志再补》

（续上表）

编著者	书名	篇名	年代	行侠类型	收录于
编著者 佚名， 洪楩 （汇刻）	原书不详	《杨温拦 路虎传》	约1541—1551年	解救爱情	《清平山堂话本·卷3》
		《羊角哀死 战荆轲》		报恩复仇	《清平山堂话本·欹 枕集上》
冯梦龙	《喻世明言》	《羊角哀舍 命全交》	约1574—1646年	报恩复仇	《喻世明言·卷7》
		《吴保安弃 家赎友》		报恩复仇	《喻世明言·卷8》
		《史弘肇龙 虎君臣会》		偷盗犯禁	《喻世明言·卷15》
		《杨谦之客 舫遇侠僧》		偷盗犯禁 除害救人	《喻世明言·卷19》
		《宋四公大 闹禁魂张》		偷盗犯禁	《喻世明言·卷36》
		《汪信之一 死救全家》		行侠仗义	《喻世明言·卷39》
	《警世通言》	《万秀娘仇 报山亭儿》		报恩复仇	《警世通言·卷37》
	《醒世恒言》	《郑节使立 功神臂弓》		救国救民	《醒世恒言·卷31》

第二节　侠的正面意义

侠的正面义可分出五种行为类型，罗列如下：

（1）救国救民：侠士保家卫国，解救生民，是为大范围的行侠仗义。

（2）除害救人：危害主体为精灵、妖魔鬼怪，而侠士消灭除之。

（3）解救爱情：侠士出现助人姻缘或惩罚负心者的故事。

（4）报恩复仇：报恩类有报主人之恩和报友人之恩；复仇类有报家仇和
为他人报仇。

（5）行侠仗义：除了上述以外的救助个人之侠行，比如路见不平。

一、救国救民

侠跟英雄本有大致的分判：游侠以解决私人恩怨、路见不平拔刀相助为主，其行侠仗义带有一种偶然性；英雄则以解救天下苍生为己任，其济世的念头是自始存于心中的。侠隐于民间，神龙见首不见尾；英雄则担下国家兴亡、民族恩仇的重荷，但在很多时候，侠又担起救国救民的责任。陈平原说：

武侠小说当然不是不能讲民族恩仇，只是侠客不同于岳家军、杨家将，文类特征决定了其仍然必须以个人恩怨为主。真正的侠客……恩怨生死一肩挑，始终是个孤独的个人英雄。非要逼其从军出征建功立业，"侠客"只能蜕变为"英雄"，"武侠小说"也将转为"英雄传奇"。对于一个独立的小说类型来说，这无疑不是好事。[76]174

因为侠的内容加入了英雄传奇之后，内容扩充了，境界也拓宽了，而这正是唐朝士大夫对侠的普遍期许，很多游侠从军诗可以反映这心情。[111]而领导者也乐观其成、顺水推舟，比如李渊在《授三秦豪杰等官教》中就写道：

义旗济河，关中响应，辕门辐凑，赴者如归。五陵豪杰，三辅冠盖，公卿将相之绪余，侠少良家之子弟，从吾投刺，咸畏后时，扼腕连镳，争求立效。縻之好爵，以永今朝。[7]1

这封官教以吸纳侠少加入唐军为目的，并对侠少释出诚意、许以爵位，期能得到侠少的响应，增备唐朝的军力。这种吸纳游侠的方式战国孟尝君、西汉季心就曾做过了，只是名义不同。唐初立国时大张义旗地吸纳游侠救国，立国后很多游侠荣典加身，出将入相，双方互惠，从此侠与救国几乎挂钩。

只是《太平广记》中豪侠救国的记载不多，最典型的是《虬髯客传》。虬髯客本有天下之志，但一见李世民后，不禁赞叹："真天子也！"[26]1543之后他馈赠财产给李靖："将余之赠，以奉真主，赞功业。勉之哉！"虬髯客不仅展现非凡的风度，还捐财产助李靖佐李世民得天下，显示其不凡的胸襟洞见，也展现了豪侠解囊的救国方式。至于救民，系指天灾战祸等普遍性民难，非针对一家一人之救助，比如《红线传》《聂隐娘》的小说背景均是唐末藩镇割据的时代，聂隐娘易主解除了魏帅和刘昌裔的倾轧，而红线盗盒也平息了薛嵩和田承嗣的纷争，无形中化解了战火给人民带来的浩劫。她们虽非爱国主义者，却有实际的救民作为，故能担豪侠之名而不愧。此外，史书中也有侠救国的事迹，比如《新唐书·郭子仪列传》中记载游侠驱逐吐蕃一事。唐代宗广德元年（763 年）吐蕃攻下京师长安，唐军溃逃，代宗逃往陕西，而勤王的大将郭子仪"麾下才数十骑"[3]1161，情况告急。后来是靠民间游侠和入城的唐将王甫合作，同时"夜鼓朱雀街，呼曰：王师至！"虚张声势以惑敌，终大溃吐蕃军、收复长安。这是游侠救国的实例，也彰显出游侠强烈的爱国心。

到了宋朝，和诗词一样，忠的思想也深浸到武侠小说中。刘丽敏说宋代的侠是受到"忧国忧民、忠君报国等理性价值约束的公众侠"[112]，这个论点虽持之有据，但不能否认现存宋代话本中救国救民的侠相当少。值得一谈的是豪侠李忠[113]，他因为间谍身份被旧友田庠告密而被通缉，刘生知道后以计杀害田庠。其实刘生和田庠都是北方人，他帮助李忠是因为"我亦宋遗民，不幸沦没伪土，常恨无以自效，朝廷每遣人探事，多采道听途说、不得实，幸有诚如李三者，吾曹当出力助成之，奈何反挟持以取货"。当时北方虽已被少数民族统治，但刘生仍存报国之志，他责田庠"败伤我忠义之风耳"，辞李忠赠金"我岂杀人以规利乎？"其言行样貌就是一个豪侠，且李忠做间谍亦本于爱国之心，只是他们行侠都是小范围的，没能振衰起废、解民倒悬。可见宋朝"忠"的侠观虽很巩固，但实际上这些侠客很多是隐身在市井中的个体户，只有遇到不平事才出手，行侠具有偶发性，既不是以天下国家为己任的英雄，又不是虬髯客这种有大格局的豪侠。

倒是宋代学者有比较进步的意见。比如朱熹说："子路但及朋友，不及他人，所以较小。曰：'愿车马，衣轻裘，与朋友共。'……子路是有些战国侠士气象，学者亦须如子路怎地割舍得。'士而怀居，不足以为士矣'。"[56]1202

这就是将孟子恻隐之心投射到侠的身上，恻隐是一种共情共感，见他人需要帮忙时会伸出援手，这就是行侠仗义，所以朱熹盛赞子路有战国侠士气象。"侠士"这个名词也很新颖，是宋代才出现并广泛运用的词，它和儒侠相近又性质不同，儒侠偏重学问和救国济民的思想；而侠士则需文武兼备，他们的行侠对象偏向个人，比如子路之待友就是一侠士。朱熹更进一步说："任，是人靠得自家。如谓任侠者，是能为人担当事也。"[56]1879赋予侠士救民济世的责任。这个想法不新，汉代游侠就需能赴士之厄困，但相对地，行侠需要对价，如权力、名望、利益等，至少也要收获侠名；但朱熹所认定的侠行，是发自内心地担人之事，为所当为，这是继李德裕《豪侠论》的侠与义结合之后进一步的创发。

二、除害救人

这类小说把危害主体限制在精灵与妖魔鬼怪上，而侠士消灭扫荡之。这类小说看似荒诞，但有其深切的象征意义，比如朱觊除蛇的故事[26]4072：当时有一名美女被鬼魅幻惑，药石罔治，而朱觊于夜间看到"见一人着白衣，衣甚鲜洁，而入全宾女房中"，便判定其为妖怪。等他出来时以两箭射之，之后"果见一蛇，雪色，长丈余，身带二箭而死"，最后"全宾遂以女妻觊"。这则小说反映出唐代民间对精怪妖孽的恐惧，以及靠勇气智慧可以战胜邪孽的信念，甚至也开启了"以身相许"的女子报侠士的模式。除了朱觊外，还有很多侠士除害的小说跟蛇有关，比如另一个神射手蒋武受猩猩所托为白象杀巴蛇的故事，等到蛇死之后，十象"以长鼻各卷其红牙一枚，跪献与武，武受之"[26]3935，表现人对动物的帮助和象对人的感谢；之后更以跨虎猩猩的求助和骑象猩猩的告诫，将动物分成善与恶，神射手蒋武要慎分善恶，才能拯救生民成为英雄，这为后代侠者作出很好的示范。还有郭代公除猪妖救被献祭女子的故事[114]，由内容推知唐代某些地方有以人为祭品的风气[115]。而郭元振说"吾当为宰相，必胜此鬼矣"，显示人的自尊自信，对照献祭女子讨好猪妖，并怪罪郭元振砍伤猪妖的村民，间接显出迷信、卑微与自私的普通人和侠之间的距离。遭到怪罪的郭元振不但不恚怒，反而以"神固无猪蹄，天岂使淫妖之兽乎"的道理说服百姓使其转而支持自己，这不但显现侠的智慧勇气，而且侧写出其侠的涵养，最后也免不了被献祭女子以身相许的报恩桥段。

再看韦自东[26]3079。韦自东凭借勇气杀死夜叉，并护持道士炼仙丹，过程中"果有巨虺，长数丈，金目雪牙，毒气氲郁，将欲入洞"，"一女子，颜色绝丽，执芰荷之花，缓步而至"，韦自东皆能以剑击拂，展现不畏强暴、不惑美色的侠士品质，只是最后败于假冒道士之师的妖怪之手，点出"君子可欺以方"的弱点。而木师古[26]4261除掉蝙蝠，破了房间令人生病的传闻，也揭示了事出有因不可盲从迷信的喻义。其余还有桓彦范打妖[26]3226、哥舒翰打鬼[26]3075、窦不疑打鬼怪[26]3224等除害类的小说，文中的妖魔鬼怪象征着现实人世中欺压百姓的强权，借由侠士的除害来消弭暴力，解救人民，展现人定胜天的信念。由于侠士的出现，人就不再是一个被支配、被欺压而不敢反击的弱者，显示只要凭借智慧和勇气也可战胜妖魔鬼怪的积极意义。此外，侠除害虽发自内心，但最后皆能得宝物、美女或其他回报，也反映出文人的内心渴望。只是除害类的侠士所针对的是妖魔鬼怪，是人人知其恶而不敢反抗的存在，但人世间欺压百姓、威逼良善的人却往往有豪绅或官员的正当身份，受欺压的百姓往往敢怒不敢言，其所为又比那些害人妖异更加恶劣，而这是除害类小说无法反映的面向。

在宋朝也有侠斩妖除怪类的话本，如《杨谦之客舫遇侠僧》《花月新闻》等。《杨谦之客舫遇侠僧》中，杨谦之所遇的侠僧性情乖戾，在船上就得罪了一干人，只有杨谦之供他食宿，杨谦之形容侠僧是个"有信行的好汉，决无诳言之事"；和尚见杨谦之"开心见诚，为人平易本分"[116]281-293，故倾力帮助他赴任，不但给足赤金碎银，还有貌美又深谙幻术的女子李氏，颇有"受人点滴，涌泉以报"的侠风。再说李氏有预知能力，她叮嘱杨谦之不可与庞老人争辩，但被杨谦之忽视了，老人在公堂上受刑之后夜晚化身为蝙蝠来攻击他，杨谦之赶紧向李氏求助，在李氏的施法下才镇住了蝙蝠，解除危机。文末女子要走时，杨谦之不舍痛哭，侠僧也以"我原许还他丈夫，出家人不说谎"相劝，可见"信"是侠的根本，而凡人待侠要"敬"才能得到侠的帮助，尤其像杨谦之这种从京城到贵州安庄赴任的官员，本就冒着极大风险，若无贵人相助恐怕九死一生，故待人谦和方得遇贵人，而侠士受人敬重之余仗义救人就顺理成章了。另一篇《花月新闻》中的侠士是个道士，他为姜廉夫除骷髅妖，原来这妖物是被女仙抛弃的前男友，女仙因跟姜廉夫回家，妖物心有不甘故来找姜氏报复。在这故事中道士除妖的理由是"吾与此女皆剑仙……吾亦相与有宿契"[117]75，也就是他和女仙有私交。女仙这一角色颠覆了宋代女性贞烈的形象，她塑容端丽，不但主动找姜廉夫成全姻缘，辜负了骷髅妖，甚至还与道士有"宿契"，可见侠代表着个性的解放，甚至私交超越了是非与道义，毕竟女仙有负骷髅妖在先的，但她有道士帮她善后，朝秦暮楚却完全不用付出代价。

此外，《陈俞治巫》一文虽所除之害不是精灵或鬼怪，但也涉及巫术，可一并论之。陈俞为人豪侠好义，他在落第回家途中拜访姐姐，逢姐姐家中遭逢瘟疫，举家闭门等死，于是他以"凡疫疠所起，本以蒸郁熏染而得之，安可复加闭塞，不通内外"[118]的医学原理揭穿巫师的错误，并呵斥巫师："病者满屋，汝以邪术炫惑，使之弥旬弗愈，用意安在？是直欲为盗尔！"在陈俞的理畅词达、强势作风下巫师俯首认罪。这件事震惊邻里，广受非议，陈俞并不自辩，等到姐姐一家病情好转自然还他公道。这故事破除蒙昧，表明一切现象皆其来有自，非天意所为，但侠者孤独，陈俞不但要对抗巫师，还要对抗信巫的姐姐一家和饱受骇慑的邻里，最后陈俞凭一己之力救活姐姐一家人，在迷信、信天命的宋朝民间，陈俞的理性与自信可谓异数。同样，文中也显出蒙昧之害，因为无知与怯懦而自陷悲剧当中，而陈俞展现了知识的力量，勇于批判神巫，和《搜神记》中的李寄颇为相似。

再看《清平山堂话本》的《西湖三塔记》，文中有一书生宣赞被三个幻化成人的精怪迷惑，后得叔叔奚真人之助捉住三怪，并将之镇压在三塔中。这故事应为《雷峰塔》的原型，唯故事中的男主宣赞被白卯奴所救才能免于被挖出心肝，但当奚真人将三怪镇住时，白卯奴向宣赞求情，宣赞未发一语，以显现文人"不动情"的修养，实则毫无义气。当然这种男主是不受女性欣赏的，所以当《雷峰塔》一出后，许仙的知名度立刻盖过宣赞。而奚真人作为斩妖除怪的侠士，形象扁平，对两度救过宣赞的白卯奴的处置，竟与另两妖相同，并不合理。盖侠士的公平正义是给人类的，对于异界的妖物则不讲究，故奚真人镇压白卯奴就像《花月新闻》中道士杀骷髅妖，颇有任性与专断之失。另外，《青琐高议》[119]1035 的《李诞女》，情节大致与《搜神记》中的《李寄》雷同。文中大蛇在东治为患，经过梦喻和巫祝转述，大蛇"欲得啖童女年十二三者"方保平安，于是村人开始送女入蛇口。有一年轮到县长李诞的幺女李寄，在父母阻止下李寄依然挺身前往，之后她入洞斩蛇，出洞时她看到九副童女的骷髅，她的反应是"汝曹怯弱，为蛇所食，甚可哀怜"。两相对比，借由童女服从而死和李寄反抗而生，告喻人不能坐以待毙的道理。只是这毕竟不是宋人的创作，在写实风气的影响下，宋代侠客斩妖除怪的故事并不多。

三、解救爱情

在唐传奇中还有侠士助人姻缘或惩罚负心者的类型，这类小说可分"有情人分离"或"负心汉与痴情女子"两类；而侠士助人的动机，也不外乎为了报恩或出于义愤等。前者如《无双传》[26]4364《昆仑奴》[26]1547 等，后者如《柳氏传》[26]4359《霍小玉传》[26]4369 等。以《无双传》来说，王仙客为了与无双在一起，求助于古洪（古押衙），并用"生所愿，必力致之，缯彩宝玉之赠，不可胜纪"的方式施恩于他，及至古押衙以假死药让无双假死，逃离皇宫和王生团圆，之后为防消息走漏竟杀了茅山使者、异兜人和忠仆塞鸿，最后还自刭，致"冤死者十余人"，用这么多条人命来解救爱情，报恩的手段可谓惨烈[120]。这又与《燕丹子》中太子丹对荆轲有知遇之恩，得荆轲为其刺秦，以及田光自杀等桥段有异曲同工之妙，显现唐代社会中贵贱阶层之悬殊，故贫贱之侠士愿为一知己而赴汤蹈火。而《昆仑奴》撰写富家公子崔生爱上一品家妓红绡姬，但当时礼防甚严，他只能"神迷意夺，语减容沮，恍然凝思，日不暇食"，家中仆人昆仑奴磨勒知道后，不但帮他解开红绡姬的手语，帮他杀了一品家的猛犬，而且最后还背负两人逃出一品家的大宅，两人遂得团圆的故事。几年过后崔生和红绡姬之事被一品家人发现，崔生巧辩"皆因奴磨勒负荷而去"以推卸责任，而一品大臣也不追究两人，反而以"某须为天下人除害"针对磨勒，这时磨勒再以轻功逃脱，成就一个大团圆结局。尽管如此，崔生怯懦自私，磨勒一身本领只落得帮人偷妓和逃亡，足见侠奴的地位之卑。

而出于义愤的如《柳氏传》，其情节和《昆仑奴》相仿，内容描写韩翃和柳氏相爱，但因战乱失散，等到祸事平定之后，柳氏已落朝廷番将沙咤利之手，韩翃只能"意色皆丧，音韵凄咽"。后来"以材力自负"的剑客许俊知道后，到沙咤利的宅第劫出柳氏，韩柳两人遂得团圆。最后经过一些波折，由皇帝下诏"柳氏宜还韩翃，沙咤利赐钱二百万"，结局皆大欢喜。许俊和韩翃本不相识，全凭韩翃一席酒饭间的自诉，许俊便出手相助，重现侠客见义勇为的精神。而柳氏虽曾侍于沙咤利，但仍得重返韩翃怀抱，也显示唐代社会对女性贞节观并不严苛。至于《霍小玉传》就不是这么美满了。起初李益和霍小玉互相喜爱、互许终身，但后来李益见异思迁，对霍小玉避不见面。霍小玉为此生了重病，导致"风流之士，共感玉之多情；豪侠之伦，皆怒生之薄行"。之后有豪士帮助霍小玉见李益一面。最后相见，霍小玉遍责李益负心后死在李益面前，李益的下场也不好。侠客虽然没有给霍小玉带来团圆结局，但给她一个正义，反映负心汉人人得而诛之，这种思维在一夫多妻制的唐代社会是相当进步的。

如果说侠士解救爱情是人的渴望，那么这类小说也反映出才子佳人的爱情悲剧是无法自救的，大抵这些悲剧的起因不是才人无行，见异思迁，便是才子每遇到事情时庸懦迂腐，毫无作为。以上故事除了王仙客主动求助古押衙外，其余全是被动地接受剑侠的帮助或惩罚，这也许是唐代社会加诸文人的框架，使他们不敢反抗制度、主宰命运，甚至在权衡利弊得失之余会牺牲自己的爱人，王仙客的爱情借由古押衙之手牺牲了十多人，但他清白无辜；崔生出卖了为他劫妓的磨勒，但他也清白无辜；甚至李益对霍小玉始乱终弃后，还若无其事地赏花吟诗，可见这些士人的骨子里多么虚伪。至于女性，她们在爱情上完全是被动的，除了等待救援之外毫无办法，而能解救她们的不是托付终身的才子，反而很多是素未谋面的侠士。不过，把爱情当作侠客行侠仗义的项目之一，可说是滥觞于唐。陈颖说：

> 显然，唐传奇中为报恩而行侠的故事开始染上较浓重的世俗色彩。除了红线等少数义侠外，侠客们报恩的对象已不仅限于豪门政客，为成全他人的爱情之美而行侠成为唐豪侠义士们的一时风尚。[121]80

爱情小说的发达和侠士将解救爱情作为行侠项目之一，都象征着女性地位的提升，唐人也借由传奇表达对自由恋爱的美好向往和在爱情陷入困境时会有侠客相助的期盼。宋朝城市发达，各行各业的多样化与市场经济发展远盛于唐，这时百姓在闲暇之余便有休闲的追求，在这种情况下说话这行业异军突起。易剑东说：

> 如果要对中国历史上的城市和市民文化进行阶段划分，宋代无疑是最显著的一个分期标志，此时的闲暇游乐、体育文艺、庙会集市、镖局走会等都是前代所不及的。瓦肆中的说书、唱戏、演剧、练武等构成了一个活跃的城市文化全景图。[30]31-32

因此，宋朝出现了一群以说话维生的艺人；他们呼应民间需求，说爱情、说侠义，各有市场，若将两者结合，说侠客解救爱情，亦可开发新的受众，比如《荆十三娘》[117]38《韦洵美》[117]63《郭伦观灯》[117]82等。荆十三娘在丈夫死后，跟豪侠赵中行在一起，衣食用度皆由她张罗，她也毫不介意。有一回当她得知赵中行之友李正郎的爱妓被其父母强许给诸葛殷时，不仅为李正郎愤慨还出手相助，其办法是她杀了爱妓的父母，还将他们的头连同爱妓送给李正郎，之后她和赵中行同入浙中不知所终。这故事固然显示荆十三娘的豪迈，但她仅凭李正郎的一面之词便出手杀人，恐失之莽撞，她这举动可是为讨好赵中行所为。且荆十三娘所杀的不是恣行威福的诸葛殷，而是妓之父母，显现那是一个强人的时代，即使是侠也有欺软怕硬的一面，当实力不足以制裁首恶时，除去次要之恶也许是侠的投机选择。

再看《韦洵美》，故事中的男主韦洵美和韩翃[26]4359一样，遭受豪官夺妻，后在侠客的相助下重得娇妻。《韦洵美》中的剑侠是寺庙里的打杂僧人，颇有真人不露相之意，他偶然听到韦洵美的叹息就出手相助，流露路见不平的侠义风范；帮韦洵美夺妻之后，不像《柳氏传》取得皇帝诏书认同，而是就此消失无踪。至于《郭伦观灯》的男主郭伦，携家带眷在元宵灯会赏灯，回家时间稍微晚了点，便遇到十余名恶少前来调戏家眷，这时郭伦不知所措，就像李正郎、韦洵美和韩翃一样，这些书生在遇事时都保护不了自己的爱人，他们除了等待救援之外毫无办法。是故这类武侠小说弱化了普通男人的形象，人的分类从一般所分的男人与女人变成普通人与剑侠。在这类小说中剑侠的出现虽晚，篇幅虽短，但一出现便光彩照人。《郭伦观灯》的剑侠是一个着青衣角巾的道人，他一出现便将十余名恶少打得落花流水，解了郭伦家眷之危，救人之余道人也不接受报答，只向郭伦讨喝一杯酒便蹑剑腾空而去。道人的形象和《韦洵美》的打杂僧、《无双传》的古洪、《昆仑奴》中的磨勒一样，都是体制外的侠客，就算他们为人解救爱情必也不受回报，甚至因暴露自己的行藏，只得飘然远引。相形之下，像《柳氏传》的侠士许俊身为御史中丞，直接到沙咤利的住宅夺回柳氏，将她还给韩翃，其行为虽出于正义感，但作者也感叹许俊不能"以才举"于皇帝，以致没有建立像曹沫般的功绩。可见许俊是体制内的侠客，受到臣道所规范，他跟上述的剑侠都不同且比较少见。

四、报恩复仇

由于报恩复仇类的范围太广，故有限缩的必要。以报恩而论，依尹丽丽的分类，"报恩类"有报主人之恩和报友人之恩两类。[122]19 报主人之恩的如：《无双传》[26]4364 中的古押衙、《红线传》[26]1554 中的红线、《聂隐娘》[26]1551 中的聂隐娘和《昆仑奴》中的磨勒等。剑侠的报恩往往是建立在知遇之恩上的，虽然这知遇之恩是建立在对价的回报上，但人主会给予剑侠财富与尊严，以致剑侠即便知其目的也受之不辞。这是因为在中国士不遇文化的影响下，知遇之恩很是珍贵，所以侠客"宁愿冒险代恩主刃仇，敢死轻生，也不愿有负别人的情义，这里面有微贱之士对恩遇机缘的珍视，仍洋溢着侠的自尊自重"[123]。人主以知遇之恩激发出侠的情义，甚至能让侠以死相报，这便是侠的品格。由于侠有这种品格，便有人主愿意释出知遇之恩，以沽取侠的回报。人主与侠客的关系简言之就是恩义的交易关系。《唐语林》云："天宝以前多刺客报恩。"[24]353 又《唐国史补》亦云："或说天下未有兵甲时，常多刺客。"[124]47 可资佐证。

如荆轲之于燕太子丹，荆轲明知一去不回，还是走上刺秦之路。如古押衙之于王仙客，古洪在救出无双完成任务后，也以自杀表绝不泄密，他们体现出"士为知己者死"的情操和"义"高于"生命"的价值观，而这是中国对侠的一贯形塑与期望。但到了唐朝，人主以恩沽义的铁律受到改写，比如《聂隐娘》，聂隐娘本是魏帅"稍知其异"下以金钱收买来的刺客，魏帅此举自然是要聂有朝一日报效于己。但在聂隐娘刺杀刘昌裔一事中，聂却因行迹被刘识破反而投靠于刘，并为他除掉魏帅派来的空空儿和精精儿。在此聂隐娘的报恩是报刘昌裔之恩，却对魏帅负恩了，这是侠客报恩的反例。然聂隐娘仍列入豪侠类中，反映出唐朝侠的多元化和自由择主的意识。

有些侠的身份是奴仆，他们借由报主人之恩来换取自由，如红线、磨勒等。在《红线传》中，主人薛嵩曾坦言："我不知汝是异人，我暗昧也。"他虽不知红线有何能耐，但还是收容她以备不时之需，及至红线出任务时"乃入闺房，饬其行具。乃梳乌蛮髻，贯金雀钗，衣紫绣短袍，系青丝轻履，胸前佩龙文匕首，额上书太一神名"。她从容有序地打理自己，可见她一身侠客装束是常备的，然她神秘低调到连主人薛嵩也不知，直到她一夜"往返七百里"成功盗盒，但任务达成之后就是她告辞之时。在这篇小说中，报恩是一种仪式，红线必须透过报恩仪式将功抵罪，换取自由。无独有偶，磨勒也透过劫妓报答崔家之恩，他在劫妓后仍未离开崔家，直到被崔生告密"皆因奴磨勒负荷而去"出卖，才使轻功远遁，亦即先有人主不义的过程，才获得自由身。而一品官明知磨勒只是帮凶，却单拿他出气，显现昆仑奴地位之卑和人主崔生把他当作鹰狗及用过即丢的心态。这些侠客貌似平凡无奇甚至社会地位不高，但本领高强，他们不重是非，只重情义，能在人主急难时挺身而出。侠有敢死轻生的高尚人格，但文人却将侠拉到民间，塑造成一个个身份卑微却又深藏不露的绝世高手，在某种层面给予底层民众一个美好的侠客梦，也表现人们心中的侠客形象不显山露水。然侠一旦泄露行迹就意味着被人识破身份，这时不是臣服于对手，就是飘然远去不知所终。

再看报友人之恩，多指救人缓急之恩，比如《吴保安》[26]1259。吴保安写信给互不相识的同乡郭仲翔，希望得他推荐从军，相信郭能"急人之忧"。尔后郭完成这份请求，但吴在从军前郭就被南蛮俘虏了。郭写信给吴，盼望"道义素高，名节特著"的吴愿意付赎金赎回他。吴、郭虽素未谋面，但信件来往犹如至交，吴获信后为郭抛家经商，刻苦十年，最后在杨安居的帮助下凑足赎金，赎回郭。恩有大小，郭仲翔以美女报杨安居之恩，却为吴保安守丧三年，并照顾他的孤儿直至成人。观乎吴、郭的侠行虽不涉及武功，但达到《史记》救人缓急的游侠以及《左传》节侠的标准，也说明普通人纵使不会武功，也能急人之急，也能做到有情有义，就像侠客一样。根据陈平原的说法，"侠客为'报恩'而行侠，这基本上是唐代小说家的发明，与古侠的行为风貌大有距离"[76]52。此言未必，东汉末年的《燕丹子》已有将侠与刺客的身份合流的先例，但武侠文学出现大量报恩的主题始于唐传奇殆无疑虑，报恩的介入使侠行成为一种对价的回报，形成一种交易，在这基础上虽使侠更具侠德，即使违法犯纪也是为了报恩，但也丧失了原侠的野性，这部分于下节"侠的负面意义"再详加探讨。

再谈侠的复仇。首先，侠的复仇是否具正当性，历朝一直争论不休。如东汉章帝时官修《白虎通德论》云："子得为父报仇者，臣子于君父，其义一也。忠臣孝子所以不能已，以恩义不可夺也。"[125]又桓谭也曾上书表示官府应"听人自理而无复法禁者也"[126]。可见东汉政府基本上是默认私下报仇的，但这产生了很大的流弊。到了唐代复私仇之风仍炽，《新唐书·孝友·张琇传》就记载了七起为亲人复仇的事件。唐初陈子昂的《复仇议状》认为要将复仇者依法处死，但用墓志铭旌表他的孝心，是将孝心与犯法分开来治理。中唐韩愈的《复仇状》认为复仇的名义虽同，但原因各异，官员宜端视具体事证加以裁夺；柳宗元的《驳复仇议》反对陈子昂的看法，他认为要先弄清事理，看所复之仇是否合理再决定赏罚，若同一事件又赏又罚将使民众无所适从。这些复仇者虽不必是侠客，却深深影响侠的复仇风气，也就是侠者若杀当杀之人、复仇理由合理，即能获得唐代社会大众认同，不合理则否，当然合不合理的主观性是很高的，而且不同时期也有不同见解。其次，谈谈复仇的分类。依学者尹丽丽的分类，"复仇类"有报家仇和为他人报仇两种[122]18，但其实还有为自己报仇一项。论述如下：

侠客报家仇的例子如：《谢小娥传》《崔慎思》《贾人妻》[26]1565《义激》[7]3274等。在《谢小娥传》中，谢小娥的父与夫为盗所杀时，她只是"伤胸折足"，未有复仇志，直到她受两人托梦，才"誓将访杀二贼"。豪侠与巨贾的托梦，一来反映海上经商之风险，也彰显了文中"神道不昧，昭然可知"的报应论。值得玩味的是，被托梦的是谢小娥，这可窥见唐代民间女儿受倚重之深，女性亦有其社会地位。又，谢小娥杀了仇家后并没被官府治罪，反而得到旌表，这个事件反映出唐朝官府与民间风气对这类复仇的容许。文末作者说：

> 君子曰：誓志不舍，复父夫之仇，节也；佣保杂处，不知女人，贞也。女子之行，唯贞与节，能终始全之而已，如小娥，足以儆天下逆道乱常之心，足以观天下贞夫孝妇之节。[26]4392

可见贞洁不仅是寻常妇女的标准，也是女侠的标准，社会容许女性复仇杀人，却不能容许她们改节失贞，所以小娥最后也只能入山为尼了。比较《柳氏传》中的柳氏，可以发现唐代社会对女侠贞节的要求较一般女性更严格。同样地，《崔慎思》《贾人妻》《义激》也是女侠复仇的小说，这三篇小说继承了《长安客妾》[124]48的故事原型，不同于《谢小娥传》对贞节的重视，这些女侠用嫁人生子来掩蔽身份，但等她们达成报仇的目的后，皆弃夫杀子以绝念。相较宋明武侠小说对男性侠客的戒淫戒色，女侠表现得更加狠绝，复仇是唯一目标，成家只是一时权宜之计，当女侠完成报仇的目的或者身份被揭穿便须离去，显现了女侠不可在人间露相的神秘性。陈平原曾提问："至于为报自家冤仇而杀人算不算正义的行为？"[76]51并引《史记》的郭解和《拍案惊奇》的韦十一娘为例，"可见关键在'曲直'，而不在'亲疏'"[127]。以曲直为复仇标准是个理想状态，但不符合唐人的思维，像《崔慎思》《义激》

的女侠都是为报父仇而来，报完仇便走，皆未论曲直，唯《义激》的文末说："推之于孝斯孝已，推之于义斯义已，孝且义已，孝妇人也。"[7]3274《崔慎思》的文末也言："古之侠莫能过焉。"[26]1551凸显侠女以孝为先，其余诸德都需为孝让步，故报父仇虽以武犯禁和违法，但侠女仍得到极高评价。再者，女侠的身体是道体的展现，在这意义上，报父仇和弃夫杀子同样都是为了绝念，只有了结恩仇、斩断牵连，她们才能回到原点维持清白。汪聚应说：

> 清末于慎行在其《指严笔记三则》中指出："清初相传多侠女，盖专制杀戮之戾气所激而成也。"以此而论，唐代这些侠女的复仇行为，也是中晚唐社会乱离造成人命多舛的现实写照。[128]

此言的确，女侠的复仇也反映女性对现实社会的反抗，而唐代社会多容许她们复仇，唯复仇后她们必须立即离去：一方面杀人者死，她必须离家以逃避官府制裁；一方面她的身份暴露，不宜久留。总之，她只要任务达成，便再无人间事迹，这样才能维持女侠的高度而不同于平凡妇女，而这也是小说家给女侠塑造的形象。

到了宋朝，出现了一系列女性复仇小说，如徐炫的《义妇复仇》[129]、洪迈的《解洵娶妇》[117]80《张训妻》[117]67，以及《青琐高议》收录的《李云娘》[119]1111等。《义妇复仇》中的义妇因遭僧人设计而被其夫休离，之后她卖酒营生，并和还俗的僧人相遇、相识、结缡，生二子。某次中秋时节僧人酒后吐真言，原来僧人是害妇人被休的元凶，真相大白后，妇人杀了僧人和二子，投官自首。在这则故事中，妇人为自己复仇，因为被设计而失婚，一旦知道真凶后，毫不手软地手刃僧人，此举虽然狠戾但仍能被谅解，但妇人还杀了无辜的二子，就太过分了，显现这个义妇没有母爱，而执于其所认定的是非，文末的"官义之，免其罪"表明作者对义妇的肯定，而和前夫复合也和一般飘然远引的女侠不同。类似的故事还有《李云娘》，起初密云汪参将解任回乡，李云娘劝其戒备，但在途中还是遇到强盗打劫，李云娘凭一己之力打退盗贼。这时汪参将之子汪绍远见李云娘貌美想强占之，云娘以须资遣其丈夫王忠才肯答应，汪绍远也照做了。后来在婚宴上云娘戎装出席，痛责汪绍远还准备杀了他，最后在汪母的求情下才作罢。在这则故事中李云娘不畏强暴、不逐富贵，也不屈于权威，彰显妇人从一而终、绝不负心的品质。

义妇和李云娘等侠妇性格强烈，和《崔慎思》《贾人妻》中的侠女如出一辙，只是不再循杀子弃夫的模式，而且有了团圆结局，并将主题由"忠于孝"移至"忠于爱"，这似也反映了爱情类故事在民间日益重要。还有一篇侠名的《文叔遇侠》[130]，却继承《崔慎思》《贾人妻》的模式，小说中的妇人是为前夫复仇的，她初遇文叔时，正值文叔落魄，她赠钱赠衣，说："人有急难而不拯者非壮义士也。"可见她是自觉性的行侠，救人缓急，及至后来两人成婚生子但仍惦记复仇事业。某天她"自天窗而下，手携紫囊，胸插匕首，喘犹未定"，行事特异，狠绝飒爽，但"喘犹未定"又带几分凡人面貌。手刃仇家之后她便向文叔辞别，临行前并无杀子情节，且"执文叔手恋语"颇有不舍之意，相对于《崔慎思》《贾人妻》中的冷漠，这个女侠比较世俗化、人性化。

再观《解洵娶妇》中妇人也是为自己复仇的，她初时对解洵有恩，颇有《侠妇人》风范，但后来解洵变心移爱，妇人便说："一旦得志，便尔忘恩，独不内愧于心耶？"其施恩是基于对等的回报上，一旦被辜负，复仇也和施恩的手段同样强烈。同样桥段也发生在《张训妻》上，张训妻能入梦吴太祖为张训争取福利，这是她的施恩。但有次她吃人头，张训心中厌恶，想要杀妻，她本想杀张，但因"然君方为数郡刺史，我不能杀君"止了念头，甘心死在张训刀下，死前还预言一婢将带来危害，让张训连同她与自己一起杀了，对性命视之等闲，含有浓厚的命定色彩，为诡谲的侠妇行径再添一桩。最后，女侠复仇小说的增加，在某种程度上肯定了女性的独立地位，唯需注意的是宋朝女侠所受的限制远比唐朝多，女侠小说之所以在宋朝大量出现，除了延续唐朝女侠的写作类型之外，也借由女侠来展现封建时代妇女的贞节观，使其所有侠义之行皆需符合"忠"的德目，忠于丈夫、忠于命运，从一而终。这自然跟动辄改嫁的唐代女侠很是不同。陆学莉以《醉翁谈录》的编目提出"足见编者对女子侠举的鄙视和不满"[131]，论调虽过激，但也不可不察。

至于为他人复仇的小说其来甚早，先秦时就有豫让毁身吞炭为智伯报仇的故事[12]880，而宋代刘斧的《青琐高议》中有一篇《王实传》[119]1039，孙立因为受到王实的礼遇，基于"彼以国士遇我，吾当以国士报之"的心态，欲为王实雪耻复仇而挑战张本，两人展开一场激烈的角力，斗到张本求饶，而孙立不肯。张本也是一条汉子，他临死前说："非立杀吾也，乃实教之也。"表明自己之死与孙立无咎，但孙立仍"立断其颈，破脑取其心，以祭实父墓"。孙立的行为无疑是侠义的契约化，他是有准备、有决心的，并非随机、变动地代人复仇。孙立不管张本的屈服与哀求，本着初衷杀了他以报王实。直至孙立杀人后，"乃投刃就公府自陈……立虽糜烂狱吏手，终不尽言也"。他虽然投案报官，但自始至终皆不牵连王实，这使孙立确立了侠的人格高度。至于他的自首报官是服膺于社会规范，学者认为"宋代武侠已经失却了野性"[30]33-34，但这也显示了宋代侠客敢做敢当的精神和某种程度上的扬名意图，同样的精神也显现在《水浒传》中[132]，孙立死时，"太守登楼望之，观者多挥涕"。这是作者对孙立侠行的肯定，虽不符合法律，却符合社会期待，正如王立所言，侠通过仗义复仇"在面临如此社会需要时来体现自身的价值"[133]9-10。相较之下，若由唐人来写结尾多为飘然远去不知所终，但宋人的笔法让侠客多了世俗性，不但居于市井，也和常人一样受法律约束，侠行不再是高人异人的特权，而是与常人杂处于世却有崇高人格的展现。

五、行侠仗义

行侠仗义是唐代侠行的主要内容之一，虽然唐代有侠与刺客合流的现象，行侠出于私心，非为公心；且豪侠争雄、儒侠结党、侠少枉法、轻侠劫掠屡见不鲜未尝消减，但在文人对侠的理性制约和小说家对侠的美化后，迥异于现实的地方豪强，在唐代的传奇世界中侠能主持正义，满足小民遇到不公不义时希望有侠客出手解救的想象。以《太平广记》中的《宣慈寺门子》[26]1562为例，门子看不惯少年骑驴闯进新科进士筵席时的骄横，于是站出来打那少年一记耳光，此举引发群众效应，大众纷纷出手攻击少年，直到有显贵人士出面才停止群殴。事后宣慈寺门子说："某是宣慈寺门子，亦与诸郎君无素，第不平其下人无礼耳。"可见他打人纯粹是基于义愤，宾客事后"靡不加敬"肯定了门子的行为。此外，门子的侠行是临时起意的，虽失之莽撞，却又能奏功，反映了人民"对抗强权而得胜"的期待。再如《懒残》[26]657，帮众人推石、赶走虎豹，也是热心助人的例证；而《侠妇人》[134]1563中董生遇到的妇人，在做家务、赚钱上比常人增倍，还能助董生归乡，这岂非穷愁书生所期盼的侠女？观门子、懒残、侠妇人等均无姓名，仅以外号称之，可见其社会地位不高，是侠的世俗化现象。他们隐于市间，虽样貌寻常却身负异能，蕴含"真人不露相"的中国哲思，而他们的侠行也能符合一般社会期待，含有社会化倾向。其他如替朋友解围的胡证[26]1556、替朋友夺妓的荆十三娘[26]1566，都有路见不平、拔刀相助的正义感。

无独有偶，宋朝的《洪州书生》[135]260《任愿》[117]73《郭伦观灯》[117]82也是见义勇为的小说。和《宣慈寺门子》一样，这些小说中的侠客都不具名，并与帮助的对象毫无旧交，只是单纯发挥人的恻隐之心，不忍人遭受不义对待而出手相助，事了"长揖而去""不顾而去""腾空而去"，亦具有"不矜其能，羞伐其德"的原侠品格。根据林保淳的说法，唐末以来有"反侠客"[136]的现象，反侠客的方式之一就是将侠客理性化，将"充满不定性的侠客，以予理性的制约"，并以李德裕的《豪侠论》为例，指出"以儒家的'义'取代侠客的'气义'，企图将侠客纳入儒家的礼教的统制中"。对照宋朝的《洪州书生》等篇目，不难发现侠客与被救者素不相识，行侠是出于不忍人受难的恻隐之心，这是本于公义，而非私相授受的私义，可见宋代小说中的侠客大致是朝理性发展的。

侠的见义勇为固然重要，但其先决条件是明辨是非。陈颖说："《聂隐娘》《义侠》《李龟寿》《冯燕》中的主人公都是以公理为立身行事之本，为'义'而勇敢背叛自己的初衷。"[121]30是以侠客在大处不违法，在小处也有个人的独立思考能力。以《义侠》[26]1560来说，侠客本来奉命来刺杀畿尉，但因"适闻说，方知此宰负心"，不但放过畿尉，而且还"当取宰头，以雪其冤"，凶残地杀了县宰。在这故事中不论是畿尉纵囚还是县宰遣侠客，都是官员带头违法，官员都能违法更遑论侠客。再看《李龟寿》[26]1557，他本是奉命杀晋公的人，但因"感公之德"改变主意，请求"以余生事公"。以上两位侠客已违反古侠"其言必信、其行必果，已诺必诚"[12]1154的精神，而取于李德裕《豪侠论》中"虽以然诺许人，必以节义为本"的论调，这是受伦理规范的侠，展现出"盗亦有道"的精神。

宋朝的《秀州刺客》[117]66与《李龟寿》的情节模式相同，《穆李非命》[22]1036-1064的情节模式也与《义侠》相同，然秀州刺客是改变初衷、侠客救李公沂是临时起意。可见侠客不论是否承诺于人，都须秉着公心，依义而行，否则只是杀人机器。李德裕的"必以节义为本"无疑赋予侠自主判断的意识，也使侠行带着一份社会责任。《秀州刺客》与《李龟寿》的模式为：刺客→奉命行刺→不杀人；而《义侠》和《穆李非命》的模式是：施恩→恩将仇报→侠客解救。前一模式和《聂隐娘》相同，侠客不但失信甚至还与原主人倒戈相向，这种背叛行为在中国文化中本是极难容忍的，但因"公义"取代"私义"，使其行为有了正当性，这种为公义负旧主的行为被作者称为侠，显现宋朝的侠具有某种程度的稳定性和文明化的趋势。而后一模式和明朝马中锡的《中山狼传》相同，都是主人公被不公不义地报复时，获得能人解救的故事，过程虽有人情反复的感触，但结局皆呈现了善恶有报的中国哲思。

另一个善有恶报的侠是刘叉，《刘叉死后文》[134]1628-1630是一篇比较特别的小说。刘叉生前为侠，但所为每一善事都被误解成恶行，对"诬介义之士于有过之地"的世人感到愤忾，所以向世人示灵自辩。这则小说虽解构了善恶有报，但能示灵自辩、能"为仙不复竟"，亦表示作者还给他一个死后正义。侠行的多义性本有多方解读的空间，有时公道不在人心，侠客未必都像郭子仪、李光弼那般广受世人盛赞，有的侠客必须忍受寂寞甚至被误解，刘叉道出了一个侠客要有的觉悟。其实观乎洪州书生在成幼文面前掷头颅于地，并欲授之化尸成水之药；青巾者在任愿面前食人头颅，亦想教任愿点铁为金之术，这些异术都是世所罕见，但皆被对方以"某非方外之士，不敢奉教"[135]260 "常恐召祸，安取学此"[117]73 回绝，显现侠客除了神秘诡谲之外，也带着几分被排拒在外的寂寞。

除了见义勇为、明辨是非外，知过能改也是行侠的重点。以《唐传奇》中的《冯燕》[26]1557《僧侠》[26]1549 为例，冯燕与张妻通奸，后杀张妻自首，是一个令相国贾耽愿交印赎罪的豪侠，但沈亚之笔下的冯燕是有道德瑕疵的。一者，由"因得间，复偃寝中，拒寝户"可见冯燕早知张妻已婚，却仍继续偷人妻。其二，张妻并未教唆杀人[137]，且张婴经常"嫉殴吾女，乃诬以过失"，也是素行不良。其三，文中始终未叙明冯燕的杀人动机，不免让人怀疑冯燕杀张妻是良心发现，还是维护声名[138]，让张妻当了冯燕悬崖勒马的祭品。同样类型的故事还有宋人张齐贤的《向中令徙义》[139]，向拱是个"胆气不群，重然诺，轻财慕义，好任侠，借交亡命，靡所不为"的豪侠，他和潞民之妻私通一段时间了，但他一知道潞民被妇人和邻家子合谋杀死之后，立刻杀了邻家子和妇人，理由是："尔与人私，而害其夫，不义也。尔夫死，盖因我，我不可忍。"亦即他杀妇人的理由是她"不义"，且不忍潞民因己而死。行凶后，无官敢办向拱，最后向拱像周处一样折节改过，成为"向家千里驹"。以上两篇小说情节颇似，不同的是向拱为义杀人而冯燕知过能改，整体上向拱的形象较理性，可说是冯燕的进化。至于另一篇《僧侠》中的僧侠曾提及"贫道，盗也……贫道久为此业，今向迟暮，欲改前非"，可见是个改邪归正的盗贼。他请韦生杀掉自己的儿子飞飞，韦生答应后与飞飞打斗，不能胜。僧人便对飞飞说："郎君证成汝为贼也，知复如何！"似是警告飞飞身份败露，不可轻举妄为。根据《抱朴子》，有一种山精"名曰飞飞，见之皆以名呼之，即不敢为害也"[140]，亦即只要识破山精的身份，他就不敢作怪，两者或许是同样的原理。而"乞郎君尽艺杀之，无为老僧累也"又颇似聂隐娘和贾人妻"断情"的行径。

第三节　侠的负面意义

据《太平广记》中的《释慧进》[26]768 记载，释慧进少年时"雄勇游侠"，在四十岁时大悟出家，"乃发愿造百部以悔先障"，由此可证侠也有负面意义。下以偷盗犯禁、奇行放诞、逞凶斗狠、结党营私等项说明之。

一、偷盗犯禁

唐朝的"剑侠"不等于侠客，"侠客"大抵是存在于武侠小说或武侠电影中的武艺高强、见义勇为的侠义之士，他们往往居于正义之端，与其对立者则为反派，若挑门派则门派内必有野心家，若反朝廷则朝廷中必有昏君或佞臣，故纵使违法也必有其阻却违法事由，此其大概也。但剑侠却是武功高强又不轨于正义的存在，而这不轨于正义是以剑侠的特立独行挑战王法，这是承袭《史记》以来游侠违法犯纪的一面。如《世说新语》记载：

> 魏武少时，尝与袁绍好为游侠，观人新婚，因潜入主人园中，夜叫呼云："有偷儿贼！"青庐中人皆出观，魏武乃入，抽刃劫新妇与绍还出，失道，坠枳棘中，绍不能得动，复大叫云："偷儿在此！"绍遑迫自掷出，遂以俱免。[101]705

文中的曹操劫人新妇，及至临危时还出卖同伴袁绍，奸诈阴险，而文中竟以"好为游侠"形容，且《太平广记》的《魏太祖》[26]1511亦引用之，可见唐代剑侠存在偷盗之辈。在唐朝历史上就有一批闲子"皆著叠带冒，持梃剽闾里"[3]1416，而这些闲子就是唐末城市中游荡劫掠的游侠。诚如叶洪生所言：

> 唐人豪侠小说（或泛称侠义小说）故事旨趣可知，其中固不乏描写豪杰、义士行径者，而以盗为侠者亦不在少数；更多的则是一些非侠非盗而武技神奇的中间人物及冷血杀手，也昂然混迹其内。如《太平广记》所列"豪侠"类目，即有泰半是滥用侠名者，可概其余。[141]

唐人以窃盗和杀人为侠者在《太平广记》屡见不鲜，以偷盗为侠者如：车中女子[26]1545偷走宫苑中的东西、昆仑奴[26]1544偷了一品官家中的红绡妓、囚犯因偷税入狱[26]1547、聂隐娘原先便是女尼所窃之婴[26]1551、红线盗盒[26]1554惊动田承嗣、冯燕偷人妻[26]1557、田膨郎[26]1561偷皇帝喜欢的白玉枕、潘将军[26]1564的玉念珠被三鬟女子所偷、荆十三娘[26]1566盗了诸葛殷的家妓等，这些人都有偷盗的恶行，甚至还偷妓窃婴，若以今日的法治论处，其行可诛，但《太平广记》仍将其归之豪侠类，甚至还对他们的行为颇表赞赏。

比如红线盗盒意在示威，于无形中弭平了一场藩镇之战，保全万人性命，而她也"固可赎其前罪，还其本形"，这么说盗盒反而是立功了。再看冯燕偷人妻之后，杀了张妻并报官自首，此举被解释为知过能改，相国贾耽愿以官印赎冯燕之罪，连皇帝也免其罪。这两例并非以偷获得侠名，且有事由阻却其受罚，所以红线和冯燕不但不被视为窃贼，传记还歌颂其德。而昆仑奴和荆十三娘偷人家妓，虽是成全才子佳人的美事，然其行为是基于私义且使被偷者受害，但作者于行文中并无谴责之辞。昆仑奴数年后被人发现时"容颜如旧耳"，作者笔下竟呈现几分赞赏。荆十三娘不仅夺人家妓还杀妓之父母，但最后"复与赵同入浙中，不知所止"，也过着逍遥幸福的生活，结局不差。可见唐代作者对侠基于私义而盗是容许的。

再看囚犯虽因偷税入狱，但凭绳技便得逃脱，无迹可寻；车中女子偷窃宫中之物又坏书生名声，竟然无事；女尼在聂隐娘艺成之后遣她回家，再无下文；三鬟女子归还玉念珠之后便人去楼空不知踪；田膨郎被抓之后，皇帝还说"此乃任侠之流，非常之窃盗"，竟带几分欣赏。若说昆仑奴和荆十三娘偷妓是为了私义，那车中女子等剑侠的偷窃则只是为了满足物欲或者炫技罢了，毫无道德可言，但作者对他们亦无非议，可见不仅剑侠的法律和道德观念薄弱，连作者对剑侠也有几分纵容。唐人《酉阳杂俎》卷九有"盗侠"一篇，把"盗"与"侠"合称，其品格如何可以想见。观其内容有打破玉精碗的马侍中小奴、改邪归正的盗僧、深谙添金缩锡之术的侠刺、为盗食人的群盗……这些都是盗侠，但这些人除了马侍中小奴被扑杀之外，其余都全身而退，可见唐朝对盗侠很宽容，着墨处不在指责他们窃盗，而更津津乐道于他们的幻术神功，将他们视为奇人，非法律所能拘束。

虽然侠为私义而盗、为炫技而偷并不受责难，但唐宋侠观亦不容许侠基于私心偷盗，如：《严武盗妾》中"仗气任侠"[26]942的严武，觊觎军使家中女儿的美色，用计把人偷偷带走，又在被通缉的过程中，担心事泄，将女子杀死了，后女子化为鬼魂来索命；而《李生》因年少时"恃气好侠，不拘细行"[26]908，曾做过杀人越货的事，后来虽折节读书，当上参军，但仍逃不过被害人的转生索命。这两个故事同在"报应"类，盖任侠为盗者尚可以其人特异而恕之，但若牵扯到人命，尤其杀害无辜的话，就不能以其人任侠而放纵，更不能因其人悔悟而豁免。而《于远》其人虽非盗非偷，但他在知道马是老妇走失的坐骑之后，仍强占不还，可见品格低下，所以作者给他"其家果火，尽焚其宅财宝"[26]3875的下场。比较有趣的是《擒奸酒》，这种酒因"盗饮之皆醉，遂备擒获"[26]1939而得名，但文末写道："游侠语曰：不畏张弓拔刀，唯畏白堕春醪。"盗醉而被擒，变成游侠"畏白堕春醪"，由名词的置换可推知盗和侠皆指"奸人"。

在宋代话本小说中也有很多盗侠，如《宋四公大闹禁魂张》[116]541-567中的宋四偷了禁魂张的"土库"，又偷了钱大王的玉带，托人把玉带卖给禁魂张，再向钱大王揭发他，一连串的盗贼计谋直把京师闹得天翻地覆，而宋四还"公然在东京做歹事，饮美酒，宿名娼，没人奈何得他"。宋四挑衅政府，行止嚣张却无人敢管，直到文末才匆匆补了一笔"直待包龙图相公做了府尹，这一班贼盗方才惧怕,各散去讫,地方始得宁静",以法律作校正。但这一班盗侠最终也只是散去,并未受到惩罚。另一篇《史弘肇龙虎君臣会》[116]219-247,小说中的史弘肇以盗贼起家,他在偷窃之前还会向受害者叮嘱"你今夜留门,我来偷你锅子",作者似意图把盗行可爱化。等到史弘肇和郭威凑在一起时,"兄弟两人在孝义店上,日逐趁赌,偷鸡盗狗,一味干额不美,蒿恼得一村疃人过活不得",搞得全村鸡飞狗跳。但他们毕竟是神谕里的四镇令公和后汉皇帝,俱有异相,所以他们的偷盗行为就算是发迹变泰前的"细行"了。还有《杨谦之客舫遇侠僧》[116]281-295,文中的侠僧一开始就"要人煮茶做饭与他吃",众人反抗,侠僧则用妖术加以惩罚,恃武而骄。他说:"我们不打劫别人的东西也好了,终不成倒被别人打劫了去。"可知侠僧属盗贼之流,但作者将他归为"奇人",以"随地相逢休傲慢,世间何处没奇人"为结论,可见这类靠奇功异行来定夺是非、违法犯纪而忠于私义的盗侠,在宋话本小说中评价不差。又宋话本中的梁山泊众人打家劫舍,但仍被称为好汉、英雄,作者用"义气"掩盖了他们的盗贼本质。盗侠虽经文人美化而拥有一种异于常人、超然于法律之上的身份,但对朝廷来说盗侠始终是要消灭的对象。在《群书治要》这本促成贞观之治的重要谏书中,就引《六韬》将侠视为六贼之一[142]。之后陈子昂的《上军国机要事》亦写道:

> 臣伏思即日山东愚人,有亡命不事产业者,有游侠聚盗者,有奸豪强宗者,有交通州县造罪过者:如此等色,皆是奸雄。国家又不以法制役之,臣恐无赖子弟,暴横日广,上不为国法所制,下不为州县所羁,又不从军,又不守业,坐观成败,养其奸心,在于国家,甚非长计。

陈子昂主要指责游侠的三条罪:亡命不事产业、聚盗和交通州县造罪过,而国家却"不以法制役之",含有某种程度的纵容,使盗侠日益猖獗。针对这情况陈子昂提出的解决方案是"并稍优与赐物,悉募从军",鼓励游侠从军。由于唐朝对游侠的纵容,很多朝臣兼具侠的身份,故除侠方案始终无效也是情理之中。龚鹏程言:"从隋到唐末,京城恶少游侠的声势,一直很盛。但从文献上分析,这些京师无赖侠少,基本上有两类,一是地痞流氓,一是豪贵少年。"[9]92这些京城恶少依城市而生,打劫窃盗,作威作福,成为治安上的隐忧,当刺史令狐熙经过汴州时,看到汴京的繁华景象,竟"恶其殷盛,多有奸侠"[143]1206,所以他采取了一整套抑制工商发展的策略,也遣散很多外地经商者,以杜绝奸侠。可见唐朝奸侠逐利之盛,而令狐熙的措施还被人"称为良政"。

到了宋代，自宋初以来对盗的刑罚便很重。天禧四年（1020 年）将"强劫"归为十恶，和"禁军诸军逃亡为盗罪至死者"[38]2324 于十二月处决。在熙宁四年（1071 年）立有《盗贼重法》[38]2326，该法采取连坐，一人作盗累及家人，并较前代加重刑责。这给宋话本小说中的盗侠带来两个显著的影响：一是较于唐代盗侠的数量少了很多；二是盗侠有"义"的介入，不再富唐传奇中纯粹炫技、盗窃的人也称为侠的情形，整体上侠是朝体制内发展的。

二、奇行放诞

有些侠虽然没有违法，但性格豪爽、奇行放诞，个人特色鲜明，也非常人可比拟，比如唐传奇中的《张祜》《秦骑将》《却要》《绿翘》《温庭筠》《淳于棼》等均有劣侠行迹。以历史人物来说，隋末段纶有"少任侠，落拓，不修细行"[143]880 的一面；晚唐温庭筠也是个"士行尘杂，不修边幅"[26]2291 的人，他写的《侠客行》歌咏暴力美学，侠气冲天。放眼唐朝放诞的文人，多不胜数，反映在唐传奇中也屡见奇行放诞的侠士。

所谓奇行放诞不外酒色财气。以"酒"来说，淳于棼是个"吴楚游侠之士"[26]4263，他"嗜酒使气，不守细行"。家里虽累积巨产，豢养很多豪客，但他却"因使酒忤帅"而被逐斥，显然是因酒误事，不过落魄之后仍"纵诞饮酒为事"，毫无悔意。至于南柯一梦则是他"因沉醉致疾"被友人扶到廊下小睡而发生的，虽然侠士多有好酒之名，但也很少像淳于棼一样能喝出故事的。再看"色"，在《却要》一文中，李庾府中有五个公子，"皆年少狂侠"，但这五名狂侠公子都对女奴却要心怀不轨，"咸欲蒸却要而不能也"[26]2405，最后被却要以计要了，从此对她"不敢失敬"，看来这五个公子徒有侠名。而《绿翘》中的女主鱼玄机虽是个女冠，但"蕙兰弱质，不能自持，复为豪侠所调，乃从游处焉"[26]944。从句中不难看出豪侠所为何事，连女冠也有染指。至于侠的"财气"，此以张祜为例，他"常嗜酒，侮谑时辈。或乘其饮兴，即自称豪侠"[26]2009。所交之人无非豪侠，但曾在任官内被人骗了十万缗，那人先是效法虬髯客以囊装首的桥段，再以报恩为由向张祜借钱，张祜借钱之后那人却一去不回，于是张祜命人打开布囊，"乃豕首也。由是豪侠之气顿衰矣"。这则故事凸显了张祜好沽侠名，视人不清，也暴露了伪豪侠的欺世盗名。甚至有些侠刺武功很逊，比如《秦骑将》[26]2371，男主石某貌似是个战功彪炳的将军，但在台面下他先后命贼和侠刺去行刺其妻，欲置她于死地，侠刺挥刃偷袭时被一女子空手接白刃，侠刺任务失败逃走，后来石某还像个没事人般与妻子白头偕老。如果侠刺武艺高强就会改变石某的结局了。总之，以上这种讽刺豪侠、侠刺的故事在唐代之前是没有的，在一定程度上解构了侠的权威，也反映了唐代侠名的泛滥，有些狂侠、豪侠只是偷拐诈骗之辈，没有什么真本事。

至于宋朝的放诞之侠，当属方山子最具代表性。方山子史有其人，还是苏轼的好友，他"少嗜酒好剑，用财如粪土"。但他有志难伸，不为世所用，晚年"弃车马，毁冠服，徒步往来，山中人莫识也"[39]403。这种放弃富贵、回归平淡的山人侠，品行高洁，世所少闻。在宋代小说中有不少特立独行的侠，却都以负面人物存在，如李胜、张乖崖、潘宸、白廷让。《北梦琐言》中记载豪侠大貙，看中一个女道士，"知崔有容色，乃逾垣而窃之，宗族亦莫知其存殁"[22]1036-26。可见大貙好色，在宋代的侠士笼罩在一片戒色风气的同时，大貙的存在真是异数。综观宋代小说中的侠较少放荡无行的，但有一共通点，就是自尊奇高，脾气暴躁。在《李胜》中，李胜因一道士对其无礼，欲"聊使其惧"[117]64，便将一匕首插在道士枕前，让道士从此"改心礼胜"。而《乖崖剑术》中的张乖崖某日在平野间看到一个骑驴的举子"意甚轻扬"[117]65，因为举子态度轻率，故张乖崖滋生怒气，想对举子不利，直到举子避道表示"故愿加礼焉"，两人才结交为友。同样，《潘宸》中，自称野客、落拓有大志的潘宸，初次谒见刺史郑匡国时被无礼对待，直到被人发现他会剑术，"匡国至此礼遇愈厚"[117]67……这些小说写出了剑侠需以礼相待，否则就露一手让对方瞧瞧的意思，而这也反映了宋代侠客虽有不少杂处于市井之中，但龙非池中物，且他们本身也不以普通人自居。

无独有偶，在吴淑的《江淮异人录》[135]251也有个潘宸，其事与《剑侠传》不同。在吴淑的版本中，潘宸曾载一老父过江，后来得老父授以道术，"宸自是所为诡异，世号之为潘仙人。能掬水银于手中，接之即成银"。潘宸这种掬水银为银、变落叶为鱼的道术，大概是古代的魔术之类的。而奇行要数《白廷让》[117]91最有意思，白廷让本身就"好奇"，后在门客引荐下见了黄须剑客，被他的排场和一把"杀了五十七人"的短剑惊得悚然而退。之后白廷让把黄须剑客延揽到白府，黄须剑客露了几手异能，白家兄弟皆惊异不已、待之甚厚，直到文末黄须剑客骗走了白家兄弟的银子和马，才揭穿他骗子的真面目。比较《白廷让》和《张祜》[26]2009两文，寓意仿佛，所谓豪侠都是欺世盗名的假豪侠，但也反映很多招揽豪侠者的轻信、无知。

三、逞凶斗狠

直到唐代，侠残忍好杀的原始野性仍未除，《艺文类聚》就区分了"甘危躯以成仁，重气轻命，感分忘身"的游侠和"皆飞仁扬义，腾跃道艺"[144]的俊公子，前者重私义，以性命相交，其血气自比俊公子刚烈。但不能忽略私义本身的主观性和行侠强度的随机性（警告、杀人或其他手法强度各异），这使得侠行在公理面前未必站得住脚。王立说："事实上这是在除恶的同时又客观上造恶。"[133]19所言确实，所以前文中的古押衙[26]4364犹有可议之处。但如果纯粹是为了满足慕侠的心态，假豪侠之名以逞凶斗狠甚至专擅生杀为勇，这就是走上极端了。在历史上也有这种假面豪侠，隋代的刘昶就是一例。刘昶好勇任侠，他选党羽时"以车轮括其颈而棒之，殆死能不屈者，称为壮士"[2]13-822，以现代目光来看刘昶的行径不免残暴，但在一个以力取胜的乱世里，示勇、示狠也是一种巩固自我地位、威慑他人的手段，是以在唐传奇或唐代笔记等文学作品中，这种逞凶斗狠之侠并不少见。

以《太平广记》为例，彭闿、高瓒的"斗豪"[26]1543是生吃猪和猫。彭闿只吃猪的头皮；高瓒则将猫吃得"肠肚俱尽，仍鸣唤不止"。高瓒的野性就像是个原始人，但他因敢于耍狠，"闿于是乎帖然心服"。只是一山还有一山高，高瓒虽赢了彭闿却输给诸葛昂。据《朝野佥载》[145]记载，高瓒和诸葛昂两人有场筵席的较量，从大烹猪羊的铺张到以人做菜的残忍，诸葛昂的毫无人性吓得高瓒夜遁而走。然而文中只说诸葛昂"性豪爽"，并未对其手段提出批判。另《酉阳杂俎》[146]描写盗贼在抢劫杀人之前"必食其肉"，原因是"某受教于巨盗，食人肉者夜入，人家必昏沉，或有魇不悟者，故不得不食"。故这种食人以魇住生人的恶俗，类似模拟巫术[147]，并有其流行的管道，但这种行径实在太过残暴。

到了宋代，侠逞凶斗狠的一面仍时有所见，苏轼在《黄州上文潞公书》写道："轼在徐州时，见诸郡盗贼为患，而察其人多凶侠不逊，因之以饥馑，恐其忧不止于窃攘剽杀也。"[39]365侠在地方为患的情况可见一斑。"凶侠"这一名词首度出现，指凶暴的任侠者，且其形象也出现在宋代小说中。如高文秀的《黑旋风双献功》[148]，文中李逵杀了私通的郭念儿和白衙内，替郭的丈夫孙孔目主持公道。李逵虽主持正义，但他砍人头还在壁上留血字："宋江手下第十三个头领黑旋风杀了白衙内。"颇为自得。并以两颗人头向宋江"献功"。在龚开的《宋江三十六赞》评李逵道："风有大小，不辨雌雄。山谷之中，遇尔亦凶。"[69]41278就是讲李逵专擅是非，不是好惹的人物。而武松也是这类强人，他在杀了张团练、蒋门神、张都监之后，都在白粉墙壁上留下血字："杀人者，打虎武松也。"[149]自示敢作敢为，且随后杀了两个赶到现场的公差，理由是"一不做，二不休，杀了一百个，也只是这一死"。不仅杀得血肉横飞，还杀得理直气壮，这种过当的武力若存在现实中必会扰乱社会秩序，但在小说中却是一种暴力的发泄，能带给读者快感。而今《醉翁谈录》中的《武行者》虽不复见，但从《水浒传》或可窥其一二。同样龚开的《宋江三十六赞》亦评武松道："汝优婆塞，五戒在身。酒色财气，更要杀人。"其暴戾凶狠可见一斑。

如果连打虎英雄武松也会滥杀无辜，那就不难想象其他豪侠的做派了。在《青琐高议》的《王寂传》中，王寂和邑尉起冲突，他不但斩了邑尉，而且杀了邑尉的十多个随从，杀到"血流染足"，他以"尉不法辱人，不杀之，无以立勇"[119]1037的动机杀人，可见凶侠自尊心极高，和奇行放诞的侠士如出一辙，但手段却凶残数倍。宋四杀了报路的妇人，因猜妇人与人私通[116]545；孙立在张本求饶后仍执意杀之，因"将为子壮勇之士，何多言，惜命如此，乃妄人耳"[119]1040；郭威在逃亡路上杀了勾栏里的弟子[116]227……从这些滥杀行径中能见到宋侠狠戾的一面。不过宋代凶侠的杀人手段不同于唐代，唐侠的逞凶在于食人等恐怖举止，他们杀人的步调是慢的，带有欣赏受害者痛苦的恶趣，但若遇到比自己更狠的人则会恐惧，会"羞"、会"夜遁"，且主观意识上知道自己是错的，但不惜将错就错以恐吓他人。但宋侠杀人的步调是快的，讲究杀得尽兴，在主观意识上他不觉自己有错，即使滥杀无辜，也会自寻一片道理，因为"讲理"，所以整体上宋侠还是朝向理性化的趋势发展。

四、结党营私

在《新唐书·甄济传》写道："叔父为幽凉二州都督，家衡州，宗族以伉侠相矜。"[3]1440可见汉代的地方豪族在唐朝仍然存在。之前提过的刘昶也有"党与三百人"[2]13-822，是地方上的强梁。豪侠以义气相许、群聚、结党营私的情况自古就有，唐代亦不例外，在小说中更不少见。如《太平广记》中的《车中女子》[26]1545显然是盗取宫苑宝物的强盗集团；《僧侠》中的僧人自称"贫道盗也……朱衣巨带者五六辈，列于阶下"[26]1549，显然是强盗集团的头子。至于《卢生》中的卢生奉师父之命，和十个师兄弟杀尽天下妄传炼丹术的人[117]32，他们是个小型的刺客集团。再观《上清传》中，窦参被陆贽诬陷"交通节将，蓄养侠刺"[26]2401，使得窦参被召令自尽，家产充公，可见结党营私乃朝廷之大忌。至于《酉阳杂俎》中的《盗侠》记载，鲜卑城旁有座高大的盗跖冢，冢内"贼盗尝私祈焉"[146]87，盗贼聚集举行祭祀盗跖仪式，且惊动县令丁永兴，其集团规模不可小觑；同篇的另一则《李廓》中记载的盗贼不但有食人仪式，且有巨盗相授的师承关系，可见这帮盗贼集团已经营得相当成熟。由上可知，虽然唐代整体上剑侠的兴起夺走了地方豪强的光芒，但并没有"侠实现了由集体性向个体性的华丽转身"[150]的情况。尽管学者认为"地方豪强或城市无赖集体横行或剽掠之士虽未完全绝迹，但史家已不再把他们看作'侠'了"[31]51，但对照唐传奇，《彭闳高瓒》《车中女子》《卢生》《僧侠》属《太平广记》的豪侠类；而《盗跖冢》《李廓》属盗侠类，可见小说家和史家对侠的评判标准有所歧异。

至于宋代在地方上也存在豪强世族，如青州临淄麻氏，据司马光的《涑水记闻》记载，青州麻氏得到节度使刘铢留下来的财产而"富冠四方"，在宋真宗在位与契丹战争期间，"麻氏率壮夫千余人据堡自守，乡里赖之全济者甚众"[151]。可想见麻氏家族当时的势力之盛。但在侠义小说里，地方豪强的数量确实锐减，可确定的如《史弘肇龙虎君臣会》[116]219-247中强梁史弘肇和郭威不但结党成群，而且最后风云际会，建立了后汉王朝。《王寂传》中的王寂，因为喝酒血气方盛，一言不合杀了邑尉，于是展开逃亡。逃亡中和一群无赖恶少结盟，"相与割牲祭神，结为友。出入数百，椎牛、椎豕、掠墓、劫民、烧市、取富贵屋财，民拱手垂头，莫敢出气。白昼杀人，官吏引避；视州县若无有，观诏条如等闲"[119]1038，也是个杀人越货的强盗集团的头子。至于《汪信之一死救全家》中的汪信之素有豪侠之名，他靠卖炭冶铁、经营渔业招来豪侠，成为一地之霸，他的志业是"驱除这些贪官污吏，使威名盖世。然后就朝廷恩抚，为国家出力，建万世之功业"[116]619。这岂是一般商人的志业，可见汪信之是个不凡之辈。以上数例虽是结党营私的宋代强梁，但最后史弘肇、郭威建立了后汉；王寂在接受招安途中悟道，汪信之服毒自尽。显然作者有意将故事导至"正途"，写有益教化的结局，这和《水浒传》宋江一行好汉最后接受招安的选择是一致的。此外，整体上宋代的地方强梁已经融入市民生活，跟唐代神秘的豪侠集团不可同日而语。豪侠对宋代侠客来说只是一种兼职性质，他们平常像老百姓一样在日常生活中各有本业，既受社会规范，也做符合社会期待的事，尽管有侠名，但又有社会化、世俗化的一面。

本编参考文献及注释

[1] 班固，颜师古. 汉书［M］. 台北：台湾商务印书馆，2010.

[2] 魏徵，等. 隋书［M］. 台北：台湾商务印书馆，2010.

[3] 宋祁，等. 新唐书［M］. 台北：台湾商务印书馆，1988.

[4] 刘昫，等. 旧唐书［M］. 台北：台湾商务印书馆，1981.

[5] 按：柴绍随秦王李世民参加统一战争，在浅水原之战中破宋金刚、败王世充，在虎牢之战擒窦建德，屡立战功，被封为霍国公。

[6] 王钦若，周勋初. 册府元龟：十［M］. 校订本. 南京：凤凰出版社，2006.

[7] 董诰，等. 全唐文［M］. 上海：上海古籍出版社，1990.

[8] 钱易. 南部新书［M］//宋元笔记小说大观（一）. 上海：上海古籍出版社，2007：373.

[9] 龚鹏程. 侠的精神文化史论［M］. 台北：风云时代有限公司，2004.

[10] 王仁裕. 开元天宝遗事［M］. 北京：中华书局，2006.

[11] 赵与时. 宾退录［M］. 台北：新文丰出版公司，1984：108.

[12] 司马迁. 史记［M］. 台北：台湾商务印书馆，1981.

[13] 荀悦. 前汉纪［M］//钦定四库全书荟要：卷6926. 台北：世界书局，1988：156-93.

[14] 陈寿，裴松之. 新校三国志注［M］. 台北：世界书局，1985：386.

[15] 陈山. 中国武侠史［M］. 上海：上海三联书店，1992.

[16] 刘𫗱. 隋唐嘉话［M］. 北京：中华书局，1979：10.

[17] 汪涌豪，陈广宏. 游侠录［M］. 台南：笙易出版社，2002：55.

[18] 汪涌豪，陈广宏. 侠的人格与世界［M］. 上海：复旦大学出版社，2005.

[19] 金庸. "说侠"节略［M］//刘绍铭，陈永明. 武侠小说论卷（下）. 香港：明河出版有限公司，1998：714.

[20] 司马光，胡三省. 资治通鉴［M］. 上海：上海古籍出版社，1987.

[21] 段成式. 酉阳杂俎续集［M］. 台北：汉京文化事业有限公司，1983：223.

[22] 孙光宪. 北梦琐言［M］. 上海：上海古籍出版社，1991.

[23] 薛居正，等. 旧五代史［M］. 台北：台湾商务印书馆，1988.

[24] 王谠，周勋初. 唐语林校证［M］. 北京：中华书局，1987：353.

[25] 罗隐. 广陵妖乱志［M］//笔记小说大观：21编. 台北：新兴书局，1975：1851.

[26] 李昉，等. 太平广记［M］. 哈尔滨：哈尔滨出版社，1995.

[27] 徐岱. 侠士道：金庸小说与中国精神［M］. 北京：北京大学出版社，2009：313.

［28］缪文远. 战国策校注［M］. 成都：巴蜀书社，1992：386.

［29］彭定求，等. 全唐诗［M］. 北京：中华书局，2005.

［30］易剑东. 武侠文化［M］. 台北：扬智文化事业股份有限公司，2000.

［31］刘绍铭，陈永明. 武侠小说论（上）［M］. 香港：明河出版有限公司，1998.

［32］按："奕世"即累世、代代。如《国语·周语上》："奕世载德，不忝前人。"

［33］许倬云. 任侠：国家权威与民间秩序的激荡［M］//刘绍铭，陈永明. 武侠小说论（上）. 香港：明河出版有限公司，1998：181.

［34］王育济. 论"陈桥兵变"［J］. 文史哲，1997（1）：18 - 24.

［35］陈邦瞻. 宋史纪事本末［M］//丛书集成三编 V96. 台北：新文丰出版公司，1997：484.

［36］按：郭威，五代十国时期后周太祖，史传言："太祖微时，喜饮博任侠，不拘细行。"可见是名轻侠。见《五代史记·卷19·周太祖家人传第七》。

［37］杨仲良. 皇宋通鉴长编纪事本末［M］//续修四库全书 V386. 上海：上海古籍出版社，1995：66.

［38］脱脱，等. 宋史［M］. 台北：台湾商务印书馆，1988.

［39］苏轼. 苏东坡全集［M］. 北京：中国书店，1986.

［40］曾枣庄，刘琳. 全宋文［M］. 上海：上海辞书出版社，2006.

［41］《宋朝事实类苑》中写道："柳开，魏郡人，性凶恶，举进士，至殿中侍御史。后授崇仪使，知全州道，脍人肝……凡有诛杀戮，遣健步求取肝，以充食。湘山野录。"这些形象与文名不称，可见他非一般文人，在当时文坛上算是一个异类。见江少虞. 宋朝事实类苑［M］. 上海：上海古籍出版社，1981：986。

［42］何晏，刑昺. 论语［M］//十三经注疏 V8. 台北：艺文印书馆，1997.

［43］陈思，陈世隆. 两宋名贤小集［M］//景印文渊阁四库全书 V1364. 台北：台湾商务印书馆，1983：559.

［44］周世昌. 重修昆山县志［M］. 台北：成文出版社，1983：490.

［45］叶绍翁. 四朝闻见录［M］. 北京：中华书局，1989：76.

［46］马光荣. 龙洲词校笺［M］. 南昌：江西人民出版社，1999：95.

［47］按：两宋的军事制度也是值得探讨的一环，因为朝廷对武将的不信任，宋太祖采用更戍法，让禁军定期轮调京师和驻外，通常以三年为期，如此造成"兵不知将，将不识兵"的情况。此法虽能防止将领专权，却也削弱了军队战斗力，这也是宋军积弱不振的主因。更甚者，朝廷为了加强控制，防止武将拥兵自立，将兵权放在文官手里，而实际作战的武将却没有兵权，这也大大地降低士气，直到宋神宗时废除更戍法才有改善，但宋军已无力回天。

［48］按：这现象可引陆九龄的话说明："文事武备，一也。古者有征讨，公卿即为将帅，比闾之长则五两之率也。士而耻此，则豪侠武断者专之矣。"见《宋史·卷434·儒林四·陆九龄列传》。

［49］康骈. 剧谈录［M］//丛书集成初编 V2834. 北京：中华书局，1991：87 - 89.

［50］赵文林，谢淑君. 中国人口史［M］. 北京：人民出版社，1988.

［51］吕祖谦. 皇朝文鉴［M］. 上海：上海书店，1989：5.

［52］徐松. 宋会要辑稿补编［M］. 台北：新文丰出版公司，1976：6788.

［53］灌圃耐得翁. 都城纪胜［M］. 台北：台湾商务印书馆，1983：18.

［54］孟元老，伊永文. 东京梦华录笺注［M］. 北京：中华书局，2006：144.

［55］张永升. 论述两宋城市房地产管理［J］. 义守大学学报，1997（4）：381 - 396.

［56］黎靖德. 朱子语类［M］. 台北：文津出版社，1986.

［57］陈世崇. 随隐漫录［M］//宋元笔记小说大观（五）. 上海：上海古籍出版社，2007：5421.

［58］阮军鹏，任仲书. 宋代城市游民的构成与谋生方式［J］. 河南工业大学学报，2011（1）：44 - 45.

［59］陆游. 老学庵笔记［M］//宋元笔记小说大观（四）. 上海：上海古籍出版社，2007：3503.

［60］徐松. 宋会要辑稿［M］. 台北：新文丰出版公司，1976：6490.

［61］楼钥，范之柔. 范文正公年谱：附补遗及言行拾遗［M］//陈来，于浩. 宋明理学家年谱续编（一）. 北京：国家图书馆出版社，2006：109.

［62］李焘，黄以周. 续资治通鉴长编［M］. 上海：上海古籍出版社，1986：1470.

［63］脱脱，等. 金史［M］. 台北：台湾商务印书馆，1988：749.

［64］赵翼. 廿二史札记校证［M］. 北京：中华书局，2013：824.

［65］胡太初，赵与沐. 临汀志［M］//四库全书存目丛书补编 V65. 济南：齐鲁书社，2001：补 65 - 417.

［66］邓绎. 藻川堂谭艺［M］//唐宋八大家汇评. 济南：齐鲁书社，1991：259.

［67］汪聚应. 唐代诗人及其咏侠诗创作：兼论唐代的咏侠诗派［J］. 社会科学评论，2004（3）.

［68］霍志军. 论宋代咏侠诗［J］. 天水师范学院学报，2007（3）.

［69］北京大学古文献研究所. 全宋诗［M］. 北京：北京大学出版社，1991.

［70］殷芸，周楞伽. 殷芸小说［M］. 上海：上海古籍出版社，1984：131.

［71］唐圭璋. 全宋词［M］. 北京：中华书局，1998.

［72］王运熙，骆玉明，等. 汉魏六朝诗鉴赏辞典［M］. 上海：上海辞书出版社，1992：439 - 441.

［73］杨伯峻. 列子集释［M］. 台北：华正书局，1987.

［74］按：如（唐）张祜的《赠僧云栖》"麈尾与筇枝，几年离石坛"，（宋）陆游的《游西村》"药笈可赊山店酒，筇枝时打野僧门"等。

［75］按：南宋时朱熹出任南康太守，他勘察白鹿洞书院废址后写道："观其四面山水，清邃环合，无市井之喧，有泉石之胜，真群居讲学、遁迹著书之所。"见赵逵，李纯，丁援. 中国建筑简明读本［M］. 北京：新华出版社，2016：254。

［76］陈平原. 千古文人侠客梦［M］. 台北：麦田出版有限公司，1995.

［77］薛瑞兆，郭明志. 全金诗［M］. 天津：南开大学出版社，1995：395.

［78］杨镰，等. 全元诗［M］. 北京：中华书局，2013：85.

［79］赵岐，孙奭. 孟子［M］//十三经注疏 V8. 台北：艺文印书馆，1997.

［80］按："迅即"应为"迅疾"。

［81］曹正文. 侠文化［M］. 台北：云龙出版社，1997.

［82］郭茂倩. 乐府诗集［M］. 北京：中华书局，1979. 此系汲古阁本校刊，这个版本只标卷数未标页数。

［83］张溥. 汉魏六朝百三名家集［M］. 台北：文津出版社，1979：4903.

［84］按：唐诗中的侠虽较少牵涉到侠德，但剑侠仍是比较特别的，因为侠少虽有小恶，但他们不杀人；侠隐虽会武功，但也绝少杀人；而军中之侠虽会杀人，但杀敌报国也是合乎侠德的。唯有剑侠动辄杀人，甚至以此炫技，有基于此，若要塑造形象良好的剑侠，诗人必须赋予剑侠杀人的正当性，如报恩报仇、路见不平等。

［85］龚鹏程. 唐人传奇（下）［M］. 台北：金枫出版社，1998：44.

［86］按：《乐府解题》曰："'刘生不知何代人，齐梁已来为《刘生》辞者，皆称其任侠豪放，周游五陵三秦之地。或云抱剑专征，为符节官，所未详也。'按《古今乐灵》曰：'梁鼓角横吹曲，有《东平刘生歌》，疑即此《刘生》也。'"见《乐府诗集·卷 24 - 7·刘生》。

［87］按：荆轲虽被司马迁归类为刺客，但宋人咏荆轲的诗大都以剑侠理解荆轲。

［88］按：如姚宽的《刘生》："击剑探赤丸，投琼呲枭卢。醉使新丰酒，笑拥西京姝。"见《全宋诗·卷 1969》。

［89］徐增. 而庵说唐诗［M］//四库全书存目丛书 V396. 台南：庄严文化事业有限公司，1997：集 396 - 696.

［90］悉尼·胡克. 历史中的英雄［M］. 王清彬，译. 上海：上海人民出版社，1986：14 - 18.

［91］林保淳. 从游侠、少侠、剑侠到义侠：中国古代侠义观念的演变［M］//淡江大学中文系. 侠与中国文化. 台北：台湾学生书局，1993：113.

［92］徐斯年. 侠的踪迹：中国武侠小说史论［M］. 北京：人民文学出版社，1995：17.

［93］陈墨. 刀光侠影蒙太奇：中国武侠电影论［M］. 北京：中国电影出版社，1996：28.

［94］按：黄东阳认为《燕丹子》成书最早在东汉末。见黄东阳. 失落的英雄：由"英雄历程"解析《燕丹子》之文化意涵及士人心理［J］. 东吴中文学报，2010（20）：54。

［95］按：荆轲自诩烈士，比如在《燕丹子》（卷下）有："闻烈士之节，死有轻于鸿毛，义有重于泰山，但问用之所在耳。太子幸教之。"见续修四库全书 V1260［M］. 上海：上海古籍出版社，2003：3。

［96］王叔岷. 庄子校诠［M］. 台北："中央"研究院历史语言所，1988：126.

［97］赵晔，黄仁生. 新译吴越春秋［M］. 台北：三民书局，1996：306.

［98］崔奉源. 中国古典短篇侠义小说研究［M］. 台北：联经出版事业公司，1986：19.

［99］干宝，黄钧. 新译搜神记［M］. 台北：三民书局，1996.

［100］吴宏一. 从侠义观念到武侠风貌［M］//刘绍铭，陈永明. 武侠小说论（上）. 香港：明河出版有限公司，1998：193.

［101］刘义庆，刘孝标，朱铸禹. 汇校集注［M］. 上海：上海古籍出版社，2002.

［102］鲁迅. 中国小说史略［M］. 台北：里仁书局，1992.

［103］胡应麟. 少室山房笔丛［M］. 台北：世界书局，1963：486.

［104］按：唐传奇兴起的原因很多，主要有三个方面：①城市经济的发展成熟，市民对文化与娱乐有更多的需求。②文人开始有意识地用虚构手法写小说，以小说展现才华。③考生把小说送给科举考试的考官，称为温卷，意博考官的青睐。但也有学者认为此说并无根据。①②见内山知也，益西拉姆. 隋唐小说研究［M］. 上海：复旦大学出版社，2010：5。③见莫宜佳. 中国中短篇叙事文学史［M］. 韦凌，译. 上海：华东师范大学出版社，2008：75.

［105］陈珏. 初唐传奇文钩沉［M］. 上海：上海古籍出版社，2005：33.

［106］黄东阳. 唐五代记异小说的文化阐释［M］. 台北：威秀资讯科技股份有限公司，2007：2.

［107］按：日人盐谷温所写的《中国小说史略》第三章中将唐传奇分为别传、剑侠、艳情、神怪四类，明显混淆两种不同分类标准。谭正璧在其所著《中国小说发达史》第四章中删去别传，分唐传奇为神怪、恋爱、豪侠三类。

［108］侯健. 中国小说比较研究［M］. 台北：东大图书公司，1983：178.

［109］戴俊. 千古世人侠客梦［M］. 台北：台湾商务印书馆，1994：16.

［110］这里的潘扆和吴淑《江淮异人录》中的潘扆是不同故事。

［111］按：如李白就把追求人间功业和拯救苍生视为己任，他在《上安州裴长史书》中表明："愿君侯惠以大遇，洞开心颜，终乎前恩，再辱英盼。白必能使精诚动天，长虹贯日，直度易水，不以为寒。"

［112］刘丽敏. 中国侠观念的传承与演变［J］. 广西民族大学学报，2008（2）：73.

［113］洪迈. 夷坚丁志［M］//笔记小说大观（八）. 台北：新兴书局，1975：2237.

［114］张文治. 国学治要 V5［M］. 台北：世界书局，2011：251.

［115］按：《太平广记·卷34·崔炜》中也有以人祭独角鬼的情节。

［116］冯梦龙. 喻世明言［M］. 台北：桂冠图书股份有限公司，1988.

［117］王世贞，王国良. 剑侠传［M］. 台北：金枫出版社，1986.

［118］洪迈. 夷坚志补［M］//笔记小说大观（八）. 台北：新兴书局，1975：2416.

［119］刘斧. 青琐高议［M］//笔记小说大观. 上海：上海古籍出版社，2007.

［120］关于《无双传》故事的真伪，明人胡应麟疑其为子虚乌有，但北宋的钱易在《南部新书》的"古押衙"条中说古洪："古押牙者富平居，有游侠之才，多奇计，往往

通于宫禁。"其游侠做派颇似作者薛调，《无双传》可能影射当时社会。再者，今人汪辟疆在其编辑的《唐人传奇小说》也指出："唐末范摅的《云溪友议》所记载的崔郊与姑婢故事，类似《无双传》，而薛调与范摅同为咸通（860—872）年间的人，所以《无双传》可能是以现实生活为基础写成的。明代陆采曾以《无双传》为底本撰写传奇剧本《明珠记》。"见汪辟疆. 唐人传奇小说［M］. 台北：文史哲出版社，1993：173。

［121］陈颖. 中国英雄侠义小说通史［M］. 南京：江苏教育出版社，1998.

［122］尹丽丽. 唐代小说中的任侠风气：兼谈其对明清小说的影响［J］. 明清小说研究，2010（2）.

［123］王立. 伟大的同情：侠文学的主题史研究［M］. 上海：学林出版社，1999：228.

［124］李肇，杨家骆. 唐国史补等八种［M］. 台北：世界书局，1991.

［125］班固. 白虎通义［M］//景印文渊阁四库全书 V850. 台北：台湾商务印书馆，1986：850－28.

［126］范晔. 后汉书［M］. 台北：台湾商务印书馆，1981：427.

［127］凌濛初，尚干. 二刻拍案惊奇［M］. 济南：齐鲁书社，1993：43.

［128］汪聚应. 唐代任侠风气与豪侠小说创作［J］. 天水师范学院学报，2007（3）：71.

［129］洪迈. 夷坚志再补［M］//笔记小说大观（八）. 台北：新兴书局，1975：2782.

［130］程毅中. 古体小说钞：宋元卷［M］. 北京：中华书局，1995：208.

［131］按：红线和聂隐娘是凭着轻功异术才奏捷的，这不是寻常行侠方式，放在"妖术类"固宜，但《醉翁谈录》云："言西山聂隐娘、村邻亲、严师道、千圣姑、皮箧袋、骊山老母、贝州王则、红线盗印、丑女报恩，此为妖术之事端。"文中所举的妖术之例以女性为多，且"事端"两字带有贬义，不免有贬低女侠的意思。见罗烨. 新编醉翁谈录［M］//续修四库全书 V1266. 上海：上海古籍出版社，1995：407。

［132］按：武松在杀了张团练、蒋门神、张都监三人之后，"便去死尸身上割下一片衣襟来，蘸着血，去白粉壁上，大写下八字道：杀人者，打虎武松也"。见《水浒传·31回·张都监血溅鸳鸯楼　武行者夜走蜈蚣岭》。

［133］王立. 武侠文化通论［M］. 北京：人民出版社，2005.

［134］洪迈. 夷坚乙志［M］//笔记小说大观（八）. 台北：新兴书局，1975.

［135］吴淑. 江淮异人录［M］//宋元笔记小说大观（一）. 上海：上海古籍出版社，2007.

［136］林保淳. 中国古典小说中的"女侠"形象［J］. 中国文史哲研究集刊，1997（11）：52.

［137］按：《唐传奇》中冯燕的形象跟（唐）司空图的《冯燕歌》有所出入。在《冯燕歌》中"回身本谓取巾难，倒柄方知授霜刃。凭君抚剑即迟疑，自顾平生心不欺。尔能负彼必相负，假手他人复在谁？"可知冯燕是因为张妻教唆杀张婴，才浮上杀张妻的念头。见《全唐诗·卷634》。

[138] 按：剑侠者戒色，且在清代以前的小说很难找到为情而战的侠客。

[139] 张齐贤. 洛阳缙绅闻旧记 [M] //北梦琐言：外 12 种. 上海：上海古籍出版社，1991：1036 - 51。类似的作品还有（宋）上官融《友会丛谈》中的向拱，但文中向拱只是个"本路下丁操刀者，最无行检"，不具侠的身份；以及（明）陆人龙《三刻拍案惊奇·第 9 回·淫妇情可诛 侠士心当宥》，文中除人名外大抵是《冯燕歌》的扩充版，尤其在人物的心理层面有更细致的描写。比如耿埴杀邓氏的动机，除了不忿邓氏要他杀其夫董生外，还对董生不假辞色、动辄嗔骂，故耿埴一时义愤动了杀心，心道"这真是不义的淫妇了。要她何用！"加深突出邓氏的无义。

[140] 葛洪，王明. 抱朴子内篇校释 [M]. 台北：中华书局，1980：303.

[141] 叶洪生. 中国武侠小说总论 [M] //刘绍铭，陈永明. 武侠小说论（上）. 香港：明河出版有限公司，1998：92.

[142] 吕望. 六韬 [M] //丛书集成初编 V934. 北京：中华书局，1991：6.

[143] 李昉. 太平御览 [M]. 台北：国泰文化事业有限公司，1980.

[144] 欧阳询. 艺文类聚 [M]. 台北：新兴书局，1973：1556.

[145] 张鷟，赵守严. 朝野金载 [M]. 北京：中华书局，1979：175.

[146] 段成式. 酉阳杂俎 [M]. 台北：汉京文化事业有限公司，1983：91.

[147] 弗雷泽. 金枝：巫术与宗教之研究（上）[M]. 徐育新，汪培基，张汉石，译. 北京：大众文艺出版社，1998：21 - 56.

[148] 高文秀. 黑旋风双献功 [M] //全元杂剧初编 V7. 台北：世界书局，1985：3218.

[149] 施耐庵. 水浒传 [M]. 台北：华正书局，1992：355.

[150] 吴靖. 侠：一种文化人格的历史流变 [J]. 书屋，2012 (11)：31.

[151] 司马光. 涑水记闻 [M] //宋元笔记小说大观（一）. 上海：上海古籍出版社，2007：831.

下编　明清侠观

　　文化是逐步累积的，明清文学创作的数量远胜于唐宋，不管在诗词、戏剧、笔记、短篇文言小说乃至长篇章回小说等都有翻倍的发展，各种文学类型的创作者倍增，武侠类的作者也大放异彩。武侠小说的作者将渴侠心理反映在作品上，"侠"的内涵也跟着改变，尤其在深明侠、盗之辨后，侠逐渐成为一个纯正面意义的词。加上《水浒传》对后世影响深远，包含《水浒传》本身提出的侠观和评述《水浒传》的学者所延绎的侠观，都对后世的武侠文学尤其是武侠小说起了引导作用。为了探索明清侠文学的诸种面向，本编搜罗明清的侠文学作为研究对象，并依文体分成"明清诗词、戏剧的侠观综论""明清话本、小说、笔记等短篇文学的侠观综论""《水浒传》及其他长篇章回小说的侠观综论"三章探讨之。另，自从宋代文人的慕侠情结和游侠的市井化后，明清两代侠在民间社会的扎根已臻成熟，慕侠、咏侠、学侠之风蔚为盛行，故立"个人侠的生命情调"和"侠群体的生命情调"两章于本编最后探讨之。

第八章　明清诗词、戏剧的侠观综论

　　明清的诗词虽在总量上盛于唐宋，但关于侠的诗词书写热潮已退，咏侠诗只能蹑继前人的笔迹，整体上开创性不高。比较彰明的现象是，在改朝换代时诗人面临家国剧变，对侠有更深切的呼唤，这不只是对救世英雄的渴望，更是将侠视为一中国魂，使侠成为呼吁中国人自立自强的符码。然在遣词用字上，明末遗民和清末的革命志士是有别的，前者渴侠的情况更甚于后者，于是侠到中晚明成为一泛滥形容词，常用来自喻和喻人，但在内涵上其原侠的阳刚性、力量与反叛的精神却锐减。到了清末，侠的灰烬重新被革命志士点燃，但比起侠来，那些革命志士更喜欢使用"英雄"一词，相对于侠，英雄少了忠义的内涵，并多了几分西方文化的个人主义，与西风东渐的时代脉动是合拍的。

第一节　侠诗词：古侠观念的绍承与拓展

　　先来看咏古侠的诗词，明初文人杨维桢笔下的郭解，虽"睚眦杀人威"[1]65，但随着"属吏脱践吏，卒感肉袒来"的描写，刻画出郭解以德服人的风范，而"此事实近道，可以侠少之"，则把侠行推到"道"的层次，境界升高，血腥暴力之气锐减。不过在祝允明笔下，郭解就大不相同了，"腰间血匕耀，头上金丸过。艳妓掌列盘，娈童口承唾"[2]，尽显一方霸主的威势与奢华。"杀人不须仇，睚眦家立破"，只要一个眼神不爽就可以把对方杀得家破人亡，表现出作者心中的侠客是蛮横不讲理的。"郭氏族尽灭，铜山死犹饿"这里将郭解一族比喻为邓通，纵使有铜山，一朝失势也会穷困到饿死，这是对贪得无厌的游侠写出的最深刻讽刺。两首咏郭解的诗对照着看，可发现不同诗人笔下有不同的郭解。再观唐寅笔下"侠客重功名，西北请专征"[3]则有唐人边塞游侠诗的味道，"孟公好惊座，郭解始横行。相将李都尉，一夜出平城"呈现一种错综的批判，侠客是谁？陈遵？郭解？还是李陵？但不管如何，纵使没有游侠，平城之围也是虚惊一场，短短五字将"侠"虚化了。唐寅的《侠客》虽不复唐人边塞诗的壮志豪情，也没有以侠自许的书生意气，但脱出行侠救世的框架，将一切现象归于天意、命运的必然。杨维桢的《洪州矮张歌》把现实人物矮张比喻成"矮瓠"，"蚤年侠气慕朱郭，轻财屡倒千金橐"[1]53刻画游侠的重义轻财。至于《易水歌》是首咏荆轲的诗，除了肯定荆轲的"侠才"[1]9之外，也以"文籍先生卖君者"王沈对比侠的忠信廉洁，除了对历史追思之外还加入了现实批判。吴派张羽曾直言"生平慕游侠"[4]1，在他笔下游侠重信诺、济人缓急、行侠仗义，但当他周游列国之后发现小儒规规焉，而真正的豪侠却未曾遇，故发出了"尝闻虞卿贤，斯人不可求。悲哉穷途士，缓急将焉投"的慨音，有种豪侠只是幻想产物的觉醒。而担当的《侠客行》中有："而今侠气向谁论，遍地挥戈搅梦魂。孤负晓鸡空努力，听伊不是旧刘琨。"[5]77发出以侠自许的自信，却空怀侠气、报国无门，满是"古侠不可见，吾谁与归"的怅然。另一首《侠客行》写出"海浪即能吞日魂，蛟龙无胆啮田横"[5]79的豪壮侠魄，但也衬出世情险恶，纵然田横再世也要与蛟龙搏斗，象征现实社会对侠的考验与摧残，同时也喻示着侠所需承担的时代任务。总之，明人的咏侠诗，很多寄情于郭解、荆轲、刘琨、田横等古游侠或有侠气的古人身上，对侠的刻画大致不脱前代形象，但借咏侠来浇涤自己的胸中块垒以及渴侠相助的浪漫。

也有不少诗人以侠自许，意欲救国救民或建一番大事业，如杨维桢的"未许同交死，全身报国仇。太阿飞出匣，欲取贾充头"[1]70，担当的"何妨万军有利矢，欲报吾军宁畏死"[5]11，以及郑善夫的"赐邑连京雒，图形列上公。男儿雪国耻，不在槁街封"[6]……皆写出游侠不甘平凡、渴望报国建功之志，唯唐朝那种大漠孤烟、雄浑壮阔的边塞诗已不复见。唐诗里浪漫的游侠在清诗人笔下变为写实风格，虽有数首诗示现了边塞风光，但不若盛唐边塞诗对边地战争的热血鼎沸、对边地风光的奇思妙想，而多了几分风土人情的写真，例如洪良浩的"游谈遂化燕齐俗，豪侠尚传王霸踪。况是边风好驰射，居民不复力耕农"[7]904。诗中流露对边民生计的关心，侧显出边民强健的体魄和侠性，并以此为豪。至于赵金鉴的《少年行》："桃花骏马骄且驰，意气京洛游侠儿。醉卧琼楼枕玉臂，绣幕宵护红燕支。……不然东渡辽海开玉帐，草檄破贼边塞上。"[7]502不但要睡卧美人臂，也要醒破边塞贼，这里，游侠是诗人理想人生的投射。再看清代台湾诗人林朝崧的诗句"岂有儒生怀侠骨，几闻草野报皇恩"[8]，将儒侠结合，阐明匡世救国是儒生之责，这在前代救国诗中较为少见，却能与同时代的革命诗相呼应。而清代诗人屈复的《过流曲川》："杀气腾凌古战场，前啼鹈鹕后鸳鸯。降将云台曾未闻，三边侠骨空自香。岂知到海泾渭血，寒潮不上天山雪。井底蛙声竟何在，十万游魂哭夜月。"[7]329这是一首七言诗，频繁换韵，增添情绪转换的力度，且不同于"纵死犹闻侠骨香"[9]1305的豪迈进取，此诗流露出一抹凄美而悲壮的况味。

当然，报恩报仇向来是侠诗的主题，比如明朝何景明的"思杀主仇谢主恩……拔刀跃马门前路，投主黄金去不顾"[10]描绘侠士重义轻财、奋不顾身的形象。吴伟业的"气倾市侠收奇用，策动宫娥报旧恩。多见摄衣称上客，几人刎颈送王孙"[11]，虽说游侠无义，却点出豪杰养侠是为了得侠士报恩的现实目的。另一首《雕桥庄歌》"自言年少西韩生，幽并豪侠皆知名。……天生奇质难自弃，一朝折节倾公卿"[7]215，则是白居易由《长恨歌》脱胎换骨而来，但也可想见直到明朝文人都还幻想着游侠横空出世，一入红尘便一鸣惊人。基本上，这些诗都是歌咏着游侠报恩，把"施恩—报恩"的对价关系当作合义的颂扬，却未对侠行的交易本质和正义性提出批判。清诗亦然，"不见游侠子，白日报仇饮都市"[7]124脱自李白的"笑尽一杯酒，杀人都市中"[9]1696，然不及李诗的豪态飘逸；"谓叔性豪侠，轻财略无度"[7]658亦是平平；"士怜知己不顾身，古来节侠多如此"[7]34此亦常见。"裘马五陵客，相逢入酒肆。匣中龙剑连夜吼，人间定有不平事"[7]154明显脱自贾岛的《剑客》，但只见飞脱、不见沉郁，难免有为赋新辞强说愁之感。而林直的"幽燕少年年廿五，广颡庞眉气如虎。复仇只用一横戈，杀敌全凭几支弩"[7]539颇有李颀《古意》的味道，虽然气魄雄健，却偏似唐朝背景，和清朝的战争形态与热兵器战场终隔一层。

　　承袭前代咏侠诗的传统，当诗人怀才不遇或生活困顿时，也有渴侠、思侠之诗。明人宋濂的"受恩能尽死，义重身则轻"[12]、杨维桢的"挥金周所急，解佩酬相知"[1]119描述了义侠形象，侠观虽然老套却有少见的"义侠"[13]字眼，其中杨诗也道出了子孙不肖，难以继承家业的悲哀，即使陈主公一世义侠，身后也终将落入盛衰有时的轮回里，思虑遂深、感慨遂深。清代王嗣晖的"谁是人间豪侠子，磨刀海上掔长鲸"[7]808脱自李白的"安得倚天剑，跨海斩长鲸"[9]1696，豪气却锐减。林直的"主仇不报空丈夫，跃马出门身不惜。刺杀仇人函首归，淋漓颈血尚沾衣。主人请以千金报，踏步掉头去不告"[7]540亦是重复古游侠的形象。倒是田茂遇的《贫交行》"古人结交重青云，今人弃置同秋草……邯郸城中游侠多，邂逅相逢意气好……上堂拜母下揖嫂，与子缝裳复剥枣。君不见古来英雄不用为佣保，叩角行歌石皓皓"写出世态炎凉，呈现侠的世俗面，也包含对侠士报恩的批判和自性的觉醒，思维相当新颖。此外，曹振镛的"多少人来剑铗弹。恩怨谁堪追侠烈，炎凉何意到儒酸？"[7]50写出了儒亦如侠，需要出头机会。多少人曾效冯谖弹铗，但成功的有谁？这些诗都道尽了侠士不遇之悲。

　　还有诗人对侠少奢华生活的羡慕而作的一篇篇慕侠诗，这类诗更多。如杨维桢的"道旁百金骑，侠气争春骁"[1]32，"金丸脱手弹鹦鹉，玉鞭嬉笑击珊瑚。侍儿无赖有如此，知是霍家冯子都"[1]83；杨基的"豪名独擅秋千社，侠气平欺蹴鞠场。白璧一双酬剑客，明珠百斛买胡娼"[14]；胡应麟的"百千聚游侠，百万要名娼"[15]；王世贞的"元朗业任侠，声酒恣所适"[16]；陆深的"常抛金弹夸豪侠"[17]；徐祯卿的"四牡饬朱轩，侠气何翩翩。……千金饰冠剑，宝服芳且鲜"[18]……皆写出侠少的潇洒放荡，纵情在酒色财气中挥霍青春，无须背负国家社会的苦难，这些诗也反映了诗人对上流社会的想象。集家世、富贵、相貌、才华、风流于一身的侠少是天之骄子，人人称羡，也是诗人写侠的主题。到了清朝侠少仍自我放纵，试看"笑从北里邀名姝，清歌妙舞红氍毹。满堂侠客相叫呼，酒酣立马争摴蒲"[7]601，"游侠好，不愿执金吾。宝瑟歌成三妇艳，银枪舞急万人呼。赌酒更摴蒲"[19]426，"邯郸侠，河东贾，……狗儿吹笛，花奴击鼓。美人笑酌金鹦鹉，绣襟红香沾马乳"[8]94……这些侠少整天比排场、斗奢华，极尽声色犬马之能事，重要的是"游侠好，结客过邯郸。孔雀罗裙擎玉碗，鹅儿锦帕覆雕鞍。骑出万人看"[19]426那种"骑出万人看"的炫耀欲望。盖自古游侠配美妓，不只宋代词人辛弃疾要"红巾翠袖，揾英雄泪"[20]，连清代大文豪郑燮也懂得"欲谈心里事，同上酒家楼"[7]601。只是这些诗写得再好都跳不出唐人的框架，改变的只是形容词，连奢华配备：酒、马、宝剑、美女等都差不多。

　　黑格尔说："每一门艺术都有它在艺术上达到了完满发展的繁荣期，前此有一个准备期，后此有一个衰落期。"[21]诗词到了明清已经老化，要明清诗人另辟蹊径并不容易，鲁迅说："我以为一切好诗，到唐已被作完。"[22]闻一多说："诗的发展到北宋实际也就完了。"[23]这些说法虽过于武断，却也反映诗词到了明清再难拓展的窘境，游侠诗亦然，既无唐诗的雄浑壮阔，亦乏宋诗的理趣清新，游侠边塞诗也不见了。整体来说，明清游侠诗的数量虽远多于唐宋，但所反映的侠观踵继前人的多，开创的少。

第二节　自性的觉醒

　　陈平原说："千古文人的侠客梦，实际上可分为两大类：一以侠客许人，一以侠客自许。"[24]31-32这两种以侠相许的梦在历朝各代的侠文学中都可以找到很多例证，唯在比例上，明清两代的诗词以侠自许的增多了，不只如此，也有质的改变。在唐朝，很多以侠自许的诗表现在对游侠任性奢华的祈慕上，侠之咏偏向感官欲望，即使是边塞游侠诗也带有很深的浪漫情怀。到了宋代，诗词中仍有不少祈慕侠少奢华生活的余风，但也有担负国家兴亡盛衰的责任感，文人借由以侠自许发出救国之声，虽然整体上这个声量仍是微弱的、孤独的。但到明清，国家治理结构剧变，到了清末中国更经历列强瓜分的巨变，文人的侠客梦不再浪漫了，他们不得不发出遗民之思，并对侠有了新的寄托，侠不再是诡谲万端、超然不受尘世影响而变节改容的侠隐，而是以不合时宜的血肉之躯高亢奋进。这时他们有两种出路，一是回到美人的怀抱，寻找温存与慰藉。二是在革命的理想下，舍身一拼来完成侠的事业，这是侠性的自觉。在列强入侵与亡国阴影下，许多志士以侠自许，除了救国也意在唤醒中国人的侠魂。这时，侠不再是强人的专名，而是志士的意志，从中国传统侠文化提炼出来并赋予时代新任务的意志。

一、遗民之思

徐孚远的《闻沈昆铜变感赋》写出了明朝亡后，南明又失守的遗民之悲，其中"江南义士年年没"[25]562痛惜那些力图恢复汉人政权的南明义士的逐年凋零，虽有沈士柱"好奇藏侠有英名"但终究孤力难以回天。沈士柱，字昆铜，明亡后秘密从事反清活动，以交通郑成功被清廷诛杀，故诗中的侠即为"义士"之意，对清朝来说无异于叛党。前代称豪侠指推翻暴政自立为王或割据地方不听王命者，但遗民之侠很多以读书人的身份从事反清复明之举，这种力图恢复故国之侠，可说是历史洪流中一种新类型的侠，影响到晚清革命诗。另一名被徐孚远称作侠侯的赵牧死于海口之役中，史载赵牧"豪侠，骁勇善战"[25]858，徐孚远有《海口城陷哭赵侠侯》一诗，其中"帐下健儿还格斗，匣中雄剑自悲哀"[25]858道尽了遗民的悲情。至于钱澄之的身世也是跨越了明清两代，他既是一介读书人，也是一名抗清义士，所写的"病自多情起，囊因好客空。酒酣谈骂贼，侠气至今雄"[26]有种时不我与仍强自振作的侠气。在他笔下抗清义士胡君屋是侠中典范，在胡君屋被牵连入狱时，他写下"交游早虑危机伏，患难还知侠气多"[27]，除了惋惜，亦含有对世事人心的深刻体会。此外，吴孟坚所写的"长剑欲携逢侠客，南冠不戴问纶巾"[28]笔意雄迈进取，只是诗末的"月社高吟归思切，帆飞江上泣风尘"状写了国破家亡的深沉悲痛。再看，陈恭尹为了抗清举家被杀，身世悲凉，诗意亦悲凉："最是五陵游侠客，年年磨剑候风尘。"[29]岂不是以侠自喻？同样也是明末清初的沈钦圻，将人生划分成少年、中年、老年三个阶段，其中"少年为侠客，万金散尽不少惜"[7]20，可见"侠"的高光是属于少年的，飞扬跋扈一掷千金，只是从中年到老年，却跨入了清的统治，为诗人、慕隐士、入空门，繁华渐归于寂静，遗民之思很有韵味，也是明朝侠诗中较有特色的部分。

所谓遗民，一定经历过改朝换代的剧变，明朝的遗民之诗诚有其一代文学之特色，只是相关研究不多，侠的研究则更少。直到清朝灭亡之后，遗民之诗再涌，但不同的是，清朝的遗民诗已不渴侠，亦不自称侠，整体上，现实社会中的侠客正逐渐从历史上消退，清朝的遗民诗风只是反映一端而已。举例而言，康有为"热官飞车豪侠马，青丝紫鞍双关下。先生尘土满征衣，借问适从何处归"[30]诗中的豪侠有些狼狈，要救国当从何救起？"何处归"既问豪侠的归处，亦问中国人命运当何去何从。而梁启超的"佞头不斩兮，侠剑无功。君恩友仇两未报，死于贼手毋乃非英雄"[31]用字犀利，侠的救国责任不容闪躲，只是这首诗所呈现的侠观还是相当老套。秋瑾的《宝剑歌》"侠骨棱嶒傲九州岛，不信太刚刚则折……他年成败利钝不计较，但恃铁血主义报祖国"[32]意气刚烈，以救国为侠的使命，不死不休……以上诸诗大抵直抒胸臆，自然本色，但单纯论诗则过于直白缺乏诗味，再看对侠客的刻画都反映在救国图存上，千篇一律，且侠客的形象单一。反倒龚自珍的"吟到恩仇心事涌，江湖侠骨恐无多"[33]186，用字浅白而余韵良深，诗中说陶渊明虽隐居但侠气仍在，对比龚自珍自己虽已辞官亦未忘怀世情，只是已出庙堂不得不平静，"侠骨无多"道出世风日下侠气难伸的悲哀。

二、入世之教

冒襄笔下"游侠髯麻柳敬亭，恢谐笑骂不曾停"[7]120使游侠别开生面，游侠未必是行侠仗义的剑客，也可以是个诙谐笑骂的说书人，其中"笑骂"是出自游侠的正义感。这里的侠相当生活化，借由说书融入市民的娱乐中，故市民的侠观也会潜移默化地受到说书人的影响。而袁凯的诗亦颇有味道，如《古意之五》上一句还想从洛阳豪侠遨游，以使自己"气势相颉颃"，没想到后面遇到两三个儒生讲学，竟"中心忽爱慕，与彼遂相忘"[34]231，这种随性，直把侠视为一种可求可弃的选择，既不揄扬也不卑之。另一首诗有："何处江湖为乐土，谁家门户有闲人？"[34]249诗中所写的江湖是指侠客的寄身之所，江湖无乐土，家户无闲人，那世上有整天没事、纵游江湖的侠客吗？袁凯之诗批判性颇强。而张羽的"古来节侠士，孤坟蔽蓬科。杀身不成仁，倏如飞鸟过"[4]2道尽节侠空有其名，身后不过孤坟一茔，杀身成仁也好、不成仁也好，人的一生就如飞鸟掠过，有什么值得认真？张羽的诗批判了侠客救国救世的价值，开出了侠诗的新境，使侠从全能超人变成不得志的普通人，可贵的不是拯救世界的超能力，而是处浊流而不污的高洁。

至于清代的侠诗则常以侠客来誉人或自喻，比如龚自珍的"不是逢人苦誉君，亦狂亦侠亦温文。照人胆似秦时月，送我情如岭上云"[33]149，侠是介于狂放与温文之间的潇洒之士，故侠是对人的盛誉之辞。曹尔堪的"燕市唾壶招侠客，龙威探册逢渊叟。好相期、岁岁系兰桡，胥江柳"[35]589，这里的侠客就像文人一样随性，向风雅的生活品位靠拢。郑用锡的《解嘲》写出侠与修士的差别："让君有侠骨，挥霍千金娱。我惟苦面壁，绩学十年余。吾道足千古，何必较赢输！"[36] 侠客的纵情娱乐、挥霍成性与修士的十年绩学形成巨大的对比，作者以"解嘲"为题，颇有嘲笑自己苦读勤学但过得比游侠差的言外之意，但作者还是有文化自信的，他相信千年之后流传的是吾道，眼前输了又何妨？此诗倒把侠当作纨绔子弟来写了。此外，梁启超的《满江红》"如此江山，送多少英雄去了。又尔我蹴尘独漉，睨天长啸……剑外惟余肝胆在，镜中应诧头颅好。问匏黄阁外一畦蔬，能同否"虽道尽了英雄的不合时宜，但终究转化心情，见势不可为，便邀友种蔬菜享受生活。以上诸诗所刻画的侠客形象较接近侠隐，唐诗中的侠隐太过仙化，虚幻不真；宋诗中的侠隐，虽耕樵渔牧，却仍有高人姿态；明清诗中的侠隐不是仙人也不是高人，而是被时代捉弄的普通人，甚至侠客还成为被定义、被批判的对象。

三、侠士之情

历来侠少美妓的题材在诗人笔下百写不厌，诗中歌颂他们浮华骄慢的生活，虽是风流韵事，却意在炫耀，缺乏侠少的真情实感。向来侠诗中的儿女情长较少，就连豪放的盛唐亦付诸阙如，侠诗词里的世界一直维持戒色的传统，男尊女卑，直到清代女性在侠诗的地位才有所提高，如曹尔堪的《木兰花令》写下"无端击筑动悲歌，侠骨难教脂粉抹"[35]525，纪念一位英姿飒爽的侠女，她为行侠义，收拾脂粉不做美人。而于源的《鹤秀塔》"一寸柔肠容易断，十分侠骨自留香"[7]801 更抒发了诗人对一位仗义助人的女婢鹤秀的敬重与珍惜。于是女子不再只是侠诗下的炫耀或观赏物，也跳脱了是侠的"负累"或"祸水"这种刻板思维，而成为可爱可敬的对象，甚至本身就是铮然女侠。这一倾向越到清末越明显，如"万一禅关峷然破，美人如玉剑如虹"[37]，真正悟道之后，英气飒爽的侠女如在目前，女与道结合为一，真正的侠士能超脱以色观女的局限而自然地歌咏侠情。再看黄燮清的《浪淘沙》，词中带出诗人对明朝艳妓马守真的惋惜，《列朝诗集小传》载马守真"性喜轻侠"[38]011-805，而她心属的才子王稚登也素有侠士之名，但"风流豪侠想襟期。名士倾城偏印合，惜未同时"[39]，道出才子佳人终未能在一起的遗憾，侠情深重、意境深远。

而这股儿女情长的侠风，到了清末民初更加显豁。如为清守节的隐士胡薇元，在他笔下"地老天荒，海枯石烂，共在情天浩淼中。渝歌里，有柔肠儿女，侠骨英雄"[40]，写出侠义男女的有情天地，其侠情流露比前代更直接坦率。不过整体上要属南社诗人的情肠最多、最绕、最纠结，其创办人高旭就有"不灭英雄儿女气。往年情事，半歌半哭，隐约还能记。樱花照眼梨花泪"[41]之语，至情至性，婉转哀戚。同属南社的诗人徐枕亚有"侠骨痴情累此身，相思无复问前因"[42]175 "醇酒妇人自古尔，柔情侠骨有谁耶?"[42]178 "便不情根种。似那样侠骨柔肠也应钦敬。况是一般断肠人，能不相怜同病?"[42]185等句，笔下侠客情肠百转、自受自甘。其他南社之诗还有俞剑华的《有悼》"天涯别有伤心泪，不哭英雄哭美人"等，皆诗情缠绵、哀愁动人。在这些诗当中，侠跳脱了传统侠观的绝情文化，而南社又属革命的文学团体，多情诗人同时肩负救国任务，可见当时侠义救国的大爱与侠情小爱能相得益彰、并行不悖。在这一代诗人笔下，侠的传统约束力消退，侠诗朝向自性解放与自觉抒发。

四、革命之魂

在晚清时有不少文人参加革命，并留下一篇篇唤醒国魂的侠诗，如当吴樾准备刺杀端方时，赵声以《古风》"一腔热血千行泪，慷慨淋漓为我言。大好头颅拼一掷，太空追攫国民魂"[43]343赠挚友，后吴樾得知清朝五大臣的行迹，即混入人群手持炸弹欲伺机行刺，不料火车突然震动，炸弹引爆，吴樾当场被炸身亡，年二十七岁，而五大臣仅受伤，赵声闻之悲恸不已。据叶楚伧题解："赵声在金陵任新标统，以鼓吹革命，罢职北走津沽，与吴樾游极相得，时吴樾正筹刺端方，赵多所擘划，谋既定，吴促赵南行，临别贻以此诗，'大好头颅'云云，即准备暗杀也。"[43]344可想见吴樾在行刺前那视死如归的精神，而这正是晚清革命党人所揄扬的侠，其行为虽类于刺客但不为报恩，也非受酬听命杀人，而是以暗杀为手段遂行其救国救民理念的侠魂。又，黄兴的《吊刘道一烈士》："英雄无命哭刘郎，惨淡中原侠骨香。我未吞吴恢汉业，君先悬首看吴荒。"[43]371关于刘道一，叶楚伧在孙文《挽刘道一》的诗中有题解道："刘道一志在革命，与各地会党联络，拟乘机发动，赴长沙有所计划。"[43]332但之后萍浏醴起义爆发，刘道一在由衡阳返长沙途中被捕，死在狱中，年仅二十二岁。再看刘泽湘的《过西山辟支生墓》"……主持清议警神州，唤醒国魂争自由。散尽千金交任侠，拚将一剑报恩仇……"辟支生即宁调元，号太一，《民国醴陵县志》载其："性豪侠，美丰仪，有智辩，长于文。"[44]太一读书时，受黄兴、张继等革命党人的启蒙，毕业后即参加华兴会，鼓吹革命，曾经被捕入狱，后来在湖北策划组织联军讨伐袁世凯，但事泄被捕，从容就义，年三十岁，死后葬于西山。上诗为刘泽湘经过西山时吊太一之作。以上诸人都深负革命思想，以暗杀行侠道，但也奏出少俊遇害的诗歌。在这些诗中，革命党人以侠喻友，颂扬他们牺牲小我、视死如归的精神，这些人多死于暗杀清末大臣的行动中，故"侠"与"刺客"不二分，这现象在革命诗中很常见。

　　然亦有颇多的诗称以暗杀行动著名的革命党人为"英雄"，如于右任挽陈其美的《民立七哀诗》："十年薪胆余亡命，百战河山吊国殇。霸气江东久零落，英雄事业自堂堂。"[43]383陈其美以暗杀成名，最后也被刺身亡，时革命党人多以英雄誉之。然高旭在《侠客行吊陈其美》一诗中云："侠风盖世畴能肩，锄奸伐暴身独先。"[41]241又称其为侠客，可见侠与英雄同为颂誉从事暗杀行动的革命党人的赞词，但侠与英雄的内涵又有不同。侠多指中国人的精神底蕴，"侠魂"，是指中国魂，唯古诗常把田横、荆轲、项羽等人以英雄誉之，故"英雄"也指中国魂，但除此之外，英雄还负载近现代精神和西方文明符码。试看陈子范《赠畏友林子超二首》的"唱到国仇声泪并，江湖侠客已无多"[43]361和秋瑾《宝刀歌》的"宝刀之歌壮肝胆，死国灵魂唤起多。宝刀侠骨孰与俦，平生了了旧恩仇……铸造出千柄万柄宝刀兮，澄清神州"[32]38，其怀有救世侠魂，为救世为报恩而激昂奋起。对照秋瑾《吊吴烈士樾》的"大江南北群相和，英雄争挽鲁阳戈。卢梭文笔波兰血，拚把头颅换凯歌"[43]339和熊朝霖《绝命诗》的"夷祸纷纷愧伯才，天荒地老实堪哀；须知世界文明价，尽是英雄血换来"[43]354，不但在古诗嵌入西方词汇，也赋予英雄革命报国的责任，这些均能凸显侠与英雄在时代中所扮演的不同角色。

第三节　水浒"英雄"与忠义的结合

　　再谈戏剧，明清的戏剧大致可分为杂剧和传奇，这两类无论是体制或流传的地方皆有不同。随着侠文化流衍到明清，戏剧取代了话本成为通俗文学的主流，而戏剧中的侠义精神亦随之蓬勃发展，兹整理如下：

　　（1）杂剧：元代有《李逵负荆》《黄花峪》等；明代有《黑旋风仗义疏财》《宋公明闹元宵》《红线女》《昆仑奴》《虬髯翁》《易水寒》《秦廷筑》等；清代有《黑白卫》《蓟州道》《十字坡》《龙舟会》等。

　　（2）传奇：包含以下三类：①根据梁山好汉的故事改编的传奇，如《宝剑记》《灵宝刀》《义侠记》《埋剑记》《水浒记》《元宵闹》《雁翎甲》《翠屏山》等；②根据唐小说改编的传奇，如《红拂记》《双红记》《黑白卫》等；③根据历史题材编写的侠义剧本，如《节侠记》《窃符记》等。

　　（3）京戏：包含以下三类：①描写梁山英雄，大多是由传奇脱胎而来，也有的是据小说《水浒传》及其续作改编的，如《林冲夜奔》、《武松打虎》、《时迁盗甲》、《乌龙院》（写宋江杀阎婆惜）、《丁甲山》（写李逵负荆）、《打鱼杀家》等；②根据唐小说改编的剧本，如《红线》《红拂》《聂隐娘》《红绡》

等；③根据侠义公案小说改编的，如《施公案》《彭公案》《十三妹》等。

以上剧目虽只是明清侠义戏剧的一部分，远非全豹，但从剧目名称可知明清的侠义戏剧都有其来源，其中又以水浒故事、唐传奇和历史故事三类来源最多，或加以敷衍、改编，总不偏离其故事原型，故较少创新。水浒故事不但题材老套，且传颂天命思想、忠君爱国、为义牺牲等传统侠观的剧本不在少数，影响所及，很多梁山好汉都榜列侠名，如沈璟的《义侠记》，就是将武松、宋江等一干梁山好汉当作义侠。唯更多剧本将梁山好汉以"英雄"称之，如康进之的《李逵负荆》中有"既赌赛怎翻悔，我对着这三十六英雄"[45]4046"宋公明行道替天，众英雄聚义林泉"[45]4071，《黄花峪》中的"（宋江云）自小为司吏，结识英雄辈。……名播华夷，三十六员英雄将"[46]80"（宋江云）兄弟也，山下有一个人，好生英雄，你可敢近他末？"[46]86再看朱有燉《黑旋风仗义疏财》的"学婆娘苦眼铺眉。下轿来一跳有千石力，忍不住英豪气"[47]106，以"英豪"形容李逵是近于英雄的表述。再看李开先《宝剑记》的"拔剑频看，你道止许英雄佩，不是英雄不与弹"[48]255"劬劳，父母的恩难报。悲嚎，叹英雄气怎消！"[48]293等，在元杂剧中"英雄"取代"侠"而成为作者褒奖的对象。英雄与侠客虽时常被混用，但从细处来说仍有差异，一般而言侠客是为私义，而英雄则是为公义，这是大致上的不同，个案不在此限。

目前学者所研究的侠文学、侠史、侠文化等，但凡提到元明清戏剧，几将水浒好汉纳入侠客之林，少有例外。但必须注意的是，侠自韩非以来就有"犯禁"之说，司马迁也说"其行虽不轨于正义"，也就是很多侠的身份是有案底的，更遑论在历史上出现过轻侠、奸侠、凶侠、亢侠、闲子等恶名，绝非奉公守法的善类。但"英雄"则不同，"英雄"一词是只有正面义而无负面义的，关于这点《淮南子》有精辟的阐释：

故智过万人者谓之英，千人者谓之俊，百人者谓之豪，十人者谓之杰。明于天道，察于地理，通于人情，大足以容众，德足以怀远，信足以一异，知足以知变者，人之英也……英俊豪杰各以小大之材处其位，得其宜，由本流末，以重制轻，上唱而民和，上动而下随，四海之内，一心同归。[49]

又，刘劭有：

夫草之精秀者为英，兽之特群者为雄。故人之文武茂异，取名于此。是故聪明秀出者谓之英，胆力过人谓之雄，此其大体之别名也……夫聪明者，英之分也，不得雄之胆，则说不行；胆力者，雄之分也，不得英之智，则事不立……然皆偏至之材，人臣之任也。故英可以为相，雄可以为将，若一人之身兼有英雄，则能长世……故一人之身兼有英、雄，乃能役英与雄。能役英与雄，故能成大业也。[50]

根据《淮南子·泰族训二十》将英俊豪杰比拟为领导人，且其领导能力跟德性有关，德性大的"英"能化万民，若依其德而当位则四海大治，可见《淮南子》将德性与领导力合在一处。刘劭则认为，"英"是聪明秀出者，"雄"是胆力过人者，英可以为相、雄可以为将，而英雄兼具的人，则可役使英与雄成立天下大业，可见刘劭的英雄兼具智慧和胆识，唯"英雄"可领导天下，后世《三国演义》第二十一回"曹操煮酒论英雄 关公赚城斩车胄"[51]讲的也是这层意思。所以不管是三国时代争天下的英雄，还是宋代以降救国救民的英雄，其背景都比侠干净。尽管在历史洪流中侠经过唐朝的"义"与宋朝的"忠"的漂白，但在文字狱大兴的明清两代，侠还是带有原罪的，尤其在小说、戏曲中侠就不再充满诗词的象征性与抽象性，而有更精确的实指，如《刘玄德醉走黄鹤楼·第三折》中唱道："想曹操奸雄足智，任侠放荡。然托名汉相。实为汉贼，功非扶汉，意在篡君。"[52]这是延续历史[53]对曹操的评价，其中任侠放荡是负面义，比较刘备质问："某等合兵，一举而焚于亦[54]壁之下，他岂为英雄好汉？"可见英雄的评价高于侠，况在戏剧中有些侠名被英雄取代。

英雄可取代侠名，再加上其本身的文化积淀，因此英雄的概括性远甚于侠。以侠类型的戏目来说，其戏文中常无"侠"字却有"英雄"的字样，这就是最好的说明。既然英雄的概括性广大，若把英雄视等同于侠，则侠观的研究恐会游谈无垠，若以其人格是否具侠性、行为是否合乎侠义来论断其为侠客与否亦恐失之主观。比较客观的分判是古人是否在其流传过程中投射以侠的概念，举例而言，水浒好汉有义侠之名，荆轲也是诗词中常见的侠客，所以其戏文归为侠文学，至若三国英雄、西游人物在流传中并无侠义之名，所以不属侠文学，这样的分判既有根据又符合历史事实。此外，侠虽有负面意义，但明清戏文中的侠通常不会单独出现，而是和"义"合称，成为"侠义"，这个义有两层意义，一是行侠仗义，一是忠义。行侠仗义的戏码如元朝康进之的《李逵负荆》文中写李逵杀了二贼，帮助了王林父女；此外还有无名氏的《鲁智深喜赏黄花峪》写李逵杀蔡衙内，襄助刘庆甫夫妇团圆等事迹，这都是斩奸锄恶、扶危济倾的戏码，都符合梁山"替天行道"的宗旨，也颇有古侠的草莽形象。两篇戏文的末段如下：

（末同鲁智深押二贼上，云）那两个贼汉擒拿在此，请哥哥发落。

（宋江）好宋江！好鲁智深！你怎么假名冒姓，坏我家的名目？小喽啰，将他绑在那花标树上，取这两副心肝，与咱配酒。枭他首级，悬挂通衢警众。

（卒子）理会的。（拿二贼下）[45]4070

（正末云）拿住了蔡衙内也，拿着见宋江哥哥去来。（唱）

【尾声】巨奈无徒歹禽兽，摘心肝扭下这驴头，与俺那梁山泊宋公明为案酒。

（宋江冲上，云）拿住蔡衙内也，与我拿出去，杀坏了者。您一行人听我下断：则为你蔡衙内倚势挟权，李幼奴守志心坚。强夺了良人妇女，坏风俗不怕青天。虽落草替天行道，明罪犯斩首街前。黑旋风拔刀相助，刘庆甫夫妇团圆。[46]93

在这两篇杂剧结尾处可看到，宋江不只是好汉首领，实质上亦是个地方官，所以李逵抓到恶人之后要"请哥哥发落""拿着见宋江哥哥去来"。而宋江也俨然以县令自居，历数恶人罪状并宣判其刑，他们的行为并不受制于官府，草莽气息浓厚，跟明清以后的水浒戏剧杀人后还要来个投官自首有着不同的意义——也就是水浒戏剧越到后来越是讲究"忠义"。以《义侠记》为例，《义侠记》以《水浒传》第二十三至二十六回为蓝本，内容包括武松打虎、杀嫂、杀西门庆和蒋门神及投奔梁山等，《义侠记》把武松定位为侠，作为戏中的主角，分析武松的作为有：为大众除害、为兄复仇和朋友相挺等三个层面，有为公义也有为私义，为突出《义侠记》的侠观，兹以武松听到景阳冈上有虎的情节作比较：

《水浒传》：

我是清河县人氏。这条景阳冈上少也走过了一二十遭。几时见说有大虫！你休说这般鸟话来吓我！便有大虫，我也不怕。[55]259

《义侠记》：

不说猛虎，俺便不去也罢。若说有虎为害，不觉精神抖擞、毛发倒竖。一定要去拿他。[56]6

《水浒传》中武松执意冒险是出于血气之勇，但《义侠记》中武松就是为民除害了，光以双方标题《景阳冈武松打虎》和《除凶》就可发现作者的叙事主旨有明显不同。再看杀嫂一段，《水浒传》和《义侠记》中武松知道武大是被人害死之后都先去告官，告官不成才自行断案杀人，这种以告官为前提，官了不成才私了的行为，比起古游侠的擅生杀之权，多了几分守法精神，这便是义侠的关键。且武松在杀嫂前都有个审判过程，仿效衙门审判有证人、有书记，这就不是凭好恶杀人了，而是模仿古代司法，无形中认同了国家司法体系，最后将侠反抗原因归为官吏的贪赃枉法，但对朝廷的忠心以及归顺的期盼是不变的，这便是作者心中富有忠义的侠客形象。《水浒传》的眉批也赞道："古今壮士谈英勇，猛烈强人仗义忠。"[57]854 这种忠义落到《义侠记》便是侠性，且两篇都写武松杀人后去投官自首，将原侠野性纳入国家体制中，与唐传奇中侠行凶后飘然远去的结局大异其趣，这是明清所塑造的忠义之侠。其中《义侠记》的忠义犹有过之，剧本中宋江一意期盼招安，表明"愿取黄榜招安，为国除患"[56]54，甚至宋江率众啸聚山林也是为了"日夜指望招安，要与国出力"[56]92，把招安当作上梁山的目的和期盼，丧失侠的个性和反抗性，成为教忠教义的宣传机器。

而《黑旋风仗义疏财》剧中的侠可分成两个层面：其一是打抱不平的侠义，其二是对朝廷的忠义。前者反映在李逵和燕青的见义勇为，他们替李古缴纳官粮给赵都巡，但赵都巡收钱后仍不肯放过李古，以致李逵、燕青两人出手，戏文唱道："你，你，你，到这里休回避。我，我，我，按不住心头气。打的他肉绽皮开无筋力。打的他慌忙哀告，伏在田地。打的他声声叫道知情罪。他，他，他，可扑的跪在阶基。"[47]107 朴质粗率的语言，唱出了李逵是非分明又带几分莽撞的侠性，一旦路见不平就挺身而出，好汉向来都是靠拳头来讲正义的，这和他在《水浒传》中的形象是一致的。至于对朝廷的忠义，则使侠客的形象受到扭曲。承续前段，李逵在为李古出头之后，竟接受李古劝说，即刻返回梁山劝宋江接受招安，他唱道："呀！这的是一朝官里一朝臣。凭着俺能争敢斗荡烟尘。管教那四方宁静乐千春。俺三十六人，活擒方腊见明均。"[58] 口口声声说的明君朝臣，大谈荡寇立功，这岂是《水浒传》里讲义气不讲利益的李逵？乃至第三出《梅花酒》的唱词："我如今也自忖，也自忖，愿随军；愿随军，报深恩；报深恩，向南闽；向南闽，敌蛮人；敌蛮人，建功勋；建功勋，报捷闻；报捷闻，到枫宸；到枫宸，听丝纶；听丝纶，做官人；做官人，列重裀；列重裀，衣禄准。"[59] 写出梁山好汉对歼敌建功、封官赐爵、享受荣华富贵的向往，很符合一般百姓对当官的想象。文中以功利角度来阐明招安的好处，李逵和其他好汉无不尽力讨好朝廷，集体的奴性取代了个体的自性，原侠的野性和反抗性不复存在，对君王效忠的忠义成为侠最主要的内涵。

至于《宝剑记》也颂扬对朝廷的忠义，剧中叙述林冲上表弹劾童贯、高俅等奸臣，继而遭到设计，以看宝剑为由引林冲进入白虎堂，进而将他构罪，这是一场政治风暴，焦点是林冲在忠君和反叛之间作选择，和《水浒传》因高俅觊觎林妻所引发的冲突有不同意义。在第四出时林冲借宝剑诉说人不得其时之悲，所谓："为主提归兮豪侠手。五陵游兮藏入袖，三尺芒兮破穷寇。倚天兮撑白昼，沉渊兮化龙斗。"[48]255豪侠得一宝剑，便能破敌撑天化游龙，侠与剑相得益彰。然林冲这一宝剑虽未逢其主，但他始终志在忠义，故尽管林冲是官逼民反的典型，但其反抗形象不强，如在《林冲夜奔》[48]293中他向神明祈求："早到梁山，借得兵来，报了深仇。"他说自己："封侯万里班超，生逼做叛国的红巾，背主的黄巢。"他恨高俅，但同时也自认叛国、背主，他要"此一去，博得个斗转天回，须教他海沸山摇"。只反奸臣不反皇帝，即使被逼上梁山还自怨自责，估计他待"清君侧"之后也会踏上"弃暗投明"之路，接受招安是必然的，总之林冲的形象是宣扬忠义的最佳范本。

第四节　其他戏剧的侠义表现

除了水浒戏剧的侠义表现外，其他传统戏剧也有很多侠义内蕴，以下列举明清戏剧，并以历史的侠诠释和世俗的侠品位作纵横线轴的划分，将侠作不同维度的探讨。

一、历史的侠诠释

这里的"历史"有两层意思：一是传承前代传奇、话本、笔记而改编的戏剧，一是历史题材的戏剧。前者如梁辰鱼的《红线女》改编自《红线传》、梅鼎祚的《昆仑奴》改编自《昆仑奴》、尤侗的《黑白卫》改编自《聂隐娘》，其所述的侠观念通常也都承袭其所改编的底本，如《红线女》：

> 每学剑术，惊飞树杪猿公；常结侠徒，绝倒车中女子。由此邻藩书檄，朝廷奏章，皆出妾手。[60]304

> 影灿灿手提着三尺青萍，喜孜孜霎时将奸臣头借……气昂昂方显得香闺女子是小豪侠！[60]308

两段皆描写红线女剑术高超、广交侠友，善写书檄奏章，可说是个文武全才的女侠，基本和《红线传》一样都凸显红线女的武功，只是将轻功改成剑术，并增益她的文采内蕴，《红线女》可说是《红线传》的升级版，但侠行内容不变，侠行动机也都是因"主公恩德未酬"。而梅鼎祚的《昆仑奴》将磨勒写成剑仙，他能"剑侠成仙"是因帮助崔生成就与红绡姬的姻缘，戏剧赋予了唐传奇中磨勒没有的回报。且这两则戏剧皆以武功超绝的刺客为侠，行侠固是为了报恩，但红线借报恩阻止战祸、郭令公感叹昆仑奴一身本领却不能为朝廷所用的遗憾[61]，对侠客的正面肯定是唐传奇所无的，且将侠客助人的私义递转到国家公义层次上，几乎是明清剧作家写侠客剧本的集体默契。而这种特色在历史剧中尤为明显，比如杂剧《易水寒》《脱囊颖》等。

叶宪祖的杂剧《易水寒》，太子丹在见荆轲时赞道："矫矫英姿，赳赳膂力。更翩翩不群侠气！猿公妙术，出匣来戮尽鲸鲵。"[62]72易水送别时，荆轲吟唱："俺闻万金酬士死，一剑答君恩。又道是人生留得丹青在，纵死犹闻侠骨香。"[62]77荆轲既受太子丹的知遇，故以生死回报之，此举即便在《燕丹子》小说中亦无侠名，但这里套用王维的"纵死犹闻侠骨香"[9]1305，将重义轻生的刺客转换成豪迈之侠，其中心内涵是"报君恩"，呈现出忠义的侠观。这虽和《燕丹子》小说的主旨一致，但表现得更直接、坦率。甚至在荆轲死亡这个不可逆的历史事实上，作者竟将结尾落入神仙戏码中，让仙人王子晋来渡荆轲位列仙班，不自然地落入圆满结局，作为荆轲报恩的报偿。

徐阳辉的杂剧《脱囊颖》写的是毛遂自荐，一开始毛遂自报家门："毛遂便是。平生豪侠好义，胆勇绝人……无人知我，难免饥寒。向闻赵国平原君，招贤下士。"[63]137毛遂是因不遇而投效的，所以一旦平原君需要时，他随时可以"（毛遂带剑上）……一身不惜酬知己，千古须留侠骨香"[63]143，这里夺胎了王维的《少年行》，刻画侠客报恩重义轻生的形象。当众人取笑毛遂不自量力时，他自信地唱道："论侠气俺荆聂不让，手提着一剑横行谁敢当？"把《史记》中的荆轲、聂政等刺客转换成侠客的概念。当毛遂为平原君说动楚王结盟抗秦，使赵国得以保全时，他就不只是一人之侠而是国家之侠了，而这一切侠行都建立在报恩上。

有报恩，也有报仇。施惠的《一枝花·咏剑》以宝剑的不为世用来比喻自己的怀才不遇，其中"怕追陪报私仇侠客专诸……则为俺未遂封侯把他久担误。有一日修文用武，驱蛮静[64]虏，好与清时定边土"[65]把历史上有名的刺客专诸作为侠影的投射，咏剑的真意在于诗人愿有朝封侯，仗剑平边，爱国心澎湃。若说荆轲、毛遂的报国是报恩的附属，尚无为国为民的侠心，那么施惠这首散曲的爱国心完全是自觉自发了。同期的还有许三阶的《节侠记》写出裴迪先忠君为国的事迹，裴迪先因为替李氏宗室讲话，要求武则天归还政权，惹恼了武则天而受尽熬刑，又被发配边疆，从广西到甘肃越贬越远，之后大臣李秦授为讨好武则天，诬陷流放之民聚众谋反，要趁机除掉裴迪先。裴迪先侥幸不死，直到中宗复辟才恢复他的名誉，并授予官职。显然在武则天和李家的政争中，裴迪先选择向李氏靠拢，为此不惜受大刑、临大难，终不改其志，节侠之名也由此而得。从整件事来看，侠与非侠只欠一个机缘，假如没有中宗复辟，由武氏后代执政，那么裴迪先始终是个前朝余孽，更不会有节侠的称誉了。

比较富批判意味的形象是伍子胥。伍子胥的父兄因忠而被谗害而死，他悲愤唱道："怎听他费无忌说不尽瞒天谎，着伍子胥救不得全家丧。也枉了俺竭忠贞辅一人，扫烽烟定八方。倒不如他无仁无义无谦让，白落的父子擅朝纲。"[66]2908忠贞被杀，颠覆了中国善有善报的文化，虽然戏文中批判的是费无忌不是楚王，但是伍子胥投吴伐楚，还是做了叛臣，这是有争议的。所以借由携带楚公子芈胜出逃，及由芈胜之口道出"只因祖父平王无道"，以及其后芈胜复国、建国等桥段，淡化了伍子胥的叛臣形象，最后整出戏在伐楚胜利"借军兵破楚凯歌回，杀奸臣亲把冤魂祭……报恩仇从此快平生，堪留作千古英雄记"的大欢喜中结束，并没有《史记》中子胥鸱夷的悲剧，显示作者对伍子胥的"报恩报仇豪侠的勾当"[66]2971有一定的同情。而报仇对象是楚平王，颠覆了明清戏文中侠只反贪官不反皇帝的惯例，这固是历史的如实呈现，但也表现侠的能动性，让他们能为个人的生命出口作出抉择。

另，根据《施公案》窦尔敦的故事改编的京戏《连环套》，也有一定程度的反抗性。不过在戏中，窦尔敦不再是抗清农民起义的领袖，而是绿林头人，戏剧把窦尔敦进步的革命意识递移成武林私人恩怨，尤其戏中的黄天霸道：

想你我既称侠义二字，就该替天行道，救的是忠臣孝子，济的是义夫节妇，当初我父亲指镖借银，并非为己，皆因搭救清官原任。寨主，你不借银，则还罢了，反倒助强为恶累累。与俺黄门作对，你称的什么英雄？论的什么侠义？[67]

这番话不仅把其父黄三泰骗银的行为合理化，且在决斗前夕，窦尔敦被黄天霸的一把钢刀惊醒，继而懊悔，最后还跟随黄天霸到官府自首，性格转折很生硬。虽说《连环套》是京戏的武生和花脸的代表剧目，但豪侠意气全消，沦为封建王朝的传声筒，可视为水浒好汉、七侠五义等归顺朝廷的余絮。至于高继衍的《蝶阶外史》也记载窦尔敦的故事，这个故事跟京剧剧本不同，可参阅本编第三章。

至于清代李玉写的《清忠谱》叙述了明代阉党魏忠贤等人对东林党五人的迫害，也是一部教忠教义的戏。试看党人颜佩韦的独白："生平任侠，意气粗豪。闪烁目光，不受尘埃半点；淋漓血性，颇知忠义几分。"[68]274 显然侠和忠义是结合的，表明他们反阉党、不反朝廷的忠心，这与他们为岳飞、为韩世忠打抱不平，却把矛头指向秦桧的逻辑是如出一辙的。后来他们打死校尉，三人被抓，逃走的人不肯独生，回来同死，《戮义》写出五人就义的场面，他们齐唱："刚强，仗义久名扬……锄奸击贼，五人儿也，不愧东林党。痛孤忠万里俘囚，枉吾侪一朝倾丧。"[68]332 临死前不忘表"孤忠"，在旁百姓也不禁"流涕道傍，扑簌簌泪抛……割断寸肠"，在五人就义后高唱："侠肠一片知何向，热血淋漓恨满腔。"这是当时少有的群众抗争戏码中的精品，虽然所阐释的侠观黑白分明、忠奸立判，也不免迂腐老套，却发挥社会教育的作用，也适合大众传播。剧情开启了群众议政的先例，反映出人民有明辨忠奸，为不公不义的事挺身而出的美好品质。影响所及，戏外的现实世界也逐渐觉醒，侠不再是高人的武功炫耀，而是一份社会责任，侠可以是每个富正义感的百姓平民，这种现象越到清末越是强烈，甚至发展成社会运动，推其源头，不得不追溯清初这种群众参与的戏码的滥觞。

二、世俗的侠品位

高富帅的人生胜利组是古今中外的戏剧中乐此不疲的人设，放眼明清的武侠类戏剧也颇多这种没有生活负担只管纵情享乐的侠客，如吴西逸的"紫霞杯我辈豪侠，绿云鬟仕女奇绝"[65]332，谷子敬《醉花阴·豪侠》的"到春来东城南陌，信青骢踏绿苔。柳阴中打绕逞狂乖，芳径内妆么衒意脉，粉墙上题诗思腻色"[65]1639，这些都是描写富生活品位、欣赏红颜的豪侠。叶宪祖《霸亭秋》的"雕蒲酒泛楂，结艾香随马。且追随侠少，驰骋豪华"[69]刻画出一掷千金的侠少形象，他们风流阔绰，正是扬州女子争相追随的侠少。孟称舜的《花舫缘》是写唐伯虎的杂剧，戏中唐伯虎自诩："诗情真似海，侠气可成虹。"[70]563 而他追求秋香时亦自诩："酒侠诗魔半世也，尽胸中满贮闲风月，愁怀都弃舍。水国山家随处的歇，便踏遍九重阙，也算做梦里寻花蝶。"[70]573 不过其中的侠只是一种风流韵事修饰词，并无侠气或侠行侠迹。

明清两代的侠观整体上受到世俗品位的影响较大，比较彰显有：第一，世俗的正义感。第二，女侠的新形象。

在第一点中，侠不再是上层社会或世外高人的专利，他是大众化的，如南戏《杀狗记》中的"此二人不但诗礼之儒，颇饶豪侠之气"[71]，这里是形容柳龙卿、胡子传的豪爽气概，但他们俩其实是无赖。而李玉的《送京风云会》则写出赵匡胤登基前的侠行，他不但解救被强盗囚禁于暗室的赵京娘，还一路护送她回家。他自介道："平生武艺世间高，侠气横冲天表，似摧枯拉朽轻一掉，博个四海内英雄品噪。"[72]第6出唱出赵匡胤的侠义本色，他保护京娘，手刃强盗，其唱词是：

气腾腾侠概云天（重），急煎煎雄心火燎。恨杀杀奸究凶残（重），明晃晃剑光缭绕。恼得俺血性冲冲姿勇骁，休得要恁妆乔。强盗来了！一任他千军万马（重），忽喇喇风驰电扫。[72]第17出

跟话本不同的是，杂剧在赵匡胤"忙，忙向天涯海角恣游遨"的离开中结束，并无京娘以身相许、最后自杀的桥段，他的救人纯属一种偶遇，潇洒而温馨。正所谓路见不平拔刀相助，侠所秉持的就是这种发自内心的正义感，但也有为数颇多的戏剧，把侠气当作一外在的道德规范并和爱国情操联结，成为忠义的侠观，如《桃花扇》《谢金吾诈拆清风府》等。在《桃花扇》中，杨龙友请侯朝宗冒其父侯恂名义修书给左良玉，劝阻他来南京，剧中杨龙友说道："吾兄素称豪侠，当此国家大事，岂忍坐视。何不代写一书，且救目前？"[73]待侯朝宗写完信，正商量送信人选时，柳敬亭自告奋勇，他要"凭着俺舌尖儿把他的人马骂开，仍倒回八百里外……则问他防贼自作贼，该也不该"。在《桃花扇》中还称柳敬亭是"英侠"，虽然戏里的夸张情节是不可能发生在现实中的，却能大快人心。他们豪侠、英侠之名所凭借的就是忠于国、忠于君，既不忍坐视南京被抢，也不认同左良玉的叛国。

而无名氏的杂剧《谢金吾诈拆清风府》，剧情颇为曲绕。一开始是王钦若和谢金吾诈拆杨家的清风府，杨六郎和焦赞闻知后从三关偷溜回来，焦赞私杀谢家十七口，逞凶后在壁上题诗离去。之后焦赞和杨六郎同犯死罪论斩，临刑前杨六郎的岳母也就是当朝的国姑来劫法场，正当她和殿头官相决不下时，惊传王钦若通敌叛国，其女婿谢金吾也是辽国细作，这才放了杨六郎和焦赞。宋真宗唱道："杨六郎合门忠孝，焦光赞侠气超群。皆是我天朝名将，加服色并赐麒麟。"[74]206戏末亦赞道："谢得当今圣明主，不受奸臣误。把清风楼重建一层来，着杨六郎元镇三关去，直把宋江山扶持到万万古。"[74]206把功绩指向杨、焦两人，但实则杨六郎为了家业、焦赞为了朋友，擅离工作岗位，弃守边关，这是以私害公。而王、谢通敌叛国，刚好将杨、焦的行为合理化。无论是《桃花扇》还是《谢金吾诈拆清风府》都正邪分明，加上左良玉叛国和杨家将忠义深植人心，这些戏码都是世俗中刻板印象的加强，并以忠义爱国的题材来迎合大众品位罢了。

不只剧本向爱国情结靠拢，影响所及，戏班和优伶也有侠义人格，据胡寄尘的《清季野史》记载：

> 昔吴梅村宫詹尝于席上观伶人演《烂柯山》（即《买臣休妻》），某伶于科白时，大声对梅村曰："姓朱有甚亏负于你？"梅村为之面赤。又甲申之变，大司马某迎降闯贼，后入本朝，官浙中，偶赴宴西湖，伶人演《铁冠图》（即《闯贼入京》），手执朝笏，匍伏匦道旁大呼曰："臣兵部尚书吴年齿（无廉耻），迎接圣驾。"某惭沮，不终席而去。畴昔之夜，余赴广德楼观剧，有小丑名小百岁者，雏伶也，扮《法门寺》出内之小监，问赵廉曰："我怕你只识洋文，不识中国文。"又于《五花洞》科白："做官不论大小，识得洋文便好。管他什么东西，也是出身三考。"信口寄讽，其言在有意无意之间。一般洋翰林进士洋举人亦面赤否？亦惭沮否？[75]

这些优伶不畏官威地讽刺吴梅村、大司马，虽然大快人心，但其标准是相当粗疏的，只管臣属要为国尽忠，却不问国家是否举才惜才；讽刺识洋文的中国人，但当时社会确实需要这些人才帮助东西文化交流。总之，这种狭义的忠君思想是几千年来中国人奴性的累积，尤其在清末国势屡弱的时期，国家议题动辄牵动中国人的敏感神经，同时也是戏剧上一个重要的表演题材，尤其是忠臣受害戏码，不管在何时何地表演总是会有人叫好。

爱国主义不只呈现在戏剧题材上，也有优伶发挥在戏剧表演上，明末张岱的《陶庵梦忆》中写彭天锡演戏"多扮丑净，千古之奸雄佞幸，经天锡之心肝而愈狠，借天锡之面目而愈刁，出天锡之口角而愈险。设身处地，恐纣之恶不如是之甚也"[76]。作者与演员熟识，他的说法自有根据。优秀的演员无非把世俗认定的恶人演得更教人害怕、好人演得更教人尊敬，而彭天锡完全可以透过演戏引导观众的心情。陈澹然的《义伶传》记载同治年间的"伶圣"程长庚"独喜演古贤豪创国，若诸葛亮、刘基之伦，则沉郁英壮，四座悚然。至乃忠义节烈，泣下沾襟，座客无不流涕。"而程长庚的弟子谭鑫培有乃师之风：

> 鑫培性豪迈，急人难，有侠士风。戊申，湖北灾，独率诸园治义剧三日，所获数千金为赈，独自负其任，治常杂剧无特殊，独喜长庚为诸葛亮、刘基则须眉毕至，尤喜治程婴保赵孤诸惨剧。曰："吾慕此数人，不获，聊以泄吾悲耳！"[77]

谭鑫培在湖北灾区义演，展现戏剧的社会责任，而他喜欢其师程长庚扮演的诸葛亮、刘基、程婴等的忠义节烈形象，程长庚的戏剧感染力可见一斑，他能感动戏剧专业的徒弟，当然更能影响观众。在演《昭关》时，"长庚忽出为伍胥，冠剑雄豪，音节慷慨，奇侠之气千载若神。座客数百人皆大惊，起立狂叫动天"[78]5110。这是一场非常成功的表演，其原因固是程长庚表演功力的大爆发，也是因他和观众对伍子胥忠义形象的认同一致，交互感染所产生的加乘效果。此外，《髯樵传》[79]340《小豆棚》[80]25《生绡剪》[81]等都有记载观众看戏时基于义愤而上台闹戏，导致演奸臣的演员受伤、死亡，当时泉州还流传"真猪刀杀死假秦桧"的闹戏意外，而这些观众之中也不乏"侠客"。《明史》载周顺昌"刚方贞介，疾恶如仇"[82]2668、顾彩将髯樵比拟为《无双传》的侠客古押衙、常运安列入《义勇部（侠附）》、沙尔澄既"任侠负气"又"是个侠客的替身"等，这些人中髯樵和常运安打伤饰演秦桧的演员、沙尔澄打死饰演魏忠贤的演员，而髯樵、常运安、沙尔澄均有侠名，可见"侠"的时代共识之一就是为忠臣打抱不平。其实在那民智初启的时代，戏台就是最好的讲堂，戏中忠奸形象深植人心，演员只是重复演绎大家的预期或记忆而已。

第二点，女侠的新形象。比之于唐宋那些武功高强、神秘诡谲的女侠如聂隐娘、红线女、车中女子、贾人妻等，明清的女侠进一步世俗化、大众化，节义可称侠，有正义感可称侠，乃至性情刚烈亦可称侠，不一定要会舞刀弄枪、飞檐走壁才行。在明朝叶宪祖的《素梅玉蟾》中关于女主杨素梅有"从来侠女会怜才"[83]的描写，这里的侠女指佳人杨素梅。她与男主风来仪互生好感，以玉蟾为信物约定终身，后来素梅父母双亡，依亲外婆，来仪亦上京应举，两人遂失联。等到来仪金榜题名，舅父帮他谈了一门亲事，起初事不能偕，后来发现对方持有玉蟾，才知道所谈对象乃意中人，当即拜堂完婚。本故事的情节虽然老套，但跳脱了父母之命和媒妁之言，以对爱人有情有义绝不辜负而称侠，含有一定程度的反抗性。综观这类情侠戏，当以清人徐子冀所作《红楼二尤》最为细腻，文中的柳湘莲"有孔融任侠之风"，而尤三姐至情贞烈，摒除了她在《红楼梦》中的风尘味。戏中的鸳鸯剑既是定情剑，也是夺情剑，在《剑劫》中当尤三姐听到柳湘莲欲索回鸳鸯剑时，唱道："妾身不是杨花性，莫当夭桃误女贞。谣诼纷纷君误信，浑身是口也难分。辞婚之意奴已省，古玉无瑕苦待君……还君宝剑声悲哽，一死明心了凤因。"[84]继而自刎，以全贞烈，这股贞烈有古代籍少公、田光等节侠之风范，宁死也不肯使人怀疑。结局让尤三姐复活，并和柳湘涟一起成仙，让有情者终成眷属，并列为情侠。可见情侠戏码是侠对情的入侵，以侠为烈妇、节妇的代言体，这种现象在传统小说中尤其明显。

至于徐翙的《春波影》则写出侧室冯小青被正妻欺凌和监禁的处境，冯家亲戚杨夫人深深同情小青，她设计帮小青脱逃，她说："我虽非女侠，力能脱子火坑。"[85]足见救人于厄困便是女侠的表现。朱佐朝的《渔家乐》中进一步刻画活泼勇敢、自主性强的女侠形象：渔家女邬飞霞为报父仇，混入梁府，乘隙用宝针刺死仇人梁骥，在《刺梁》中她说道："且做一场女侠之事也！"并唱道："路迢迢，心悄悄。……奴只为侠气含冤两地包。"[86]531亦即她行刺除为报父仇之外，也看不惯梁骥对刘蒜的追杀，故激起侠性。又在《羞父》中唱道："受京危万千，做豪侠一端，却不道妇人名节反流传！"[86]537将报父仇、救情人等侠行和名节连在一起，不但摒除了前代《崔慎思》《贾人妻》《义激》《长安客妾》等复仇女侠的不近人情，而且多了一股可爱可亲的人间气味，也扩大了女性名节的意涵，除了守节殉节外，报仇和救人也是顾全名节的方式，无形中肯定女性的能力，鼓励女性自主，具有进步的女权思想。此外，李玉的《一捧雪》则以国家的角度写出女性的侠义传奇。先是严嵩父子觊觎太仆寺卿莫怀古的玉杯"一捧雪"，莫怀古以赝品献之，被汤勤识破。于是莫怀古弃官逃走，几至被杀，赖忠仆莫成舍身救主而得免。莫的姜室雪艳为报夫仇嫁与汤勤，在《诛奸》中雪艳假意殷勤，唱道："花灯荧烨，聒耳笙歌多闹热。宫花插帽，薄醉恣豪侠……缔鸾交，千金此夜。"[87]245方浓情蜜意，顷刻间便手刃汤勤，汤勤死后她便自刎为莫怀古殉节。戏文上多次称她"义烈"，其夫莫怀古知道后伤痛不已，在《哭瘗》中唱道："哭恁这一遭，醒咱这一觉，好把那一瞬浮生做个万载忠和孝。"[87]249唱出了雪艳的侠义，此以忠孝颂之便是把雪艳侍夫比拟成臣侍君，歌颂她的忠孝足以万古流芳。至此女侠对待爱情的方式有所改变，从唐宋的绝尘弃爱，到明清的为爱节烈，不管邬飞霞或雪艳都为情而侠，她们忠于爱情甚至为名节不辞身殉，虽以此得到侠名，其实处处以情为先，侠只是情的附庸。

第九章　明清话本、小说、笔记等短篇文学的侠观综论

　　明清两代由于说话的普及与印刷术的进步，文字脱离了上层社会或知识分子的专属，逐渐在社会大众中流通使用，不仅形诸话本，甚至还针砭社会。影响所及，小说的质与量也得到空前发展，且在作者、说书人、演员、印刷业和藏书家等聚拢下，小说也慢慢形成一条产业链，在相互推进下，小说业非常发达，也更融入市民生活，小说反映了市民文化，同时兼具娱乐和教育两大功能。同理，不合民意的小说也会遭到淘汰。目前所流传的明清话本和小说，可以说是两朝人集体创造的结果，故在这浩瀚书林中所蕴含的侠观亦非一家之言，而是明清市民集体创造的结果。文化是累积的，侠观也是在前朝基础上有蹅继和新变的。陈平原认为：

　　不只传侠客的文言小说家无法摆脱唐代豪侠小说的束缚，在话本、戏曲中叙述游侠者，也都不难辨认出唐人的影子。不说那些经过替换变形因而需要仔细辨认者，单是直接袭用或改造加工原有情节的作品，就明白无误地显示了唐宋豪侠小说的魅力。以"三言二拍"为例，《古今小说·吴保安弃家赎友》之于牛肃《纪闻·吴保安》，《古今小说·杨思温燕山逢故人》之于洪迈《夷坚丁志·太原意娘》，《醒世恒言·李汧公穷邸遇侠客》之于皇甫氏《原化记·义侠》，《初刻拍案惊奇·李公佐巧解梦中言　谢小娥智擒船上盗》之于李公佐《谢小娥传》等，都有明显的承传关系，前者基本上袭用后者情节，只不过把文言演为白话，并略作铺叙加工。《初刻拍案惊奇·程元玉店肆代偿钱　十一娘云岗纵谭侠》正话部分虽系凌濛初独创，入话部分却详细引述了《红线传》、《聂隐娘》、《崔慎思》、《贾人妻》、《车中女子》、《潘将军》、《解洵娶妇》等诸多唐宋豪侠小说；且韦十一娘之行侠故事，仍令人怀疑是入话部分所述"从前剑侠女子的事"的遥远回声。"侠客从来久，韦娘独论奇。双丸虽有术，一剑本无私"——此篇的魅力不在于"行侠"，而在于"论侠"。作者借韦十一娘畅论剑术源流、侠客责任以及行侠权宜，几乎可作一篇《侠客论》读。论者虽对唐人创造的侠客形象略有褒贬，可议论中无论如何离不开聂隐娘、虬髯客们。而这正是话本小说家的共同命运，不是没有超越的愿望，可一举手一投足，仍然很难越出唐人设下的"规矩"。[24]66

　　陈平原列举许多承袭唐代豪侠小说的侠客话本小说，其说法有理有据，固为确当，不过唐文学的影响不止如此，唐代还留下许多侠行模式。如《冯燕传》的诛杀不义妇、《贾人妻》的女侠复仇断情等模式，皆影响着明清侠客类的话本小说[88]，故唐代豪侠小说对后世小说的影响至巨。唯陈平原以"三言二拍"为例，而遽得明代话本小说家难越出唐人设下的"规矩"之结论，证据稍显薄弱。笔者为使研究成果兼具宏观与客观，特意搜集明清两代的小说，举凡话本、拟话本、散文、野史记闻、笔记小说、章回小说等，不分文言、白话，舍其重复，但凡点到"侠"者皆予列入表格，形成明清之侠的小说面向，但并不是武侠小说面相——虽然两者极似，但为避开武侠小说判断上的歧异，许多武术技击类、斩妖除魔类只要文中未见"侠"字，本表都释出不取，但像大刀王五、甘凤池等公认的大侠，其小说虽通篇不见"侠"字而仍列入。再者，为如实呈现明清小说中侠的发展历程，笔者谨按李忠明《十七世纪中国通俗小说编年史》排序，若书名未列其中者则以作者生年先后排序，但过程中，发现许多作者佚名、生平不详等情况，故仅能就书的刻印年代推算，但有些连成书年代亦付诸阙如，又只能凭其流传年代和与他书的先后关系类推，笔者根据上列规则将"有侠的小说"列表于本编的附录。

　　从附录中可判断明清"有侠的小说"大致是短篇文言小说朝长篇章回小说的发展过程，而《水浒传》为特例，水浒之后直到清代才又有长篇章回武侠小说出现，且就今日的观点来看，明代的长篇武侠小说并不多。据陈山的看法："从整体考察，明代白话短篇小说只是近代武侠小说创作的先声。"[89]260大致符合事实。当然这"先声"也为后代武侠创作提供许多养料，如"三言"中的《杨谦之客舫遇侠僧》《赵太祖千里送京娘》《李汧公穷邸遇侠客》，"二拍"中的《刘东山夸技顺城门　十八兄奇踪村酒肆》《程元玉店肆代偿钱　十一娘云冈纵谭侠》《神偷寄兴一枝梅　侠盗惯行三昧戏》等，在武术、武德、侠客人格等上描写细腻，为往后武侠小说的撰写奠定良好基底。迨至清朝，在"三言二拍"等基础上发展更多元的白话小说，武侠、侠义、剑侠类的白话小说成为市民的主要娱乐之一。同样地，文言小说也走入夕阳，即使有像《续剑侠传》或《聊斋志异》中的《侠女》《红玉》等优秀的文言武侠作品，也阻挡不了白话武侠小说时代的全面来临。在广大需求下，武侠创作也由上层文人移转到民间文人，尤其像《水浒传》《施公案》《三侠五义》等民间集体创作、编辑、改写和出版的作品，其文化产业链是完整而强壮的。以历时性来讲，武侠小说从话本、拟话本、剧本、白话小说、续集层层发展，到了清朝取得空前繁盛，也给中国人带来一代的侠客梦。

　　在宋代时侠与忠合流，忠成为侠的主要内涵，到了明朝，侠的伦理化现象更为彰明，其中尤以儒家的忠孝节义为核心，唐传奇中神秘诡谲的剑侠不再受到欢迎，许多非人性层面也被削弱（如杀子绝念等），从此侠的人格被一步步美化，甚至还带着比常人高贵的道德情操，即使违法犯纪，也朝着盗亦有道的方向定调。再就文化层面来讲，这跟宋明理学的盛行很有关系。在宋代，朱熹理学虽具影响力，但也走过"道学盛于宋，宋弗究于用，甚至有厉禁焉"[90]的低潮期，甚至还产生科举取士"稍涉义理者悉皆黜落，《六经》《语》《孟》《中庸》《大学》之书，为世大禁"[91]的现象。但到明朝，朱熹理学不但成为士子科举的范本，尤其理学的礼教观念被统治者广为倡导，在戏曲遭禁的年代里，举凡忠臣节妇、孝子贤孙的小说、戏剧仍为之开出一道方便之门。在这氛围下侠纷纷出笼，举凡忠臣、孝子、义士、节妇都可称侠。传统的游侠匿迹了，刺客算不算侠的辩证也不重要了，而唐宋传奇中坐拥势力、专擅生杀的豪侠、侠刺、侠盗亦复不多见，而豪侠、侠少那种奢华炫富、醇酒美人的享乐排场也逐渐消声，甚至"任侠"一词也从任性逍遥靠向担任责任，而其中最明显的是剑侠形象的转变，唐传奇中神秘莫测的剑侠也受到理性的规范，成为锄强扶弱的一分子。大致上，如果唐宋的侠是天马行空的想象力结晶，那么，明清的侠则注入更多文人的淑世愿望。

侠不只是一种身份，也是一道德化的词汇，如侠气、侠情、侠节等。而武侠小说中的侠，也逐渐被塑造成五德兼备的道德之士。因为政治和文化形态的改变导致侠人格的改变，唐侠之重"义"，是朋友间的"气义"；到了宋、明以后，义的内涵转向为对国家的"忠义"。原侠的人际以朋友为主，重义轻生，慷慨守信，对他者的侵犯性强，多少带着流氓匪气；但到了明朝则标榜忠孝节义的侠行，概括地说，这一代的侠观，最明显的就是侠的伦理化。相较于前代那些武功高强、可决人生死的侠，明清的侠往往在恪守某些教条或节操上，威武不能屈。抛弃了仙剑鬼神的奇幻而包上世俗的血肉之躯，文人所歌颂的侠不再是其神通，而是不论其身在何地，都有不会被打败的坚毅品格。

然而对有侠的身份的人来说，他们被通称为侠客，明清的侠客不仅要懂武功还要有武德。以源流观点来看，自从唐朝剑侠文化兴起后，侠与武的关系日益紧密，对剑侠来说，武功是其重要特质，这是剑侠所以特立于侠的一支。直到明清两代，剑侠的武功多元发展，用剑虽仍大宗，但也非一枝独秀，所以"剑侠"之名向"侠客"与"侠"靠拢。在侠客世界里，无武不成侠，侠个个身怀绝技。论其绝技，在小说中是十分逼真的实写而非传奇中的虚笔，"武"成为侠的一个重要元素，许多武侠小说的精彩处就是比武、武斗等场面。尽管无武不成侠，但唯有武也不是侠，侠必须兼具武德，除了以力取胜之外，更重要的是以德服人，在行侠仗义后还要不矜其能，羞伐其德，继承原侠精神的隐忍与谦让，这些品格是唐宋传奇中少见的。综合以上，侠的伦理化是涵盖明清侠客的共相，而侠的武德是针对谙武术之侠而言的。

第一节　侠的伦理化

在明清两朝，人心中的侠整体上有伦理化的趋势。明清小说中的侠一改唐传奇中奇诡劫盗的形象，成为忠孝节义的代言体，在侠义文学潮流的形塑下，侠成为一种普遍的人格赞辞，所谓侠气、侠风、侠骨、侠肠等词都具正面义。此时侠的人际关系也从以往的重友、重兄弟，扩大成君臣、父母、情人、兄弟等并重的关系，借由对人际关系的周全备至与重视，侠更有条件融入市民社会。但不可讳言，这是理想中的侠、是纸上的侠，投射了人们的愿望，却不一定符合历史现实。明清的绿林好汉乃至后来新兴的响马，以及诸多农民起义及流寇等，这些集团领袖每以豪侠自居、以侠义相号召，先不论其行为功过，但他们都以侠作为理想人格的投射，这和武侠小说是一样的。陈平原说：

> 小说家当然也必须努力使侠客之举止符合当代人的伦理道德标准……一般而言，诗文中侠客越来越文明，小说中侠客则未必，甚至有故意野蛮化的倾向——这里涉及到不同文类的不同表现特征。不过有一点必须指出，即使当代武侠小说中的侠客日益野蛮化，也是当代文化思潮的产物，并不违背当代人根本的伦理准则。[24]38

前半部分所言未必尽然。首先，在伦理准则的框架下，侠能野蛮的程度有限，很难"故意"。再者，既然使侠符合当代的伦理道德标准是小说家的任务，那么，在明清经济高度发展但风气相对保守的社会中，以及高压集权统治的政治氛围里，作者笔下的侠不管其个性如何，仍需受到伦理道德的规范，以符合当代人民对侠德的要求。是以唐传奇中的诸侠形象神秘诡谲，甚至以技夸人、不明是非，而明清小说中的侠就不会是这种形象，易言之，明清小说中的侠是属于百姓的，作者创作的目的是赚钱牟利，故其所塑造的侠客必须迎合市民的想象，这是最直接的原因。盖一般百姓的观念除了从小受到忠孝浸润之外，他们在面对不公不义之事或者受到强梁欺压时，心中也会有渴侠情节，希望有侠客来解救自己、替天行道，所以他们心中的侠的形象是具有侠德、符合伦理道德规范甚至能发挥伟大人格魅力的。明清的说书和小说的市场规模远胜前代，而小说家的任务就是要把百姓对侠的想象与投射写于纸上，是以明清的侠不可能朝野蛮化方向发展的。

另外，在女侠的部分，由于受明代礼教影响，女子节义成为一种风尚，许多烈妇节女被称为女侠。比如邹之麟的《女侠传》，将"女侠"分为"豪侠""义侠""节侠""任侠""游侠""剑侠"等六类，除了传奇中的剑侠类不变外还有五类，其中豪侠类有漂母、卓文君，其"豪"在"慧眼识英雄"；义侠类有如姬、聂荣复仇和显弟；节侠类有虞姬、绿珠殉情；任侠类的有王昭君、花木兰，其"任"是因"任君父之事"；而游侠类有陶母、独孤氏等，其"游"取"佐夫子交游"之意。从这些女侠的分类可发现其标准大都模拟男性之侠，只是男性的任侠类和游侠类是自为之，非任人之事或佐人之游，故这两类概念有较大的差异而已。另，《亘史》之"侠部"有《杨烈妇》《窦烈女》等，把节妇烈女视为"侠"。这些女侠的生命以男性为目的、毫无自性，这是其消极面。但就积极面来说，她们的侠烈符合侠之"为人"的观念，且女性有侠的参与权以及基此参与权所发展的能动性，除了传统的三从四德、相夫教子之外，女性还多了侠女这一选项，而这个选项是受社会所肯定的。同样地，要得到侠名她们必须付出殉夫或守寡的代价，这是儒家思想长期发展所造成的社会控制的一部分，简言之，妇女可选择当侠女，但她们必须付出很大代价。从女侠的发展史来看，明清两代女侠的伦理化取代了唐宋女子的"武侠"，故有很多女子不谙武功却被称为女侠，这是因为她们怀有过人的忠孝节义，足旌"侠"字表扬。

一、侠之忠

清末长篇小说《热血痕》借广成子之口教导女侠卫茜："国家的仇辱就是国民的仇辱，若不能替国家尽力，国家要你子民何用？……务必苦心孤诣，效力国家，报仇雪辱，也不在我教你一场。"[92]205讲述了练武报国的道理。而沈起凤的《侠妓教忠》则用异常惨烈的方式报国，女校书方芷以一匕首示杨文骢："男儿留芳贻臭，所争止此一刻。奈何草间偷活，遗儿女子笑哉！"[93]142杨感到惭愧于是自缢殉国，方也跟着以匕首自尽，文末写道："儿女一言，英雄千古。谁谓青楼中无定识哉？"作者刻画出妓之侠者，其忠贞更在男子之上。而刘钧笔下的杨娥，艺貌双全，本欲以美貌计杀吴三桂，却忽得重病，她疾呼："此天不欲我为国家报仇也。"[94]强烈的笔触凸显着女侠强烈的爱国心。其他褒忠的侠还有《焚麈寄》里的瑶华，"负侠气，忧时慷慨，期毁家以纾国难，灵光多所助。"[95]722她宁愿倾家荡产来资助国家，也是个爱国名妓。这些女侠未荷重任、未领朝俸，但其所喷发的爱国之心却往往更具感染力。

再看秋星笔下的《翠云娘》，她本是一个江湖卖艺者，因父亲被洋人诬陷入狱，从此她有仇外心理，在义和团兴起之后，她加入义和团对抗外国联军，但也看到团中"盗贼"的一面。后来联军攻陷京师，义和团溃败，但仍集结残余势力负隅顽抗，在过程中她看到前义和团头目竟反做洋人侵华的向导，对人性极度失望。她约那些背叛大清的头目共饮，宴饮中，她慨然叹道："吾向谓若辈人也，不意，乃狗彘之不若。今君出国亡，皆若辈之罪，吾谨以若辈谢天下。"[96]历数叛徒猪狗不如，之后杀人离去。这则小说虽短，但可看到一个女侠的成长史，从仇外到对义和团的失望，最后为国杀叛徒，她的信念始终如一，相对于前义和团头目的变节媚外，更显翠云娘的人格纯正。

忠臣除奸平叛而称侠的也不少，如《银瓶梅》中的刘芳因妻子美丽而受到尚书之子构陷入罪，死于酷刑，后刘芳被友人以莲子瓶救活，化名考中进士。尚书裴氏父子与盗匪勾结，刘芳等忠臣合力，奉旨征剿奸党，最后将叛党一网打尽。刘芳仿佛《水浒传》中的林冲，家恨连着国事，林冲被逼到梁山落匪仍时时不忘招安，而刘芳是死而复生仍不改其忠义。再看《铅书》中的江罗德，"慷慨好侠，有膂力"[95]86，嘉靖末年，流贼入闽，官兵不敌作鸟兽散，只有罗德孤身与贼奋战三日才力竭被俘。有些小说反映侠客虽多，但不为朝廷所用，或用之不得其法，导致侠客空有报国之心而报国无门，这是国家和侠客的双输。如俞樾的《髯侠》所发之感慨："若得如髯者起而救之，岂能仓促至于一败涂地？"但明朝气数已尽，"朝廷虽得之而不能用，虽用之亦不能竟"[97]1955，虽有侠客也无力回天。盖侠客不遇历朝皆有，容易引起民众的共鸣。此外，这类武侠小说，忠奸分明，在国事艰难、朝纲紊乱之时，忠臣激发侠心，力抗奸党、抵御盗匪，奸党则沆瀣一气，无所不为，两者的二元对立是明清武侠小说中常见的模式。易言之，国家兴亡，匹夫有责，救国不只是忠臣的责任，而是人人有责，于是许多小说出现僧侣、绿林甚至皇帝等都纷纷当侠救国的情节。

方汝浩的《禅真逸史》就是以南北朝为背景，透过禅师林澹然和徒弟结束南北朝的分裂时代，给百姓带来安定生活。其中固有"国家有难，臣子不赴援，非忠也"[98]的忠君思想，但也不无对无道昏君的批判，以及侠客择明主的先进观念，不过这都是结果论的。跟多数小说一样，《禅真逸史》也是顺着历史大流来写的，比如对大唐帝国的建立和李世民登基，皆写成天命所归的结果，其内核仍是封建的忠君思想。而在王朝的兴衰过程中，侠僧是个特殊的侠类，他们参与建国护国之列，成为捍卫王朝的羽翼，如《云间杂志》中的少林寺僧人协助明朝防御海疆。文中特别提到僧人月空的功夫十分了得，"一贼舞双刀而来，月空坐不动，将至，忽跃起从贼顶过，以铁棍击碎贼首"[99]。其他如《僧兵首捷记》[100]《吴淞甲乙倭变志》[101]皆有少林武僧大破倭寇的记载，这些僧侣能武能侠，奠定少林护国神僧的正义形象，对后世的武侠小说有很深的影响。

此外，少林寺僧虽能捍卫疆土，但若国家灭亡当如何自处？《醉和尚》虽沉湎于酒，看似好饮但"意不在饮也"，酒只是用来逃避国破家亡的麻醉剂。文中他招呼山僧、樵夫、弟子、路人共饮皆遭拒，乃至"浮石十里中，望见先生辄相率走匿"[102]102，最后不喜独酌的他也只能独酌，侠僧的寂寞溢于纸上，也呼应小说主题——覆巢之下无完卵。绝大部分接受改朝换代的人仍能安生度日，只有不能接受的醉和尚纵饮求死，他被作者比喻成卿相之侠信陵君，在事不可为时自残也是一种微弱的反抗。通过以上这些小说，可知僧侣虽为方外之人，但小说却赋予他们强烈的爱国形象，甚至将寺院写成一种爱国组织，寺僧武功高强，他们可列阵迎敌，在关键历史时刻他们挺身而出，保护真命天子。这种以僧为侠、侠僧爱国的写法一直影响到后世武侠小说。

不只侠僧爱国，绿林豪侠也进入作者笔下的爱国之列。《空空儿》中的侠女虽是唐传奇《潘将军》[103]1564中三鬟女子的改写版，都将失物放在高塔上，但不同于三鬟女子的炫技，侠女在数珠上留书太保，斥责其欺君、扰民、折吏、贪酷诈权数罪，侃言偷物是"取公此物，聊用示警。若不速图悛改，仍蹈前愆，即当取公首级"[102]69，故除了炫技外，意在警示，显露出其为国为民之心。再看《绿牡丹全传》，作者把匡扶正义寄托在绿林豪侠身上，首领鲍自安的私堂远比官府的公堂公正廉明，这是对官府黑暗的最大讽刺。不过像鲍自安、花振芳等虽为江湖豪侠，骨子里的价值观却与常人一样。鲍自安说："我流落江湖为盗，非真乐其事也。……我等何不前去相投，保驾回朝，大小弄个官职，亦蒙皇家封赠。若在江湖上，就有巨万之富，他日子孙难脱强盗后人之名。"[104]故其身虽为盗，但以盗为非，鲍自安想脱盗籍，欲借保驾回朝而立功封官，给后代子孙清白家世，现在看来鲍自安是以"忠"沽名利，但明清小说中透过保驾立功而封侯赐爵的观念是很普遍的。而《李汧公穷邸遇侠客》中，盗匪在批评杨国忠把持朝政，抱怨有钱便有官做之后，劝房德说："倘若有些气象时，据着个山寨，称孤道寡，也豰得你。"[105]547显示出盗贼的心态蛇鼠两端，选择接受招安或据山为盗是利益比较之后的结果，并不存在悛悔改过或忠义之心。虽然鲍自安和盗匪的品格不高，但其想法其实很贴近世俗，相对于某些乏人味的剑侠，这些侠盗的现实想法颇能引发读者共鸣。

武侠小说也常借历史人物来代入真实感，如吴六奇，历史与小说的面目俱奇，他不遇时流落为乞丐，自以为"以污贱终"，后得到查伊璜赠金相助。清兵南下时，吴六奇率众投靠平南王，他说：

奇有义结兄弟三十人，素号雄武，只以四海无主，拥众据土，弄兵潢池。方今九五当阳，天旅南下，正蒸庶俟苏之会，豪杰效用之秋，苟假奇以游剟三十道，先往驰谕，散给群豪，近者迎降，远者响应，不逾月而破竹之形成矣。[106]78

平南王采纳其意见，果然平了粤地，接下来征闽讨蜀，吴六奇屡立奇功，数年之间官拜广东水陆师提督。如同唐诗中侠客的建功模式：凡人→奇遇成侠→侠客建功，为吴六奇这个违法犯纪者规划出一条体制内的侠客之路。至于《圣朝鼎盛万年青》则突发异想，文中的乾隆贵为天子，当他隐去身份化为平民时，则是一个扶弱济倾的侠士，用皇帝无上的权力一扫贪官污吏。陈颖说：

皇帝侠客化归根结底是人们的一种社会心理的反映……但清官率侠客或侠客助清官同样拯救不了世道的不公平和社会的日渐颓衰。时至晚清，内外交困，统治阶级腐败无能至极，绝望之际，人们竟幻想皇帝变成富有良心的侠客，为天下人打抱不平，以重振康乾盛世的雄风。[107]

皇帝为侠这种创思对明清读者来说确实可一新耳目，无论如何，这些侠客已从过去和官府、朝廷的对立改成站在同一阵线上，为更广大的对立如国族对立、改朝换代等作出内部妥协，个性鲜明的小我被倒入大我的熔炉中，呈现出单纯的爱国主义。

二、侠之孝

同于侠妓效忠，以孝而称侠者也不以练武者为限。在中国传统观念里，最基本的孝就是能养，如《陶公轶事》中的戴痴，其名来自其痴，所痴则痴于父母、痴于朋友，他"性至孝，以不得养父母，故不娶。每饭必先以一豆祭其先乃食。好拳勇，豪侠而勤俭。故所得俸，常贮主人处。惟见人之急，则手麾千金不惜，人往往以痴目之"[102]78。戴痴为孝养而不娶，孝子之心周全备至。至于《鸳鸯剑》[108]中的姐姐郑秀姝，自母亲去世后担起母亲之责照顾父亲与妹妹郑婉姝，发誓永不出嫁。之后其父遭人监禁，秀姝为了救父委身嫁给仇人陈怀人，再趁陈酒醉时用鸳鸯剑手刃之，然后自刎，其父也在不久后获释。秀姝一反传统小说中女子柔弱、被保护的形象，作为一个女侠，她不仅充分掌控命运，还成为父亲和妹妹的依靠，扣除唐朝剑侠小说中非人的女侠形象，像郑秀姝这种世俗中的女侠是少见的，显现作者进步的女权思想。

再如《邹飞虎脱汤公子于囚》中的邹飞虎是个"燕山大盗"[78]2633，但县吏以其母为质，"执以下狱，将杀之，飞虎乃诣官自陈，以释其母。公子亦夙闻其名也"。飞虎因为母亲被抓宁可束手就缚，虽不知他为盗做了哪些恶事，但从"乃诣官自陈""夙闻其名"可看到作者对他人格的肯定。盖明清小说中的大盗、恶人，不乏忠孝节义之士，小说阐扬了人性的普遍价值，但也反映了传统中国人的道德位阶以孝为先为重，但凡十恶不赦之徒，若有孝心孝行则仍会受到肯定。相反，若不能尽孝则不论其品格或作为，仍会受到谴责。

有很多侠女的孝是和为父复仇连在一起的，如《仙侠五花剑》中红线鼓励素云亲自为父母报仇，"以全你一个孝侠之名"[109]452；又《聊斋志异》中有一侠女身负父仇、事亲至孝，因有老母而未嫁人，后来怜顾生贫困，为他操持家务，还为他生孩子，母亲死后她便杀仇人报父仇，但也离开了顾生。《侠女》和唐传奇中《贾人妻》的结构模式很像，但"所以不即报者，徒以有母在"[110]216使侠女多了一层孝道考虑，盖尽孝不只为父报仇，还要赡养母亲，这使她比贾人妻多了股人情味。而《卫女》所报之人则是养育她的褚母，所以她在为生父复仇后，还回到船上杀尽海盗以保护褚母的安全[111]22……总之，侠女为父报仇的故事很多，在男尊女卑的旧社会里，侠女复仇之举使她从弱势转为强势，这些侠女个个果断自主，虽在题材上尚有局限（以孝道和爱情为主），但不难发现侠女比同时代女性有更多的独立思维和自主性。此外也有些侠以孝扬忠，如《醉醒石》中刘浚在罗源县剿贼时遭众贼杀害，其子刘琏幸运逃出，后刘琏去千户、行省等处搬救兵报仇皆被拒绝，直到他到连江，向平日往来豪杰求助才搬到救兵，最后果然顺利为其父报仇，文末说："若能个个谋勇效忠如刘巡检，武将又协力相助；人人如刘孝子，破家报仇，结客灭贼，贼人又何难殄灭哉。"[112]忠与孝结合成侠士爱国故事，而刘琏以孝道彰显刘浚之忠，是孝的极致。

再看王猷定的《李一足》，李一足其父为人所杀，他报父仇之后被官府通缉，于是他流亡不知所终，后来传出李一足成仙的消息，可谓全孝而成仙[79]334。当然，成仙不是利益的盘算，报仇纯粹在侠客心志，而侠客往往又比常人的心志更加坚定。如《二刻拍案惊奇》中的王世名，假意与仇家和解，每天嬉笑如常，但坚心不忘父仇，等他安排好母亲后路和有子传嗣之后，还是向仇家王俊刺出复仇之剑。虽然县尹有意帮王世名脱罪，但他坚决不让人检查其父的尸骨，为此还在县衙内一头撞死，文末诗云："宁知侠烈士，一死无沉吟！"[113]340结合中国入土为安、保全大体完整等传统观念，使侠客成为让人理解而又高于常人的道体。再者，孝乃人伦天性，不管是书生还是大盗都讲求尽孝，李一足成仙后犹不忘父仇、邹飞虎虽为大盗仍不抛弃母亲，最后以孝得到侠名，这类小说既刻画出超常的侠客，但也将侠客带向伦理化方向发展。

三、侠之节

殉节本属臣对君的节义，在《论语》中就有："子路曰：'桓公杀公子纠，召忽死之，管仲不死。'曰：'未仁乎？'"[114]126 的诛心之问。当公子纠被杀后，召忽死之，便是召忽为公子纠殉节，通过召忽的殉节来衬托管仲的惜命。又，《左传》记载齐庄公和棠姜私通。棠姜的丈夫崔武子一怒之下杀死了齐庄公。其时晏婴为齐相，"晏子立于崔氏之门外。其人曰：'死乎？'曰：'独吾君也乎哉，吾死也。'"[115]619 这里的"死乎"含有鼓噪晏婴殉节之意，可见以臣殉君自古已有。同期的例子还有"秦伯任好卒，以子车氏之三子，奄息，仲行，针虎，为殉，皆秦之良也，国人哀之，为之赋黄鸟"[115]314，以及"太后病将死，出令曰：'为我葬，必以魏子为殉。'"[116] 唯需注意秦国的殉葬之风，不但车氏三子和魏子非出自愿，且方式残忍，识者都不赞同。而齐国之例，则重视臣属的自愿性。再者，公子纠和齐庄公皆为凶死，才有臣殉死，换言之若得善终就没有臣殉的必要了。而管仲不死，子路问孔子"未仁乎？"可见当时以臣殉君为仁，而孔子以管仲尊王攘夷的贡献来驳斥认为其不仁的观点，足见比起不合人道的殉死，孔子更加重视人的生命权。此外，秦末战争，汉高祖刘邦向田横（出身齐国宗室，自立齐王）逼降，田横不屈，自刎而死，田横的门客五百人也跟着自杀。在这两件事中，田横和公子纠皆非君王，但他们都出身于齐国宗室，可见不一定要对君王才能殉节。又，在地理环境上齐国近鲁，深受儒家文化的影响，故对忠孝节义等道德有较多的标榜。

明人徐广编辑的《二侠传》共有 20 卷，其中男侠 12 卷 70 人，女侠 7 卷 106 人，比较起来女侠的篇幅较少但数量较多，其选侠标准在序中言明："标曰二侠传，盖取男之磔然于忠孝，女之铮然于节义。"[117] 自是以后，女子以节义称侠者所在多有。如《西湖二集》中的朵那女，在乱贼杀入杭州城时，为保护主母散尽家财，最后以"俺既失了财宝，负了主母教俺掌管之意"而自杀，她责任感强烈，至死不背叛主母，作者认为她"强似如今假读书之人，受了朝廷大俸大禄，不肯仗节死难，做了负义贼臣"[118]，所以称她为"侠女"。不过这类忠心护主的女侠比较少，多数女侠是表现在对爱情的坚贞上，如《情史》中的妓女邵金宝，她在戴伦下狱后，用戴的钱财贿赂狱司十年，终于营救了戴，作者歌颂着戴的不疑、邵的不负，最终才得以化险为夷，成为眷属，文末评："虽娼乎，亦何惭于节义哉！"[119]305 是对邵金宝节义的肯定。

另一篇，姜子奇妻在与夫走散后，嫁与兵官成为贵妇，四年后她遇到姜子奇在街上行乞，仍私下接济他，兵官知道后大为感动，让二人团聚。[119]320《淞隐漫录》中的侠妓郑满仙，当城破之时，她把仅存的钱都交给李生，说："请速去，毋淹留。君素怀大志，当杀贼以报国。此时正大丈夫建功立业之秋，愿勿以儿女子为念。"[120]176郑满仙此举一来爱国，二来为李生前途着想，于公于私都无愧于心。事后她跳城门自杀，李生则选择投笔从戎，为国立功，可说受郑满仙影响至深。《薛校书》一文中的薛素素虽为名妓，但能文善武又洁身自爱，"非才名士不得一见其面，又负侠好奇，独倾意于袁六微之"[121]672，可见薛素素的侠名是来自她的用情专一……这些女子虽不像唐宋传奇中的女侠身怀绝技，然她们皆因不负旧人而得侠名。

女子谙武守节而称侠的也有，这类小说中的女子都个性鲜明，一改传统女性柔顺形象，而以其智慧勇气为自己的人生作选择。如《觚剩》中的云娘是个节妇，在面对参将子的狎意追求时，她要参将子先给她的丈夫一笔钱让他走才答应。当参将子依言照做之后，云娘立刻换上军服，挈着佩刀，责备他说："尔家忝建高牙，不能出奇报国……乃恣行不义，玷我贞素耶?"[106]28还威胁他："有追我者，我即断其头，如河北盗矣。"这番话把参将子吓得惊魂丧魄，也显示云娘的智勇双全。不但如此，在盗匪肆虐时，她以一平民女子帮助参将护住家底；在面对"军二代"的猛烈追求时，她责以忠义，更对当仆人的丈夫不离不弃。小说肯定云娘是个侠女，说出了女侠之节除了殉情之外的变通方式。退一步来说，女子忠贞守节的形象诚然感人，但这股崇尚女性贞洁的风气也容易使女性走上极端，尤其是侠客对女性贞节的要求往往太过严苛。比如《记双烈》中"负奇气，尚义侠，重然诺"[122]的刘方舟，他受到亲戚挑拨和乡人舆论影响，以为未婚妻不忠，就与她绝婚，逼得郑慧娘自杀以证清白，徒留遗恨。至于《贾义士》中侠客对女性贞节的管控，更加骇人耳目。小说中贾义士因受樊嶷之恩，在樊嶷死后受托照顾他的家业和妻小，其后在无法阻止樊妻改嫁的情况下，他诈与樊妻成婚，婚后在灵堂前审妇，他骂道："无耻妇败兄家风，请兄食其肉，弟亦陪兄一脔。"[102]78然后监禁她十年逼她守节，简直骇人听闻，又颇似《水浒传》中武松杀潘金莲的桥段，但樊妻是夫死改嫁，和潘金莲伙同奸夫杀夫究竟不同，而小说俱以侠客声讨之，故知杀惩变节妇人也是侠客的日常之一。文末称贾义士"非豪侠徇名者之所能勉为也"，可谓对贾义士的变态行为推崇备至，更反映了朋友义气比夫妻之情更重要，妻子像是男人的财产，不论其夫生前死后都不可变节，否则丈夫的朋友都可追惩声讨之。再如《全荃》，全荃生前"喜殉人之急"[102]104，死后他的妾与潘某私通，其友朱虚侯无法阻止，一并杀之，被县

令嘉为"义侠"，这篇小说如同《贾义士》都把女性当作男人的私产，是封
建社会男尊女卑思想的糟粕。

　　如前所述，女子守节多指爱情方面，爱情是相对的，古代虽男尊女卑，
但当女子真心付出却没得到同等回报时，豪侠也会挺身为她发言。比如《冯
埙》中的冯埙为弟出妻，但其妻并无过错，所以"故豪侠尚义，有郭解之
风"[123]43-44的黄椿出面解救，黄椿的武器不是刀剑而是其侃侃正论，如："郑
庄纵段，君子讥之；鲁隐让桓，儒林谬之；周公右王，而管蔡为戮；以兄弟
之有贤不肖也。若喻妻子以衣服固已然，因手足之故，而裸以为饰，即圣人
亦无取焉。"豪侠的论点在于是非而非亲疏，守节操的女子不再一味地被要求
退让。相形之下，杜十娘的侠名则来得太沉重。杜十娘为一青楼红牌，和李
甲相爱后，她迁回赠金给李甲来为自己赎身，没想到李甲在途中轻易将她卖
给孙富。后人评《杜十娘怒沉百宝箱》时，说孙"固非良士"[124]498，李也是
"碌碌蠢才"，"独谓十娘千古女侠，岂不能觅一佳侣，共跨秦楼之凤，乃错
认李公子……深可惜也！"杜十娘志节坚贞，却看错了人，落了个悲剧下
场，虽然作者在文末还她公道，但她的沉箱投海又何尝不是作者的正确指
导？否则如何维持人设的清白与高傲？总之在理学发达的年代，男性给女
性所设的桎梏也越加严苛，待女子在习得这套礼教之后，律己益严，义烈
者或能得侠名。

　　以上举了很多女子贞烈守节被称为侠女，侠客为兄弟或朋友杀不义之妇
被称为义侠的例子，反映出明清对女子贞节的重视，但若侠客解救弱女，且
不乱其贞节的义行亦被赞许。比如《三刻拍案惊奇》中的陆仲容，他到父亲
的谢姓友人家中教书，谢女钟情于他，多次用情词挑逗，但他始终严拒，回
她："'节义'二字不可亏。若使今日女郎失身，便是失节。我今日与女郎苟
合，便是不义。"[125]71文中的诗赞他"丈夫峻嶒侠骨"。后来女子所托非人，
被卖到青楼，希望遇到"有侠气或致[126]诚人，托之离此陷阱"。陆知道此事
之后为她集资赎身，让她重回谢家，过程始终不逾矩，全文洋溢儒家的礼教
气味，虽然酸腐，却不失为一本士大夫明哲保身的指导书。另一则小说《女
盗侠传》反其道而行，是比较有趣的作品，文中女盗侠乔装一弱女，编造家
贫忍辱为妓的故事，诱惑朱某，朱某反以红拂、梁红玉之事，激发其豪气。
两人"对坐谈心，终不及乱"[127]244。天明，女子表明其盗侠的身份，本计划
抢劫朱某但因他有柳下惠之风，故饶他一命，并送他一面三角小旗，可令途
中盗贼收手，保他一路平安。这个故事一反男尊女卑，使女侠居于考验者的
优越地位，朱某也因通过考验而活命，显露出男子不受诱惑的道德也是很重
要的。

再看《葛九》中的侠客程振鹭，"负侠气，文奇诗奇，作事俱奇"[93]213，当他看到葛九无力筹其父母的丧葬费而卖身青楼，为她写下一首《金缕曲》，果然许多王孙公子点名赠金，不久就积金满箧，足以料理其亲人的丧事了。后有一僧来度葛九皈依佛门，程振鹭也学僧人向葛九开示，葛九当晚就到昙华上院皈依。这篇小说全无情爱纠葛或以身相许的桥段，显出程振鹭义行的纯粹性。他不但写曲帮助葛九解决物质困境，也知她心志高节和堕入风尘的不得已，所以开示她皈依佛门，助她解决心灵困境。从《三刻拍案惊奇》《女盗侠传》《葛九》可看到明清小说不再以武功或暴力标榜行侠仗义，只要能助人都可称为侠客或侠女。另一篇《胡孝廉》叙述胡孝廉曾经遇盗，他"拔堤边柳毙数人"[128]，从此绿林暴客都对他心存几分敬畏。后来他不慎被盗贼设计给绑了，这时有一女子私下找他。原来，这一女子先前曾投奔他，被胡拒绝后，因想报复胡而误入歧途被盗贼所挟制，现在看胡也落入贼窝才反过来求胡合作，一起脱离贼窝。胡于是答应了她，女子松开了胡的绑缚，胡张弓驾马喝住贼魁，终于顺利逃脱。在过程中，胡孝廉始终展现君子风度，毫无越矩。而《虞初新志》中，汪十四被擒入山寨中，遇到一个也是被劫来的美人，他请美人断其绑缚，许下"汝能救我，则救之"的承诺，美人照做，他也信守承诺带她出逃，之后把女子平安送回，汪死后"里人壮其生平奇节，立庙以祀，称为汪十四相公庙"[79]242。这些小说中的侠客都守礼如君子，不隳礼教、不乱人节，故受到世人赞许。

四、侠之义

明清小说中侠之义主要有二，一是义气，二是正义感，也有很多情况是两者兼具的。义气是基于彼此关系而衍生的作为或不作为，并付出损害自己的代价，以帮助或保护对方。如《二刻拍案惊奇》中的官妓严蕊，她"行事最有义气"[113]137，宁可受尽酷刑也不肯诬陷唐仲友，后来她因为"一发道是堪比古来义侠之伦"而被称为侠女。其他还有秦淮名妓王翠翘，商人华萼帮她赎身，她便救华萼性命，海盗徐海待她至诚，她便为徐海殉情，报恩尽义，也是作者笔下的义侠[125]267。这些义侠，即使面对胁迫也绝不出卖他人、出卖彼此的信赖。对不谙武功的女侠而言，她们的侠义很多表现在对爱情的付出，自明清以来"侠女怜才"的小说很多，这些侠女很多是妓女出身，她们在士人困厄时解囊相助，让士人得以专心读书、赴京赶考。结局也通常是士人考上状元，信守承诺，回来迎娶妓女，从此富贵团圆。这些女子之所以有侠名，是因为她们有游侠"济人缓急"[129]1154的品格，素有"情侠"之称。如《情史》中：全人名节的薛希涛；在丈夫落难时以自己为质，助丈夫逃脱的沈小霞；慧眼识英雄的红拂；以一半家财资助情人建立功业的瑞卿；接济情人并激发其上进心的冯蝶翠；在情人未取功名前以金相助的东御史妓和吴进士妓；不弃情人家道中落，如约与他完婚的娄江妓[119]277-314；对情人推财恤患，在情人死后誓言不见男人一面的张小三[119]60，等等。而《夜雨秋灯录》中的春林，也是在情人客况萧条时，慷慨赠金，得到"崇川侠妓"[130]223的美名。还有《淞隐漫录》中的侠妓郑满仙，将自己的积蓄给情人为自己赎身[120]176，颇有杜十娘之风。至于《埋忧集》中慧眼识英雄的金氏[102]92，《初刻拍案惊奇》中萍水识檀郎的慧娘[131]146、为情死而复生的速哥失里[132]，《二刻拍案惊奇》中遭拆散又凭信物玉蟾蜍与情人结合的杨素梅[113]99……这些美妓重情重义，一反青楼女子拜金势利的刻板印象，而为落魄士人伸出援手，是"侠女怜才"的表现，也是男性对理想女性的刻画，她们美而多情，在爱人落魄时对他慷慨解囊、不离不弃，在爱人成功时也甘居幕后，不争名分甚至不求回报，是以男人在她们那边是有得无失的，称她们为侠妓，实际上看中的是她们助人的能力。《清稗类钞》更直接把乐善好施、赈人急难的女性称为女义侠，如捐助书院的汪太太、代流放边疆的王某妻、出絮帛助人的王文简夫人[133]，等等。这些女义侠对别人的苦难存着恻隐之心，所以不吝帮助别人，某种程度上也反映着世人对心善大气的富有女子的期许。

至于男性的侠义每多表现在对朋友的情义上，像《菽园杂记》中的都指挥司整与恶少刘某结为兄弟，曰"一人受挫，则共力复仇"，后整杀人亡命，刘被捉去官府讯问时竟冒认杀人是他所为，直至论死也不改口供，后来被发配边疆充军。刘之所以代整认罪，是基于义气且整有老母，故刘的人格"古之侠士，不能过也"[134]；再如《橒乡集》中的江某"养豪侠，不择交游"[95]524，因为许新平常和江某很好，许犯了死罪，江保他脱逃，后来江以保人被捕，"官亦义之，果得不死"；还有《夜雨秋灯录》中，稽耸在文天祥逃难时，"散家资，招健丁，复遣其子与客伴送文山先生至泰州"，文中赞他"英风侠骨"[130]123；以及《清稗类钞》中哭谭嗣同、为他复仇未果的唐才常[78]2837……这些侠客，临事以朋友为重，为了朋友不惜干犯法律，甚至牺牲自己，使男性友情有高于一切的优越性。

也有男性侠义是纯粹发挥正义感的，如《清稗类钞》中的诸多男性义侠：在恩客落难时加以周恤的魏长生、贷钱助人渡舟回家的刘其中、醵金拯救某邑的伶人王花农、在饥荒穷岁以婴尸活人的秃梁、解救法宝于通缉中的张翠[135]等，他们苦人所苦，看到别人苦难便慷慨仗义，故得侠名。其他如《碧血录》中的燕客，"平生耽酒任侠，重然诺"[136]，他在燕都时知道被魏忠贤所害的六君子之事，为他们纪传，而"朱公亦窃知客为有心人，遗言遗札多默附之"，也是一个义士。再看《钱鹤皋》，钱鹤皋其父祖辈都慷慨好施，他自己也"性豪迈，尊礼，知名士，广结海内侠客，援人之厄，不惜千金"，"如君好义，名闻远近，能散财聚众"[137]14。后来元末大乱，他趁势拥众起兵，也是一代豪杰。还有《情史》中帮人夺回妻子的虬须叟，作者在文末说道："世间欺心薄德之徒，横行无忌，吾安得此虬须叟，家至而户说之也。"[119]358以上这些人面对不义和贫苦，虽不干己，但感同身受，急人之事，所以被誉为义侠。

关于义侠还有几个特殊例子，如捷儿（猴子）和巧儿（八哥）虽是异类之交，但在巧儿被老鹰抓走后，捷儿杀死老鹰为巧儿报仇，作者说："虽古之侠客义士，又何以过哉！"[138]12将人类对义侠的祈慕投射在动物上。另外，《义牛者》的牛击毙猛虎救主，又在主人被王家人殴打致死后，直奔王家抵死其父子三人，作者赞其"力而有德"[139]。这些故事都是动物拟人化，不但赋予动物情义，也把人类对侠的美好想象投射在动物身上。甚至有时神也是侠的投射对象，如《丰润城隍》，文中的城隍为了顾及与凡人太守的友谊，泄露天机，让太守夫人提早享完人间定禄而死，避免了命定的被雷击毙，但此举使城隍庙遭遇雷击。文末柳崖子称颂城隍："丰润宜矣，至青州为友受辱，固神而侠者也。"[138]28并引用《论语》"人之过也，各于其党。观过，斯知仁矣"[114]37指出人因偏袒私情而犯错。同样，城隍为太守触犯天条，是因为他重视太守，显示神有凡人的感情，犯错反而彰显仁心，城隍走下神阶而犯了人的义气之错，反而受到世人的认同。

至于《钟萧》则是比较极端之例，文中宁波的袁太守，被严世蕃诬陷下狱，即将问斩。这时司管衙务的钟萧、钟萧全力救他，但遇到困难。钟萧既要救他的小妾，又恐毁人名节，于是诘兄曰："父母与公孰重？"[140]385钟萧答曰："父母生我，公固不啻生我也。"又诘曰："公与身孰重？"答曰："身有重轻，于公则身亦可轻也。"于是钟萧决定毁身自宫救妾。其兄钟萧也深恐在救人过程被认出，于是"乃以灰瞽一目，石损一足，亦已备尝奇苦"，他们毁身救人之法可说是惊世骇俗，亦将侠之义扩充到极处，其他伦理都须为义退让一步。虽然在很多侠义公案小说中，当忠义发生冲突时，都是舍义而取忠，以国家为优先，但若遇到"救友"或"卖友"的议题，却又往往以朋友义气为优先。以《张羣救法宝》来看，张羣和法宝是生死之交，在法宝遭国家通缉时，张羣问他父亲："法公为我知己，被罪出亡，于国法无赦，留者，罪与之均。今穷而归我，畏法，则执之而首于官，死法公矣。昔孔融藏匿张俭，义声炳于千秋。敢告严君，将背友而保家乎？舍生而取义乎？"藏匿与告发，先过问其父，显示孝的位阶在忠义之上。再观张羣的用词，"背友而保家"

"舍生而取义"，前者自私、后者人格高尚，问法本身含有意向性，张羣有意匿藏法宝，而张羣父回答："北海之母何人，我岂不及一巾帼哉？其留之。"以孔融之母担罪自喻[141]，后张羣果匿藏法宝，是私义置于国法之上，亦即义先于忠。

最后，有一部小说很值得探讨，即清末的《刺客张汶祥》，其中关于张汶祥刺马新贻的原因有诸多说法：一是报父仇，二是报夺妻之恨，三是马新贻卖友求荣，四是马新贻背信，第五种说法是丁日昌请张汶祥刺杀马新贻……众说纷纭，莫衷一是，后来张汶祥被凌迟处死。文中张汶祥"素侠烈，重然诺"[142]111，有原侠之风，有这种特质的人往往把信用和义气看得比什么都重，所以张刺马最扣合的理由是马背信弃义，观乎马的作为（以第三、第四种说法论），虽违反道义，但他只是违反与盗贼的私义，却保全对国家的公义；反观张，他的复仇是为了私义，很明显是李德裕《豪侠论》中"（侠）虽以然诺许人，必以节义为本。义非侠不立，侠非义不成"又"士之任气而不知义，皆可谓之盗矣"[143]那种"不知义"的盗。这个故事流传很广，改写的戏曲、小说甚至后世的电视、电影都很多。其共通点是不管原文或改写，作者对张汶祥多有痛惜但甚少责备，如"具此强毅坚忍，使作大将、统大军，更有何贼之不可办？惜乎其为刺客也！"[142]112痛惜他才非所用，当刺客以死。又《晚清第一奇案》则叙道："张汶祥被处死的消息第二天就由督府公布出来。满城争说义烈汉，消息不胫而走，立时传到金蕙云等三人耳内，三人隐在古庙里，捶胸顿足，号啕痛哭。"[144]反观马新贻之死，少有作者同情。其原因在于小说家把私义当作价值圭臬，而这价值圭臬不因对方的身份而改变，即使对方是盗贼亦然，可见小说家所讲的义与李德裕《豪侠论》所讲的义大相径庭，甚至小说家还把私义放在公义之前。尽管马新贻除盗因公忘私，却因违反与盗贼间的私义，使他在小说中始终形象不佳。

第二节　侠的武德

在司马迁的《史记·刺客列传》中，鲁句践叹息荆轲："嗟乎，惜哉，其不讲于刺剑之术也！"[129]888可见剑术的重要性。只是使剑的不一定是侠，庄子不是侠[145]、越女不是侠[146]、能空手夺白刃的展善不是侠[147]、善舞剑的公孙大娘也不是侠[9]2361，即使挥剑斩蛇的李寄[148]，也有侠之实而无侠之名。首度将"武"与"侠"结合的是除三害的周处，但周处称侠是因为他少年"凶强侠气"[149]而非其行侠仗义。在《太平广记》中，许多唐传奇的豪侠也有品格不高之讥，但可确定的是除侯彝之外都懂武术，所以自唐朝以后侠别开新径，别于侠气、侠节、侠骨等虽以侠称之但不谙武术的路子，这条路子是侠而能武。这一路线初起时侠未必是善类，许多盗贼充斥其间，甚至穷凶极恶，像刘居士、彭闳、高瓒之辈也列侠名，直到宋朝一洗侠的污名，许多凶徒、盗贼称侠的现象渐渐隐没。

另外，两宋虽然重文轻武，武学也受到某种程度的禁制，但不可讳言，宋朝才真正发展了武学传授的机制。根据易剑东的说法：

> 据统计，宋代少林寺的拳法已经达到一百七十多套，正是由于如同少林寺与民间武术的联络机制一样，各类武术的关系日渐密切，武林自宋代得以形成——中国古代社会一个独特的大众社会范畴。这个范畴内部的血缘家族观念十分强烈，武术史上"杨家枪法""朱家棍法"之类称谓的屡屡出现、"师徒如父子"之类观念的倡扬便是显著的例证，它对于武侠的世俗化也产生了推动作用。随着侠客在武林中的地位日渐提高，他们崇尚武德的观念也渐渐成为武林中人共同的行为规范。他们崇节义、尚尊严、除奸邪的特质具有特立独行的色彩，给整个武林带进了清新之风。如明代武林中人奉为楷模的武侠董僧慧冒死归葬自己的恩人，并且为友殉难。这种轻死重交的风骨正是武侠的重要个性。[150]

谈到武术，其实在两宋强干弱枝和重文轻武的政策下，地方为了自保，集结乡兵，成立了很多地方武术集团，上述的"杨家枪法""朱家棍法"就是其例。自宋以后民间习武的风气渐兴，而到了明清，一方面，随着现代化城市的兴起、农业人口的增多和户籍法的健全，人民思安，在承平时期，依附城市垄断经济的行帮，将武力纳入经济活动的武馆、镖局、门派增多，民间习武的风气也蔚为大盛。另一方面，由于经济的繁荣，人民的娱乐需求也增多，说书业发达，戏剧、小说需求量增加，在种种内因外缘下，许多绿林好汉、异士能人的传说也随着说话行业而大兴，这是唐宋到明清的武侠小说数量大增的主要原因。承袭唐宋时期《剑侠传》的传统，明清武侠小说的侠客大都练武、谙武，也一扫剑侠的蒙昧而崇尚武德，"侠"与"武"在这阶段取得了微妙的联系，虽然有正义感而不谙武之人仍可得侠名，但在用法上"侠客"专指身怀武艺、路见不平的人。此后称"侠"多指"侠客"，而有正义感、能助人却不谙武术的则称"侠风""侠骨"，此其大略。文人雅士虽不谙武却以侠自喻誉人，将侠当作一种生活品位也是有的，到了民国武侠小说出现，更坚定了"侠"与"武"的必然联结。再看武字，其字形字义的来源与演变如表9-1所示：

表9-1 "武"字的字形、释义与演化

字体	甲骨文	金文	周文	小篆
字形				
释义	从戈从止，会意，"止"指脚趾，意为征伐	从甲骨文演变而来，意亦为征伐	潘党："臣闻克敌，必示子孙，以无忘武功。"楚庄王曰："夫文，止戈为武。"	《说文解字》从楚庄王的说法。止戈为武

楚庄王曾说："夫文，止戈为武。"将"武"字拆解成"止""戈"，以戢兵止战为"武"，东汉许慎的《说文解字》亦从此说。但在《左传》原文，楚庄王那番话其实是为了反驳潘党说的："臣闻克敌，必示子孙，以无忘武功。"[115]397翻成白话文，即潘党认为楚国打胜仗应该告示子孙，让他们记得先祖的武功威力。这也是当时"武"字流通的意思。但楚庄王故意反其意而释，以止戈拆解武字，大有不战而屈人之兵之意，这当然是兵法的最高境界，但终究违背原意，而许慎从此说著成《说文解字》，久而反使之成为正解。

推述其源，"武"的甲骨文是会意字，从戈从止，"止"是脚趾不是停止，表拿着戈矛向前走，意谓征伐。秦朝小篆是从甲骨文演变而来，也是指征伐，故韩非有"侠以武犯禁"[151]之说，意味游侠是以武力犯法的人。余永梁解释"武"字的甲骨文说："从行从止，从戈操戈，行于道，武也。"[152]唐兰也认为从戈从止，无停止意，而为荷戈而行，有雄壮威武之意。[153]综上可知，以武犯禁的侠，是怀有武功并以武力解决问题的人。只是自《说文解字》后，武逐渐与武力、武功脱节，其后司马迁推崇侠德，并把布衣之侠、乡曲之侠也列入侠林之后，武已经不是侠的必要条件。直到曹魏时鱼豢的《魏略·勇侠传》才再度将侠与武扣连，在历史过程中侠可分"谙武术""不懂武术"两类，这两类一直并行存在，而在本节"侠的武德"，在设定上是指谙武术的侠。

从唐宋到明清整个侠的武林世界，大致朝规则化、伦理化的方向发展，从社会学的价值理论来看，其主要趋势是以道德为本质来调节侠的行为规范。换句话说，一个谙武术的人必须武德兼备才能称侠，如《聊斋志异》的《佟客》，文中好击剑的董生自叹找不到异人传授剑法，佟客说："异人何地无之，要必忠臣孝子，始得传其术也。"[110]1185更说明了武德在武术之上的道理。基本上，侠的武德包含在侠的伦理化之中，成为练武之人的伦理，但因为自明清以来民间练武的风气逐渐成熟，社会上对练武之人也有约束力，侠客是不能自恃武力恃强凌弱的，他必须懂得控制自己，将武力发挥在有助于人和伸张正义的地方，寻常时行事低调，非到不得已不可用武力，此其大略。常见而彰著的武德如"正、义、隐、仁、廉"等，正是明清武侠小说一再提倡的。此外，到了明清，侠的报恩复仇受到规范，侠必须合乎规范才会得到认同，这些规范也跟侠的武德有关。最后，因为侠的身份异于常人，常人也对侠的犯禁有较大宽容，但仍有某些社会价值规范是不容侠侵犯的，称为侠的禁忌。

一、正

侠不惹事，但也不怕事，相对于常人，侠是强大的，不只在于其武功之高强，更在于其气场之强大，而这气场往往就是正念所积，正如孟子的浩然之气，"其为气也，配义与道；无是，馁也。是集义所生者，非义袭而取之也。行有不慊于心，则馁矣"[154]55。以《女侠荆儿记》来看，本篇改自《李寄》，但荆儿又比李寄勇敢，她说："蛇乌知择人而噬，巫觋妄言尔，儿自有术敌彼。"[127]253荆儿不信巫觋，但为了改变乡民献童女给巨蛇的陋俗，她决定自献蛇神，入洞后她先对蛇下毒，再挥剑斫蛇，终于除蛇解决了县邑之患，这是以正念战胜邪神的例子，也成就荆儿女侠之名。再看《童之杰》，文中的童之杰自恃其剑能斩鬼狐，但第一次遇到绿毛妖就败下阵来，原来绿毛妖是女剑侠给他的考验，童趁机向女剑侠学武。女剑侠不教他招式，只帮他净剑，并教他口诀："天心正大，吾法正直，荡涤邪秽，肃清一世。"[140]335并告诫他："以正心济物，不然，剑虽通灵，其为宝也几何？"可见正气是剑侠的根本气息，往后童之杰斩妖除魔所凭仗的就是这股正气。作者认为：

> 胆之巨细，由于气之盈虚。而气之盈虚，原于心之邪正。正而以直行之，即孟子所谓"浩然"者也。仙佛人神，不外此二字，剑侠更无论矣。独是同一剑也，懦则试辄不利，勇则所向无前，剑固灵以人也？故夫天下有大勇者，不必有剑，而亦神钦鬼伏矣。[140]335

只要秉持剑在心中、邪不胜正的念头，可以天下无敌，也是强调侠之正念。《妖术》中的于公"少任侠，喜拳勇"[110]67，有个算命师跟他说三日将死，要他交十金禳之，但于公"自念生死已定，术岂能解，不应而起"，到了第三天的夜半，果然有很多怪物找上门，他一一除怪。后来他发现怪物身上有血，才知道这些怪物都是卜者驱来的，目的在"欲致人于死，以神其术也"。于公揭穿算命师的谎言，用正念破除蒙昧。在《许玉林匕首》中，许玉林投宿时，客房已满，只有一处间没有客人，寓主曰："楼为妖物所凭，久已镵锢，人居必不利于客。"生笑曰："妖由人兴，其何能为！"[120]11后来果然凭一匕首，破除妖孽。

又如《饿鬼》中"素好义，重然诺"的韩生，他帮一孤女守其父尸，在守尸期间有两个饿鬼要食尸，韩生不但向鬼吐唾沫，执麻秆打得饿鬼求饶，还为死者渡气，终于让孤女之父活了过来。柳崖子评说："凡为人所不能为者，其胸中皆有奇气，少年此举义而侠，在吾儒为贤者之过，在释为正藏法门。"[138]18认为他以这股气，足以束缚群鬼，何况区区两饿鬼耶。又《徐笠云》中的徐笠云误入山中跟一名女子习武，回家时他把三年来的境遇向人说了，有人说："此殆剑仙欤？子习是术，虽不得仙，亦近于侠。"[120]435后来他隐藏自己，不炫剑术。不久徐考上科举，当湖北知县，遇到一个案子，有一妇人与僧合谋杀害其夫，徐于是判他们死罪。刑场的刀落下，他们头身分离，但身僵犹立且不溅血，徐知道他们练有奇术，大怒道："岂有修成剑术而为此坏法乱纪之事乎！"接着掷剑向空，他俩才血流成河，真正死去。以上都是侠客凭正念战胜妖魔鬼怪之例，其内核讲究的就是一个"正"字，胜败的关键不在对方是否强大，而在自己是否理直，正如孟子说的："自反而不缩，虽褐宽博，吾不惴焉？自反而缩，虽千万人，吾往矣！"[154]54很多小说中的侠客能坚定己志、破除蒙昧，其所凭恃的就是这股自反而缩的正念。

二、义

郑观应在《续剑侠传》的序中，把剑侠归类于仙道，与儒道并论，认为剑侠的任务就是"旌阳斩蛟，莆田拯溺"[155]，诸事以济儒道之穷，故所谓的行侠仗义，就是对别人的痛苦遭遇感同身受，进而发乎恻隐心和正义感，对他人伸出援手。义是侠的武德，也是侠的伦理化中最重要的侠德，两者在阐释上有共通处，其差别只在于侠的义的伦理范围较大，而侠的义的武德是用武力行侠仗义，如《清稗类钞》中的义侠包含：从火场中救出男妇十余人的李苑芝、帮助浙宦脱牢狱之灾的樵叟、替被流氓调戏女子解围的海鹿门、为灾民向巨室豪右强行募款赈灾的白兰花、为公子除盗的侠客[156]，这些侠客以武行侠，路见不平、拔刀相助，深富正义感。而《平顶僧》中，某贵公子载金被一群强盗盯上，在暴雨中躲进一间野店，看到店内一"昂藏修伟"的异人，公子就将所忧之事跟他说了。异人听后表示："今夜公子但请高枕，吾将俟之而甘心焉。"[80]246这表示经过异人的判断之后，他认为公子是对的，所以愿为他除盗，这之中有个评理的过程。另一篇《女侠》，写道高髻盛装的女侠知道押银的官差被人迷昏劫银后，她说："此奴敢来此作狡狯，罪合死。吾当为一决！"[157]也有个审判过程，经女侠评判理在官差，所以女侠驾黑卫，从市集中取走红梢头人的头，并将官银带回。此外《虬须叟》中也是侠士虬须叟听到刘损诉冤而助他夺回妻子，其中"叱吕用之，历数其罪"[119]358，也有公开的审判。审判是一种评理方式，当侠客行侠仗义时，需要确认理在己方，这才能说服读者获得认同，故明清小说中侠客的行事作风往往有理可循，很少任性而为。

激于义气而行侠的小说也很多，像《清稗类钞》中的齐二寡妇[78]2724，她善幻术且有武功，因和门下众游侠救老尼而犯法，索性据山叛乱，后来成为白莲教的教首，以男子面貌示人，如同水浒好汉，也有一段为了执行正义最后不免落为草莽的身世，都属官逼民反的故事。再看《名捕传》中的女侠，她初听有马贼劫官银时，只说："我不耐烦！"[79]482她的丈夫听到回她一句："懒媳妇！今日不出手，只会火炕上搏老公乎？"虽然促狭，却隐含济人缓急的侠气。另一篇《柳轩丛谈》也是类似的故事，众捕头为响马所劫向一对老翁媪求助，老媪不耐地说："老娘出一臂可乎？"[95]88接着策马飞奔，不久便将财物抢回。再看《热血痕》第十回中，老头的外甥蓝滔倚仗权势，强娶表妹——即老头的女儿，老头去找蓝滔论理，被他送去衙门，衙门不由分说地打了老头五百板。黑汉听了后暴跳如雷，大骂道："这等忘恩负义、猪狗不如的匹夫，与那样制势欺贫、奴婢不如的赃贼，岂可容留在世害人吗？这匹夫住在甚么地方？你引我去，我替你出气！"[92]68以上均是激于义愤而行侠之例，小说中的事件都很简单，二元对立，侠客的草莽形象出自无利害关系的纯粹正义感，这些特质其实跟多数有正义感的人一样，但侠客能做凡人想做却做不到的事，于平凡中见崇高。

有些侠客的行侠手段带点巧思甚至诡诈，但因本于正义，所以不但不妨害其正面形象，甚至还多了点人味，如《初刻拍案惊奇》中的贾秀才"家私巨万，心灵机巧，豪侠好义，专好结识那一班有意气的朋友"[131]137，他发现因为和尚要增价，使得李生无法赎回原屋时非常不快，他说："钱财虽小，情理难容！"于是他假扮和尚调戏对门的主母，害真和尚被邻居打了一顿，蒙受不白之冤，最后仍以原价卖给李生，这就是贾秀才以诡诈行侠的手段。而《申阳洞记》中的李德隆"善骑射，驰骋弓马，以胆勇称，然而不事生产，为乡党贱弃"[158]，他因猎獐迷路，误入一古庙中，看到一貌似猥獴的邪魅，他搭弓射中其首领，众邪魅一哄而溃。后来他循着血迹到申阳洞口，跟守卫说自己是医生，守卫入报，首领请他入内治病。原来首领就是昨晚被他一箭射中的老猕猴，旁边还有三女照顾他，李生诡称神药能延年益寿，群妖听了竟相来饮，不久皆毒发倒地而亡，终于毒杀众妖，并救了三女。其实早在李生搭弓时就展现其正义感，而他追寻血迹更显露他除恶务尽的决心，虽然手段容或可议，但毕竟达到除妖的目的，作者立场显然偏向他，其侠客形象仍相当正面。

此外，高启笔下的《书博鸡者事》也是展露一巧妙的侠行。博鸡者只是个无赖、不事产业又任气好斗的街头混混，却能"为里侠者皆下之"[159]1230-318，可见其必有过人之处。当新权贵结合土豪诬陷袁州太守，革掉太守的官职时，袁州人都非常愤慨，并对博鸡者说："若素名勇，徒能借贫屠者耳彼豪民恃其资，诬去贤使君，袁人失父母；若诚丈夫，不能为使君一奋臂耶？"袁州人的行为透露一些讯息：第一，太守被革职，百姓展现集体正义，可见明朝百姓的政治参与度相当高；第二，遇到不平事，他们找上博鸡者，宁可相信侠客也不相信官府，这种民风，恰使得任侠者有社会基础；第三，太守和新权贵孰是孰非固难认定，但博鸡者所做的全符合公众愿望。他绑了土豪游街让他当众出丑，一吐州民心中怨气，大快人心，博鸡者也俨然是民意的代表。后来有人告诉他："然使君冤未白，犹无益也。"这话被博鸡者接受，他立刻想到解决之道，每天拿着巨幅的"屈"游街抗议，逼得御史台受理，其行为虽然无赖却相当有效，也让太守得以循正当途径恢复官职，故博鸡者既有执行力又能解决问题，因此"博鸡者以义闻东南"。以上不管贾秀才、李德隆或博鸡者，行为虽不按常理出牌，但符合市井正义，也为侠行添上更多的方式。

明清时的爱情小说很多，成为世俗的主流读物，许多武侠小说也和爱情小说相融合，有的侠客多情、谈情、爱恨纠葛，也有的侠客为有情人主持公道。在此，武德之义的"义"是正义，诚如《孟子·公孙丑上》"其为气也，配义与道，无是馁也"[154]55中的"义"，这跟朋友的义气相挺不同，在内心上侠客主观认定自己是做对的事，所以这个"义"是要和"道"连说的。比如《三刻拍案惊奇》第九回，该文改自《冯燕歌》但多有增益，尤其对人物心理刻画细致。侠士耿埴虽知邓氏有夫，本有"既是良家，不可造次进去"[125]370的念头，但后来转念为"我且明日做送戒指去，看她怎生"。因邓氏自不避讳，所以耿埴仍与她发生关系。在这过程中，耿埴常看到邓氏刻薄待夫，使他对董生反有几分同情，加上邓氏常催他杀董生，使他有"怎奸了他妻子，又害他"的念头。终于有次他听到邓氏嚷骂其夫，耿埴在"忿她不义"的心情下将她杀死。杀人之后，他立刻走了，使得来送水的白大被屈打成招，认了奸杀之罪。耿埴知道后自忖："我们做好汉的，为何自己杀人，要别人去偿命？……倒因我一个人杀了两个人……做汉子的人怎么爱惜这颗头颅，做这样缩头的事?"于是他到刑场认罪,同时也坦承和邓氏的奸情。此时永乐爷励精求治,便批本道:"白大既无杀人情衷,准与释放;耿埴杀一不义,生一不辜,亦饶死。"经此一事后,耿埴看破红尘,出家当和尚了。在这小说中贯穿全文的是个"义"字,耿埴陷溺在与邓氏偷情中和杀人后逃亡都是人性弱点,但他始终知道自己所作非为,最后在良心的谴责下,战胜人性弱点,这是对义的自觉,后来他也在审判下受到宽恕。

像《全荃》中的朱虚侯,在故友全荃死后,询问其子春霖之意,杀死失节的全妾和奸夫潘某,结果这案子牵连多人,甚至害春霖被问罪处斩。春霖受刑前朱虚侯在县令案上留书:"前杀奸夫淫妇者,某所以为死友泄恨也。今汝以五百金而忍诬杀孝义者三人,某反不能杀汝乎?"[102]104朱虚侯担下所有的事,且威胁县令,后县令不究其罪,反称他"义侠",这也是通过义的自觉和义的审判所得到的结果。无独有偶,《李侠客》中的李侠客看到伶人在公子贫病交迫时抛弃他,公子还对伶人思念不止时,侠客说:"我为汝致之。"[138]15结果竟把伶人的头带来。侠客杀伶人是因他忘恩负义,辜负了公子的深情,所以宁可亡命也要主持正义。以上耿埴、朱虚侯、李侠客诸侠所为均基于义,虽然他们所管的都是别人的情爱闲事,非关公义,但古人往往也把爱情当作一可见义勇为的事。在唐传奇中有侠客解救爱情,到了明清,由于表彰烈妇之风盛行,所以对负心者多强力谴责,乃至奸夫、淫妇几达人人得而诛之的境地,故有侠客的行侠空间。诚如《二刻拍案惊奇》中说:"话说天下最不平的,是那负心的事,所以冥中独重其罚,剑侠专诛其人。那负心中最不堪的,尤在那夫妻之间。盖朋友内忘恩负义,拼得绝交了他,便无别话。惟有夫妻是终身相倚的,一有负心,一生怨恨,不是当要可以了帐的事。"[113]123这便是爱情需要侠客主持公道,负心者人人得而杀之的理由。

最后,武德中的义,有的不在助人或除恶,而是基于自觉,其标准不在法律或其他外在规范,而是内在良心。如《调白》中的"调白"是指窃盗的神技。调白有二,下八洞要看过人的财物才能将之摄走,上八洞更只要和人同宿,即使没看到对方财物也能暗中运走。胡姓商人的钱就是这样被一行客运走的,本来失财无从追讨,但因那名行客自觉受胡商收留、推诚之恩,所以临行前跟胡商承认自己是"上八洞",并将运走之钱还他,但向胡商告借五十缗救命,约定某日必还。胡商也很慷慨,如数给他,并不计较他会不会还钱,但期限到时,行客如约还钱。作者说调白者就是侠客,如果能遇到这种侠客,他愿拜师习术,"抽取天下贪墨之财,以济四穷而助公举,不亦快哉"[160]363,发挥侠义的公心。另一篇《异侠借银》文旨相同,但内容较精简,义侠虽摄银,但也告明布商如期归还,他说:"吾辈何处不可取物?但恐贻累于人，故不为也。"[161] 展现盗亦有道的品格，以外在标准看，调白者摄银是偷窃行为，是错的，而他们明知其非而为之，因为摄银之错不会折磨他们的良心，但对以诚相待的人摄银则会折磨他们的良心，所以认错归银是"不忍欺公"[160]362所致，所以武德之"义"虽有"正理"的意思，但每个人心中"义"的标准仍有不同。

三、忍

俗话说"真人不露相"，这话反映了一个真正的武林高手的特质，如《初刻拍案惊奇》的《刘东山夸技顺城门　十八兄奇踪村酒肆》、李渔的《秦淮健儿传》和乐钧的《韩五遇侠》等，小说中不管刘东山、健儿或韩五都恃武力而自夸，刘东山说：　"二十年间，张弓追讨，矢无虚发，不曾撞个对手。"[131]33话说得很满，可是他却拉不动少年的弓，而少年的箭风更把他吓得魂不附体。再如健儿自诩道："世人皆不足敌，但恨生千载后，不得与拔山举鼎之雄，一较胜负耳！"[162]322更是骄矜自负，但他也拉不动一个迷路后生的弓，后生随即把他的刀折弯又弄直，直把健儿吓到战栗不止。文中的少年与后生都是绿林侠客，因为看不惯刘东山和健儿的自吹自擂，所以才给他们下马威，并劫走他们的银两。少年说："闻卿自夸手段天下无敌。众人不平，却教小弟在途间作此一番轻薄事……"后生说："闻子大言恐世，故来与子雌雄，不意竟输我一筹！"言下犹带几分好胜心，符合少侠心性，但亦彰显谦虚为怀的道理，过于自夸还是会有人听不下去的。此外，乐钧的《韩五遇侠》也是异曲同工，都是在自鸣得意的情况下，遇到看似可欺，实则深藏不露的高手。后来侠客知道韩五因家贫而捕盗贼以立功求赏，竟然带他去绿林中向众盗募款，往后韩五就是靠这笔款项发迹成为富人。

以上这些侠少，一开始都以一种文弱少年、后生的形象出现，他们隐藏实力，在关键时刻挫了对方锐气后随即离去。数年之后相遇，也都执意还金，划分出鲜衣骏马的侠少与盗贼之别。他们的出现让刘东山等知道天外有天。但退一步说，也不可忽略刘东山等人的生存之道，他们在遇到强手之后，随即服软，甚至向年轻的侠少乞命求饶，在对方放过之后，也都立即改业，不再眷恋盛名，这对一个成名者来说是不容易的。试看他们的乞命方法：

> 东山料是敌他不过，先自慌了手脚，只得跳下鞍来，解了腰间所系银袋，双手捧着，膝行至少年马前，叩头道："银钱谨奉，好汉将去，只求饶命！"（《刘东山夸技顺城门　十八兄奇踪村酒肆》）

健儿匍伏，请所欲。后生曰："无用物，盍解腰缠来献！"健儿解囊输之，顿首乞命。(《秦淮健儿传》)

韩度不可脱，亟投马下，叩首乞命曰："良以母老待哺，不得已出此。今乃初试，不图误犯壮士，幸宽宥之！"号泣战栗。(《韩五遇侠》)[163]

这些人乞命求饶诚意十足，似也讽刺其欺善怕恶的劣根性，但从另一角度来看，他们都很能忍，弱者能忍则为自己争取生存机会，强者能忍则是因他们志念深远，不轻易显山露水，故忍是隐的心理层面，苏轼说："古之所谓豪杰之士，必有过人之节。人情有所不能忍者，匹夫见辱，拔剑而起，挺身而斗，此不足为勇也。天下有大勇者，卒然临之而不惊，无故加之而不怒。此其所挟持者甚大，而其志甚远也。"[164]正说明了"忍"是侠文化所褒扬的品格，所以戏弄刘东山和健儿的侠少在这意义上也不是真正的高手，真正的高手往往行事低调，谦逊忍让，看似懦懦其实身怀绝技，但当他们忍到极限，不得已露两手时，便是小说最精彩的部分。

像《庄叟》中的万永元，自幼向少林寺孤云大师习武，学成后以拳勇闻名于江浙之间，自号"万人雄"，他所开设的武馆弟子多达百人，俨然是一代宗师。但他禁不住童子的挑衅，显露其内涵不足，而庄叟在谦让不过后只好接下战书，在此胜负已分，因为传统中国的比武，不是比武术，而是比修养、比道德、比气度。再看万永年在比角力时，"见叟癯而童稚"[111]35，流露出轻蔑的心态，此态度亦露败象，这是因为中国的武学强调骄者必败之理，故最终败给庄叟。庄叟在胜利后说："万君绝技，非吾所及也。"为人留足面子，展现谦让的高手气度，文末万永元的师父孤云惊曰："此吾师叔也！技与永元力迥绝，同辈吾师亦逊谢之。幸其少时曾于神前设誓，永不伤人，故汝不致受亏，否则殆矣！"可见庄叟武艺绝伦，却隐藏实力，这与《聊斋志异》中的尼僧气度相似。尼僧知道李超的武学同出少林宗派时便称甘拜下风，但李超和一伙群众鼓噪，尼僧不得已只好出手，经此一战，李超躺了月余。他的师父事后说："汝大鲁莽！惹他何为？幸先以我名告之；不然，股已断矣！"[110]595李超这才知道对方有留手之德。再看《仇慕娘》[165]中的仇慕娘比武招亲，仇慕娘在鞋中藏匕首，踢断了一小僧的肋骨。几年之后，有位老和尚来找慕娘讨公道，老和尚发一道剑气让慕娘周身冷若冰雪，回家之后鬓发俱断，连胸前的衣襟也被划破，她才知道老和尚手下留情。以上庄叟、尼僧或老和尚等高手，虽武艺高强，但都谦虚为怀、隐藏实力，不主动挑起事端，且手下留情，展现真正高手的风范。此外，这些比武的故事，也显出武艺的传承主要有两种模式：

①A 跟 B 比武，A 气盛而败，A 回去告诉师父 C，C 点出 B 的师承不凡与手下留情。

②A 与 B 比武，A 气盛而败，A 回去向师父 C 求助，C 打败 B 并展现自身师承不凡与手下留情。

这两种模式都显示每个武功低劣的 A，其背后都有高手 C，且因强调师承渊源，所以高手往往是老人，宣扬崇老抑少的文化，这对以后的武侠小说有很大影响，每个被打败的年轻人 A 都会到山上找师父 C 搬救兵，由师父 C 打败 B 来为自己扳回一局，但 B 的背后可能还有师父 D，这时只好一层一层地往上找师父去，越厉害的高手往往是辈分越大的隐居老人。

在明清小说中有一类谙某项武技的高手，隐于百业之中，貌似常人，不显山露水，直至一起小争执才露出真功夫。如《冯铁头》中的冯允昌能搬动庙前石狮、能用头撞破碗大的石头，所以有"铁头"之名。有次张姓商人路过，不忿被冯泼到水，冯不让，于是开打，其间"冯头适入于肋间，为所挟，竭力摇拔不可脱"[111]48，最后冯在张的手指一弹之后痛呼失声，从此"深自敛抑，不敢滥用其头矣"。这和万永元的"不复事拳棒，业商贩以终"异曲同工，皆是在落败之后深自克制。还有《卖蒜叟》中的事件，杨二相公因卖蒜叟没有让道，所以开打，杨的拳头号称"以拳打砖墙，陷入尺许"[166]252，但卖蒜叟以腹部吸住杨的拳头，使杨哀嚎求饶。再看《莆田僧》中的莆田僧本是官家子弟，出家后为了护寺而习武，他以一棍打倒了众无赖，从此名震莆田，但他却绝口不提身世。后有少年慕名而来，初不逊服，莆田僧循循教以"圆者方之，濯者毛之"[97]2217之理，终使少年为之心折。《柳轩丛谈》中的老人和富膂力的虎文比枪，利用巧劲使虎文的枪脱手，虎文不觉屈膝，老人笑而扶起说："子枪法诚善，惜用之太急也！吾与子戏，岂忍伤子?"[95]87这些高手，皆对后生怀抱一份教育之心，并不咄咄逼人。

以上庄叟是个老人、尼僧以卖艺为业、张姓商人是贩皮客、卖蒜叟以卖蒜为业，他们都是寻常百业中人，这些人看似软弱可欺，实则身怀绝技，一旦被逼到极处打起架来皆能轻易打败对方，发挥以柔克刚之效，故他们不是软弱而是不爱出风头，发挥"忍"的武德。再如《廖剑仙》中的剑侠廖蔺仙，能斩妖除魔，但其外形"身材猥琐，容貌亦如常人，人视之，粥粥若无能者"[120]68；《枝山野记》中的宋莫也是身形矮小，却能出其不意地偷袭外国长人海衰而致胜[95]85；《柳轩丛谈》中的门客，前一刻自称无能令举座皆笑，下一刻却以神技箍桶、弹雀，举座皆惊[95]86……这些例子说明，真正的高手都貌不惊人，以其无能之貌而使对方轻敌、失去戒心，再突发神威而技惊四座。值得注意的是，作者在描写武技较量场面时相当具体，武功特色也扼要清晰，还有比用刀使剑更多元的武艺，如铁头、腹吸、千斤顶、箍桶、弹雀……五花八门却又相当生活化，为明清武术的一大特色。

　　"大隐隐于市"一直是武林高手的风范，因为隐于市，所以高手可能就在身边，平常而不察，直到发生大事才以武艺惊人耳目，但同时也因露了馅，从此远隐，所以高手虽隐于市却不能被识破身份。明清这类作品很多，有的写成小说，有的则写在笔记丛谈里，增益其真实感。如《酒肆主人》中写道，明儒胡应麟在淮阴遇一酒肆主人，与他谈论历朝的诗、天下事及千古兴衰皆有见地，却不愿说明来历，隔天找他时已"仗剑跃马而去"[121]672，胡应麟认为他是隐于市的江淮大侠。再看《大铁椎传》中的大铁椎，是魏僖从朋友陈子灿那里听到的奇人，陈在宋将军帐下遇过他，这样的出场介绍带了几分真实感。大铁椎很健谈，外貌丑陋，右手还挟着大铁椎，他寄食在宋将军家中，无人知道他的来历。直到和马贼夜半决斗，"贼二十余骑四面集，步行负弓矢从者百许人"[79]222，大铁椎以一人对抗，还能椎杀三十几人，接着大呼："吾去矣!"从此不知去向，显然也是个隐藏实力的高手。以上文章既有历史人物，也点出时间、地点，很有真实感，仿佛这种人间侠客确实存在，但他们既有高深武功，又为什么安于平淡、隐藏自己呢?《神偷寄兴一枝梅　侠盗惯行三昧戏》中懒龙的一段话，可为这问题下个批注:

　　实实卖卜度日，栖迟长干寺中数年，竟得善终。虽然做了一世剧贼，并不曾犯官刑、刺臂字。至今苏州人还说他狡狯耍笑，事体不尽。似这等人，也算做穿窬小人中大侠了。反比那面是背非、临财苟得、见利忘义一班峨冠博带的不同。况兼这番神技，若用去偷营劫寨，为间作谍，那里不干些事业?可惜太平之世，守文之时，只好小用伎俩，供人话柄而已。[113]425

　　大约是太平盛世，内外无事，既要活在市井之中，不惊旁人，又要全身而退，不辱名以终，也只能隐藏自我、知雄守雌，英雄毫无用武之地。再者，宋代侠客已有世俗化现象，明清侠客亦在寻常百姓中，谙于世俗的生存之道。如顾彩的《髯樵传》则是侠客救人爱情，类似于唐传奇中《无双传》的古押衙，不同的是他为陈学奇夺妻后，还告诉他"亟宜鸣之官以得妻状"，御赐婚姻既是一种宣告也是一种保障，在此侠客不是不谙世态的奇人，反而精于操作世间规则。他行侠后不受赏，故"自是义樵名益著"是一种以退为进的处世哲学。

四、仁

真正的侠客富有利他精神，且若借由以杀成仁会产生极大的张力，更易牵动读者的心，以《隐侠脱满翠亭于罪》中的隐侠为例，他"侠行天下，多手贼达官与有权力之人，若无势而非所名者，不屑也"[78]2802。这样的人物设定，个性鲜明，且多了几分恶趣味。小说中的隐侠劫了漕督，漕督令寿州州牧追捕，州牧找上"能风影索贼"的满翠亭，一层压过一层，故事至此，未出现的隐侠已借其他人物而浮现轮廓。而翠亭捕盗也自知力有未逮，找了三年，最后在旅社哀诉："翠亭良苦！"其可怜之状招来隐侠与他喝酒，确定身份后翠亭想绑了他交差，却手软无力，隐侠见状说："当受械数日，俟出寿州界，则行。"隐侠不忍翠亭被自己所累，所以才自愿被拘捕，让翠亭对州牧有所交代，当然他也是自恃武功高强可以来去自如，才敢受械数日，同时隐侠也是向州牧警告，倘若对翠亭不利"则吾剑血濡缕，取其首去矣"，不想连累无辜之意甚明，足见其仁。还有些侠客行为不轨，以盗为业，但在某一层面上也坚持"仁"的原则，盖虽为盗匪亦必有其不盗不劫之人，这类故事在《清稗类钞·义侠类》中极多，如《海霞还所盗物》《盗还沈节母诗文》《三少年护夏朝衡》《铁汉还所盗物》《白胜魁不盗其乡》《盗尼戒多杀人》……这些故事除了阐述义侠的精神外，重点有二：其一，盗亦有道，义侠只盗贪官、污吏、土豪、强梁，不及于一般百姓；其二，义侠不但不窃盗贤官，甚至还反过来保护他们，展现人性中的善良。窃盗固然是错的，但作者就用这两点作为阻却违法的事由，故这类窃贼还获得一个美称：义侠。

有些侠之仁表现在不牵连无辜、不以己累人上。如：《大铁椎传》中的大铁椎，行事一直隐而不扬，直至他向宋将军请辞时，才透露他的来历："吾尝夺取诸响马物，不顺者则击杀之，众魁请长其群，吾又不许，是以仇我。久居此，祸必及汝。今夜半，方期我决斗某所。"[79]222 显然他不想给宋将军带来麻烦才选择离去，之前的低调作风也是这个原因。又如《某公子》中髯侠报仇之后，给县令的信上有一行字"婢仆肢废，饮木瓜酒可疗"[137]24，其不想牵连无辜的婢仆之用意甚明。再如王士禛的《剑侠》也是说一宗官银失窃案，这次查失银的官吏从瞀瞍那儿探得剑侠的宅邸，失窃的官银就在宅邸内。剑侠见了官吏后不归还失银，但让他带回一封信，信中威胁中丞："勿责吏偿金。否则某月日夫人夜三更睡觉，发截若干寸，宁忘之乎？"[111]17剑侠揭开之前曾对中丞夫人断发一事，能断发自能取命，剑侠提此事警告意味甚浓，用意是保护官吏不被中丞究责。《隶园杂说》的故事也异曲同工，因失金获罪的官吏，追踪到一俨若王者的窃贼，窃贼说："吾不忍累汝全家，有札复汝主，金不可得也。"[95]88官吏将此信交给韩巡抚，韩拆信后也是既往不咎。以上故事中的主人公都是无辜第三者C，他们奉A的命令找上B（侠客）讨回失物，侠客B既不肯归还失物，又不想连累C，就让C带一信物给A，而A看到信物后就不会怪罪C。在这个套路中，C盗取他人财物固然有罪，但他们敢作敢当，不牵连无辜的A，这便是仁的表现。

有些侠客的仁心表现在爱护动物上。《瑶华传》中老狐教导小狐修炼的方式，第一层就是："先戒杀性。渴来餐风饮露，饥来食柏吞松，就不致杀牲作恶。"[167]7戒杀展现了慈悲，宁可克制食欲也不肯杀生，这就是仁心的表现。此外在《珊珊》中"任侠放生"[130]56的焦鼐，在欣赏独目老虎的表演时叹息："丈夫不能自全，误落陷阱，亦犹是夫！"语带英雄相惜之意。后来他夜得一梦，梦中有一老者对他说："封使君谪限已满，郎君若仗义侠，放归山林，则得美妇，解奇厄，证仙果，功德无量也。"梦醒后，焦鼐买虎放生，还嘱咐老虎："荒野穷岩，不少生物，幸勿扰行路，罪株小生。"他救老虎并不是为了得美妇，解奇厄，证仙果，反而担心纵虎归山后会累及其他小动物，足见其仁。通常这类小说都会把动物拟人化，和救人不同的是，动物日后皆是报恩，很少有恩将仇报的。恻隐之心人皆有之，侠客的仁心亦随机而发，像《饿鬼》[138]16中的义侠韩生，他本来在街上闲逛，忽然听到一女子的哭声，他便主动去关怀，了解原因后还帮女子守其父亲的尸体。韩生虽和女子素昧平生，但他理解女子的痛苦并帮助她，亦是侠仁心的表现。

当侠的仁心扩充到极致时，不但能帮助别人解决困难，而且能提高内心修养，达到"从心所欲不逾矩"[114]16的境界，《南宫生》就是一例。该文中有个酒品很差的武官找宋克陪他喝酒，友人劝宋克拒绝，宋克却说："使酒人恶能勇？吾将柔之矣！"[159]1230-295一语道破酒徒的外厉内荏。在饮酒时，宋克"为语古贤将事。其人竦听"，武官终席不失仪态。也曾经有人率众到街上找宋克的麻烦，宋克不避不惧，对方的气便先弱了，隔天还向宋克赔罪……这些例子都阐明宋克之德气场强大，无须武斗而敌人自馁，使人在从心所欲的同时也彼此尊重，这是侠之仁的最高境界。

五、廉

不求回报是基本侠德，如果侠客求回报，那他就成为一个沽利者，这不是明清主流意义下的侠客。退一步说，从战国到唐朝都有记载王臣公卿养侠刺之风，朝野间亦常见豪侠结党营私的现象，大者权行州域，小者横行乡里，其养侠刺、交结豪侠都是带有目的，为他朝之所需。但明清两代的侠客以剑侠居多，结党的豪侠较少，武侠小说中所歌咏的也以剑侠为主，剑侠是独立的个体，并无组织归属，亦少利害算计，追求"事了拂衣去，深藏身与名"[9]1690的潇洒。如：帮韩五募款的侠客，在韩五请示众侠姓名，誓图他日报答时回道："无须尔！吾属虽肝人喋血，其实行云流水耳！散游天下，率二岁一期会，虽数千里不失约，此外无知姓名者。"[163]226这种无须回报的品格，与唐传奇中豢养侠刺以图来日回报的盘算，可谓天壤之别。

其他的例子比如：在《钟鼐》中，素来"其侠且才"的钟鼐为袁太守破婢女命案，袁太守深感其德，欲赠他百两黄金，钟鼐"义不受"[140]383。在《平顶僧》中，剑侠为某贵公子除盗，"公子乃知其为侠，厚赠之，不受，问其姓名亦不答"[80]247。至于《义侠》中的樵叟，救了被权贵陷害入狱的官宦之后，官宦亟思报答，但樵叟始终避不见面，官宦感激地表示："施恩不望报，仁哉叟也。"[78]2722还有《大力将军》，查伊璜帮助行乞的吴六一[168]，吴六一发达后当上广东水陆师提督，赠金给查伊璜，在修史案[169]爆发后，还致力为他脱罪，文末道："厚施而不问其名，真侠烈古丈夫哉！而将军之报，其慷慨豪爽，尤千古所仅见。如此胸襟，自不应老于沟渎。以是知两贤之相遇，非偶然也。"[110]760将这场相遇引为美谈。从以上诸例可知侠客在助人后不受金、不扬名、一无所图，唯有廉洁若此，方是明清时期所认定的侠客。

有些侠客为盗，以打劫维生，但盗亦有道，不仅不谋财害命、不赶尽杀绝，甚至还可以盗得很文雅、很廉洁。如《记盗》[79]323中的强盗同时也是名士，他们打劫显官萧明彝，连打劫都说得很文雅："可出其囊橐以偿吾愿。"萧一时拿不出大钱，凑了一些给他们。盗魁也不介意，还跟萧谈文舞剑、评点他的收藏，态度始终礼敬——"自启户论文，始终敬礼先生"，直到群盗要走时，萧还强留："若辈皆少年豪侠，待至明日归，取四百金相遗何如？"这是甘心奉上钱财了。文末说："盗而如是，可以常盗目之哉？""固不若此辈之直而且廉耳。"既颂扬了他们的盗亦有道，也肯定他们盗而不贪的廉洁。再看《初刻拍案惊奇》的《乌将军一饭必酬　陈大郎三人重会》的前言：

话说世人最怕的是个"强盗"二字，做个骂人恶语。不知这也只见得一边。若论起来，天下那一处没有强盗？假如有一等做官的，误国欺君，侵剥百姓，虽然官高禄厚，难道不是大盗？有一等做公子的，倚靠着父兄势力，张牙舞爪，诈害乡民，受投献，窝赃私，无所不为，百姓不敢声冤，官司不敢盘问，难道不是大盗？有一等做举人秀才的，呼朋引类，把持官府，起灭词讼，每有将良善人家拆得烟飞星散的，难道不是大盗？只论衣冠中，尚且如此，何况做经纪客商、做公门人役？三百六十行中人尽有狼心狗行，狠似强盗之人在内，自不必说。[131]74

　　可见常人所说的强盗只是劫人财物的小盗，他们的危害有限，还冒着被官府追捕的风险；相形之下有些官员、豪绅公子、举人秀才等贪污、结党、欺压百姓，无所不为，他们劫掠天下却又逍遥法外，这才是巨盗。如果盗的存在势所难免，那么"盗亦有道"就很重要。在这篇小说中，王生三次做生意，三次都遇到同一批盗，都被洗劫一空，这时王生忍不住向大王哭诉要自杀，大王不忍便送王生一批打劫来的苎麻，他说："我取了你银子，把这些与你做本钱去，也勾相当了。"可见那大王尚有人性，"是个有义气的"，之后王生在苎麻中发现五千余两白金而致富，文末写道："这个虽是王生之福，却是难得这大王一点慈心。可见强盗中未尝没有好人。"当然这个"好人"是以比较低的标准去评价的，但无论如何大王对王生留了余地，没有断绝他的生机，可见其廉。

　　侠之廉有时实践在个人的修养上，不争不贪、自甘平淡。如《南宫生》中的侠士宋克，"少任侠，喜击剑走马"[159]1230-295，"及与少年饮博遨戏，尽丧其赀"，有过一段年少轻狂的时光。壮年后，他想建立一番功业，游历天下，广结人脉。在藩府做幕僚时，宋克"生私策其隽蹶，多中"，是个有本事的。他看张士诚不成事便拒绝受邀任官，显示他胸怀天下，及至事不可为就回乡隐居，不以为憾。这个宋克和苏轼笔下的《方山子》一样，都有豪侠做派，也都不可下人，他们满怀抱负却不遇于当世，晚年穷困，但能自得其乐，至死不为富贵折节。还有《花隐道人传》中的高巘，"尚侠轻财，急人困"[79]297。每次里中有不良少年向他求助时，"道人予其自新，亦时援手，故扬人倾心"，后天下大乱，他便隐居起来，种花怡情以终。又《袁小修集》[95]86中的一瓢道人，一生起伏跌宕，裨将、盗贼、富商都当过，后来厌烦凡俗的生活糜烂，于是持一瓢乞食湖湘间，与常人往来。以上不管宋克、高巘或一瓢道人等侠客都曾极度奢华、风光，但一旦时不我与也就放弃追求名利，自甘平淡，可见是侠之廉者。《孟子》说过："无恒产而有恒心者，惟士为能。"[154]90又说："民之为道也，有恒产者有恒心，无恒产者无恒心。苟无恒心，放辟邪侈，无不为已。"[154]23说明了"士"与"民"的差别，比之为侠，前者就如宋克、方山子等虽怀才不遇、为世所负，但品格依然修洁。后者就如打劫萧明彝和王生的盗，他们为财失落了本性之善，但盗亦有道，仍不失为盗侠；若盗而无道，谋财害命等狠毒事无所不为，就只是盗而不是侠了。

第三节　侠的社会规范

　　《史记·范雎列传》中提道："一饭之德必偿，睚眦之怨必报。"[129]838这种恩怨分明的态度，后来被广泛地运用在侠行上，故侠虽然违法犯纪，却总有其一番道理，这个理是侠的主观认定，虽然利他性不变但也只能符合私义，这从班固《汉书·游侠列传》和鱼豢《魏略·勇侠传》的诸侠形象可窥大略。但到了唐朝，则在一片奇诡难测的剑侠中出现几个有德有格的侠客，如杜光庭《虬髯客传》[103]1543 中的三侠。三侠虽各有违反社会道德的部分，但虬髯客在见李世民后不但消停争雄之念，且将自己大部分财产交付给李靖，以供他将来辅佐李世民建国，如此气度前所未有。而李靖欣然接受虬髯客的家业，表示他也是大格局之人，也只有唐朝才能产生像虬髯客这样的侠客，在评估利弊得失后，毅然放手。往后宋代的方山子、宋克等也有几分虬髯客的神韵。到了明清，小说中的侠客走上理性路线，不仅主持正义，还往往是道德完人，虽逍遥法外但也在一定程度上受到社会规范，所以其普遍名称也经历先秦游侠—两汉豪侠—魏晋豪侠、侠少—唐宋剑侠—明清侠客的演变，比之剑侠，侠客更讲究理性，尤其是面对"报恩复仇"这一亘古主题时。此外，报恩不可吝，要有受人点滴涌泉以报的慷慨；复仇论曲直，若曲在己方，则不可复仇，此其大概。最后，随着文明的进步和城市的发展，明清时期的侠客有很多禁忌，以往凭一己观念评断是非曲直的侠客越来越接受社会规范，其中一项是侠的禁忌。论述如下：

一、侠的报恩复仇

在明清小说中"侠的报恩"类型很多，如《龙梭三娘》，三娘凭机智让本来想娶她的老翁成为义父，并在义父的帮助下，嫁给幼年时许配的叶生。至此本该皆大欢喜，但三娘却郁郁不乐，直到老翁之子因为犯罪被处死，三娘说："今而后可以一举而两得之矣。"[130]26 原来她之前的郁闷是因为无以报恩。后来为救老翁之子，她笼络了锦兰王妃，王妃率兵为她救出老翁之子。回家后，叶生问她："卿飞仙耶，剑侠耶？不然，何如是之神也？"三娘回答："否，盖舍此，实无法可以抱恩怨耳。"道出她强烈的报恩之念。诚然，她的报恩是有瑕疵的，因为老翁之子确实作弊，而她为他平反并恢复状元身份，是将私恩置于公法之上，不无可议。但她事后对老翁说："人贵知足。"老翁领会，即让儿子告病回乡，舍弃作弊得来的功名，间接显示三娘是个明事理、恩怨分明的侠客。

再看《周劈刀》，文中枣强县令赵若水曾抓到一窃牛马贼，名周劈刀。赵看周劈刀相貌不凡，问他："囚亦知夫窃之轻重乎？"周劈刀回答：

天下古今，纷纷多窃者也，独囚也乎哉？窃也者，取彼所有，济我所无……至先天义蕴，往哲名言，人能窃之，即可以为圣。日月精华，阴阳奥窃，狐能窃之，即可以为仙。极之，窃宝玉，窃大弓，窃虎符，或作权奸，或作义侠；等而下之，王朝升斗之糈、爵秩之荣，窃位者一旦藉手，固莫不名显当时，荫及后世……[80]32

周劈刀说明了"窃"存在之必然，能窃也是本事，未必就是作恶，如窃名言、窃日月光等，甚至还点出"窃钩者诛、窃国者侯"的社会现象，表达他心中的不满，赵若水听了之后大感诧异，也就释放了他。但走过衙门一趟，周劈刀便有点不同了，他的这番境遇既震惊了赵若水，也触动了自己。他开始朝"窃宝玉，窃大弓，窃虎符"的方向迈进，十年之后，他果然应验当年之言，做了平倭寇的周将军。文中阐明窃不是绝对的错误，若窃得宝物、虎符等重器为祸天下则为权奸，为利天下则为义侠，透过对比可知义侠是正面意义的。尔后，周劈刀遇到赵若水的侄儿到广东当官，相谈之下想起往事，他便写了一首诗给赵若水，其中有："今日功名铜柱表，愿从桃李报恩情。"原来是赵若水当年的一念之仁，改变周劈刀的一生，阐述人性本善，但也需要一个机缘开悟善性，有德者能成人之美。

其他如《初刻拍案惊奇》中的乌将军为报答陈大郎一饭之恩而归还其妻、舅[131]74。再看《丁前溪》中的丁前溪，他为人"富有钱谷。游侠好义，慕郭解之为人"[110]174，丁曾经在旅途中受到杨家热情招待，而杨家丝毫不取，几年之后，杨家困顿去找丁，丁助他在赌场里抽红，赚了一笔钱，回家后才发现丁已派人帮他们建大屋换门面，并馈赠满屋的礼物。文末，作者赞美丁："然一饭之德不忘，丁其有焉。"可见丁也是有恩必报的侠客，数年之情仍铭心不忘。而《壮悔堂集》中的尤世威，因为司徒恂待他礼敬，于是"世威感悦，愿效死"[95]88，后司徒遇火炮之灾被压在敌楼下，尤不管大火扑身，袒衣背着司徒行四十里，展现过人的侠义。而《剑侠》中的吴云岩"慷慨负大志，肯急人之难，人皆以郭解视之"，他曾经赠金救急，帮助一个魁梧的落魄男子柳南，之后还把家业交给柳经营，没多久吴就富甲一方，柳把之前吴所赠之金的本息归还，再飘然远去。数年之后，柳还为吴带来美姬、华厦，当华厦落成后，柳大摆筵席，还在众宾客面前说出一段话：

仆挟剑术游人间，迄少所遇，窃以宇宙之广，岂无一人知我者？故落拓自放，冀有所得。吴解元遇于衢市，初不相识，遽肯解囊拯急，携我偕归，委以诸事，真我鲍叔哉！今解元名立利全，此中得以稍慊，故仆岂淮阴望报者流哉？亦使后世知我辈中未尝无人耳。[165]19

这番话道尽了英雄寂寞、渴望知己之心。人在江湖难免有缓急，而柳南在落难时遇到吴云岩慷慨赠金，还对他不疑不忌委以重任，对他来说这份情义弥足珍贵，于是他不仅对吴感恩图报，更借此扬其名，颇似冯谖招摇过市地说："孟尝君客我。"[116]264这都是出于感激。《醒世恒言》有："从来恩怨要分明，将怨酬恩最不平。安得剑仙床下士，人间遍取不平人。"[105]566感叹世间常有不平事，但能见义勇为的剑仙却很少。《珊珊》中也有：

> 人虽至愚，当其受恩，则未尝不疾首抚心，以为苟渝此盟，有如江水。及至嬖昵既久，责报太苛，反面若仇，有终身切齿者。珊姑珊姑，既报德于未遇之时，又救之极危既穷之后，其亦愧夫人而须眉者乎![130]62

焦鼎"任侠放生""仗义侠"，救了独目虎一命，后来有虎女珊珊为了报恩化成女子嫁给恩人焦鼎的佳话。及至后来受杖抛弃亦一往无悔，在焦鼎遭到危险仍挺身相助，可见古人对报恩之重视，而虎女珊珊尤甚于人，焦鼎这番造化全系当年任侠仗义所结下的因果。反例如《警世通言·桂员外途穷忏悔》，故事大意是：施济"周贫恤寡，欲以豪侠成名于世"[124]373，曾接济桂富五一家，后来桂家在施家桑枣园中凿得巨金，却密不发讯、据为己有，并暗置产业。几年后施济死亡，施家破落，桂家搬出，因藏金而大贵，而施济之子施还屡次求助桂家均遭拒。后来施还在父亲故友的帮助下重振家业，而桂家则诸事不顺，桂富五的妻儿接连死去，转生为犬以应当年之誓——"来生亦作犬马相报"。至于桂富五本人最后亦重回施家当奴。本篇借由桂家的报应，阐述了恩将仇报之非，而施济为侠济人，死后虽家道中落，但不久后其子亦能重振家业，这是施济当年施恩于人种下福田的缘故，文中阐扬"善恶有报"之理。

至于侠的复仇部分首在"论曲直"，《初刻拍案惊奇·程元玉店肆代偿钱 十一娘云冈纵谭侠》借由女侠韦十一娘提出侠道，她首先试探出程元玉"颇有义气"才愿出手相救，可见行侠对象是经过筛选的，不救不义。接着，韦十一娘提出：

> 就是报仇，也论曲直。若曲在我，也是不敢用术报得的……仇有几等，皆非私仇。世间有做守令官虐使小民，贪其贿又害其命的；世间有做上司官张大威权，专好谄奉，反害正直的；世间有做将帅只剥军饷，不勤武事，败坏封疆的；世间有做宰相树置心腹，专害异己，使贤奸倒置的；世间有做试官私通关节，贿赂徇私，黑白混淆，使不才侥幸才士屈仰的，此皆吾术所必

诛者也！至若舞文的滑吏、武断的土豪，自有刑宰主之；忤逆之子、负心之徒，自有雷部司之，不关我事。[131]43

这是一套侠的规范理论，韦十一娘根据曲直、正邪、贤奸、黑白等难以用事实征验且富争议性之标准作为复仇依据恐失之主观，但相对于《侠妇人》《贾人妻》只说有冤仇而不明究竟而言，至少有判断依据。此外，韦十一娘说："就是报仇，也论曲直。"整体上侠的报仇有朝理性发展的趋势。明朝是个社会规范性很强的时代，不仅有礼教、风俗、宗教等规范，且舆论功能强大，对社会有实际影响力，故复仇中的"曲直"标准有其极大的公约数。再看侠客的复仇手段是必杀恶人或到恶人伏法等为止，如《店鬼》中"豪侠有胆力"的李铣，他帮助被店家王五所害的张基，拿张的信物给其妻子，并为张复仇。文中李铣看杀人后的王五"貌凶狞而意气甚舒"，可见小说中没有人性本善、做坏事会受到良心谴责那一套，制裁还是要通过复仇手段才能大快人心。尤其是常有侠客越过官府，直接对恶人就地正法，最后即便官府知道了也常"义释其罪"，故侠客复仇虽为法律所不容，却有社会舆论支持，而小说中的侠客每在复仇后全身而退，无疑表现了作者肯定其复仇的正当性。

以女侠的复仇而言，通常以为父复仇和为夫复仇居多，前者如《齐无咎》[80]312，其实就是《夷坚志》中《侠妇人》和《太平广记》中《贾人妻》的合体版，她们都是因为身负冤仇而委嫁的，报仇后也都杀子隐退，从此消息全无，也没交代复仇原委，故但见其复仇而不明其冤仇。清代《聊斋志异》中的侠女显然是较理性的，侠女之父"官司马，陷于仇"，这就交代父仇的内容了，她身负父仇，但为母亲衔仇忍恨，等母亲过世后才手刃仇人，报仇之后安置好孩子才离去，情节虽和《崔慎思》《贾人妻》相仿，但在奉养母亲、托付孩子上表现女侠的理性与人性，小说的成熟度较高。另一篇《商三官》中为父复仇的商三官则展现其睿智，"焉有父尸未寒而行吉礼者？彼独无父母乎？"[110]373以人性伦理逼退媒人；"天将为汝兄弟专生一阎罗包老耶？"直抨官场之黑暗和兄长的天真，其后假扮男伶杀死富豪，更显示女性的独立思考与果决的行事作风。此外，还有《杨娥传》中的杨娥为永明王报仇，欲以美貌诱杀吴三桂；《万秀娘仇报山亭儿》中的万秀娘遭掳时不仅求饶还委身绿林领袖苗中，伺机为自己复仇。以上这些女侠都有勇有谋、能屈能伸，以理性态度处理问题，除了杨娥受限于史实而失败外，其余皆复仇成功。在这些例子中，有的女侠为了掩饰身份而嫁人，有的甚至为了接近仇人而委身仇人，一定程度上显示出复仇比贞操重要，这在旧中国的保守社会是很特别的，可见"女侠"的身份给女性非常大的自由。

至于女侠的报夫仇有《侯官县烈女歼仇》，其中的复仇者是申屠娘子，她假意嫁给杀夫仇人方六一，在新婚之夜杀了方并割其头，将方的头颅带到丈夫坟前祭拜之后自缢，文末以"各上司以申屠氏杀仇报夫，文武全才，智勇盖世，命侯官且备衣棺葬于昌墓下，具奏朝廷，封为侠烈夫人，立庙祭享"[170]204对申屠娘子的侠烈作最大赞颂。

另，清代无名氏的《侠女希光传》[171]545和《侯官县烈女歼仇》讲的是同一个故事，两个女主最后都以方六一的头祭夫后自缢，这是为父复仇和为夫复仇的差异，通常为夫复仇都以殉节为终，展现侠女不事二夫之义烈。还有一篇《细侯》，细侯是为情人复仇的妓女，当她得知夫婿贾氏为夺得自己而陷害情人满生的真相后，竟然"乘贾他出，杀抱中儿"[110]793，投奔满生，毫不留恋现有一切。文末评道："寿亭侯之归汉，亦复何殊？顾杀子而行，亦天下之忍人也！"将细侯奔满生比喻为关羽归汉，在民风保守的明代，作者对细侯杀子再嫁的行为确实宽容，间接肯定女侠不负旧爱的节操。武侠小说家金庸的《连城诀》中男主的遭遇跟以上几则故事相似，男主狄云和师妹戚芳原是一对，后来万圭因戚芳貌美，陷害狄云入狱，狄云在狱中不堪凌虐几乎死去，而戚芳嫁给仇人。真相大白时，狄云和戚芳说好在一起，狄云将万圭困在墙的夹层里，戚芳临走前却偷偷解救万圭，反被万圭杀死。以上几个故事，仇人为得女主而陷害男主的情节是一样的，但在《连城诀》中，女主戚芳是因为不知如何自处所以嫁给仇人，并无报仇的想法。她虽爱男主甚深却相信男主犯罪，除了思念外并没有为男主做什么，男主是靠自救出狱的。相对于前几个故事女主的机智和果断狠决，戚芳多了几分优柔寡断和愚昧，她是金庸笔下少数不受读者待见的女主，正是因为她对爱人缺少几分维护和忠诚，由此可以反衬出侠女为夫复仇的可爱。

在明清侠客代人复仇的小说中，有一部分跟婚姻、爱情的主题有关，如《贾义士》[102]77中的贾义士代人惩失节妇、《李侠客》[138]15中的李侠客代人杀不义伶、《全荃》[102]104中的朱虚侯代人杀不义妇、《三刻拍案惊奇》中的耿埴诛杀不义妇[125]370等，其实自唐传奇侠客解救爱情[172]以来，侠客介入家庭，代人主持正义已有迹可循，依据王立的说法：

> 这类异文极多的"义不容情"母题里，操正义之剑代本夫诛杀薄情妇的多为当事人，而像左良玉这样的名将也厕身其中，表明节义与侠义不同的伦理观仍为复仇主题所融汇整合。这类传闻较之侠代诛杀负心汉，更具有复杂而深刻的伦理文化内涵……复仇对象、复仇主体阵营的空前扩大，雪恨动机原由的增多，虽是传统社会种种矛盾、弊端加剧的必然反映，也是复仇文化

与侠义崇拜彼此撞击汇聚的历史运作结果。复仇、侠两大主题系列的先在诱导，对相关传闻记载的兴盛、叙述模式中核心要素的趋同，起到了不可小觑的召唤作用。[173]94

王立把复仇者和侠客等同视之（比如左良玉是将军不是侠客），于是复仇、侠客、复仇文化、侠义崇拜等自然融汇整合。固然，"侠义"和"节义"在复仇这一主题上有合流现象，侠义是不问是非的私义，比如朱家窝藏逃犯季布、郭解借躯报仇等；但"节义"则是和"忠孝"合讲的，是中国的传统伦理价值，是放诸四海皆准的公义。而杀不义妇，便是私义向公义过渡的现象。杀不义妇者在明清两代常被称侠客，但亦不可一概而论，比如陆容，《菽园杂记》中的少年，因为"吾见其夫笃爱若是，而此妇忍负之，是以杀之"[134]10，但少年不称侠客。其他还有陆釴《病逸漫记》的姘夫杀姘妇、江盈科《雪涛小说·慎狱》的某校尉杀姘妇、马生龙的《凤凰台记事》的杀姘妇等，而这些故事中杀姘妇者均无侠名。反过来说，何以某些诛杀不义妇者会得到侠名？这个答案可追溯到《冯燕歌》等唐传奇的侠观，但重点是，杀不义妇彰显了明清社会所强调的价值。首先，在行侠类型的比例上，可发现明清两代侠诛杀不节、不义的故事比诛杀不忠、不孝的高出许多，而且诛杀不义妇的又比诛杀负心汉的多得多，王立论道："这类传闻（杀不义妇）较之侠代诛杀负心汉，更具有复杂而深刻的伦理文化内涵。"[173]94推测这和明清两代言情、风月小说的盛行，社会上男尊女卑，要求女性恪守贞节，以及忠的主题敏感等因素有关。但形成一种社会现象，必须提到和男性的怨恨、自卑心理有关：

（男性）的自觉意识，刻意"矜心戾气，互为名高"在"道德"上的洁癖，最后沦为一种道德的严格主义，成为"苦行之礼"（ascetic ritua）下徒具实践的仪式，而女性贞洁政治在这自虐虐人的苦行实践下成为"礼"的献祭。[174]

而此"自厉厉人之心理机制"即是由男性的"怨恨、自卑"心理组成。简言之，道德是士人立身朝廷的一种凭借，但同时也压迫着士人，在他无力对抗政治强权之下，道德的严格主义[175]使男性在享受道德优越感的同时，也产生怨恨、自卑等心理机制，这种心理机制往往成为合理压迫妇女贞洁的正义感。明清两代，不难发现许多匿名士人或民间作家笔下的侠义小说，总含有浓厚的传统伦理观，本该违法乱纪的侠客，甚至比一般人更加节义凛然，杀不义妇者有之、逼夫死改嫁之妇守节者有之，这都是男性在怨恨、自卑心理下的变相正义感，对女性设以种种节义的圈锢，而漠视其为"人"的需求。

关于"侠客复仇"这一主题，若是"女侠复仇"则具正当性，若是"侠客诛杀不义妇"则具必然性，亦即对这两个子题而言，侠客复仇是正当的，没有别的答案。但若是对其他子题，则多了几分理性探讨的空间，如李一足为父报仇[79]334、李大茂为婢女报仇[78]2832、黄珠为人报父仇[78]2637、王世名为父报仇[113]332等，这些侠客都是遇到含冤莫诉或路见不平之事，非杀人无法行侠仗义，但因事情复杂、正义标准主观，所以理未必站在复仇者这边。如：李一足成仙后心未得安、王世名报仇后身死妇殉，李大茂更是因报仇而导致家破人亡……可见明清的侠义复仇主题趋向复杂，如吕祖谦所言："善未易明，理未易察。"[176]文中意在不宜轻率发动正义的火气，呈现出复仇理论的文明化；但与此同时，复仇的蒙昧之风却也依然存在。像申屠娘子在杀方六一时，也把方六一的儿子当作仇家杀了；而髯侠为卜者出面时，不仅毁了公子，也顺便提一句"今闻汝父子恶稔已极"[137]33，文末公子之父也伏法受戮，却不明其有何恶行。这些都是连坐思想，可见在正义之剑的背后牵连不少无辜。

二、侠的禁忌

明清时期的侠客较少任性而多禁忌，显示出社会对侠客的规范力量，若侠客触犯禁忌将有不测之事发生。侠的禁忌包含：

（一）不可妄开杀戒

侠客以武力解决问题，处在王法的体制之外，就算杀人也可以逍遥而去，但明清时期社会的约束力增强，侠客杀了人必须得有个认罪过程，这个过程就像一个过场，最终官吏还是会因为侠客诛杀不义而赦免他，亦即，侠客杀人是被允许的。但这有个前提：侠客是为正义而杀不义之人，但若是为私心而杀人，或者杀心过盛，杀害罪不足死者，则不在侠行范围内，侠客也需付出代价。如《初刻拍案惊奇》中的李参军，其实就是唐传奇中的李生[103]908，因他少时贫贱，曾为豪侠，对一少年杀人夺财，后虽读书得官成功洗白，还是难逃少年转世之报，这故事在《太平广记》中属报应类，其意阐明侠客不可杀人夺财，否则"既是有此冤业，恐怕到底难逃"[131]308。又《廖剑仙》中廖剑仙的师父告诉他："明日为君成道之日，如证上乘，则为剑仙；若遇魔孽障，则仅成剑侠而已。"[120]67后来廖剑仙遇到魔障，射出匕首时，老翁告诉他："善哉！杀戒不可开也。"终因妄动杀戒，所以不成剑仙，只能降级成剑侠。

除了以报应、不成剑仙外等恶果来告诫外，也有高人亲临告诫，用意也是警示。如《盗尼戒多杀人》中的尼姑虽以盗为业，但也秉持仁心、谨守杀戒，她训斥同伙："取不义物也，馘其魁，何得多杀人，忘我戒。"[78]2769 而《李胡子》中，观城豪客李胡子与八个同伙抢掠临淄某尚书家，一盗欲杀公子，李胡子说："无利其物耳，何戕其人为？"[111]58 财物已得，杀人何裨？这番话强调盗亦有道不妄杀。盖明清以后的侠客多是武艺高强的，故一个练武之人势必懂得谨慎出手，以免过当，使正义变成暴力，故侠客必须秉持理性精神，做到"贤佞能精别，恩仇不浪施"[131]45 方成其侠义。杀戒固不可犯，然在某些情况下，杀人又被视为必要之恶，如《和尚杀杀人者》中有"和尚不杀人，和尚杀杀人者。……能杀人，方能活人。"[78]2747 这观念出自佛教《佛说大方广善巧方便经》中释迦牟尼佛杀一人救五百商人"即设方便乃断其命"[177] 的道理，皆在阐述一种看似杀人实则救人的用心。

（二）不可触犯色戒

侠的本身就有"挟"，含有挟持他人生命财产之意，但这个挟持要合理，比如强盗若劫贪官、劣绅、恶富以济贫则为侠盗，侠盗在很多小说中是被津津乐道的。再看杀人，侠客秉持不妄杀的原则，但在某些情况下（如有理的报仇、以杀止杀等）还是被允许的，然而色戒是无论如何都不可触犯，一旦触犯色戒往往要付出生命的代价。

在很多小说中，色戒是考验侠客的戒规，如《廖剑仙》中的狐妖以美色诱惑廖蘅仙，他想着："念此淫娃坏我大道，盍不杀却？"[120]67 虽妄动杀戒，但教他剑仙之术的老翁不但没警告他，反而嘉许他："子不犯色戒，真侠士也。再修三百年，可成剑仙。"可见色戒犹在杀戒之上，杀戒犹可犯，色戒绝不可犯，廖剑仙对狐妖动了杀戒，适足证明其道心，而此道心可阻却杀戒之过，但若犯色戒则不可饶恕。再看《神偷寄兴一枝梅　侠盗惯行三昧戏》，懒龙"虽是偷儿行径，却有几件好处：不肯淫人家妇女；不入良善与患难之家；与人说了话再不失信"[113]413，他的原则是不犯色戒、不劫贫劫善、不失信于人，可见懒龙盗亦有道，虽为神偷仍不失为一有德有格的侠客。色戒除了不犯奸淫之外，还有更严格的不对美色动心，如《赵太祖千里送京娘》中的赵匡胤虽感于京娘之美，但仍坚守侠客本色，对京娘的示好反问："今日若就私情，与那两个响马何异？"[124]296 不想被美色所惑之意甚坚决；而同书的另一篇《万秀娘仇报山亭儿》，尹宗帮助万秀娘逃难，秀娘心生感激想以身相许，但尹宗却"不肯胡行"[124]570……这些都说明了侠客救人必须是无条件的，甚至对美女主动投怀送抱亦不可动心。

但同时戒色思想也存在僵化的礼教因子，先把"女"等同于"色"进而等同于"淫"，把女子作为考验英雄品格的工具，马幼垣说，"一个侠必须能超越性欲"[178]119，"以保持他的侠义气概于升华境界"[178]132，这样的思想推到极致，难免就有惊世骇俗的故事。比如《快士传》，常奇因案在逃，不得已入山寨成了山大王，平日劫富济贫、行侠仗义下，而且抱负强大："纵不能学虬髯翁独帝一邦，称孤道寡。也须如班超万里封侯，威震边疆。"[179]终非久居山寨之人。但他因名号响亮、容貌久识于人难以回到江湖行侠仗义。一日常奇掳获一个小太监，突然想变化身份建立一番功业，但做太监不免要去势，这点他倒是肯，只担心情人马幽仪无法接受，但马幽仪的反应是："你既英雄气盛，自当儿女情轻。妾何敢贪恋朝云暮雨，误你冲霄之志乎？"常奇听说，大喜道："你若不以此为嫌，足见高明。"可见不但常奇将男女之情化约为淫欲，马幽仪亦以此自视，常奇为了建立功业而自宫简直骇人听闻，但他同时把英雄志业和儿女情长推到天平的两端，最后牺牲儿女情长成全英雄志业。普遍说来，这是中国侠义小说的通例，且中国侠义小说有很长一段时间都阐扬情欲伤身、女色于英雄志业有妨等观念，皆以"色"视"女"。

同理，对女剑侠来说亦重色戒，如韦十一娘的师父赵道姑曾告诫她："却勿饮酒及淫色。"[131]44一旦破戒道体已失，便不能成剑仙了——通常女侠犯了色戒是被动的、不得已的，所以其代价也比男性侠客轻微。但有些复仇女侠，虽在复仇过程中委身嫁人生子，但总在复仇后离去，甚至杀子绝念，显然嫁人只是为了掩人耳目罢了。总之，女侠是不能动真情的，否则会因犯色戒而败。如《归莲梦》中生性豪侠的白莲岸爱上了王昌年，要与他结为夫妻，却被拒绝，最后仍因"多情好色"[180]而败，文中不但直指"男子好色，有伤德行"，且"情欲所起，男女皆然，岂有分别，但是一念感动，无论着身不着身，均是落了色界，天曹断断不容的"。所以执守色戒不分男女，甚至"待英雄豪杰尤加严切"，这是因为英雄豪杰所负担的道德责任较重，所以犯色戒之侠甚至要付出生命代价。[181]再看《难女》中认为女侠的功力胜于男子，是因为"其心专也"[182]，所以"色与力不可并用，并用必内伤自毙。彼武举何坠女子之术中而不悟，此为恶之报也。吁，可戒矣！"借武举无法冒犯一卖伎之女的事，说明好色者无力之理。有时候小说还强调侠客不仅要严守色戒，甚至要防患于未然，不让人产生误会，故钟萧为救太守夫人而毁身，是因其兄顾虑："非兄疑弟，夫人少艾，而吾弟又在青年。倘成不世之勋，反抱不白之冤，弟亦何辜！"[140]384就是为了避嫌，只是这个付出太过惨烈。

（三）其他禁忌

除了杀戒和色戒外，侠的其他戒律则着重在自律上，强调侠自身的品德修养，当然道德是自身的问题，所以就算犯戒，成不了一流侠客，也不用付出生命的代价，且代价多与其所犯戒律相应，挥霍者则穷愁潦倒，骄傲者则折其锐气，不一而足。如《二刻拍案惊奇》中的姚某在巨富时"豪奢成习……就是自古豪杰英雄，必然不事生产，手段慷慨，不以财物为心，居食为志，方是侠烈之士"[113]249，后来果然败家破产，若无丈人赠金可能贫穷一世。而《张孝基陈留认舅》中的过迁本来"蹴鞠打弹，卖弄风流，放鹞擎鹰，争夸豪侠"[105]274，后来败家流落，也是靠妹婿的帮助才重振家业。又如《杜子春三入长安》中的杜子春，"倚借着父祖资业，那晓得稼穑艰难，且又生性豪侠，要学那石太尉的奢华、孟尝君的气概"[105]675，他因挥霍无度三次破产，三入长安都得到老者赠金，最后看破世态炎凉，入山修道。以上故事都说明了侠客不可挥霍无度，否则必定败家，落魄无依。

最后还有戒骄气。如《卢太学诗酒傲公侯》中，卢柟"一生好酒任侠，放达不羁，有轻世傲物之志。真个名闻天下，才冠当今……天生就一副侠肠傲骨，视功名如敝屣，等富贵犹浮云"[105]520，但如此豪侠，因得罪县令而下狱，被严刑拷打，直到九年后才平反冤狱。这是因为他恃才傲物而惹祸上身，虽是冤案，但文中戒骄气之意甚明。此外，不同的小说有其个别禁忌，如《瑶华传》中的无碍子前去峨眉山空空洞前，插了三戒针在瑶华身上："我这三个针，第一针戒的是娇贵。……这个针戒的是沉湎。此去乐事甚多，必致沉湎于此，戒针一动，即刻回心。……这戒浮躁。我道中事皆取自然，并非浮躁可得一毫。"[167]601此后瑶华虽经历许多诱惑，却总在紧要关头克制自己不犯三戒，终成修道之路。这些禁忌是比较不全面的，但多不离养性修德之旨，整体来看，禁忌让侠客朝道德完人方向发展。

第四节　侠的风月化

不可触犯色戒是侠客最重要的禁忌，侠客一旦触犯色戒往往要付出生命的代价，这是为了保护良家妇女的贞节。自明清以来，社会深受礼教影响，加重对妇女的桎梏，尤其贞节观念非常普遍，"淫妇"或"失节妇"往往下场悲惨。但明朝是个矛盾的朝代，在重视女贞的社会风气中，色情业也很发达，尤其士人逛妓院附庸风雅的所在多有。很多小说家把有情有义的妓女冠以侠名，许多女子也以多情而称侠，亦即她们对情人或丈夫有情有义，能同甘共苦不以其落魄而抛弃，这个特质富有侠义精神，故以侠自称。但其末流是许多宣淫小说也冠以侠名，一些登徒之客（如胡有证、王友直）举止轻浮、人欲横流，但也没有报应，这可能跟他们欢好的对象是女鬼、女神而不是正常女性有关。总之，明朝是个矛盾的朝代，在侠客不可触犯色戒的同时，侠客的风月化现象也十分明显。

明人吴从先有言："侠之一字，昔以之加意气，今以之加挥霍，只在气魄气骨之分。"[183]又说："夫求校书于女史，床头捉刀，乃论慷慨于青楼，侠何易言哉！"所责的是侠字的用法已到泛滥的地步，连青楼妓女也称侠，语中虽不无感慨，但这却是明清两代的"侠"观。在明清两代以妓称侠者很多，如《情史》的女侠红拂妓、瑞卿、冯蝶翠、东御史妓、吴进士妓、娄江妓、邵金宝、严蕊、薛希涛、张小小[119]，《夜雨秋灯录》的春林[130]223、《淞隐漫录》的郑满仙、《埋忧集》慧眼识英雄的金氏[102]92也都以妓称侠。这些侠妓以慷慨捐金为多，余谱香的说法或可反映士子的心态："寒士值天涯沦落之时，虽戚亲亦鲜有过问者，而况其为青楼卖笑之人哉！吁！若春林者，诚可谓妓中之侠也。"[130]223又集侠妓大成的《情史》也说："观其推财恤患，有古侠士之风，岂特风尘中难之，士君子或愧焉！"[119]60皆赞美妓之赠金，推为侠妓。然不可讳言，这些士子多出身富贵，他们的落魄是狎妓而床头金尽的自然结果，得侠妓赠金正反映士子潜意识中不劳而获的愿望，非《史记》中的济人缓急。所以士子称妓为侠，除了妓女有慷慨解囊之侠气外，恐怕也有以侠名沽妓，满足获赠钱财与风月愿望的双重意图，且从明清小说的侠妓之多中不难推知当时士子逛妓院的风气之盛。

除了侠妓外，许多女子也以多情称侠，但前提是她们多情的对象是情人或丈夫，且要用情专一，不可朝秦暮楚、三心二意。如《初刻拍案惊奇》中萍水识檀郎的慧娘[131]146、为情死而复生的速哥失里[131]83；《聊斋志异》中在冯生家破人亡时，携儿与冯生团聚的狐侠红玉[110]276；《觚剩》中不弃仆人丈夫的云娘[106]28……这些女子无论是否深谙武功，皆重义而多情，给原本弥漫兄弟血性、刀光剑影的武侠世界带来一股柔性。有深情的侠妓与女侠，亦有深情的男侠，这些男侠一改旧本里重兄弟的形象，展现出对女性的柔情。如《二刻拍案惊奇》中的汪秀才"做人倜傥不羁，豪侠好游"[113]299，他出游时爱妾被掳走，便假扮成新任提督，从柯陈兄弟手中救回爱妾，为豪侠下了一个深情批注。又《好逑传》中的铁中玉自叙："一向凭着公心是非，敢作敢为，遂以千秋侠烈自负，不肯让人。"[184]166而水冰心则"临事作为，却又有才有胆，赛过须眉男子"[184]78，他们大胆追求自由恋爱，却又谨守礼教大防，调和了自由恋爱与礼教，宣扬"名教生辉"，最终得御赐婚姻，成就《诗经》"好逑"[185]之美。此篇虽有浓厚的传统思想，如对女子完璧之身的重视，但在维护社会规范的同时，也彰显侠客的自性，且提高爱情在武侠小说中的比重，这是小说别于其他文学载体所能发挥的细致度。

　　虽然明清有风月侠妓和多情侠女进入了武侠小说世界，但作者多以情义着笔，情而不淫，只是小说中的劫色桥段层出不穷，像《热血痕》中的卫茜固是一名女侠，但其遭遇每与盗贼劫色相连，虽总在最后彰显其节义，却也使人怀疑这些桥段是否出于作者的恶趣味。再者，对女性之美的夸赞与摧残经常并行，如《二刻拍案惊奇》中的严蕊，文中强调她"模样标致"，"十指纤细，掌背嫩白"[113]141，却仍施以酷刑；而《贾义士》惩罚失节妇"乃执妇裸而悬诸梁，拔佩刀割取臀肉，炽炭于炉炙之，陈于灵几"[102]77，亦有过分裸露女体之嫌。再看《全姑》，县令惩罚全姑的方式是"脱其弓鞋，置案上传观之"，"不料一美女剥紫绫裤受杖……"[166]273这些都是以道学之名行狎亵女子之实，侠客讽县令沽名，是为假道学，但作者亦妙笔生花，乐在戏谑之中。以上小说在对女性之美的欣赏、赞叹之余，报以裸露、羞辱和折磨而引起读者种种哀悯、惊怖、虐待欲等，显举道学之旗而开敞情色之门。又《金竹寺》中萧灵威本着正义感，诛杀想强娶媚母女的魏虎，杀人后展开亡命生涯，他先逃到天竺山，寺中尽是"装模作样"的仕女和比丘。随后他到金竹寺，寺中虽钟鱼梵呗，但萧灵威尽见男女杂交的荒唐场面。当他欲怒时，铁方丈喝道："咄！六合之中，六合之外，六合所成，男欢女爱。俗子无知，大声惊怪。"声明男欢女爱原属六合中的一部分，不该以淫视之。又点拨他："懊农氏曰：路见不平，拔刀相救，佛菩萨赏其义侠，故远导幻境以生之，且诡托秘戏以悟之。"[130]154说明萧灵威适才所见的诸种幻象，都是菩萨为启其悟心所设。这段结论看似借幻象说法，但劝百讽一，让人不无假托佛法、意在风月的联想。

　　还有《某公子》中的公子好色、强抢民女，卜者之女被抢后找髯侠复仇，情节简单，却用了1 294个字，多数用在风月描写上。比如有一垂髫女，这女子只是髯侠的侍女，对情节的推展意义不大，但叙述她的文字却比髯侠还多，如出场时："衣枣花紧袖碧罗衫，浅红吴绫裤，微露紫绡履，细小若菱角，腰围绣带，下垂过膝，手提一筐，内盛绛桃已满。"[137]33词采浮艳，乏实质内容，但饶富风月趣味。最后，髯侠给公子的惩罚是"渠虽淫，罪犹不至是，去其淫具可矣！"亦颇促狭，足见此文意在风月不在侠，文末虽言："足为豪华子弟，逞情渔色者鉴。"但不可讳言，全文情色浮荡。其实明清两代有很多恶霸强抢民女等桥段的小说，女子如物品般被抢被卖，有些女子得侠相救，有些只能化成鬼魂给自己报仇。如《姚三公子》开始的情节颇似《申屠娘子》[170]184，也是写一贵公子联合贪财老妪坏人名节之事，不过女主冯浣秋被污后羞愤自缢，因为鬼魂无法在人间来去自如，需有人作保，她于是找上"义侠"胡有征。胡有征爽快答应，最后冯浣秋果然顺利报仇。本篇乍看是一侠义小说，但胡有征却处处显露轻佻，先是以为女鬼为"长夜之欢"[102]79而来，后得知女鬼生前的遭遇不是义愤填膺，而是"获睹芳颜，便牵魂梦"，这番话赚得女鬼天天来陪他下棋，且他举止轻浮、常逾越分际，搞得女鬼也怕他躲他。但他帮女鬼念了七天的《金刚经》，解她自缢后颈子之痛的后遗症，赚得女鬼也对他生情。报仇前夕，两人想的不是报仇，而是难分难舍、相对痛哭，使女鬼复仇的主题变了调。相较于前代的传奇、话本，作者在写侠客救弱女时，多着重于侠客的正义、武功和品格，所以赵匡胤千里送京娘[124]281，施恩而不受报；郭代公除猪妖救被献祭女子，也是救人成功后女子自请跟从才答应成婚的[162]250，这些侠客刚正凛然，绝少对女性生情甚至占女性便宜，但明清的侠客书写往往将原本刚正不阿的侠客变得多情、懂情调，这正是受过风月化浸染的现象。

有些侠的风月表现在男女身体的互换上。如一男性侠客因为糟蹋女性，故转世为女子，受尽蹂躏的故事；如"轻财任侠"[140]296的田再春，因为"纵一人之淫欲，致玷百十人之家声。彼妇之父母翁姑，靡不痛心疾首"，所以被旌阳真人抓去阴间审判，被判借躯为娼。接着情节转为淫秽，多写田再春受到众嫖客蹂躏的惨状，直到期满苏醒才恢复男身。该文虽旨在不可玩弄女性，但声色秽语泰半。此外，章回小说《瑶华传》，文中雄狐为修成仙道，糟蹋童女八十九人，被剑仙无碍子斩杀。雄狐投胎人世后，生为福王之女瑶华。瑶华转生后不忘修道初衷，历尽劫难与诱惑，终能把持本心，并行侠仗义。全书虽旨在戒淫，但内容泰半写酒色行径及采补修真之事，风月满纸。此外还有《情侠记》[186]，它是《弁而钗》的四章之一，而《弁而钗》在明代被列为禁书。虽题为情侠，然贯穿全文的是爱情，"侠"的部分很少，"侠"是依情存在、不能独立诠释的。

以侠的风月化情况而言，最经典的当为长白浩歌子的《萤窗异草》，除了本书之前提过的《田再春》《钟萧》外，还有《天宝遗迹》《玉镜夫人》《夏姬》《枭烟》诸篇，文中的"侠客"之名多为点缀身份，绝少行侠仗义，且不乏露骨的书写。如《夏姬》写道一剑仙杀了转世夏姬的故事，主旨是"家有剑仙，讵容室有荡妇？"[123]98而某夫人指责女儿失节并不护短，作者赞她"尤有烈丈夫风，亦足与剑侠并传"，说明"淫根于性，犹难化诲，况为三生之夏姬耶？"全篇铺陈夏姬天生淫荡，无法教化，最后借剑仙之手将她刺死。在此，夏姬的美丽与情欲一边被作者妙笔生花、津津乐道，一边又借着剑仙，道貌岸然地挥剑将她刺死，果然有几分鲁迅说的"悲剧将人生的有价值的东西毁灭给人看"[187]的味道。

再看《玉镜夫人》中"豪侠自喜，忧人之忧，急人之急，人因以杜季良拟之"[123]11的王友直，通篇并无行侠仗义之事，反而着墨于他善赌的本事。他先赢得太湖君的玉钩，后来又赢得玉镜夫人的人，全文人欲横流，看似得意，但王友直却也因此"寿不永矣"，文末写道："夫人泥鬼，冥漠中良不可知，又何羡焉？"意味着女色对男人的妨碍，得之似幸，实则为祸。相较于《夏姬》《玉镜夫人》这两篇将女性视为祸水，《袅烟》则持不同观点，文中的邓兆罴为冤屈而死的袅烟平反，邓的义举，不仅使豪侠争相结纳，死后的袅烟也化作人形来回报他，本文阐明"以恩义而结绸缪，鬼亦人也；逞色欲而忘躯命，人亦鬼也"[188]225的道理，把恩义置于风月旖旎上，以邓生能与鬼魂欢好而不受其害为例，说明只要有侠肠、义举，则人鬼相恋依然可以乐而无伤。至于《天宝遗迹》中"性豪纵，有古侠士风"[123]2的刘端五，找了一群好事者去天宝遗迹探险，看似将展开侠客探险斩妖的故事，结果所见皆是以白玉雕成的唐明皇和众嫔妃的风流样态、极尽妍丽，寄予作者对帝王感情生活的想象。小说明显受到桃源体的影响，但以侠为名浏览风月，而这风月最终也随着"雷震其穴，乱石嵯峨，已渺然不知其处"。于是洞窟内的美好在最佳状态时封固，如同桃花源再寻时已"不复得路"，既注入了人们对美好感情生活的想象与向往，也成为逃避世俗的精神乐园。[189]

第五节　侠的反思

侠的反思即作者对侠客的种种反省，在明清文学中侠客虽趋向纯正面意义发展，作家笔下的侠客也个个有品有格，三观端正，但不可讳言，"侠"在小说中的形象从魏晋发展至明清，仍带着不少蒙昧的野性，有些侠不但以武犯禁，甚至违背公序良俗，简直是化外之民。此外，侠本是一个不受约束的身份，然在明清社会将侠列入户籍，控管日益严格，其所产生的效应是难以估计的，何况好心未必能促成好事，有时反足以坏事，所以侠客主持正义，见义勇为也未必都会有好下场。论述如下：

一、滥杀者以侠为名

虽然在明清小说中，"盗贼"与"侠"泾渭分明，以盗贼为侠的情况变少，但并未绝迹，如《响马》中那群"人多侠气，服甚豪华"[190]的响马，盯上落单的布客，假意跟他同行，却在客店中杀人劫财，之后还毁尸灭迹。这些绿林盗贼暴戾恣睢、胡作非为，但也冠上侠名，使"侠"字的内涵沾染了匪气。

提起滥杀，在前代小说以滥杀为侠固不足奇，所以武松滥杀不失其为好汉，但对于文明发展到一定高度的明清来说，若小说仍以滥杀为侠行就很可议了。以《侯官县烈女歼仇》为例，申屠娘子在杀了方六一和姚婆以报父仇后，本来还想杀害方六一的儿子和两名侍女，一吐怨气，但她及时醒悟，"大仇已报，余人无罪，不可妄及"[170]203，当下住手。但到《侠女希光传》，希光对方六一的家族却"皆杀之，尽灭其宗"[171]546，足见其杀戾炽盛，尽管如此希光犹不失侠女之名，可见这株连九族的落后思维在清朝仍存在，而侠客专擅生杀也是事实。此外，延续唐传奇中侠女杀子绝念的模式，《聊斋志异》中的细侯以杀子报复贾生，实则泯灭人性，但作者却评道："寿亭侯之归汉，亦复何殊？顾杀子而行，亦天下之忍人也！"[110]793对她评价不差，甚至还拿义薄云天的关羽作比拟，大肆揄扬，实在欠妥。还有论曲直的韦十一娘，本该是理性之侠，但她的报仇方式"重者或径取其首领及其妻子"[131]43，实是牵连无辜，以今日的眼光来看是滥杀。陈平原指出："侠客自身不怕死，似乎也不以他人生命为意，很容易演变成为另一种草菅人命。"[24]180可见滥杀问题严重，而这些滥杀者却常以侠为名。

二、社会不需要侠

社会体制的运作自有其规则，任何人事物皆不能出其右，即使有短暂的失控也会受到规则的校正，除非外部介入力量太大，否则社会规则的改变是很缓慢的，其有相当的稳定性。当然社会规则是要能符合大部分民众的利益的，是以牺牲少数人的利益在所难免，否则自然会将遭到扬弃或废止。故在社会规则的运作下，并不需要侠客的介入，如《金竹寺》中的老瞿昙就问萧灵威："富豪强娶，何预汝事？"[130]153老瞿昙认为冥冥中自有因果，无须干预，因为众生各有其缘法，无须介入他人的因果，这类小说通常带有反侠情结，或者说用"佛"取代了"侠"的功能。如《烈殇尽孝》中，文中的柳女受尽世人的欺骗与折磨，但她不思报仇，因为她同情商人的"季常之惧"[130]51、老鸨的"毒其本真"，也就是同情众生的"无明""无自性"，亦逃不了因果报应，果然最后"时某贾已死，悍妻亦别抱琵琶。鸨则被盗扳，瘐死黑狱。嘻！姑即恕汝，彼苍苍者，能恕汝乎？快哉快哉！"这就是业报，不待也无须侠的出手，因果报应迟早会应验在每个人身上，而这才是稳定人间秩序的正义，何况侠之于他人并无超然优越的位阶，也不是正义的代言人，一旦介入也只是徒添因果而已。

《渔阳道刘健儿试马》说明了一切事就像连环锁一样，环环相扣，因果自为自受。文中的刘豹荒唐行骗把家产败光，偏偏在洗心革面时，被凤阳班军洗劫了两个元宝。原来那元宝是三年前被劫的官银，是豪侠李大汉怜其母死赠给他的。再看那伙班军一回大梁就被发监下狱，他们在受刑之余就把洗劫刘豹的事供了。刘豹顿时被押往河南对质，途中不期遇到李大汉，刘豹向他求救。本来故事的走向是可以往李大汉为刘豹平冤的方向走，来个皆大欢喜的结局，谁知故事急转直下。差官因为知道李大汉的身份，为避免他为刘豹平反冤屈，累及自身，所以众官差一边阿谀李大汉，一边却乘隙把他绑了，最后在马上等死。文末刘豹被解到汴梁，一一招认，问了个不待时的死罪。刘豹一生荒唐行骗，偏偏在悔改时遭遇冤狱；李大汉一生作恶多端，偏偏在行善时着了道，乍看很倒霉，实际上却不无辜，他们只是为之前的恶行付出代价罢了。所有的结果，都是"天道报应之巧真如芥子落在针孔，毫忽不差"，"大盗无不欧刀，王章犹然星日"[191]，讲的都是因果报应之理，同理，人的成败得失、生死祸福也是自铸因果，非侠客所能干预的。

三、见义勇为有时适得其反

多数时候见义勇为是好事，小说也多给这些侠客回馈，如帮助孤女守其父尸并驱逐饿鬼让死人还魂的韩生，最后娶得该女子[138]16；帮助店鬼报仇的李铣，遇害时店鬼帮他杀贼匪。也有些是冥报，如稽耸助文天祥逃到泰州，死后便当文信国公的冥幕[130]121；焦鼐救了剧团老虎，虎之女为了报恩便化成美女嫁与他[130]58……以上结果都符合"善有善报"，小说在无形中肯定了侠客的义行。但也有例外，《清稗类钞》有个"性豪侠，恶见不平事"[78]2832的李大茂，他为一个有妊婢女出头，结果不仅使婢女招来杀身之祸，连自己也家破人亡。又《黄珠为人报父仇》[78]2637也是因为侠客黄珠代邻人李生报父仇，结果反害得李生自刎。李大茂救婢女出自正义感、黄珠为人报父仇亦本于好意，可没料到后续发展变了调，最后皆以悲剧收场，可见有时侠客的介入反使结果更糟。其实面对不公不义的事有很多处理方式，但侠客选择武力，孟子说："以力服人者，非心服也，力不赡也。"[154]63其作用力大所激起的反作用力必大，故以侠客介入社会百态未必是好事。

这是因为侠客的存在扩大了是非善恶的差异，打破原本彼此杂然共处的平衡，激化对立，塑造敌人。自居正义的侠客打击其所认定的邪恶，被打击的一方必也全力反扑，在双方激斗下，侠客亦逐渐失去其正当性。如李大茂一开始救婢是基于正义，但后来将人投河、烧屋、杀人等就是泄恨之举了。这是因为另一方的王氏和刘庚生对李大茂展开报复，双方陷在血性的仇杀里，在婢死、王氏亡，丧失了救人的初衷后，李大茂仍不肯罢休，最后弄得家破人亡，两败俱伤。这不得不检讨侠客的立场、代替官府执行正义的正当性，以及侠客到最后是仍秉持初衷还是变了调呢？

四、剑侠是鬼神之术

侠女韦十一娘，自称"吾是剑侠，非凡人也"[131]42，将剑侠与凡人分成不同的两类，观乎韦十一娘住在陡绝云岗上的小庵，收女弟子传授武艺，也非泛泛之辈。然其报仇的方式如"术慑其魂，使他颠蹶狂谬，失志而死；或用术迷其家，使他丑秽迭出，愤郁而死；其有时未到的，但假托神异梦寐，使他惊惧而已"，可见剑侠不只会剑术、轻功，其他如摄魂、迷术、假托神异梦寐等鬼神之术，亦为剑侠所用，所以剑侠别于其他的侠类，多了几分鬼神气息。周亮工的《书影》中记载宋辕文曾在淮上遇一异人，他们谈论起剑术，异人说："世人胆怯，见鬼神辄惊悸欲死。魂魄尚不能定，安望授鬼神术？"[192]又有二僧劝许寂不要学剑术，原因是"此侠也，愿公无学。神仙清净，事异于此。诸侠皆鬼，为阴物，妇人僧尼皆学之"。这番话虽歧视女性，但看明清小说中奇行诡谲的侠客多为女侠和僧尼，可知其言亦有所本。

至于世人如何看待身负异能之侠呢？虽小说中剑侠救人的事迹很多，但剑侠毕竟异于常人，所以常人多与剑侠保持距离。如《西皋外集》的周二舍虽身怀神术，但主人以"若有术如此，自非无故相依，然稍为漏泄，祸将及我，可速他图"[95]90的原因表示不敢收留他，可见常人对剑侠是心存芥蒂的，恐受其累，这也是大铁椎暴露身份后就离去的原因[79]222。再看《姜千里》中"闽之武孝廉也。以轻财任侠，取重乡邦"[188]252的姜骥，他引盗入室，死于盗贼之手，后来被城隍爷救活。在落难之中，他遇到一对剑侠母女，其中女儿阿惜"虽香闺之秀，实不啻万夫之雄"，她帮助姜骥除尽群盗，重振家业。姜骥经历这些事后，"壮心顿灰，不复干预人事。人亦知其室有剑仙，惧不再逞"。可见剑仙让人心生恐惧，所以盗贼再也不敢登姜骥之门。同理，家中子弟若学异术也是要退却的，所以《许玉林匕首》[120]10中的峨眉道人看到许玉林的表妹，惊曰："此女聂政也！何为在人间？"隔天，还表示愿意教授此女剑术，但其父以"此非女子事也"笑谢之。甚至有些家族对武功高强的子弟，也是极力导正，像程宗斗的父亲，因为程宗斗能打散少林寺的木偶阵和十几个响马，起先震惊，继而"恐其将入匪类，不令出游，遂以商贾终焉"[95]90。程父宁可让儿子平凡一生，也不愿让他以武炫世，对游侠如此，对神鬼莫测的剑侠更是敬而远之。

五、侠的名不副实

在明清"侠"通常作正面的肯定词，对富正义感、打抱不平的人称侠客，慷慨赠金的妓女称侠妓，但也不乏名不副实甚至欺世盗名之徒。明初的高启曾经写下《四公子》，以战国"四公子"及其门客对比明朝君臣，针对"四公子"的"屈己下人"[159]1230-307以求贤和门客的"忘人重己"以择主，明朝的君臣固然瞧不起他们，以"我所求者，道德之士也""我所学者，圣贤之徒也"来自我美化，却下人者不够谦卑，重己者又不够坚定，既非道德之士亦非圣贤之徒，皆名不副实。这也许是明朝的政治风气所致，使得卿相的纳才和侠客的去留多了几分盘算。

再看《埋忧集》中的郑遵谦，看似浪荡豪侠，但他因好友许都"蓄异意"而与他决裂，还笞杀屈尚忠，理由是"凡系逃官，皆可杀也"[102]92。甚至郑父担心他的安危，叩头求他："汝幸贷老奴命，毋令覆宗。"他依然不顾而去。可见郑遵谦不顾朋友之义、父子亲情，只考虑个人利益，不合原侠义气和孝烈。后来郑遵谦储备兵马，拥立鲁王朱以海，自己当监国，不久鲁军兵败，他与军中将领郑彩不合，被追杀，投河而死。检点郑遵谦一生投入反清事业，但他只是想趁乱世建功名罢了，文中说："遵谦之举，诚豪矣。逸史谓其虽非性忠孝，而卒以是传名。"可见声名虚传，像他这种地方豪侠在唐以前有很多，但豪侠时代已经过去，郑遵谦到头并未建立一番功业，而所流传的忠孝之名，皆不合其实。

六、侠客杀人的包袱

侠客以武力报恩复仇固然快意，尤其为父母报仇常得人敬重，但这种文化久而久之成为侠客的包袱，不报仇固愧为人子，但报仇后内心就能得到解脱吗？以王猷定的《李一足》为例，李一足虽为父复仇，全孝而成仙，但其内心是不完整的。他不但因报仇失败而逃到海外，落得没有一天安稳的亡命生涯，且因二十年后仇死母死，弟不得见，一切终成过眼烟云的遗憾。不久，李一足死了，临死时才醒悟复仇之心仍在，作者言："得道之后，此心不忘，不亦悲乎！"[79]334说明侠客为父复仇虽天经地义，但李一足不忘复仇，忠孝两全却终身不安，也值得深思。

侠客自古以来就是王朝体制外的存在，专擅生杀大权，虽然在主观认定上侠客杀人不是滥杀，被杀者都有其该死的理由，但人命关天，若其罪不至死，侠客杀人也是有包袱的。以《廖剑仙》为例，廖蔺仙"少时即以任侠名"[120]66，他因看不惯邻家有妇署骂其夫，于是他为懦夫除掉悍妇，悍妇一死，他也因杀人而亡命山中。他虽主持正义，但因妄开杀戒，所以才有其后修剑仙的过程。在修仙中他看到被他杀死的邻妇的幻象，邻妇怒曰："我即骂夫，亦无死罪，汝逞一时之忿，使我身首异处，亦何忍哉！"言罢还把被廖蔺仙砍断的头颅掷向他。其实邻妇就是廖蔺仙的心魔，廖蔺仙在主观上虽自认做对的事，但做法太过，主持正义反而不美，最后在师父一句"杀戒不可开"的点醒下，他才收敛杀性，摆脱心魔的阴影。

七、侠妓之情的算计

侠妓多情赠金，一直是侠情小说中津津乐道的题材，但侠妓的付出是附带条件的，一旦遇到负心郎，也会展开报复。《杜十娘怒沉百宝箱》中，在情人李甲将杜十娘卖给孙富时，杜十娘的反应是在众目睽睽之下，沉金江中，接着历数李甲与孙富之不是，最后投江自沉。在这些行为背后，杜十娘的用意是要将两人之恶公之于世，以致"当时旁观之人，皆咬牙切齿，争欲拳殴李甲和那孙富"[124]498，届时李甲、孙富士名已污，虽生犹死，再加上杜十娘沉金自杀之举，同样会啃蚀李甲的心，使其"终日愧悔，郁成狂疾，终身不痊"，而这就是侠妓对负心汉的最后一击。综观杜十娘深情多金，足智多谋，但她和李甲的相处充满算计，希望逼出李甲的深情与担当，用心虽苦，但自始想操控李甲的动机就有错，以致最后双方皆落个悲剧下场。

再看《冯蝶翠》，文中的情侠张润是一歌妓，和商人程生交好，非他不嫁，程亦为她散尽家产。程落魄后无颜找她，一日两人偶遇，张见程落魄便捐金给他做生意，嘱他成功后赎回自己。谁知程拿这笔钱去别家妓院花光了，仍旧落魄，对张避而不见。再次偶遇，张问原因，程推说钱被盗贼抢走了，问她该如何？张回答："此吾两人命绝之日也。生而暌，何如死而合！君如不忘初愿，惟速具毒酒，与君相从地下耳！"[119]295张因赎身梦碎，决意和程殉情，图个死后相守，但"程不知所为。张迫之再，无已，潜取毒药酒以进"。可见程生饮毒酒是被张逼的，饮毒之后，张死程活，没有达成死后厮守的心愿。这故事颇似李碧华的小说《胭脂扣》[193]，文中程生毫无担当固不足论，但张润逼人殉情亦不可取，她一开始赠金本来就有冀望，但一个为女色而败尽家业的男子又怎担得起这番恩情厚望？

第十章 《水浒传》及其他长篇章回小说的侠观综论

《水浒传》究竟算不算武侠小说？这问题历来争论已久，众家看法不一，曹正文认为："《水浒传》可以说是中国历史上第一部长篇武侠小说（当然是狭义的武侠小说）。"[194]55 却又言： "《水浒传》毕竟不是一部纯武侠小说。"[194]57 不难见《水浒传》的定位难以判定。陈颖说："《水浒传》既是典型的英雄传奇小说，又是武侠小说的典范作品。"[107]引言第4-5页 又，法国莱维引《中国文学百科全书》说："《中国文学百科全书》把《水浒传》奉是武侠小说的始祖；无论是情节的安排，还是人物的众多，都是后世武侠小说的典范。"[195] 更多资料显示多数学者还是认为《水浒传》是武侠小说，这对《水浒传》的定位很重要，也等同间接肯定《水浒传》对长篇武侠章回小说的影响。叶洪生说：

> 然终宋之世，毕竟没有真正章回体的"平话"武侠小说出现；这要等到元、明间水浒故事流行而后各种繁简不同版本的《水浒传》相继问世，方始树立白话武侠典型。姑不论其作者属谁，此书兼具"银字儿""说公案""说铁骑儿"三种小说性质；再加上"讲史"，一炉共冶，九转丹成，遂开我国长篇武侠章回小说之先河。[196]96-97

简而言之，《水浒传》结合了"银字儿""说公案""说铁骑儿"和史[197]的性质，并开启了长篇武侠章回小说之先河，自此之后，《水浒传》对武侠小说的影响甚大。其一，武侠的长篇白话章回小说自此和武侠短篇文言小说分庭抗礼，然随着时间向近现代推移，武侠短篇文言小说逐渐从市场退位。其二，《水浒传》以"替天行道"为宗旨，而天道是超越法律的存在，那些不惜违法犯禁的水浒好汉，仍不失为民主持正义的豪侠。其三，由于章回体的篇幅浩瀚，传奇中一人一事的写法经《水浒传》以后，逐渐发展出多人的叙事线，呈现大规模的复式结构，使人物有更多元的解读空间。其四，《水浒传》只反佞臣，不反皇帝，以及最后接受招安的态度，影响后世武侠小说、侠义小说、侠义公案小说、英雄传奇小说甚巨。

第一节 《水浒传》对武侠小说生成的影响

"武侠小说"之词起于甚晚，清光绪三十年（1904年），《小说丛话》首次出现"武侠"一词，直到民国四年（1915年），林琴南（林纾）所著的《傅眉史》为"武侠小说"，武侠小说这一名词才面世[198]。在此，笔者取其精神，兼顾行文扼要，将写侠事迹的小说视同武侠小说，但其他诸如侠义小说、侠义公案小说、英雄传奇小说等，则在广义的武侠小说范畴中，其关系图如下：

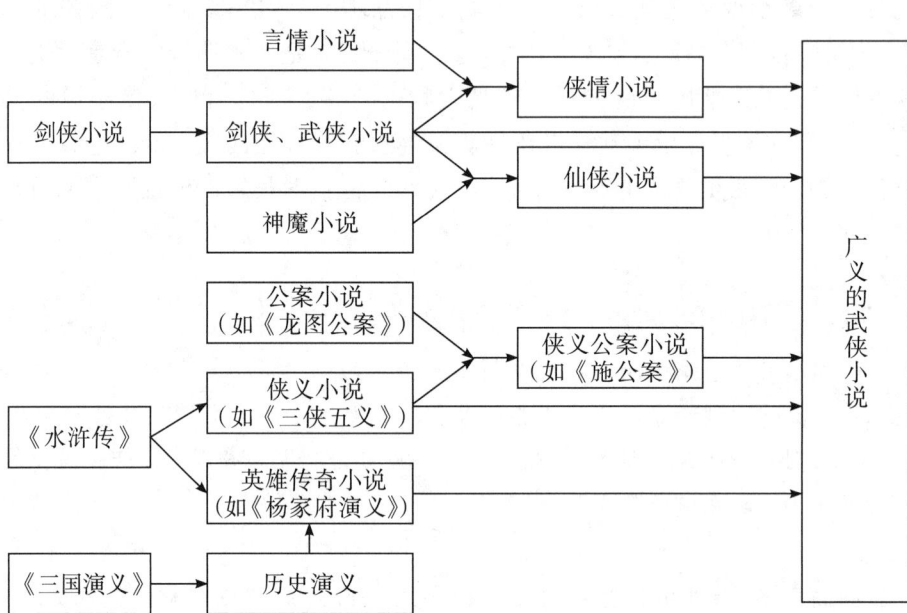

图 10 - 1 广义的武侠小说关系图

传统的剑侠小说到明清时朝长篇方向发展，尤其在清朝长篇章回体已经确立，如《后水浒传》《女侠客》《世无匹》《儿女英雄传》《绿牡丹全传》《仙侠五花剑》《七剑十三侠》等，主要是写侠客行侠仗义、报恩复仇、劫富济贫及解决江湖纷争等事迹，这类小说中的人物不受法律约束，性格强烈。

《水浒传》之后将近五百年才有《三侠五义》，在漫长的岁月中除了短篇武侠小说之外，长篇章回小说或有涉及武侠桥段，但只限于某些章节，直到《三侠五义》出现才是符合严格意义的长篇武侠小说。曹正文说：

　　《三侠五义》的诞生，在中国侠文化史上占有重要的地位，严格来说，中国的武侠小说是从《三侠五义》开始的。《三侠五义》，顾名思义是一部真正以侠客为主角的武侠小说。[194]74

　　其大规模的章回复式结构，以及书名《三侠五义》分指书中八位人物，没有单一独大的主人公，而是由数个人物的叙事线汇集而成，这些特质都和《水浒传》如出一辙。更重要的是，《三侠五义》中无论人物、情节、思想等都受到《水浒传》影响，鲁迅说："其中所叙的侠客，大半粗豪，很像《水浒》中底人物，故其事实虽然来自《龙图公案》，而源流则仍出于《水浒》。"[199]472陈平原据此更进一步说："侠义小说之受惠于《水浒传》，远不只是粗豪的侠客形象（如《三侠五义》中的徐庆、《小五义》中韩天锦等愣爷莽汉），更包括打斗场面的描写和行侠主题的设计。至于具体的细节和场面的袭用，可就难以胜数了。"[24]78虽然结论下得太快，毕竟《三侠五义》是宋话本的长期发展加以民间创作而著成的，不能独推《水浒传》之功[199]408，但《水浒传》的人物形象确实影响许多侠义小说。

　　然不同于水浒好汉的匪气，《三侠五义》将"侠""义"并举，凸显侠客人格的正面性，虽以盗为侠的现象未绝，但占小说的比例极低，且像唐传奇中以残暴为侠、以奇诡为侠的现象也几不复见，侠客成为理想人格的投射。自《三侠五义》脉络以下，侠义小说渐兴，至迟到清中叶形成侠义与公案的合流，是为侠义公案小说，之后的《小五义》《施公案》《彭公案》《七侠五义》《续小五义》《续侠义传》《永庆升平前后传》《圣朝鼎盛万年青》《小八义》《大八义》等皆在此列。

　　另外，《水浒传》也影响着英雄传奇小说[200]，英雄传奇小说虽是写历史故事，但往往从小说、戏剧取材，如明朝熊大木的《大宋武穆王演义序》曰："武穆王《精忠录》，原有小说。"[201]如此，作者无须拘泥于史实而能凭空创造英雄传奇，故可无视于宋征辽失利，违反史实让杨家将打败辽国，甚至可凭空捏造历史事件等，使小说洋溢着浪漫理想的情调。根据陈颖的说法：

　　杨家将系列、说唐系列和《说岳全传》、《飞龙全传》、《英烈传》以及《水浒传》若干续书等都是沿着《水浒传》开辟的道路。"以一人一家事为主"的英雄传奇小说，且兼及侠义题材。[107]引言第4-5页

　　所以英雄传奇小说虽取材于历史，但其写作精神更近于《水浒传》，着力渲染英雄的侠义形象，而不拘泥于史实。然则英雄传奇小说跟侠义小说两者

究竟有何不同？虽然在多数小说中"侠"与"英雄"可同义视之，即泛指打抱不平，为人主持正义者，其相异处据陈平原的归纳有三[202]。杨东方则溯源宋朝的说话四家，将侠归为公案类、英雄归为铁骑儿类[203]80，英雄传奇小说的代表作是明万历年间秦淮墨客的《杨家府演义》[204]，该书宣扬杨家将的忠义精神。就笔者以"行为动机"判断，侠行是个人主观正义的展现，虽受伦理道德、社会文化等影响，但最终还是取决于侠的个人选择，有时不惜为赴私义而违法犯禁；而英雄的言行思想主要以维护国家体制，达成多数百姓的愿望为依归，故英雄跳脱一人一事的黑白是非，而以大局、大义、大我等为重。此两者都基于利他性，若以树林为譬，侠者见树、英雄见林，各有其长。

最后，亦不可忽略演义对英雄传奇小说的影响。宋元以来，由于《三国演义》的成就，促进了历史演义小说的发展，如《列国志传》《新列国志》《西汉演义》《隋唐演义》等，从此几乎中国历朝各代都有演义小说，而演义小说中的英雄，讲义气、重然诺，以义气相号召，异姓结义为兄弟等，均具备豪侠与豪侠集团的特质，故演义小说本质上就具备武侠小说的成分。到了明嘉靖年间，熊大木所著的《北宋志传》书写杨家将抵御契丹的英雄传奇，成功塑造杨六郎、穆桂英等忠勇卫国人物，把传统以帝王建国为主轴的演义转向英雄传奇，并为杨家将的故事树立良好规模，数十年后更有《杨家府演义》成为英雄传奇小说的代表。由上可知，演义小说和英雄传奇小说的叙事中心有其根本不同，根据杨东方综合齐裕焜、陈平原两位学者之后的见解："历史演义着眼于王朝的兴废、帝王的功业，而英雄传奇着眼于英雄在沙场上的功绩，即'料敌致胜之奇，催坚陷阵之壮'（《隋史遗文序》）。"[203]80故叙事中心从"事件"向"人物"倾斜，从而英雄传奇往往比演义更具理想性与浪漫色彩。此外，明末袁于令的《隋史遗文》，以秦琼为核心，叙述他从平民立功到成为开国元勋的历程；以及明万历年间无名氏的《英烈传》，以朱元璋为叙事主轴，带出常遇春、胡大海、花云、徐达等人的建国故事，亦为成功的英雄传奇小说。到了清代，文学流行一种混搭风，将各种不同类型的小说融合在一起，开拓原小说类型的生命领域，如李雨堂的《万花楼杨包狄演义》是为英雄传奇小说和公案小说的合流。

第二节　"侠"的品格

陈墨《刀光侠影蒙太奇——中国武侠电影论》将侠义小说分成四大类：忠义侠盗小说、武侠公案小说、幻想剑仙小说、儿女英雄小说，这分法大致呈现清代武侠小说的存在情况，但就侠义内核而言，将幻想剑仙小说作为侠义小说中的一支是不合适的。且《水浒传》是否为武侠小说仍有待讨论，若将其余絮如《水浒后传》《后水浒传》《荡寇志》率纳入侠义范畴，则不管其在武侠小说的定位以及作品数量，都有不足处。故笔者就图 3 - 1《水浒传》对其他小说的影响，并参考陈墨的分法以及考虑"侠"的内核，将明清的武侠小说分为：侠义小说、侠义公案小说、侠情小说、仙侠小说四项，这个分法不但将性质相近的剑侠小说划入仙侠一类，且摒除英雄立国或抗敌的英雄传奇小说，避免迂阔之失。由这四类武侠小说，再加上演义中侠的部分，作为侠的品格之鉴定，论述如下：

一、侠、盗之辨

早在《太平广记》中就出现以盗为侠、侠盗不分的现象，尤其段成式《酉阳杂俎》中的"盗侠类"，更将盗、侠等同视之。到了宋朝，侠、盗之辨渐兴，无论是因为侠的自觉或经作者的美化，侠、盗已不可相提并论。迨至明清，不只武侠小说中的侠、盗之辨已经确立，且写作的主线呈现善与恶斗争的二元对立结构，即代表善的一方的侠或侠义集团与代表恶的一方的盗或盗贼集团的斗争。至晚在《三侠五义》后，侠确立了武侠小说中正面人物的地位，而代表恶的一方则往往具有盗贼身份，尤其是侠义公案小说中的恶人，有一半以上是盗贼，所以深明侠、盗之辨既是明清两代辨侠的显学，也是研究明清侠观的重要切入点。

明清的侠客自觉性与盗分割，《荡寇志序》有言："名之曰荡寇志，盖以尊王灭寇为主，而使天下后世，晓然于盗贼之终无不败，忠义之不容假借混朦，庶几尊君亲上之心，油然而生矣。"[205]6晚清的《仙侠五花剑》的著书目的亦为"使人晓得剑侠与剧盗、飞贼本是两途"[109]685。这种侠、盗之辨在古典武侠长篇小说中甚受作者重视，故侠、盗不可混为一谈，这是第一层。第二层是即使为盗，也要盗亦有道，最好要转型为侠，如《彭公案》中就有"身归绿林为寇，不劫买卖客商，单劫贪官污吏、势棍土豪。得到银子也不敢乱用，周济孝子贤孙"[206]，说话者是黄三太，他劫富济贫，将盗贼转型为侠盗，合乎普世的价值观，其模式如图 10 - 2 所示：

图 10 - 2　盗贼的转型模式

在转型之前，侠客兼具盗与侠的双层身份，便可如盗一般肆无忌惮、藐视王法，但他是劫富济贫的，由此叛逆与正义组合成一个富有个性张力的义侠。试观白玉堂不满展昭"御猫"之名，欲将他诓入陷空岛，他说："纵然罪犯天条，斧钺加身，也不枉我白玉堂虚生一世。那怕从此倾生，也可以名传天下。"[207]286 为争一口气白玉堂不惜犯法，但也只有为盗时的他才能如此痛快淋漓。再看《水浒传》中的武松，在鸳鸯楼中他狂杀十五人，李卓吾眉批评道："只合杀三个正身，其余都是多杀的。"[57]974 但武松却非得杀足，"我方才心满意足"[55]355。这里他所观照的是血性的喷发，并同时完成道德——因为他们并不认为自己在做恶事。故五湖老人在《忠义水浒全传序》说："兹余于梁山公明等，不胜神往其血性。总血性发忠义事，而其人足不朽。"[208]188 其意可知。另一部中国代表性的小说《西游记》，其最精彩处也是在孙悟空大闹天宫之时，孙悟空那充满野性、反叛、破坏和自由的精神，以己定是非，为人所不敢为，虽然暴力，却畅快淋漓，这就是血性的魅力。虽然《西游记》是神魔小说，但孙悟空等在助唐僧度劫难的同时也斩妖降魔，使人间不受妖怪把持，这便是行侠仗义，如在宝象国救公主；用芭蕉扇煽息了火焰山，拯救生民；又在车迟国杀了虎、羊、鹿大仙，救了儿童等，可见度劫难和行侠仗义是并行的，在他们师徒一行人身上可看到中国侠客的影子。

事件本身的是非、善恶、黑白、正邪等不是固有的、绝对的概念，而是游移的相对概念，会与时递移，在狄德罗论想象人们追忆形象的机能中有这样一段话：

你问他：何谓正义？你可以相信，只有在他的认识循着它原来由事物转移到心灵的同一条道路，再由心灵转移到事物的时候，他才获得悟解。那时，他想象有两个人，被饥饿所驱，走向一棵满载果子的树，一个人爬上树，摘下果子；另外一个人用暴力抢去了第一个人摘下的果子。那时，他将请你注意这两个人所表现的动作：一方是表示遗憾的手势，另一方是显示恐吓的征兆；这一个认为自己受到了伤害，那一个甘心给自己加上可憎的犯罪者的称号。[209]

这种"在他的认识循着它原来由事物转移到心灵的同一条道路，再由心灵转移到事物的时候，他才获得悟解"便是感同身受，也是孟子说的恻隐之心；当"一方是表示遗憾的手势，另一方是显示恐吓的征兆"时，是非观达成一致，他们才能在同一个平台上对话，受伤害的人知道该指责谁，做错的人也才甘愿背上骂名。唐前那种以滥杀为侠、以诡谲为侠的情况在明清绝少见闻——毕竟侠是正面人物代表，尽管血性人物充满魅力，但他们最终还是要回归社会规范，只有如此，才能符合人们对正义与道德的需求，最后，好人转型为侠，坏人则受到制裁。明清武侠小说的善恶观一向鲜明，以《三侠五义》的白玉堂为例，白玉堂虽盗三宝[207]347，但那纯粹是他高傲的少年心性，意不在盗而是向御猫挑衅。试看两人的对话，展昭骂白玉堂说："山野的绿林，无知的草寇，不知法纪。"他却嘻嘻笑道："小弟白玉堂行侠尚义，从不打劫抢掠，展兄何故口口声声呼小弟为山贼盗寇。此言太过，小弟实实不解。"[207]377白玉堂是否为山贼盗寇不是重点，重点是，两人都以当山贼盗寇为耻，而非以聚义看之，这就是明清两代对绿林好汉的社会评价。

且白玉堂虽有盗三宝一事，但他先杀欲谋害忠良的总管太监郭安[207]288，又戏闹太师府、奏章夹字揶揄奸太师庞吉[207]300，其行虽冲冒王法，却符合世俗的侠义，之后经"开封府恩相保贤豪"[207]400"锦毛鼠龙楼封护卫"[207]408等彻底漂白，乃至有三探冲霄楼，捐躯铜网阵[207]757等事。白玉堂虽以悲剧告终，但留给后世的是他光辉的侠义形象。附带一提，由于白玉堂的悲剧命运和他的武功、叛逆，尤其是俊美[210]（中国偶像可以不具其他条件，但很少不俊美的），形成极大魅力，不但使他成为《三侠五义》中的出彩人物，并使侠客朝偶像化发展。同书的展昭亦然，他和白玉堂成为对照，后代戏剧与电影中的白玉堂和展昭都是由一线小生主演的，可以说《三侠五义》开出侠客偶像化之先例。再看《彭公案》的杨香武三盗九龙杯[211]，杨香武为了自炫其能，盗取皇宫的九龙杯，以致害惨了奉命寻杯的黄三太，为此，他只好二盗九龙杯、三盗九龙杯，除了第一次盗杯之外，其他盗杯都是为了解救黄三太的侠行，所以他在小说和戏剧中系属正面人物[212]。

此外，高继衍《蝶阶外史》中的窦尔敦也是一巨盗从良的例子。窦尔敦本来是"献县巨盗也"，一日尾随一名衣着华丽的商客想伺机抢劫，两人一前一后骑马，商客为了躲他来到一座古寺，顷刻窦尔敦也赶来。这时天色已晚，寺僧延请他们吃饭和住宿，窦尔敦得以和商客同宿。然这时窦尔敦察觉不对劲，向商客坦白："我初欲劫君，乃同陷盗窖，然无恐，我当救汝。"[213]后来他点火查探环境，发现了一个地穴，从地穴往下走又发现一间密室。密室内一名和尚盘坐喝酒，旁边有许多少妇环侍，窦尔敦询问其中一名少妇，少妇说她是邻村某户人家的妻子，被和尚劫来寺中密室供其淫乐，和她有同样遭遇的女子约二三十名。窦尔敦说："我当救汝出。"他叫妇人给和尚灌酒，并偷藏他的武器二铁翼，妇人都照做。等到和尚喝得烂醉如泥时，窦尔敦奔入密室拿刀将和尚刺死。之后窦尔敦让众女瓜分寺院财物，也叫商客打包一些，最后"纵火焚寺"，并和商客一起离开寺院。途中，客人感念窦尔敦的救命之恩，想分金给他，窦尔敦拒绝："若图君金，待此时耶？"说完两人便分道扬镳。另外，《清稗类钞》的《侠盗为人拒盗》[78]2787也是讲侠盗从良后帮人除盗的故事，这类侠盗故事在清代有很多。

盗贼从良为侠客，虽不再像为盗时张扬精彩，但他们为侠客后便再也不会破坏现存体制，甚至转为维护者，在这方面有益于社会秩序的稳定。此外，纯粹的盗或盗贼集团，自有其内规，这些内规也部分透露某些道德取向，在文康的《儿女英雄传》中，侠女十三妹说过："天下的强盗只有打算劫财的，断没无故杀人的。"[214]116王立据以阐述：

> 这话虽过于绝对，却道出了一种通常的事理。无数次严酷的事实强固了盗贼的戒律，而众所认同的侠义价值取向，又为这些戒律添上了庄严神圣的色彩，时时提醒他们不要全然泯灭了天良，或许能够靠禁忌去进行"自赎"。因此，直到晚清近代，不少民间秘密组织还有这样的规定，如"不敢为非作恶，如敢为非作恶，炮打穿胸。不敢采花折柳，如敢采花折柳，炮打穿胸"[215]等规戒誓词。[181]202

可见盗贼集团的内规有部分是符合社会价值的，然而这并不意味着盗贼都是道义凛然之士，他们既把内规作为集团内部的控制力，遵守某些禁制可增加自我的道德满足、减少良心不安等，还有一部分是为了取得社会认同以博得生存空间，不被扫荡殆尽，就《荡寇志》来说，半月老人就在《续序》中写道：

> 凡斯世之敢行悖逆者，无不借梁山之鸱张跋扈为词，反自以为任侠而无所忌惮。其害人心术，以流毒于乡国天下者，殊非浅鲜。近世以来，盗贼蜂起，朝廷征讨不息，草野奔走流离，其由来已非一日。非由于拜盟结党之徒，托诸《水浒》一百八人以酿成之耶？

他认为那些聚义结党之徒以侠为名而行盗匪之实，至此，侠只是强人的代称，更有何道德可言？再，五湖老人在《忠义水浒全传序》写道："今天下何人不拟道学，不扮名士，不矜节侠？久之而借排解以润私囊，逞羽翼以剪善类，……此辈血性何往？而忠义何归？必其人直未尝读《水浒》者也。"[208]188直指伪侠之害，违反水浒忠义精神，在此不难发现五湖老人对《水浒传》的道德校正意图。再看明儒李卓吾评点《忠义水浒传序》："《水浒传》者，发愤之所作也。……则前日啸聚水浒之强人也，欲不谓之忠义不可也。"[216]又他在《批评水浒传述语》中明侠、盗之辨："予谓不能杀身成仁、舍身取义，便是强盗耳。"[57]5批评水浒人物除李逵、石秀、杨雄、鲁逵、林冲、武松、施恩等人侠义外，余人皆是强盗，他说宋江是："假道学，真强盗也，然能以此收拾人心，亦非无用人也……其余诸人不过梁山泊中一班强盗而已矣。"[57]1-5

但叶洪生另有看法，他引武松血溅鸳鸯楼的滥杀为例，得出"欲谓之'武侠'，不可也！因为真侠义决不能滥杀无辜，否则又与盗贼何异"[196]96的结论，甚至更进一步赞成《水浒传》为"海盗"之代表作……以上诸公虽对《水浒传》的评价不同，但他们心中都有侠客的原型，小说人物合于原型者为侠客，不合者为盗贼，故侠、盗壁垒分明。早期侠义小说重义，这"义"包含济弱扶倾、把抱不平的公义，以及为友牺牲、报恩复仇的私义，等侠义小说与公案小说合体后，对侠的道德要求趋于严格，不仅有公义先于私义的阶层概念，甚至重建名教，传达"忠义之不可伪托，而盗贼之终不可为"[205]10的立场，将侠义递移到忠义，其后乃至行忠孝节义一端者皆可称侠。

二、从侠义到忠义

从演义小说到侠义公案小说，就君臣关系而言有其渐进过程。演义小说通常以英雄建国或抗敌等传奇为主题，在英雄建国主题中推翻旧朝，与传统的忠君思想不合，所以作者必须赋予建国英雄正当的理由，而这些理由多半是君王昏庸、无道、暴政等。如《说唐演义》《禅真逸史》《隋唐演义》中杨广的皇位是篡谋而得，加上他昏庸残暴、荒淫好色，所以灭隋是吊民伐罪，其来自孟子的概念："闻诛一夫纣矣，未闻弑君也。"[154]42即使像《封神演义》这本神魔小说也是因纣王无道，所以"君不正，臣投外国"[217]247就变得合情合理，所倡导的是一种平等的君臣观，将臣忠建立在君正之上，若君不正则臣推翻可也，这些推翻暴政之臣作者即用"侠"来形容，如"侠烈尽随灰烬灭；妖氛偏向禁宫旋"[217]40。这些侠烈的叛臣，其形象是正面的，这里的"侠"当形容词来用。

演义小说中的侠客往往涉及正统的认同，通常侠客支持的一方即是正统，历经咏游侠从军诗创作高峰的唐朝以后，"侠"确立了在战场上的正面形象。如《后宋慈云走国全传》中"有泗水关昔日庞清一人不附国丈，为国捐躯英雄，今追封义侠公爵"[218]，以义侠封为国捐躯的庞清；而《飞龙全传》亦有"那匡胤生性豪侠，又与本郡张光远、罗彦威二人结为生死之交，每日在汴梁城中，生非闯事，喜打不平"[219]2"素梅见匡胤本事高强，十分豪侠，心下愈加欢喜"[219]14等句，直接把开国的赵匡胤加个豪侠出身；以及《元史演义》中博尔术追随铁木真开疆辟土的交情，文后注道"此非有特别之远识，及独具之侠义，亦岂肯骤尔出此?"[220]26 以上诸例，都能印证侠客在演义小说中居于正统地位——这跟史书中的侠客形象是不同的。此外，在演义小说中"侠"与"义"不可分说，以金朝元帅张柔为例，他"素任侠，乡曲多慕义相从"[220]73，这里的"任侠"是义的开拓，所以乡曲方能"慕义相从"，故任侠的内涵已与唐朝的"任侠放荡"[221]13-689 "聚徒任侠，不遵法度"[221]13-822、宋朝的"以任侠为事"[90]3327 "刚直任侠"[90]4036 "任侠能辨"[222] 有别，故在演义小说的国度里，侠义不只是起义军对外的号召力，也是起义军的内在凝聚力。

至于侠义小说中的侠，他们没有演义小说中推翻暴政的概念，小说采取着维护正统的立场，让那些曾经飞扬跋扈、不把王法放在眼里的草莽英雄，一个个被驯化，最后走进官侠[223]的框架中，归顺朝廷以忠自许。典型的例子像黄天霸，当他受封为漕运副将时，朝廷降旨："第一要野性收起，不比江湖中任意胡行；第二食朕之禄，须当报效尽忠，莫负雨露之恩。"[224] 这与孙悟空受驯服的过程如出一辙，被驯化的人不但丧失原始血性，甚至比他人更服从威权统治，所以黄天霸为朝廷出卖朋友，而孙悟空不但严守色戒，还检视唐僧是否犯了色戒。潘天强把这现象解释成英雄恪守道德规范，他说：

在东方，英雄意味着比常人更严格地恪守道德规范，所以桀骜不驯的孙悟空还是逃不脱如来佛的手心，还是要做唐僧的门徒；而打虎的武松，粗野的李逵也必须口服心服地服从宋江的领导。[225]

陈平原进一步说：

几乎所有侠客，一旦归顺朝廷，顿失当年啸傲山林纵横天下的豪气，仅仅成了没有个人意志徒供驱策的打斗工具。[24]162

从此侠客成为受朝廷驱策、缺乏个人意志的工具人，他们不但服从朝廷，且若有人做出和他们以前同样的事时，他们还会跳出来阻止，王立说："他们身上透露出的对正统的皈依认同倾向。"[181]21 而陈颖用"奴化"来解释这现象，以《三侠五义》中的白玉堂为例，他的个人特质非常鲜明，在未被驯化前，惹御猫、盗三宝、杀郭安、戏庞相，种种事迹离经叛道却又相当精彩，但在归顺朝廷，受封不久后即身陷铜网阵，遭万箭穿身而死，陈颖说：

白玉堂的惨死虽然是其争强好胜性格导致的直接结果，但他的死也在客观上展示了一个有血性、有反抗性格、特立独行的少年英雄被"奴性人格"

所笼罩的社会俘虏征服后，如何迅速走向悲剧结局。白玉堂的人生经历难道不是水浒英雄集体命运的缩影吗？[107]116

　　诚然，白玉堂的死是个悲剧，但也因为他的早死让他一直维持原有的风格，至死，他那挑战体制的豪气依然存在，而这是许多侠客曾经拥有却在归顺朝廷后消失殆尽的。反过来说，水浒英雄的结局何尝不是悲剧？当他们在梁山聚义时指点江山、意气风发，但后来选择归顺朝廷，满口皇恩，最后仍不免死于非命。可见武侠小说发扬名教，把归顺朝廷、为朝廷效力作为侠客的理想终局，但当侠客归顺后，却也是他生命枯槁、凋零的时候了。

　　回到前头，英雄是否"比常人更严格地恪守道德规范"尚待讨论，但笔者认为这些驯化的英雄或豪侠对道德的态度需先厘清，他们恪守道德是发自内心的道德良知，还是在强者威权下的一种生存方式？或者是何新（《侠与武侠文学源流研究》）、陈颖所指的"奴化"现象？回答问题前，先考虑明清的社会价值。在一个商业发展渐具现代经济雏形、社会秩序也相对稳定的王朝中，多数百姓未必需要一个实质侠客。此外，由于社会结构的改变，从以农民为主的社会转为以商人为主[226]，商人对于社会稳定度的要求很高，因为只有在稳定的秩序下才能确保交易安全和经济发展，故他们往往倾向巩固封建制度的统治。以历史角度来看，农民革命在明清以后，不论次数与规模都明显消减，其中最大的改变在于交易，交易能改变思维，能增进百姓的"主观能动性"[227]，在商人兴起的社会里其所衡量事物的重点，不在是非，而在利益，打破旧秩序所得到的利益未必大于所造成的损失，而且妨碍交易的稳定性，因此侠客成为使人幻想却不需要之物，故让他们存在于武侠小说即可，这也就是武侠小说日益发达，但真实的历史侠客却日益稀缺的原因。

　　很多侠义小说开宗明义就立下发扬名教的宗旨，如文光楼主人在《小五义》的序中写道："此书虽系小说，所言皆忠烈侠义之事，最易感发人之正气，非若淫词艳曲，有害纲常；志怪传奇，无关名教。"[228]是以侠义小说易感发人之正气，能维护纲常发扬名教，这是其不同于淫词艳曲和志怪传奇之处。月湖渔隐在《七剑十三侠》二集的序中写道："今于世风颓靡中得几个侠士，以平世间一切不平事，此虽属君激之谈，而要其侠肠义胆，流露于字里行间，不特令阅者赏心悦目，而廉顽立懦之义，即于是乎在。"[229]308其著书目的甚明，就是以侠肠义胆激发人心，读之能使顽夫廉、懦夫立。从这些著书目的来看，不难发现明清的武侠小说有道德化或名教化的现象，陈平原说："立论者均非名儒硕学，可见此说为时人之'共识'。撇开其过分道德化的倾向，单从小说艺术发展着眼，强调读者因厌烦'妖异''脂粉'而趋向于'侠义'，这不用详细论证就能被接受。"[24]89 由此可见，侠客的道德化是一种社会共识，那些书序上所阐述的发扬名教的宣言，与其说是对传统的维护，不如说是一种广告手法，打着捍卫名教的口号，内容却是侠客们合情合理地大显身手，铲奸除恶，如此一来，不管过程如何刀光剑影、暴力血腥都不会冲撞皇权正统或违反既存体制。

也就是为了符合明清的泛道德思想主流，又为了保持行侠仗义的自由空间，小说家给侠客开出了一条明路，就是最低限度地表示对朝廷输诚，在这种情况下，侠客的内涵从"侠义"转为"忠义"亦是势在必然。是以侠的"忠义"不能简化为"社会的奴性人格"[107]116 或"奴才文学"[230] 的概念。当然这是小说家的纸上作业，他笔下的侠客形象必须发挥社会教育的功能，必须兼顾社会责任，也许这是出于一个文化人的良知，也许他只是在反抗所造成的伤害和服从所获得的好处中作出选择。尤其在文字狱大兴的明清两代，作者必须考虑他笔下侠客形象的政治正确，也因为侠客经过作者这一番优化，所以在禁书盛行的朝代，仍有一些武侠小说能被容许存留，历久不衰。

然如此一来，"忠义"即等于"正义"，凡与朝廷对立者皆被视为奸佞乱党，侠客有责任将之铲除。如果说法国学者巴本努说的原侠精神"中国侠客反抗国家，也是为了维持既有的道德秩序，而非为了更高的道德标准"[231] 可以成立，那么，明清侠客"归顺国家，也是为了维持既有的道德秩序，而非为了更高的道德标准"同样有理可循。故明清的侠客不但不与统治者对立，也缺少个人良知与欲念的挣扎，一切是非趋于简化，侠客纯粹是朝廷打手，小说情节的进程就像现代电玩的打斗游戏一样，暴力、痛快、声色俱足，同时却缺乏人性内涵，这使得商业相对得到发展的近现代社会里，人文发展反而呈现凝滞与落后的情况。

再从小说内容来看，我们固然能从《施公案》《彭公案》中看到清官与侠客搭配的模式，但其主线在于清官，侠客只居于附属地位，但在侠义小说中，如《三侠五义》《小五义》等，侠客的重要性显然在清官之上。陈平原认为：

> 此等"名臣大吏"之所以能"总领一切豪俊"并非因其足智多谋或武功高超；相反，不是印信被盗就是身陷绝境，老给保驾的侠客惹麻烦。[24]161

但清官的存在也"使依附于他的侠客的一切行动合法化"。可见，侠客用官侠身份能做的事，远比用绿林好汉身份能做的事多，还被社会认同与接受。在此，侠客不是奴才，他们还保持自性，只是受到清官的理性制约，使侠客从原始的血性"侠义"，转型成被社会接纳的名教"忠义"。但随着歌功颂德之风盛行，武侠小说中亦有《永庆升平前后传》《圣朝鼎盛万年青》等对清末腐败的朝政大肆讴歌的作品，在这类书中侠沦为朝廷走狗，原侠的豪气荡然无存，由奴性取而代之。

然而，不可讳言，侠客对朝廷的"忠义"虽是明清社会的主流价值，但这并非牢不可破，像《三国演义》中关羽"义释"[232]曹操，就是以民间社会的"侠义传统"为行为指导准则，这侠义传统展现原侠推崇的"不爱其躯，赴士之厄困"[129]1162的"义"，但这同时也是不问是非、只问友情的"私义"，其弊诚如陈山所言："它极易产生小团体主义、无原则倾向和行帮习气，这是民间社会朴素的道德意识的局限。"[89]284这些都是侠义发展后产生的弊端，其存在对社会秩序有一定的破坏性，更重要的是，有些私义以中国传统思想来讲是具优位性的。比如曹操之于关羽，因为先有恩情的介入，所以才有后来义释的桥段。盖"报恩"是中国的传统价值，如《论语》有"其父攘羊而子证之"为直，孔子不以为然，孔子的直是"父为子隐，子为父隐"[114]118，此即报父恩[233]优位于忠君和守法的证明；而司马迁《史记·循吏列传》更有石奢为了忠孝两全而自刎。故侠客在未报恩之前不可负义，是以关羽义释曹操得到认同、马新贻为官卖友却评价不高[142]111、曹宁杀死汉奸父亲起义被岳飞指为不孝[234]，这都是报恩思想的产物。乃至侠客之间还有一种信赖法则，违反兄弟间的信赖而出卖兄弟，纵使效忠朝廷，仍为人所不齿，这也是黄天霸遭后世诟病的原因。所以"忠义"虽是明清武侠小说所标榜的价值，但仍有限度，其标准不在君、亲、友位阶的孰轻孰重上，而是执行忠义的目的是朴素的，绝不能拿忠义的好处，所以孔子不以证父攘羊者为直，是因为他沽直钓誉。同理，关羽若忘却前恩，擒曹操立功，那他就会像卖友求官的马新贻、黄天霸一样遭人唾弃了。

第三节　诸侠探究

剑侠小说出自唐传奇，而唐传奇源于志怪，写实和魔幻杂糅其间。唐以后的武侠小说大致朝写实和奇幻两个方向分化，其共同点是"侠"与"武"结合，而剑侠小说属奇幻这一支，其特色有二：第一，外在方面，其武功能循壁虚蹑、化丸为剑，用剑光杀人毁物甚至驭剑而飞等，充分发挥剑侠小说"武"与"奇幻"结合的极致。第二，内在方面，受到道教影响，南朝陶弘景在《真诰》中把宇宙分成三界："上则仙，中则人，下则鬼。人善者得为仙，仙之谪者更为人，人恶者更为鬼。鬼福者复为人，鬼法人，人法仙，循还往来，触类相同。"[235]所以人、鬼、仙并存三界，且可互转，而以"仙"位阶最高，此说大抵构筑了剑侠小说的宇宙观。此外，凡人可透过修真和历劫成为剑侠，剑侠除了不老（如昆仑奴"容发如旧"、聂隐娘"貌若当时"）外，还有异于常人的绝技奇行，行事风格颇有道教仙人的味道，呈现道教文化挹注到剑侠小说的痕迹。只是剑侠小说到宋、元、明三代却有个断层，在世俗化的影响下，奇幻之风停滞，少有出色作品，以具代表性的剑侠故事《程元玉店肆代偿钱　十一娘云冈纵谭侠》来说，其虽兼具武术与奇幻，但情节平缓，说教意味浓厚，而唐传奇那种"瞥若翅翎，疾若鹰隼"[103]1544的灵动不可复见。武侠文学整体上走向一条朴素之路，很多寻常百业、行事低调、貌不惊人的老弱妇孺僧残都可能是一代高手，这些人有的有侠名、有的则否，但其武功招式大致清楚，虽有奇笔，然武学之理其来有自，并非天马行空的幻想。这种现象与武功由以"剑"为主转为以"拳"为主，以及练武之风盛于明清有关[236]，故从宋至明，剑侠小说在以上种种条件下，创作趋于沉寂。

诚然，明代是剑侠小说的低潮期，但明代有一部小说对剑侠小说影响甚巨，即钱希言的《狯园》中的《青丘子》。这篇小说首分神仙、剑仙之别，认为剑仙骨骼资质不及神仙，为后世剑侠小说区分神仙、剑仙、剑侠等级的滥觞。同时，也是在明代开始形成长篇剑侠小说，从晚明文坛领袖王世贞辑唐代剑侠故事二十五篇，编成《剑侠传》一书开始，可嗅到剑侠小说复苏的气息，除了继承唐传奇中武与奇幻的元素外，也吸取了英雄传奇小说（如《飞龙全传》《说岳全传》）和神魔小说（如《三遂平妖传》《封神演义》《西游记》）等的养分，因此，剑侠小说充满宗教色彩，早期剑侠的替天行道和宗教任务是脱离不了关系的，然而随着剑侠小说的成熟和发展，宗教色彩越来越淡。就罗立群的《明清长篇剑侠小说的演变及文化特征》而言，其分法为：

> 明清剑侠小说的发展可分为三个阶段。明万历年间至清初是第一阶段，代表作品有《吕祖飞剑记》《许仙铁树记》和《女仙外史》。……清代中期为第二阶段，作品有《绿野仙踪》和《瑶华传》。……晚清为剑侠小说创作的第三阶段，《七剑十三侠》《仙侠五花剑》是这一阶段的重要作品。[237]

《吕祖飞剑记》一书叙述吕洞宾成仙得道的故事，过程有斩黄龙、收狐精、斩蛟杀虎，但通篇未著"侠"字，只凭一把飞剑斩妖就称之为剑侠小说并不适宜，毕竟剑仙不等于剑侠，因为"尚隔一层因缘"[238]。另一部《许仙铁树记》，叙述真君许旌阳斩妖除怪的故事，通篇亦未著"侠"字，可见邓志谟在写这两部小说时并不以剑侠出发，而是以剑仙修道除妖成为神仙为宗旨，中间夹杂应劫谪世[239]、因果报应等佛、道宗教思想，除了念咒为剑、飞剑斩妖有剑侠的影子外，其实更近于《西游记》一类的神魔小说。故终明代一朝并未发展出一部真正意义的长篇剑侠小说，但像《吕祖飞剑记》《许仙铁树记》对清代的长篇剑侠小说亦有先行的影响，比如泛佛、道的宗教思想，将人间一切恩仇、生杀、悲喜都在天数中合理化等。但以现实角度来看，如此既符合世俗大众迷信的需求，且可为神奇的驭剑术提供魔幻的表演舞台，书中的佛、道教义其实都有相当的世俗性和基础性。

到了清代剑仙交棒给剑侠，主人公从天上剑仙变成谪世之人，以《女仙外史》来说，书中已自觉地创造侠的内涵，如山东、河北第一名盗侠董彦杲，"其部下响马了得的八百余人，布散在外，诫约甚严，从不扰害往来的客商，所打劫的都是贪官污吏之脏私，或馈送朝贵之金珠"[240]224，这就是盗亦有道。至于被公望称赞有侠客心肠的绰燕儿，他的原则是："至于绿林，似乎同道。然其中有不义之徒，我必杀之。还有那些贪官污吏，豪绅劣衿，嚼民脂膏，与贼盗无异者，我亦必杀之。若要杀一不应杀之人而可以取富贵，是则区区所不为也！"[240]1255也是个义士。所以此书虽带有浓厚的宗教成分，仙道总领剑侠的天命，但独立来看，侠义朝仁义发展，剑侠所为不是为了成仙，而是为了济世，这是和剑仙最大的分水岭，其后的《绿野仙踪》更将侠与盗作出详细的分判：

> 仲彦拈着长须大笑道："大哥既以绿林为豪杰，自必不鄙弃我辈。然弟更有请教处：既身入绿林，在旁观者谓之强盗，在绿林中人还自谓之侠客。到底绿林中终身好？还是暂居的好？"于冰道："此话最易明。大豪杰于时于势，至万不得已，非此不能全身远害，栖身绿林中。亦潜龙在渊之意，少有机缘，定必改弦易辙，另谋正业。若终身以杀人放火为快，其人纵逃得王法诛戮，亦必为鬼神所不容，那便是真正强盗，尚何豪杰之有？"[241]53

故侠客落入绿林是权宜之计，是为全身远害之故，但一遇机缘，必另图正业，所以过程中的杀人放火亦是迫于情势，而且冷于冰并没强调劫杀对象须为贪官奸商，在某层面上点破侠、盗的相同本质，再看"（冷于冰）猛想起：当年到山西遇连城璧，虽系侠客，却存心光明磊落，我爱其人，承他情馈，送我衣服盘费，心意极其诚切"[241]86，推测侠客在此也是指盗贼，只是他有慷慨助人的义行。再由董玮对连城璧的态度，"方知他是个侠客，倍加小心钦敬"[241]160，董玮虽接受连城璧的帮助，但内心志忐。须知侠有盗的野性，亦有盗所无的义气，侠、盗不能混为一谈，尤其上例中的冷于冰和连城璧，都侠义过人，他们的使命是收服妖怪，但故事中的首恶是奸臣严嵩，将主战场从以往的天界拉到尘世，他们完成在人间惩奸除恶的宗教任务，最后也得道成仙。《绿野仙踪》和《女仙外史》一样，剑侠是为佛、道服务的，但在过程中斩妖除怪，解救众生，发挥人道的仁义精神，在执行天命过程含有相当成分的入世关怀。

至于《瑶华传》则是一则雄狐转世为福王之女瑶华，历劫除暴，修仙成道的故事。文中雄狐修仙最快的方法是媚得一百个童女的元阴，以行道教的阴阳采补之道，但亦有遇上"一等剑仙侠客，路见不平，拔刀相助，此皆意中事也，岂非性命之忧乎"[167]9的风险，可见剑仙侠客是妖怪的克星，剑仙侠客虽非人类，但立场还是偏向人类，其后雄狐果被剑侠杀死。而武功高强、性情高傲、不慕荣利的无碍子，不仅被皇帝称为"必自剑侠之流"[167]488，她亦自许若是。以往的神魔、剑侠小说都认为剑侠近于道，并以道教风景擘画剑侠世界，辅以佛教的因果报应、转世轮回之说。但《瑶华传》显然大异于此，在第三十八回中有一重要线索。无碍子指出：

> 释道两家科仪，都是荒诞不经、粗俗浅陋之词。

> 制造我道科仪，务要搬去他两家的公式，别开生面，方可行世。

> 我道起自黄石公，得授白猿遗法，自为揣摩，传为剑术，似乎超出于三教之外，其实游扬于三教之中。就三教之中，尤切近儒教。盖无异端惑人，至剑术亦如文人之笑，非此莫达我心曲。非如释家之六根、五戒，道家之采战、吞丹也。

> 我道科仪，必使归雅正，立意以任豪、任侠为主，抑诈伪，尊硕德，报怨不论前亡后化，酬恩何待遗子及孙。[167]909

显然在无碍子的观点中，剑侠虽别于三教，但近于儒而远于佛、道，剑侠的成长也不同以往的谪世—历劫除妖—修道成仙的进程，而是内在仁义的觉醒，修德不是为修道，而是为所当为。这观点把命运的控制权由神仙递交到人的手上，决定命运的既非天数亦非因果，而是人类自决，同时人也必须自承后果[242]。无碍子的话在明清迷信的社会中是相当独特的，只是小说跟不上思想，其结构大抵不离神魔小说窠臼，最后瑶华也是修炼成仙，归隐仙山，而非成为儒家的圣贤。整体上从《女仙外史》到《绿野仙踪》《瑶华传》，可视为神魔小说过渡到剑侠小说，以宗教角度来看则是佛、道过渡到儒，宗教色彩的淡化和侠义内涵的增加是其主要特色。

晚清的《仙侠五花剑》是以南宋秦桧擅政误国为背景，叙述仙侠下凡铲奸除恶之事。书名虽有"仙侠"但主人公都是入世的"剑侠"，其铲除对象是秦桧及其党羽而非妖精魔怪，故比前期的剑侠小说更加世俗化。书的开篇就写道：

> 海上剑痴慕古来剑侠一流人，俱秉天地正气，能为人雪不平之事，霜锋怒吼，雨血横飞，最是世间第一快人，第一快事，只是真传甚少。世人偶然学得几路拳，舞得几路刀，便俨然自命为侠客起来，不是贻祸身家，便是行同盗贼，却把个侠字坏了，说来甚可慨然。这真正剑侠的一等人，世间虽少，却也不能说他竟是没有。[109]423

这种秉天地正气、为人雪不平的剑侠，所发扬的是儒家的侠义，所以"我今既到红尘，正要行些侠事，何不看个明白。若这女子果有冤情，何妨杀了强盗，救她下山"[109]435 也是自觉地为人主持正义，而非历劫修仙被动地斩妖除魔，展现出剑侠的人道精神。而"虹霓之后，隐隐尚有一道剑光，风驰而至，（燕子飞）暗想：这两人必定多是剑侠，我如仗着纵跳工夫，怎能敌得他们神速"[109]586，更隐约指出剑侠和侠客的判别，两者虽皆谙武，但剑侠武功更光怪陆离，非现实中的武术。另一部《七剑十三侠》则是延续《七侠五义》的侠义公案传统，叙述一群以徐鸣皋、一枝梅为首的侠客，在二十名"剑侠"的协助下，平定朱宸鐇、朱宸濠等乱党的侠义事迹。书中对剑侠的定义是：

> 这班剑客侠士，来去不定，出没无迹，吃饱了自己的饭，专替别人家干事。或代人报仇，或偷富济贫，或诛奸除暴，或锉恶扶良。别人并不去请他，他却自来迁就；当真要去求他，又无处可寻。若讲他们的本领，非同小可：有神出鬼没的手段，飞檐走壁的能为，口吐宝剑，来去如风。此等剑侠，世代不乏其人，只是他们韬形敛迹，不肯与世人往来罢了。[229]6

这定义跟《仙侠五花剑》的剑侠一样皆集合了"侠义""武""奇幻"诸元素。此外该书还明辨剑客和侠士之异：

> 况且剑客与侠士不同。若如一枝梅、徐鸣皋、徐庆等辈，总称为侠客，本领虽有高低，心肠却是一样，俱是轻财重义助弱制强，路见不平拔刀相助。若是他们七弟兄，皆是剑客，不贪名，不要利，只是锄恶扶良的心肠与侠客相同。所以剑侠二字相连。侠客修成得道，叫做剑仙。[229]47

文中的侠客如一枝梅、徐鸣皋等十二位，皆为尘世中人，他们面临生存环境中的奸恶，凭着侠义之心除暴安良，此外，他们的武功也是写实的。而剑侠如一尘子、飞云子等，他们是修道中人，有"口吐宝剑，来去如风"的奇幻武术本领；而剑仙在修为和武功上则胜剑侠一层，如"看官，你道怎么御风而行？这乃是剑术至精的本领，与仙人无异，只有玄贞子与傀儡生有此本领"[229]331。这是大致分判。不过作者毕竟是小说家而不是哲学家，故有时剑客、剑侠、侠士、侠客、仙侠也会出现混用情况，他们所对抗的是人世的奸臣乱党，而不是异界的妖魔鬼怪，小说的背景是在江湖而非天庭或冥府，且其作为是在济世而不在历劫成仙，故和《仙侠五花剑》一样，可以说宗教到晚清的长篇剑侠小说里只剩外衣而无其内核，这其实很接近现代武侠小说对侠客的定义了。

第四节　侠情世界

从《水浒传》开始，把女性与女色联结，以此作为英雄色戒考验的小说渐次增多。陈颖说：

> 《水浒传》对女性的仇视。除了与中国传统封建思想对妇女的歧视有直接关系外，也是宋元程朱理学"存天理、灭人欲"思想以及武林江湖中人对元阳迷信般保护而造成的畸形心态在小说创作中的直接反映。[107]50

陈颖用"仇视"形容《水浒传》对女性的态度，这个态度虽不是《水浒传》首开先例，但自此以后很长一段时间里，侠义小说中的女子面目模糊，只为考验英雄而存在。即使像《西游记》中有这么多仙女、女妖的神魔小说，女角只是为了考验唐僧或觊觎唐僧而存在，男与女的关系变成色与欲的议题。直到明末清初这个态度才有转变，侠义小说与言情小说逐渐合流成势，反映在长篇章回小说上就是出现了很多重侠重义的才子佳人。龚鹏程说：

> 清代侠义小说。狭义地说，只指那些书名上标明为侠义的小说。如《七侠五义》之属。广义地看，却应包含清朝所有涉及武侠的作品，如鲁迅即将文康的《儿女英雄传》视为侠义小说。我们认为后者这样的做法，比较恰当。因为儿女英雄类小说之中，也有《侠义风月传》《侠义佳人》《义勇四侠闺英传》等书，理应合并讨论。[243]

　　龚鹏程认为应将儿女英雄小说列为侠义小说，因为古典小说发展到清代，在特定时空背景下许多叙事线已经写尽，非与他类小说合流不能绵延开展，故"侠义"与"言情"合流如同侠义与公案合流一样，是势之必然，且合流带来新观点，反映在侠义小说对儿女情长态度的改变，情不再是影响侠之物，甚至至情之人方可为侠，而这些观点又潜移默化地改变了侠的内涵。

　　明末清初的《侠义风月传》就说："恩爱反成义侠，风流化作纲常。"[244]58 将"情"与"侠"并列为人世间重要的两端，不视彼此为毒蛇猛兽，这无疑为武侠小说开启另一番世界。就主人公来看，铁中玉对水冰心倾心，在误食泻药病倒时，仍严守礼义之防不肯去她处养病，这时水冰心说："你相公是个礼义侠烈之人，莫要说我是孤女之家……英雄做事，只要自家血性上行得过，不必定做腐儒腔调，况微服过宋，圣人之处患难，未尝无权，我在此等候，不可看做等闲。"[244]64 一番话说得铁中玉拜服，道："听她说的话，竟是个大豪杰了，我就去也不妨。"本篇文一开始就有词曰："漫言明烛大纲常，坐怀也是真名教。"可见作者的立场。"名教"的议题从明代水浒的"忠"到清代好逑的"情"，也能看到时代潮流的脉动。女子反被动为主动，且有主见，不再只居顺从地位，重要的是，水冰心只是凡人女子，既非唐传奇中的诡谲侠女亦非梁山的女豪杰，这在那传统重男轻女的清代，不得不说是女权的提升。又从市场法则来看，在清代许多闺阁小姐借由小说消遣时间下，不难想见小说中仗义又深情的侠较符合她们的需求，而这类情侠小说中男女情爱的桥段占全文的比重也比较大。

　　龚鹏程所提的《义勇四侠闺英传》[245]，作者是乾隆时期的陈朗，其作早于道光后文康的《儿女英雄传》和清末邵振华的《侠义佳人》，书的内容以明嘉靖间倭寇入侵东南为背景，秀才岑秀奉母命避仇山东，结交一班友人，并与雪姐定亲。其后应试一举得第，钦赐内阁中书，复与表妹小梅成亲，不久献平倭十二策，奉旨带兵平倭成功，最后与雪姐、小梅、月娥完婚。小说有侠有情，也是一段儿女英雄故事。其结构上明显受到才子佳人小说影响，只是把中状元改成平倭寇，而佳人是英雄胜利后的奖赏[246]。所以书中女子各尽其妍："《雪月梅》写诸女子，无不各极其妙：雪姐纯是温柔，月娥便有大家风味，小梅纯是一派仙气，华秋英英雄，苏玉馨娇媚。有许多写法，不知何处得来？"[247]3 这些女子各有其个性特质，既非陪衬人物，亦非考验侠客的工具，其地位与侠义小说中的女子不可同日而语。而男主岑秀则是"第一人物，文武全才，智勇兼备，如桂林一枝、荆山片玉，又朴实，又阔大，又忠厚，又儒雅。精灵细腻，真是绝世无双"[247]3。这种形象颠覆了阳刚的男侠形象，多了些秀气，偏又能带兵出战，很明显是受到才子佳人小说的影响。尤其书中一男三女，个个多情，既有为情死而复生的雪姐，复有生死不移的小梅，而岑秀自也是多情种子，例如当小梅怕他变心时，他便急着立誓："我岑秀若有负心，神天不佑。"而小梅提出等到其他姐姐都入门后才愿欢好时，岑秀更直言："这却实难从命……我的娘子，求你不要再作难了！"[247]643 知情知趣显跟侠客戒色态度截然不同，只是书中插入大量的风俗世情，平倭寇只是走个过场，对侠义的着墨其实不多。

而侠情小说中最具代表性的当推《儿女英雄传》，以往的侠义小说都是男性世界，到了侠情小说中女子的地位显著提高，直到《儿女英雄传》中的女侠十三妹更一跃成为书中的主人公。作者在著书缘起中说："侠烈英雄本色，温柔儿女家风。两般若说不相同，除是痴人说梦。儿女无非天性，英雄不外人情。最怜儿女最英雄，才是人中龙凤。"又"有了英雄至情，才成就得儿女心肠；有了儿女深情，才作得出英雄事业"[214]4 更反映"侠"与"情"并存的加乘效果，这观点反映在女侠十三妹身上，她不像孙二娘、顾大嫂、扈三娘等《水浒传》中的女性豪杰须淡化其女性特征异化成男性，以取得梁山英雄的认同，十三妹既有"孝义情性，英雄志量"[214]229 的刚强，也不乏儿女情长的一面，书中说她：

> 原来这人天生的英雄气壮，儿女情深，是个脂粉队里的豪杰，侠烈场中的领袖。他自己心中又有一腔的弥天恨事，透骨酸心，因此上，虽然是个女孩儿，激成了个抑强扶弱的性情，好作些杀人挥金的事业。[214]55

这种深情重义、武功高强的女侠在以往侠义小说中是少见的。故十三妹加入侠客行列，自也开拓了侠客的内涵。首先，她解救了身怀巨款途遇凶僧、命在顷刻的安骥[214]61，这情节使男强女弱易势，女子不但不再荏弱，甚至可行侠解救弱男；再者，开辟了女性自觉之路，由江湖侠女转变为传统贤内助，看似女权流失，却也是侠女走入世情之门，虽不乏学者认为这是"作者思想的陈腐，从而影响到主题意识的正确，还影响了人物性格的统一"[248]。但不可忽略的是，一方面，十三妹嫁作人妇后侠气仍在，如半夜有四贼夜探安家时，是十三妹机警，凭着袖箭将贼制服，还有许多细节都可发现她是众人的意见领袖。另一方面，安骥出来抓贼时已经迟了，十三妹笑他："贼都捆上了，你这时候拿着这把剑，刘金定不像刘金定，穆桂英不像穆桂英的，要作甚么呀？"把安骥比喻成女将，可反映他们夫妻间的定位。但安骥和十三妹的组合，就如同唐僧和孙悟空，唐僧和安骥状似懦弱迂腐却偏能引导孙悟空和十三妹，使其收敛野性修炼道德，然而安骥与十三妹的组合，在重男轻女的旧时代却更有进步意义。自十三妹以后，小说里这种武艺高强又至情至性的女侠纷纷出笼，如《绿牡丹全传》的鲍金花、《续侠义传》中的翠绡等，在这些女侠身上或多或少都能找到十三妹的影子。

清末，还有女小说家的兴起，其笔下的女侠其实就是女权代言人，小说内容跳脱了儿女情长的框架，让女侠独立担负济世救国之责。如《侠义佳人》的作者邵振华就是一个前卫的女性，其笔下的女侠宛如作者自身的写照。[249]书中不乏女侠的自我认知和对重男轻女的社会现象的批判等，她在自序中说：

> 吾心之感非一端，而最烈者，则莫若吾女界之黑暗也。吾生不幸而为女子，受种种之压制，考吾女子之聪明智慧，非逊于男子，而一切自由利益则皆悬诸男子之手，天下之事不平孰甚？然吾女子未尝言其非也。[250]86

邵振华看出女性在男性世界控制下的不平等，女性只有独立与觉醒，才能走出以男性为主体的世界，所以她透过争取女子教育权、婚姻权、财产继承权等，希图落实男女平权，这在当时不啻是一进步思想。根据吴宇娟研究：

> 女性在救国／女权／女学的对应关系中，找到救国的密钥用以松绑传统女教的束缚，晚清妇女运动与救亡图存的时代精神逐步兼容凝结，众多女性的权利在政治的缺口中被释放出来，于是清末女杰的产生也就接踵而至了。[251]

像男性侠客的结党一样，女侠也自组社团，如《侠义佳人》的晓光社、《女狱花》的女界革命党，这些社团别于以往女性社团的柔性性质，更不乏激进的革命团体[252]。整体上，清末侠义小说有部分是以女侠为主体，且不限于以往的侠女赠金、节妇侠烈、报恩复仇等帮助他人之主题，而是自觉要独当一面，尽一个女国民的责任，在男女平权后，女性也主动扛起像男性一样的责任，文中的女侠剑尘说："且国家也不专是男儿的，我们女子也有份的……他们战死，我们也决定死于枪林弹雨，以偿我们平生之志，以谢我们女国民之责……"[250]381呈现女性的自我意识之觉醒，其以争取付出（赴国难）的平等权代替争取权利的平等权，赢得世人对女性的尊重，从而带动社会对女性观念的更新。

第十一章　个人侠的生命情调

明清时很多文人都向往着侠客的生命姿态，将侠客作为立身风范。明末东林党的重要成员郑鄤，在北京狱中作文，盛赞陈子龙为"才侠"，据说用意是要陷害他[253]，但据《武侠小说论（上）》："客观地说，'才侠'的评语他的确当之无愧。"[254]溯及前代，中国侠自汉就有士化现象，在唐朝时这种士化现象遍及儒林、文苑，侠被称为侠士，宋朝以后出现文人以侠相赞之风，直到明代斯风犹盛，也有很多士子以侠自许。整体说来，"侠"作为身份意义虽在汉代结束，但以"侠"象征文人风骨却也自汉兴起，反映在朝政上东汉的党锢之祸、唐朝的牛李党争、明朝的东林党争、清朝的革命党与保皇党等，这些党争中的一方不乏以侠自称或具侠名之文人，他们或许不会武功，却宁愿斧钺加身而不避，其赖以支撑的就是铮然侠骨。

及至清代，侠的生命姿态不只是侠气、侠节，还崇尚侠客的武学造诣，如梁启超的《谭嗣同传》就写谭嗣同："少倜傥有大志，淹通群籍，能文章，好任侠，善剑术。"可见谭嗣同能武是个事实，据说欧阳予倩曾见过他的表演[255]，张灏也说："'侠'在他的生命中确占有很重要的位置。"[256]观乎谭嗣同壮烈的一生，这样的生命情调和他任侠大有关联。谭嗣同绝非孤证，许多与朝廷保守势力抗衡的不管是保皇党或革命党，都不乏任侠之士，但这侠士已非传统的仗剑行侠，除了表现个人的大义大勇，他们带给时代的还有先进的思想，尤其在甲午战争后，张灏指出："晚清思想的一大特征就是来自中国传统里面的超越意识与源自西方思想中的超越意识相结合，进而突破纲常名教的思想藩篱。"[257]尤其是面对国族议题，这些以侠自任的知识分子不是在纸上夸夸而谈，他们付出行动，以其慷慨侠魂鼓吹改革之风，行刺杀之举，在晚清末页里写下壮烈的一章。

第一节　科举制度下的士人侠

在明代以前就有很多文人表现出对侠的倾慕向往，但在唐宋以前，文人都将侠表现在诗词等文学作品中，当作一种鉴赏或向往的美梦，而不具实存意义，只有少数文人如方山子、刘过等，把侠当作一种生命实践，而这种现象到了明清转为深刻。根据王鸿泰的说法：

我们可以说，这个戏码得以演出的基础是明清文化——或士人文化中，存在着"尚侠"的文化因素，就是这种"尚侠"的社会文化构成了这个戏码[258]的演出舞台。明清"尚侠"文化的风行，实可视为城市文化与科举压力内外交会、因缘相结的结果。[259]102

又：

直至明清时期，侠的意象，乃与士人之特殊心态及社会生活相结合，因而重获别具意义的现实性与实践性。[259]116

不管任何时代，科举取士皆是士人要面对的关卡。到了明朝，士人的面对方式多了一种选项，那就是任侠。由于现代化城市的兴起和明中期以来科举取士管道的日益狭窄，许多士人无法经由科考取得自我认同，于是转为自我否定、逃避科考。根据钱谦益的《列朝诗集小传》，好侠、通轻侠、任侠的士人很多，比如诗人曹子念"为人倜傥，重然诺，有河朔侠士之风"[260]011-522；戏曲家梁辰鱼"好轻侠"[260]011-528；陈以忠"以豪侠闻于时"[260]011-529；顾养谦"倜傥任侠"[260]011-535；诗人朱邦宪"性慷慨，通轻侠"[260]011-529；诗人何璧"魁岸类河朔侠士，跅弛放迹，使酒纵博"[260]011-571；赵南星"通轻侠，纵诗酒，居然才士侠人，文章意气之俦也"[260]011-594；袁中道"通轻侠，游于酒人，以豪杰自命"[260]011-608。而士人在通往游侠之路前，都曾面对过科举的关卡，有的一次不中就放弃，如曹子念"应诸生试不售，弃去"；有的不参加科举考试，如梁辰鱼"不屑举子业。性任侠，嗜酒，足迹遍历吴楚各地"[261]，朱邦宪"耻为纨绔子弟及儒生"，何璧"身材魁岸，跅弛放迹，使酒纵博"；也有的考中科举之后再来交通豪侠，比如：陈以忠［成化八年（1472年）进士］，顾养谦［嘉靖四十四年（1565年）进士］，赵南星［万历二年（1574年）进士］，袁中道［万历四十四年（1616年）进士］，刘黄裳［万历十四年（1586年）进士］。每个士人都期望被肯定，最快捷的大道莫过于考取功名，可是在明代的科考制度和官员需求不多的情形下，很多士人无法如愿，于是有些士人选择转向游侠四方，表现自我，同时也寻找知己，所以曹子念为其舅王世贞所重；梁辰鱼受到李攀龙、王世贞等名士的重视，折节相交；朱邦宪与沈明臣、王稚登友善；何璧被徽州知县张涛延为上客……这些没通过科举窄门的边缘士子，若能与名士交往或受到官员青睐，意味他找到了人生出口和人性尊严，也重新定位自我价值，因为任侠能彰显声名而献诗能证明才华，所以要取得这些名士或官员的青睐，往往透过任侠、献诗的方式。而这些名士和高官往往也不乏好侠者，如袁中道、王世贞、李攀龙等，总之，泛侠文化可说是明代文人圈中一个显著的表征。

以明代的王仲房为例，他需要通过科举取士才能通往仕途，但这不是他想要的人生。他的理想人格，上等为韩众、王子乔，次为霍去病、班超，再次为李白，这些人皆非传统士子，却能别开格局，特立独行而又能实现自我，这才是王仲房向往的人生，他以"日走马出庐东门，从诸少年角射，下马席周公瑾墓，酹酒和歌"[262] 的逸乐生活反映对科举的反叛，逸离社会正轨，而王母则努力地"导"他回归正途（仕途）。汪道昆的《王母高氏墓志铭》中颂扬王仲房母亲的家教，显然王母所坚持的科举取士价值获得较多的社会认同，在这取向下王仲房的游侠梦透过诗词来表现，虽未中科举，但声名"隐隐起于南州"，"所部部使者、郡大夫、列邑长吏争致仲房，引为上客"，算是成全文人的科举责任。

王仲房不是孤例，明代很多士子都批判科举，选择适性的游侠人生。再看李以笃，他也是一介士人，但"性肮脏，坦率……不屑科举法……亦放情诗酒，自号'老荡子'，纵游吴越，所在追欢买笑，倾橐不惜，置姬宝镫婢扫镜，相与博弈饮酒赋诗……"[263] 和王仲房一样，李以笃反叛科考，过着放纵、奢华的游侠生活。他们借由否定科举、自我标榜游侠来确立自身价值；他们虽逸离文人正轨，但不是纯粹隳堕生命，而是以特立独行争取被认同，以另辟蹊径来实现理想，就像王子乔或班超一样留名仙册或扬威域外。就这方面来讲，游侠梦和现实是抽离的，却没有断裂，因为游侠也是社会上的一种角色。只是无论王仲房还是李以笃，其所刻画的游侠人生是刻意的，是对科举制度的反叛，并以"任侠"合理地好酒、好逸、自我标榜，却没有任侠的理想性，至若李以笃的"置姬宝镫婢扫镜，相与博弈饮酒赋诗"就不是侠客，而是魏晋到唐所流行的侠少了。

但也不是所有文人游侠一开始就反叛科举的，相反，很多选择游侠的文人起初也热衷功名，他们多自负才学，视功名为囊中物，却始终科考不得意，于是心灰意冷转当科举的逃兵。如昆仑山人王光胤，他"性资绝颖异，过目辄成诵"[264]1283-94 但在屡挫于考场之后，他转而"好酒，复好游遨，挟弹、鸣瑟，过从侠邪少年"，选择游侠人生。又如吴山的陆树声，也是"五岁受书，过目成诵，又能之楷法，稍长，日记数千言"[264]1283-684 的天才人物，但先屈于冯令奇，复又失利于科考，"遂束书纵游吴闽，为市里侠，击球、较射、倡饮、不归者累年"，过着放荡纵逸的游侠生活。同样，程石峰也是科考不第，而走上"好博弈、蹴鞠、吹箫、调弦度曲为新声，所过狎邪诸侠少，亡不推挹者"[264]1283-659 的游侠路……这些人都聪颖早慧，也都曾循着科举之路走，但科考失意，继而转当游侠。王鸿泰说：

> 以纵欲形式表达出来的"逸脱""非正业"人生……都是因为自视甚高，因而无法忍受科举考试之挫折，心怀不平，故而以侠游寄托其无从排解之'悲恨'，或无从伸展之大志。[259]113

的确，任侠不失为失意文人的窗口，他们并非天性好侠，只是在进不能高中科举，退不愿家事生产之下，以任侠之名放纵形骸，恣行逸乐，过着侠少的生活。当然很多任侠的文人仍旧向往仕途的正道，怀抱中举之梦。

也有侠客人生际遇沧桑，以任侠解脱心灵。比如宋登春，他少失父母，家境贫困，故"则时时发愤读古人书。见前世结缨射书，击筑弃印诸贤豪，急难奇节，未尝不慷慨悲歌泣数行下也。生始慕侠能挽强驰骑"[265]。借由慕侠来排遣现实困境，到了三十岁他一年之间"妻子女五人，俱相继死"。此后他便弃家远游，曾在山中闭关十年，又北出居庸，南涉扬子，西越关陕，东泊沧海，客寄四方，以绘画为生，有着放旷的游侠生命情调，直到晚年才定居鹅池。宋登春一生没有参加科考，没有功名，以诗画立世，在科考是士子唯一正途的明代，饱经世故的宋登春，独立而坚定地踏着自己的生命步调。以精神层面来说，宋登春"少不事家人业，好侠嗜酒，慷慨悲歌，有睥睨一世之志"。他本性豪迈且自视非凡，他是以生命来走出游侠梦的，这与唐代文人把侠当作审美对象的态度显然不同，关于这点《徐氏笔精》写得更详尽：

> 鹅池生壮岁，须眉皓白，任侠游燕赵间，后薙发为僧，不知所之。吴郡徐大宗伯学谟为之传，而梓其诗，诗悲惋豪逸，尝赋："侠客行云，赌掷赛刘毅；家奴过孟贲，千金不肯顾，一剑为酬恩，赵瑟停凤柱，燕姬促象尊，平生款段马，羞入孟尝门，又，抱玉几年终献楚，怀书垂老莫干秦，又，酒肠方大黄金尽，世事才知白发多。"皆自写其胸臆者也。[266]

从赋中可看出宋登春以游侠情怀来逸离人世沧桑，尤其以刘毅[267]、孟贲、马援、孟尝君、卞和、苏秦等人为喻，都是扣着遇与不遇的主题，可见其骨子里还是怀抱传统士人"仕"的念头，但他却又自绝于科场之外，在种种矛盾与冲突下，他只能怀抱游侠梦自我调和。根据《澧州志·逸隐篇》，宋登春与铁笛仙、一瓢道人为友，尝夜宿永兴寺"以诗唱和"[268]，皆有佳句，刻画出三人亦僧亦侠亦道的处世姿态。直到阳寿将尽，他仍侃言："我七尺之躯，岂世间凡土所能贮，合当以大海葬之耳。"至死情志高蹈，襟怀旷达，而中晚明像宋登春这种负高远志向却不得志于当世，便以豪侠面世的文人其实很多。

另外有些士人，怀抱高远，不治家业家事，这也许是逃避现实，或者是他们适应现实的一种方式，如顾宪成"端文为人虚和闲止，不关世事。凝尘委衣，危坐终日。淑人庀治家政，厅屏内外，传敕不绝"[269]，这是因为顾宪成志在治国而非齐家，故家事皆由妻子负责，他则据东林书院讲学和针砭朝政，形成在野的舆论力量。东林书院师生被抨为东林党人，针对徐兆魁"讲学东林，遥执朝政"的指摘，丁元荐则反驳："又曰东林而敢遥执朝政也，则东林不受。"[270]辜不论遥执朝政其事真伪，亦可知东林党在朝野的影响力不可小觑。像顾宪成这种大儒难免与庶民生活脱节，甚至他所构图的理想政治也未必人人向往，但清初大儒陆世仪称赞他是"豪杰之士"[271]，可见顾宪成的生命气质是受人认同的，这从东林党依附者众多的情况更能证明。且东林党党员或亲党人士有不少身负侠名者，如缪仲淳重气节、哀民生，有"义侠名医"之称；汪文言"智巧任术，负侠气"[82]2658，最后因不肯诬陷杨涟而死于阉党之手；而和东林党往来密切的孙奇逢，也是"少负侠气，天启年间抢救东林烈士，直声震天下"[272]……这些游侠可能不治家业，却怀抱侠气义烈和承担社会责任。

以上不管侠行作风为何，侠客都忠于自我，尽管他们多少都偏离社会，但内心依旧渴望社会的认可，只是他们不走传统的科举套路，或因科考不得意转而慕侠，或虽通过科考，却与主流政治势力背离……在这偏离士人的轨道上，有的人任侠放荡、有的人怀有侠客的抱负，他们用任侠来寻找生命的出口，也用任侠来逃避现实，就动机来讲他们是刻意为侠的。

第二节　形形色色的个人侠

元朝是个汉人活得很压抑的朝代，也是个战乱频仍的朝代。元朝的侠有两大特色：第一，豪侠和个人侠兼具，各族的侠皆有；第二，个人侠着重在除天下害、济天下利的利他事业。根据明人宋濂的《元史》和清人柯劭忞的《新元史》，可分豪侠和个人侠，豪侠有张柔、史伦、严实、刘伯林、刘哈刺不花、王克柔等侠群（这部分见下章）；个人侠有王著、徐德举、王兆、任速哥、陈孚、耶律伯坚、张提领等人。

王著是元朝武官，史传说他"有益都千户王著者，素任侠"[273]5，他最著名的事迹就是联合高和尚刺杀宰相阿合马，虽然事成后被捕，但临行前他高呼："王著为天下除害，今死矣，异日必有为我书其者者。"死后，他的行为得到众多大臣的认同，纷纷上书力数阿合马之罪，经忽必烈调查属实，不但没收阿合马的家产，并将他开棺车裂，在某程度上是为王著平反。关于王著杀阿合马一事在后代历史中有多种判断，但不管判断如何，王著在主观意识上认为自己是为天下除害。然阿合马又有何害呢？阿合马任内主要是改革税制、整顿财政。在他的改革下，元初的国库收入大为增加，但这同时也剥夺许多大臣的既得利益，加上他贪污、任用亲信也是事实，所以阿合马被除掉是迟早的事，但他被刺杀的真相是因为触犯了某些人的利益。无独有偶，阿合马的继任者，汉人卢世荣、藏人桑哥，先后也和阿合马一样成为悲剧。种种迹象显示元朝财政的管理难度和重要性，如果说前代的个人侠的展现方式在侠德和报恩复仇上，那么，元代的个人侠无疑是展现在对利益的分配上，而王著刺杀阿合马只是其中一个事件而已。

再看"重然诺，负气尚侠"[273]7的徐德举，在《新元史》中除记载徐德举救李毅之子和揭发大理的官员是郡豪假冒之外，还有两项重要民生事迹：其一是修善利渠，徐家本以军官起家，在金元之际徐家因投靠蒙古而成为世侯家族，世侯家族可说是元朝统治下的汉人家族中最有势力的，根据王锦萍对《善利渠碑记》的研究：

《善利渠碑记》中对姜善信和徐德举创修善利渠的贡献的描述，同金元之际地方社会权力关系的重组相对应，反映出他们对北石明村村民的实际保护能力和村民对其权威的认同。[274]

可见徐德举修善利渠是为了对地方社会有所贡献。其二是徐德举的盐课政策，限制盐贩低价购买再出境外销，进而增加盐税的课征，达到"民便安之，而绩亦最"[275]的效果，可见徐德举所尚之侠是利他性的。

接着看王兆，史载："少为军吏，非所好，弃去，从旁郡诸豪侠游。"[273]9可见是个浪荡少年。在兵荒马乱的年代，他游兵到坚州，元兵攻至，知州遁逃，王兆临时被推管州事，立下许多功劳，成为元朝坚州副元帅。在职期间他"招集流民，劝课农桑。在职二十年，威惠大行"[273]9，将流民纳入民生正业，促进社会安定与经济发展。

至于任速哥，史载："性倜傥，尤峭直，疏财而尚气，不尚势利。义之所在，必亟为之，有古侠士风。而家居恂恂，儒者不能过。"[276]2078虽无具体侠行，但从行文中可看出他为民疏财仗义而不谋私，他曾拥戴元文宗图帖睦尔有功，但无伐善、无施劳，故得君子称美。

陈孚，"天材过人，性任侠不羁"[276]2132，他曾多次出使安南，未尝辱命，但因南人身份未受到元朝重用，他著名的侠行事迹是赴任台州后发生的。台州发生干旱导致饥民众多，浙东元帅脱欢察儿负责发粟赈济，却暗藏私心，"怙势立威不恤民隐"，陈孚愤然詈骂"使吾民日至莩死不救者，脱欢察儿也"，并告发脱欢察儿之罪。陈孚以一南人身份告发蒙古官员，足见其道德勇气。经过陈孚努力，脱欢察儿总算入罪，之后有司"发仓赈济，民赖以全活者众"，陈孚尽到地方官之责，却也因此积劳成疾，卒于任上。

另一个任侠的好官是耶律伯坚，他是清苑县尹，也是个水利专家，史载："气豪侠，喜与名士游。"[276]2144 他的豪侠作为有：当肃州发生水患时，大司农司想改徐水河道解决，但此举将造成清苑淹水，于是耶律伯坚向大司农司分析利害，避免了清苑的水灾。耶律伯坚以一契丹人县官身份与蒙古的中央官员据理力争，勇气过人。还有，清苑的灌溉水源是塘水，塘水被地方势力筑碣占用，农民无以灌溉农作，耶律伯坚直接叫人毁碣，作风强势，不怕得罪人，曾说："宁得罪于上，不可得罪于下。"[276]2144 深受清苑县民爱戴，被《元史》归为良吏。

从史的角度来看，元朝诸侠释利于民，比如筑渠道、劝农桑、开粮仓、发水利等，这可能跟当时民不聊生有关，故人民所期待的侠客，不在除暴抗恶、报恩报仇，而在于能推夺回既得利益者的利益，还利于民，为民众解决民生问题，能做到的就是"侠"。在《元史·吴全节列传》有："至于振穷周急，又未尝以恩怨异其心，当时以为颇有侠气云。"[276]2221 说明了侠所扮演的角色在于振穷周急，这跟劫富济贫异曲同工，都作了财产重分配的正义。至于流氓被称为侠的《元史》中也有，如张提领"尚任侠，武断乡曲"[276]2093，所谓"武断乡曲"常与官商勾结、兼并土地、夺人田产等劣行相关，可见救助经济与剥夺经济成为元朝侠客的主题。从这一主题可反映元朝的社会背景，那些在少数民族统治下的汉人是被剥削的一群人，故他们尚侠更多是救助被剥夺、为生活所迫的人民。

元代社会的侠虽然务实，但士人圈里的侠别有风貌。钟嗣成的《录鬼簿》中，称周文质"体貌清癯，学问该博，资性工巧，文笔新奇。家世儒业，俯就路吏。善丹青，能歌舞，明曲调，谐音律。性尚豪侠，好事敬客"[277]。又元好问的《曹南商氏千秋录》中说商衢"滑稽豪侠，有古人风"[278]。周文质和商衢的"侠"都是指其具有豪迈气度。明人冯从吾撰《元儒考略》，记载元代的朱震亨"少治经修博士业，长弃去为任侠"[279]，朱震亨的生命中也有一段尚侠的日子，那时他只要知道乡里有哪家望族仗势欺人，"必风怒电激求直于有司，上下摇手相戒，莫或轻犯"[280]，可见其亢直之风。后来朱震亨弃侠从儒，师事许谦，又听从许谦建议，弃儒从医，他虽转换过很多跑道，却依然秉持为民请命的儒侠风范，比如开渠等。自两宋开始，许多士人标榜侠气、侠节，到了元代此风不退，比如周文质是音乐家兼画家、商衢是词曲家兼画家、朱震亨是医生等，这些人的生命虽各有其历程，但他们都崇侠尚气、多才多艺，且都具有一定的社会和经济地位，故侠客与元代社会上的各行各业关系紧密，这是前代少见的。由于好侠、任侠者的增多，各行各业的侠客也纷纷冒出头，互相标榜便成侠客，稍有义举便称侠气，足见侠的精神内涵已深入元代社会，且多作为赞语，唯元朝的侠气也随着国祚短暂而不彰。

到了明代，随着城市经济的成熟和百业的发展，好侠者更普及一般大众，尤其是艺术家的任侠比例持续跃升。像明嘉靖时的田艺蘅自幼博览好学，他曾经参加七次科考皆不中，于是过着"每日放浪西湖，日逐声乐、妇女、狗马、剑鞠、掷搏之事"的纵逸生活，他同时也精通茶道，著有《煮泉小品》，史传说他"性放诞不羁，嗜酒任侠……作诗有才调，为人所称"[82]3157。这里的任侠就如同嗜酒作诗一样，是个人的品位，或者说是一种游艺人生的态度。如同"志于道，据于德，依于仁，游于艺"[114]60的进德修业之道，侠成为一门艺术，爱好者自然游艺在任侠之中，在明代这种艺术家任侠的情况有很多。此外，艺术家的任侠有个特点，就是他们好使剑，比如书法家宋克"少任侠，好学剑走马"[82]3138；书法家兼画家陈继儒"余少好任侠"[281]12，"某少狂，好谈笔、击筑舞剑"[282]444；书法家兼诗人王稚登"中好侠"[283]269，"平生好奇画，喜谈剑术，负气不下，怀千古之慨"[284]……这些艺术家们爱剑、学剑、舞剑，喜谈剑术、论武器层次，别于军中或江湖豪侠"善骑射"、着重于武斗的实用性，艺术家把剑放在艺术层次，持剑之道不在用剑，而在追求一种剑艺品位，故别于唐朝剑侠攀比佩剑的名贵和暴力美学。

但有些明代艺术家除了素负侠名外，也真正做过侠客事业，如宋克不只是书法家，也是一代有驰骋天下之志的豪侠，《续吴先贤赞》说他"慨以武力自憙，击剑迹射学兵，将北走中原从豪杰驰逐"[285]，是个怀天下大志的人。再看制墨家罗内史，"任侠饶智，略佐胡襄懋平岛寇有功。而又好文博古，制墨与笔最工，传至今墨一螺可万钱"[286]。罗内史佐胡宗宪抗倭，成就一番侠客事业。再如罗龙文，他是嘉靖时著名的墨工，同时也是明代制墨业歙派的代表人物，据野史记载："嘉靖末年，有徽人罗龙文者，素负侠名，能伏水中竟日夜，且家素封，善鉴古。"[287]他虽曾协助胡宗宪抗倭厥功至伟，但与严世蕃密谋交结倭寇被斩于市，侠名隳落。

这些艺术家们的生命跨度都很大，虽从文字中不能判断他们任侠的具体内容，但有别于原侠强调的淡泊名利，他们崇尚经商，侠之于他们不再偏重于崇高的道德主义、利他主义，而是偏重在游艺人间的生活品位以及一个可炫耀的名号。且艺术家们行侠风格独异，很难求同，倘以财富来判断，从古至今，侠多存于两种人身上，一是穷人，一是权贵。穷人透过任侠博取名利，以脱身贫贱阶级，故任侠是穷人的机会财；权贵则以任侠来游冶人间，家业越丰厚者越能任侠，是权贵的奢侈财。这种情况始于元代，至明代艺术家大显，可能与明代民间艺术发达、艺术家受到重视、经济不虞匮乏有关。有了财富后要任侠、要击剑自不困难，故在他们身上不凸显忠孝节义等侠德和行侠仗义等侠行，而是将任侠转化为一种生活品位。不过退一步说，在侠与百业结合日益密切的明代，原侠的利他精神依旧存在。以徐舫为例，《明史》记载：

> 幼轻侠，好击剑、走马、蹴鞠。既而悔之，习科举业。已，复弃去，学为歌诗。睦故多诗人……号睦州诗派。[82]3273

又《诗人徐方舟墓铭》记载：

> 方舟，故籫缨家，自幼有侠气，好驰马、试剑、尤善球鞠之戏，视拘拘法度士如无物，稍长幡然悔，曰："此岂君子道哉！"[288]

这里的"轻侠""侠气"是指纨绔子弟，不等同汉代"轻侠"的概念而近于唐朝的侠少，徐舫的后悔以及转而习科举、习诗，间接否定了轻侠，但在他年纪渐长后，侠与义结合，徐舫也成为一个慷慨好施的侠义之人。据《西园闻见录》记载，徐舫"性尚风义"[289]442，在兵燹四起的年岁，他对逃难者"衣且食之，病者注药，死无所归则择地藏之，久而弗懈，事平，具巨舟载其还家"，这和明代话本、小说中侠客所强调的利他主义是一致的。

清代也有任侠的艺术家，如徐波、孙奇逢、吴兆杰、凤瑞、王来咸、甘凤池等，这些人才调不同，依其特质可分三类：一是理念之侠，二是游艺之侠，三是技击之侠。

（1）理念之侠。理念之侠如徐波、孙奇逢等。徐波是个诗人，史载："少任侠。明亡后……以枯禅终。诗多感喟……"[290]249这里看不出侠行内容。《中国文学大辞典》则记载："少孤向学，为诸生，旋入太学。负意气，任侠急友朋之难，至欲不惜破家为友报仇。"急朋友之难、不惜破家为友报仇的侠义精神，对任侠有崇高的理念，故称理念之侠。同样跨越明清两代的侠客孙奇逢也属此类，其讲学授徒"初以侠名，后讲理学，门人甚众"[291]，以及"夏峰以豪杰之士进希圣贤，讲学不分门户，有涵盖之量"[292]，显示其海纳百川、有教无类的格局，具豪杰气量。据黄宗羲《征君孙仲元先生奇逢》一文："初尚节侠……逆阉之焰，如火之燎原，先生焦头烂额，赴之不顾也。燕、赵悲歌慷慨之风久湮，人谓自先生而再见。"[293]可知孙奇逢以节侠自励，忤犯当权的魏忠贤，有崇高的道德勇气，敢于人所不敢，故谓其为理念之侠。

（2）游艺之侠。游艺之侠有吴兆杰、凤瑞等。吴兆杰是个书法名家，精通六艺，亦擅长各种雕刻，以篆刻闻名于世。据《飞鸿堂印谱》所记，吴兆杰"性豪侠、诙谐"，大约是指他"治印收入多用于购买法书、古物，亦随手散尽"的游艺人生的态度吧。无独有偶，刻印家凤瑞也不拘于名利金钱，史载，"博学，工书画，游迹遍天下，尝自刊玉章"[290]381，是个生活很精致的人。吴兆杰、凤瑞俱是当时有名的艺术家。

（3）技击之侠。把技击类归于艺术范畴在史书中前所未见，但《清史稿》这么做亦有其立意。在艺术类项下的技击高手有十七个，但只有两人有侠名，一是王来咸，一是甘凤池。王来咸善于点穴，认穴精准，能点穴搏人，是个武术名家，他曾点穴制服恶少，也曾"任侠，尝为人报仇，有致金以仇其弟者，绝之，曰：'此以禽兽待我也！'"[290]410可见他在为人处世上深明义理。甘凤池则久负侠名，清朝民间流传很多他的行侠事迹，武功之高自不在话下，但从其"喜任侠，接人和易，见者不知为贲、育"[290]410和王来咸的"未尝读书，与士大夫谈论蕴藉，不知为粗人"，都能发现清代的侠客所强调的不是炫目的武技，而是谦虚蕴藉与武学修为。

其实清朝所需要的侠客也是首重救济，所以张冲在路上被盗匪劫去钱财，他在失去巨款又身受重伤之余，还主动把别人寄放的钱归还，《苏州地方志》中说道："人以为难。"[289]451难处在于牵涉人的私心，不以自己的损失为借口而损害别人。张冲只是个小人物，但他的无私得到"有侠客豪士风"之名，可见侠客所标榜的价值就是廉洁，不只问心清廉，甚至损己财富来造福社会，代表人物如凤瑞、孙奇逢等。凤瑞，史载："义侠，好行善，岁收租谷数百石，必尽散之穷乏，数十年如一日，众称善人。"[290]381他将收租的稻谷拿来赈济饥民，能分己利为天下利，从而得义侠之名。至于方苞笔下的孙奇逢，是个"少倜傥，好奇节，而内行笃修"[294]的少年侠客，明季时他就多次忤犯权奸魏忠贤，不惮自身安危，"而世以此益高奇逢之义"。明末战祸绵延，他率领几百家据守险要保全乡里，明亡后孙奇逢隐居，清廷屡次征召不出。孙奇逢跨越明清两代，以天下苦难为己任，方苞为孙奇逢立传，不无鼓动汉人的民族情操之意。

第十二章　侠群体的生命情调

　　侠的群体现象最早远溯汉代，汉代时"长安炽盛，街闾各有豪侠"[295]02-1123，一个京师之地竟被划分为五个势力范围——"北道姚氏，西道诸杜，南道仇景，东道赵他羽公子，南阳赵调"，而全国各大城市诸如"关中长安樊仲子，槐里赵王孙，长陵高公子，西河郭公仲，太原鲁公孺，临淮儿长卿，东阳田君孺"各有地头，可见汉代地方豪侠势力之盛。但除此之外，还有比较松散的、没有组织的地方侠风，如《汉书·地理志下》："周末有子路、夏育，民人慕之，故其俗刚武，上气力。汉兴，二千石治者亦以杀戮为威……而野王好气任侠，有濮上风。"[295]02-429濮上在卫地，从文意可推濮上风是阳刚尚武之风，整体来说汉代的地方豪侠势力相当兴盛，虽然历经"游侠至于宣光以后，日衰日陋，及至巨君之时，楼护原涉之徒无足称矣"[296]的衰退期，但侠风依然存在豪族和士族之中，此风延绵。及至魏晋南北朝，豪侠集团还发展出地方武装势力，但同时也开启了重文轻武的大势。到了唐代，朝廷集团多由士族构成，失去了乡党、宗族、宾客等社会基础的豪侠集团渐渐走入历史，游侠成为一种精神想象。到了宋朝，随着侠的市井化以及与文人生命情调的结合，游侠重新活跃于民间。

　　到了明清，延续宋侠的生命情调形成了新的侠群体，主要有组织松散、彰显个人生命情调的山人之侠，尤其城市经济的成熟和侠义小说的风行，使允文允武、来去自如的侠客成为许多士人与市民的完人想象与精神投射。但在现实社会中，侠群体却不是受人欢迎的，在乱世中许多起义军、海盗、寨堡主等都打着"侠"的名义；在承平时期，依附城市垄断经济的各种行帮，以武力营生的武馆、镖局、门派，以宣传理想、策划反政府势力的天地会、太平天国、革命党的党会组织，以及活跃的江湖团体如江南八侠等，也常以"侠"自命，率以侠群体称之。这些侠群体于组织内以侠义相求，于个人以侠气侠节自许；包含白道黑道，毁誉参半，其数量之多和入世之深也使明清的底层社会弥漫一股泛侠文化。然而在这无处不说侠的环境下，明清社会所展现的诸侠形象已和历朝侠客相去甚远，为了不使明清侠群组织的范围失之迂阔，本书研究的侠群以史书所载和文人著作中的为主，至于以侠气自许、以侠义相求的帮会组织等，很多时候侠只是一形容词，故不列入研究，朝这方向得出侠群体有豪侠集团和山人之侠两大类。

第一节　豪侠集团

远溯先秦两汉，中国社会就出现过不少侠群，这些侠群多有一种地域属性，根据《史记·货殖列传》，石北、中山、濮上、颖川、南阳等地都是不事生产、任侠为奸者的聚集之地，出现以盗为侠的现象。这个现象从汉到清基本上都有存在，只是随着人类文明的进化这种以盗为侠的集团越来越少。又，从宋朝开始出现一些富有侠义理念、劫富济贫的侠盗或侠盗集团，成为真正的侠盗担当，他们显然与上述的强盗集团是不同的。后世许多小说和文人对侠盗的评价大致不差，如《水浒传》中的梁山众兄弟，还有《玉堂闲话》中的发冢盗、《二刻拍案惊奇》卷 39 的神偷"一枝梅"等，但因为盗者好侠，许多史书、小说还有混用情况。此外，侠群之起常与地域、民风、经济等因素有关，从汉至唐历经几度兴衰，唐代由于士族崛起、城市经济发展等因素，侠群在中央趋于式微，宋代在重文轻武的政策下，朝臣多是文人出身，豪侠在中央依旧难以发展。在元代短暂的国祚中，因为战乱、民生流离、经济崩解等诸多因素，侠群也是往地方萌发的，明清以后仍是如此。

在元明清三代，侠群体起于江湖，江湖代表着民间的社会关系，侠群之兴大都有地域性的因素，主要是由农民、流民、盗贼等和地方豪族领袖结合。前者多为经济弱势或无产阶级，因战乱、饥荒、官逼民反等因素而群集，有的揭竿起义，形成起义军，自立为王；有的四处打家劫舍，沦为盗贼；有的集结乡民，建立寨堡以防卫外患；还有一类是海盗，主要以走私和劫掠为生。以上起义军、盗贼、海盗等名目虽多，但侠群聚合常变动流转，有时兼具多种身份，彼此间往往是一丘之貉。比较特别的是，有些侠群反抗朝廷，其恶行未必及于一般百姓，很多盗贼还是民间义士。而地方豪族家业雄厚，能豢养大量食客，这些食客有的来自前类侠群，有的是族人乡民，也有的是豪族与豪族之间的结合，其目的是培植自己的势力以雄霸一方。无论是侠群体或豪侠领袖，他们都是时势的产物，侠只是一种存在于江湖的名号，他们有的揭起侠名，有的则否，本质上是弱势（游民、农民）与强人，或强人与强人的结合。而"侠"往往是强人的另一名号，当强人失势侠群就面临崩解的命运。为求生存，强人大都有其生存法则，但江湖亦有其规则。分述如下：

由于城市的发展，自宋以来就产生了大批依附城市生活的游民以及农村中贫穷的佃农，民以食为天，当游民无以为生或穷人无法自食其力时，就会形成治安上的不确定因素。故这些人在承平时或可相安无事，但在战乱、饥荒的年岁，就可能成为盗贼，当他们集结成团，就会形成一股社会上的反政府力量，小者反官府，大者甚至反国家。到了元代，文官体制大致承袭宋朝，然缙绅的影响力已大不如前，豪族世家的式微促进民间组织的崛起，根据许倬云的研究：

> 民间社会，一方有城市中的市井，另一方也有寨堡的组织。世代相承的民间武力，远承宋代防边的弓箭社一类民兵；近接辽金元的义军民军，大帅又以私人情义相结为凝聚原则。元杂剧及明人说部中的杨家将、岳家军，甚至传说中唐代的瓦岗及薛家将，无不是以"义"相结，而又是世代相传的私人武力。他们一方面讲义气，另一方面以抵抗外敌为功业，殆是这一时代的任侠精神的特色。[297]

不管寨堡或义民军，都是以义结合的民间组织，标榜着保家卫国、抵御外患，发挥无私的忠义精神。而这个"义"从宋元以来就成为民间社会所凝聚的精神与价值，以南宋的野史小说《大宋宣和遗事》为例，其中杨志、李进义、林冲等十二人"结义为兄弟，誓有灾厄，各相救援"[298]，其结义的本质在于以互助来巩固团体的安全，进而保卫自己的身家性命，必要时还需牺牲个人来保护团体，其团体本质上是一种互助会的组织，团体精神则可以"义"概括，而"义"是宋元以后的民间社会所追求的价值。在《大宋宣和遗事》之后不断地推出《水浒传》《续水浒传》《后水浒传》等书，这些书所推崇的"义"的价值是一致的，这使得水浒中的人物被冠以英雄或侠客等美誉，而这些英雄或侠名被民间社会所沿用，但不同于小说的见义勇为、兄弟义气，很多打着侠义大旗的绿林大盗所在多有，这些集团不脱盗贼的本质。

《明史纪事本末》中就有山东盗、浙闽盗、郧阳盗、藤峡盗、固原盗、河北盗、蜀盗、南赣盗，可见明朝盗贼之猖獗。而这些盗贼中就有打着侠的名义的，如浙闽盗的首领邓茂七，是典型的农民起义领袖，因为不肯缴交额外的"冬牲"给佃主，被告于官，于是他聚众叛乱。书中记载：

> 初名邓云，豪侠。为众所推。杀人亡命，入闽。至宁化县，依豪民陈正景，易名茂七。聚众集会，常数百人，远近商贩至，皆依之，渐恣横，颐指杀人……蒋福成号集居民贫人无赖者悉归之。[299]211-328

从文中可看出邓茂七的聚众能力，他自称铲平王，其势力可控制八闽，震动三省，虽称豪侠，但不见侠义之行，甚至聚众之后还"渐恣横，颐指杀人"，观其依附者多是贫民与无赖，他们多因无以为生而为盗，缺乏坚定立场,所以一旦有利可图他们也可以接受招降,一绯衣贼说:"我曹苦富民鱼肉,有司不我直耳!如朝廷宥我,且立散乞免徭三年。"[299]211-329道出了农民为盗的无奈。毕竟鲜有人天性好盗,做强盗很多是迫于现实无奈,曾国藩在《劝戒浅语》中有言:"民无粮,必从贼,贼无粮,必成流贼,则从此天下无宁日也。"[300]诚以一为政者的高度,道出了许多为盗者的心曲。

再看明正德六年(1511年),在河北霸州一带所爆发以刘六、刘七为首的民变,据《明史纪事本末》记载:

> 时刘瑾用事,专恣骄横。京师之南固安、永清、霸州、文安地方,京卫屯军杂居其地,人性骄悍,好骑射,往往邀路劫掠,号"响马盗"。至是,聚党益炽。[299]211-464

这支盗匪大致也是迫于生计而为盗的,因为"时穷民响应,旬日间众至数千",从聚众之速可见时难年荒,穷民之多。及至后来有一诸生赵鐩加入,史载赵鐩"有勇力,好任侠,每大言自负"[299]211-465。当文安城陷,赵鐩率领妻子躲避盗贼,不幸还是被发现,盗贼抢他的妻子,赵鐩登时大怒,出拳打死数人,其余一哄而散。据《明史演义》记载,匪首刘六、刘七闻之深壮赵鐩之勇,邀他加入强盗集团,赵鐩开出"欲我入股,却也不难,但不要奸淫掳掠,须严申纪律,方可听命"[301]的条件,呈现出赵鐩的格局远远超过绿林匪徒。赵鐩的加入使河北盗如虎添翼,其炽盛之时席卷六省,历时三年,形成明朝规模最大的一场农民起义。及至明末还有汝宁大侠沈万登,他自立为顺义王,本质上是个寨堡主,他不但拒绝李自成封官(拒绝被李自成收编)[299]211-932,还将李自成派来接任的将军马尚志及其部将五百人斩首,其声势之盛、手段之残暴可见一斑。综观以上起义军的首领,包括邓茂七、赵鐩、沈万登等人虽有侠名,但除了赵鐩尚可称侠义外,其余但见豪气、狂妄,乃至残暴,跟小说中替天行道、行侠仗义之侠大相径庭。

到了清代因为人口增加迅速导致粮食供给不足,形成很大的社会压力,康熙时朱泽云的《养民》就有先见地揭露闲民之患:"一遇凶荒,相聚为非,何所不至。"[302]到雍正时粮食问题先后在福建、广东等地暴露出来,闽督高其倬疏言:"生齿日繁……无田可耕;流为盗贼,势所不免。"[303]迨至乾隆末年从粤、桂、黔、皖等省流入川、陕、鄂交界山区的无业流民"以数百万计"[304],成为治安上的隐忧。这些盗匪四处流窜打劫,状似松散,但在内部结构上自有其凝聚力,江子厚的《曹州盗》记载:"盗既横行如此,然颇重然诺,守信义,一言既出,虽千金可猎,亦弃勿顾。"[305]173而据王汉章的《金沟盗侠》，东北盗匪"后辈颇尚义，不劫华商之小贩及孤旅，惟劫富商、掠俄人"[305]165，这些盗侠虽有盗匪行径，但他们与两晋乃至唐代的盗侠不是同一个概念，前代盗侠尚未发展以义相结合的内部文化，无法建立有效的内部凝聚力。而清代盗匪尚侠，既以侠义作为同伙互信的基础，复以侠义作为劫掠的准则，虽然这些记载不乏史家或小说家所投注的想象，不能等同于盗侠集团的真貌，但大体上盗侠团体不管对外宣称的名义或集团内部本身的控管，皆有标榜侠义精神。

此外，侠群体还有寨堡组织，这是动乱时代特有的现象，其首领多为豪侠。就起源来说，寨的起源很早，在宋末大乱盗贼流窜时，就有许多地方豪侠首领聚集乡勇建寨以自保，比如"少慷慨，尚气节，善骑射，以豪侠称"[276]1696的张柔，他在"金贞祐间，河北盗起，柔聚族党保西山东流寨，选壮士，结队伍以自卫，盗不敢犯"，是典型的寨堡主。而提拔他的苗道润也曾在河北结寨自保，史书称他"敢战斗，能得众心"[306]1000，可见这些豪侠首领各有其聚众魅力。结寨初衷虽是为了自保，但寨堡拥有武装势力，亦意味其具有攻击的主动性，甚至寨堡间会互别苗头，相互征伐，如《金史·苗道润列传》中有"聚之城寨，遂相并吞"[306]1100的描述，反映元初寨堡互相并吞的情况。再者，在战乱时人民为求保命，常依附寨堡，故寨堡每在朝代更迭时兴起。元末大乱，寨堡势力林立，有的和农民起义军结合，像曹柳顺的农民起义军占领曹坊[307]，定远张家堡有民兵号"驴牌寨"[299]211-8者，康茂才竖寨于天宁州[299]211-17。这些寨堡有的是地主组成的，如驴牌寨；有的是行政区域，如蔡公安授陈友定为黄土寨巡检[299]211-65等。

明朝北方外患一直存在，自蒙古瓦剌部兴起就边患不断，尤其嘉靖后屡犯边境，对边民来说建寨堡自保是为首要[308]。及至明末中原大乱，天灾和饥荒频发，盗贼四起，寨堡也星罗棋布，明末河南人郑廉曾说："自宛汝以至黄河，方千里之内皆土贼，大者数万，小者数千，栖山结寨，日肆焚掠，此土贼之大略也。"[309]这种寨堡林立的现象宛如三国时期盛行于绿林的坞堡，各山头占地为王，他们没有中心理念，在面临势力角逐时首鼠两端。尤其到崇祯末期，寨堡主往往在大明朝廷和李自成农民军之间摇摆不定，是时代的投机者，但寨堡却也是贫民、穷民赖以生存的堡垒。清人李浚于《与柴稚村邑侯书》中写道：

　　明季之乱，住民多以寨自保，旧基之存者，不下十数区……其始，各立寨堡，冀以自保，其后弱肉强食，报复相循，聚族而歼，民不死于寇而死于民，以保民之宇为贼民之府，以防盗之区为藏盗之薮……[310]

行文中可见建立寨堡的初衷和末流之弊端。日本学者佐藤文俊的研究指出：

> 土寨、土贼的建寨者多为土豪或者侠士，他们带领良民（里甲良民）、中小自营农民与山民，以及未流民化的破产者独立，并聚集物品（包括粮食、生产用具）、人、武器等，表明反政府态度的土寨即为"介于似贼似民之间"（《绥寇纪略》）的土贼。有时，他们与不服从他们的乡村或者对立的土贼进行战斗，维持其生存基础。大土贼巧妙地利用政府的招抚政策渐渐成长，合并各地的堡寨、山寨、楼等集团。[311]

这些寨堡主多为豪侠，他们建立寨堡，团结乡勇以保卫乡里和维护个人财产，有时和官军合作，有时反叛，并无坚定立场，所求的是寨堡的生存和利益，而朝廷也深知此点，可用时与之合作，不可用时则发兵将之剿灭。但不管是协助政府的义民[312]或反政府的盗贼，寨堡实质上等于自治区，是政府之手难以伸入的区块。维持寨堡成立及运作的除了堡主外，更在于以"义"凝聚寨堡内人与人之间的情感认同，讲求互助互信，一荣俱荣，一损俱损。寨堡不同于起义军吸收四方流民，其组成分子多为同乡里人，在同乡同语、同风同俗同文化下彼此的互信基础较高，对寨堡的认同度也较强，故在战乱时期，豪侠建寨堡自立门户相当普遍，所谓豪侠很多只是时代的投机者罢了。[313]

在内地的侠群体有起义军、盗贼、寨堡，在海上则有海盗，有些海盗以侠为名，如明代的林参、林恭等人。抗倭名将朱纨曾说：

> 长屿诸处大侠林参等，号称"刺达总管"，勾连倭舟，入港作乱。更有巨奸，擅造艅艎，走贼岛为乡导，蹯海滨。鞫论明确，宜正典刑。[299]211－590

又说：

> 长澳诸大侠林恭等勾引夷舟作乱，而巨奸关通射利，因为向导，蹯我海滨，宜正典刑。[82]855

从"宜正典刑"可看出朱纨对海盗的深恶痛绝。林参拥有制造艅艎的实力且私通日本，势力不可小觑；而林恭则是台湾清治时期的民变起义领袖，反清立场非常坚定，他和林参都是清廷亟欲除之的海盗，是朝廷的反抗者，但其恶行未及于一般百姓，甚至还号召内地的穷民、流民、逃犯等前来依附，以走私买卖与劫掠维生，侠名实在名不副实。只是海盗在清朝民间有被美化的现象，劫富济贫、盗亦有道的部分被突出。少数的像郭婆带这种文人海盗，他是自幼被郑一逼为海盗的，后自组黑旗帮自任首领，但私下却爱读书，后来接受朝廷招安，放弃官爵隐居在乡下教书，尽管降清，仍保持不肯妥协的部分。据《两般秋雨庵随笔》记载：

> 嘉庆间，粤洋有巨盗郭，忘其名，乳名郭婆带，虽剽掠为生，而性颇好学。舟中书籍鳞次，无一不备。船头一联云："道不行，乘桴浮于海；人之患，束带立于朝。"在洋驿骚多年，官兵莫敢捕治。后为百菊溪制军招降。予以官，辞不受，于羊城买屋课子，以布衣终。殆盗中之有道者欤。[314]

两句楹联，道尽了郭婆带对朝廷黑暗的不满和身为海盗的无奈，拒绝封官一事足见其文人风骨，"盗中之有道者"亦道出了梁绍壬对郭婆带的肯定。以官方立场来看，郭婆带诚为海盗，但在民间却被视为侠盗，呈现美化的迹象。其余海盗如林道干、郑芝龙、郑成功、蔡牵、张保仔、林瓜四等也是，这些人的共同点是强大、反叛性强和富领袖魅力，他们虽与朝廷对立却施惠百姓，百姓称其侠盗甚至英雄。尽管如此，仍不可忽视其逐利的本质，明教育家唐枢在《复胡梅林论处王直》指出：

> 四曰凡海上逐臭之夫，无处无之，恶少易动之情，亦无处无之，樵薪捕鱼，逞侠射利者，原无定守，不得安于其业，则随人碌碌，乃常情之所必至。使有力者，既已从商而无异心，则琐琐之辈自能各安本业无所效尤，以为适从。[315]

王直（汪直）是明嘉靖年间东南沿海的倭寇，人称倭寇王，他本来是沿海的走私商人，"为了对抗明王朝的武力镇压和扩大贸易，海商们渐次组合成武装的商业集团"[316]。这是海商集团经营的模式，因为犯了海禁与明政府冲突，于是这些武装的商业集团有了倭寇之名。文中的王直是"逞侠射利"的海商集团之魁，同期的还有许氏兄弟的海商集团、徐海的海商集团，他们本是徽州商人，为了做大买卖铤而走私，甚至组成武装商业集团与明政府对抗，崭露商人的逐利本质。

至于豪侠集团，则由家世雄厚、经济强势的豪族组成，别于迫于外力而临时集结的侠群体，豪侠集团通常是经营已久的地方势力，有的是地方大姓，有的结社，也有的建寨堡，承平时俨然是个自治区，与官府互不相涉；但在乱世时或加入官军，或成为起义军，不一而足。如蒙古帝国时期汉地世侯[317]严实，他少年时"略知书，志气豪放，不治生产，喜交施与，落魄里社间。屡以事系狱，侠少辈为出死力，乃得脱去"[276]1713。本身是个豪侠人物，初在蒙古、金、宋争夺山东过程中崭露头角，虽在三国之间反复无常，但他阻止蒙将带孙屠城又全活灵璧县民，及至遭逢荒年流民多饿死时，还"命作糜粥，盛置道傍，全活者众"，是个具有侠肠的人物。再观刘哈剌不花，其祖哈剌得灭南宋有功，累积功勋被封至沿海万户府达鲁花赤，其子继承官爵。后裔选择以刘为姓，史载刘哈剌不花"倜傥好义，不事家产，有古侠士风"[276]2115。元至正十二年（1352 年）刘哈剌不花协助秦不花平定颍、亳之盗，史载"有膂力，善骑射"，"明号令，信赏罚，士皆乐为之用，而料敌成败，所向无失"。可发现刘哈剌不花不但是个豪侠，而且是个杰出的军事家。但是他也有不仗义的一面——既受秦不花倚重，后来又背叛秦不花，《元史》记上"君子以是少之"[276]2115 的一笔。

元代另一著名豪侠史伦，史载："少好侠，因筑室发土得金，始饶于财。金末，中原涂炭，乃建家塾，招徕学者，所藏活豪士甚众，以侠称于河朔。"[276]1699 因为在屋内挖土得金而发迹变泰，他把这笔钱拿去招徕学者，藏活豪士，真有古豪侠的慷慨之风。史伦在黄河以北有侠名，当他去世时河北诸郡组织四十余个"清乐社"，拥众近千人。而他的孙子史天倪更从清乐社中挑选勇壮者组成清乐军，攻城略地，之后被元太祖封为马步军都统，管领二十四万户，权势熏天。从史家三代可看到他们是深具地方势力的豪侠世家。至于元末群雄之一的郭子兴，也是江淮地区的红巾军领袖，对朱元璋的崛起起关键影响，史载郭子兴："及长，任侠，喜宾客。会元政乱，子兴散家资，椎牛酾酒，与壮士结纳。"[82]1395 显现慷慨好客的一面。元末他和孙德崖等四人共同起事，各称元帅，但郭子兴却与四人不和，原因是"四人者粗而戆，日剽掠"，所以郭子兴有意轻之，展现豪侠高于盗贼的气质。后来郭子兴与朱元璋两股势力聚合，他死后朱元璋继承了他的势力，对朱元璋在元末群雄争霸中脱颖而出发挥了很大作用。

明朝著名的豪侠领袖有王克柔、宋克、叶景恩、许都等。王克柔，出身豪族，《新元史》记载："家富，喜游侠犯法。"[273]9《辍耕录》记载："家富好施，多结游侠。将为不轨。"[318] 可见王克柔有天下之志，虽因事泄被高邮知府季齐收捕于狱而失败，但王克柔也为元朝季世开出反元的第一枪，之后他的势力为张士诚接收，开启张士诚、陈友谅、朱元璋三雄争天下的局面。宋克同样也出身豪族，史载："伟躯干，博涉书史。少任侠，好学剑走马，家素饶，结客饮博。迨壮，谢酒徒，学兵法，周流无所遇，益以气自豪。张士诚欲罗致之，不就。"[82]3138 也是名慷慨好客的豪杰。宋克怀抱天下之志，拒绝张士诚的延揽，据《续吴先贤赞》记载："慨以武力自憙，击剑迹射学兵，将北走中原从豪杰驰逐。"[285]95 可见宋克志向远大，不可下人，但争雄中道受阻，遂发愤读书，还成为著名书法家。而明武宗时的叶景恩"以侠闻，族居吴城"[82]3185。宁王反时，叶景恩因拒绝投降朱宸濠而死于狱中，其弟叶景允于是邀集三百人回击，一呼百诺，可见叶家势力之大，只是朱宸濠分兵去烧了叶家，其族尽被火烧死，结局惨烈。至于明末的许都，史载："家富，任侠好施，阴以兵法部勒宾客子弟，思得一当。"[82]3027 许都曾散尽家财，结纳勇士以组织义社，是典型的豪侠集团首领，明臣陈子龙曾荐之于上官，但不获用。后来他组织农民起义，号白头军，加入者破十万，许都称帅，立年号永昌，亦有争王之志。

　　清代著名的豪侠领袖有张洛行、蓝大顺等。张洛行出身豪族，近人罗尔纲的《张洛行传》写道："洛行的家族，是一个大族，散布在张老家附近十八个村庄，号称'九里十八张'，同族中几千人。"[319] 是典型的豪族世家领袖。《太平天国史》记载：

　　　　他又专好打抱不平。凡有亡命者走到他家躲避，他都加以庇护，殷勤招待……他仗义疏财，慷慨任侠，仿佛西汉时的朱家、郭解，《水浒传》上的晁盖、柴进的为人。因此，他得到群众拥护，也得到四方亡命者的拥护。[320]2485

可见直到清末，像汉时朱家、郭解那种藏活豪士的豪侠还是具有群众号召力的。至于蓝大顺也是当地豪族，颇有文化修养，《太平天国史》记载："通晓书史，为人尚侠重义。"[320]2517 因为烟税问题官逼民反，又受太平天国反清的影响，蓝大顺兄弟和李永和也喊出"不交租、不纳粮""打富济贫"等口号，揭竿起义，并以蓝大顺为首，一度纠集三十余万人，在西南地区五十余州县活动，是中国近代史上西南各族人民反清起义中规模最大的一支。综观以上的豪侠领袖，他们多出身于豪族世家，集结饥民、游民，尤其在战乱或饥荒年岁，往往能迅速集结成一股浩荡的势力。屡次为清廷献策镇压云南回民起义和太平军的尹耕云，在《上杜芝农相国请抽灾民丁壮书》中道："自来中原寇盗，多起于饥民。其始由一二强梁狡黠之徒，造端煽惑。假众怒难犯之辞，为日入愬作之计。揭竿斩木，转相裹胁，而其势遂至于滔天。"[321] 反映了饥民易受煽动、利用的本质。不过，这些饥民、游民也常主动归附豪侠以解决生计问题。

　　有的豪侠集结势力外对抗朝廷，但也有的选择与朝廷同列报效国家，像元代的刘伯林，他本是金朝的都提控，后来投降成吉思汗，史称其"好任侠，善骑射"[276]1718，后为元将，屡次攻打金兵有功，在兵祸连结的宋末，他务农休养，使民安居生聚，使驻扎地成为一方乐土，曾言"吾之所活，何啻万余人"，颇有救民济世的怀抱。再看宋末元初的张柔，史载："世力农。柔少慷慨，尚气节，善骑射，以豪侠称。"[276]1696后来河北盗起，张柔聚族党、选壮士，结寨以自卫，可见其号召群众之魅力，尤其他对张信以德报怨[276]1696，使得"骁勇之士，多慕义从之"。这个操作更是深谙汉代大侠郭解之三昧了。张柔后来被金朝名将苗道润招揽为金朝将军，后遭遇蒙古军突袭兵败投降，转作元朝名将，屡次攻宋。刘伯林与张柔都是由金朝名将降作蒙古将军，可见没有一定的国家立场，这和倡导忠义的宋朝侠客是不一样的，但他们选择投降元朝也是为自己和依附他的队伍开一扇生门，毕竟对于一般百姓来讲，朝廷谁当家都一样。较特别的是，元末的陈友定，从小父母双亡，因贫困流落四处打零工，但其侠性从小崭露，史载"然其为人勇沉，喜游侠击断，不问家人有无，要以借躯徇急，行其志而已。众惮服之，争愿为之役"[299]211-65，"捐躯报仇，不问生产"[299]211-69，足见陈友定的豪侠之风，这也使他累积了一定的人脉。在元末农民起义军四起的年岁，陈友定反其道加入元朝政府军镇压民变，曾杀曹柳顺等数百农民起义军，成为福建最高长官，后来败给朱元璋，为元朝殉忠，这是少数殉元的汉族豪侠。

明代的豪侠名将有鲁先、杜槐、项志德、张家玉等。鲁先的先祖是朱元璋的部将，他"少刚鸷好侠，因交亡命拘囚，朝旨下汀招募义金党手戍边，时畏缩无敢行得，先独倡勇应募，由是得千余人"[322]。可见他很重视朋友义气且敢于人所不敢，后来他继承父职，被擢升为都指挥佥事。成化四年（1468年），鲁先率军平寇，随后官爵直升，多有战绩，可谓一代武将典范。嘉靖年间的杜槐"倜傥任侠"[82]3187，当倭寇来犯时，他团结乡勇御寇，由"槐伤父老，以身任之"，可见杜槐富推己及人的侠义心肠。他数度打败倭寇，后来为护乡民而战死。同期的还有项志德，史载："尚节概，重然诺……直而不阿……居官所至，以廉慎称。"[323]倭寇进犯海口城时曾挟其子威胁开城，项志德仍坚持固守城门，终以其无私和气魄击退倭寇，并赢得全城拥戴，他的下属谢介夫也是个抗倭英雄。而名将张家玉是崇祯时的进士，文武双全，"好击剑，任侠，多与草泽豪士游，故所至归附"[82]3045。曾向李自成投诚，却在李自成兵败后改投南明弘光帝，导致有变节之名，之后又拥南明永历帝自立，成为抗清名将。

清代著名的豪侠名将有姚启圣、王鑫、赵翰阶等。姚启圣"少任侠自喜"[290]583，曾被土豪所辱而"执土豪杖杀之，弃官归"，可见是个狠人。又有一次从两名士卒手中救出女子，也是不怕官兵的。他籍属镶红旗汉军，又举康熙二年（1663 年）八旗乡试第一，无论出身和仕途都非常显赫，在平定三藩之乱时，他捐十五万白银，团练数百人，厥功至伟。他同时也是施琅的上司，肩负平定台湾的大业。再看王鑫，他是湘军名将，精通兵法，果敢善战，史载："从罗泽南学，任侠好奇……鑫专办南防凡二年，湘、粤间诸匪诛殄几尽，军士死亡亦多……前后杀贼十余万，克复城池二十余处，厥功甚伟……" [290]525 对国防功不可没。他曾感慨："身遭时变，以士卒用力，人号为劲军。吾常恐世乱未已，将无以毕三恨，奉养二亲，将奈何？" [78]2764 虽然骁勇善战、屡立功劳，但不汲汲追逐个人荣耀，只愿天下太平，奉养二亲，如此侠肠被《清稗类钞》归为义侠类。至于赵翰阶，史载："习骑射，以任侠重乡里。拳匪之变，尝乘垣毙其酋。" [290]358 是清廷的拥护者。在武昌起义时因解救浙江巡抚被起义兵拘捕，赵翰阶拒绝投降，死前说："我北方男子，岂畏死者！"铿然有力，这是少数殉清的汉族豪侠，为割地赔款、离心离德的清朝政府留下铁骨铮铮的忠臣典范。

从明清史书上对豪侠的描述，可发现三个特色。其一，侠与武的结合。这些豪侠从实战需要中锻炼一身武艺，有的好击剑、有的善骑射，也有的天生神力、勤练武术，少有不武不战而称侠的。其二，远溯游侠，异于剑侠。明清豪侠所推崇的侠远溯汉代，崇尚慷慨好施、仗义赈急的游侠作风，此外还有明清豪侠的特色行侠项目：救穷赈灾，所以他们的形象较接近汉代豪侠朱家、郭解，有别于唐宋的剑侠、侠少和侠隐等。其三，时代的强者。明清豪侠多是时代的强者，他们有的怀天下之志，占地称王，也有的报效国家，沙场征战，立场虽有不同，但强者形象并无二致。而这形象正是民间社会倾慕的，加上大多数的豪侠恩泽在民，所以民间社会的侠客形象以正面居多，龚鹏程说：

> 侠义传统到晚明发生了变化，原先视如盗匪暴客的侠，在社会上普遍具有英雄人格的崇拜心态中，转化成为英雄。这些英雄，可能是正义的化身，可以矫治人间之不平。但他纵使不正义也没有关系，一样可因其血性、因其真而获得社会的认同。[324]

晚明时代社会对侠客有英雄崇拜情结是符合历史现实的，推其原因，除了乱世为豪侠提供舞台外，战乱、蝗灾与粮荒造成饥民、流民数以万计，加上官府不恤民力，官逼民反的事情层出不穷，也使得弱势群众在强人身上投注英雄崇拜心理，寻找安全感，越是在讲究物竞天择的社会氛围里，英雄崇拜情结越显著，因为民众需要豪侠为他们出头、矫治人间之不平。

第二节　山人之侠

在明代社会下兴起了"山人"的社会群体，山人即是隐士，是传统文人在仕途不顺之后的生命转向，但中晚明的山人意义显然不同（这部分的论述请看本节最后）。山人尚侠，山人侠是文人所建构的侠的一种形貌，也是文人志趣和理想生活的一种寄托，在明代中晚期社会兴起了山人侠之风，根据何宗美引钱谦益的《列朝诗集小传》后论述：

实际上是山人身份的 100 余位明代文人，其中 40% 都与侠有关。这些任侠的山人往往是明代山人中的佼佼者，他们仗剑出游，纵迹江湖，赴义若嗜，笃于交谊，唐突秩序，如谢榛、卢柟、沈明臣、王稚登、王寅、陈第、程嘉燧、吴梦旸、何璧、陈继儒等，活跃于各自所处的时代，展现了不同以往的书生形象与生命历程。[325]34

可见山人侠是明代山人的身份转换趋势，这些山人以底层文人居多，他们选择以"侠"来建构自己的人格，并透过侠文学的书写形塑其理想中的侠。

以中晚明山人风气来看，《明史》记载："嘉、隆、万历间，布衣、山人以诗名者十数，俞允文、王叔承、沈明臣辈尤为世所称，然声华烜赫，稚登为最。"[82]3165从文中不难发现中晚明社会中士人转型作山人已蔚为风气，山人比于其他集团或党派是一个相对散漫的群体[326]，成员复杂，如商人、清客、幕僚等，来源不一，但他们都具文人身份，也都是为志趣相投或利益相交而来，盛者则形成山人群体，但这不是集团或党派，也没有组织化，山人来去自如。针对中晚明山人风气之盛，站在官方立场的四库馆臣批评道："有明中叶以后，山人墨客，标榜成风，稍能书画诗文者，下则厕食客之班，上则饰隐君子之号，借士大夫以为利，士大夫亦借以为名"[327]；王世贞亦言："山人不山，而时时尘间，何以称山人？"[264]96均显示山人不同于隐士，其以士人情怀怀抱隐者身份又出入权贵之门，以"山人"保持一种进退的弹性，进可牟利，退可全生，何尝不是底层文人在科考不第或畏于政坛黑暗下所作的一种抉择。

以《列朝诗集小传》对山人侠的评语来看：谢榛："喜通轻侠。"[260]011-463金銮："性俊朗，好游任侠，结交四方豪士。"[260]011-489陆治："少年为侠游。"[260]011-527沈仕："雄心侠气犹不能自释。"[260]011-521康从理："好客任侠。"[260]011-540朱察卿："性慷慨，通轻侠，急人之难甚于己。"[260]011-542田艺蘅：

"性放旷不羁，好酒任侠。"[260]011-544 叶之芳："以能诗出游人间，好使酒骂坐……亦豪士也。"[260]011-541 宋登春："性嗜酒，慕侠，能挽强驰骑。"[260]011-544 郑琰："豪于布衣，任侠游闽中。"[260]011-544

可见山人侠之众，非但如此，"侠"也成明代评人的标准。其他文献如王世贞的《弇州山人四部稿》、俞允文的《仲蔚先生集》、胡应麟的《少室山房集》、李维桢的《大泌山房集》等，都有明代山人留下的侠行记载或侠义论述。综言之，山人侠所肯定的价值，既不是唐朝的剑侠、侠少、游侠儿，亦非宋朝的儒侠、剑侠、侠隐，而是远绍"其言必信，其行必果，已诺必诚，不爱其躯，赴士之厄困，既已存亡死生矣，而不矜其能，羞伐其德"和"私义廉洁退让，有足称者"的汉代游侠精神，山人侠之著者陈继儒综合此两句作为其立身处世的圭臬，既保有原侠的精神血性，又归于那虚无缥缈的神仙世界。整体上，山人侠撷取汉代原侠的朴素性，并注入文人气息，把侠当作一种生活实践，他们能诗、善游、尚武、好结交、追求适性生活，并与个人生命情调相应。征之历朝侠风，中晚明的山人侠最似于宋朝苏轼笔下的方山子，他们都曾自命不凡，却在英雄志业失意后，毅然退出江湖，自甘平淡。每个山人侠都有其成侠的故事与对侠的坚持，以下以陈继儒、王稚登为例论述之，前者为山人侠之领袖，后者则是享有盛名的山人侠。

陈继儒自称"余少好任侠"[281]12，又说"某少狂，好谈笔、击筑舞剑、荆卿隐娘之术……因家贫多病，不任侠已"[282]444，表述他天生慕侠的衷曲。由于中晚明政治黑暗，尤其在张居正倒台后党争日剧，陈继儒基于对仕途的危机感，毅然放弃诸生身份，自放作山人，在此思维下山人不失为一条生命的出路，也应当以这个角度来理解山人侠。陈继儒曾对侠下过定义："以忠孝廉洁为根，以言必信、行必果为干，以不矜其能、不伐其德，始英雄、终神仙为果。"[281]12 又说"情非侠不合"[281]11，说侠是"天之化工"[281]11 "天壤间大有心人"[281]12 以及"大有力人"[281]12……这些定义和汉代侠观相近，除具备原侠的侠德之外，尚有以下几点：

（1）显现侠的公义观念。因为侠之才力远甚一般人，故须发挥救人助人的公心，当个"大有心人""大有力人"。陈继儒说："人心平，侠不鸣；吏得职，侠不出。"[281]12 故侠在人心不平、官员失职、社会失序后挺身而出，尽一份社会责任。

（2）侠是真性情的展现。侠和情皆是人的真性情，但向来被儒家礼教桎梏，无法舒展，直到中晚明才有士人如李贽等提倡自性的解放，而山人侠则过着隐居生活，不迎合世人目光，显示侠的真性情。

（3）把英雄和神仙作为侠生命历程的始点与终点。因为"侠客之不如英雄者，侠客动而英雄静；英雄之不如圣贤者，英雄险而圣贤稳也"[282]455，静胜于动、稳胜于险，可见陈继儒虽复原侠精神，却减其血性豪勇，而重修德养心，一流的侠客不是以力屈人而是以德服人，这是因为圣贤胜于英雄。

由上可知，侠是道德与自性的完美结合，陈继儒在为洪世恬的《侠林》作序时写道："天上无雷霆，则人间无侠客。"[328]肯定侠客存在的必要性与合理性，继而以"子侠乃孝，臣侠乃忠，妇侠乃烈，友侠乃信。贫贱非侠不振，患难非侠不赴，斗阋非侠不解，怨非侠不报，恩非侠不酬，冤非侠不伸，情非侠不合，祸乱非侠不克"推崇侠客品格，并将侠德落实在五伦的关系中。韩云波据此指出："侠简直成了包医百病的万应良方，子史之侠便渐趋消亡，而预示着新的侠文化内蕴的形成了。"[329]韩云波所说的新的侠文化内蕴，其实就是侠德全面走入社会，深入每个家庭，并朝普及化、生活化方向发展。侠不再专属于强人行迹或由文人向壁虚构，而是人人经由努力可致的。此外，在说书盛行、戏剧发达的明代社会，侠义观念也借由说书、演戏等陶冶很多中国人的精神人格，使侠成为中国文化的专属符码。

另一名山人侠王稚登，他在山人侠中相当具有代表性，他曾自介："余少好儒，中好侠，晚乃好墨。其儒也，儒者得名之；侠也，侠者得名之；墨也，墨者得名之。若夫非儒、非侠、非墨，此诚故吾，吾不能自名，还诸造化而已。"[283]269他将儒、侠、墨作为人生的三阶段，而侠介于儒、墨之间，内在贯通两者，对照王稚登"主词翰之席者三十余年"[82]3165"平生好奇画，喜谈剑术，负气不下，怀千古之慨"[284]267的生命历程，可见儒是他的立身基础、侠是他的兴趣，但侠终入于墨，将负气转为墨者济世力量，故王稚登将人生当作一趟推己及人之途。

在陈继儒和王稚登身上，我们看不到太多侠的阳刚血性，反而呈现一种静态之力，虽怀有济世的公心，但喜谈剑而不好斗，不逞于救人急难，虽豪侠好客，也不炫肥马轻裘、歌妓美酒，比起张扬外放的剑侠形象，山人侠更重视内在侠德，并有更多的文化内蕴。《醉古堂剑扫》中亦可见山人侠的侠观：

侠之一字，昔以之加义气，今以之加挥霍，只在气魄与气骨之分。[330]14

人之嗜名节嗜文章嗜游侠，如好酒然。易动客气，当以德性消之。[330]15

交友须带三分侠气，作人要存一点素心。[330]273

栽花种竹，未必果出闲人；对酒当歌，难道便称侠士？[330]167

由上可见，山人论侠表现出一种深秀的人生哲学。一方面，山人侠的人生大都非一帆风顺，所以他们很少遇事薄发、好勇斗武，而多了几分内敛和隐忍。当然像宋登春的狂、陈寅的侠气铿然也是有的，但这种狂放血性之侠在他们人生中总是稍纵即逝，在饱受人世沧桑之后，他们的侠渐归于沉静与理性。另一方面，明朝的礼教发展到极其庞大严密，各阶层和日常百事都难逃礼教控制，物极必反，在这股礼教势力下竟生出一股反势力，许多士人开始提倡心性的解放，如李贽、"公安三袁"等，而山人也是其中一员，毕竟他们多是科考的失意者，故对礼教之害多有体认。于是，"侠"成为山人用来寄托真性情的符码，他们好侠、任侠，把侠当作自己的符码也当作淑世的符码。因为有这双层寄托，所以山人侠不张扬媚世、浮华炫世，除还原原侠的朴素侠义精神外，还分别受到成分不等的儒、墨、道、禅、艺的影响；他们带士化痕迹，在诗文书画上各有所擅，故比其他类型的侠多了层文化内涵。最后并将"隐"视为侠的终境，就像陈继儒把神仙作为侠生命历程的终点。

山人侠不同唐宋诗人把侠当作一种倾慕鉴赏的对象，而是融入其生命中，不少山人侠能武、好武甚至善武，他们欲以武济世。从陈继儒的"击筑舞剑、荆卿隐娘之术"[282]444、王稚登的"喜谈剑术，负气不下"[284]267，以及王寅曾赴少林寺学艺，"具文武才"[38]510，之后随明将胡宗宪抗倭；程嘉燧年少也曾"学击剑"[38]576……皆可看出山人侠把"侠"从传奇、小说中拔出，作为生命的实践，故山人侠仍对社会怀抱一份责任，但其生命情调还是受到山人的影响，将"隐"作为侠的终境，陈继儒的神仙、王稚登的非儒非侠非墨，还有王寅的"中年习禅，事古峰禅师"[38]511皆可为证，而这种由侠入隐的终境，也影响到后代很多武侠小说。

山人尚侠，"侠"是山人表彰的字眼，中晚明许多山人不约而同地任侠、尚侠，以侠自任，也以侠互相标榜，如顾圣少自称"我本东侠游客"[331]、俞允文自述"忆昔少年好奇侠"[332]、徐渭称朱察卿"朱氏而侠"[333]、王寅称张诗"豪侠人也"[334]……在这侠气相投之下自然很容易集结山人侠的群体，据何宗美的研究："王稚登、童佩、叶之芳、朱察卿、沈明臣、王寅等就常在一起聚会。"[325]36在时代风潮下，想必这不是单一现象。此外，还有士人的慕侠者，也与山人侠结交，钱谦益在《列朝诗集小传》中如此描述袁中道：

长而通轻侠，游于酒人，以豪杰自命，视妻子如鹿豕之相聚，视乡里小儿如牛马之尾行，而不可与一日居也。泛舟西陵，走马塞上，穷览燕、赵、鲁、吴、越之地，足迹几半，而诗文亦因之以日进。[335]

可见袁中道是个慕侠名士，他与山人王稚登、陈继儒交善，不只是士人与山人的结合，亦是侠性与侠性的结合，在无形之中也扩大山人的影响圈，"侠"也成为中晚明山人群体一种生命情调的联结。

第三节　结语

明清的侠文学依文体可分成"诗词、戏剧""话本、小说、笔记"和"《水浒传》及其他长篇章回小说"三个部分。"诗词、戏剧"属韵文范畴；"话本、小说、笔记"属短篇小说范畴；而"《水浒传》及其他长篇章回小说"则是属长篇小说范畴。

韵文是流传很久的文学体裁，明初侠诗侠词的侠观大致绍承前代，很多诗词中的侠客形象复制了唐宋的侠客和刺客形象，新创的较少，流于陈腔滥调，且题材脱离现实，文学价值不高，只有少数侠诗侠词自铸伟词，脱颖而出。到了明朝中晚期后，侠诗风格才成型，整体上从明末到清末，侠诗主题从遗民之思依序朝入世之教、侠士之情、革命之魂递嬗。而这也是文人自性觉醒之路，侠的形象从对前朝的忠心耿耿到入世的千姿百态，引车卖浆可称侠、嬉笑怒骂可称侠，侠变得更亲民、更生活化，也常作为诗人寄托或批判的对象。

剑侠之道总需绝情弃爱，但到了明清，诡谲难测的剑侠不再受到欢迎，诗人与民间更喜欢带有入世色彩的侠客，他们忠君爱国、重义重情，由此也展开了侠客美妓间奇情侠义的诗篇。迨至晚清，有识之士目睹国家内忧外患而朝廷又故步自封，纷纷加入革命党，这些青年不乏才情俊逸之士，他们以侠自喻或喻人，抱着必死的决心毅然推动晚清又重又旧的滚轮，而这是封建体制下侠诗的最后一个驿站了。

至于戏剧上的成就，明清侠义戏剧都有其来源，其中又以水浒故事、唐传奇和历史故事三种来源最多，编剧时加以敷衍或者改编，少有新创，不但题材老套且传播天命、愚忠等封建迷信思想的剧本不在少数，影响所及，很多梁山好汉都列侠名，更多剧本将梁山好汉以"英雄"称之。水浒英雄人物显示民间丰沛的创作力，就算不参酌历史也能创造侠客，而广大观众的捧场更助长水浒戏发展，梁山英雄最后虽被朝廷招安，纳入朝廷体制内，但他们在上梁山前的种种侠义事迹才是精华，也最被观众津津乐道。至于水浒以外的侠义戏，则可分历时性的侠诠释和共时性的侠品位两大方面，其共同点是将侠的私义转到国家的公义，也渐渐分离忠君与爱国两个概念，侠客基本上都是被当作正面人物来宣扬的。由于戏剧是最能扎根于民间的艺术，随着侠义题材在戏剧中的流行，剧中的侠客也带动世俗大众的正义观，尤其在武侠世界里女侠占有重要分量，所以也促进女性权力的提升。透过戏剧与观众的互动，侠义很快成为一种"普世价值"，不仅在戏剧中，现实里许多伶人也有侠义事迹流传。总之，"侠"到明清不但成为正义的代言人，也代表了中国人的精神底蕴。

同时，话本、小说、笔记等短篇侠义文学与《水浒传》及其他长篇章回小说之侠义小说的发展也日益成熟，整体上侠客朝着完美人格发展，其中尤以儒家的忠孝节义为核心，以及正、义、忍、仁、廉等诸德兼备，这些侠客的人格和侠行事迹在市井间被津津乐道，即使违法犯纪，也朝着盗亦有道定调。比较特别的是侠妓，侠妓的大量出现使原本强调兄弟义气的文类加入了儿女情长，于是不碰女色的剑侠逐渐被侠而有情的情侠取代，相较于前朝讲究施恩不受报的侠德，明代的侠客救人之后，不乏接受女方以身相许的案例，并传为美谈。同一时间侠文学也迅速发展，不但与其他类小说结合，甚至还发展出与言情小说结合的侠情小说。当然，小说中的侠客并非完美无瑕，侠客崇拜也必须加以收敛和反思，如：滥杀者以侠为名、社会不需要侠、见义勇为有时适得其反、剑侠是鬼神之术、侠的名不副实、侠客杀人的包袱、侠妓之情的算计……这些反侠论述和侠客末流所造成的弊端也是不可忽视的。只是这些批判鲜少直杠评侠本身，再加上"侠盗之辨"的盛行，明朝学者多将盗归作伪侠，某种程度上捍卫侠客的完美与崇高，并影响到长篇侠义小说中侠客形象的塑造，使得案牍上的侠客有越来越美化的趋势。

也因为侠客的诸德兼备，使其可位列朝廷，在专制政体下，侠客的"侠义"精神逐渐变成"忠义"，著名的《施公案》《彭公案》《三侠五义》《七侠五义》《永庆升平前后传》《圣朝鼎盛万年青》中的侠客群相，缺乏个人的思维与意志，一个个对封建王朝歌功颂德，飞扬跋扈的个性被奴性所取代，但这却恰是作家、说书人和民众所共同塑造的理想侠客形象，既可减少官府的忌惮、发挥社会教育功能，也符合民心所向。毕竟明清两代城市经济日益发展与成熟，市民渴望社会安定，他们也许会幻想有侠客来帮助他们，但他们并不希望国家体制和社会秩序遭到破坏和瓦解。基于以上几个理由，小说中的侠客只能小幅度地裹助清官除恶，而不能有改朝换代之野心，侠客是社会正义的最大公约数的维护者。但退一步说，明清小说中的侠客虽导向公义、忠义，然亦不能有负私义，移孝作忠未必可行，为国负义终有亏私德，比如《谢金吾诈拆清风府》杨六郎和焦赞听说杨家的清风府要被拆了，竟从镇守的三关连夜回来论理，这本是要论斩的死罪，到最后还是被轻轻放下。

　　明清两代，在侠义小说盛行的同时，侠也逐渐走入士人的生命，许多士人不管得意与否，多以侠作为自己的身份转换，借着任侠的名义，反叛科举，追求自我，有的则因此耽溺于酒色的欲望之中。也有士子把任侠当作逃离科举的一扇窗口，他们虽言任侠，却仍旧紧抱中举的梦。至于士人以外的侠客就务实多了，在史传里，元朝的侠客除了旧有的侠形象外，最大的特色是侠客"救经济"的善举，如徐德举创修善利渠、王兆劝课农桑、陈孚发仓赈济等，任侠者不但不与民争利，还关心民生，这让侠客的社会接受度大幅提高。到了元朝末期，侠风吹入各行各业，尤其以医生和艺术家为盛，很多医生和艺术家具备优渥的经济条件和社会地位，他们率性地好侠、任侠、行侠，长久下来侠风渐成为上流社会的流行指标之一，在时代递嬗中，这股侠风从晚元吹到明清。

　　到了明清，侠客更深入民间社会，与百业的结合也更为密切，诗人、艺术家的任侠比例跃升，他们有一定的经济实力，但跟隋唐侠少炫富的行径不同，他们重视的是任侠的品位——侠，既代表敢于人所不敢的道德勇气，同时也是一种游艺人间的生活态度。此外，还有一个重点是侠与武的结合，由唐及宋，侠与武的结合从武力趋向武术，到了明清民间练武术的人变多，许多武馆因应而生，各立山头，至于帮会、镖局、漕运等也有不少卧虎藏龙之辈，而这些江湖人常以侠互称或自称，于是"侠"字的诠释有了新规律，宋以前的侠不一定谙熟武功，但明清的侠客多指练武之人，除了武林之外，好侠、尚侠、侠骨、侠气、侠情也在城市与市井中蔓延，很多民风剽悍的地方也弥漫一股侠客崇拜的风气。而明清两代以"侠"相结合的团体组织也不少，武有豪侠集团，文有山人侠。豪侠集团除雄踞一方的豪侠势力外，还包括起义军、盗贼、寨堡、海盗等反叛政府的集团。至于山人侠则始盛于中晚明的文人集团中，文人透过"侠"的自诩或互相标榜而结成一社交网络，这时"侠"成为一种被悬置的符号，重点不在侠义，而在文人透过山人侠找到个人生命情感的寄托。易言之，山人侠在"侠"的文化符码下创造个人的价值与友谊，其中或有不少虚拟的浪漫，但不失为文人找到认同感与归属感的良方。

本编参考文献及注释

[1] 杨维桢. 铁崖乐府［M］//全元诗 V39. 北京：中华书局，2013.

[2] 祝允明. 怀星堂集［M］//景印文渊阁四库全书. 台北：台湾商务印书馆，1983：1260－425.

[3] 唐寅. 唐伯虎先生集［M］//续修四库全书 V1334. 上海：上海古籍出版社，1995：613.

[4] 张羽. 静居集［M］//四部丛刊 V72. 上海：上海书店，1986.

[5] 担当. 橄园集［M］//丛书集成续编 V123. 上海：上海书店，1994.

[6] 郑善夫. 少谷集［M］//景印文渊阁四库全书. 台北：台湾商务印书馆，1986：1269－101.

[7] 徐世昌. 晚晴簃诗汇［M］. 北京：中国书店，1988.

[8] 林朝崧. 无闷草堂诗存［M］//台湾先贤诗文丛刊 V1. 台北：龙文出版社，1992：208.

[9] 彭定求，等. 全唐诗［M］. 北京：中华书局，2005.

[10] 何景明. 大复集［M］//景印文渊阁四库全书. 台北：台湾商务印书馆，1983：1267－45.

[11] 吴伟业，黄永年，马雪芹. 吴伟业诗［M］. 中国名著选译丛书 V93. 台北：锦绣出版社，1992：211.

[12] 宋濂. 宋学士全集补遗［M］//丛书集成初编 V2126. 北京：中华书局，1985：1221.

[13] 按：唐人虽有义侠的观念，但并无含"义侠"一词的诗，在笔者搜集的侠诗中，最早出现"义侠"一词的诗是元人宋褧的《赠长安孝义张周卿三首·其三》："曾同尊酒话蝉联，君世西秦我世燕。慷慨固当歌义侠，流风传过二千年。"但诗中并未对义侠作定义。

[14] 杨基. 眉庵集［M］//四部丛刊广编 V45. 台北：台湾商务印书馆，1981：44.

[15] 胡应麟. 少室山房类稿［M］//丛书集成三编 19：续金华丛书 V11. 台北：艺文印书馆，1986：2.

[16] 王世贞. 弇州四部稿［M］//景印文渊阁四库全书. 台北：台湾商务印书馆，1986：1279－198.

[17] 陆深. 俨山集［M］//景印文渊阁四库全书. 台北：台湾商务印书馆，1986：1268－15.

[18] 徐祯卿. 迪功集［M］//四库全书荟要. 台北：世界书局，1988：418－380.

[19] 文廷式. 云起轩词钞［M］//续修四库全书 V1727. 上海：上海古籍出版社，1995.

［20］唐圭璋. 全宋词［M］. 北京：中华书局，1998：1869.

［21］黑格尔. 美学（第三卷　上册）［M］. 朱光潜，译. 台北：台湾商务印书馆，1979：5.

［22］鲁迅. 鲁迅书信集［M］. 北京：人民文学出版社，1976：699.

［23］闻一多. 闻一多全集：10［M］. 武汉：湖北人民出版社，1993：16.

［24］陈平原. 千古文人侠客梦［M］. 台北：麦田出版有限公司，1995.

［25］徐孚远. 钓璜堂存稿三［M］//郭秋显，赖丽娟. 清代宦台文人文献选编 V1. 新北：龙文出版社，2012：562.

［26］钱澄之. 藏山阁集田间尺牍［M］//续修四库全书 V1401. 上海：上海古籍出版社，1995.

［27］钱澄之. 田间集［M］//四库禁毁书丛刊：集 145. 北京：北京出版社，2005：256.

［28］吴孟坚. 同人集［M］//四库全书存目丛书. 台南：庄严文化事业有限公司，1997：集 385－257.

［29］陈恭尹. 独漉堂诗集［M］//续修四库全书 V1413. 上海：上海古籍出版社，1995：31.

［30］康有为. 汗漫舫集［M］//近代中国史料丛刊续编 35. 台北：文海出版社，1973：13.

［31］梁启超，王籧常. 梁启超诗文选注［M］. 北京：人民出版社，1987：353.

［32］王灿芝. 秋瑾女侠遗集［M］. 台北：台湾中华书局，1976：39.

［33］龚自珍，孙钦善. 龚自珍选集［M］. 北京：人民出版社，2004.

［34］袁凯. 袁海叟诗集［M］//丛书集成续编 V169. 台北：新文丰出版公司，1989.

［35］曹尔堪. 南溪词［M］//清词珍本丛刊 V2. 南京：凤凰出版社，2007.

［36］郑用锡. 北郭园诗钞［M］//台湾历史文献丛刊 V202. 南投：南投中兴新村台湾省文献委员会，1964：11.

［37］龚自珍. 龚定庵全集［M］//续修四库全书 V1520. 上海：上海古籍出版社，1995：114.

［38］钱谦益，钱陆灿. 列朝诗集小传［M］//明代传记丛刊 V11. 台北：明文书局，1983.

［39］黄燮清. 倚情楼诗余［M］//续修四库全书 V1726. 上海：上海古籍出版社，1995：630.

［40］胡薇元. 沁园春［M］. 清光绪二十七年（1901 年）本. 古籍复印件：8.

［41］郭长海，等. 高旭集［M］. 北京：社会科学文献出版社，2003：296.

［42］徐枕亚. 雪鸿泪史［M］. 台北：文化图书公司，1992.

［43］叶楚伧，唐卢锋. 革命诗文选［M］. 台北：正中书局，1985.

［44］刘谦. 民国醴陵县志［M］. 长沙：湖南人民出版社，2009.

［45］康进之. 李逵负荆［M］//全元杂剧初编 V8. 台北：世界书局，1985.

［46］无名氏. 鲁智深喜赏黄花峪［M］//水浒戏曲集 V1. 上海：上海古籍出版社，1985.

［47］朱有燉. 黑旋风仗义疏财［M］//水浒戏曲集 V1. 上海：上海古籍出版社，1985.

［48］李开先. 宝剑记［M］//续修四库全书 V1774. 上海：上海古籍出版社，1995.

［49］刘安，等. 淮南子［M］. 台北：艺文印书馆，1974：620.

［50］刘劭，刘君祖. 人物志［M］. 台北：金枫出版社，1999：91 – 93.

［51］罗贯中. 三国演义［M］. 台北：华正书局，1987：1110.

［52］朱士凯，陈墨香. 醉走黄鹤楼：杂剧残本笺证［J］. 剧学月刊，1935（4）：125 – 127.

［53］按：《三国志·魏书 1·武帝纪》中记载曹操：“太祖少机警，有权数；而任侠放荡，不治行业。”见陈寿，裴松之. 新校三国志注［M］. 台北：世界书局，1985：2。

［54］按：原文有误，“一举而焚于亦壁之下”中，“亦”应为“赤”。

［55］施耐庵. 水浒传［M］. 台北：华正书局，1992.

［56］沈璟. 义侠记［M］. 台北：台湾开明书店，1986.

［57］施耐庵，李卓吾. 李卓吾批评忠义水浒传［M］. 上海：上海古籍出版社，1992.

［58］朱有燉. 黑旋风仗义疏财［M］//续修四库全书 V1764. 上海：上海古籍出版社，1995：249. 按：这段文在傅惜华等编的《黑旋风仗义疏财》中查找不到，经查水浒戏《黑旋风仗义疏财》的版本有二：一是周藩原刻本（宣德八年），二是明万历脉望馆钞本，二者在第四折词曲完全不同，前者是写宋江接受张叔夜招安，带兄弟平定方腊；后者则是李逵将赵都巡抓回梁山泊。见朱仰东. 朱有燉《仗义疏财》：脉望馆钞本与周藩原刻本比较论略：兼及脉望馆本不借径《水浒传》问题［J］. 济南大学学报（社会科学版），2013（2）：23 – 29。

［59］朱有炖. 黑旋风仗义疏财［M］//续修四库全书 V1764. 上海：上海古籍出版社，1995：249.

［60］梁辰鱼. 红线女［M］//续修四库全书 V1764. 上海：上海古籍出版社，1995.

［61］梅鼎祚. 昆仑奴［M］//续修四库全书 V1764. 上海：上海古籍出版社，1995：291.

［62］叶宪祖. 易水寒［M］//续修四库全书 V1765. 上海：上海古籍出版社，1995.

［63］徐阳辉. 脱囊颖［M］//续修四库全书 V1765. 上海：上海古籍出版社，1995.

［64］按：原文有误，“驱蛮静虏”中，“静”应为“靖”。

［65］全元散曲［M］. 台北：中华书局，1986：537.

［66］李寿卿. 说鱄诸伍员吹箫［M］//全元杂剧初编 V6. 台北：世界书局，1985.

［67］溥绪. 连环套：第 15 场［M］//京剧剧本. 上海：上海戏剧编辑部，1979：76.

［68］李玉. 清忠谱［M］//续修四库全书 V1775. 上海：上海古籍出版社，1995.

［69］叶宪祖. 碧莲绣府［M］//续修四库全书 V1765. 上海：上海古籍出版社，1995：95.

［70］孟称舜. 花舫缘［M］//续修四库全书 V1764. 上海：上海古籍出版社，1995.

［71］徐畛，龙子犹. 绣刻杀狗记定本［M］. 台北：台湾开明书店，1986：6344.

［72］李玉. 送京风云会［M］//古本戏曲丛刊五集 V11. 上海：上海古籍出版社，1986.

［73］孔尚任，王季思. 桃花扇校注［M］. 台北：里仁书局，1996：88.

［74］无名氏. 谢金吾诈拆清风府［M］//续修四库全书 V1761. 上海：上海古籍出版社，1995.

［75］胡寄尘. 清季野史［M］. 长沙：岳麓书社，1985：94.

［76］张岱，陈万益. 陶庵梦忆［M］. 台北：金枫出版社，1999：78.

［77］陈澹然. 义伶传［M］//清代燕都梨园史料正编 V5－56. 上海：上海书店，1996：9.

［78］徐珂. 清稗类钞［M］. 北京：中华书局，1986.

［79］张潮，王根林. 虞初新志［M］//清代笔记小说大观. 上海：上海古籍出版社，2007.

［80］曾衍东，盛伟. 小豆棚［M］. 济南：齐鲁书社，2004.

［81］按：文中演员秋三演《飞龙记》的太监魏忠贤，沙尔澄看到他刑虐忠良的桥段，"怒发冲冠，咬牙切齿，喊道：'再耐不得了！'"跳上戏台将他按颈杀了。见翁庵子. 生绡剪［M］//古本小说集成 V66. 上海：上海古籍出版社，1994：379。

［82］张廷玉. 明史［M］. 台北：台湾商务印书馆，1988.

［83］叶宪祖. 素梅玉蟾［M］//续修四库全书 V1765. 上海：上海古籍出版社，1995：126.

［84］徐子冀. 红楼二尤［M］//京剧传统剧本汇编 V28. 北京：北京出版社，2009：316.

［85］徐翙. 春波影［M］//续修四库全书 V1764. 上海：上海古籍出版社，1995：581.

［86］钱德苍. 缀白裘三集［M］//续修四库全书 V1779. 上海：上海古籍出版社，1995：531.

［87］李玉. 一捧雪［M］//续修四库全书 V1775. 上海：上海古籍出版社，1995：245.

［88］按：《冯燕歌》的故事类型在唐代有沈亚之的《冯燕传》、在宋代有曾布的《水调歌头》，到了明代，陆人龙的《三刻拍案惊奇》（《第9回·淫妇情可诛　侠士心当宥》）也是以《冯燕传》改编的。此外，朱翌清的《全荃》、陆釴的《病逸漫记》、江盈科的《雪涛小说·慎狱》、马生龙的《凤凰台记事》等，都为诛杀不义妇模式。至于曾衍东的《齐无咎》，以及蒲松龄《聊斋志异》中的《侠女》《商三官》等皆可看到女侠复仇断情的

模式。

［89］陈山. 中国武侠史［M］. 上海：上海三联书店，1992.

［90］脱脱，等. 宋史［M］. 台北：台湾商务印书馆，1988：5118.

［91］毕沅，沈志华. 续资治通鉴［M］. 台北：建宏出版社，1995：3553.

［92］李亮丞. 热血痕［M］. 北京：华夏出版社，2016.

［93］沈起凤. 谐铎［M］//古本小说集成 V5-16. 上海：上海古籍出版社，1994.

［94］刘钧. 杨娥传［M］//香艳丛书：五集卷3. 上海：上海书店，2014：218.

［95］赵吉士. 寄园寄所寄［M］//续修四库全书 V1196. 上海：上海古籍出版社，1995.

［96］秋星. 女侠翠云娘传［M］//香艳丛书：五集卷 3. 上海：上海书店，2014：248.

［97］俞樾. 荟蕞编［M］//笔记小说大观 V2-4. 台北：新兴书局，1988.

［98］方汝浩，江巨荣. 禅真逸史［M］. 上海：上海古籍出版社，1990：626.

［99］李绍文. 云间杂志［M］//四库全书存目丛书. 台南：庄严文化事业有限公司，1995：子244-481.

［100］郑若曾. 江南经略［M］//景印文渊阁四库全书. 台北：台湾商务印书馆，1983：728-460.

［101］张鼐. 吴淞甲乙倭变志［M］//丛书集成续编 V276. 台北：新文丰出版公司，1989：22.

［102］朱翊清. 埋忧集［M］//续修四库全书 V1271. 上海：上海古籍出版社，1995.

［103］李昉，等. 太平广记［M］. 哈尔滨：哈尔滨出版社，1995.

［104］二如亭主人. 绿牡丹全传［M］//古本小说集成 V5-50. 上海：上海古籍出版社，1995：142.

［105］冯梦龙，王桂兰. 醒世恒言［M］. 长春：吉林文史出版社，1995.

［106］钮琇. 觚剩［M］//续修四库全书 V1177. 上海：上海古籍出版社，1995.

［107］陈颖. 中国英雄侠义小说通史［M］. 南京：江苏教育出版社，1998.

［108］息观. 鸳鸯剑［M］. 上海：改良小说社，1909. 封面标"侠情小说"，题"绘图鸳鸯剑"，和京剧《好姊妹》讲的是同一个故事，但《鸳鸯剑》偏重姐姐郑秀妹救父的孝道，而《好姊妹》则偏重妹妹郑婉妹和聂宿园的爱情。

［109］海上剑痴，吴湛莹. 仙侠五花剑［M］//中国古代稀本小说 V5. 沈阳：春风文艺出版社，1996.

［110］蒲松龄，张友鹤. 聊斋志异：会校会注会评本［M］. 台北：里仁书局，1991.

［111］小横香室主人. 清朝野史大观：清代述异卷12［M］//笔记小说大观 V33-8. 台北：新兴书局，1988.

［112］东鲁古狂生. 醉醒石［M］. 台北：建宏出版社，1995：31.

［113］凌濛初. 二刻拍案惊奇［M］. 济南：齐鲁书社，1995.

［114］何晏，刑昺. 论语［M］//十三经注疏 V8. 台北：艺文印书馆，1997.

［115］杜预，孔颖达. 左传注疏［M］. 台北：艺文印书馆，1997.

［116］刘向，张清常，高诱. 战国策笺注［M］. 天津：南开大学出版社，1993.

［117］徐广，黄国士. 二侠传［M］. 明万历刻本（1573—1622 年）. 按：卷 1~12 为男侠传，卷 13~20 为女侠传，无出版资料.

［118］周清源，周楞伽. 西湖二集［M］. 北京：人民出版社，1999：312.

［119］冯梦龙. 情史：情侠类［M］//古本小说集成 V4 - 75. 上海：上海古籍出版社，1994.

［120］王韬. 淞隐漫录［M］. 台北：广文书局，1976.

［121］胡应麟. 少室山房笔丛［M］//四库全书补正：子部. 台北：台湾商务印书馆，1999.

［122］王韬. 淞滨琐话［M］//香艳丛书：十七集卷 1. 上海：上海书店，2014：26.

［123］长白浩歌子，刘连庚. 萤窗异草［M］. 济南：齐鲁书社，2004.

［124］冯梦龙，魏同贤. 警世通言［M］. 上海：上海古籍出版社，1991.

［125］陆人龙，等. 三刻拍案惊奇［M］//古本小说集成 V34. 上海：上海古籍出版社，1995.

［126］按：原文有误，"有侠气或致诚人"中，"致"应为"至"。

［127］酉阳. 女盗侠传［M］//香艳丛书：五集卷 3. 上海：上海书店，2014.

［128］王椷，华莹. 秋灯丛话［M］. 济南：黄河出版社，1990：317.

［129］司马迁. 史记［M］. 台北：台湾商务印书馆，1981.

［130］宣鼎. 夜雨秋灯录［M］. 济南：齐鲁书社，2004.

［131］凌濛初. 拍案惊奇［M］. 济南：齐鲁书社，1995.

［132］按：本篇《初刻拍案惊奇·卷 9·宣徽院仕女秋千会　清安寺夫妇笑啼缘》和《太平广记·卷 386·刘氏子妻》的剧情设计有部分雷同，男子皆年少有胆气，女子皆为情死而复生。

［133］按：以上见（清）徐珂《清稗类钞·义侠类》：汪太太捐资助书院、王某妻代人徙边、王文简夫人有侠性。

［134］陆容. 菽园杂记［M］. 台北：广文书局，1970：5.

［135］按：以上见（清）徐珂《清稗类钞·义侠类》：魏长生有侠气、刘其中排难济急、王花农酿金拯某令、秃梁行乞尚侠、张犟救法宝。

［136］按：见（明）黄煜《碧血录·燕客传列》，共二卷，汇集死于魏忠贤之手的六君子遗书。其旧抄《诏狱惨言》一卷，记明熹宗时六君子之祸。六君子为杨涟、左光斗、魏大中、周朝瑞、袁化中、顾大章。

［137］毛祥麟. 对山书屋墨余录［M］. 台北：广文书局，1991.

［138］徐昆. 柳崖外编［M］. 台北：广文书局，1969.

［139］徐鹤子. 物犹如此［M］. 台北：净土宗文教基金会，2008：225.

［140］长白浩歌子，刘连庚. 萤窗异草三编［M］. 济南：齐鲁书社，2004.

［141］按：孔融窝藏张俭，事发问罪时，孔母说："家事任长，妾当其辜。"见《后

汉书·卷70·孔融列传》。

　　[142] 欧阳昱. 见闻琐录 [M]. 长沙：岳麓书社，1986.

　　[143] 李德裕. 豪侠论 [M]//全唐文：卷709. 上海：上海古籍出版社，1990：3224.

　　[144] 吴迪君，王琯珑. 晚清第一奇案：张汶祥七刺马新贻 [M]. 杭州：浙江文艺出版社，1988：282.

　　[145] 王叔岷. 庄子校诠 [M]. 台北："中央"研究院历史语言所，1988：1205.

　　[146] 赵晔，黄仁生. 新译吴越春秋 [M]. 台北：三民书局，1996：277.

　　[147] 曹丕. 典论自序 [M]//汉魏六朝百三名家集. 台北：文津出版社，1979：1000.

　　[148] 吴宏一. 从侠义观念到武侠风貌 [M]//刘绍铭，陈永明. 武侠小说论（上）. 香港：明河出版有限公司，1998：193.

　　[149] 刘义庆，朱铸禹. 世说新语 [M]. 上海：上海古籍出版社，2002：536.

　　[150] 易剑东. 武侠文化 [M]. 台北：扬智文化事业股份有限公司，2000：35.

　　[151] 陈启天. 增订韩非子校释 [M]. 台北：台湾商务印书馆，1992：43 - 44.

　　[152] 余永梁. 殷墟文字续考 [J]. 国学论丛（一卷四号），1928.

　　[153] 转引自周娟. 甲骨文与"六书" [J]. 群文天地，2010（5）：98.

　　[154] 赵岐，孙奭. 孟子 [M]//十三经注疏 V8. 台北：艺文印书馆，1997.

　　[155] 王世贞，任渭长. 剑侠图传全集 [M]. 石家庄：河北人民出版社，1987：184.

　　[156] 按：以上见（清）徐珂《清稗类钞·义侠类》：李苑芝出火中男妇、樵叟救某宦出狱、海鹿门解圈、白兰花募赈捐、某客为公子除盗。其中某客为公子除盗的故事亦见《平顶僧》。

　　[157] 王士祯. 池北偶谈 [M]//丛书集成三编 V68. 台北：新文丰出版公司，1997：178.

　　[158] 瞿佑. 剪灯新话 [M]//古本小说集成 V4 - 144. 上海：上海古籍出版社，1994：143.

　　[159] 高启. 凫藻集 [M]//景印文渊阁四库全书. 台北：台湾商务印书馆，1983.

　　[160] 吴炽昌. 客窗闲话 [M]//续修四库全书 V1263. 上海：上海古籍出版社，1995.

　　[161] 褚人获，李梦生. 坚瓠余集 [M]//清代笔记小说大观. 上海：上海古籍出版社，2007：2028.

　　[162] 李渔. 秦淮健儿传 [M]//国学治要五·古文治要卷四. 台北：世界书局，2011.

　　[163] 乐钧，辛照. 耳食录 [M]. 济南：齐鲁书社，2004：225.

　　[164] 苏轼. 苏东坡全集 [M]. 北京：中国书店，1986：776.

　　[165] 王韬. 遁窟谰言 [M]//近代中国小说史料续编 V29. 台北：广文书局，

1987：28.

[166] 袁枚. 子不语全集 [M]. 石家庄：河北人民出版社，1987.

[167] 丁秉仁. 瑶华传 [M] //古本小说集成 V4 - 100. 上海：上海古籍出版社，1995.

[168] 按：吴六一即吴六奇。

[169] 按：康熙二年（1663 年），关于庄廷鑨明史一案，查继佐名列参校中，几乎遭遇不测。吴六奇为之奏辩，终免一死。

[170] 天然痴叟. 石点头 [M]. 台北：广文书局，1983.

[171] 侠女希光传 [M] //香艳丛书：十二集卷 4. 上海：上海书店，2014.

[172] 按：如《霍小玉传》中的黄衫客为霍小玉出头，挟持李益到她面前，以及《昆仑奴》中的磨勒劫走红绡姬，让崔生带她私奔。

[173] 王立. 中国古代侠文学主题片论：侠义复仇对象及练技雪恨 [J]. 西南师范大学学报，1996（1）.

[174] 刘绍伶. 贞洁与暴力：明代士人与妇女贞洁观之精神侧面 [J]. 华梵文学报，2009（11）：80.

[175] 按：语出康德。传统的道德哲学分主内派和主外派，前者以康德（I. Kant，1724—1804 年）的严格主义为代表，重行为未发之前的种种心理要素，如动机、意向、品性等。见伍振鷟，等. 教育哲学 [M]. 台北：五南图书出版有限公司，2010：285。

[176] 黄灵庚，吴战垒. 吕祖谦全集 [M]. 杭州：浙江古籍出版社，2008：454.

[177] 施护，毛志明. 佛说大方广善巧方便经 [M] //佛藏 V26. 上海：世纪出版股份有限公司，2011：26 - 674.

[178] 马幼垣. 话本小说里的侠 [M] //中国小说史集稿. 台北：时报文化公司，1983.

[179] 徐述夔. 快士传 [M] //古本小说集成 V2 - 121. 上海：上海古籍出版社，1990：467.

[180] 苏庵主人. 归莲梦 [M]. 台北：广文书局，1991：32.

[181] 按：王立在其所著《武侠文化通论》第十三章"侠盗伦理的佛道思想渊源——明清小说中侠盗采花禁忌的文学言说"中，有很多关于侠的色戒之论述，不过都是以盗论侠，并未确立侠盗之分。详见王立. 武侠文化通论 [M]. 北京：人民出版社，2005。

[182] 吴炽昌. 续客窗闲话 [M] //丛书集成三编 V65. 台北：新文丰出版公司，1997：570.

[183] 吴从先. 小窗自记 [M] //四库全书存目丛书. 台南：庄严文化事业有限公司，1995：子 252 - 616.

[184] 名教中人. 好逑传 [M]. 台北：双笛国际事务有限公司出版部，1995.

[185] 郑玄，孔颖达. 诗经 [M] //十三经注疏 V3. 台北：艺文印书馆，1997：20.

[186] 醉西湖心月主人. 弁而钗之情侠记 [M]. 台北：双笛国际事务有限公司出版

部，1996：109.

[187] 鲁迅. 再论雷峰塔的倒掉 [J]. 语丝，1925（15）：1-6.

[188] 长白浩歌子，刘连庚. 萤窗异草二编 [M]. 济南：齐鲁书社，2004.

[189] 按：丁治棠的《剑仙国》叙述一卒役之子，为寻回提督丢失的圣旨，深探剑仙国之事，文中的剑仙国金碧辉煌，俨然人间帝王，此文亦有桃源景象。

[190] 慵讷居士. 咫闻录 [M] //续修四库全书 V1270. 上海：上海古籍出版社，1995：680.

[191] 艾衲居士，陈大康. 豆棚闲话 [M]. 台北：三民书局，1998：118.

[192] 周亮工. 因树屋书影 [M] //续修四库全书 V1134. 上海：上海古籍出版社，1995：352.

[193] 按：李碧华，香港小说家。其小说常被拍为电影，其中《胭脂扣》于1989年拍成电影，该片由关锦鹏执导，梅艳芳及张国荣主演，成为梅、张二人的代表作。

[194] 曹正文. 侠文化 [M]. 台北：云龙出版社，1997.

[195] 莱维.《西游记》：一部"戏仿"的武侠小说 [M]. 黄俊贤，译//刘绍铭，陈永明. 武侠小说论卷（下）. 香港：明河出版有限公司，1998：495.

[196] 叶洪生. 中国武侠小说总论 [M] //刘绍铭，陈永明. 武侠小说论（上）. 香港：明河出版有限公司，1998.

[197] 按："银字儿"即宋代说话者在说故事时，以银字管吹奏相和，故曰银字儿。"说公案"即宋代说话者所讲的公案故事。"说铁骑儿"即宋代说话者所讲的战争故事。根据（宋）灌圃耐得翁《都城纪胜·瓦舍众伎》所载："说话有四家：一者小说，谓之银字儿，如烟粉、灵怪、传奇。说公案，皆是搏刀赶棒，乃发迹变泰之事。说铁骑儿，谓士马金鼓之事。……讲史书，讲说前代书史文传、兴废争战之事。"

[198] 周清霖. 中国武侠小说名著大观 [M]. 上海：上海书店出版社，1996：1.

[199] 鲁迅. 中国小说史略 [M]. 台北：五南图书出版有限公司，2009.

[200] 按：我国古典小说的一种创作题材，系属章回体制。它起源于宋元话本中四讲之一的"小说"，与"小说"中的公案、朴刀、杆棒、说铁骑儿关系密切。明代以后，英雄传奇小说基本上从历史演义中分化而来，但相对于历史演义小说而言它是纪传体，是"以一人一家事为主而近于外传、别传及家人传者"。见孙楷第. 中国通俗小说书目 [M]. 北京：人民文学出版社，1982：6。

[201] 熊大木. 大宋中兴通俗演义 [M] //古本小说集成 V4-71. 上海：上海古籍出版社，1994：1.

[202] 陈平原. 陈平原小说史论集 [M]. 石家庄：河北人民出版社，1997：981.

[203] 杨东方. 明清英雄传奇小说的内涵与发生 [J]. 天中学刊，2006（4）.

[204] 按：《杨家府演义》现存最早的刊本为明万历三十四年（1606年）卧松阁刊本，共8卷58回，序文前题"杨家通俗演义序"，序末则署"万历丙午长治日秦淮墨客书"。

[205] 俞万春. 荡寇志 [M]. 台北：文化图书公司，1991.

［206］贪梦道人. 彭公案［M］. 台北：文化图书公司，1991：85.

［207］石玉昆. 三侠五义［M］. 台北：桂冠图书有限公司，1987.

［208］朱一玄. 水浒资料汇编［M］. 天津：南开大学出版社，2012.

［209］文学理论汇编（下）［M］. 台北：华诺文化事业有限公司，1985：888.

［210］按：石玉昆《三侠五义》第 13 回写展昭初遇白玉堂，看他"武生打扮，眉清目秀，年少焕然"，又第 31 回丁二爷向展昭介绍白玉堂："惟有五爷，少年华美，气字不凡，为人阴险狠毒，却好行侠作义，就是行事刻毒。是个武生员，金华人氏，姓白名玉堂。因他形容秀美，文武双全，人呼他绰号为锦毛鼠。"

［211］按：杨香武一盗九龙杯见第 29 回，二盗九龙杯见第 32 回，三盗九龙杯见第 37 回。见贪梦道人. 彭公案［M］. 台北：文化图书公司，1991：86 - 112。

［212］按：杨香武除了在《彭公案》的定位外，在京剧折子戏《三盗九龙杯》也是主角，在（清）张杰鑫小说《三侠剑》中亦属正面人物。

［213］谢兴尧. 窦尔敦事略［J］. 古今，1944（45）：32.

［214］文康. 儿女英雄传［M］. 台北：文化图书公司，1985.

［215］濮文起. 中国民间秘密宗教［M］. 杭州：浙江人民出版社，1991：135.

［216］李卓吾. 焚书［M］//赟文集 V1. 北京：北京社会科学文献出版社，2000：101.

［217］许仲琳. 封神演义［M］. 台北：台湾书房出版社，2012.

［218］不提撰人. 后宋慈云走国全传［M］//古本小说集成 V3 - 89. 上海：上海古籍出版社，1990：669.

［219］吴璇. 飞龙全传［M］. 上海：上海古籍出版社，1995.

［220］蔡东藩. 元史演义［M］. 台北：文化图书公司，1991.

［221］魏徵，等. 隋书［M］. 台北：台湾商务印书馆，2010.

［222］叶绍翁. 四朝闻见录［M］. 北京：中华书局，1989：76.

［223］按："官侠"是陈颖提出来的词。是指"发生了新的报恩忠君思想，乐为统治阶级利用"的侠客。见陈颖. 中国英雄侠义小说通史［M］. 南京：江苏教育出版社，1998：115。

［224］不提撰人. 施公案［M］. 台北：建宏出版社，1995：593.

［225］潘天强. 英雄：全人类共同的话题［N］. 南方日报，2011 - 03 - 30.

［226］傅衣凌. 明清时代商人及商业资本［M］. 北京：中华书局，2007：204.

［227］按："主观能动性"为马克思所提的理论，又称自觉能动性，简单讲，单纯的意识不会引起客观事物的变化，但人的意识却会驱动我们去改变物质，改造世界，而这种意识的驱动力量就是人的主观能动性。见马克思. 关于费尔巴哈的提纲［M］//马克思恩格斯选集. 北京：人民出版社，1996：54 - 61。

［228］石玉昆. 小五义［M］. 台北：建宏出版社，1995：1.

［229］唐芸洲. 七剑十三侠［M］. 南昌：江西人民出版社，1988.

［230］按：何新称晚清侠义小说中侠客"俯首皈依于'清官'所体现的是皇权的正

统性"，"这一归宿不仅是侠的没落，也是武侠小说的堕落"；清官与侠客合流，使得"侠文学没落为奴才文学"。见何新．侠与武侠文学源流研究［J］．文艺争鸣，1988（1）。

［231］徐岱．侠士道：金庸小说与中国精神［M］．北京：北京大学出版社，2009：366.

［232］罗贯中，毛宗岗．三国演义［M］．台北：建宏出版社，1994：643.

［233］按：子不揭发父是孝，是报亲恩，故报恩优位于忠君和守法，但反过来说，父揭发子则不受责，这是父对子本有恩，而子行不义已伤父恩，故父能加以揭发。比如《左传》中石碏大义灭子，文末君子曰："石碏，纯臣也，恶州吁而厚与焉。大义灭亲，其是之谓乎！"见杨伯峻．春秋左传注［M］．北京：中华书局，1990：37138。

［234］钱彩．说岳全传［M］．台北：桂冠图书股份有限公司，1985：435.

［235］陶弘景，赵益．真诰［M］．北京：中华书局，2011：284.

［236］按：以现实角度来看，明朝政府和少林僧人关系密切，明初不断征用少林僧兵，鼓动了少林的练武之风，明中期以后，还利用少林僧兵抗倭，少林武僧声名大噪，至有"天下武功出少林之说"。不仅如此，就大环境来说，明代武术流派林立，拳种纷呈，形成少林拳、武当拳等七大流派，民间练武之风相当盛行。见王广西．功夫：中国武术文化［M］．台北：云龙出版社，2002。

［237］罗立群．明清长篇剑侠小说的演变及文化特征［J］．文化遗产，2010（3）：108－116.

［238］钱希言．狯园［M］//续修四库全书 V1267．上海：上海古籍出版社，1995：57.

［239］杨毅．佛道"转世""谪世"观念对元代度脱剧结构模式的影响［J］．长江大学学报（社会科学版），2009（1）：33－35.

［240］吕熊．女仙外史［M］//古本小说集成 V2－68．上海：上海古籍出版社，1990.

［241］李百川．绿野仙踪［M］．台北：文化图书公司，1992.

［242］漆倩.《瑶华传》的叙事方式简论［J］．怀北职业技术学院学报，2012（4）：53.

［243］龚鹏程．论清代的侠义小说［M］//淡江大学中文系．侠与中国文化．台北：台湾学生书局，1993：187.

［244］名教中人．侠义风月传［M］．台北：文化图书公司，1990.

［245］按：《义勇四侠闺英传》即《义勇四侠闺媛传》，其通俗的名字为《雪月梅》，在德华堂藏版刻为《孝义雪月梅传》，徐朔方在前言写道：作者陈朗。

［246］按：岑秀知道自己得了三段姻缘后的反应是"听了喜得做声不得，只道得一句：'小侄如何消受得起？'蒋公笑道：'一位年少三公，也必得这三位夫人内助。'"虽然这三位内助岑秀心仪已久，但姻缘是别人代他敲定的，是因为他年少三公。见（清）镜湖逸叟《雪月梅》第50回。

［247］镜湖逸叟．雪月梅［M］//古本小说集成 V4－9．上海：上海古籍出版社，1994.

［248］孟瑶. 中国小说史［M］. 台北：传记文学出版社，1996：590.

［249］黄锦珠. 邵振华及其《侠义佳人》［J］. 清末小说（第 30 号），2007：137 – 139.

［250］邵振华. 侠义佳人［M］. 南昌：百花洲文艺出版社，1993.

［251］吴宇娟. 走出传统的典范：晚清女作家小说女性蜕变的历程［J］. 东海中文学报，2007（19）：257.

［252］《侠义佳人》的晓光社，是取其"晓光一线，渐进光明"之意。见邵振华. 侠义佳人［M］. 南昌：百花洲文艺出版社，1993：120。又第 4 回中说出创会精神："即如我们总会，也是一个仁字罢了。因为可怜我们中国女子的黑暗，才派了人四处的演说。"点出封建时代下女性地位的卑下，故晓光意在启蒙女智。而王妙如在《女狱花》第 9 回至第 10 回中，叙述沙雪梅与张柳娟、仇兰芷、吕中杰、施如墨、岳月君等六位女将共同筹组女界革命党，她们的目的是"舟沉釜破夺男权"。见王妙如. 女狱花［M］. 南昌：百花洲文艺出版社，1993：744 – 751。

［253］按：郑鄤品行不端，被阉党温体仁安以"迫父杖母"的罪状铸成死罪。同为东林党的陈子龙对郑鄤为人也不无微词，在陈子龙的《年谱》中有"本公论所斥，诸君子误收之"的负评。见陈子龙，潘士超. 陈忠裕公自著年谱［M］//北京图书馆藏珍本年谱丛刊 V63：陈忠裕公全集附本：卷上崇祯十五. 北京：北京图书馆，1999：22a。

［254］刘绍铭，陈永明. 武侠小说论（上）［M］. 香港：明河出版有限公司，1998：71.

［255］蔡尚思，方行. 谭嗣同全集（下）［M］. 香港：中华书局，1981：536.

［256］张灏. 烈士精神与批判意识［M］. 台北：联经出版事业公司，1988：13.

［257］张灏. 近代中国思想人物论：晚清思想［M］. 台北：时报文化出版事业有限公司，1985：33.

［258］按：指（清）吴敬梓《儒林外史》第 12 回叙述的一场假冒侠客的闹剧。

［259］王鸿泰. 侠少之游：明清士人的城市交游与尚侠风气［M］//李孝悌. 中国的城市生活. 北京：北京大学出版社，2013.

［260］钱谦益. 列朝诗集小传［M］. 台北：明文书局，1991.

［261］张㧑之，沈起炜，刘德重. 中国历代人名大辞典［M］. 上海：上海古籍出版社，1999：2222.

［262］汪道昆. 太函集［M］//四库全书存目丛书 V117. 台南：庄严文化事业有限公司，1997：8b – 11a.

［263］刘嗣孔，刘湘煃.（乾隆）汉阳县志［M］//稀见中国地方志汇刊 V36. 北京：中国书店，1992：12.

［264］王世贞. 弇州续稿［M］//景印文渊阁四库全书. 台北：台湾商务印书馆，1983.

［265］徐学谟. 宋布衣集［M］//丛书集成初编 V3450. 北京：中华书局，1985：1.

［266］徐𤊹. 徐氏笔精：卷四［M］//丛书集成续编 V17. 台北：新文丰出版公司，1989：484.

[267] 李昉，等. 太平御览 [M]. 台北：国泰文化事业有限公司，1980：1680.

[268] 何玉棻，魏式曾. 同治直隶澧州志 [M]. 长沙：岳麓书社，2010：455.

[269] 钱谦益. 牧斋初学集 [M]. 上海：上海古籍出版社，1996：1457.

[270] 丁元荐. 尊拙堂文集 [M] //四库全书存目丛书. 台南：庄严文化事业有限公司，1997：集 170 - 647.

[271] 冈田武彦. 王阳明与明末儒学 [M]. 吴光，译. 上海：上海古籍出版社，2000：388.

[272] 杨儒宾，马渊昌也. 中日阳明学者墨迹：纪念王阳明龙场之悟五百年暨中江藤树诞生四百年 [M]. 台北：台湾大学出版中心，2009：104.

[273] 柯劭忞. 新元史 V54 [M]. 北京：中国书店，1992.

[274] 王锦萍. 宗教组织与水利系统：蒙元时期山西水利社会中的僧道团体探析 [J]. 历史人类学学刊，2011（1）：34.

[275] 姚燧. 牧庵集 [M] //四部丛刊初编 V234. 上海：上海书店，1989：15.

[276] 宋濂. 元史 [M]. 台北：台湾商务印书馆，1988.

[277] 钟嗣成，王钢. 校订录鬼簿三种 [M]. 郑州：中州古籍出版社，1991：83.

[278] 元好问. 遗山先生文集 [M] //四部丛刊 V222. 上海：上海书店，1989. 本书未标页码。

[279] 冯从吾. 元儒考略 [M] //四库全书珍本四集 V434. 台北：台湾商务印书馆，1983：11.

[280] 陈梦雷，等. 朱震亨列传 [M] //古今图书集成 V46：卷 525 [M]. 台北：鼎文出版社，1985：5570.

[281] 陈继儒. 陈眉公小品 [M]. 北京：文化艺术出版社，1996.

[282] 陈继儒. 白石樵真稿 [M] //四库禁毁书丛刊：集 66. 北京：北京出版社，2005.

[283] 王稚登. 王百谷集十九种 [M] //四库禁毁书丛刊：集 175. 北京：北京出版社，2000.

[284] 王稚登. 广长庵主生圹志 [M] //四库禁毁书丛刊：集 175. 北京：北京出版社，2000：267.

[285] 刘凤. 续吴先贤赞 [M] //丛书集成初编 V3394. 北京：中华书局，1985：95.

[286] 罗王常. 秦汉印统：八卷 [M]. 明万历三十四年新都吴氏树滋堂刊朱印本.

[287] 沈德符. 万历野获编：卷 18 [M] //四库禁毁书丛刊：史 4. 北京：北京出版社，2005：356.

[288] 宋景濂. 明文衡 [M] //四库全书荟要. 台北：世界书局，1988：482 - 416.

[289] 张萱. 西园闻见录 [M] //续修四库全书 V1168. 上海：上海古籍出版社，1995.

[290] 赵尔巽. 清史稿 [M] //续修四库全书 V300. 上海：上海古籍出版社，1995.

[291] 黄宗羲. 黄宗羲全集：第一册 [M]. 杭州：浙江古籍出版社，1985：390.

［292］徐世昌，陈祖武. 清儒学案［M］. 石家庄：河北人民出版社，2008：1.

［293］黄宗羲. 历代学案［M］//儒藏 V13. 成都：四川大学出版社，2005：484.

［294］方苞. 望溪先生文集［M］//续修四库全书 V1420. 上海：上海古籍出版社，1995：389.

［295］班固，颜师古. 汉书［M］. 台北：台湾商务印书馆，2010.

［296］全祖望. 经史问答：卷 10［M］//清代学术笔记丛刊 V15. 北京：学苑出版社，2005：113.

［297］许倬云. 任侠：国家权威与民间秩序的激荡［M］//刘绍铭，陈永明. 武侠小说论（上）. 香港：明河出版有限公司，1998：182.

［298］佚名. 大宋宣和遗事前集［M］//古本小说集成 V4-155. 上海：上海古籍出版社，1994：51.

［299］谷应泰. 明史纪事本末［M］//四库全书荟要. 台北：世界书局，1988.

［300］盛康. 皇朝经世文续编：卷 18［M］//近代中国史料丛刊 V831. 台北：文海出版社，1973：1990.

［301］蔡东藩. 明史演义［M］. 台北：文化图书公司，1991.

［302］贺长龄，魏源，等. 清经世文编［M］. 北京：中华书局，1992：685.

［303］蒋良骐. 东华录［M］//续修四库全书 V368. 上海：上海古籍出版社，2002：20.

［304］佚名. 清宣宗成皇帝实录（一）［M］. 北京：中华书局，1986：20-21.

［305］钱基博. 武林丛谈［M］. 上海：上海书店，1989.

［306］脱脱，等. 金史［M］. 台北：台湾商务印书馆，1988.

［307］钱谦益. 国初群雄事略［M］//四库禁毁书丛刊：史 8. 北京：北京出版社，2005：152.

［308］余子俊. 余肃敏集［M］//明经世文编：卷 61［M］. 北京：中华书局，1997：489.

［309］郑廉. 豫变纪略［M］//丛书集成续编 V279. 台北：新文丰出版公司，1989：290.

［310］江地. 捻军史研究与调查［M］. 济南：齐鲁书社，1985：326-327.

［311］佐藤文俊. 清初土寨秩序的解体：以山东、河南为例［C］//全球化下明史研究之新视野论文集（二）. 台北：东吴大学历史学系，2007：264.

［312］徐泓. 二十世纪中国的明史研究［M］. 台北：台湾大学出版中心，2011：50.

［313］按：值得注意的是，不同于三国时期坞堡与朝廷的对立，寨堡跟官军可以是合作关系，甚至寨堡是在官员鼓励下建立的。比如金宣宗就曾下诏各地人民聚众结寨自保抵抗蒙古；明代巡抚卢象升曾积极推行立寨；清代咸丰、同治年间，朝廷及地方官也动员在中原筑构寨堡抵御外患，所以豪侠不只要维护寨堡内部的团结，也要审慎评估寨堡与官府的关系。

［314］梁绍壬，庄葳. 两般秋雨庵随笔：卷 4［M］//清代笔记小说大观（六）. 上海：上海古籍出版社，2007：5360.

［315］唐枢. 御倭杂著［M］//明经世文编：卷270［M］. 北京：中华书局，1997：2851.

［316］唐力行. 论明代徽州海商与中国资本主义萌芽［J］. 中国经济史研究，1990（3）：92.

［317］龚书铎，刘德麟. 图说元朝［M］. 南京：凤凰出版社，2007：92.

［318］陶宗仪，杨家骆. 辍耕录［M］. 台北：世界书局，1987：439.

［319］罗尔纲. 张洛行传［J］. 安徽史学，1984（3）：43.

［320］罗尔纲. 太平天国史［M］. 北京：中华书局，1991.

［321］盛康. 皇朝经世文续编：卷45［M］//近代中国史料丛刊V837. 台北：文海出版社，1973：4927.

［322］胡太初，赵与沐. 永乐大典：卷7894 汀［M］//四库全书存目丛书补编. 济南：齐鲁书社，2001：补65 - 417.

［323］佚名. 福州府志万历本［M］. 稀见中国地方志汇刊V32. 北京：中国书店，1992：752.

［324］龚鹏程. 侠的精神文化史论［M］. 台北：风云时代出版公司，2004：185.

［325］何宗美，袁媛. 中晚明"山人侠"略论［J］. 西南大学学报，2009（2）.

［326］萧敏材. 晚明吴中布衣文人王百谷新探［D］. 台北："中央"大学，2008：84.

［327］永瑢，等. 景印文渊阁四库全书［M］. 台北：台湾商务印书馆，1983：824.

［328］陈继儒. 晚香堂集［M］//丛书集成三编V51. 台北：新文丰出版公司，1997：429.

［329］韩云波. 侠的文化内涵与文化模式［J］. 西南师范大学学报，1994（2）：94.

［330］陆绍珩. 醉古堂剑扫［M］. 台北：老古文化事业公司，1993.

［331］顾圣少. 顾东江集［M］//四库全书存目丛书V308. 济南：齐鲁书社，1997：605.

［332］俞允文. 仲蔚先生集［M］//四库全书存目丛书V140. 济南：齐鲁书社，1997：644.

［333］徐渭. 徐渭集［M］. 北京：中华书局，1983：242.

［334］王寅. 十岳山人集［M］//四库全书存目丛书V79. 济南：齐鲁书社，1997：199.

［335］钱谦益. 列朝诗集小传［M］. 台北：世界书局，1985：586.

附录 明清"侠"小说目录编排[1]

作品名称	编撰辑译者	编撰辑译者活动年代或成书年代	备注
《水浒传》[2]	施耐庵[3]	约 1296—1372 年	章回小说，版本很多，以 70 回、100 回和 120 回三种流行较广
《凫藻集》	高启	1336—1373 年	《卷4·南宫生传》《卷4·四公子》《卷5·书博鸡者事》
《申阳洞记》	瞿佑	1341—1427 年	收录于《剪灯新话·卷3》
《武平灵怪录》	李昌祺	1376—1452 年	收录于《剪灯余话·卷3》
《苹野纂闻》	伍余福	1444 年前后	第一篇《终南勇士》
《剑侠传》	王世贞	1526—1590 年	短篇文言小说，共收唐宋元明剑侠小说 33 篇
《少室山房笔丛·甲乙剩言》	胡应麟	1551—1602 年	《卷1·酒肆主人》《卷32·薛素素》
《边城》	魏浚	1553—1625 年	收录于《西事珥·卷4》
《吕祖飞剑记》[4]	邓志谟	1554—1624 年	章回小说，共 13 回
《许仙铁树记》[5]			章回小说，二卷 15 回
《涌幢小品》	朱国祯	1558—1632 年	《卷9·陈同甫谈兵》《卷9·絷献千户》《卷9·博鸡者》《卷9·王葛仗义》《卷9·豕首》《卷19·假妖》《卷24·仙侠》《卷28·胡御史僧异》《卷29·逢吕仙》《卷31·狮豪》《卷31·毒食》《卷33·吴建》
《狯言》	钱希言	约 1562—1638 年[6]	《卷1·顶缸和尚》《卷3·青丘子》

（续上表）

作品名称	编撰辑译者	编撰辑译者活动年代或成书年代	备注
《薛素素王修微》	徐𤊹	1563—1639 年	收录于《徐氏笔精·卷5》
《九钥集》	宋懋澄	1570—1622 年	《卷10·侠客》
《九钥别集》			《刘东山》《朱丐儿》
《喻世明言》	冯梦龙	1574—1646 年	《卷15·史弘肇龙虎君臣会》《卷19·杨谦之客舫遇侠僧》《卷21·临安里钱婆留发迹》《卷36·宋四公大闹禁魂张》《卷39·汪信之一死救全家》
《警世通言》			《卷21·赵太祖千里送京娘》《卷25·桂员外途穷忏悔》《卷32·杜十娘怒沉百宝箱》《卷37·万秀娘仇报山亭儿》
《醒世恒言》			《卷17·张孝基陈留认舅》《卷29·卢太学诗酒傲公侯》《卷30·李汧公穷邸遇侠客》《卷31·郑节使立功神臂弓》《卷37·杜子春三入长安》
《情史类略》			《卷4·情侠类》，共35则
《初刻拍案惊奇》	凌濛初	1580—1644 年	《卷3·刘东山夸技顺城门　十八兄奇踪村酒肆》《卷4·程元玉店肆代偿钱　十一娘云冈纵谭侠》《卷8·乌将军一饭必酬　陈大郎三人重会》《卷9·宣徽院仕女秋千会清安寺夫妇笑啼缘》《卷15·卫朝奉狠心盘贵产　陈秀才巧计赚原房》《卷16·张溜儿熟布迷魂局　陆蕙娘立决到头缘》《卷19·李公佐巧解梦中言　谢小娥智擒船上盗》《卷30·王大使威行部下　李参军冤报生前》

（续上表）

作品名称	编撰辑译者	编撰辑译者活动年代或成书年代	备注
《二刻拍案惊奇》	凌濛初	1580—1644 年	《卷9·莽儿郎惊散新莺燕 扶梅香认合玉蟾蜍》《卷11·满少卿饥附饱飏 焦文姬生仇死报》《卷12·硬勘案大儒争闲气 甘受刑侠女著芳名》《卷22·痴公子狠使噪脾钱 贤丈人巧赚回头婿》《卷27·伪汉裔夺姜山中 假将军还姝江上》《卷31·行孝子到底不简尸 殉节妇留待双出柩》《卷39·神偷寄兴一枝梅 侠盗惯行三昧戏》
《三刻拍案惊奇》[7]	陆人龙	约 1589—1630 年	《第3回·情词无可逗 羞杀抱琵琶》《第7回·生报华尊恩 死谢徐海义》《第9回·淫妇情可诛 侠士当心宥》《第12回·坐怀能不乱 秉正自无偏》
《李一足传》	王猷定	1598—1662 年	收录于《虞初新志·卷8》
《汪十四传》	徐翙[8]	1602—1681 年	收录于《虞初新志·卷2》
《秦淮健儿传》	李渔	1610—1680 年	收录于《虞初新志·卷5》
《女侠传》	邹之麟	约 1610 年	收录于《续说郛·卷23》
《剑侠》	周亮工	1612—1672 年	收录于《因树屋书影·卷4》
《水浒后传》	陈忱	1615—1670 年	章回小说，共40回
《二侠传》	徐广	1613 年刻本	文言轶事小说集，共20卷，此书兼采正史与小说人物
《续剑侠传》	周诗雅	1619 年刻本	短篇文言小说，共五卷
《寄园寄所寄》	赵吉士	约 1621—？	《卷6·焚麈寄·闺中异人·列朝诗集》《卷10·驱睡寄·勇侠》[12]
《燕客传列》	黄煜	约 1621—？	收录于《碧血录》，共二卷，汇集死于魏阉之手的六君子遗书

（续上表）

作品名称	编撰辑译者	编撰辑译者活动年代或成书年代	备注
《大铁椎传》	魏禧	1624—1681 年	收录于《魏叔子文钞》及《虞初新志·卷1》
《石点头》[13]	天然痴叟（席浪仙）[14]	1629—？	章回小说，共14回《第12回·候官县烈女歼仇》
《禅真逸史》[9]	方汝浩	1629 年刊本	全书8卷40回
《禅真后史》[10]			章回小说，共53回
《弁而钗》[15]	醉西湖心月主人	1631—？	《情侠记》
《侠女散财殉节》	周楫	1631—1640 年刊刻	收录于《西湖二集·第19卷》
《英雄谱》	熊飞	1631—1640 年刊刻	章回小说，共150回（《水浒传》与《三国演义》合刊）
《池北偶谈》	王士禛	1634—1711 年	《卷23·剑侠传》《卷26·女侠》[16]
《异侠借银》	褚人获	约 1635—？	收录于《坚瓠余集·卷之1》
《鸳鸯针》	华阳散人[11]	约 1636—？	《卷2·轻财色真强盗说法　出生死大义侠传心》
《萤窗异草》	长白浩歌子[17]	生平不详	初编《卷1·天宝遗迹》《卷1·玉镜夫人》《卷2·冯垍》《卷4·夏姬》，二编《卷4·袅烟》《卷4·姜千里》，三编《卷1·田再春》《卷2·童之杰》《卷4·钟萧》
《醉菩提》[18]	天花藏主人[19]	生平不详	章回小说，共20回
《女仙外史》[20]	吕熊	约 1640—1722 年	章回小说，共100回
《聊斋志异》	蒲松龄	1640—1715 年	《卷2·妖术》《卷2·侠女》《卷2·聂小倩》《卷3·丁前溪》《卷3·商三官》《卷5·红玉》《卷5·武技》《卷6·庚娘》《卷6·细侯》《卷8·禽侠》《卷17·佟客》

（续上表）

作品名称	编撰辑译者	编撰辑译者活动年代或成书年代	备注
《后水浒传》	青莲室主人	约1645—？	章回小说，共45回
《醉醒石》	东鲁古狂生	约1648—？	章回小说，共15回，《第2回·恃孤忠乘危血战　仗侠孝结友除凶》《第10回·济穷途侠士捐金　重报施贤绅取义》
《义牛传》	陈鼎	1650—？	收录于《虞初新志·卷11》
《花隐道人传》	张潮	1650—1709年	收录于《虞初新志·卷5》
《髯樵传》	顾彩	1650—1718年	收录于《虞初新志·卷8》
《豆棚闲话》	艾衲居士	1651—1660年出版	《第3则·朝奉郎挥金倡霸》《第9则·渔阳道刘健儿试马》
《归莲梦》	苏庵主人	1661—1670年出刊	章回小说，共12回
《琵琶瞽女》	吴陈琰	约1662—？	收录于《松筠阁钞异·人异下》《虞初续志·卷2》
《世无匹》	娥川主人	1671—1680年出版	章回小说，共4卷16回
《生花梦》			章回小说，共4卷12回
《好逑传》[21]	名教中人	1671—1680年	章回小说，共18回
《记盗》	杨衡选	生平不详	收录于《虞初新·卷7》
《杨娥传》	刘钧	生平不详	收录于虫天子《香艳丛书》，五集：《卷3·杨娥传》《卷3·女盗侠传》《卷3·女侠翠云娘传》《卷3·女侠荆儿记》，十二集：《卷4·侠女希光传》
《女盗侠传》	酉阳	生平不详	
《女侠翠云娘传》	秋星	生平不详	
《女侠荆儿记》	佚名	生平不详	
《侠女希光传》	佚名	生平不详	
《觚剩》	钮琇	约1700年成书	《卷3·云娘》《卷7·雪遘》
《觚剩续编》			《卷2·张羽军》

（续上表）

作品名称	编撰辑译者	编撰辑译者活动年代或成书年代	备注
《柳崖外编》	徐昆	1715—？	《卷2·巧哥捷儿》《卷2·丰润城隍》《卷4·饿鬼》《卷5·李侠客》
《子不语》[22]	袁枚	1716—1797年	《卷16·全姑》《卷14·卖蒜叟》
《绿野仙踪》	李百川	1719—1771年	章回小说，共100回
《飞龙全传》	吴璇	约1749—？	章回小说，共60回
《清代述异》	徐承烈[23]	1730—1803年	《卷12·冯铁头》《卷12·庄叟》
《崔东壁先生遗书》	崔述	1740—1816年	《卷3·扬州捕盗记》《卷4·漳南侠士传》
《谐铎》	沈起凤	约1741—1794年	《卷4·侠妓教忠》《卷6·葛九》
《小豆棚》	曾衍东	约1750—1820年	《卷2·周劈刀》《卷2·齐无咎》《卷14·折铁叉》《卷14·平顶僧》
《客窗偶笔》	金捧阊	1760—1810年	《女侠传》
《儿女浓情传》[24]	陈朗	约1766年	章回小说，共50回
《韩五遇侠》	乐钧	约1766—1816年	收录于《耳食录二编·卷6》
《客窗闲话》	吴炽昌	约1780—？	《卷3·某驾长》《卷4·调白》
《续客窗闲话》			《卷1·难女》
《三侠五义》	石玉昆	约1787—1856年	原名《忠烈侠义传》，后人编成章回小说，共120回
《小五义》[25]			后人编成章回小说，共124回，并据以编《续小五义》，共124回
《荡寇志》[26]	俞万春	1794—1849年	章回小说，共70回
《埋忧集》	朱翊清	1795—？	《卷4·铁儿》《卷6·祭鳄鱼文》《卷6·空空儿》《卷7·贾义士》《卷7·姚三公子》《卷8·金氏》《卷9·醉和尚》《卷9·全荃》《卷9·陶公轶事》
《影谈》	管世灏	约1795年	《绳技侠女》
《瑶华传》	丁秉仁	约1796年	章回小说，共42回

（续上表）

作品名称	编撰辑译者	编撰辑译者活动年代或成书年代	备注
《窦尔敦》	高继衍	1797—1854 年	收录于《蝶阶外史·卷2》
《翼駉稗编》	汤用中	1801—1849 年	《袁客》《隐娘尚在》
《银瓶梅》[27]	佚名	生平不详	章回小说，共23 回
《白下甘凤池》	采蘅子	生平不详	收录于《虫鸣漫录》
《女侠客》	侠	生平不详	章回小说，共4 回
《名捕传》	姚伯祥	生平不详	收录于《虞初新志·卷17》
《浙中宦者》	吴雷发	生平不详	收录于《香天谈薮》
《剑侠》	胡汝才	生平不详	短篇文言小说
《施公案》[28]	佚名	约1809 年成书	章回小说，共100 回
《刘公案》[29]	佚名	生平不详	章回小说，共107 回
《警富新书》[30]	安和先生	1809 年出版	章回小说，共40 回
《天豹图》[31]	佚名	1814 年刻印	章回小说，共三集40 回
《对山书屋墨馀录》	毛祥麟	约1815—1874 年	《卷14·某公子》《卷12·褚复生》
《剑侠奇中奇》[32]	寄生	1821 年刻印	章回小说，共48 回
《儿女英雄传》[33]	文康	约1821—1908 年	章回小说，共40 回
《呎闻录》	慵讷居士	约1821—？	《卷2·响马》
《七侠五义》[34]	俞樾	1821—1907 年	章回小说，共120 回
《荟蕞编》			《卷2·髯侠》《卷13·莆田僧》
《淞隐漫录》	王韬	1828—1897 年	《女侠》《李四娘》《四奇人合传》《许玉林匕首》《廖剑仙》《徐笠云》《剑仙聂碧云》
《遁窟谰言》			《卷2·剑侠》《卷2·仇慕娘》《卷3·梁芷香》《卷7·少林绝技》《卷8·尸解》
《淞滨琐话》			《卷3·刘淑芬》《卷3·寿珠》《卷3·邱小娟》《卷4·辛四娘》《卷6·剑气珠光传》《卷11·记双烈》
《绿牡丹全传》[35]	二如亭主人	1831 年刻印	章回小说，8 卷共64 回

（续上表）

作品名称	编撰辑译者	编撰辑译者活动年代或成书年代	备注
《永庆升平后传》	贪梦道人	约1831—？	章回小说，共100回
《彭公案》			章回小说，共341回
《康熙侠义传》[36]			章回小说，共197回
《夜雨秋灯录》	宣鼎	1832—1880年	《珊珊》《稽笤殁为文信国公冥幕》《金竹寺》《龙梭三娘》《崇川侠妓》《烈殇尽孝》
《见闻琐录》	欧阳昱	1834—1904年	《刺客张汶祥》
《仕隐斋涉笔》	丁治棠	1837—1902年	《卷2·义侠》《卷3·剑仙国》
《后宋慈云走国全传》	佚名	1840年出版	章回小说，共35回
《侠义佳人》	邵振华	1840—1911年	章回小说，共40回
《续剑侠图传》	郑官应	1842—1922年	收录明清的剑侠小说，4卷39篇
《三合剑》[37]	崔象川[38]	1848年刻印	章回小说，6卷42回
《三侠剑》	张杰鑫	1862—1927年	章回小说，共7回
《清稗类钞》	徐珂	1869—1928年	《义侠类一》《义侠类二》
《仙侠五花剑》[39]	海上剑痴	约1871—？	章回小说，共30回
《窦小姑》	须方岳	1886年刻印	收录于《聊摄丛谈·卷1》
《小五义》[40]	佚名	1890年刻印	章回小说，共124回
《续小五义》[41]	石振之	1891年刻印	章回小说，共124回
《续侠义传》[42]	佚名	生平不详	章回小说，共16回
《七剑十三侠》[43]	唐芸洲	约1892年	章回小说，3集180回
《永庆升平前传》[44]	姜振名、郭广瑞	1892年成书	章回小说，共97回
《金台全传》	佚名	1895年刻印	章回小说，共60回
《蜃楼外史》[45]	吴中梦花居士	1895年刻印	章回小说，共30回
《续儿女英雄传》	佚名	1898年刻印	章回小说，共32回（第41~72回）
《热血痕》	李亮丞	生平不详	章回小说，共40回
《笏山记》	蔡召华	1908年出版	章回小说，共69回
《鸳鸯剑》	息观	1909年出版	长篇白话小说，共2卷
《暗杀奇案报仇恨》	古盐补留生	约1910年	章回小说，共6回

（续上表）

作品名称	编撰辑译者	编撰辑译者活动年代或成书年代	备注
《清朝野史大观·卷12·清代述异》	小横香室主人	1915 年出版	《大刀王五》《李胡子》《尼庵女侠》《江南北八侠》《甘凤池》《深山大侠》《白兰花》《记力士霍元甲事》《剑侠附舟却盗》《秋瑾》
《三门街》[46]	佚名	生平不详	章回小说，共 120 回
《大明奇侠传》[47]	佚名	生平不详	章回小说，共 54 回
《万年青》[48]	佚名	生平不详	章回小说，共 76 回
《小八义》[49]	佚名	生平不详	章回小说，共 105 回
《大八义》[50]	佚名	生平不详	章回小说，共 41 回
《新水浒》	孙寰镜	约 1911 年	章回小说，共 2 回

注：

[1] 按：有"侠"的小说系指该小说内容有侠的部分，但未必是武侠小说。而在排序上，综合考量了作者生年、出版时间和作者大致活动时间，参考资料以《十七世纪中国通俗小说编年史》为主。见李忠明. 十七世纪中国通俗小说编年史 [M]. 合肥安徽大学出版社，2003. 因为年代久远，资料疏漏或错误在所难免，尚祈学者不吝指正。

[2] 《水浒传》又名《京本忠义传》。

[3] 《水浒传》作者的历来说法有罗贯中说、施惠说、郭勋托名说、宋人说等，目前以施耐庵说流传最广。

[4] 《吕祖飞剑记》全名《唐代吕纯阳得道飞剑记》。

[5] 《许仙铁树记》又名《晋代许旌阳得道擒蛟铁树记》《孽龙精全传》《真君传》《铁树记》《许旌阳得道擒蛟记》《晋代许旌阳得道擒蛟全传》。

[6] 袁媛. 晚明小说家钱希言生平事迹考略 [J]. 明清小说研究，2013（1）：215 – 226.

[7] 《三刻拍案惊奇》又名《型世言》《峥霄馆评定通俗演义型世言》。

[8] 徐翙即徐士俊，见赵彦军. 徐士俊生平事迹考略 [J]. 文教资料，2011（36）。

[9] 《禅真逸史》又名《妙相寺全传》《残梁外史》。

[10] 《禅真后史》全称《新镌批评出像通俗演义禅真后史》，全书接《禅真逸史》续写。

[11] 华阳散人一说是清初王拱辰，他是明崇祯九年（1636 年）举人，入清后不仕隐居于茅山，因茅山有华阳洞故自号华阳散人。见王国樱. 中国文学史新讲（下）[M]. 台北：联经出版社，2014：1141。

[12] 按：此书收录《枝山野记》《庭闻述略》《列朝诗集》《铅书》《卫志》《苹野纂闻》

《袁小修集》《柳轩丛谈》《先曾祖日记》《万青阁偶谈》《啸虹笔记》《隶园杂说》
《壮悔堂集》《魏叔子文集》《西皋外集》《怀秋集》诸篇中关于勇侠的部分。

[13]《石点头》又名《醒世第二奇书》。

[14] 李忠明. 十七世纪中国通俗小说编年史 [M]. 合肥：安徽大学出版社，2003：88.

[15]《弁而钗》又名《笔耕山房弁而钗》，分《情贞记》《情侠记》《情烈记》《情奇记》。

[16]《女侠》又名《书剑侠士》。

[17] 长白浩歌子一说为尹庆兰，见徐梦林，萤窗异草研究 [D]. 台北：政治大学中文
所，1995。

[18]《醉菩提》又名《济公活佛传奇录》《济颠大师醉菩提全传》《济公全传》《济颠大
师玩世奇迹》《济公传》《皆大欢喜》《度世金绳》。

[19] 天花藏主人又号荑秋散人、荻岸散人、夷狄散人、素政堂主人，真实姓名不详。

[20]《女仙外史》又名《石头魂》，全名《新刻逸田叟女仙外史大奇书》，日译本名《通
俗大明女仙传》。

[21]《好逑传》又名《侠义风月传》《第二才子好逑传》。

[22]《子不语》又名《新齐谐》。

[23] 徐承烈，字绍家，一字悔堂，晚号清凉道人。

[24]《儿女浓情传》又名《雪月梅》《孝义雪月梅》《第一才女》《第一奇书》等，其与
《义勇四侠闺媛传》内容几乎一致。

[25]《小五义》的作者有石玉昆和佚名两种说法，予并列陈之，经查佚名的版本于光绪
十六年（1890 年）刻印，故序列于后，特此注明。

[26]《荡寇志》又名《结水浒传》《续水浒传》。全书接着《水浒传》第 70 回《忠义堂石
碣受天文梁山泊英雄惊恶梦》的故事，从第 71 回到第 140 回，末附《结子》一回。

[27]《银瓶梅》又名《莲子瓶演义传》《第一奇书莲子瓶》。

[28]《施公案》又名《施公案传》《施案奇闻》《百断奇观》。

[29]《刘公案》以清代名臣刘墉演绎而成，收有公案小说《刘墉传奇》《罗锅逸事》《满
汉斗》《双龙传》《青龙传》等。

[30]《警富新书》为一公案推理小说，吴趼人（1866—1910 年）据以改编成《九命奇冤》。

[31]《天豹图》又名《剑侠飞仙天豹图》。

[32]《剑侠奇中奇》又名《争春园》《奇中奇》《三侠记新编》《剑侠佩凤缘全传》。

[33]《儿女英雄传》又名《金玉缘》《日下新书》《侠女奇缘》《正法眼藏五十三参》。

[34]《七侠五义》是清人根据说唱艺术家石玉昆之唱本《三侠五义》改编而成，除了欧阳
春、展昭外，丁兆兰、丁兆蕙拆为两个侠客，再加上书中的"暗侠"黑妖狐智化、
"盗侠"小诸葛沈仲元、"小侠"艾虎一共是七人，重新再版定名为《七侠五义》。

[35]《绿牡丹全传》又名《四望亭全传》《龙潭鲍骆奇书》《宏碧缘》。

[36]《康熙侠义传》又名《永庆升平全传》。

[37]《三合剑》又名《大汉三合明珠宝剑全传》《三合明珠剑》。

[38] 崔象川是《白圭志》《玉蟾记》的作者，他以"不题撰人"编著《三合剑》。

［39］《仙侠五花剑》又名《绣像仙侠五花剑》。

［40］《小五义》是《三侠五义》的续书之一，又名《忠烈小五义传》《续忠烈侠义传》。

［41］《续小五义》是《三侠五义》的续书之一，又名《忠烈续小五义传》《三续忠烈侠义传》。

［42］《续侠义传》为石玉昆《忠烈侠义传》之续本。

［43］《七剑十三侠》又名《七子十三生》。

［44］《永庆升平前传》又名《康熙侠义传》，在咸丰年间已有姜振名演说版流传，后由郭广瑞据哈辅原演说版录成四卷，增删补改，并交宝文堂刊行，光绪十八年（1892年）成书。

［45］《蜃楼外史》又名《芙蓉外史》。

［46］《三门街》又名《八剑七侠十五义平蛮前后传》《守宫砂》。

［47］《大明奇侠传》又名《云中雁三闹太平庄全传》《云中雁三侠传》《绘图大明奇侠云中雁全传》。

［48］《万年青》又名《乾隆下江南》《圣朝鼎盛万年青》《万年青奇才新传》《绣像万年青奇才新传》《乾隆巡幸江南记》。

［49］《小八义》又名《英雄小八义》《梁山后代》。

［50］《大八义》又名《大宋八义》《英雄大八义》。